我园论丛

林继中文集

六

第六册目录

我园论丛

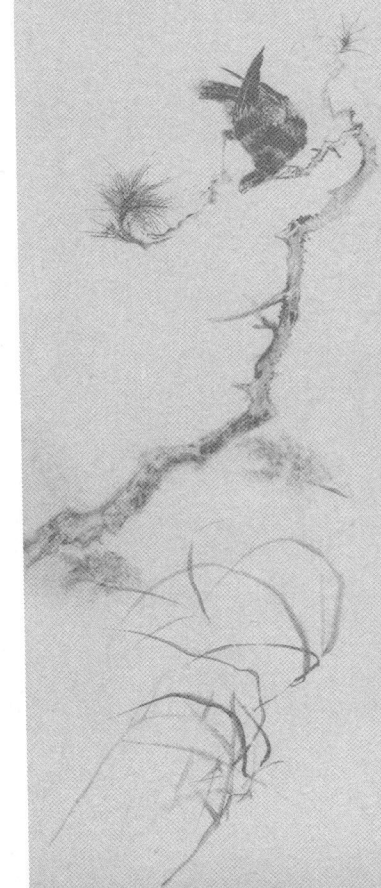

我园论丛

自 序

　　我园者，我家阳台上的小园子而已，并无《世说新语》"我与我周旋久"的深意，倒是与李翱所谓"昼日居于是，穷性命于是，待宾客交其贤者亦于是"近。平生心血，的确大都付诸抄抄写写。从中挑一些付梓，可以说是我园的"土产"，与同好者共享之，故名曰"我园论丛"。

　　我的特点，一是不安分，二是杂，因而这回挑选文稿，我尽量集中在古典文学研究上，显得"专业"些。由于我的习作方法往往是披览中若有心动处，则先在讲堂上说说，与师友聊聊，再写成札记或小文章，一个意思有时会从几个不同角度讲，再利用寒暑假集中精力贯串起来，铺开写成书，或一鼓作气，或停停打打——《文化建构文学史纲》就这么写了差不多二十年。这一来，材料引用、观点乃至论说，文字之间难免交叉重复。有些可以删除，但大多数情况是各有偏重，用口味不同的菜谱烧同样的菜——毕竟还是驴转磨式的小家子气。不过，有一点还想请读者诸君垂顾：我的观点、结论或许经不起推敲，但提出的问题或思路，万望诸君跬足三思焉。

林继中，己亥霜降前，于我园

时 空 寂 寞

——士大夫忧患意识的诗语言

自"儒道互补"之论出,入世的"兼济天下"与出世的"独善其身"已被普遍地认作中国士大夫互补而协调的生命二元。这无疑是有其合理性。然而,儒、道入世与出世对抗、矛盾的一面,却往往遭到不同程度的忽略或淡化。儒家对文艺的影响,更多地被视为作用于主题内容方面的因素,而在审美方面似乎只起着束缚、损害的作用。可是,文艺史呈现的无比丰富的现象并不都证明这便是一切。在许多文艺家身上,恰恰是儒、道的入世与出世精神处于不可协调的对抗状态,二者的对峙造成个体的彷徨乃至迷狂,才水石相激般溅出最美的文艺之花。于是,有人在"互补"的儒、道以外,又寻出"第三者"——骚。

"屈子何由泽畔来?"要回答这一问题,先要体会忧患意识在中国古代知识分子心理中所占据的位置。

我民族早在远古时代就以农业求生存,而农业在当时的条件下显得那么脆弱,任何天灾人祸都可能使它遭到毁灭。人们不能不"如履薄冰",战战兢兢。长期的忧患渐渐积淀为文化心理,形成所谓的"集体无意识"。一部《老子》早已老气横秋地将这种忧心忡忡提升到理性化的高度。自以为"无恒产而有恒心,唯士为能"的士大夫,更是"以天下为己任",自觉地将个人的情感与国家民族的安危、生民百姓的哀乐联系起来。无怪乎中国传统的审美趣味并不以西

方所称道的"悲剧"为最高境界,而是以"沉郁"为美的极则,故《史记·屈原贾生列传》称:

> 余读《离骚》《天问》《招魂》《哀郢》,悲其志。适长沙,观屈原所自沉渊,未尝不垂涕,想见其为人!

屈原作品并不以悲壮的情节、高度集中的矛盾冲突等西方典型的悲剧性来感动、震撼人心,反之,是以如茧抽丝般的郁闷,往而复返、不可排遣的深沉博大的忧思来折磨读者心灵。是的,感人垂涕的正是那种以个人哀乐与国家民族安危融为一体的情感内容所构成的情志,以及由此焕发出的沉郁的风格。

《离骚》与《天问》是最能体现屈原忧患意识的代表作。《天问》56句问天地,132句问人事,这股"问"的洪流从屈子胸中汹涌而出,铺天盖地,不但是屈子开了闸的忧患意识,更是一个民族乃至幼弱人类无边的忧思!

当然,忧患意识在《离骚》中更具有诗的气质:

> 日月忽其不淹兮,春与秋其代序;惟草木之零落兮,恐美人之迟暮。

人生之短促固可悲,更可悲的是不能在这短促的人生中有所作为。于是乎他要离开这令人气闷的人间,"周流观乎上下"。但:

> 陟升皇之赫戏兮,忽临睨夫旧乡。仆夫悲余马怀兮,蜷局顾而不行。

不是庄子式的"逍遥游",恰恰是孔子式的"道不行,乘桴浮于海"的愤激,那种矛盾不可调和所发出的折裂声,焕发出沉郁之美。

悲剧就在于理想与现实相背离,而沉重的现实偏偏对诗人更具吸引力。不幸的诗人,老是处在欲罢不能的状态中,他们的诗总体现着这种张力。苏东坡说:

> 我生天地间,一蚁寄大磨。区区欲右行,不救风轮左。
> (《迁居临皋亭诗》)

具有强烈的济世理想的中国古代知识分子,就是处在这样欲右偏左的困境之中,忧患意识又先天地让他们背负现实的十字架而不能飘逸而去。

众人皆醉我独醒。未必人人都有屈原那融个人与民族、国家为一体的情感结构,但人人都处于天地之间,都分明意识到自己的渺小与人生的短促,而惊叹天地之至大、之永恒。于是忧患的焦灼便具有普遍意义地落在这大与小的强烈对比之中。

被称为"完全是文人的创制"的《古诗十九首》,便是这样的人生咏叹:

> 人生天地间,忽如远行客。(《青青陵上柏》)
>
> 人生寄一世,奄忽若飙尘。(《今日良宴会》)
>
> 人生忽如寄,寿无金石固。(《驱车上东门》)
>
> 白露沾野草,时节忽复易。(《明月皎夜光》)
>
> 思君令人老,岁月忽已晚。(《行行重行行》)

"忽",无疑是关键词,是作者们对人生与天地对比后强烈的总体印象。不是天地之永恒那一面,而是人生之短促这一面,被凸显了。面对这一现实,作者们做了与屈原不同的选择:"生年不满百,常怀千岁忧。昼短苦夜长,何不秉烛游?"(《生年不满百》)他们要摆脱忧患意识,不管是否能办到。这种企图用"及时行乐"来淡化忧患意识的言行对后人有很深的影响,甚至曹操这样的豪杰人物也会说:"对酒当歌,人生几何!"(《短歌行》)

然而,高唱"风骨"的建安文人毕竟是一群将身子紧贴着大地的有志者,他们用哀歌唱出对济世理想的执着追求:

> 神龟虽寿,犹有竟时……老骥伏枥,志在千里;烈士暮年,壮心不已!(曹操《步出夏门行》)

> 天地无穷极,阴阳转相因。人居一世间,忽若风吹尘……怀此王佐才,慷慨独不群。(曹植《薤露行》)

> 骋哉日月逝,年命将西倾。建功不及时,钟鼎何所铭!(陈琳《失题诗》)

于是我们又看到屈原对人生价值的关怀:人生之短促固可悲,更可悲的是不能在这短促的人生中有所作为。

如果说,是建安文人将"人生忽如寄"的焦虑化作对"建功立业"的渴望,那么,能将这种渴望销熔在玄学的时空中,用寂寞心重铸沉郁之美者,则是诗人阮籍。

阮籍的心,好比多面的水晶体,既丰富不尽,又十分单纯——复杂的单纯。在82首五言《咏怀》诗中,"多面"则表现为充满矛盾且不断转化的情绪。他也有着《古诗十九首》一样的焦虑:

> 天马出西北,由来从东道。春秋非有托,富贵焉常保。清露被皋兰,凝霜霑野草。朝为美少年,夕暮成丑老。自非王子晋,谁能常美好!(其四)

他也与建安文人一样,渴望功名,推崇礼法之士,但最深沉的是孤独和寂寞,以及摆脱不开的忧患:

> 一日复一夕,一夕复一朝。颜色改平常,精神自损消。胸中怀汤火,变化故相招。万事无穷极,知谋苦不饶。但恐须臾间,魂气随风飘。终自履薄冰,谁知我心焦!(其三十三)

于是我们又感受到《离骚》那种如茧抽丝般的郁闷,往而复返、不可排遣的深沉博大的忧思。

彷徨、孤独、寂寞,是现实与阮籍追求的理想人格之间冲突而相持不下所形成的特殊状态,是张力下的静止。于是乎阮氏《咏怀》的多面性、矛盾性,便在寂寞中显得如此淳至而融一。它正是阮籍"其外坦荡而内淳至"(《晋书·阮籍传》)个性的表现。阮籍放诞任性、不拘礼教、嗜酒持傲与喜怒不形于色、口不臧否人物乃至应变顺和行为的多面性、矛盾性,不就是统一于他对理想人格执着追求的同时能清醒地认识现实的心性上吗?当然,理想与现实的对抗并不总是取得相持性的静止,"时率意独驾,不由径路,车迹所穷,辄恸哭而反"(《晋书·阮籍传》),便是失去平衡的折裂声。

然而,我们要研究的是表现的形式。值得注意的是,阮籍有意用玄学那无量的虚无来溶解人生这无穷的忧患,感慨于是不再像《古诗十九首》似地停留在人生短促这一面,而是转向时间永恒那一面,同时延伸向虚无的空间,从而完成了寂寞与时空的转换。

玄学的出发点是"贵无",是企图超越有限去追求无限。诗人兼哲人的阮籍正是由此出发来建构其理想人格。其名作《大人先生传》便塑造了一位"与造物同体,天地并生;逍遥浮世,与道俱成"的理想人物,与之相比的"礼法之士"不过是些"处于裤中,逃乎深缝,匿乎坏絮"的虱子。现实中的另一"七贤"人物刘伶,就曾很带实践性地裸形于屋中,而谓讥之者:"我以天地为栋宇,屋室为裈衣,诸君

何为入我辈中?"(《世说新语·任诞》)于是乎人生之渺小与飘忽在理想人格中得到了超越。《咏怀》第五十八首云:

> 危冠切浮云,长剑出天外。细故何足虑,高度跨一世。非子为我御,逍遥游荒裔。顾谢西王母,吾将从此逝。岂与蓬户士,弹琴诵言誓!

诚如葛晓音《八代诗史》所云:这是"大人先生和功名志士两种形象叠合在一起的产物",是"佩着屈原的高冠长剑,逍遥于庄子的浩渺大荒之中"。从今而后,士大夫志士仁人们欲伸壮志,就搬到"大人国"里来:既得屈原之孤高,又得庄子之逍遥。可是,不知您注意到没有,关键就在屈子式的忧患被溶解了,溶解于玄学的虚空:

> 于心怀寸阴,羲阳将欲冥。挥袂抚长剑,仰观浮云征。云间有玄鹤,抗志扬哀声。一飞冲青天,旷世不再鸣。岂与鹌鹑游,连翩戏中庭?(其二十一)

"一飞冲青天,旷世不再鸣",是以寂寞的虚空来销熔现实的忧患。是时空之无碍容纳了个体精神之自由,而无限的时空与深沉的忧患又构筑了新的心灵。这是一颗博大而寂寞的心——多思虑而少行动的无可奈何之心。

《咏怀》卓绝处,就在于对寂寞心境的观照。82首五言《咏怀诗》,"心"字出现了15次,"悲"、"伤"各11次,"忧"字10次。另外,诗中充满"徘徊"、"怨"、"憔悴"、"苦"、"凄怆"、"感慨"、"咨嗟"、"怵惕"、"恐"、"哀"、"酸辛"、"愁"、"彷徨"、"踌躇"、"愤懑"等等与心理有关的字眼。像这样反复咏唱一种心境的组诗,在中国诗史上真是空前的创举。而这种心境的摹写,是以时空变化衬出的。

《咏怀》第一首向来被认为难以解读的名篇,将其中景物描写只作"比兴"解是主要的障碍。原诗如下:

> 夜中不能寐,起坐弹鸣琴。薄帷鉴明月,清风吹我襟。孤鸿号外野,翔鸟鸣北林。徘徊将何见,忧思独伤心。

黄节注本案语云:"《文选》六臣注,吕延济曰:夜中,喻昏乱。吕向曰:孤鸿,喻贤臣孤独在外。翔鸟,鸷鸟,以比权臣在近,谓晋文王。刘履《选诗补注》取之,此皆嫌于臆测。"将"比兴"坐实为背景材料,是历来儒生解诗的通病。阮诗"微而显",就在于情绪的易感知却难坐实。诗中景物描写虽有比兴、象征的深意,但不宜作简单的对应(如"孤鸿"即直指"贤臣")。它往往是通过氛围的渲染,传达心境的变迁。萧涤非先生在《读诗三札记》中传达黄节意见说:"薄帷一联表现一种恬静之意境,使人想见其当时之襟胸,而音韵之天籁,殆亦臻化境。"(《乐府诗词论数》页359)从景物描写中求意境、心境,的确是解读阮诗的方法。诗人因夜不能寐故起而弹琴,企求心的平衡。事实上,他取得暂时的解脱——清风明月,恬静的意境也就是当时诗人获得的心境。接下一联由斋室而林野,由平静而躁动,场景的转换又暗示了心境的转换:诗人在静思中忧患更深广了。终于,在徘徊中更见心绪之纷纷,而这一切又归诸"独伤心"——寂寞的心灵。

由狭小空间急剧转向广漠的空间,由即时转向永恒,是阮诗表现忧患而寂寞的心灵的常用手法:

> 独坐空堂上,谁可与亲者?出门临永路,不见行车马。登高望九州,悠悠分旷野。孤鸟西北飞,离兽东南下。日暮思亲友,晤言用自写。(其十七)

> 昔年十四五,志尚好书诗。被褐怀珠玉,颜闵相与期。开

轩临四野,登高望所思。丘墓蔽山冈,万代同一时。千秋万岁后,荣名安所之。(其十五)

由坐空堂到开轩、出门、登高,空间视野不断地扩大;而对丘墓的展望又引起时间永恒的感慨。在大与小的强烈对比中,诗人的忧患弥漫开去,更深更广。然而,就在这有限向无限趋进的同时,诗人得到了某种超越:

殷忧令志结,怵惕常若惊。逍遥未终宴,朱阳忽西倾。蟋蟀在户牖,蟪蛄号中庭。心肠未相好,谁云亮我情?愿为云间鸟,千里一哀鸣。三芝延瀛洲,远游可长生。(其二十四)

蟪蛄中庭之号,与云鸟千里之哀,虽同样未能摆脱忧患,却有小大之辨。尤其应注意的是:扩大了的时空,是空旷幽渺的时空,也就是寂寞的时空。其二十九云:

昔余游大梁,登于黄华颠。共工宅玄冥,高台造青天,幽荒邈悠悠,凄怆怀所怜。

"幽荒邈悠悠"既是空间,也是时间的寂寞。其三十二云:

人生若尘露,天道竟悠悠。齐景升丘山,涕泗纷交流。孔圣临长川,惜逝忽若浮。去者余不及,来者吾不留。

这里集中了孔圣人、屈大夫以及《古诗十九首》对时间的感慨,而归诸"天道竟悠悠",仍是时空的寂寞。寂寞,是有限向无限超越后的平静;寂寞,是以"无"全"有"的玄学乐趣;寂寞,便是美。于是诗人乃以时间为寂寞之长度,以空间为寂寞之体积,以忧患为寂寞之质量,剪裁出寂寞之诗美。是为阮籍无量之功业。

能以最少的文字臻美地体现寂寞诸因素者,为盛唐先驱陈子昂。他的《登幽州台歌》云:"前不见古人,后不见来者,念天地之悠悠,独怆然而涕下!"诗直承楚辞《远游》:"惟天地之无穷兮,哀人生之长勤。往者余弗及兮,来者吾不闻。"然而,它的结构却是无可比拟的:劈面两句,将诗人置于时间长链的中点——"现在",由此向前是无穷的亘古,由此而后是无尽的未来。第三句又以迅雷不及掩耳之势急转入巨大的空间,形成人与天地对比的极大反差。在一瞬间,毫无准备的读者竟经历了如此时空跌宕("灵魂的探险"),忽然与诗人一道毫无遮蔽地站在亘古大荒上,被极度震撼的灵魂不能不发一声喊:"独怆然而涕下!"这就是"伟大的孤独感"。

关键就在画面的结构使透视焦点落在"人"与"现在"。于是,与天地亘古相比是如此渺小的"人",竟成了画面的中心!这一逆反效果使之不是消失在虚空里,反而"美人痣"也似地显露在巨大的背景之前。

极度的简化,使诗只剩下三个元素:时、空、孤独感。"空故纳万境",古、今、人、己,种种联想却因之尽行纳入,而诗又因其联想之丰而"返虚入浑",得无量充实——从屈子、《古诗十九首》、建安文人到阮籍等等,前人无穷的忧患已成为一种文化积淀而显得如此厚实,这就是大孤独、大寂寞。

陈子昂的忧患已何止于"人生飘忽"的叹息,也不是阮籍所追求的个体理想人格在玄学虚空中的超越,甚至不止是屈原个体融于家国的情感,更不是建安文人对功业的热烈向往;他要在永恒的时间的长流中把握"现在",在悠悠天地面前站立起"人"!

他从魏晋精神贵族那狭小圈子中一跃而出,成了大时代到来的先觉者,他的忧患是大时代到来前迫不及待的焦灼。

时、空、寂寞,三者不断地组合着新一代人的心灵。

然而,成熟的个性更具普遍性。陈子昂的登高情怀,也是早经宋玉《高唐赋》道出的"长吏隳官，贤士失志，愁思无已，太息垂泪，登高远望，使人心瘁"那士大夫早已存在的普遍情怀。但诚如陈子谦《钱学论》所指出："能将这种心境升华到宇宙生命意识的，是陈子昂的《登幽州台歌》。"钱锺书将这种登临感伤的心理活动概括为"农山心境"。这种以孔子登农山命名的心境，当然是某种文化层次的人才有的心境。登高何以会枨触引发沉郁之绪？盖登高望远，远不能尽；远不能尽又易诱发时间永恒之联想，于是乃有时空与人生的强烈对比，从而唤醒深层意识中最古老的忧患意识，且升上表层来，好比凿井及泉——"是发现也，非发明也。"

忧患意识便是中国人的宇宙意识、生命意识。人在宇宙中处于什么位置？这就是中国人讲究的"穷理尽性以至于命"的哲学，即所谓"安身立命"之学。而安身立命与忧患意识是形影相吊的一体两面。

于是我们又绕回到文章的开头部分：以"入世"为基调的中国古代知识分子，其优秀者总是"以天下为己任"，以"带头羊"自居，颇为自觉地负上现实的十字架，其忧患意识势必较之他人深广。

如果说，忧患意识是"农山心境"的深层文化心理，那么，时空寂寥便是"农山心境"在外部世界的对应。我们从空旷幽渺的时空中体会诗人的心境，领略诗人的人格与沉郁的诗美。

李白以他独特的方式处理这时空寂寞。他的时空意象总是扑面而来，时间穿过空间，时空便是心境：

　　黄河落天走东海，万里写入胸怀间……徘徊六合无相知，飘若浮云且西去！（《赠裴十四》）

他同子昂一样，也善于在时空跌宕中托起一颗巨大的寂寞心。且不说《将进酒》那著名的开篇是如何以时空的飞瀑震住了读者，让诗人怀才不遇的苦恼咬啮人心，请读这首《越中览古》：

　　越王勾践破吴归，义士还家尽锦衣，宫女如花满春殿——
只今唯有鹧鸪飞！

　　是最后一句点破了美丽的肥皂泡。时空幻灭正是诗人幻灭的
心境。李白称得上是时空幻梦的大师。《梦游天姥吟留别》几乎用
全力吹起一个七彩的时空，最后一针挑破："惟觉时之枕席，失向来
之烟霞。"理想一头撞在现实上。
　　至若"奇之又奇，然自骚人以还鲜有此体调"（殷璠语）的《蜀道
难》，简直是一首"时空之歌"。时间："尔来四万八千岁"；空间："上
有六龙回日之高标，下有冲波逆折之回川"。
　　在这巨大空间中却堵塞着千山万壑，"扪参历井仰胁息"，令人
窒闷。可它又如是之空旷："但见悲鸟号古木，雄飞雌从绕林间，又
闻子规啼月夜，愁空山！"这正是李白心境的对应：胸中垒块嵯峨，
却又如此孤单寂寞："侧身西望长咨嗟！"
　　杜甫，这位己饥己溺、忧国忧民的诗人，则善于将时空纳诸方寸
之中，将陈子昂那在小大之辨中凸显"人"的手法推向极致："路经
滟滪双蓬鬓，天入沧浪一钓舟！"（《将赴荆南寄别李剑弟》）"双蓬
鬓"中有岁月，"一钓舟"中有天地。时空，就在诗人饱含忧患的心
中。如果说陈子昂将时空感慨浓缩在四句之中，那么杜甫则能将时
空感慨因于五字之间："乾坤一腐儒。"（《江汉》）"万古一骸骨。"
（《写怀二首》之一）"腐儒"与"乾坤"、"骸骨"与"万古"之间的对
比，无疑是鸡蛋与石头的对比。但五字之间，二者毕竟是分庭抗礼，
它不能不给人以力度。在与巨大的时空威压的对抗之中，"腐儒"不
腐！请看全诗：

　　江汉思归客，乾坤一腐儒。片云天共远，永夜月同孤。落
日心犹壮，秋风病欲苏。古来存老马，不必取长途！（《江汉》）

　　我们不由想起曹操的名句："老骥伏枥,志在千里!"这是唐人往往有"建安风骨"与"魏晋风度"的明证,但这时已是士大夫从梦寐中那"帝王师"的交椅上直跌到"求帮忙而不可得"地位后的哀歌。这是何等悲壮的孤独与寂寞!然而,无论时空中变幻过多少政治、军事的风云,一些"腐儒"仍不改其"迂腐",执着地要"为天地立心,为生民立命"(张载语)。直至大清帝国破败不堪的岁月里,我们还听得到龚定庵的苦吟:

　　　　浩荡离愁白日斜,吟鞭东指即天涯。落红不是无情物,化作春泥更护花。(《己亥杂诗》)

　　"化作春泥更护花",正是屈原式将个体与群体融一的"往而复返,不可排遣"情志在文化心理上的积淀,中国的"士"从这一地下深泉中汲取着不死的力量,在变幻的时空中不绝如缕地展现那悲天悯人的寂寞心。

　　不妨说,在中国,谁能吟唱这颗心,谁就是传统意义上的诗人。

(原载《天府新论》1994年第5期)

魏晋风度与盛唐气象的转换

  建安文学与盛唐文学,虽分属于两个截然不同的时代,一属典型的乱世,一属模范的治世;然而二者之间却有着神似之处,那就是:情与志的复合。也就是说,个体的"情",与关心群体利益之"志",处于重合关系、统一关系。这一内在的联系使两个不同时代文学呈现了某种类似的特征。

  当然,盛唐文学所表现的情志复合,远比建安文学要热烈、普遍,色阶更丰富,涵盖面也更广阔。它既包涵了"梗概多气"的建安风骨,也包涵了"缘情绮靡"的六朝声律,诚如盛唐人殷璠所称:"言气骨则建安为传,论宫商则太康不逮。"(《河岳英灵集叙论》)文学上丰富不尽的盛唐气象正来源于对建安、六朝文学的整合;而这一过程中文人性格、气度及其追求的变化,又起着直接参与整合的作用。笔者便是从这一文学史的角度来认识魏晋风度向盛唐气象转换之意义的。

上

  刘师培《中国中古文学史》第四课论魏晋文学变迁,首列《三国志·傅嘏传》云:

常论才性同异，钟会集而论之。

刘氏有意无意间引出这"才性"二字，虽不是魏晋文学之初始，却实在是"魏晋风度"之滥觞。盖魏晋风度之魅力，在个性美；个性美之核心，在才情风貌。故言魏晋风度之形成，不得不言才性。两汉用人，标举"重德"，以"经明行修"为衡尺。至曹操用人，始倡"唯才是举"，乃至"不仁不孝"而能经邦治国用兵者，亦要举用。这是新、旧用人制交替的时代，"九品中正制"之确立，"才性之辩"成清谈的重要论题，都出于这一现实斗争的需要。然而，我们尤感兴趣的是：高唱"唯才是举"的九品中正制及相关的清谈客观上究竟倡导了什么风气？因为这才是影响文学史现象的有效中介。

《世说新语·文学》"钟会撰四本论"条刘孝标注云：

> 《魏志》曰："会论才性同异，传于世。"四本者，言才性同、才性异、才性合、才性离也。尚书傅嘏论同，中书令李丰论异，侍郎钟会论合，屯骑校尉王广论离，文多不载。

陈寅恪《书世说新语文学类钟会撰四本论始毕条后》认为：言才性同、才性合的傅、钟皆司马氏之死党，其持论与东汉士大夫理想相合，则儒家体用合一之旨；言才性异、才性离的李、王乃司马氏之政敌，其持论与曹操"唯才是举"之旨合[1]。陈氏之论原本不错，但在才性问题的实践上，历史却与曹操开了个玩笑：政治上与曹氏相联系的一派人，实际上正日渐背离曹氏"唯才是举"之初心。当初言"才性离"，无非是为了摆脱礼教的羁束，将"才"从"性"的阴影下解放出来，但由于九品中正制的评选权实际上落在地方门阀之手，故

---

[1] 详陈寅恪《金明馆丛稿初编》，上海古籍出版社 1980 年版，第 41—47 页。侯外庐等人著《中国思想通史》第三卷第二章第三节则以言才性异、才性离的李丰、王广为"依违骑墙派"，但同样是将"四本"与政治上的派系联系起来。

其结果不但使"才"离开了"性",也离开了"能",唯经邦治国之才是举之初心反而落空了。《通典·选举》云：

> 州郡皆置中正,以定其选,择州郡之贤有鉴识者为之,区别人物,第其高下。

然而,当时历史条件下,"州郡之贤"只能是那些高门大族。梁代沈约就说过：

> 汉末丧乱,魏武始基,军中仓卒,权立九品,盖以论人才优劣,非为世族高卑。因此相沿,遂为成法,自魏至晋,莫之能改。州都郡正,以才品人,而举世人才,升降盖寡,徒以凭借世资,用相陵驾。都正俗士,斟酌时宜,品目少多,随事俯仰。刘毅所云"下品无高门,上品无贱族"者也。(《宋书·恩幸传序》)

州都郡正虽然依然打着"以才品人"的旗号,实际上只是"随事俯仰"。其"俯仰"的重要手段之一是：不再把"人才优劣"的考察重点放在"立功兴国"、"堪为将守"的才能上,而是重风貌,重谈吐,重神情。诚如汤用彤《言意之辨》所指出："月旦品题,乃为士人之专尚。然言貌取人,多名实相乖,由之乃忽略'论形之例'而竟为'精神之谈'(《抱朴子·清鉴篇》),其时玄风适盛,乃益期神游,轻忽人事,而理论上言意之辨,大有助于实用上神形之别。"[1]"轻忽人事"正是清谈与品藻人物的要害。品藻而"轻忽人事",清谈而流于空谈,自然会鼓励士风倾向浮华,不涉世务。于是乎辨才、文才、怪才取代了经邦、治国、堪为将守之才。侯外庐等著《中国思想通史》第三卷页64列了一张汉末魏晋以来早熟夙悟代表人物表。从表中

---

[1] 《汤用彤学术论文集》,中华书局1983年版,第226页。

看，自何晏以下倾向曹氏一派人物如夏侯玄、嵇康、王弼诸人，多属"行步顾影，以神自况"、"尚玄远"、"事物雅非所长"、"旷迈不群"的名士。倒是亲司马氏一派人如傅嘏、钟会、山涛者流，尚能"达治好正"、"有才数技艺"、"有器量"，与曹操唯才是举之初心反而较近。那些不更事、多幻想的名士只能于安邦治国之外"别寻玄远的抽象概念世界"，在清谈中表现才能。于是我们在《世说》中看到的名士形象，更多的是他们的才貌、才藻、才情：

> 裴令公有俊容仪，脱冠冕，粗服乱头皆好。时人以为玉人，见者曰：见裴叔则如玉山上行，光映照人。(《容止》)

> 支道林、许掾诸人共在会稽王斋头。支为法师，许为都讲。支通一义，四坐莫不厌心；许送一难，众人莫不抃舞。但共嗟咏二家之美，不辩其理之所在。(《文学》)

> 孙兴公、许玄度皆一时名流。或重许高情，则鄙孙秽行；或爱孙才藻，而无取于许。(《品藻》)

看来重要的不是人事内容，甚至也不是"理之所在"，而是"高情"、"才藻"与"风度"。于是正如鲁迅所说："许多人只会无端的空谈和饮酒，无力办事"，只好玩"空城计"①。《世说新语》里面就专门设下了《任诞》这么个栏目，容纳了不少"玩空城计"的名人事迹：

> 王孝伯言名士不必须奇才，但使常得无事痛饮酒熟读《离骚》，便可称名士。

> 诸阮皆能饮酒，仲容至宗人间共集，不复用常杯斟酌，以大瓮盛酒，围坐相向大酌。时有群猪来饮，直接去上便共饮之。

---

① 《而已集·魏晋风度及文章与药及酒之关系》。

　　王子猷尝暂寄人空宅住，便令种竹。或问："暂住何烦尔？"王啸咏良久，直指竹曰："何可一日无此君！"

　　这些事迹与德性才能不沾边，却颇能传当时名士之神，"魏晋风度"岂少得了它！特别是司马氏夺取了政权，名士大批死于刀下，此后士族世界之"才"，更多的不是与"能"相联系，而是与"情"相联系。王戎所谓"情之所钟，正在我辈"，点明了那是一个重情的时代，无怪乎《世说新语·伤逝》是最动人的篇章。宗白华、李泽厚、刘纲纪于此所论甚详①。这里只想引用宗白华先生的一个结论：

　　　　晋人向外发现了自然，向内发现了自己的深情。（《美学散步》页 183）

　　李、刘认为"这种'高情'经常表现出对人生的一种深情的眷恋追怀"。它又是与"魏晋门阀士族经历了汉末以来种种社会动乱分不开的，也是和魏晋玄学对超越礼法束缚的自由的人生境界的追求分不开的"（《中国美学史》第二卷页 85）。这一解释也是正确的。我只想补充一句：由于魏晋玄学的超越往往只是自身精神世界的满足，其追求也往往只是向内的自我索求，所以晋人的深情也只能是内向的。因此，作为魏晋风度内核的"才情"，虽然从汉人的"名节"的依附中解脱出来，却又潜入自己的内心世界，呈封闭的状态。随着南朝士族的腐败，这点对人生的眷恋之情更倾向享乐的追求，失去了最后的精神上的光彩而陷入"色情"，"魏晋风度"于斯销尽。而九品中正及清谈走向"唯才是举"的反面，士大夫"轻忽人事"，心灵日趋封闭、枯萎，应是主观方面的重要原因。

　　士族产生、确立与发展的过程，也是其对立面的庶族产生、确立

① 　参看宗白华《美学散步·论〈世说新语〉和晋人的美》，李泽厚、刘纲纪主编《中国美学史》第二卷第三章第一节。下引三人观点咸见于此。

与发展的过程。由于士族的"轻忽人事",不胜繁剧,故把持清要,"职闲禀重",而那些驱使奔走的"浊官"则由庶族"寒人"来当,权力也当然渐渐落入其手。《颜氏家训》卷四《涉务》云:

> 晋朝南渡,优假士族,故江南冠带有才干者擢为令仆已下,尚书郎、中书舍人已上,典掌机要。其余文义之士,多迂诞浮华,不涉世务。纤微过失又惜行捶楚,所以处于清高,盖护其短也。至于台阁令史、主书、监帅,诸王签省,并晓习吏用,济办事须。纵有小人之态,皆可鞭杖肃督,故多见委使,盖用其长也。

《陈书·后主纪》史臣论云:

> 自魏正始、晋中朝以来,贵人虽有识治者,皆以文学相处,罕关庶务,朝章大典,罕参议焉。文案簿领,咸委小吏,浸以成俗,讫至于陈后主,因循未遑改革。

九品中正制走向"唯才是举"的反面,士族中人以"平流进取,坐至公卿"为荣,而立功升迁反以为耻。《南齐书·张岱传》载岱之弟有功当升太守,岱竟反对说:"若以家贫赐禄,臣所不辞;以功推事,臣门之耻!"①以建功立业为耻,当士族的价值取向落到如此地步之时,"才情"又何以自托?

中

继晋人"才情"而起的,是唐人的"意气"。

---

① 详唐长孺《魏晋南北朝史论丛续编·南朝寒人的兴起》一文,所引史料转引自该文。

唐人也重风貌，重谈吐，重神情，重门第；仍讲究才藻、才情、才气，其品藻人物亦多有与魏晋人相似之处：

秦王府仓曹李守素，尤精谱学，人号为"肉谱"。虞秘书世南曰："昔任彦昇善谈经籍，时称为'五经笥'，宜改仓曹为'人物志'。"（《隋唐嘉话》）

象先清净寡欲，不以细务介意，言论高远，雅为时贤所服。（崔）湜每谓人曰："陆公加于人一等。"（《旧唐书·陆元方传》）

帝见张九龄风威秀整，异于众僚，谓左右曰："朕每见九龄，使我精神顿生。"（《开元天宝遗事》）

然而，唐人更重意气。"意气"比"才情"更倾向于一种外露的昂扬的精神面貌，如《开天传信记》载："上（指唐明皇）为皇孙时，风表瑰异，神彩英迈，尝于朝堂叱武攸暨曰：'朝堂，我家朝堂，汝得恣蜂虿而狼顾耶？'则天闻而惊异之，再三顾曰：'此儿气概，终当为吾家太平天子也。'"这种才情外露的气概，足以动人情怀，如《酉阳杂俎》前集卷十二载："李白名播海内，玄宗于便殿召见，神气高朗，轩然霞举，上不觉忘万乘之尊，与之如知友焉。"这种飞扬的意气有时近于狂傲：

许敬宗性轻傲，见人多忘之。或谓其不聪，曰："卿自难记，若遇何、刘、沈、谢，暗中摸索著，亦可识。"（《隋唐嘉话》）

宋璟劾张昌宗等反状，武后不应。李邕立阶下，大言曰："璟所陈社稷大事，陛下当听。"后色解，即可璟奏。邕出，或让曰："子位卑，一忤旨，祸不测。"邕曰："不如是，名亦不传。"（《唐语林》）

（张）旭饮酒辄草书，挥笔而大叫，以头揾水墨中而书之，

23

天下呼为"张颠"。(《唐国史补》)

这种狂傲令人记起魏晋人的"任诞",但唐人的狂傲往往只是恃才傲物而已,并无"越礼"的意思。唐人于"容止"不但重其潇洒飘逸,同时也兼重其严整规范。《唐语林·容止》载①:

郑珣瑜为河南尹,送迎中使皆有常处,人吏窥之,马足差跌不出三五步。议者以珣瑜为河南尹,可继张延赏,而重厚坚正,前后莫有及。

魏仆射元忠每立朝,必得常处,人或记之,不差尺寸。

太子太师卢钧年八十,自乐悬南步而及殿墀,称贺上前,举止中礼,士大夫叹之。

尤应重视者,《世说新语》颇记时人与帝王的不合作态度,唐人却津津乐道于君臣之"遇合":

贞观中,蜀人李义府八岁,号神童。至京师,太宗在上林苑便对,有得乌者,上赐义府,义府登时进诗曰:"日里扬朝彩,琴中伴夜啼;上林多许树,不借一枝栖。"上笑曰:"朕今以全树借汝。"后相高宗。(《唐语林·赏誉》)

这则故事中的比喻很生动地表现了士大夫主动靠拢皇室,皇室亦有意礼遇士大夫的"君臣相得"关系。《开元天宝遗事》亦载:"明皇于勤政楼,以七宝装成山座,高七尺,召诸学士讲议经旨及时务,胜者得升焉。惟张九龄论辩风生,升此座,余人不可阶也。时论美

---

① 《唐语林》虽为宋人王谠编撰,但其资料多来自唐人笔记,基本上保存了唐人的价值观,足资参考。本文采用周勋初校证本,每条注明原材料出处,可备查考。

之。"此例可为上引比喻的注脚。这种相得的关系与晋文王求阮籍作九锡文而阮欲以酒醉搪塞之,山涛欲荐嵇康而嵇乃与书告绝,相去不啻万里。个中隐情颇值得回味。

林庚教授曾敏锐地指出过武则天时代与建安时代的相似性,说:"曹操要打击贵族集团,就下'求贤令''求逸才令'。武则天要打击关陇集团,也采取了类似的步骤(如科举制等)。在这些措施上曹操是进步的,武则天也是进步的,这就是比那表面阴影更为本质的东西。"(《陈子昂与建安风骨》)①事实上最高统治集团只要不是透底昏聩,总是要用些人才为之效力的,而人才是否真能为之所用,则不但是个主观问题,还是个客观问题。任继愈《从佛教到儒教》一文有段话很深刻:

> 秦汉建立了中央集权的大一统的国家。从结构上看,存在着一对矛盾:一方面中央政府要有高度集中的权力,政权不集中,这样广大的领域就无法统一;另方面广大小生产者要有生产的能力和兴趣,否则政权集中统一无从说起。政治上,中央拥有高度集中的权力;经济上是极端分散的个体小农经济。高度集中的政治,极端分散的经济,构成贯串二千年对立统一的矛盾。中央集权,总希望越集中越好,小农经济、自给自足,它的本性是分散自主,它不要求政府过多的干预。这两者互相离不开。历代政治家、思想家都要面对这种现实提出因时制宜的方案。两者关系处理得好,天下就太平,号称治世;反之,就是乱世。②

魏晋南北朝就是两者关系处理得很糟的乱世。作为身份性地主的士族,有庄园经济为后盾,"封略山湖,妨民害治"(《宋书·蔡

---

① 林庚《唐诗综论》,人民文学出版社 1987 年版,第 10 页。
② 《中国文化》1990 年第 3 期,第 1 页。

兴宗传》），"百役不及，高卧私门"（《通典·乡党》），形成与中央对抗的离心力，如《南齐书》卷二三萧子显所说："世禄之甚，习为旧准；羽仪所隆，人怀羡慕。君臣之节，徒致虚名。""九品中正制"事实上成为士族巩固其地位的工具。因此，从根本上说，士族"人才"是难为皇室所用的。而士族在主观上因"平流进取"所养成的"轻忽人事"的风尚，又使自身走向无能，终于成为肤脆骨柔、体羸气弱的废物，"治官则不了，营家则不办"，除了"熏衣剃面，傅粉施朱"又有何能？一部《颜氏家训》早已发尽士族丑态。

反之，大一统的唐朝，因"均田制"而加强了中央集权，从经济上带根本性地粉碎了旧有的社会结构，让整个士族阶级失去依存条件。继之，均田制瓦解，又使新兴地主及部分生产者对生产感兴趣，将盛唐经济推向顶峰，反过来又加强了中央的力量。强大的国力不但增强了皇室的自信心，敢于放手用人；而且增强了整个民族的自信心，爱国主义情绪高潮，形成了对作为国家象征的李氏皇朝的向心力。唐中央政府通过科举、从军、入幕、为吏、隐士征召、门荫、荐举等多门纳用人才。武则天用人之滥，至有"补阙连车载，拾遗平斗量"之讥，正从反面说明中央"政由己出"，可以随意用人而不受地方势力的牵制①。盛唐以前历朝皇帝均能用人，而"英贤亦竞为之用"，并非纯属偶然，实在是历史的机缘。同时，士子"借一枝栖"的心态又与皇室"全树借汝"的政策默契，使"用人"与"被用"二者在封建社会的历史条件下取得难能的协调。在这一前提下，仕途于是展开激烈的奔竞。

下

仕途奔竞不但使庶族士子的才能有机会显山露水，也逼使士族

---

① 参看《资治通鉴·唐纪二十一》。

中人不得不改变其"轻忽人事"的习尚,将"才"与"能"挂上钩。正是这种竞争机制对传统价值观进行了整合,创造了唐人特有的性命情调。

汉末以来士大夫的性命情调大体上可归纳为:建功立业、追求精神自由、及时行乐。"三曹"、"七子"、左思、鲍照,当属于建功立业一流人;玄言山水田园,则可视为对精神自由之追求;《古诗十九首》的一部分至南朝宫体,应归诸及时行乐。三者又互相交错,阮籍咏怀诗便包涵三者的情绪。与魏晋风度以才情为核心相对应,晋以来是"情"占了上风,故有"诗缘情"说。

唐代士大夫的性命情调仍是这三者,但由于已改变六朝以来"徒以凭借世资"的人才僵局,所以士子的性命情调更多地体现为建功立业。在当时,"布衣干政,平步青云"并非纯属幻想。马周"少孤贫","落拓不为州里所敬",却因代主人家上书言得失合旨,"太宗即日召之,未至间,遣使催促者数四。及谒见,与语甚悦,令直门下省",终成名臣(《旧唐书》本传)。魏元忠"志气倜傥,不以举荐为意,累年不调",后"赴洛阳上封事",为高宗所赏识,"甚叹异之,授秘书正字,令直中书省",武则天时为相(《旧唐书》本传)。姚崇为"濮州司仓,五迁夏官郎中。时契丹寇陷河北数州,兵机填委,元崇剖析若流,皆有条贯。则天甚奇之,超迁夏官侍郎",后为玄宗时名相(《旧唐书》本传)。郭元振"任侠使气,不以细务介意","则天闻其名,召见与语,甚奇之。时吐蕃请和,乃授元振右武卫铠曹,充使聘于吐蕃",后为名将(《旧唐书》本传)。张九龄"幼聪敏,善属文。年十三,以书干广州刺史王方庆,大嗟赏之,曰:'此子必能致远。'登进士第……玄宗在东宫,举天下文藻之士亲加策问,九龄对策高第,迁右拾遗",后为玄宗名相(《旧唐书》本传)。这些不同的人才同样都因受到皇帝的重视而平步青云。在上文所论国力强大,民族自信心增强,爱国情绪高涨,形成士大夫对皇室的向心力等前提下,由是产生了两种效应:一是"重才能"的价值观在社会上广泛得到认同;

一是促使"意气"与"言志"挂钩,"情"与"志"日趋复合。

重才能的价值观在唐代社会广泛取得认同,首先体现在最高统治者的"爱才",甚至对敌对集团中人也有所表示。《唐语林》卷二载武则天读骆宾王的讨武曌檄,至"一抔之土未干,六尺之孤安在",乃不悦曰:"宰相因何失如此之人!"盖有遗才之恨云。《次柳氏旧闻》载唐明皇擢用源乾曜,喜其容貌言语类萧至忠。高力士曰:"至忠不尝负陛下乎? 陛下何念之深也?"上曰:"至忠晚乃谬计耳。其初立朝,得不谓贤相乎?"明皇这种"爱才宥过"的大度,据称,"闻者无不感悦"。在官僚中,有才能者也往往为同事所见赏。《隋唐嘉话》下载:

> 崔湜之为中书令,河东公张嘉贞为舍人,湜轻之,常呼为"张底"。后曾商量数事,意皆出人右,湜惊美久之,谓同官曰:"知无? 张底乃我辈一般人,此终是其坐处。"

由"轻之"到"惊美久之",契机就在发现其才能。有时互不相识的人也能因才能而见赏。《大唐新语》卷六载:

> 韩琬少负才华,长安中为高邮主簿,使于都场,以州县徒劳,率然题壁曰:"筋力尽于高邮,容色裹于主簿,岂言行之缺,而友朋之过欤?"景龙中,自亳州司户应制,集于京,吏部员外薛钦绪考琬,策入高等。

后来,薛钦绪才告诉韩琬,之所以将其策入高等,是因为与魏知古等人偶见题壁,对其进行过考察。韩琬感慨地说:"士感知己,岂期十年之外,见君子之深心乎!"流风所及,乃至豪商、仆夫也欣赏才子:

> 长安富民王元宝、杨崇义、郭万金等,国中巨豪也,各以延

纳四方多士,竞于供送。(《开元天宝遗事》"豪友"条)

> 萧颖士性异常严酷,有一仆事之十余载,颖士每以棰楚百余,不堪其苦。人或激之择木。其仆曰:"我非不能他从,迟留者,乃爱其才耳!"(《唐摭言》"贤仆夫"条)

诸如以上材料,未必都是史实,但因屡见诸正史、笔记、集序(如人们熟知的李阳冰《草堂集序》云明皇召见李白,"以七宝床赐食,御手调羹以饭之",魏颢《李翰林集序》亦云李白以布衣身份而"所适二千石郊迎",都是当时人记当时事),所以从总体上可反映当时"重才能"的价值取向已在社会上得到普遍认同这一事实。当然,在实际上能否做到人尽其才,还要有其他条件,本文不拟深论。本文要讨论的是:这样的人才环境会将唐代士子导向何方?

先让我们返观上节提及的唐人"恃才傲物"的现象。如前所论,意气是比才情更倾向外露的昂扬的精神面貌,这种昂扬的意气在唐才子中又往往流为"恃才傲物"的习气。如名相张说,"有宰辅之才",却又"好面辱人","每中书议事,及众僚巡厅,或有所忤,立便叱骂"(《开元天宝遗事》"言刑"条)。同是名相的张九龄,"以才鉴见推",玄宗想望其风度,却"性颇躁急,动辄忿詈"(《旧唐书》本传)。只要翻检一下《唐才子传》,便会发现"恃才傲物"简直成了对才子的褒美之辞:

> (王勃)"倚才陵籍,僚吏疾之。"

> (杨炯)"显庆六年举神童","恃才凭傲,每耻朝士矫饰,呼为'麒麟楦'"。

> (杜审言)"恃高才傲世见疾",自称"吾文章当得屈、宋作衙官,吾笔当得王羲之北面"。

> (陈子昂)"任侠尚气弋博","貌柔雅,为性褊躁"。

　　（王翰）"少豪荡,恃才不羁","发言立意,自比王侯"。

　　如此类例,举不胜举。重要的是,这种普遍存在于唐才子中的"恃才傲物"的习气,不但可视为重才能价值观的折射,且其深层往往隐藏着强烈的用世之志。如诗坛巨子李白,其恃才傲物已达到"一醉累月轻王侯"的地步,但其志却在"申管晏之谈,谋帝王之术,奋其智能,愿为辅弼,使寰区大定,海县清一"(《代寿山答孟少府移文书》)。而"性褊躁傲诞"的杜甫,其志亦在"致君尧舜上,再使风俗淳"(《奉赠韦左丞丈二十二韵》)。"四杰"、陈子昂、王昌龄、高岑辈莫不如是,甚至"风神散朗"如孟浩然,也会有"不才明主弃"的牢骚。这些都说明唐才子们用以体现其个性的才情意气,已在很大程度上是与体现社会整体利益的建功立业之志相联系的。至此,我们可以说,当时的人才环境、社会氛围促使唐代士大夫的性命情调更多地体现为建功立业之志,愿为作为国家象征的皇室所用,故其体现个性之意气才情与体现社会整体利益的建功立业之志便有可能取得一致。更由于这一性命情调普遍得到认同,终于成为一种群体意识,而与强大国力相辉映,形成所谓"盛唐气象"这一从物质到精神的境界。魏晋风度与盛唐气象的转换于是乎完成。

　　这一转换对文学创作起了什么样的影响呢? 我认为首先是给传统的"诗言志"注入新的活力,使六朝一度相分离的"情"与"志"在更高层次上得以复合。是的,如果我们将"情志"理解为"在人的内心中所反映的时代精神"①,那么盛唐人带强烈个性的才情意气一旦与建功立业之志相联系,无疑便可视为复合的情志。高适《淇上酬薛三据兼寄郭少府微》云:

　　　　故交负灵奇,逸气抱塞谔。隐轸经济具,纵横建安作。

――――――――

① 　详见王元化《思辨短简》,第126页。

是为"建安风骨"之复归,更是"盛唐气象"之创立！士人的"逸气"乃来自"经济"之才,发为"建安作"。这也就是"在人的内心中所反映的时代精神"。对陈子昂的《感遇》、张九龄的《感遇》、李白的《古风》等等,莫不当作如是观。盛唐人选盛唐诗的典范之作《河岳英灵集》最集中地体现了盛唐人情志复合的意识。李珍华、傅璇琮《河岳英灵集研究》曾指出:"与建安不同的,盛唐人所要求的风骨,不是一般意义上的力,而是一种表现民族自信心和创造性的精神力量……是那一时代国力恢张的表现。"(页54)这一见解是深刻的。从魏晋风度与盛唐气象的转换过程中,我们还进一步认识到:盛唐气象不仅是时代的,也是历史的,是对汉魏六朝传统整合的结果。这就好比一个酷肖其父母的儿女,既有父亲的神态,又具母亲的风仪,更是独立的自己。

(原载《人文杂志》1995 年第 2 期)

回味生命的艺术

——论陶渊明的审美实践

　　林语堂称得上是中西文化的"边缘人",他的一些见解往往为一般人所不能道。如他的名著《生活的艺术》,就是以中西双方文化互为标准,双向比较,从而披露了中国人在相当长的一段历史时期内独特的生存方式。在生活节奏日见促迫的今日,此种方式便具有某种调节功能,为现代人增添一方生存空间,是所谓"精神上的屋前空地"。其中,"诗可以兴"的文学观念转化为对人生诗意化追求的理念,则是关键的一环。我们由是有必要对"诗可以兴"作再认识。

　　西方文学观主摹仿说与表现说,并分别以镜与灯为喻。宋人严羽《沧浪诗话》则以"水中之月"喻诗与现实之关系。这的确是一个内涵丰富的比喻。一月映万川,万川之月各不相似:静影沉璧,止水之月似镜;风皱春池,荡波之月似狂蛇。或摹仿,或表现,尽在其中。此喻实在是传"兴"之神,得感应论之要,赋"联想"以象。"诗可以兴",注家说是诗可感发情志。但从其实践看,还不如说是可以感发联想。这个比喻凸显了文学与现实之间那种若即若离的虚与实的关系,逼近文学的创造性特质。也就是说,文学世界,只是一个虚拟的世界。当代符号美学认为文艺的特质在于"艺术幻象之创造",堪为注脚。

　　从孔子的"诗可以兴"到严羽的"水中之月",是一个诗歌意象化(或云"写意性")的进程。其间,"玄言/山水"是一大关键。

陈寅恪《陶渊明之思想与清谈之关系》称：

> 渊明之思想为承袭魏晋清谈演变之结果及依据其家世信仰道教之自然说而创改之新自然说。惟其为主自然说者，故非名教说，并以自然与名教不相同。但其非名教之意仅限于不与当时政治势力合作，而不似阮籍、刘伶辈之佯狂任诞。盖主新自然说者不须如主旧自然说者之积极抵触名教也。又新自然说不似旧自然说之养此有形之生命，或别学神仙，惟求融合精神于运化之中，即与大自然为一体。因其如此，既无旧自然说形骸物质之滞累，自不致与周、孔入世之名教说有所触碍。故渊明之为人实外儒而内道，舍释迦而宗天师者也。①

陈氏所论虽是陶渊明的思想，却也是玄学对文学发生影响的重要通道。问题在于，什么才是陶渊明这位诗歌意象化进程中标志性人物所承袭的"魏晋清谈演变之结果"？我想，至少有三个方面值得重视：一曰言意之辨，二曰才性之辨，三曰自然名教之辨。此三辨至渊明所处时代，可以说都有了阶段性的结果。

王弼《周易略例·明象》认为："夫象者出意者也，言者明象者也……是故存言者非得象者也，存象者非得意者也。"引出"得意忘言"之说，而"象"成为言与意之中介。"象"的这种中介作用一旦与"兴"的感发作用相结合，便为情景感应论开辟了道路，唐人拈出"兴象"二字，可谓妙会。宗白华称："晋人向外发现了自然，向内发现了自己的深情。山水虚灵化了，也情致化了。"②山水虚灵化与情致化，是诗歌意象化的关键，陶潜田园诗中景物之虚灵化与情致化与山水诗是一致的。可以说，陶渊明承袭了魏晋人的这一成果。

才性离合之辨是清谈的又一重要论题，关涉到用人制度。受言

---

① 陈寅恪《金明馆丛稿初编》，上海古籍出版社1980年版，第204—205页。
② 宗白华《美学散步》，上海人民出版社1981年版，第1—2页。

意之辨的影响,魏晋人识鉴重在神明,离形骸而见性情,是一种象外的追求。由是,又有"禀气"之说。曹丕《典论·论文》将此说引入文学批评,作家个性气质从此成为考察其创作风格的重要门径。千百年后布封在《关于文章风格的演说》中,虽然也提出"风格就是人本身",却未能如此明确同时又如此灵活地将二者之关联聚焦在人的气质与创作个性这一交接点上。基于这种认识,曹氏以后文评,往往关注作者之气质甚于文风。故钟嵘《诗品》称陶渊明"笃意真古,辞兴婉惬。每观其文,想其人德……古今隐逸诗人之宗也"。"隐逸"与"飘逸"在当日实在是混沌未凿,要到中唐时的皎然《诗式》,才明确地将"逸"作为一种创作风格从"人货混装"式的混沌状态中分离出来,此是后话。

　　然而与"知人论世"关系最大的是名教与自然之辨。此辨关系士大夫出处及根本,是魏晋玄学之核心,也正是陈寅恪所论的重点。

　　所谓名教与自然之矛盾,是社会存在与自然存在之矛盾;也就是人的内在矛盾。在苦难的中古时代,对生与死的关注体现于士大夫则往往是心与迹之矛盾,出(仕)与处(隐)之矛盾。所以可以说名教与自然之辨是追求二者统一的过程,也是儒道会通的过程。从王弼、何晏的"名教本于自然",到嵇康、阮籍的"越名教而任自然",再到郭象、裴颜的"名教即自然",便是儒道会通的正、反、合的过程。儒道会通为士大夫的出与处提供了一个"合理"的可转换关系,"解决"了士大夫心迹不一的苦恼。

　　反题总是问题的关键。没有嵇、阮"越名教而任自然"的反题,就不会有更高层次的合题。所以我们在看到"主新自然说者不须如主旧自然说者之积极抵触名教"(上引陈文)的同时,还应看到二者间存在的深刻的内在联系。首先,嵇、阮所"越"的"名教",是不自然的(即异化的)名教,是伪名教,也就是鲁迅在其名文《魏晋风度及文章与药及酒之关系》中指出的:"魏晋时代,崇奉礼教的看来似乎很不错,而实在是毁坏礼教,不信礼教。因为魏晋时所谓崇奉礼教,是用以自利……于是老实人以为如此利用,亵渎了礼教,不平之极,无计可施,激而变成不谈礼教,不信礼教,甚至于反对礼教。"①《世说新语·任诞》有一现成例子:

> 阮籍当葬母,蒸一肥豚,饮酒二斗,然后临诀,直言"穷矣"!都得一号,因吐血废顿良久。

阮籍反丧礼,却最见"孝"的真情。然而这派人物为此付出了沉痛的代价,嵇康之死便是明证。所以后来的陶渊明吸取教训,不再"积极抵触名教",尤其是弃其任诞的行为,但在骨子里还是继承了反对伪礼教的"真"的品格。其《感士不遇赋序》云:"自真风告逝,大伪斯兴。闾阎懈廉退之节,市朝趋易进之心。"《劝农》诗云:"悠悠上古,厥初生民。傲然自足,抱朴含真。""真"、"伪"这两个范畴固然源自老、庄哲学,但"真"中有傲气,实在是上承嵇、阮。《宋书·陶潜传》所载"我不能为五斗米折腰,向乡里小人"这句话,其刚烈不减嵇康《与山巨源绝交书》所谓"长而见羁,则狂顾顿缨,赴蹈汤火"。有意思的是,论者先于陶潜已经以"逸"许阮籍。刘勰《文心雕龙·体性》云:"嗣宗(阮籍字)俶傥,故响逸而调远。"《魏志·王粲传》称:"籍才藻艳逸,而倜傥放荡,行已寡欲,以庄周为模。"《晋书·阮籍传》则称其"任性不羁"、"发言玄远"。阮之逸,显然是与其不受拘束的叛逆个性相联系的。骨子里没有一点超越世俗的傲气,就称不上飘逸。这就是陶与嵇、阮禀气上的相似处。

然而陶对嵇、阮之继承,更深刻的还体现在"无君臣"的社会理想。阮籍《大人先生传》矛头直指君主制:"君立而虐兴,臣设而贼生。坐制礼法,束缚下民。"他的理想社会是"无君而庶物定,无臣而万事理"。陶潜笔下幻生的桃花源,无疑便是此理想的形象化。宋

---

① 《鲁迅全集》第 3 卷,人民文学出版社 1995 年版,第 513 页。

代王安石《桃源行》诗曾一语破的："儿孙生长与世隔，虽有父子无君臣。"当代史学家唐长孺更明确指出："桃花源的故事本是南方的一种传说，这种传说晋、宋之间流行于荆湘，陶渊明根据所闻加以理想化，写成了'桃花源记'。"①该文引《宋书》卷九七云：

> 荆雍州蛮盘瓠之后也……蛮民顺附者，一户输谷数斛，其余无杂调，而宋民赋役严苦，贫者不复堪命，多逃亡入蛮。蛮无徭役，强者又不供官税。结党连群，动有数百千人，所在多深险。居武陵者有雄溪、横溪、辰溪、西溪、舞溪，谓之五溪蛮。

陶渊明《桃花源诗》云"春蚕收长丝，秋熟靡王税"，所要逃避的正是繁重的赋税。"蛮无徭役，强者又不供官税"是引发陶渊明创作激情之焦点。赋税乃"国家存在的经济体现"②。对王税的否定，便具有对封建国家否定的性质。所以政治家王安石便敏感地觉察其"无君臣"的实质。但嵇、阮的"无君臣"是"越名教"的，而陶的"无君臣"似乎对古礼法并不否定，故诗云："俎豆犹古法。"除了道家的"小国寡民"，孟子所倡"五亩之宅，树之以桑，五十者可以衣帛矣；鸡豚狗彘之畜，无失其时，七十者可以食肉矣"（《孟子·梁惠王上》）的公社制理想，在"童孺纵行歌，斑白欢游诣"、"黄发垂髫，并怡然自乐"的字里行间，也依稀可见。陶向往的是一个顺应自然的社会存在。如果将它与白居易的《朱陈村》作一对比是很有趣的。白诗如下：

> 徐州古丰县，有村曰朱陈。去县百余里，桑麻青氛氲。机梭声札札，牛驴走纭纭。女汲涧中水，男采山上薪。县远官事少，山深人俗淳。有财不行商，有丁不入军。家家守村业，头白

---

① 唐长孺《魏晋南北朝史论丛续编》，生活·读书·新知三联书店 1959 年版，第 164 页。
② 《马克思恩格斯全集》第 4 卷，人民出版社 1972 年版，第 343 页。

不出门。生为陈村民,死为陈村尘。田中老与幼,相见何欣欣!一村唯两姓,世世为婚姻。亲疏居有族,少长游有群。黄鸡与白酒,欢会不隔旬。生者不远别,嫁娶先近邻。死者不远葬,坟墓多绕村。既安生与死,不苦形与神。所以多寿考,往往见玄孙。

白诗更近实录,却因此失去了文学幻象的魅力。宋人施德操《北窗炙輠录》称:"渊明随其所见,指点成诗,见花即道花,遇竹即说竹,更无一毫作为。"这只能说是一种误会。陶作中所谓的"真",并非"事实",而是陶作为个体对该事物真实的体验,是经验的"真"。陶诗平淡有味,原因在"淡"中保留事相不加粉饰的"真实"的外貌,却通过选择、简化、重组,抽取出一组真实经验,使之不知不觉中摆脱现实的因果秩序,成为陶个人独特的情感和生命的投影,从而引起人超然的思考,这就是"兴",也就是淡中之"味"。仍以陶作《桃花源记并诗》为例,略事阐释。其开篇借渔人的口述:

> 忽逢桃花林,夹岸数百步,中无杂树,芳草鲜美,落英缤纷;渔人甚异之。复前行,欲穷其林。林尽水源,便得一山。山有小口,仿佛若有光;便舍船从口入。

幻象由此产生。桃花林是一道美的屏障,将桃源与当时苦难的现实隔离开来。渔人入洞,也就是读者进入一个经验的虚幻世界。但作者却强调:"其中往来种作,男女衣着,悉如外人。"的确,洞中良田桑竹、阡陌鸡犬,都不过是现实农村常见的某些细节,给人以平实的外观。然而现实中的人际关系与社会生活并非如此单纯,除了"相命肆农耕,日入从所憩"之外,无论作为原型的是北方的壁坞,还是南方"不供官税"的少数民族居所,现实中都存在着严重的压迫与剥削,以及在当时的生产水平下自然灾害的威胁。诚如唐长孺《读

"桃花源记旁证"质疑》所说："不管避兵入山或是流移,豪强统率下的宗族,乡里集团纵使在短期内带有公社残余因素,但立刻就会发生变化……很难想象如本传所述的那种太古之风会保持下去。"①何况"太古之风"是以深山老林极其艰苦的生活为代价的。我们有理由认为,桃花源是一个被简化而远离了现实因果秩序之网的虚拟世界,"童孺纵行歌,斑白欢游诣"、"黄发垂髫,并怡然自乐"的意象,已渗入陶渊明情感生命的投影。而这种怡然自乐的田园生活,与那片绯红的桃花林相叠印,自然美与顺应自然的社会秩序之美氤氲一片,又引发了纷纷扰扰的现实中人的超然之思。白氏《朱陈村》不如《桃花源记并诗》,要而言之,就在乎缺少了桃花林这道美的屏障,没有彻底地从现实因果秩序中摆脱出来。

桃花林的作用的确值得深思。我们很难想象,去掉桃花林的桃源故事还剩几分魅力? 是否还有"一个顺应自然的社会存在"的鲜明印象? 文学中的理想,其感召力不应来自某种说教、阐释,而应示人以美,唤起人们的审美升华。

用弗洛伊德的观点来看,审美升华就是让人的欲望在审美体验中移置到更高的文化领域中去。用钟嵘《诗品·序》的话说,就是"嘉会寄诗以亲,离群托诗以怨",如楚臣去境,汉妾辞宫,负戈外戍,扬蛾入宠,凡斯种种,都可以诗骋其情,而使"穷贱易安,幽居靡闷"。钟嵘以此归诸"诗可以怨";但如果以桃花源为例,则更近乎"诗可以兴"——它在联想情景中不但使情感得到排遣,还在不知不觉中移置到更高的理想层面上,使情感得以净化与审美的升华。如果我们注意到陶渊明创构的桃源生活只是平实无奇的生活,那么我们就会对弗洛伊德《诗人与幻想》中这段话竟如此适用而感到惊讶:

　　诗的世界的非现实性对于艺术技巧产生了一些非常重要

———————

① 唐长孺《魏晋南北朝史论丛续编》,第174页。

的后果。比如,许多在现实中并不能给人欢愉的赏心乐事,在游戏中却可能带来欢愉;许多本来其实是不愉快的印象却可成为诗的作品的听众或观众欢愉的泉源。①

田家劳作在现实中是单调而艰辛的,何以在陶作中竟具如许之魅力? 弗洛伊德未说明的转化之谜,正是我们兴趣之所在,也是陶作奥秘之所在。

《与子俨等疏》是一篇展示内心痛苦、冲突与愉悦的文章,文云:

> 吾年过五十,少而穷苦,每以家弊,东西游走。性刚才拙,与物多忤。自量为己,必贻俗患。僶俛辞世,使汝等幼而饥寒。余尝感孺仲贤妻之言,败絮自拥,何惭儿子。此既一事矣……少学琴书,偶爱闲静,开卷有得,便欣然忘食。见树木交荫,时鸟变声,亦复欢然有喜。常言五六月中,北窗下卧,遇凉风暂至,自谓是羲皇上人……病患以来,渐就衰损,亲旧不遗,每以药石见救,自恐大分将有限也。汝辈稚小家贫,每役柴水之劳,何时可免? 念之在心,若何可言!

渊明舐犊情深,决非某些论者所云“自私”“无责任心”。然而他还有更高的追求,对自己“性刚才拙,与物多忤”并不后悔。《后汉书·列女传》载王霸(字儒仲)妻勉其夫云:“君少修清节,不顾荣禄。今子伯之贵孰与君之高? 奈何忘宿志而惭儿女子乎?”这就是儒家安贫乐道的道德力量,是叶嘉莹称许的“自我实现”②,是儒家“仁者不忧”的境界。至于见树木时鸟,遇凉风暂至,便欣然而乐,则源自庄子对人生所采取的审美观照的态度:“山林与! 皋壤与! 使

---

① [美]麦·莱德尔编《现代美学文论选》,孙越生等译,文化艺术出版社1988年版,第180页。
② 叶嘉莹《汉魏六朝诗讲录》,河北教育出版社2000年版,第393—394页。

我欣欣然而乐与!"(《知北游》)儒家的道德力量与道家的审美态度相结合,形成陶渊明"傲然自足,抱朴含真"(《劝农》)的情感结构,对客体有很强的同化力。

我所说的"情感结构",是对应于皮亚杰"认知结构"的相似形态。《文心雕龙·明诗》云:"人禀七情,应物斯感;感物吟志,莫非自然。"这"七情",是"感物"的心理基础,相当于所谓的"情感结构"。外部事物须被诗人个体同化于认知结构,才能对刺激产生反应,并经由诗人情怀之酿造,方得入诗。情感结构便是外部事物诗化的"车间"。"在现实中并不能给人欢愉",乃至"其实是不愉快的印象"[①],一旦送进陶渊明那特殊的"车间",经其心灵之净化,便有蓬蓬然的诗意。只要略一展读《五柳先生传》,便不难感会这种诗意:

> 先生不知何许人也,亦不详其姓字,宅边有五柳树,因以为号焉……环堵萧然,不蔽风日;短褐穿结,箪瓢屡空;晏如也。常著文章自娱,颇示己志。忘怀得失,以此自终。赞曰:黔娄之妻有言:"不戚戚于贫贱,不汲汲于富贵。"味其言兹若人之俦乎? 衔觞赋诗,以乐其志。无怀氏之民欤? 葛天氏之民欤?

在这里,儒家的人格理想与道家的审美态度,已融为诗意,是陶渊明情感结构中极具消化力的"酶"——审美超越。这种超越,事实上就是陶渊明生命理想的审美实践,是对生命的回味。

自《古诗十九首》以来,对生与死的吟唱,对出与处的徘徊,一直是深深地困扰着文人士大夫的生存困惑。陶渊明《形影神》组诗中《神释》一诗,可以说是对这一问题的总体解答:

> 大钧无私力,万里自森著。人为三才中,岂不以我故? 与

---

① 参看拙著《文学史新视野》第二章第一节"心与物之中介——情感结构",北京大学出版社 2000 年版,第 27 页(收入本《文集》第四册)。

君虽异物,生而相依附。结托既喜同,安得不相语。三皇大圣
人,今复在何处? 彭祖爱永年,欲留不得住。老少同一死,贤愚
无复数。日醉或能忘,将非促龄具。立善常所欣,谁当为汝誉?
甚念伤吾生,正宜委运去。纵浪大化中,不喜亦不惧。应尽便
须尽,无复独多虑。

看透生死,反而会珍惜生命的过程。所以这种彻悟,决非弱者
的随遇而安,亦非颓废者的及时行乐,"实乃深感生命自然迁化不可
移易之理,且于人世生活持执着与热爱之感情"①。在这种情感的
投射下,日常平凡事物只要是"质性自然,非矫厉所得"者,就是美;
反之,"违己交病"、"以心为形役"者,就是不自然,就是丑。一篇
《归去来兮辞》便是一曲陶渊明纵浪大化的生命高歌:

倚南窗以寄傲,审容膝之易安。园日涉以成趣,门虽设而
常关。策扶老以流憩,时矫首而遐观。云无心以出岫,鸟倦飞
而知还。景翳翳以将入,抚孤松而盘桓。归去来兮,请息交以
绝游。世与我而相违,复驾言兮焉求? 悦亲戚之情话,乐琴书
以消忧。农人告余以春及,将有事于西畴。或命巾车,或棹孤
舟。既窈窕以寻壑,亦崎岖而经丘。木欣欣以向荣,泉涓涓而
始流。善万物之得失,感吾生之行休。已矣乎,寓形宇内复几
时,曷不委心任去留?

将此篇与《桃花源记并诗》对读,就会体悟到二者之间血脉贯
通,理想中有现实,现实中有理想,二者都融入美的大自然。这就是
诗人陶渊明带有生命理想之审美实践。生活经验化而为诗,即是对
生命的回味。试读《归园田居五首》之一:

---

① 王孟白《陶渊明诗文校笺》,黑龙江人民出版社 1985 年版,第 149 页。

少无适俗韵,性本爱丘山。误落尘网中,一去三十年。羁鸟恋旧林,池鱼思故渊。开荒南野际,守拙归园田。方宅十余亩,草屋八九间。榆柳荫后檐,桃李罗堂前。暧暧远人村,依依墟里烟。狗吠深巷中,鸡鸣桑树颠。户庭无杂尘,虚室有余闲。久在樊笼里,复得返自然。

诗中对往事今情的回顾充满田家生活经验的细枝末节,都因陶渊明"久在樊笼里,复得返自然"的情感投影而富有情趣,使人怦然心动。唯有能回味生命者,方能发现日常之美。在陶作中,此类平凡事物的诗情画意俯拾皆是,四处散发着桃花源的气息,而"质性自然"是其灵魂。

何谓"质性自然"? 就是事物自然而然的天性。这是针对事物异化而言的,与上文提及陶渊明承袭玄学的某些思想有关。作为名教与自然之辨的合题,郭象提出"独化"的思想。《庄子·齐物论》郭象注:

然则生生者谁哉? 块然而自生耳。自生耳,非我生也。我既不能生物,物亦不能生我,则我自然矣。自己而然,则谓之天然。天然耳,非为也。

在《庄子·天运》注中又说:

不能大齐万物而人人自别,斯人自为种也。

"人自为种"、"物不能生我",诚如哲学家余敦康所指出,其中蕴含着"强调个体尊严和权利"的深刻思想①。能以同情古人之心,

① 余敦康《中国哲学论集》,辽宁大学出版社 1998 年版,第 281 页。

顾及当时的历史条件,抉发古人具有进步意义的光辉思想,这就是学术的进步! 虽然陶渊明的"质性自然"未必直接源于郭象的"独化",但二者相通是明显的,这也是时代风气会为陶渊明感悟所得。无论如何,陶渊明"宁固穷以济意,不委曲而累己"(《感士不遇赋》)、"傲然自足,抱朴含真"(《劝农》)的高尚品格及其作品,为逆境中的古代知识分子树立了典范,激励后人,成为道德之长城,是不容否定的事实。被流放到海南岛的苏东坡,在困顿中写下百余首和陶诗便是明证。然而,更值得回味的、更具长久生命力的,却是他那回味生命的艺术。容下述。

不同的文化有不同的参照系。日本学者中野美代子《中国人的思维模式》是这样看桃花源的:

> 这个出自陶渊明《桃花源记》的"桃花源"不在别处,就在与现实接壤的地方……这样寻找到的"桃花源"在结构上与他们居住的现实世界没有任何区别。所不同的是,在"桃花源",人们或者是至今仍保持着古代那种和睦的生活,或者是抛弃了荣华富贵的观念,或是与什么都不知道的实体签订了长生不老的条约。①

桃花源与现实接壤的判断是准确的,但因其"一条狭路"便沟通了理想与现实,大异于欧式大海中难以企及的乌托邦,便使中野美代子甚为不满,说了些难听话,恕不引用——我想,这大概就是文化隔膜吧? 无论如何,能看到"理想与现实接壤",且其中社会之特点乃在"和睦",这已经很不容易了。的确,与西方注重挑战与应战不同,中华文化讲究的是融通与和谐。中国古代的人文精神一直是围绕着现实世界,所以理想社会也不是西方那种存在于"理念"中的

---

① [日]中野美代子《中国人的思维模式》,北雪译,中国广播电视出版社 1992 年版,第 115—116 页。

"理想国",而是以"三代"为模式的有很强的实践性的"桃花源",正处于"理想与现实的接壤"上,其特征便是充满情感意味的"和睦"。应补充的是,陶渊明强调的和谐,是以"人人自别"、"人自为种"的"质性自然",即尊重个体存在为前提的。恰恰是这一点,在等级森严的宗法社会中很不合时宜。陶渊明是个明白人,明白这只能是一个美好的愿望,便把它移置到文学的虚拟世界中去——"诗可以兴",即激发人的想象力;"诗可以群",在文学的情感世界中重组生活经验,使之达到一种和谐的境界:

　　　时复圩曲中,披草共来往。相见无杂言,但道桑麻长。
(《归园田居五首》之二)

　　　晨兴理荒秽,带月荷锄归。道狭草木长,夕露沾我衣。
(《归园田居五首》之三)

　　　昔欲居南村,非为卜其宅。闻多素心人,乐与数晨夕。
(《移居二首》之一)

　　　秉耒欢时务,解颜劝农人。平畴交远风,良苗亦怀新。
(《癸卯岁始春怀古田舍二首》之二)

　　这就是人与人、人与自然的一片和谐。这种和谐就是诗意。人们往往只注意到陶渊明在大自然中取得心理的平衡,尚未注意其阅读与创作中所取得的心理平衡。

　　须知陶渊明正是在重组其生活经验的创作过程中回味生命的。他反复说到文学及其创作所带来的愉悦:"好读书,不求甚解;每有会意,便欣然忘食。""常著文章自娱,颇示己志。忘怀得失,以此自终。""酣觞赋诗,以乐其志。"(《五柳先生传》)"既耕亦已种,时还读我书……泛览周王传,流观山海图。俯仰终宇宙,不乐复何如?"(《读山海经十三首》之一)可见陶渊明并未"忘言",文学世界与大自然同样是陶渊明取得心理平衡的因素,同样是陶渊明的精神支柱。正是通过文学的想象——"诗可以兴",陶渊明实现了人生诗意化的追求。如果说尼采所谓的"酒神精神"就是面对悲剧人生,也要有声有色地去演,不失其壮丽与快慰;那么陶渊明的"安贫乐道"与之相通之处,就在于面对"居穷巷"、"箪瓢屡空"的困境,也要"欢言酌春酒,摘我园中蔬"(《读山海经十三首》之一),"常著文章自娱"(《五柳先生传》),有滋有味地活下去而不易其操守。对此,林语堂有妙评:

> 他(指陶渊明)就是这样的爱好人生,由种种积极的、合理的人生态度,去获得他所特有的能产生和谐的那种感觉。这种生之和谐便产生了中国最伟大的诗歌。他为尘世所生,而又属于尘世,所以他的结论不是逃避人生,而是"怀良辰以孤往,或植杖而耕耔"。陶渊明仅是回到他的田园和他的家庭里去,所以,结果是和谐,不是叛逆。①

林语堂还将此类生活态度提升为中国哲人的一种人生观:"他把一只眼睁着,一只眼闭着,看透了他四周所发生的事物和他自己的徒劳,而不过仅仅保留着充分的现实感去走完人生应走的道路。因此,他并没有虚幻的憧憬,所以无所谓醒悟;他从来没有怀着过度的奢望,所以无所谓失望。他的精神就是如此得了解放。"②林语堂对中国人的"乐天知命"并不是没有批判,只是当他以中西双方文化互为标准进行双向比较时,他发现西方现代社会因物欲过度与个人主义膨胀而造成的心理焦虑,以及人际关系的紧张,东方古国"生活的艺术"恰好是个适当的补充。这就是他力主保留的"精神上的屋

---

① 《林语堂名著全集》第 21 卷《生活的艺术》,东北师范大学出版社 1994 年版,第 124 页。
② 宗白华《美学散步》,上海人民出版社 1981 年版,第 183 页。

前空地"①。是耶？非耶？陶渊明将理想融入现实的审美实践，或许是个有益的启示。

（原载《东方丛刊》2006 年第 2 辑）

---

① 请参看《生活的艺术》第七章《悠闲的重要》,第 149—169 页。

虚 舟 有 超 越

——晋宋之际文学的意象化追求

一

东晋在中国史上是个颇为特殊的时期,不妨说是门阀政治的典型形态。在文学史上,东晋同样也很特殊,虽然历来对其文学成绩评价不高①,但将它放在整个文学史上估量,却有其不容忽视的重要性,就好比蛹化为蝶,在丑陋中酝酿着美的突变,而促变的内力则是儒道会通的文化精神。

何谓儒道会通的文化精神? 由于人之为人,既是自然的存在,又是社会的存在,这正是儒家与道家各执一端的内在依据。故天人关系一直是儒、道两家论辩的焦点:儒家强调名教,往往是蔽于人而不知天;道家则强调自然,往往是蔽于天而不知人。二者对立矛盾、交替互补,在士大夫内心造成一种钟摆式的动态平衡,失去这一平衡便有难名的痛苦。以阮籍、嵇康为代表的竹林玄学,提出"越名教而任自然",无非是想超越苦难的现实。然而作为现实社会秩序的名教是不可超越之现实,离开现实的个性自由之理想,又好比海市蜃楼,终究虚妄。尤其是与名教对立,遭到现存社会秩序的报复,

---

① 如刘勰《文心雕龙·时序》称其时"诗必柱下之旨归,赋乃漆园之义疏";钟嵘《诗品》亦谓玄言诗"皆平典似《道德论》,建安风力尽矣"。此后论者多持保留态度,直至近年徐公持《魏晋文学史》、张可礼《东晋文艺综合研究》诸著,始较全面分析并肯定其价值。

士大夫面对魏晋以来名士大批沦亡的现实,不得不另谋出路。《世说新语·德行》载:"王平子、胡毋彦国诸人,皆以任放为达,或有裸体者。乐广笑曰:'名教中自有乐地,何为乃尔?'"乐广下一转语,使自然与名教相妥协,促成西晋玄学中理想与现实对抗的内涵向东晋玄学追求理想与现实调和的内涵转化。儒道会通的玄学品格,一旦与东晋偏安的现实相合拍,终于养成东晋颇具特色的文化精神,体现于各个政治文化层面,诸如:玄言对佛理的接纳,皇室与士族的妥协,北方士族与江左士族之兼容,徇务与逍遥之并存,出与处之转换等等。用郭象的话,叫作:"会通万物之性而陶铸天下之化。"(《庄子注·逍遥游》)正是这种会通的文化精神重塑了士人的理想人格。

东晋现实中有三大相关联的因素左右着重塑的过程:一是门阀政治及其偏安心态,一是"罕关庶务"的士族本性。东晋是士族全盛期,"王与马,共天下"(《晋书·王敦传》),王权与士族取得某种均势,士族自信心增强,心态趋于平衡,使其扬弃名士以放诞为通达的极端行为,而在人格上推重雅量与气度。另一方面,王室颓弱与士族对既得利益的维护又使偏安心态蔓衍,不思进取。此风反过来助长了"安流平进"的士族中人"罕关庶务"的本性,以不徇庶务为高。

"罕关庶务"又是一把双刃刀:一方面它与玄学结合,耽于空谈,昏昏惯惯,一再放弃北伐机会,苟延残喘,终至肤脆骨柔,使士族成为一群无能之辈;另一方面它与玄学结合,游外以弘内,即世间而出世间,不为物累,淡化士族中人功利之心,颇利于审美主体之建立。徐复观《中国艺术精神》有云:

　　竹林名士,在思想上实系以庄子为主,并由思辨而落实于生活之上;这可以说是性情地玄学。他们虽形骸脱略,但都流露出深挚地性情。在这种性情中,都含有艺术的性格……到了

元康名士（即中朝名士），则性情地玄学已经在门第的小天地
中浮薄化了，演变而成为生活情调地玄学。这种玄学，只极力
在语言仪态上求其合于"玄"的意味，实即求其合于艺术形态
的意味，于是玄学完全成为生活艺术化的活动了。①

这是审美主体建立的重要线索。"门第的小天地"孵化了"生
活情调地玄学"。经长期酝酿，在东晋门阀政治的气候下，此种"生
活情调地玄学"乃转化为"玄学的生活情调"，即东晋士人崇尚的一
种从容萧散、牛车麈尾、宴坐清谈的生活模式。《世说新语·赏
誉》载：

> 许掾尝诣简文，尔夜风恬月朗，乃共作曲室中语。襟怀之
> 咏，偏是许之所长。辞寄清婉，有逾平日。简文虽契素，此遇尤
> 相咨嗟，不觉造膝，共叉手语，达于将旦。

所谓"襟怀之咏"，这里指的是清谈。与西晋末名士任诞乃至
与群猪共饮相比，无疑有雅俗之分，是乐广所谓的"名教乐地"。事
实上东晋士人心态日趋稳定之后，其欲望追求也日渐移置到哲学、
文艺的更高层次，其情志也日见非功利化。其间佛理为玄言注入新
义所起的催化作用不容忽视。《文学》篇又载：

> 《庄子·逍遥篇》，旧是难处，诸名贤所可钻味，而不能拔
> 理于郭、向之外。支道林在白马寺中，将冯太常共语，因及《逍
> 遥》。支卓然标新理于二家之表，立异义于众贤之外，皆是诸名
> 贤寻味之所不得。后遂用支理。

---

① 徐复观《中国艺术精神》，春风文艺出版社 1987 年版，第 129—130 页。

刘孝标注："至人乘天正而高兴,游无穷于放浪;物物而不物于物,则遥然不我得,玄感不为,不疾而速,则逍然靡不适。此所以为逍遥也。"支遁认为只要内心平定,"物物而不物于物",则无往而非逍遥,比适性为逍遥的旧义更唯心些。《言语》篇又载:

> 竺法深在简文坐,刘尹问:"道人何以游朱门?"答曰:"君自见其朱门,贫道如游蓬户。"

这就是《维摩诘经》示人的"不二法门"。只要"世间性空,即是出世间",所以维摩诘居士即使是"入诸淫舍",也是"示欲之过"(《方便品》)。出与处的矛盾被化解了,"理想"与现实被沟通了。这就为"罕关庶务"而又不肯放弃特权的士族打开方便之门,由此产生一种与现实不即不离不粘不脱的"情志"——清虚的志尚与哲理意味的情致。

东晋人"志尚清虚"之"志",当然不是传统的"社会关怀"之内涵,而只是一种非实践性的"隐逸"情怀,是对萧条高寄的企慕。《世说新语·简傲》载:

> 王子猷作桓车骑参军。桓谓王曰:"卿在府久,比当相料理。"初不答,直高视,以手版拄颊云:"西山朝来致有爽气。"

这就是东晋人不徇庶务的清虚志尚了。它改变了东汉以来希企隐逸之风的性质,使本是忧患曲避、明哲保身的隐逸,嬗变为萧条高寄的行为模式,体现的正是其"嗤笑徇务之志"。至如《伤逝》篇所载:

> 王长史病笃,寝卧灯下,转麈尾视之,叹曰:"如此人,曾不得四十!"及亡,刘尹临殡,以犀柄麈尾箸柩中,因恸绝。

这又是何等情致！生存焦虑已被"生活情调地玄学"化解为一种具有哲学意味的生命情调,而与世俗生离死别异音。以此志此情,发为玄言诗,自然是别一种境界。诚如张可礼教授所揭示:"突破了先前人们所推崇的悲慨之音和穷苦之作以及哀怨感伤的基调,拓展了诗歌的领域,同时也是后来在更高层次上的哲理和情感相融合的诗歌的先导。"①不妨说,这也是《古诗十九首》以来文人不是得自民间文学启示的首次自家创造,是士族雅化进程的一次重要提升②。问题仅在于如何使玄理的内容与诗歌的艺术形式相适应。或者说,让士族文人清虚高寄之情志找到一个合适的载体。这也是一个文化选择的过程。

首先,是传统的"因物感兴"的诗性思维使具有诗人气质的玄学中人采用"以玄对山水"的感悟方式。《世说新语·容止》载:

> 庾太尉在武昌,秋夜气佳景清,使吏殷浩、王胡之之徒登南楼理咏。音调始道,闻函道中有屐声甚厉,定是庾公。俄而率左右十许人步来,诸贤欲起避之。公徐云:"诸君少住,老子于此处兴复不浅!"因便据胡床,与诸人咏谑,竟坐甚得任乐。后王逸少下,与丞相言及此事。丞相曰:"元规尔时风范,不得不小颓。"右军答曰:"唯丘壑独存。"

刘孝标注引《庾亮碑文》云:"公雅好所托,常在尘垢之外。虽柔心应世,蠖屈其迹,而方寸湛然,固以玄对山水。""丘壑独存"也好,"以玄对山水"也罢,都是指其超然物外的风神。湛然的心境与秋夜清景相对,最能引发清谈佳兴。玄言最终选择山水为"明道"的

---

① 张可礼《东晋文艺综合研究》,山东大学出版社 2001 年版,第 13 页。
② 虽说玄言诗是文人"自家创造"的新体,但仍得到东来佛教之佛偈形式的启发。详参张伯伟《禅与诗学》"玄言诗与佛教"一节,浙江人民出版社 1996 年版;陈允吉《古典文学佛教溯缘十论·东晋玄言诗与佛偈》,复旦大学出版社 2002 年版。

载体,有其内在的感应关系。《文学》篇又载:

> 郭景纯诗云:"林无静树,川无停流。"阮孚云:"泓峥萧瑟,实不可言。每读此文,辄觉神超形越。"

郭璞《幽思篇》全篇已不可见,其代表作是《游仙诗十九首》。然而阮孚所赏却在此等充满生命情调与哲理之诗句。《晋书·阮籍传》附《阮孚传》载:"或有诣阮,正见自蜡屐,因自叹曰:'未知一生当着几量屐!'神色甚闲畅。"阮对生命热爱却又超脱的态度,是与郭璞诗句共鸣处。关键就在这里:东晋士人长期接受玄言追求超越的品格的浸润,对包括生命在内的客观事物取静照的玄学态度,能动情却不溺于情,化特殊事件为普遍哲理。汤用彤《魏晋玄学流别略论》称:"及至魏晋乃常能弃物理之寻求,进而为本体之体会。舍物象,超时空,而研究天地万物之真际。"[1]这种品格使晋人能以大观小,于感喟中往往见其宇宙意识[2]。《文学》篇又载:

> 孙兴公作《天台赋》成,以示范荣期,云:"卿试掷地,要作金石声!"范曰:"恐子之金石非宫商中声。"然每至佳句辄云:"应是我辈语。"

孙绰是东晋玄言诗的代表诗人。其《游天台山赋》,徐公持认为:"于崇尚玄风之外更增添神仙遐想,成为玄学与游仙文学之结合体。"[3]故赋中胜景与佛老义理交织,结句乃云:"浑万象以冥观,兀

---

① 《汤用彤学术论文集》,中华书局1983年版,第234页。
② 《世说新语·言语》载:"卫洗马初欲渡江,形神惨悴,语左右云:'见此芒芒,不觉百端交集。苟未免有情,亦复谁能遣此!'"又:"桓公北征经金城见前为琅琊时种柳,皆已十围,慨然曰:'木犹如此,人何以堪!'攀枝执条,泫然流泪。"都是情志因物而感动,却又不泥于事件本身,发为具有哲理性的感喟,充满生命情调与宇宙意识。
③ 徐公持《魏晋文学史》,人民文学出版社1999年版,第514页。

同体于自然。"佛学禅宗的静照与道家的与自然同一,正是时尚所在,范荣期不得不云:"应是我辈语。"然而不应忽视的是:二例中山水景物所起的中介作用。它们引发主体哲理之思,为情志之所寄。这就是所谓的"以玄对山水"的感悟方式。在这种感悟方式中,山水景物渐见突出,玄理与情志遂隐入意象之中。正是这一意象化的进程,使"老庄告退"——退入幕后,而"山水方滋"——走到前台。《言语》篇载:

> 王子敬云:"从山阴道上行,山川自相映发,使人应接不暇,若秋冬之际,尤难为怀。"

> 道壹道人好整饰音辞。从都下还东山经吴中。已而会雪下,未甚寒。诸道人问在道所经。壹公曰:"风霜固所不论,乃先集其惨淡。郊邑正自飘瞥,林岫便已皓然。"

情志与哲理在叙事过程中已消融于意象。尤其"惨淡"二字,情景两喻,不觉溢出诗意。东晋人在日常生活中无心培植起来的诗性,成为日后田园山水诗人着意感兴的利根。经过东晋百余年"集其惨淡",终于在晋宋之际诞生了田园诗人陶潜,与山水诗人谢灵运。

然而,山水由附庸蔚成大国,还有其社会需求的原因。钱锺书《管锥编》有云:

> 诗文之及山水者,始则陈其形势产品,如《京》、《都》之赋,或喻诸心性德行,如《山川》之颂,未尝玩物审美。继乃山川依傍田园,若茑萝之施松柏,其趣明而未融……终则附庸蔚成大国,殆在东晋乎。[①]

---

① 钱锺书《管锥编》,中华书局 1979 年版,第 1037 页。

　　"山川依傍田园"是一个重要信息。山川景物入诗，早见诸《诗经》，至魏武帝乃有《观沧海》整篇之作。然而从附庸蔚成大国，"殆在东晋"。盖士族南渡，纷纷求田问舍，重建其经济基础。广占山泽，置立庄园，成为士族之日常事务。以陈郡谢氏家庭为例，《宋书·谢灵运传》载："父祖并葬始宁县，并有故宅及墅，遂移籍会稽，修营别业，傍山带江，尽幽居之美。"谢灵运《游名山志》仍云："夫衣食，人生之所资；山水，性分之所适。"又《山居赋》引仲长统《乐志论》云："欲使居有良田广宅，在高山流水之畔。"山川可资衣食，且可"乐志"，正处于士大夫理想与现实的结合点上，山水之游不能不成为士族文化的重要成分。故《晋书》中屡见传主"好游山水"之类，如称孙绰"居于会稽，游放山水"，称郭文"少爱山水"，称王羲之与东海人士"尽山水之游"，称桓秘"好游山水"云云。诚如谢灵运《与庐陵王义真笺》称："会境即丰山水，是以江左嘉遁，并多居之。"会稽山水田园是南朝士族聚居之所，与其山水之美、田原之沃不无关系。更由于士族以不徇庶务为高，故山水田园成为"希企隐逸"的一种象征。《世说新语·品藻》载谢鲲自比于庾亮，乃曰："端委庙堂，使百僚准则，臣不如亮；一丘一壑，自谓过之！"其中不无"嗤笑徇务"之意。世风所及，"一丘一壑"竟成为士族文化品位的一种标识。所以士族不但从政治、经济上争取自己的社会地位，也极重视从文化品位上提升家族的地位。即以"新出门户"陈郡谢家论，其家族地位的提升，不但与谢安、谢玄的政治军事方面的业绩有关，还与其尚玄谈、好游山水有关系。如果说书法成了琅琊王家的"族徽"，则山水之游几成陈郡谢家的"家珍"了。谢鲲以下，谢安就好游山水，《晋书》本传称其"放情丘壑"。谢安弟谢万，也有浓重的山水情怀，王羲之称其"在林泽中为自遒上"（《世说新语·赏誉》），诗赋常有山水之描绘。再下一代的谢玄，也在会稽营庄园。至谢混，又是一位改变诗风的人物，其《游西池诗》云："景昃鸣禽集，水木湛清华。"情景交融，是写景抒情技巧的一大进步。谢混还直接培养了宋初的山水大家谢灵运。而谢灵运眼中笔底,山水与其庄园往往是一回事。名句如"白云抱幽石,绿筱媚清涟"(《过始宁墅》)、"崖倾光难留,林深响易奔"(《石门新营所住》),所写山水可与其《山居赋》相参。灵运外又有惠连、谢朓,模山范水几成谢氏世业。总之,山水之游已成为与家族利益息息相关的士族文化的组成部分,成为士族的一种社会需求,这应是"山川依傍田园"的实质①。犹如"丝不如竹,竹不如肉"是由于"渐近自然",山水田园诗从游仙、玄言诗中脱颖而出,是由于它使士大夫的理想更贴近生活实际,与东晋士人从"越名教而任自然"滑落至"名教即自然"的文化选择是一致的。从这层意义上说,庄园文化是山水诗的接生婆。

作为山水由"附庸蔚成大国,殆在东晋"的临界线,乃在《兰亭诗》、《三月三日诗》。其中大量为王羲之主持的兰亭之会中的即兴之作。兰亭,在东晋士族庄园集中地会稽郡。参与者如谢安、孙绰、支遁、孙统诸人,皆一时名士。当场创作今存尚有三十七首之多,同题同时之作可谓盛况空前。此前此后一些春禊诗,亦可归入此类,而王羲之名文《兰亭集序》不妨视为此类作品之总序:

> 永和九年,岁在癸丑,暮春之初,会于会稽山阴之兰亭,修禊事也。群贤毕至,少长咸集。此地有崇山峻岭,茂林修竹,又有清流激湍,映带左右,引以为流觞曲水,列坐其次,虽无丝竹管弦之盛,一觞一咏,亦足以畅叙幽情。是日也,天朗气清,惠风和畅,仰观宇宙之大,俯察品类之盛,所以游目骋怀,足以极视听之娱,信可乐也。
>
> 夫人之相与,俯仰一世,或取诸怀抱,晤言一室之内;或因寄所托,放浪形骸之外,虽趣舍万殊,静噪不同,当其欣于所遇,暂得于己,快然自足,不知老之将至;及其所之既倦,情随事迁,

---

① 关于士族门阀与文艺之关系,参阅张可礼《东晋文艺综合研究》第三章。

感慨系之矣！向之所欣,俯仰之间,已为陈迹,犹不能不以之兴怀;况修短随化,终期于尽。古人云"死生亦大矣",岂不痛哉！每览昔人兴感之由,若合一契,未尝不临文嗟悼,不能喻之于怀。固知一死生为虚诞,齐彭殇为妄作,后之视今,亦犹今之视昔,悲夫！故列叙时人,录其所述,虽世殊事异,所以兴怀,其致一也。后之览者,亦将有感于斯文。

此叙有两点值得注意,一是重视环境即山水之美,强调其"游目骋怀,足以极视听之娱",从而感发"畅叙幽情"之作,可概括为:山水可乐志畅情;一是将"仰观宇宙之大,俯察品类之盛"与个体的生命过程联系起来,一反庄子"一死生"之论,肯定生命只是一个过程,从而热爱这一过程。《晋书》本传载:"羲之既去官……遍游东中诸郡,穷诸名山,泛沧海,叹曰:'我卒当以乐死！'"将山水与个体生命联系起来,改变传统"比德"的眼光,用的正是上文提及的"以玄对山水"的感悟式诗性思维。由山水起兴,以乐志畅情,感悟生命之价值,其中已有审美的成分。在这种感悟中,审美对象山水仍是一个独立的客体,虽然与后来山水诗注重情景交融相对而言,属"其趣明而未融",却有助于山水摆脱玄言之附庸而蔚成大国。序中表露的这两种意向,在《兰亭诗》中可以得到印证。如王玄之云:"消散肆情志,酣畅豁滞忧。"王蕴之云:"散豁情志畅,尘缨忽已捐。"王肃之云:"嘉会欣时游,豁尔畅心神。"诸多春禊诗都带有玄言的特征,但总体上已倾向山水的描写:

　　肆眺崇阿,寓目高林。青萝翳岫,修竹冠岑。谷流清响,条鼓鸣音。玄崿吐润,霏雾成阴。(谢万《兰亭诗》)

　　地主观山水,仰寻幽人踪。回沼激中逵,疏竹间修桐。因流转轻觞,冷风飘落松。时禽吟长涧,万籁吹连峰。(孙统《兰亭诗》)

　　　　心结湘川渚，目散冲霄外。清泉吐翠流，渌醽漂素濑。悠悠盼长川，轻澜渺如带。（庾阐《三月三日诗》）

玄言与山水的消长，表明这正是临界线之所在。其中最典型的仍是王羲之的兰亭之作：

　　　　三春启群品，寄畅在所因。仰望碧天际，俯瞰绿水滨。寥朗无崖观，寓目理自陈。大矣造化功，万殊莫不均。群籁虽参差，适我无非新。

一种萧然高寄之情与大化流衍之理，汇为天成隽句，在审智中审美，将"情志"这一生命的形态灌注到山水之中；而山水自然之理亦不觉与人的自然之性相沟通，形成对话式的"以玄对山水"。此即宗白华所云"晋人向外发现了自然，向内发现了自己的深情。山水虚灵化了，也情致化了"①。

　　然而文学史并非"自古华山一条路"。士族文化不但滋养了贵族文学，同时也从中蜕变出非贵族文学——陶渊明的田园之作。蜕变的根本原因就在于化"企慕"为实践。陶潜的"回归自然"，既不是王子猷式"以手版拄颊"，对远山行注目礼；也不是谢安式只是回到东山庄园别墅，或隐士高僧式遁入深山。他是直接回归农村，"躬耕自资"（《宋书·隐逸传》）。如此生存方式，决定了他在价值取向与心态上与贵族有重大差别。这种差别集中体现在对生命价值的认知与对理想同现实关系的处理上。陶集有《形影神（并序）》，可以看作是对《古诗十九首》以来生命追问的一次总体回答。其序云：

　　　　贵贱贤愚，莫不营营以惜生，斯甚惑焉。故极陈形影之苦，

----

① 宗白华《美学散步》，上海人民出版社1981年版，第183页。

言神辨自然以释之。好事君子,共取其心焉。

诗人对"惜生"持怀疑的态度,《形赠影》中则更明确指出:"我无腾化术,必尔不复疑。"对血肉之躯来说,死亡是不可避免的,"得酒莫苟辞"是无奈之举。于是又有《影答形》。影,虚也,用喻身外之物如名位等。然而,"身没名亦尽,念之五情热。立善有遗爱,胡为不自竭"? 影提出"立善"来取代饮酒,对生命追求而言,无疑是上一个层次。最后是《神释》:

> 大钧无私力,万理自森著。人为三才中,岂不以我故? 与君虽异物,生而相依附。结托既喜同,安得不相语。三皇大圣人,今复在何处? 彭祖爱永年,欲留不得住。老少同一死,贤愚无复数。日醉或能忘,将非促龄具。立善常所欣,谁当为汝誉? 甚念伤吾生,正宜委运去。纵浪大化中,不喜亦不惧。应尽便须尽,无复独多虑!

承认必然,站在死看生,了然通达:"纵浪大化中,不喜亦不惧。"这种态度,袁行霈《陶渊明研究》称之为"顺化","以自然的态度对待生,以泰然的态度对待死"[1]。这种旷达的态度与上文所论东晋人动情却不溺于情的玄学情调(特别是王羲之重视生命过程的人生态度)是一脉相承的。陶氏独得之处乃在于由形、影、神构成向上的生命台阶,是感性到理性的感悟,属叶嘉莹《汉魏六朝诗讲录》所称的"自我实现"[2]。也就是说,陶渊明的"委运"并非随波逐流。相反,它强调的"质性自然"有很强的个性,主要表现为:一是安贫乐道,保全人格;一是以审美超越去同化现实环境。

---

[1]　袁行霈《陶渊明研究》,北京大学出版社 1997 年版,第 15 页。
[2]　叶嘉莹《汉魏六朝诗讲录》有云:"在中国诗歌史上,只有陶渊明是真正达到'自我实现'境界的一个诗人。"(河北教育出版社 2000 年版,第 394 页)

安贫乐道、仁者不忧是儒家倡导的人生境界，它并不回避现实，只是它偏重的是人的精神生活而不是物质生活。陶作《与子俨等疏》云：

> 吾年过五十，少而穷苦，每以家弊，东西游走。性刚才拙，与物多忤。自量为己，必贻俗患。僶俛辞世，使汝等幼而饥寒。余尝感孺仲贤妻之言，败絮自拥，何惭儿子。此既一事矣……少学琴书，偶爱闲静，开卷有得，便欣然忘食。见树木交荫，时鸟变声，亦复欢然有喜。常言五六月中，北窗下卧，遇凉风暂至，自谓是羲皇上人……病患以来，渐就衰损，亲旧不遗，每以药石见救，自恐大分将有限也。汝辈稚小家贫，每役柴水之劳，何时可免？念之在心，若何可言！

疏中展示诗人在实践其人格理想中复杂的内心世界：有痛苦，有冲突，有彷徨，有愧疚，也有自在与欣然，都统一在"安贫乐道"的人格理想之中。事实上这正是陶作的特色，如《饮酒二十首》、《读山海经十三首》、《杂诗十二首》等，都从生命不同的层面表现其全人，有极大的丰富性，是所谓"质而实绮，癯而实腴"风格的发生根源。

论者多注意到陶渊明"质性自然"与郭象"独化"自然观之关系。《庄子·齐物论》："夫吹万不同而使其自已也。"郭象注曰：

> 然则生生者谁哉？块然而自生耳。自生耳，非我生也。我既不能生物，物亦不能生我，则我自然矣。自己而然，则谓之天然。天然耳，非为也。

这种思想无疑是在强调个体的尊严。它一旦与陶渊明安贫乐道的实践相结合，便扬弃了"委运"中消极的成分，使之进入"独化于玄冥之境"的审美超越。具体说,就是陶渊明在质性自然价值取向的主导下,在农村生活实践中,心物互动,整合了儒家安贫乐道、仁者不忧的人生境界与道家"山林与! 皋壤与! 使我欣欣然而乐与"(《庄子·知北游》)的审美态度①,形成独特的"傲然自足,抱朴含真"(《劝农》)的情感结构,将"人生实难,死如之何"(《自祭文》)的了然化为"居常待其尽,曲肱岂伤冲"(《五月旦作和戴主簿》)的欣然。这一情感结构具有很强的同化力与亲和力,使主体不但善于发现平凡中的美,还具有林语堂所说"去获得他所特有的能产生和谐的那种感觉"②,从而使现实中未必能使人感到欢愉的事物,经其心理净化而蓬蓬然有无限生机与诗意。一篇《归去来兮辞》,便是一曲陶渊明纵浪大化的超越之歌:

> 倚南窗以寄傲,审容膝之易安。园日涉以成趣,门虽设而常关。策扶老以流憩,时矫首而遐观。云无心以出岫,鸟倦飞而知还。景翳翳以将入,抚孤松而盘桓。归去来兮,请息交以绝游。世与我而相违,复驾言兮焉求? 悦亲戚之情话,乐琴书以消忧。农人告余以春及,将有事于西畴。或命巾车,或棹孤舟。既窈窕以寻壑,亦崎岖而经丘。木欣欣以向荣,泉涓涓而始流。善万物之得失,感吾生之行休。已矣乎,寓形宇内复几时,曷不委心任去留?

将此篇与《桃花源记并诗》对读,就会体悟到二者之间血脉贯通,理想中有现实,现实中有理想,二者都融入美的大自然。这就是诗人陶渊明带有生命理想之审美实践。读渊明田园诗(如《归园田

---

① 事实上山川之好并非庄子的专利。农业社会决定了人与自然的亲和关系,所以孔子闻曾皙之志云:"莫春者,春服既成,冠者五六人,童子六七人,浴乎沂,风乎舞雩,咏而归。"即喟然叹曰:"吾与点也!"(《论语·先进》)这正是儒、道整合的契合点。
② 《林语堂名著全集》第21卷《生活的艺术》,东北师范大学出版社1994年版,第124页。

居五首》),无不充满农家生活经验之细枝末节,但都因其"久在樊笼里,复得返自然"的心理净化与情感灌注而富有情趣,散放出桃源的理想气息。《饮酒二十首》有云:

> 结庐在人境,而无车马喧。问君何能尔?心远地自偏。采菊东篱下,悠然见南山。山气日夕佳,飞鸟相与还。此中有真意,欲辩已忘言。

方东树《昭昧詹言》卷四评曰:"此但书即目即事,而高致高怀可见。"陶氏"高致高怀"如盐入水,就溶化在这"即目即事"之中,"采菊东篱下,悠然见南山"已然成为一种萧条高寄的理想人格与生存方式的符号。也就是说,其情志已比东晋人进一步意象化了,可谓"其趣明而圆融"矣!

"夫导达意气,其唯文乎?"(《感士不遇赋》)自今而后,陶渊明的诗文已成为与"权力话语"并存的另一种在野的弱势话语,在君权日盛的封建社会中为处于逆境的士子所接受,发生深远的影响。而在当时,作为文学史主流的士族文学却沿着原来的路子继续蔓衍。

南朝宋以后大地主庄园经济依然盛行,而山水诗也仍然沿"依傍田园"、"以玄对山水"的路子发展。其间卓然大家而成规范的是谢灵运。以今日眼光视之,陶之艺境要在谢之上。然而由于谢诗从内容、形式到手法,都与该时代文化、文学主流趋势相一致,是诗歌形式演进过程中重要的一环,故而反比陶诗具有更典型的时代性,在唐有大影响。这就是文化选择的力量。

在谢灵运身上及其作品中,集中体现了当代文化与文学嬗变的多种倾向。首先是士族豪门的边缘化。明张溥编《汉魏六朝百三家集》为《谢康乐集》题辞有云:

> 宋公受命,客儿(指谢灵运)称臣。夫谢氏在晋,世居公

爵,凌忽一代,无其等匹。何知下伍徒步(指刘裕),乃作天子,客儿比肩等夷,低头执版,形迹外就,中情实乖……以衣冠世族,公侯才子,欲倔强新朝,送龄丘壑,势诚难之。

张溥一针见血指出谢灵运的悲剧不但是个性的悲剧,更是世族的悲剧。由于世族高门自身的腐败与"嗤笑徇务"使自己日见无能,终于让"次等士族"刘裕辈掌握了政权。自此,"皇帝恢复了驾驭士族的权威,士族则保留着很大的社会政治影响。这就是具有南朝特点的皇权政治"①。处于转折点上的客儿"以衣冠世族,公侯才子,欲倔强新朝",非悲剧而何?失去东晋人那种相对稳定平和的心态,而以"倔强"的态度出之,正是谢灵运山水诗一大特色。日本学者吉川忠夫《六朝士大夫的精神生活》有云:"六朝士大夫的精神,在隐逸的思想方面有特长,习惯于现实世界的随遇而安,但却欠缺借理智克服现实的实践意志,时常陷入起伏的情感世界。这也是此时代艺术兴盛的一个原因。"②这实在是有得之言。一方面,由于谢灵运"欠缺理智克服现实的实践意志",所以只能是东晋士人一般,只停留于"希企隐逸",而不能像陶渊明似地实践其理想,安贫乐道,融入大自然;另一方面,正是这股"倔强"的不平之气注入山水诗中,使"澄怀观道"的静照有了生命的跃动。其代表作《登池上楼》云:

> 潜虬媚幽姿,飞鸿响远音。薄霄愧云浮,栖川怍渊沉。进德智所拙,退耕力不任。徇禄反穷海,卧痾对空林。衾枕昧节候,褰开暂窥临。倾耳聆波澜,举目眺岖嵚。初景革绪风,新阳改故阴。池塘生春草,园柳变鸣禽。祁祁伤豳歌,萋萋感楚吟。索居易永久,离群难处心。持操岂独古,无闷征在今。

① 田余庆《东晋门阀政治》,北京大学出版社 1989 年版,第 349 页。
② 刘俊文主编《日本学者研究中国史论著选译》第 7 卷,中华书局 1993 年版,第 102—103 页。

人闲桂花落,夜静春山空。月出惊山鸟,时鸣春涧中。

不着半字议论,只以意象略作渲染,更呈现一个"动静不二"的空灵境界,从整体到整体,与读者发生心灵的感应,圆满自足。《文镜秘府论》南卷"论文意"条引王昌龄的意境论,涉及的正是谢灵运这一路数的创作经验。事实上谢诗的芜杂往往掩盖了一些带有规律性的东西。黄节先生曾去芜存菁总结道:"大抵康乐(指谢)之诗,首多叙事,继言景物,而结之以情理。"①这种程式至盛唐逐渐定型为律诗的一种常见格式,即方回《瀛奎律髓》卷二九评陈子昂《晚次乐乡县》诗所说的:"起两句言题,中四句言景,末两句摆开言意,盛唐诗多如此。"②层次分明而突出景物的中心地位,以最俭省的文字表达最丰富的情感,正符合近体诗的美学原则;其中一个重要的经验来源,便是谢灵运的创作。作为隔代相传,唐代庄园的普遍化、小型化,庄园文化在盛唐的延伸,是其依据。但是在南朝,同样的基础却有不同的进展。随着士族的衰落,对人生诗意化的追求已悄然转向更具感性的享乐型的追求了。

二

随着情感世界的意象化,文学世界的意象化也更趋明显。

文人创作与民间文学,首先在创作动机的主要倾向上有"缘事"与"缘情"之别。班固《汉书·艺文志》云:"(乐府)皆感于哀乐,缘事而发。"何休《春秋公羊传·宣公十五年解诂》云:"男女有所怨恨,相从而歌。饥者歌其食,劳者歌其事。"这是民间文学主要的创

---

① 萧涤非《乐府诗词论薮·读诗三札记》,齐鲁书社 1985 年版,第 365 页。
② 参看周勋初《魏晋南北朝文学论丛·论谢灵运山水文学的创作经验》,江苏古籍出版社 1999 年版。

作动机。西汉庄忌《哀时命》云："志憾恨而不逞兮,抒中情而属诗。"这是文人创作主要的动机。歌其事,重在外部世界(主要是社会生活),故尚实,多叙事;抒中情,则重在内部世界(主要是个体的情志),故尚虚,以抒情为中心。因之,文人创作之题材、形式、手法之变化无不因情志之变化而变化。然而,士大夫文人之情志,有其特定的文化内涵。有人认为,对生命的价值追问,在哈姆雷特是:"活着还是死去?"在中国士大夫,则是"出"(仕)还是"处"(隐)?出仕与归隐构成封建时代知识分子生命之二重奏。鲁迅曾尖锐地将此二元直指为"帮忙"与"帮闲"①。帮不上忙的不平,便谓之"失志"。班固《汉书·艺文志》有云:

> 传曰:"不歌而诵谓之赋,登高能赋,可以为大夫。"……春秋之后,周道坏,聘问歌咏不行于列国,学《诗》之士逸在布衣,而贤人失志之赋作矣。

言志,言"济世"之志,建安诸子是也;"失志",出处两难,彷徨无着,乃以企慕隐逸为"志",嵇、阮、潘、陆辈是也;缘情,因失志不得不只关心个体生存方式,即一己之情耳,东晋宋初诸公是也;绮靡,情志日减,唯形式是好,齐梁以后众人是也。其间,以企慕隐逸为志的两晋,对雅文学实在是起着"板道岔"的转向作用②。正是作为士族文化"特产"的玄言,培养了士大夫文人追求感悟、超越的诗性思维,赋予以田园山水诗为典型的雅文学意象化的品格。而这一雅文学的基本特征是在对传统"比兴"手法进行再认识的过程中完成的。

---

① 参看《鲁迅全集》第6卷《且介亭杂文二集·从帮忙到扯淡》,人民文学出版社1981年版,第344—345页。
② 不难想象,如沿着东汉士大夫讲究"气节",或建安诸子讲究"风骨"的路子走,六朝文学史当不至于与《诗》、《骚》的传统错位,或能顺延。可惜历史不可重复,无从验证,这只能是推测之辞。但六朝文学之变,却是一个现实的存在。

　　葛兆光《道教与中国文化·序》认为，早期人类的心理世界与物理世界混为一团，往往"推己及物"，自然、社会与人互相感应。"尤其是在中国，中国的历史使中国的文明过于'早熟'，原始血缘关系、原始人道遗风与原始思维方式残存的现象十分严重，人们还没有来得及区分心理世界与物理世界，却凭着体验、玄想与感觉、经验，以一种似是而非的方式建立了一个包括自然、社会、人在内的'同源共构互感'的宇宙系统理论……不同门、类、种、属，甚至毫不相干的事物却由于某种'感觉上的相似'彼此系连又有互相感应的作用。"①葛氏无意间已带出"全无巴鼻"不可捉摸的"兴"的根底。自然、社会与人的互相感应是兴所凭借的认识论基础。从功能上看，"兴"有一个从多角度都可以指认的特性，即因联想而产生的动情力，或称感发力。原始诗歌创作以物象引发对某些观念内容的习惯性联想，如以繁殖力强的鱼、鸟引发有关配偶的联想；儒家以"兴"促进社会规范（礼）的内化，是孔子所谓"兴于诗，立于礼，成于乐"（《论语·泰伯》）。汉儒《诗大序》将比兴等同于"美刺"，但还是注重其联想的功能，只是汉儒是站在"用诗"的立场（即"登高能赋，可以为大夫"）。魏晋是一个文学摆脱了功利主义与经学附庸的时代，士大夫因"失志"又回到作者与审美者的立场上来（即"贤人失志之赋作矣"），从创作的角度对赋比兴作再认识。晋挚虞《文章流别论》首称："赋者，铺陈之称也；比者，喻类之言也；兴者，有感之辞也。""有感之辞"虽嫌宽泛，但已是从创作立场言之。事实上《古诗十九首》以来文人创作已相当自觉地综合运用了《诗》"起情"的比兴手法与屈《骚》"引譬连类"的整体性比兴的手法。故《文心雕龙》于"兴"一则云"兴者，起也"（《比兴》篇），再则云"兴则环譬以记讽"（《明诗》篇）。然而刘勰深刻处还在于揭示了心与物之间"兴"的关系是互动的感应关系。《物色》篇乃云：

---

①　葛兆光《道教与中国文化》，上海人民出版社1987年版，第3—4页。

> 春秋代序,阴阳惨舒,物色之动,心亦摇焉……是以诗人感物,联类不穷。流连万象之际,沉吟视听之区;写气图貌,既随物以宛转;属采附声,亦与心而徘徊。

物动则心摇,或顺物推移,或用心驭物,心物互动,在双向建构中起情。刘氏对兴的认识已建立在全新的感应论的认识基础之上。《物色》又云:

> 是以四序纷回,而入兴贵闲……使味飘飘而轻举,情晔晔而更新……物色尽而情有余者,晓会通也。若乃山林皋壤,实文思之奥府,略语则阙,详说则繁。然屈平所以能洞鉴风骚之情者,抑亦江山之助乎?
>
> 赞曰:山沓水匝,树杂云合。目既往还,心亦吐纳。春日迟迟,秋风飒飒。情往似赠,兴来如答。

将感物起情称为"入兴",之间关系是"情往似赠,兴来如答"的双向建构关系,"山林皋壤"成为"文思之奥府"(事实上就是双向建构的枢纽),其审美效果是"物色尽而情有余",且以"味"拟之。这些已构成刘氏"兴"的新义系统,对兴义是实质性的开拓,成就了以感应论为基础的"情景说"——这正是有别于西方"摹仿说"、"表现说"的诗性思维。其要点乃在于将玄言"言意之辩"引入兴义,即重视"言"与"意"之间的中间环节"象"的跳板作用。我之所以说"跳板"而不说"桥梁",是想强调"象"的"起兴"功能(引发联想和动情)的飞跃性特征。对此梁代钟嵘《诗品》已颇加关注,其序曰:

> 气之动物,物之感人,故摇荡性情,形诸舞咏……若乃春风春鸟,秋月秋蝉,夏云暑雨,冬月祁寒,斯四候之感诸诗者也。嘉会寄诗以亲,离群托诗以怨。至于楚臣去境,汉妾辞宫……

凡斯种种,感荡心灵,非陈诗何以展其义,非长歌何以骋其情?……至乎吟咏情性,亦何贵于用事?"思君如流水",既是即目;"高台多悲风",亦唯所见;"清晨登陇首",羌无故实;"明月照积雪",讵出经史?观古今胜语,多非补假,皆由直寻。

"直寻"说显然与刘勰的"心物"说同样是建立在感应论的基础上,而钟氏之"物"不但指春花秋月之类的自然物,也指楚臣、汉妾之类的社会人事。关键是"凡斯种种",都必须是能"感荡心灵"、"摇荡性情"者。也就是说,"直寻"的目的还在于让心与物毫无遮蔽地面对面地相激而起情。在这一点上,钟嵘与刘勰"起情,故兴体以立"的看法是有内在的一致性的。不过钟氏更注重兴起的跳板——"象",也就是"直寻"更重视内在感发力与外在的形象世界的碰撞。这种对物象中介作用的重视既来源于"尽意莫若象"的"言意之辨",也来源于长期(尤其是魏晋以来)的创作经验。作为玄言的"言意之辨",是把双刃刀。一方面,它指出"尽意莫若象,尽象莫若言",明确了象与言的重要性。"目击道存"、"山水明道"的意识更是使山水成了道的载体,腾冲超拔,从点缀、附庸的地位独立出来。嵇康、郭象诸人明确指出"心物为二"、"我既不能生物,物亦不能生我",万物自生自化①。由是,山水成为与心灵对应的自在之物。这就是所谓的"以玄对山水"。另一方面,言意之辨又强调要"忘言忘象",使外物仅仅成为以譬喻为致知之具而已,从而又取消了象的独立意义。忘言忘象无异取消文学。唯有依象成言、歌斯哭斯,才能消解言意之辨对文学创作负面作用。站在文学立场上的钟嵘,其"直寻"说正是在这一意义上强调了"形似之言"的重要性。《诗品》评张协有云:

---

① 如郭象《庄子注·齐物论》云:"我既不能生物,物亦不能生我,则我自然矣。"

文体华净,少病累。又巧构形似之言。雄于潘岳,靡于太冲。风流调达,实旷代之高才。

《诗品集注》引车柱环云:"案,'形似之言',为齐、梁所重,故每见称道。沈约《宋书·谢灵运传论》'相如巧为形似之言',《颜氏家训·文章第九》'何逊诗,实为清巧,多形似之言',皆此类也。"李徽教云:"仲伟谓鲍照诗出于二张,而评文有'善制形状写物之词','贵尚巧似'等语;又谓谢灵运诗杂有景阳之体,而评文有'故尚巧似'之言。形似,即写形浑似之简称也;巧似,即巧构形似之简称也。"①齐、梁人重形似之言,正是基于对物象自在性的认识。然而钟嵘所谓形似,并非"雕虫之巧",而是"言在耳目之内,情寄八荒之表"(评阮籍诗)。他明确地将写物与比兴联系起来,序曰:

> 故诗有六义焉:一曰兴,二曰比,三曰赋。文已尽而意有余,兴也;因物喻志,比也;直书其事,寓言写物,赋也;弘斯三义,酌而用之,干之以风力,润之以丹彩,使咏之者无极,闻之者动心,是诗之至也。

钟嵘正是以此为标准,肯定了新兴五言诗的优势:

> 五言居文词之要,是众作之有滋味者也,故云会于流俗。岂不以指事造形,穷情写物,最为详切者邪!

五言比四言容量更大,节奏更灵活,更适合于"写物详切",所以易收"文已尽而意有余"的"兴"的效果,所以是"众作之有滋味者也"。文学自觉自立之初,体现为对"象"的主体性的重视,故先讲

----

① 曹旭《诗品集注》,上海古籍出版社1994年版,第152页。钟嵘又评颜延之云:"尚巧似。"评谢灵运云:"故尚巧似。"评鲍照云:"贵状巧似。"

究"写物"、"形似之言"。所以自晋张协(事实上是太康诸人)开其端,后来南朝无论山水、咏物、宫体之类,遂与"巧构形似之言"有不解之缘,一时蔚成风尚。大略言之,"形似之言"一端与比兴相连,走的是由形似而神似的意象化之路,至晚唐"象外之象"之论出,后世遂不贵形似。然而与西方文学相比较,中国文艺无论如何超然写意,总是不离实相而以"形神兼备"为贵,此应是六朝种下的基因;"形似之言"的另一端则与缘情绮靡互接,自当别论。至于前者,《文心雕龙·物色》云:

> 自近代以来,文贵形似。窥情风景之上,钻貌草木之中;吟咏所发,志惟深远;体物为妙,功在密附。

刘氏虽言形似,但同时强调"志惟深远",体物钻貌,曲写毫芥,也还是为了发兴。钟嵘《诗品·序》更明确指出了赋与兴之间的依存、转换的关系:

> 若专用比兴,则患在意深,意深则词踬。若但用赋体,则患在意浮,意浮则文散,嬉成流移,文无止泊,有芜漫之累矣。

具体批评不妨以居上品的谢灵运为例:

> 其源出于陈思,杂有景阳之体。故尚巧似,而逸荡过之。颇以繁芜为累。嵘谓:若人学多才博,寓目辄书,内无乏思,外无遗物,其繁富,宜哉!然名章迥句,处处间起;丽曲新声,络绎奔发。譬犹青松之拔灌木,白玉之映尘沙,未足贬其高洁也。

谢氏的"尚巧似"是很典型的,如"初篁苞绿箨,新蒲含紫茸"(《于南山往北山经湖中瞻眺》),真所谓"曲写毫芥",状物入神。钟嵘还认为,只要"寓目辄书,内无乏思,外无遗物"则繁富也"宜哉"。也就是说,只要心物能发生感应,里应外合,则外物无不可入诗,而学多才博也不为累。关键在心物间是否相感发。谢灵运有名句云:"池塘生春草,园柳变鸣禽。"正是所谓"直寻"所得,并未"创造"或"想象"出什么非人间的东西。春草鸣禽只是"眼前景",但与"心中情"猝会,便有对前所未有的生命之真趣的感悟,而与西方文论强调的"创造"、"想象"异趣,是禅宗话头所谓"见山还是山,见水还是水"①。只是这山这水已是"直接扪摸世界"后带有感性与理性双重认识的山水;而看山看水之人,也已是受到山水属性感染与启发调整了心态之人。故谢氏自称"此语有神助,非吾语也",排除自神其作的成分,正道出心物碰撞的顺化一面。虽然钟嵘尚未对此作理论阐述,但六朝诗人却的的确确已将双脚踩在这条诗性思维之路上了。创作大于理论。未引起刘勰、钟嵘足够重视的陶潜,其实在此道上已走得很远了。其《时运》诗云:

> 迈迈时运,穆穆良朝。袭我春服,薄言东郊。山涤余霭,宇暧微霄。有风自南,翼彼新苗。

南风款款吹来,禾苗如注家所云,"因风而舞,若羽翼之状"。不但"工于肖物",且一"翼"字表达了诗人春游舒畅的心情,可以说是凝聚了全诗的情感。对平凡的田园事物,陶潜总是能发现其清新之美,如"平畴交远风,良苗亦怀新","狗吠深巷中,鸡鸣桑树巅"等,都不是什么奇特的风光。在这里,同化要大于顺化。也就是说,诗人主观情感起主导作用。《庚戌岁九月中于西田获早稻》诗云:"田家岂不苦? 弗获辞此难。四体诚乃疲,庶无异患干。"没有如此"安贫乐道"的心境,就不可能体悟田家平凡事物之美。陶诗所谓"质而

---

① 《青源惟信禅师语录》云:"老僧三十年前来参禅时,见山是山,见水是水;及至后来亲见知识,有个入处,见山不是山,见水不是水;而今得个体歇处,依然见山是山,见水是水。"

实绮,癯而实腴"风格,其内核就是对生活深刻的体验。陶、谢为"直寻"提供了两种不同的表达模式。放在文学史演进的大背景下看,陶潜提升了"玄言诗"的文学品格,使"象"具有多重启发性;而谢灵运则以极貌写物、穷力追新的手段,使"象"更趋圆满自足。总之,传统儒、道既讲"天人合一",又讲"神游物外",新兴佛教禅宗既讲"静照"、"冥合",又讲"顿悟",都以其颇为辩证的思维方式赋予"兴"以超越"比附"的品格,它并不企图改变事物,而是尊重事物原貌,只是通过感受、同化、顺化、联想、审美的一连串反应,逗出情趣、理趣。此之谓:"生气灌注。"①这才能化质直为虚灵,将形似提升到神似的境界,达到体物以抒情的目的。这些经验在刘勰、钟嵘以后虽然未能继续在理论上加以深化,但在许多优秀作家的实践中仍有所发展。大略言之,一条是鲍照开创的向民间乐府学习的路子,发扬与言志挂钩的比兴传统;一条是沿着谢灵运"兴会标举"之路,向清新细腻发展。这一拨人往往以汉魏古诗为学习对象。

刘宋文坛曾兴起拟古之风。此亦文人创作的规律,每当求变之际,先从传统或民间寻求突进的力量。鲍照处士族始衰而寒人欲起之际,得风气之先,奋其智能言志,故以入世为宗的汉乐府成为首选的利器。现存鲍诗二百首,其中乐府八十余篇,多属拟汉乐府之古调。《文心雕龙·比兴》云"日用乎比,月忘乎兴,习小而弃大",是对"巧构形似之言"的负面批评。然而魏晋以来并非没有此类创作,阮籍《咏怀》便是突出的例子。《诗品》将阮籍列在上品,评云:

> 其源出于《小雅》。无雕虫之巧。而《咏怀》之作,可以陶性灵,发幽思。言在耳目之内,情寄八荒之表。洋洋乎会于《风》、《雅》,使人忘其近,自致远大。颇多感慨之词。厥旨渊放,归趣难求。颜延年注解,怯言其志。

① 《诗品》卷下载袁嘏曰:"我诗有生气,须人捉着,不尔便飞去。"此为南朝人重"生气灌注"之一例。

何焯《义门读书记》云:"《咏怀》之作……其源本诸《离骚》,而钟记室以出于《小雅》。"这一批评是对的,阮作继承的是《骚》的比兴。不过钟氏是看出这种"兴"的"言在耳目之内,情寄八荒之表"正符合其"文已尽而意有余,兴也"的标准。可惜这种"归趣难求"的兴作,不符合钟氏"三义"并作的审美理想而未作深论。《诗品·序》有云:"若专用比兴,则患在意深,意深则词踬。"这意见也是对的。鲍照正是从矫正"巧构形似之言"潜在的"形式主义"倾向与阮诗"意深则词踬"的偏颇两方面凸显其优势。最能代表其跌宕凌厉之风格的当推十八首七言《拟行路难》。兹录二首,以见其余:

> 泻水置平地,各自东西南北流。人生亦有命,安能行叹复坐愁!酌酒以自宽,举杯断绝歌路难。心非木石岂无感?吞声踯躅不敢言!

> 对案不能食,拔剑击柱长叹息。丈夫生世会有时,安能蹀躞垂羽翼?弃置罢官去,还家自休息。朝出与亲辞,暮还在亲侧。弄儿床前戏,看妇机中织。自古圣贤皆贫贱,何况我辈孤且直!

用《诗经》起句发兴的手法,直抒性情,是《南齐书·文学传》所谓的"发唱惊挺,操调险急"。这种手法对七言是重大的改革,诚如萧涤非先生所云:"七言至此,盖已别创一新境界,由板滞迟重变而为流转奔放。"[1]然而走向文弱乃至"肤脆骨柔"的南朝士人更欣赏的是《南齐书·文学传》指出的另一面:"雕藻淫艳,倾炫心魂",故将鲍诗比为"八音之有郑、卫"。从《玉台新咏》所选鲍诗看,也的确有这一面。从评者、选者的眼光中,我们感知时代的文化选择。学习民间乐府这一路终于走向宫体,与鲍诗相乖,容另议。

---

① 萧涤非《汉魏六朝乐府文学史》,人民文学出版社 1984 年版,第 268 页。

学谢灵运"兴会"一路,同样要受文化选择的左右。由于刘宋以后君主多出身非士族的军门,对士族采取抑制的政策,更由于士族自身的腐败,由"罕关庶务"走向无能,使士族中人虽仍可"安流平进",养尊处优,却在政治上由中心迅速走向边缘。齐武帝曾不留情面地说:"学士辈不堪经国,唯大读书耳。经国,一刘系宗足矣!沈约、王融数百人,于事何用!"(《南史·恩幸·刘系宗传》)心志萎缩的南朝士大夫不再有王导、庾亮、谢安辈的自信,甚至不敢有谢灵运的狂傲。他们的兴趣不能不日趋狭小琐细。邃密的观察,细腻的描绘,成为该时代主流文学的特征。诗如:

> 鱼戏新荷动,鸟散余花落。(谢朓《游东田》)

> 疏树翻高叶,寒流聚细文。(何逊《九日侍宴乐游苑》)

> 蝉噪林逾静,鸟鸣山更幽。(王籍《入若耶溪》)

观察入微,追求"毫发无遗憾"的表达,这对增强诗语言的表现力是很有必要的。更重要的是,由于讲究"兴会",所以在体物钻貌过程中能将情如盐入水般化入景中。被《诗品》称为"极兴会论诗"的谢朓《之宣城出新林浦向板桥》云:

> 江路西南永,归流东北惊。天际识归舟,云中辨江树。旅思倦摇摇,孤游昔已屡。既欢怀禄情,复协沧洲趣。嚣尘自兹隔,赏心于此遇。虽无玄豹姿,终隐南山雾。

旅思摇摇,江景亦摇摇。谢朓从谢灵运的"寓目即书"式的"直寻",迈向精心寻求心物之契合点的"直寻"。江景之朦胧与心态的恍惚相叠合,造成笼罩全诗的氛围。在这一气氛中,我们整体地感受到诗人出京无奈而远祸且喜的复杂心情。故论者或云兴会者,能造新意境;或云兴会者,融情于物而生景。谢朓于此已有所感悟,乃改变大谢理句、景句错杂写来的手法,有意识地从局部描写进而重视将景象组合为一个有机的整体。试读其《晚登三山还望京邑》诗:

> 灞涘望长安,河阳视京县。白日丽飞甍,参差皆可见。余霞散成绮,澄江静如练。喧鸟覆春洲,杂英满芳甸。去矣方滞淫,怀哉罢欢宴。佳期怅何许,泪下如流霰。有情知望乡,谁能鬒不变?

“白日”以下六句集中写景,使景物产生整体效应,细缊出一种气氛,是禅家偈语所谓:“白云山头月,太平松下影。良夜无狂风,都成一片境!”(《雪堂和尚松拾遗录》)如果将“去矣”以下六句压缩为一联,则湘瑟铿然,近唐音矣!陈代阴铿《和傅郎岁暮还湘州》诗云:

> 苍茫岁欲暮,辛苦客方行。大江静犹浪,扁舟独且征。棠枯绛叶尽,芦冻白花轻。戍人寒不望,沙禽迥未惊。湘波各深浅,空轸念归情。

局部描写如“大江静犹浪”、“芦冻白花轻”,体物贴切;而全景整合和谐无痕,乃见清新。陈祚明《采菽堂古诗选》卷二九评:“阴子坚诗声调既亮,无齐、梁晦涩之习,而琢句描思,务极新隽;寻常景物,亦必摇曳出之,务使穷态极妍,不肯直率。”事实上自谢灵运以来,对山水景物穷态极妍之意,不仅是为了“悟道”,它更表明时人审美趣味之所在。“兴会标举”已成为一种具有普遍意义的“诗思”,即以审美情感为核心的诗性思维,流衍至各文体中,形成文学的意象化趋势。诸如谢灵运《山居赋》,释惠远《庐山记》,鲍照《登大雷岸与妹书》,都在写景之中抒发其山水情怀。至梁代之书信,更是将山水之兴会纳入日常生活之中,可谓“不可一日无此君”了。梁简文帝萧纲《答湘东王书》云："暮春美景，风云韶丽，兰叶堪把，沂川可浴。"
片言只语，寻常景物，"亦必摇曳出之"。丘迟《与陈伯之书》有云：
"暮春三月，江南草长，杂花生树，群莺乱飞。"寥寥数语，以兴会动
情，对动摇敌将陈伯之的信心，强化其"见故国之旗鼓，感生平于畴
昔"的情缘，起了很大作用。而吴均更是此中高手，其《与施从事
书》《与顾章书》《与宋元思书》诸作，皆可传世。《与宋（一作
朱）元思书》描写富春江的景色云：

> 风烟俱净，天山共色，从流飘荡，任意东西。自富阳至桐
> 庐，一百许里，奇山异水，天下独绝。水皆缥碧，千丈见底，游鱼
> 细石，直视无碍。争湍甚箭，猛浪若奔。夹岸高山，皆生寒树，
> 负势竞上，互相轩邈，争高直指，千百成峰。泉水激石，泠泠作
> 响。好鸟相鸣，嘤嘤成韵。

意象叠出，时空转换，都成一片清境，使人沉浸在审美的愉悦中，而
"感飞戾天者，望峰息心；经纶世务者，窥谷忘返"云云，几成多余。

无独有偶，约略与吴均同时的北魏郦道元的《水经注》，以地理
专著而描写自然山水，虽然意不在寓理抒情，但得意处往往是"语有
全不及情而情自无限"（王夫之《古诗评选》卷五）。如《江水注》云：

> 春冬之时，则素湍绿潭，回清倒影。绝巘多生怪柏，悬泉瀑
> 布，飞漱其间，清荣峻茂，良多趣味。每至晴初霜旦，林寒涧肃，
> 常有高猿长啸，属引凄异，空谷传响，哀转久绝。故渔者歌曰：
> "巴东三峡巫峡长，猿鸣三声泪沾裳！"

散文而盈诗意，莫此为甚。梁代此类作品所展现的物象与情志
之间这种磁场般的感应关系，表明梁代作者对于"象"的直觉性的了
悟，以及对"象"的整体性的把握能力。可惜，由于当时南朝士大夫

颇溺于声色,纤情弱志,使"体物"偏向"咏物","缘情"走向"寄情",从客体获取灵感转而为借客体以喻情怀,山水走向宫体,"兴"转向"比",与晋宋以来的意象化倾向相错位了。

　　唐君毅《中国文化之精神价值》有云:"中国民族之精神,由魏晋而超越纯化,由隋唐而才情汗漫,精神充沛。"[1]晋宋之际文学意象化追求,正是其超越纯化的体现。

（原载《中华文史论丛》总第 78 辑,2004 年）

---

① 　唐君毅《中国文化之精神价值》,台北正中书局 1944 年版,第 70 页。

士族・文化・文学

文学只有与文化成为一个复合整体,其文化文本的潜在意义才得以展开。为了便于做这样的整体研究,我将魏晋至北宋这段历史划分为"士族文化"与"世俗地主文化"两种文化构型,魏晋南北朝(含建安年间)至盛唐(196—755)属前者,中唐至北宋(756—1126)属后者。

所谓文化模式,按我的理解,就是文化各种因子的整体性,包容各种外部行为及深藏其中的思考方法,其整体性结构赋予各个行动以意义。魏晋南北朝是中国历史上颇独特的历史时期,处于该时期政治、经济、文化中心地位的士族,是中国古代贵族在特定历史时期的表现形态,与皇权相制衡,由此形成该时代特有的"士族文化构型"。

史学界的研究表明,士族的前身是东汉末的大姓名士,士与宗族的一体化萌生了士族①。魏晋士族确立的主要依据有官爵、婚姻、文化(教养)三项,前二项为外部条件,后一项则是士族自身的内部条件,与士族文化之建构关系尤为直接。"经明行修"不但是东汉取士的标准,也是一般名士的文化价值理想,特别是在汉末大动乱之后,有其现实意义。日本学者谷川道雄论该时代乱世中的坞村,认为那不是纯粹的血缘集团,而是以高尚品德的统率者为中心的共同

---

① 唐长孺《魏晋南北朝史论拾遗·东汉末期的大姓名士》,中华书局 1983 年版。

体集团。他认为：

> 士大夫对于钱财和权势等世俗欲望之自我抑制的道德观念，实现了诸如家族、宗族、乡党，甚至所谓士大夫世界那样的共同体。而且，从这种道德观念的对象世界反弹过来的人格评价亦即乡论，赋予他们作为社会领导者的资格①。

士族这种品格，在乱世的"共同体"中总是或多或少被保持着。尤其在北朝，战乱与民族冲突使士族不得不以其人格力量团结乡党以求生存。直到隋、唐，北方士族的这股贞刚之气甚至成为整合南北文化的一个重要因素。然而总体上看，在士族发展过程中，儒学是日渐被边缘化，因之对士族文化之建构发生重大的影响。

儒学的边缘化典型地体现在人才观的变化上。"经明行修"是儒学占主导地位的两汉最基本的人才观。汉末动乱使社会更切实地需要应用型的人才，所以曹操提出"唯才是举"的新人才观：无论"盗嫂受金"、"不仁不孝"，只要"有治国用兵之术"，都要举用。（《三国志·魏书·武帝纪》）所以曹氏政权中既有以士族为主的"汝颍集团"，又有以事功起家的强宗大姓为主的"谯沛集团"。这是一个新、旧用人制交替的时代。《世说新语·文学》"钟会撰四本论"条刘孝标注云：

> 《魏志》曰："会论才性同异，传于世。"四本者，言才性同、才性异、才性合、才性离也。尚书傅嘏论同，中书令李丰论异，侍郎钟会论合，屯骑校尉王广论离，文多不载。

陈寅恪《书世说新语文学类钟会撰四本论始毕条后》认为：言

① ［日］谷川道雄《中国的中世》，《日本学者研究中国史论著选译》第2卷，中华书局1993年版，第138—139页。

才性同、才性合的傅、钟皆司马氏之死党,其持论与东汉士大夫理想相合,则儒家体用合一之旨;言才性异、才性离的李、王乃司马氏之政敌,其持论与曹操"唯才是举"之旨合①。其实,许多理论的产生只是某些社会利益集团的需要。代表士族门阀利益的司马氏集团倡才性同、合,未必是要去实现东汉士大夫的理想,更多的还是为士族世袭政治、经济特权找依据——出身高贵的士族自然是高人一等,其"才"是与生俱来的,故曰:才性同、才性合。梁代沈约就这么说:

> 汉末丧乱,魏武始基,军中仓卒,权立九品,盖以论人才优劣,非为世族高卑。因此相沿,遂为成法,自魏至晋,莫之能改。州都郡正,以才品人,而举世人才,升降盖寡,徒以凭借世资,用相陵驾。都正俗士,斟酌时宜,品目少多,随事俯仰。刘毅所云"下品无高门,上品无贱族"者也。(《宋书·恩幸传》)

历史与曹操开了个玩笑,"军中仓卒,权立九品"恰好成了后来士族门阀保持其世袭既得利益之工具,走向"唯才是举"的反面。当然,州都郡正们依然打着"以才品人"的旗号,实际上只是"随事俯仰"。其"俯仰"的重要手段是:不再把"人才优劣"的考察重点放在"立功兴国"、"堪为将相"的才能上,而是放在风貌、谈吐、神情的"才情"上。汤用彤《言意之辨》指出:"月旦品题,乃为士人之专尚。然言貌取人,多名实相乖,由之乃忽略'论形之例'而意为'精神之谈'(《抱朴子·清鉴篇》),其时玄风适盛,乃益期神游,轻忽人事,而理论言意之辨,大有助于实用上神形之别。"②"轻忽人事"正是清谈与品藻人物之要害。品藻而轻忽人事,自然要使清谈流于空谈,士风倾向浮华,辩才、文才、怪才取代了经邦、治国、堪为将守之才。

---

① 陈寅恪《金明馆丛稿初编》,上海古籍出版社 1980 年版,第 41—47 页。
② 《汤用彤学术论文集》,中华书局 1983 年版,第 226 页。

于是我们在《世说新语》中看到名士形象，更多的是他们的才貌、才藻、才情：

> 裴令公有俊容仪，脱冠冕，粗服乱头皆好。时人以为玉人，见者曰："见裴叔则如玉山上行，光映照人。"（《容止》）

> 支道林、许掾诸人共在会稽王斋头。支为法师，许为都讲。支通一义，四坐莫不厌心；许送一难，众人莫不抃舞。但共嗟咏二家之美，不辨其理之所在。（《文学》）

> 孙兴公、许玄度皆一时名流。或重许高情，则鄙孙秽行；或爱孙才藻，而无取于许。（《品藻》）

这便是"魏晋风度"，是超脱礼法观点对个性美的欣赏。宗白华先生认为："中国美学竟是出发于'人物品藻'之美学。"①品藻、清谈、玄风，是建构士族文化重要的一维。这种审美观反过来又促成士族子弟将"经明行修"的文化教养转化为高雅的精神气质，以及对文艺（琴棋书艺及文学）的爱好，使之成为一种行为模式，文学活动不能不接受其直接的影响。

潘多拉的匣子既已打开，儒学边缘化使个体思想从两汉经学与儒家教条狭小的天地中冲决出来，各种受儒家正统文化压抑的能量被释放出来，又以更大的力度推进儒学的边缘化。儒、墨、名、法、释、道、纵横、兵家都应运而出，"神灭论"、"无仙说"、"笑道论"乃至"无君论"蓬然而起，的确是一次个体思想的大解放，由此形成朱大渭《魏晋南北朝文化的基本特征》所说的"自觉趋向型文化特征"②。这就是人们所乐道的"人的自觉"，是"文学自觉"之母。在此过程中，玄学的影响最为深远。面对乱世普遍的生存焦虑，玄学给出了

---

① 宗白华《美学散步》，上海人民出版社1981年版，第178页。
② 朱大渭《六朝史论·魏晋南北朝文化的基本特征》，中华书局1998年版。

"超越"的人生观、价值观,人们耽于玄远精神境界之追求,使该文化构型由是呈现出异彩。从风神潇洒、不滞于物的"魏晋风度",到点画自如、情驰神纵的书法艺术;从《兰亭集序》到田园山水诗,无不透出玄学空灵的精神与个体的价值。就在一俯一仰之间,自然山水景物摆脱儒家"比德"的社会伦理束缚,成为人的审美对象。在生命形式的盛名中,山水景物使人获取身心的自由、精神的超越。这就是宗白华所说的:"晋人向外发现了自然,向内发展了自己的深情。山水虚灵化了,也情致化了。"①田园山水诗的出现有力地推动了中国文学意象化的进程。

然而,无论个体如何解放,在那个时代里,"个人与乡里与家族不可分割"②,所以个体的研究必须放在士族文化这一大网络中进行。朱大渭《魏晋南北朝文化的基本特征》又云:

> 士族门阀统治时期,以士族为首的宗族乡里组织集经济、政治、军事、文化于一体,在对当时社会政治尤其是文化影响颇深。可以说,区域文化的许多重要内容,便是在高门士族为首的宗族乡里集团的基础上构筑起来的。③

士族就是"文化堡垒",就是文化贵族。在此基础上构建的文化,只能是贵族文化。刘师培《中国中古文学史》第五课总论已注意到家族与文学之关系:

> 自江左以来,其文学之士,大抵出于世族;而世族之中,父子兄弟各以能文擅名。如《南史》称刘孝绰兄弟及群从子侄,当时有七十人,并能属文,近古未之有(《孝绰传》);又王筠与

---

① 宗白华《美学散步》,第 183 页。
② 唐长孺《魏晋南北朝史论拾遗》,第 235 页。
③ 朱大渭《六朝史论》,第 34—35 页。

诸儿论家门文集书谓："史传所称，未有七叶之中，人人有集如吾门者。"（《筠传》）此均实录之词（当时文学之盛，舍琅邪王氏及陈郡谢氏、吴郡张氏外，则有南兰陵萧氏、陈郡袁氏、东海王氏、彭城到氏、吴郡陆氏、彭城刘氏、东莞臧氏、会稽孔氏、庐江何氏、汝南周氏、新野庾氏、东海徐氏、济阳江氏，均见《南史》）。①

士族与文化的关系好比双人舞，是一种互动的关系：士族要维系其"文化世家"的地位就必须随着文化之演变而演变，而文化以士族为载体就必然染上浓重的士族气味。田余庆《东晋门阀政治》评士族与玄学之关系云：

> 西晋朝野玄风吹扇，玄学压倒了儒学而成为意识形态的胜利者，连昔日司马氏代魏功臣的那些儒学世家，多数也迅速玄学化了。两晋时期，儒学家族如果不入玄风，就产生不了为世所知的名士，从而也不能继续维持其尊显的士族地位。②

可见士族要维护其世袭的特权，就必须随着文化转。以士族名门琅邪王氏为例，其先祖王吉以经学起家，至魏晋之际，王祥、王览辈迎合司马氏"以孝治天下"的旨意，以孝行著称，且紧跟世风，儒玄双修。王氏至东晋王导一代称极盛，他们不但积极参与政治、军事，且尚玄谈、好文艺，跟上当时玄学生活化、艺术化的文化潮流。书法可以说是王家的"族徽"。王导"行草见贵当世"（《书断下》），王敦"笔势雄健"（《宣和书谱》），王廙"工书画，过江后为晋代书画第一"（《历代名画记》）。后来王羲之、王献之父子更是书艺圣手。反过来，书艺在这群优游不迫的士族文人手中，就要带上贵族气。以二

① 刘师培《中国中古文学史》，人民文学出版社 1984 年版，第 88 页。
② 田余庆《东晋门阀政治》，北京大学出版社 1989 年版，第 356 页。

王为代表的洒脱的晋人书法,正是"魏晋风度"的体现①。

我们对文学当然更感兴趣。陈郡谢氏恰好是个家族、文化、文学形成"生态关系"的典型。谢家对子弟的教养是很自觉的,《晋书·谢玄传》载:

> (谢)安尝戒约子侄,因曰:"子弟亦何豫人事,而正欲使其佳?"诸人莫有言者。玄答曰:"譬如芝兰玉树,欲使其生于庭阶耳。"

谢家培养"芝兰玉树"主要是从玄谈、音乐、文学诸方面着手。就文学方面看,《世说新语》载:

> 谢公(安)因子弟集聚,问《毛诗》何句最佳。遏(玄)称曰:"'昔我往矣,杨柳依依;今我来思,雨雪霏霏。'"公曰:"讦谟定命,远猷辰告。"谓此句,偏有雅从深致。(《文学》)
>
> 谢傅(安)寒雪日内集,与儿女讲论文义。俄而雪骤,公欣然曰:"白雪纷纷何所似?"兄子胡儿(朗)曰:"撒盐空中差可拟。"兄女(道韫)曰:"未若柳絮因风起。"公大笑乐。(《言语》)

此类文学活动是有意识进行的:

> (安)又于土山营别墅,楼馆林竹甚盛,每携中外子侄往来游集,肴馔亦屡费百金。(《晋书·谢安传》)
>
> (谢)混风格高峻,少所交纳,唯与族子灵运、瞻、晦、曜、弘微以文义赏会,常共宴处,居在乌衣巷,故谓之乌衣之游。(《南

---

① 刘跃进《门阀士族与永明文学·从武力强宗到文化士族》,生活·读书·新知三联书店1996年版。

史·谢弘微传》)

此类封闭式的家族文化使谢家文学创作打上家族的"个性"。如谢家自谢鲲以"一丘一壑"自许,谢安、谢万、谢玄亦有山水情怀,寄情山水便成了谢氏家风。至谢混、谢灵运开创山水诗,便带有浓重的庄园味。反过来,谢家的文学造诣又为家族抬高了门槛,《宋书·谢弘微传》于"乌衣之游"后又云:"其外虽复高流时誉,莫敢造门。"

如果我们放宽视界,则整个士族总是以文艺作为标识,抬高士族门槛,以严士庶之别。尤其是宋、齐以后,士族由于自身的无能而采取"嗤笑徇务"的不现实态度,而皇室与士族有着与生俱来的不可克服的利益矛盾,有意抑制士族,这就使非世族性地主即所谓"寒人"趁机钻进权力圈子,甚至"竞行奸货,以新换故,昨日卑细,今日便成士流"(《南史·王僧孺传》),改头换面也挤进士族圈子。于是一方面士族要严士庶之别,有意凭借其文化优势,在诗文上则讲究用典隶事提高难度——盖乱世教育不易,多由家学承传,士族借此以博学相炫耀而自别于庶族、武宗。裴子野《雕虫论并序》就举过这样的例子:宋明帝宴集命朝臣作诗,"其戎士武夫,则托请不暇,困于课限,或买以应诏焉",真是窘态百出。所以士族愈是危机愈要严士庶之别,愈要逞博。故士族与寒人、武宗对抗尤甚的宋、齐时代,也正是钟嵘《诗品·序》所谓"文帝殆同书抄"的时代。反过来,寒人武宗想要挤进士族行列,就得学习士族的"风度",学会写诗作赋用典隶事,宋末齐初沈约凭才学成功地推动了吴兴沈氏从武力强宗向文化士族转化,便是典型的事例①。另一方面士族衰败的现实使士族中人对个体存在价值之追求变得愈来愈"实用",不再浪漫地追求什么精神上的超越,只想落实现世的享受,与世俗合流,愈是能引

---

① 刘跃进《门阀士族与永明文学·从武力强宗到文化士族》。

起感官愉快的东西愈是受欢迎。在这种新口味面前,"淡乎寡味"的玄言诗一降为"山水",再降为"宫体",就是一个直感化的过程。士族与文化、文学的这种"生态"关系于南朝为显著,而北朝更突出的则是"汉化"与"胡化"问题。陈寅恪有云:"我国历史上的民族,如魏晋南朝时期的民族,往往以文化来划分,而非以血统来划分……在研究北朝民族的时候,不应过多地去考虑血统的问题,而应注意'化'的问题。"①这是历时久远的民族大融合,自汉末至盛唐,汉化与胡化交流电也似地为该时代的文化建构提供能源,显示出一种前所未有的包容与吸收的积极的文化精神,也就是上引朱大渭《六朝史论》所说的"开放融合型文化特征"。这种开放融合型文化经长期的"蓄势",终于在大一统的唐代有力地驱动了文坛巨变。

这里涉及何以将隋、唐纳入"士族文化构型"的问题。固然,士族门阀制的典型态在东晋,此后便走向衰落。至隋唐科举制开始全面取代九品中正制,对士族制无异是釜底抽薪,士族"文化堡垒"被攻破了。然而士族犹执礼教之牛耳,为新兴权贵所艳羡(皇族不断通过重修谱系将自己一伙挤进、新贵争着与山东旧族联姻便是明证)。更重要的是,魏晋南北朝所形成的一些基本文化特征,至盛唐犹一贯且愈明显,表明这是一个割不断的整体。盖文化模式的关键在文化整合,也就是说,文化行为是趋于整合的,一些文化特征是通过文化选择与文化整合而不断地得到强化,形成一种融一的形态。上引朱大渭《魏晋南北朝文化的基本特征》一文归纳该时代文化特征是:(一)自觉趋向型文化特征;(二)开放融合型文化特征;(三)宗教鬼神崇拜型文化特征;(四)区域型文化特征。除末项外,其他三项仍是盛唐时代的文化特征,而且表现愈突出,尤其是盛唐人个体的意气与整个文化所呈现的南北胡汉文化之融一要比魏晋南北朝更典型。宗白华《美学散步·论〈世说新语〉和晋人的美》

---

① 万绳楠《陈寅恪魏晋南北朝史讲演录》,黄山书社 1999 年版,第 292 页。

称"汉末魏晋六朝"这几百年间是"强烈、矛盾、热情、浓于生命彩色的一个时代"①,移来评盛唐似更见生色。没有比这种综合印象更能表明魏晋至盛唐文化的整体性了！陈寅恪《论韩愈》一文称："唐代之史可分前后两期,前期结束南北朝相承之旧局面,后期开启赵宋以降之新局面,关于政治社会经济者如此,关于文化学术者亦莫如此。"②而文学史家闻一多亦以汉建安五年至唐天宝十四年(200—755)为一阶段。③ 前贤所见如此,正是考虑到文化与文学的特殊性,不以朝代为鸿沟耳。

(原载《福州大学学报》2004 年第 4 期)

---

① 宗白华《美学散步》,第 177 页。
② 陈寅恪《金明馆丛稿初编》,第 292 页。
③ 郑临川《笳吹弦诵传薪录——闻一多、罗庸论中国古典文学》,上海古籍出版社 2002 年版,第 75 页。

隋唐五代文学与传统
思想研究综述

历史学家陈寅恪《论韩愈》一文称:"唐代之史可分前后两期,前期结束南北朝相承之旧局面,后期开启赵宋以降之新局面,关于政治社会经济者如此,关于文化学术者亦莫不如此。"论述隋唐五代文学与传统思想之关系,亦可准此分为前、后两期,即:隋至盛唐(581—755)为前期,中唐至五代(756—960)为后期。大体言之,前期主继承,后期主变异。

一

隋代思想界不活跃,其间儒学一度抬头,并对文学造就影响。隋文帝倡儒学,但"素无学术",而隋末儒者王通则代表儒家正统思想,重道轻艺、重行轻文,但影响不大。客观地说,隋代抑制浮艳文风对唐文坛向刚建清新取向过渡是有利的。

唐人从六朝继承的最大一份遗产是思想学说的多元化,它与唐代社会在民族、文化、政治诸方面的兼收并蓄是相适应的。论者一般将唐前期思想界视为"三教并用",即儒、道、释三家并行不悖的局面。兹分述如下:

1. "道教"往往是道教迷信与道家思想的混合体。道教是唐朝

的"国教",皇族与李耳攀了亲,在唐前期地位显赫。陈寅恪《冯友兰〈中国哲学史〉下册审查报告》称:

> 六朝以后之道教,包罗至广,演变至繁,不似儒教之偏重政治社会制度,故思想上尤易融贯吸收。

道教与文学之关系,论者大多集中于作家作品研究,尤集中在李白研究方面。郭沫若、范文澜、李长之诸学者视李白为道教徒;列举李诗与炼丹方术神仙之关系即为显例。

魏晋玄学对唐人也有潜在而深刻的影响。魏晋玄学本属儒道兼综的一种哲学思潮,后来又有玄佛合流的趋势,其内容颇为复杂。冯友兰《中国哲学简史》将魏晋玄学称为"新道家",并分为"主理派"与"主情派"。玄学所谓"应物而无累于物"的情,事实上是对具体事物的诗化,隐去功利目的的超越,是一种哲理化了的情绪。宗白华《论〈世说新语〉和晋人的美》更明确指出:"晋人向外发现了自然,向内发现了自己的深情。山水虚灵化了,也情致化了。"也就是说,空灵的玄学精神与对自我价值的追求是构建晋人艺术境界的思想基础,这对唐人有深刻的影响。牟宗三《才性与玄理》解释魏晋名士清逸之气有云:"精神溢出通套,使人忘其在通套中,则为逸……是则逸者解放性情,而得自在,亦显创造性。"不但是李白,盛唐诗人都普遍地存在着率真飘逸之气,实属时代风格,在很大程度上是受玄学的影响。不同的是,魏晋玄学重精神气质表现为由经世致用转向为个人的逍遥抱一,思想中心不在社会;唐人则由于儒学的介入而情志合一,个人逍遥抱一而不弃经世致用之理想,故唐诗更重"意气"。李白的仙人、大鹏形象与阮籍、嵇康的仙人、大鹏也由是而有质的差异。

作为玄谈重要话题的言意之辨对文学之影响更深远,汤用彤《魏晋玄学和文学理论》指出"文学与思想之关系不仅在于文之内容,而亦在文学所据之理论"。此论引起文化家颇广泛的注意,但以此论唐前期文学者亦不多见。海外学者叶维廉从比较文学的角度也对道家与文学之关系做了研究,其中论及王维一派山水诗的创作方法尤其独到,但他常与禅宗影响合讲(《从现象到表现》)。事实上言意之辨是透过陶渊明、谢灵运诸优秀诗人的作品而对唐前期诗人发生内在的影响。陶、谢将玄学的任性适情引向田园山水,唐人接受了它,并在新的历史条件下排除了六朝人因杀夺政治所带来心头浓重的死亡阴影,在诗的领地获得一片"宁静潇洒的精神天地",王孟田园山水诗派可为代表。

2. 儒学。隋及唐前期虽然对儒家典籍做了许多整理工作,如孔颖达等撰《五经正义》,颜师古定《五经定本》,使历来纷争歧义的儒学得到统一,有深远的意义,但总体说来,隋及唐前期统治者对儒学大多采取实用主义态度("外王")。其影响主要有两方面,一是典章制度;二是文化价值追求。陈寅恪《隋唐制度渊源略论稿》指出隋唐制度源自北魏北齐、梁、陈,以及西魏北周。如果从文化价值的层面看,其影响似更深刻。盖儒学经北朝血的洗礼,为生存不得不减弱其"严华夷之辨"的成分而具相当的兼容性。这种儒学的新品格在大一统而胡汉交融、南北交融的唐代具有巨大的意义。人们津津乐道的唐人宏放的精神与儒学在唐前期的"外王"而不排它的品格有直接的关系。所以唐前期士人好事功积极用世与南朝士人的"罕关庶务"自命清高截然不同,当与继承北朝儒风有关。闻一多《四杰》曾敏锐地指出"宫体诗在卢、骆手里是由宫廷走到市井,五律到王、杨的时代是从台阁移至江山与塞漠",但认为这是由于"他们都曾经是两京和都市中的轻薄子,他们的使命是以市井的放纵改造宫廷的堕落",没有看到他们受隋以来渐抬头的儒家诗教的内在影响,王勃《上吏部裴侍郎启》、杨炯《王勃集序》都反映了这一事实。许多论者已注意到唐前期史学家论文及陈子昂的倡"风雅"、"兴寄"与儒学传统之间的联系,而唐诗走向刚健雄浑之路,个人的

"情"与关怀社会之"志"的结合等,与儒家美学思想的内在联系,则有待进一步研究。

3. 佛教对文学之影响,大体可归结为对文人思想行为及对文学思想、创作方法两方面的影响。隋唐佛教仍继承魏晋以来走中国化的路子,无论天台宗、华严宗,或后起的南禅宗,都能援儒、道入释,是佛教中国化的成熟期。赖永海《佛学与儒学》认为,所谓"中国化,在相当程度上则是指儒学化;而所谓儒学化,又相当程度地表现为心性化"。如天台宗称"心是诸法之本",华严宗称"一切法皆唯心观",禅宗称"即心即佛",劝人"菩提只向心觅,何劳向外求玄"? 只要返观内照,顺应自然,即世间也就是出世间。这就为士大夫亦官亦隐提供了哲学依据,也是自在自适的盛唐田园诗的一个需要心理依据。许多研究者都注意到佛学的这一影响,而王维研究成绩尤著。

佛学思想是如何影响文学的? 宗白华《中国艺术意境之诞生》认为:禅是中国人接触佛教大乘义后体认到自己心灵的深处而灿烂地发挥到哲学境界与艺术境界。静穆的观照和飞跃的生命构成艺术的两元,造成空寂中生气流行,鸢飞鱼跃的境界,即王维诗歌的静远空灵,便是植根于这一境界。陈允吉《佛学对文学影响之我见》更明确指出佛学对文学影响途径有八个方面,如佛教的时空观念、生死观念和世界图式的影响;大乘佛教的认识论和哲理思辨的影响等。在《论王维山水诗中的禅宗思想》中又认为:王维常把自身进行的理念思维和审美体验结合起来,塑造那种虚空不实和变幻无常的境界如此等等。

除了"三教",任侠也是唐代社会思想的一股不容忽视的潮流。陈伯海《唐诗学引论》认为,汉魏以来,扶危济困的任侠精神与士大夫宣泄不平之气相结合,汉魏以后文人诗歌对游侠的歌咏,大多出自这种心态。此风至唐而盛,一是因为唐承隋后建立大一统王朝,北方少数民族尚武之习气被吸纳到唐代社会生活中来;二是唐代商品经济兴盛,都市繁荣,为任侠提供了温床。唐诗倡"风骨",崇尚宏大的气魄和刚健的笔力,抒写英雄怀抱,与之有关。事实上侠、儒、释、道四股思潮是互相渗透形成错综的关系。如儒与侠结合,促使儒学中济苍生忧社稷的一面充分展开,而任侠的思想行为也获得较广阔的视野。又如道与侠结合,便凸显伸张个性的一面而削弱委曲求全的另一面。李白研究中对任侠思潮与文学之关系有较充分的讨论。

<h1 style="text-align:center">二</h1>

陈寅恪《冯友兰〈中国哲学史〉下册审查报告》称:"中国自秦以后,迄于今日,其思想之演变历程,至繁至久。要之,只为一大事因缘,即新儒学之产生,及传衍而已。"而中唐至五代正是新儒学诞生最关键的孕育期,其间重要文人如韩愈、李翱、柳宗元、刘禹锡等,与有力焉。故论后期传统思想对文学之影响,以旧儒学向新儒学之嬗变最为深巨。

新儒学者,接受两大挑战之产物也。一是"安史之乱"的挑战,二是释、道之挑战。陈寅恪《论韩愈》认为:唐代古文运动实由"安史之乱"及藩镇割据局面所引起,其中心思想是"尊王攘夷"。张跃《唐代后期儒学》更详尽地对此做了论证。他认为唐后期随着政治体制失去平衡和中央集权的控制力削弱,儒学思想方面的缺陷日益突出,许多人不断提出复兴儒学的要求,使之成为时代的课题。历史资料表明,中唐以后皇帝至士大夫,都将加强中央集权寄希望于儒学的复兴。社会需求促使儒学首先在学风上由寻章摘句崇尚空谈的传统转向阐扬义理、讲求致用的新路子。学风的转变必然引发文风的转变。无论韩愈的"文以载道",还是柳宗元的"文以明道",都表明在古文运动的倡导者们对"文"的社会功能、教化功能的重视。与之相应的是对形式的要求,无论韩愈的"陈言务去",还是柳宗元的"词正而理备"、"言畅而意美",都与"最便宣传,甚合实际"的目的相一致。与之相平行的是元结、杜甫的倡"比兴"、"风雅",至讲究"讽喻"的"新乐府运动",尤其是白居易"文章合为时而著,歌诗合为事而作"的一系列主张,都受到儒学"致用"思潮的深刻影响。历来这方面的研究成果颇丰,而有待进一步辨明的是,杜甫所倡的风雅比兴与元结、白居易所倡风雅比兴虽然都源自儒家传统,但仍有区别。大略言之,杜甫更多地继承了《诗》、《骚》乃至陈子昂"兴寄"的传统;元结、白居易则与隋末王通的文学思想更为接近。也就是说,后者有更明显的功利主义,在这一点上与新儒学在本质上相通,有明显的时代特征。

传统儒学在制度法律等国家学说及公私生活诸方面对中国社会之影响至为深巨,但于学说思想方面转不如佛道二教之系统化与深入人心。释、道二教经高宗、武则天以来的大发展,至中唐而炽盛,是对儒学的严重挑战。儒学应战虽然以韩愈"攘斥佛老,独树儒学"为旗帜,但实际上却沿柳宗元主张的"以儒为主,综合三教"的方向发展。诚如一些学者所发明,所谓"统合",其实就是儒学对释、道二教的吸收。如冯友兰《中国哲学简史》称:新儒学主要来源有三:一是儒家本身;二是佛家,包括以禅宗为中介的道家,三是道教,主要是阴阳家的宇宙发生论云。其中影响最深刻的,在中唐应是精神修养方面。

佛教在长期中国化过程中,接受儒家心性论的影响,建立了一整套自我完善的理论,使隋唐佛学在当时哲学思想中处于领先地位,并促使道教哲学也向心性论发展。面对释道心性论优势,儒学也开始将理论重心转向心性论,《大学》、《中庸》和《孟子》受到重视,个人修养被视为治国的必要条件。韩愈《原道》强调的就是"正心诚意",以达到"内圣外王"的目的,用来抵制释、道"外天下国家"的"出世主义",也就是任继愈所指出的,韩愈排佛的实质是排斥

"夷狄之道",维护传统文化,包含有反对藩镇割据以加强中央集权的现实意义。事实上韩氏在批判中将儒家心性之学与佛教心性之学相沟通了,使彼为我用,归诸"君君臣臣"之礼教。李翱则进一步援释入儒,其《复性书》深受佛学影响,将韩愈阐明的"道"的指针从向外拨回向内,将"情"与"性"对立起来,"情不作,性斯充",由是提出"循礼法而动,所以教人忘嗜欲而归性命之道也"(《复性书》上篇)。这种由外视转入内视的思维方式,及其对个人道德修养之重视,影响于文学思想,便是对"文"与"道"的一系列认识,及由此引申的"文章务本"论。

儒学受佛道禅宗的影响还鲜明地体现在将"随缘任运"、"委顺奉身"的空无思想引入儒家"达则兼济天下,穷则独善其身"的传统处世原则之中。在白居易研究中,许多论者注意到白氏时之来也陈力以出,时之不来也奉身而退的处世态度,是与其"处顺世间法,内脱区中缘"儒释思想混杂有直接关系。"兼济"与"独善"互补的原则又影响其对文学形式的理解。白氏将其诗分为"讽喻诗"与"闲适诗",使生命之二元与文学之二元同步。这标志着唐人已从"文学的自觉"走向"形式的自觉",此后一批文人如陆龟蒙、皮日休等,自觉地以小品文言其志,又以唱和、闲适诗抒其情,都表明了这点。这种以文学为自我调节之具的思想还介入审美意识,使中晚唐以来高逸风格的地位日见提高。

玄学、禅宗是释道融合的产物,其认识论与思维方法对唐文学有深刻的影响,主要体现在"境界"说的萌生与对"象外之象"的追求两个方面。二者一直是二十世纪八十年代以来讨论的热点。

佛教思想还是促成唐传奇小说发展的重要因素之一。孙昌武《佛教与中国文学》认为:"佛教之影响于小说,一方面在思想内容,另一方面在艺术构思以及表现方法。"尤其值得重视的是,孙氏指出:"佛教关于六道轮回、因果报应等等迷信,以粗俗、幼稚但却又富于形象的感性形式流传于民间,并被接纳入民间文学艺术之中。这样,民俗佛教信仰和佛教观念就很容易与小说结合起来。"事实上唐传奇与俗讲变文都与中晚唐由雅入俗的社会潮流密切相关,是一个综合的文化现象。将佛教思想对文学的影响放在这一现象中进行整体研究,是必要的。如沈曾植《海日楼札丛》卷五《成就剑法》条云:"唐小说所纪剑侠诸事,大抵在肃、代、德、宪之世,其时密教方昌,颇疑是其支别。"剑客、小说、藩镇、密宗,诸多因素交叉发生综合效应,不是对某一因素单独进行线式研究所能奏效。因此,这种整体的宏观的研究方法仍值得提倡。

与道家思想相联系而又相区别的道教思想,对中晚唐文学之影响也不可忽视。中晚唐人面对苦难多变的现实,彷徨、苦恼、怅惘的情绪亟需宣泄,道教那虚幻的神鬼世界恰好提供了一条渠道,尤其是在生死与爱情的问题上。如李贺诗中充满神仙鬼魅的意象,由这些意象组合成扑朔迷离的虚幻仙境与冥界,并以此表达其对生之恋、死之恐惧。再如李商隐诗,也往往有玉山青凤之类的道教意象,借此以表达对爱情自由的向往之情。在中晚唐小说中,问题要复杂些。与中晚唐佛教相似,道教也有一个民俗化的过程,韩愈《华山女》诗曾生动地描绘了佛、道以俗讲争夺信徒的场面。道教进入市井,必然染上市井俗民的感情色彩,影响于文学,便出现充满人情味的人神、人鬼与人怪之恋的故事。葛兆光《道教与中国文化》下编第三节对此做了论述。他指出,道教神奇怪异的意象一进入文学,则改变了它的宗教色彩,使得神鬼都具有人性,变得那么端庄可爱。这些意见在传奇《任氏传》、《李章武》等多篇作品中得到印证。

至若任侠精神,唐前期是与建功立业、拯物济世的理想相结合的,"踏进中唐,这种精神开始衰减,往往转型为个人的特立独行、奇操异节,甚至带有放荡不羁、玩世不恭的情味,而与改造人生的目标反倒脱了节"(陈伯海《唐诗学引论》)。中晚唐任侠精神的嬗变固然与藩镇割据士人择主而从的现实有直接的关系,但也不无佛道二教的影响。如传奇人物聂隐娘、昆仑奴的"飞仙剑客"化,就源自二教无稽之谈。

　　五代半个世纪的动荡，朝代频繁更迭，使传统道德沦丧。这样的社会现实使一些苟全性命于乱世的士大夫乃至僧徒隐士，企盼能以诗教来维系社会伦理道德，于是"教化说"再度盛行，成为"整个唐末五代文学批评中颇引人注目的观象"（王运熙、杨明《隋唐五代文学批评史》）。白居易因其讽喻诗而被张为《诗人主客图》尊为"广大教化主"便是很典型的一个例子。然而，现实社会伦理道德已丧失殆尽，诗教说、明道说都只能是一纸空言。因此，传统的儒家诗教思想至唐末五代只剩下"一种讲究比兴寄托的思维定势"，并被庸俗化为"由物象求政教意义的读诗方法"（同上）。如僧虚中的《流类手鉴》，把诗中描写的种种自然物象都附会以儒家的伦理道德内容与政治含义。应当说，这并不是传统思想对五代文学发生的真正影响，恰恰相反，它显示了传统思想在该时代的式微。

（原载《天府新论》2000 年第 2 期）

初唐诗的文化选择

一

　　文学是在文化的演进中不断重构其形式的。从文化大格局上看,隋唐大一统的文化与南北朝割裂式的文化大不相同,它正酝酿着一场质的变化。面对南、北、胡、汉融一的新文化,以及士族瓦解、人才解放等的新形势,与文化作同构运动的文学必须建构与之相适应的形式。首先是重构作者、作品、读者之间的关系。

　　闻一多的敏锐就表现在迅速地捉住类书与初唐诗之关系,认为"我们若要明白唐初五十年的文学,最好的方法也是拿文学和类书排在一起打量"①。闻先生还指出,此期大量的类书如《北堂书抄》、《艺文类聚》之类不过是"博学的《兔园册子》"(杜嗣先《兔园策》)。所谓《兔园册子》,是一种包括各种知识的小型类书,属"普及读物"——这才是问题要害之所在。《大唐新语》卷九载:

　　　　玄宗谓张说曰:"儿子等欲学缀文,须检事及看文体。《御览》之辈,部帙既大,寻讨稍难。卿与诸学士撰集要事并要文,以类相从,务取省便。令儿子等易见成就也。"说与徐坚、韦述等编此进上,诏以《初学记》为名。

①《闻一多全集》第3卷《唐诗杂论·类书与诗》,生活·读书·新知三联书店1982年版,第4页。

98

可见编此类书是为了"易见成就"。同样的道理,大乱后百废待举的初唐,想要"易见成就"造就一大批文人儒士,就得编大大小小的《兔园册子》①,而由帝王出面来诏令编此类书也就不奇怪了。如果我们放宽视界,结合初唐各种诗格如《笔札华梁》、《诗髓脑》之类的出现,便可感触到普及读本与类书之流行背后隐藏着的文化意义了。葛兆光论唐人理论兴趣衰退时说:"首先,是贵族知识阶层的瓦解与普通知识层的兴起,这些充满了实用精神和进取精神的士人阶层的崛起,使整个社会不再有脱离实用的纯学术兴趣,他们那种为改变身份与存在状况的知识把握,导致了知识的简约和实用风气。"②这一见解是很深刻的,也可以解释以上的文化现象。盖新兴的"普通知识层"(非士族豪门的各色士子)缺乏士族那种世代相承的文化积累,仕途奔竞不容其从容、非功利性地读书、作文。于是有利于文化最大化传播的"简约和实用"自然要成为一种文化精神了。对思想界来说,理论兴趣衰退也许是个不幸;而对于文学而言,处于南朝文论达到高峰之后,面对魏晋南北朝极其丰富多元的创作经验,唐人更迫切需要的恐怕还在于学习与实践。赵昌平《上官体及其历史承担》认为:"唐初中朝诗坛面临的根本问题,其实并非为质与文,明道与六朝声辞的对立;而恰恰是如何南北融合,更好地吸取六朝声辞之美,来表现李唐新气象的问题。"③这实在是破的之言。掉个方向说,就是:魏晋南北朝各种文学形式必须在南、北、胡、汉融一的新文化面前接受选择。

魏晋南北朝文学多变,有许多创新的因素未充分展开,更有待

① 除存书、存目外,敦煌文书中有不少此类小型类书抄本也可证明该时期启蒙式读物流行之广。又据《新唐书·选举志》载,自唐高祖时,京师至州县皆令置生员,而唐代的选举科目繁多,除秀才、明经、进士外,又有俊士、明法、明算、道举、童子等等。可见唐统治集团急需人才,而战乱后士人文化水准不高,连粗通文理者也颇难得。唐太宗《遗萧德言书》曾感叹:"自隋季板荡,庠序无闻。儒道坠泥涂,诗书填坑阱。眷言坟典,每用伤怀。"这种情况至高宗时还未得到彻底改变。
② 葛兆光《中国思想史》第二卷《七世纪至十九世纪中国的知识、思想与信仰》,复旦大学出版社 2000 年版,第 134 页。
③ 赵昌平《赵昌平自选集》,广西师范大学出版社 1997 年版,第 48 页。

于整合。人们总为一代英主李世民未能留下像刘邦、曹操那样大气磅礴的诗作深感遗憾，其实太宗为唐诗定下基调自有其深远的影响。《全唐诗》开卷赫然在目的便是太宗十首《帝京篇》：

> 秦川雄帝宅，函谷壮皇居。绮殿千寻起，离宫百雉余。连甍遥接汉，飞观迥凌虚……

开唐君主在政治上踌躇满志之余，又将这股开创者壮大之气注入南朝遗留下来的宫廷诗形式之中，具有示范的意义。诚然，单独抽出其中词句，或许可以认为只是六朝诗赋的组装，但十首《帝京篇》整体所焕发出的气势，是新帝国开创者才可能有的一统气势。如果我们进一步将一大批初唐诗人歌吟都市的篇章合订起来，便可从中倾听到前所未有的新纪元之合唱！这种合唱正与汉帝国大赋的出现一样，有其整体的美学意义，这也正是唐太宗的立意：

> 予追踪百王之末，驰心千载之下，慷慨怀古，想彼哲人。庶以尧、舜之风，荡秦、汉之弊；用咸英之曲，变烂漫之音。(《帝京篇序》，《全唐诗》卷一)

"以尧、舜之风，荡秦、汉之弊"，这一理想正是整合力之所在。闻一多曾提出"宫体诗的自赎"那著名的命题，如果我们将"宫体诗"的义界放宽，便不难理解闻先生的深意。在上引赵昌平《上官体及其历史承担》一文中，又认为上官仪、虞世南、李百药、杨师道诸宫廷诗人在实际创作中"完成了使南北诗风合而能融，以表现李唐新气象的历史承担"云。这无疑是一种看初盛唐宫廷诗的新眼光。大凡雅颂之音，只要所颂对象有一定的真实性，就有其存在的合理性，汉大赋便是其证。《隋唐嘉话》录上官仪凌晨入朝咏诗云：

脉脉广川流,驱马历长洲。鹊飞山月晓,蝉噪野风秋。

乃曰:"音韵清亮,群公望之,犹神仙焉。"的确,这是与南朝宫体诗气象迥别的初唐宫廷诗。自宋之问的"不愁明月尽,自有夜珠来"(《奉和昆明池应制》),到王维的"九天阊阖开宫殿,万国衣冠拜冕旒"(《和贾舍人早朝大明宫》),中间多少宫廷诗,虽非上乘之作,却也自具一派皇唐气象。回头再看李白《古风五十九首》其一所云"大雅久不作",李白不言"颂",不言"风",偏拈出"雅",自有一番深意①。而这种"雅",既涉及表现手法与内容方面的"兴寄"与"风骨",也涉及表现形式方面的声律与语言结构。二者本是血肉一般的有机联系,但为叙述方便,只能分别言之。

初唐声律之进展,主要体现为对齐、梁声律之认同。而主导这一文化选择进程的便是上文提及的"简约和实用"这一文化精神。初唐人据此尺规来决定对六朝文学中各因素或认同,或扬弃,或强化,或改造。五律之定型颇典型地展示了这一文化选择的过程。

唐五律定型的关键乃在将齐梁"四声八病"之类的繁琐规定简约为平仄有规律的交替,这已是学界的共识。问题是简约的美学原则还在于"以少总多"(《文心雕龙·物色》),即以最经济的文字构建最大化空间以容纳最丰富的意蕴。对声律而言,同时必须服从传统的"和而不同"的审美追求,尽量体现声律变化和协之美。总之,文化选择还必须通过文学的内部规律起作用。在齐、梁以后五言诗律化的过程中,四句、八句、十句、十二句的形式最常见,而五言律句的平仄变化只有四个基本类型,即:

仄仄平平仄,平平仄仄平;
平平平仄仄,仄仄仄平平。

---

① 薛天纬《李太白论·黄河落天走东海》曾历举李白诗中对唐王朝盛世的直接反映,表明盛世对李白的影响(太白文艺出版社 2002 年版)。

　　四句式恰好完整地完成了这四个基本型的变化，而八句式则错综地完成一次反复，可谓是同时符合上举"以少总多"与"和而不同"两条原则之"最经济"的形式了。五言律定型于八句(四句式则定型为绝句)，当与此有关。

　　还有一个关键，那就是唐人注重整体的变化和协，讲究联与联之间的"粘"。由于唐人重意气，以畅情言志为诗魂，所以一反齐梁以来"有句无篇"、"酷裁八病，碎用四声"追求"巧构形似之言"的表现方式，更着重于通篇的"整体感知"，在简约中追求和谐流畅、浑然一体的效果。从这一层意义上讲，五律的基本模式已完成于"四杰"之手，无待后来的沈、宋。试取王勃《送杜少府之任蜀川》、骆宾王《在狱咏蝉》，一读可知。二诗皆合律，讲粘对，对仗工稳，通体流畅浑成。更重要的是，二诗或境象开阔，或比兴深沉，各具个性，且情志并作，有力地以其充实的情感内容向世人展示了这一形式的优势。虽然这样的作品在四杰创作中尚属少数，但要紧的是：新范式毕竟已经诞生！而后人所诟病的"四杰"未脱尽六朝习气云云，却道出突破正是从对六朝律化的认同中来这一事实。这是唐诗自立不容回避的问题。

　　唐诗一开始就不放弃对完美的艺术形式之追求。如唐太宗赞陆机"文藻宏丽，独步当时；言论慷慨，冠乎终古"(《晋书·陆机传论》)。元兢则以"事理俱惬，词调双举"(《古今诗人秀句序》)为标准，他们追求的是"文质斌斌"的完美形式。正是这种追求使初唐诗不断完善。虽太宗君臣在一些诗作中已透出壮丽的风格，而这种较为僵直的"壮丽"风格则为后来诗家所消化，如"四杰"将壮丽化为刚健、雄阔，宫廷诗人将壮丽化为雍容、华丽、典雅。沈佺期、宋之问、杜审言乃至文坛宿将李峤诸人，都是在这层意义上作出贡献(顺便提一句，唐代的宫廷诗人绝非梁、陈的文学弄臣，他们站在"丝绸之路"发端的长安龙首山上的视野，也绝非南朝人所能梦见者)。事实上，无论"四杰"、陈子昂，都写过"宫廷诗"，甚至盛唐大家李白、杜甫以及王维也都留下对"宫廷诗"摹拟的作品①。他们都是通过以此类诗为对象的学习、训练,熟悉写作规范,从而改造、消化了宫廷诗。周祖譔先生曾敏锐地觉察到:"盛唐诗人之章法、句法、辞汇等等,就其整体而言之,近乎珠英学士辈之创作为多,而于伯玉(陈子昂)之创作为远。"②所谓"珠英学士",正是武则天时期一群宫廷诗人,其中不乏有抱负、有识见、有才气的精英人物,如二十六人中的张说,后来成为开元年间"当朝文伯",在他周围聚集了一批受其奖掖的诗人,如张九龄、贺知章、王翰、王湾等。他们是向上的一群,形式在他们手中自然是表达情志之利器。在这层意义上,我们不妨说,浸润过六朝美学的初唐宫廷诗是盛唐诗的底色,盛唐诗也因此而不同于中唐诗,总有一股贵族气息氤氲其间③。

唐诗对魏晋南北朝诗之认同,更内在地还在于诗化语言方面。尤其是那些向民歌回归,倡"三易"(易见事、易识字、易读诵),创化出流丽风格的齐梁诗,更合乎初唐"简约和实用"的文化精神,唐人于此找到与六朝诗的界面。这一选择很重要,它不但水到渠成地承接了约四百年的诗化进程,而且以此为生长点,建构了最富特色的语言风格,即历来人们为之倾倒的"如旦晚脱笔砚者"一般的新鲜感与"明朗不尽,而不是简单明了"的深入浅出④。

我们似乎有必要从"原创性"的高度来看待唐诗语言的建构。在诗歌中,感情必须体现为诗语言,情感内容由此直接转化为形式。有些时候,是与情感内容相依存的语言风格及其节奏的突破驱动了诗歌形式的嬗变。以备受推崇的张若虚《春江花月夜》为例,诚如涤

---

① 如李白《宫中行乐词八首》、杜甫《郑驸马宅宴洞中》,都可视为宫廷诗一类。
② 周祖譔《武后时期之洛阳文学》,《厦门大学学报》1991 年第 1 期。
③ [美] 高友工《律诗的美学》就指出:"王维的美学在于将田园诗与初唐律诗的正宗美学融而为一。""杜甫对六世纪的许多大师深致推崇,他是以写作六朝晚期风格的律诗开始其创作生涯的,对初唐的美学深谙其道。"见[美] 倪豪士编《美国学者论唐代文学》,上海古籍出版社 1994 年版,第 64—65 页。
④ 林庚《唐诗综论·唐诗的语言》,人民文学出版社 1987 年版,第 81 页。

非师所指出："此诗与李白《长干行》皆从南朝乐府《西洲曲》脱胎而来。"①《西洲曲》虽是民歌风味，但篇幅既长，又极流丽清雅，似是文人拟作②。至如："日暮伯劳飞，风吹乌臼树。树下即门前，门中露翠钿。开门郎不至，出门采红莲。采莲南塘秋，莲花过人头。低头弄莲子，莲子清如水。置莲怀袖中，莲心彻底红。"《古诗选》陈胤倩评曰："语语相承，段段相绾，应心而出，触绪而歌。"张若虚《春江花月夜》虽然也颇受隋炀帝同题之作那开阔意境的启迪，但其写法却直承《西洲曲》："江畔何人初见月？江月何年初照人？人生代代无穷已，江月年年只相似。不知江月待何人，但见长江送流水！"虽然此诗已不再沉溺于感性，能从历史的思考中产生"更其敻绝的宇宙意识"③，但在语言形式上仍采用民歌顶针、排比、层递、重叠、回环的句法，造成缀锦贯珠、宛转摇曳的效果。事实上初唐至初、盛唐之交，大量乐府歌行都有这种语言风格，如卢照邻《长安古意》、刘希夷《白头吟》等。然而唐人并不满足于流丽，他们要进一步寻求语言的超越。同是脱胎于《西洲曲》的李白《长干行》，虽保留其摇曳轻扬的民歌风，却已出现时空急剧切换的图像语言："十六君远行，瞿塘滟滪堆。五月不可触，猿声天外哀。门前迟行迹，一一生绿苔。"情即景，景即情，这就是那种能在我们内心引发出图像的语言。"五月不可触，猿声天外哀。"是杜夫海纳《美学与哲学》说的那样："词摆脱了常用规则，互相结合起来，组成最意想不到的形式。同时，意义也变了，它不再是通过词让人理解的东西，而是在词上形成的东西，就像在刚被触动过的水面上所形成的波纹一样。"④正是这种偏向"兴"的语言系统逐渐取代了南朝那偏向"比"的"巧构形似之言"的语言系统，盛唐诗才最本质地成其为盛唐诗。也就是说，唐诗之为

---

① 萧涤非《汉魏六朝乐府文学史》，人民文学出版社 1984 年版，第 251 页。
② 此诗郭茂倩《乐府诗集》作"古辞"，《玉台新咏》则题江淹。
③ 《闻一多全集》第 3 卷《唐诗杂论·宫体诗的自赎》，第 20 页。
④ 转引自鲁枢元《超越语言》，中国社会科学出版社 1990 年版，第 156 页。

唐诗,并不取决于五律的定型或歌行乐府的通变,而是由于更内在地有了自己畅情言志的诗语言。唐诗,就存在于其中。

<h1 style="text-align:center">二</h1>

形式与内容融合无间是文学取得成功的根本条件。唐文学之成功,举其大要,也就是情志再主文学,为南朝美文安上灵魂。

魏徵以其史学家、政治家之眼光,展望了唐文学的前景:"江左宫商发越,贵于清绮;河朔词义贞刚,重乎气质……各去所短,合其两长,则文质斌斌,尽善尽美矣。"(《隋书·文学传序》)这一展望代表了唐人在建国伊始的审美理想,使风格似乎杂沓无章的初唐诗于多元乃至对立之中有了一个潜在的共同趋向,形成"集体无意识",使唐诗自立过程成为魏晋以来文学传统的整合过程。"河朔词义贞刚,重乎气质"不仅是文辞风格上的范式,而且具有整合南北文风使之走向"文质半取,风骚两挟"的主导意义。

河朔,本来是指黄河以北地区,后人则往往以"河朔"称北朝,而以"江南"称南朝。所谓"河朔文化",事实上就是以北方汉文化为主体,在长期民族斗争中与北方各民族文化之交融。从均田制、府兵制,到释、道、儒并列,乃至胡床、胡坐,无不体现这一胡汉混合型文化的理念。可以说,隋唐倚以统一中国之文化,是以融冶胡汉为一体的河朔文化为基础的。按照以河朔称北朝的惯例,则河朔文化应包括中国西北隅的河陇地区的文化。陈寅恪曾对此偏隅之地而能保存中原文化学术历长期战乱而不坠,给予高度的评价[1]。究其底蕴,就在于东汉以后学术中心移于家族,而北方士族仍能于艰难的环境中坚守汉文化之本位。钱穆《两汉经学今古文平议》曾这样

---

[1] 详陈寅恪《隋唐制度渊源略论稿》第二章《礼仪》,上海古籍出版社1980年版。

论述道：

> 北方诸儒，挣扎在异族蹂躏下，他们不能忘情古代的王官学，他们仍然凭孔子经典来在政治上争地位，来为北方与北方社会谋转机。通观北方儒学，显然在他们中间存在一种共同的大趋势，他们也如西汉儒生般，大家想通经致用，把经学来变成当代兴王致治之学的那一种趋势。①

这种致用的精神与南学大异其趣，显然是北方特殊的生存环境所致。在那样的环境下，北方士族为拓展生存空间，不但力图凭借文化优势"以夏变夷"（如北魏著名士族崔浩），或如《北史》所载，儒生频频献策，企图参政；而且北方士人注重身体力行，亲务农桑，接受游牧民族挑战，也尚武能征战。这与南朝士族"罕关庶务"、"未尝目观一拨土，耕一株苗"、"肤脆骨柔"形成强烈的对比。试读《李波小妹歌》：

> 李波小妹字雍容，褰裙逐马如卷蓬，左射右射必叠双。妇女尚如此，男子那可逢！

《魏书·李孝伯附李安世传》："广平人李波，宗族强盛。"则李波原是北方豪族，其家族雄强如此。至如《敕勒歌》、《木兰诗》等，更展现了北地人民刚健的气质。在这种风气的熏陶下，北朝文人才能写出一些"词义贞刚"的好诗，如北魏温子昇《白鼻驹》，邢邵《冬日伤志篇》等。而由南入北的王褒、庾信更是因此而文风大变，体现了合南北文风之优势。至若北魏郦道元《水经注》，杨衒之《洛阳伽蓝记》，更体现了北方士人"致用"之精神，非南朝人所能企及。可

---

① 钱穆《两汉经学今古文平议·孔子与春秋》，台湾东大图书公司1983年版。

见要改造文风,首要在改造文人的气质。隋、唐统一中国,皆以北方文化为本位,对文学史而言无疑是件幸事。

隋是个短命的王朝,南北文风尚处于混而未融的状态。虽然杨素、卢思道、薛道衡等北方文人创作了一些堪称"词义贞刚"的作品(如杨素《赠薛播州诗》十四首,薛道衡《人日思归》,卢思道《从军行》及其《劳生论》文等),但总体成就不大,对初唐尚未造成大影响。而隋炀帝周围一些南朝入隋的文人,更是形同俳优,不足言①。对唐人有积极而深刻影响的是隋文化而非隋文学。要而言之,一是建立新型的用人体制;一是"三教并用",对南北朝多元而不和谐的文化进行整合,为建立多元而和谐的唐文化打基础。

首先是隋文帝开皇年间实行科举,分秀才、明经、进士三科考试取士。这是为结束贵族世袭门荫特权所采取的有力措施,是中央集权用人的需要,也为非世族高门的士人带来希望。它必然同时带来士人广泛参政的激情,是"情志合一"的重要前提。

与士人解放相应的是"三教并用"的思想解放。隋代皇帝有选择地利用儒、道、释三教,如《剑桥中国隋唐史》所称:"如果要确定何种主题占支配地位,那就应推万物有机的和谐这一基本的中国价值观念——这是隋朝在几个世纪的战乱和分裂的背景下必须努力争取的目标。"②唐太宗正是继承隋以上政策,才能顺利地在一统的大背景下再造新的人才环境,促成了"士的回归"。

所谓"士的回归",首先是指士大夫关心群体利益那种弘毅精神的回归。自"党锢"以来,士大夫(尤其是士族中人)在恶劣的政治环境中,这种精神日渐失落,需要有新鲜血液的输入,才能重新振起。北朝胡汉混杂的文化促成隋代上述政策,至唐而始见成效。这里有唐代统治集团明智的选择。任继愈《从佛教到儒教》一文有段

---

① 隋炀帝以北方雄强之主而学南朝诗风,则尚能独立特出,如其《望海诗》"远水翻如岸"云云,气势阔大,自当别论。

② [英]崔瑞德编《剑桥中国隋唐史》,中国社会科学出版社1990年版,第79页。

话很深刻:

> 　　秦汉建立了中央集权的大一统的国家。从结构上看,存在
> 着一对矛盾:一方面中央政府要有高度集中的权力,政权不集
> 中,这样广大的领域就无法统一;另方面广大小生产者要有生
> 产的能力和兴趣,否则政权集中统一无从说起。政治上,中央
> 拥有高度集中的权力;经济上是极端分散的个体小农经济。高
> 度集中的政治,极端分散的经济,构成贯串二千年对立统一的
> 矛盾。中央集权,总希望越集中越好,小农经济、自给自足,它
> 的本性是分散自主,它不要求政府过多的干预。这两者互相离
> 不开。历代政治家、思想家都要面对这种现实提出因时制宜的
> 方案。两者关系处理得好,天下就太平,号称治世;反之,就是
> 乱世。[①]

　　魏晋南北朝就是两者关系处理得很糟的乱世。作为身份性地
主的士族,有庄园经济为后盾,"封略山湖,妨民害治"(《宋书·蔡
兴宗传》),"百役不及,高卧私门"(《通典·乡党》),形成与中央对
抗的离心力,如《南齐书》卷二三萧子显所说:"世禄之甚,习为旧准;
羽仪所隆,人怀羡慕。君臣之节,徒致虚名。""九品中正制"事实上
成为士族巩固其地位的工具。因此,从根本上说,士族的"人才"是
难为皇室所用的。而士族在主观上因"平流进取"而缺乏竞争,养成
"轻忽人事"的风尚,使自身走向无能,终于成为"治官则不了,营家
则不办"的废物。

　　反之,大一统的唐朝,因"均田制"而加强中央集权,从经济上带
根本性地粉碎旧社会结构,让整个士族阶级失去依存条件,缓慢地
走向死亡。继之,均田制瓦解又使新兴地主及部分生产者对生产感

---

① 《中国文化》1990年第3期。

兴趣,将盛唐经济推向顶峰,反过来又加强中央集权,强大的国力不但增强皇家的自信心,敢于放手用人;而且增强了整个民族的自信心,爱国主义情绪高涨,形成对作为国家象征的王朝的向心力。明智的唐中央政府通过科举、从军、入幕、为吏、征隐、门荫、荐举等多门纳用人才,广泛调动了各阶层(包括南、北士族)士人的积极性。武则天用人之滥,至有"补阙连车载,拾遗平斗量"之讥,正从反面说明中央"政由己出",可以随意用人而不受地方的牵制①。盛唐以前历届皇帝均能用人,而"英贤亦竞为之用",决非偶然。《唐语林·赏誉》载:

> 贞观中,蜀人李义府八岁,号神童。至京师,太宗在上林苑便对,有得乌者,上赐义府。义府登时进诗曰:"日里扬朝彩,琴中伴夜啼;上林多许树,不借一枝栖。"上笑曰:"朕今以全树借汝。"后相高宗。

这则故事中的比喻很生动地表现了士大夫主动靠拢皇室,皇室亦有意礼遇士大夫的"君臣相得"关系,即士子"借一枝栖"的心态与皇室"全树借汝"的政策默契,使"用人"与"被用"二者在封建宗法社会的历史条件下取得难得的协调。这正是士子"情志合一"所必需的社会环境。

由于打破六朝以来"徒以凭借世资"的人才僵局,所以唐代士子的性命情调更多地体现为建功立业。在当时,"布衣干政,平步青云"并非纯属幻想。马周"少孤贫","落拓不为州里所敬",却因代主人家上书言政合旨,"太宗即日召之,未至间,遣使促者数四",终成名臣(《旧唐书》本传)。魏元忠"志气倜傥,不以举荐为意,累年不调",后赴洛阳上封事,为高宗所常识,"甚叹异之,授秘书正字,令

---

① 参看《资治通鉴·唐纪二十一》,中华书局排印本。

直中书省"，武则天时为相（《旧唐书》本传）。姚崇为"濮州司仓，五迁夏官郎中，时契丹寇陷河北数州，兵机填委，元崇剖析若流，皆为条贯。则天甚奇之，超迁夏官倚郎"，后为玄宗时名相（《旧唐书》本传）。我们不难从正史中列出长长一份名单，来说明"布衣卿相"在唐代已不是什么白日梦。这一事实彻底改变了六朝以来士子的精神面貌。所谓"布衣"，强调的不是门第，而是进取中"士"（包括"微官"）的身份。士子自信靠自家本事就能争得一席之地。于是"布衣"成为士族与庶族交混时期的一个特殊阶层。他们近取"竹林七贤"、谢安、陶潜，远绍管仲、范蠡、鲁仲连辈，作为一种认同，着手塑造一代有独立人格与理想的士子形象。这一"集体人格"的确立，耗去了初唐百年的岁月。

在这一过程中，王勃所在的王氏家族具有典型意义。吕才《东皋子集序》称，王绩先世"历宋、魏，迄于周、隋，六世冠冕"。则王氏家族是中原士族无疑。然而王氏家族凭借的不是门第，是才能。王勃的祖父王通为隋名儒，秉承汉儒诗教，而力主以道德论文，在当时属开风气的人物。从其收徒讲学，仿《论语》作《文中子》，在《中说·事君篇》中对历代文人进行苛评诸迹象看，王通应是个心高气傲之人。其弟王绩，由隋入唐，两朝三次入仕，皆短期内挂冠归田。在《自作墓志文》中王绩自称"才高位下"，是"天子不知，公卿不识"的"有唐逸人"。正是这样的人，才会重新发现沉寂多年的陶渊明诗文的美学意义。至王勃及与其并称"四杰"的杨炯、卢照邻、骆宾王诸人的登场，才标志了新一代文士"集体人格"之确立。王勃虽然秉承其家传的博学崇儒（其兄弟六人皆能文），且心高气傲，但已适应士庶混同的新形势，参与仕途奔竞，在他身上已完成文化世族到唐代"布衣"的转型。试读其《送杜少府之任蜀川》：

城阙辅三秦，风烟望五津。与君离别意，同是宦游人。海内存知己，天涯若比邻。无为在歧路，儿女共沾巾！（《王子安

集》卷三）

这已是一首严格意义上的五律。句中平仄交替与句间粘对造成全诗往而复返的旋律之美。只要与曹植《赠白马王彪》比照，就会凸显其讲究声律对仗的优越性来。曹诗云：

> 丈夫志四海，万里犹比邻。恩爱苟不亏，在远分日亲。

（《文选》卷二四）

曹诗略显散缓重遝。王诗则洗炼而流畅，且借助对仗造成空间感。首联"城阙"的严重厚实与"风烟"之虚无缥缈相映成趣，整峻中有空灵。而上句言长安，下句望蜀川，则句间腾出巨大的空间，与颈联"海内"、"天涯"呼应。如果说"海内"与"天涯"推开距离，则"知己"、"比邻"又拉得贴近，十字之间形成跌宕的气势。当然此气势之造成还在于诗人已跳出曹植之于曹彪那样的血缘亲情，在初唐社会结构大调整的背景下，反映一种新型的人际关系。如前所论，唐代打破"九品用人制"，仕出多门：科举、入幕、军功、征召等等，新的生存方式驱使大量士人走出家庭圈子，在"四海"求"知己"。现存王诗送别之作竟占五分之一，可见新风尚对王勃的影响有多大！《别薛华》云："心事同漂泊，生涯共苦辛"（《王子安集注》卷三）。共同的追求与遭际使"友人"成为"同志"。王诗中反复出现"穷途惟有泪"、"俱是梦中人"、"同是宦游人"等诗句，表达的正是这种同志之情。然而王勃所处时代毕竟是向上的时代，所以透出的仍是昂扬的意气。于是将"海内存知己"与"同是宦游人"相联系便具有特殊的文化内涵。内涵的最大化与形式的简约化正合乎"以少总多"的原则，使五言八句的律体在王勃手中"一锤定音"。

新的人际关系使王勃走出家族圈子，与杨炯、卢照邻、骆宾王"组合"成"四杰"。这不是风格一致的组合，而是性格相近的组合——他们都是"恃才傲物"者。刘肃《大唐新语》卷七载吏部侍郎裴行俭评四人曰："士之致远，先器识而后文艺也。勃等虽有才名，而浮躁浅露，岂享爵禄者!"恃才傲物的确是"四杰"共同处。《唐才子传》称勃"倚才陵借，僚吏疾之"；杨炯则"恃才凭傲，每耻朝士矫饰，呼为'麒麟楦'"。卢照邻《五悲文》叹才难云："以方圆异用，遭遇殊时，故才高位下，咸默默以迟迟。"(《幽忧子集》卷四)自然也是个恃才傲物者。而骆宾王则由失志乃不惜造反，走得更远。从四杰身上体现出来的"情志合一"并非个体对社会规范的无条件投合，而是抑郁不得伸之志激发出不平之气，化作诗文中浓烈之情，即王勃《秋日游莲池序》所谓："志之所之，用清文而销积恨；我之怀矣，能无情乎!"(《王子安集》卷五)情、志、文三位一体。

"四杰"确立的集体性格带有相当普遍的意义。如员半千在《陈情表》中自恃才高，乃称："请陛下召天下才子三五千人，与臣同试诗、策、笺、表、论，勒字数。定一人在臣先者，陛下斩臣头，粉臣骨，悬于都市，以谢天下才子!"(《全唐文》卷一八〇)又，杜审言"恃才高，以傲世见疾"，尝语人曰："吾文章当得屈宋作衙官，吾笔当得王羲之北面。"(《新唐书》本传)又，《唐才子传》称王翰"恃才不羁"、"自比王侯"，而《封氏闻见记》卷三《诠曹》载翰于吏部东街自张榜称第一，"观者万计，莫不切齿。"此类例比比皆是。重要的是，这种普遍存在于唐才子中的"恃才傲物"的"集体性格"，不但可视为"布衣"群体对重才能价值观之认同，且其深层往往隐藏着强烈的用世之志。如诗坛巨子李白，其恃才傲物已达到"一醉累月轻王侯"的地步，但其志却在"申管晏之谈，谋帝王之术，奋其智慧，愿为辅弼，使寰区大定，海县清一"(《代寿山答孟少府移文书》)。而"性褊躁傲诞"的杜甫(《新唐书·文艺传》)，其志亦在"致君尧舜上，再使风俗淳"(《奉赠韦左丞丈二十二韵》)。"四杰"、陈子昂、王昌龄、高适、岑参辈莫不如是。这些现象表明唐士子用以体现其个性的才情意气，已在很大程度上是与建功立业、关心社会群体利益的"情志"

相联系。然而唐人并非一开始就能自觉地将这股体现情志的"意气"找出路径有效地导入文学。能之者谁? 蜀人陈子昂也。

文学史是一个复杂的系统,其发展规律往往不是简单的线性因果之链,其发展的连续性也往往不是依次递进的。事实上各种形式的发展是此起彼伏,或顿或渐,或风从时尚,或超越同代而远绍前人;各流派诗人的活动也是在同一时空中交错参差乃至相互碰撞,呈非线性的网络关系。以卢照邻卒年的西元 689 年为例,同存此时空中的代表诗人有如下表:

姓名	卢照邻	杨炯	李峤	苏味道	杜审言	崔融	张若虚	张说	沈佺期	宋之问	陈子昂
岁数	52	39	44	41	41	36	29	22	33	33	28

从表上可看到,"四杰"、"文章四友"、沈宋、陈子昂,乃至盛唐诗人张说都曾在同一时空中并存,而且都属创作期。他们之间互相影响,未必有前后相承的关系。我们为表述方便往往抽绎出单线,以此继彼,如以沈、宋继"四杰",以子昂承沈、宋之类,这就难免引起误会。事实上,这种序列只是从事物发展由初级到高级,由生涩到成熟,由简单到复杂,由个别到普遍等等的过程而言之,未必就是时间的严格顺序。在这些并至纷陈的文学史现象中,我们首先要关注的是:哪些才是引发突变的关键因素? 好比水的沸点,是质变的标志。陈子昂即处其时其地者也。故韩愈《荐士》诗曰:"国朝盛文章,子昂始高蹈。"(《韩昌黎诗系年集释》卷五)

历时百年的初唐,虽然有这样那样的发展为盛唐"热身",却一直缺少一个鲜明有力的口号与相应的创作示范,将各种推动力凝聚起来,产生合力,促成质的飞跃。须知中国传统上对某种文学主张的提倡,是要靠正面的榜样为示范才能奏效的。子昂高明之处就在于适时地将魏、晋与南朝的诗风作出区别,从内容到形式、风格,都提出正面的榜样:

　　文章道弊五百年矣！汉、魏风骨，晋、宋莫传，然而文献有可征者。仆尝暇时观齐、梁间诗，彩丽竞繁而兴寄都绝，每以咏叹！……一昨于解三处见明公《咏孤桐篇》，骨气端翔，音情顿挫，光英朗练，有金石声。遂用洗心饰视，发挥幽郁；不图正始之音，复睹于兹，可使建安作者，相视而笑。（《与东方左史虬修竹篇序》，《陈伯玉文集》卷一）

　　"兴寄"的提出，是对传统比兴的某种扬弃——突出"兴"而不用"比"，是针对长期以来巧构形似之言而彩丽竞繁的文坛现实，促进齐、梁以来"咏物精神"向"咏怀精神"转化。从全文看，"汉魏风骨"主要指"建安风骨"，并包括"正始之音"。事实上阮籍《咏怀》对子昂的《感遇》影响最大，而子昂《感遇》又是实践其"兴寄"主张的力作。

　　屈原之后，阮籍是第一个反复咏唱由忧患而寂寞之心境的诗人。82 首五言《咏怀》首次如此大量而集中地以心灵为审美观照的对象，如此多角度地捕捉充满矛盾冲突且不断转化的心绪。不过阮籍处于历史的特定时期，有意用玄学那无量的虚无来溶解人生这无穷的忧患，与唐代士子讲究"意气"的心境毕竟不同。陈子昂之《感遇》不再是个体心灵封闭式的沉思，而是打开心扉，与社会，与历史，与自然贯通。所以这组抒情之作内容非常丰富，有写边塞、歌侠客、羡幽居、思亲友、刺祥瑞、愤酷吏、谏拓边种种，不一而足。汇总起来是一位高瞻远瞩的士大夫对生命价值的思考，其深广的忧患体现了"士"的历史责任感。其三五云：

　　本为贵公子，平生实爱才。感时思报国，拔剑起蒿莱。西驰丁零塞，北上单于台。登山见千里，怀古心悠哉。谁言未忘祸？磨灭成尘埃。（《陈子昂集》卷一）

子昂生于豪富之家,何为当小官出塞舍生忘死? 他还清醒地知道官场险恶,横祸飞来,但他有更高的人生追求,他真正恐惧的是碌碌无为,"磨灭成尘埃"。38篇凝为一篇,便是《登幽州台歌》:

前不见古人,后不见来者,念天地之悠悠,独怆然而涕下!
(《陈子昂集》补遗)

极度的简化,使诗只剩下三个元素:时、空、孤独感。"空故纳万物",古、今、人、己,种种因缘尽行纳入,得无量充实——从屈《骚》、《古诗十九首》、阮籍《咏怀》等,前人无限忧患已成为一种文化积淀而显得如是之厚实,这就是"伟大的孤独感",是传统"士"的回归。"咏怀"与"感遇",为中国抒情诗安上灵魂。可以说,在子昂手中诗歌才真正完成了由齐、梁"咏物"为中心向盛唐张扬个体意识的"咏怀"为中心之转化。唐诗无论山水田园、边塞闺情、咏物写景,无不饱含着"咏怀"之精神。盛唐批评家殷璠《河岳英灵集》将这种主体精神归结为"气来",确立了创作之核心。而毋庸讳言,子昂诗乏意象,有质直之弊,殷璠则另标"兴象",对子昂"兴寄"说作了重大调整,容另议。

(原载《中国诗学研究》第5辑,2006年)

初唐：宫廷诗的消化

　　唐诗，是对六朝诗的扬弃。魏徵称："江左宫商发越，贵于清绮；河朔词义贞刚，重乎气质。气质则理胜其词，清绮则文过其意。理深者便于时用，文华者宜于咏歌。此其南北词人得失之大较也。若能掇彼清者，简兹累句，各去所短，合其两长，则文质斌斌，尽善尽美矣。"（《隋书·文学传序》）这一展望使唐人建国伊始就有了一个对完美形式相当明确的追求，使风格似乎杂沓无章的初唐诗于多元乃至对立之中有了一个共同的趋向，使唐诗的自立过程成为对魏晋以来诗歌传统的整合过程。本文将从这一流程中审视宫廷诗这一形式如何被消化为唐诗的底色。

　　人们总为一代英主李世民未能留下像刘邦《大风歌》、曹操《步出夏门行》那样大气磅礴的诗作而深感遗憾。其实唐太宗为唐诗放下壮丽风格的奠基石，自有其不下于刘、曹的深远影响。其十首《帝京篇》将创业者壮大之气注入六朝遗留下来的宫廷诗形式之中：

　　　　秦川雄帝宅，函谷壮皇居。绮殿千寻起，离宫百雉余。连甍遥接汉，飞观迥凌虚……

　　单独抽出其中词句，或许可以认为只是六朝诗赋之组装；但十首连续，其整体焕发出的气势，则前所未有。如果我们将初唐诗人歌吟都市的篇章合订起来，便可从中倾听到新纪元的合唱！这种合

唱与汉帝国大赋的出现一样,有其整体的美学意义,也正是唐太宗的立意:

> 予追踪百五之末,驰心千载之下,慷慨怀古,想彼哲人。庶以尧、舜之风,荡秦、汉之弊;用咸英之曲,变烂熳之音。(《帝京篇序》)

此乃情志复合之先声。"志"与"情"本是诗歌两大要素,《诗大序》云:"在心为志,发言为诗。"从《诗经》的创作实践看,这"志"是包含了"情"的。直到建安时代,也还是将抒个人的情怀与言人生、社会理想之志视同一体的。甚至可以说,"三曹""七子"之所以能写出有风骨的诗来,首要一条就在于能将个人之情与对社会关怀之志紧密结合起来。至陆机《文赋》,始明确地将"情"独立出来——"诗缘情而绮靡。""缘情"相对独立于"言志",正是文学的自觉,强调文学与政教不相属之一面。然而,南朝日趋腐朽,特别是梁、陈以下,将"情"囿于宫廷男女狭小范围内,"缘情"便成为堕落的借口。要从萎靡中振作起来,再次强调"言志",是很有必要的。事实上开唐君臣的宫廷诗之所以能于板滞中时露生机,于堆砌中偶见灵动,正是由于注入那么一点"志"。如虞世南《蝉》诗云:

> 垂绥饮清露,流响出疏桐。居高声自远,非是藉秋风。

从《初学记》中不难查出该诗袭用六朝诗赋的一些有关蝉的意象,只是尾联有"言志"的成分,才使事类的剪裁获得新生命。开唐君臣将"言志"注入宫廷诗形式之中,为初唐诗的发展定了调。当然,诗人的事还得靠诗人来完成,凯撒是代替不了缪斯工作的。

初唐"四杰"的出现是唐诗之幸,也可以说生于初唐是"四杰"

之幸。宫廷诗在他们强有力的胃里开始被消化。骆宾王七岁能诗，卢照邻十余岁善文，王勃九岁著《指瑕》十卷，杨炯十岁举神童，都是些早慧的人物。但他们的命运大都坎坷，如王勃英年早逝，卢照邻患痼疾投江，骆宾王则由系狱至于参加造反而下落不明。才高位卑且恃才傲物使他们虽处太平之世而有不平之气，志伊郁不得伸使他们的"志"挟带上个人浓烈的喜怒哀怒之"情"，于是他们的诗不再是一味地颂圣、铺张，而是将自己人生的感喟与岁月蹉跎之情揉进去，使壮丽中时见悲怆，感喟里不无激昂。卢照邻《长安古意》可视为典型：

> 长安大道连狭斜，青牛白马七香车。玉辇纵横过主第，金鞭络绎向侯家。龙衔宝盖承朝日，凤吐流苏带晚霞……双燕双飞绕画梁，罗帏翠被郁金香。片片行云着蝉鬓，纤纤初月上鸦黄。雅黄粉白车中出，含娇含态情非一。妖童宝马铁连钱，娼妇盘龙金屈膝……娼家日暮紫罗裙，清歌一啭口氛氲。北堂夜夜人如月，南陌朝朝骑似云。南陌北堂连北里，五剧三条控三市。弱柳轻槐拂地垂，佳气红尘暗天起。汉代金吾千骑来，翡翠屠苏鹦鹉杯。罗襦宝带为君解，燕歌赵舞为君开。别有豪华称将相，转日回天不相让。意气由来排灌夫，专权判不容萧相。专权意气本豪雄，青虬紫燕坐春风。自言歌舞长千载，自谓骄奢凌五公。节物风光不相待，桑田碧海须臾改。昔时金阶白玉堂，即今惟见青松在。寂寂寞寞扬子居，年年岁岁一床书。独有南山桂花发，飞来飞去袭人裾！

这里不乏宫廷诗的华丽排比，开唐君臣唱和的开阔气象（骆宾王《帝京篇》保留此风格尤多）；甚至不乏南朝宫体诗那种感官的意味，及其错采镂金的风格。然而震慑人心的已是穿插于雕梁画栋、宝马妖童之间人生无常的感喟，是情志的流露。诚如闻一多《宫体诗的自赎》所指出：其中"似有'劝百讽一'之嫌"。而在"宫体诗中讲讽刺，多么生疏的一个消息"！这的确是"宫体诗中一个破天荒的大转变"。宫廷诗与宫体诗是相连系而又不等同的两个概念。宫廷诗可以涵盖宫体诗，宫体诗不能取代宫廷诗。我这里用"宫廷诗"的概念，是指六朝以来流行于宫廷狭小圈子内的新诗体，而"宫体诗"则专指艳情的取材及浮靡的风格。总之，以情志的复合来改造齐、梁以来宫廷诗为代表的新体诗，是"四杰"之所以为"杰"的关键。王勃《秋日游莲池序》说得明白："志之所之，用清文而销积恨；我之怀矣，能无情乎！"（《王子安集》卷五）情志复合的核心是让个体主观情绪成为诗的主宰，而这情绪又必须是发自"志"。如卢照邻《紫骝马》：

> 骝马照金鞍，转战入皋兰。塞门风稍紧，长城水正寒。雪晴鸣珂重，山长喷玉难。不辞横绝漠，流血几时干。

咏马是宫廷诗的老题目，宴集赋诗老手杨师道就有一首《咏马》，录供比较：

> 宝马权奇出未央，雕鞍照曜紫金装。春草初生驰上苑，秋风欲动戏长杨。鸣珂屡度章台侧，细蹀经向濯龙旁。徒令汉将连年去，宛城今已献名王。

在杨作里，马是马，人是人，两不相干。卢作则否，马就是我，我就是马，胸中激情壮志借马嘶喷出！骆宾王《在狱吟蝉》与虞世南《蝉》同为咏物，也属宫廷诗常见题材，同样也有一个人激情的投入与否的区别。

"四杰"对宫廷诗的改造，还更深刻地体现为"从宫廷走到市井"，"从台阁移至江山与塞漠"（闻一多《唐诗杂论·四杰》）。这是题材与视野的开拓,是新时代精神的注入。关于这方面,论者所述已颇周详,笔者只想就其刚健、明净风格之形成说几句。历来宫廷诗总是以堆砌为能事,彩丽竞繁,逶迤颓靡。四杰对此流风表示不满。杨炯《王勃集序》云:"尝以龙朔初载,文场变体,争构纤微,竞为雕刻,刚健不闻,思革其弊,用光志业。"在创作实践中,"四杰"的风格日趋刚健、明净。试将杨炯《从军行》与虞世南同题之作做一对比,便见分晓。杨炯《从军行》云:

> 烽火照西京,心中自不平。牙璋辞凤阙,铁骑绕龙城。雪暗凋旗画,风多杂鼓声。宁为百夫长,胜作一书生。

虞世南《从军行》云:

> 烽火发金微,连营出武威。孤城塞云起,绝阵虏尘飞。侠客吸龙剑,恶少缦胡衣。朝摩骨都垒,夜解谷蠡围。萧关远无极,蒲海广难依。沙磴离旌断,晴川候马归。交河梁已毕,燕山旆欲挥。方知万里相,侯服见光辉。

虞作虽然取材塞漠军旅,且诗中充斥着烽火、侠客、恶少等边塞特有的事物,但风格拖沓,一串地名似乎作者是一手接军用地图,一手搦笔写成,其堆砌风格仍是宫廷诗之面目。杨作则自"心中自不平"直贯"宁为百夫长",中间几笔景物勾勒,突出负气而行的个体情志,刚健疏朗,境界开阔,使旧题材获得新生命。至若王勃名作《送杜少府之任蜀州》,更是以全新的内容履行了齐、梁以来讲究声律的"新体诗"的杰作,是对宫廷诗颇为彻底的消化。斯蒂芬·欧文《初唐诗》曾将宫廷诗模式概括为破题、描写式的展开、反应"三部式"。以此观之,王勃该诗首联"城阙辅三秦,风烟望五津"是破题,扣紧"之任蜀州"来写。"三秦"为送别地点,"五津"为展望中杜少府要去之所。中四句为"描写式展开"，将胸襟视野拓宽。尾联"无为在歧路，儿女共沾巾"，又回到诗题所示的送别上来，是对离别后的"反应"。在五言八句之间，王勃盘马弯弓，情志并作，开拓了阔大的语言空间，显示了五律形式的优势。但即使在王勃诗中，这也仍是仅见，待到以沈佺期、宋之问诸"宫廷诗人"出，以其大量创作实践反复向人们证明五律的美学价值，这才使该形式终于凝定为盛唐诗中重要的形式。

对齐、梁以来以宫廷诗为代表的"新体诗"进行消化，从而创造出唐人的"近体诗"来，初唐一批宫廷诗人与有力焉。如开篇所云，唐人建国伊始就有一个对完美形式相当明确的追求。如唐太宗赞陆机云："文藻宏丽，独步当时；言论慷慨，冠乎终古。"（《晋书·陆机传论》）姚思廉称徐陵云："其文颇变旧体，缉裁巧密，多有新意。"（《陈书·徐陵传》）魏徵更是欣赏江淹、沈约诸人"缛彩郁于云霞，逸响振于金石"（《隋书·文学传序》）。所以开唐君臣于提倡诗歌政教作用之同时，不避写宫廷诗。他们追求文质并举，文质彬彬，尽管由于资质与环境的关系，未必能于创作实践中达此鹄的，但已透露壮丽风格之端倪，为唐诗定了调。如果说"四杰"将壮丽化为刚健雄阔，那么，初唐宫廷诗人则以此壮丽化为雍容华贵。

武后、中宗朝是宫廷诗又一繁荣期，以"文章四友"（李峤、杜审言、崔融、苏味道）与沈佺期、宋之问为代表诗人。许总《唐诗史》上册曾据《全唐诗》统计："四杰"近体诗合格率约百分之七十，"文章四友"合格率约百分之八十七，沈、宋合格率则达百分之九十以上。（第274页）可见宫廷诗人于格律训练有素，这与当时最高统治者的提倡有关。录二则有关的记载：

> 武后游龙门，命群官赋诗，先成者赏锦袍。左史东方虬既拜赐，坐未安，宋之问诗复成，文理兼美，左右莫不称善，乃就夺袍衣之。（刘悚《隋唐嘉话》卷下）

中宗正月晦日幸昆明池赋诗,群臣应制百余篇。帐殿前结彩楼,命昭容选一首为新翻御制曲。从臣悉集其下,须臾纸落如飞,各认其名而怀之。既进,惟沈、宋二诗不下……乃闻其评曰:"二诗功悉敌,沈诗落句云:'微臣凋朽质,羞睹豫章材。'盖词气已竭。宋诗云:'不愁明月尽,自有夜珠来。'犹陟健举。"(计有功《唐诗纪事》卷三)

可知当时"赛诗"是常举行的宫廷活动。宋之问夺袍并不因快捷,而是"文理兼美"。与沈之争,则"功力悉敌",但宋诗结句"犹陟健举",故尔取胜。两点可注意者:一是比赛颇重"文理兼美"及其"功力",故诗人不能不重格律;二是倡"健举"诗风。正是在这两点上,此时之统治集团的文学思想与开唐统治集团有所承继。但必须强调指出,他们的倡导仅仅起了鼓励诗人们多做相关的训练而已,"墙内开花墙外香",宫廷诗人的成就并不在宫廷诗,而恰恰在非宫廷诗之创作。被称为"初唐五律第一"的杜审言《和晋陵陆丞早春游望》云:

独有宦游人,偏惊物候新。云霞出海曙,梅柳渡江春。淑气催黄鸟,晴光转绿苹。忽闻歌古调,归思欲沾巾。

首尾二联伊郁的情绪与中间二联开阔明丽的景物相互辉映,形成一种与"四杰"相近的情志复合而又精警凝练的峻整之美。沈佺期《杂诗三首》之三"闻道黄龙戍",宋之问《题大庾岭北驿》等,也都是从容于法度之中内容丰满之作。而这种雍容华贵的风格正是脱胎于宫廷诗体。

程千帆先生《古诗考索·张若虚〈春江花月夜〉的被理解和被误解》一文曾指出:后人将张作划为"宫体"是一种误解。程文引清末王闿运云："张若虚《春江花月夜》用《西洲》格调,孤篇横绝,竟为大家。李贺、商隐,挹其鲜润;宋词、元诗,尽其支流,宫体之巨澜也。"又引闻一多《唐诗杂论·宫体诗的自赎》,云:"《春江花月夜》这样一首宫体诗……向前替宫体诗赎清了百年罪。"认为二人扩大了宫体诗的范畴,是不符合文学史事实的。程先生的意见是可取的,体现了文学史学科在严密性方面的进步。然而,如果我们细细体味二人的意见,仍可理出一点头绪,体会二人意见的合理性。《旧唐书·音乐志二》云：

> 《春江花月夜》、《玉树后庭花》、《堂堂》,并陈后主作。叔宝常与宫中女学士及朝臣相和为诗,太乐令何胥又善于文咏,采其尤艳丽者以为此曲。

《春江花月夜》此题原为宫体,由此可知。而清末诗家王闿运将李贺、李商隐乃至宋词、元诗统归之"宫体之巨澜",决非无知者言,而是将二者比为源与流的关系。我们能不承认张若虚的《春江花月夜》不是源于陈后主所为之《春江花月夜》吗? 后人固然将"宫体"定位于"艳情"的内容,但初始对宫体之认识本包含"宫廷"与"艳情"二端。故《梁书·简文帝纪》引简文帝自序云:"余七岁有诗癖,长而不倦。然伤于轻艳,当时号曰'宫体'。"《梁书·徐摛传》则云:"摛属文,好为新变,不拘旧体……文体既别,春坊尽学之,'宫体'之号始此。"《隋书·经籍志》始云:"梁简文之在东宫,亦好篇什。清辞巧制,止乎衽席之间;雕琢蔓藻,思极闺闱之内。后生好事,递相放习,朝野纷纷,号为'宫体'。"这里有个认识递进的问题。宫体本与"新变"有关,但也与"轻艳"相连系,将"清辞巧制"与"衽席之间"的内容结合起来定义"宫体",是比较后来的事。所以闻一多先生认为:"宫体就是宫廷的,或以宫廷为中心的艳情诗,它是个有历史性的名词。"诚如程先生所云,这一看法是"清醒"的。以今日之眼光全面地看，则"宫体"似应包含三个方面：一是"宫廷的，或以宫廷为中心的"；二是艳情的；三是与"新变"有关，也就是与当时新兴的讲究声律的"新体诗"有关。闻一多将卢照邻《长安古意》、骆宾王《艳情代郭氏答卢照邻》、《代女道士王灵妃答李荣》、刘希夷《公子行》、《代悲白头翁》、张若虚《春江花月夜》排起队来归诸"宫体"的流变，应当说是居于以上三方面的考虑的。也就是说，闻先生是认为初唐这些诗与新体诗，与宫廷诗，与艳情内容有联系，但更有变化。其中与"艳情"之关系恰恰是由浓而淡，由病态而趋于健康，是一种背反的关系。所以闻一多一方面攻击南朝宫体的"堕落"，"从一种变态到另一种变态"；另一方面又强调"感情返到正常状态是宫体诗的又一重大阶段"。卢照邻《长安古意》好就好在虽写了"共宿娼家桃李蹊"之类的"艳情"，但它内含讽刺，"宫体诗中讲讽刺，多么生疏的一个消息"！而刘希夷、张若虚更是将"情"提升到"夐绝的宇宙意识"。总之，所谓"宫体诗的自赎"乃是一个净化的过程。剩下的便是风格与形式的问题。闻一多《宫体诗的自赎》中还有一段话颇重要：

> 庾信对于宫体诗的态度，是一味的矫正，他仿佛是要以非宫体代宫体。反之，卢照邻只要以更有力的宫体诗救宫体诗，他所争的是有力没有力，不是宫体不宫体……从五言四句的《自君之出矣》，扩充到卢、骆二人洋洋洒洒的巨篇，这也是宫体诗的一个剧变。仅仅篇幅大，没有什么，要紧的是背面有厚积的力量撑持着。这力量，前人谓之"气势"，其实就是感情。有真实感情，所以卢、骆的来到，能使人们麻痹了百余年的心灵复活。

显而易见，闻一多强调的是对传统的旧形式的履行而不是"另起炉灶"。所谓"宫体"，只是"历史性的名词"，他更着眼其流变。同样，王闿运将宋词元诗也归入"宫体之巨澜"，并非常识性的错误，而是强调其源流。以此看来，二人以局部代全体的指称必然引起误解，如果我们将他们所谓的"宫体"体会作齐梁以来宫廷诗人的主要创作倾向，也许问题要容易理解得多。因此，将"宫体"易为范围大得多的"宫廷诗"，将着眼点移至发端于宫廷诗为代表的新体诗的演进过程，那么王、闻二人的意见是很有价值的。事实上无论"四杰"，无论刘希夷、张若虚，乃至力倡批判齐、梁遗风的陈子昂，甚至盛唐李、杜，都曾认真摹写过宫廷诗，通过学习、训练，达到驾轻就熟的程度，然后超越宫廷诗，写出宫廷诗不可企及的杰作来。这好比芙蓉出污泥而不染，但毕竟是从污泥中出。从这一层意义上说，雍容华贵的宫廷诗不妨说是唐诗的底色。

（原载《河北大学学报》1997 年第 2 期）

"盛唐气象"的审美特征

"盛唐气象"是以盛唐诗作为典型的唐诗总体风貌,它体现了唐诗人的审美理想,有一种登高极目、远接混芒的气势。这种气势虽难坐实,但也并不是"一味妙悟"到不可言说。宋代评论家严羽,将它概括为"雄浑悲壮",并阐释道:"坡、谷诸公之诗,如米元章之字,虽笔力劲健,终有子路事夫子时气象。盛唐诸公之诗,如颜鲁公书,既笔力雄壮,又气象浑厚,其不同如此。"(《答出继叔临安吴景仙书》)。雄浑,无疑是"盛唐气象"的核心。何谓雄浑?《二十四诗品》第一品《雄浑》称:

> 大用外腓,真体内充。返虚入浑,积健为雄。具备万物,横绝太空。荒荒油云,寥寥长风。超以象外,得其环中。持之非强,来之无穷。

这是一种包容各种矛盾对立的博大风格:既一派飞动,又厚实深沉;既绚丽多彩,又清新自然;既雄阔伟岸,又明朗不尽。本文拟从"盛唐气象"的某些审美特征入手,探求这一博大风格的丰富内涵。

一、清水出芙蓉

明朗、清新、自然,这是唐诗给人的总体印象,即李白所说:"清水出芙蓉,天然去雕饰。"(《经乱离天恩游夜郎忆旧游……》)也可以说它是唐人,特别是盛唐人的审美理想。刘熙载《艺概》卷二云:"学太白者,常曰'天然去雕饰'足矣。余曰:此得手处,非下手处也。"要达到这一理想境界,唐人的"下手处"又在哪里? 王瑶《李白》在评述"清水出芙蓉,天然去雕饰"时说:

> 但所谓"自然",应该包括有两方面的意义:第一,诗中的思想内容是真实的,感情是真挚的,决不是随声附和的、虚伪的。第二,是用单纯的诗的语言表现出来,并形成一种自然优美的风格的。[①]

我看,这基本上也道出了"下手处"。内容与形式的关系往往是真、善、美之间的关系。盛唐人的审美趣味往往发端于魏晋南北朝,其"清水出芙蓉"的审美理想同样是上承于六朝人。宗白华《美学散步·中国美学史中重要问题的初步探索》一文曾对这种审美理想做了极精彩的论述。钟嵘《诗品》说:"汤惠休曰:'谢诗如芙蓉出水,颜诗如错彩镂金。'"宗白华认为,"错彩镂金"与"芙蓉出水"这两种美,代表了中国美学史上两种不同的美感或美的理想:楚国的图案、汉赋、六朝骈文、明清瓷器、京剧服装同属前者,汉代铜器、王羲之书法、宋代白瓷,属于后者。固然,道家一向反对雕饰之美,如《庄子》认为"既雕既琢,复归于朴"(《山林》),"朴素而天下莫能与

---

① 王瑶《李白》,上海人民出版社 1979 年版,第 106 页。

之争美"(《天道》),对后人的审美意识产生了巨大而深远的影响,但"初发芙蓉"之美不应简单地归诸道家的美学思想,它与"错彩镂金"之美应是华夏民族在审美实践中长期积淀下来的两种基本倾向。宗白华先生考察了被视为儒家经典的《易经》,指出其中"刚健、笃实、辉光"六个字代表我民族一种很健全的美学思想[①],让"质地本身放光"是"清水出芙蓉,天然去雕饰"的实质。"去雕饰"并不是不做任何艺术加工,纯任自然,而是"极饰反素",绚烂归于平淡,是让"质地本身放光",也就是岑参《送张献心副使归河西杂句》所说:"澄湖万顷深见底,清水一片光照人。"李白还另有说明:"垂衣贵清真"(《古风》之一),"雕虫丧天真"(《古风》之三十五)。真、善、美中,他突出了一个"真"字。杜甫也是"直取性情真"(《赠王二十四侍御契四十韵》),"畏人嫌我真"(《暇日小园散病……》)。唐诗明朗、清新、自然之美的内在本质,乃是"刚健、笃实、辉光",是人格的率真所焕发出的本色美。与之相表里的是:诗歌是语言的艺术,诗歌的自然美只能用明畅、清新、自然的语言来表现。且看下面两首诗:

> 两人对酌山花开,一杯一杯复一杯。我醉欲眠卿且去,明朝有意抱琴来。(李白《山中与幽人对酌》)

> 步屧随春风,村村自花柳。田翁逼社日,邀我尝春酒。酒酣夸新尹,畜眼未见有。回头指大男,渠是弓弩手。名在飞骑籍,长番岁时久。前日放营农,辛苦救衰朽。差科死则已,誓不举家走。今年大作社,拾遗能住否?叫妇开大瓶,盆中为吾取。感此气扬扬,须知风化首。语多虽杂乱,说尹终在口。(杜甫《遭田父泥饮美严中丞》)

---

① 宗白华《美学散步》,上海人民出版社1981年版,第37—38页。

尽管这两首诗风格迥异,但感情都很真率,语言也都不事雕饰而得自然之美,却又各自饱含了李、杜两人不同的性格特征与处世态度。事实上,李、杜诗各自代表了唐诗中两种自然美的追求方式,一是似乎脱口而出,一片神行,纯乎天籁,"佳处在不著纸",偏重在敏捷,而不主苦思;一是"美人细意熨帖平,裁缝灭尽针线迹"(杜甫《白丝行》),不讳言工力、苦思,乃至主张"夫不入虎穴,焉得虎子? 取境之时,至难至险,始见奇句;成篇之后,观其气貌,有似等闲,不思而得"(皎然《诗式》),"佳处在力透纸背",偏重在通过工力来追求自然美。李白固然也有像《朝发白帝》那样剪裁盛弘之《荆州记》而颇见提炼功夫的诗作,但总体说来其风格当属前者;杜甫虽也有"一夜水高二尺强,数日不可更禁当。南市津头有船卖,无钱即买系篱旁"(《春水生二绝》之一)一类似乎脱口而出的诗作,但总体说来应属后者。更宏观地说,盛唐诗人多近前者,中唐以后诗人,多近后者。

李白式的明快,其得自然之美不言而喻。另一类诗风虽是百思而得,但仍能"灭尽针线迹","成篇之后,观其气貌,有似等闲",也能入"清水出芙蓉"的美境。如杜诗《绝句》:"两个黄鹂鸣翠柳,一行白鹭上青天。窗含西岭千秋雪,门泊东吴万里船。"此诗四句都对偶,极其工整,却是天然画卷一轴,"灭尽针线迹"。至如"松浮欲尽不尽云,江动将崩未崩石"(《阆山歌》),"即从巴峡穿巫峡,便下襄阳向洛阳"(《闻官军收河南河北》),"竹叶于人既无分,菊花从此不须开"(《九日》)等等,无不巧妙安排而不着痕迹,且内涵丰富,美不胜收。

然而,无论是"脱口而出"还是"百思而得"者,都着意在意象与意境的创构。罗宗强《隋唐五代文学史》曾指出:"明丽意象的创造,在很大程度上决定李白诗歌境界的格调。"[①]他还举出一些在景物上"加亮色"的例句,如"日色明桑枝"、"积雪明远峰"等。"加亮

① 罗宗强《隋唐五代文学史》上卷,高等教育出版社1990年版,第334页。

色"不但是李白的爱好,也是唐诗人普遍的爱好。又,李白喜欢让他的诗浸透月色,唐诗人们也喜欢让他们的诗浸透月色。唐人爱明丽的意象,这是不争的事实,只要翻翻唐诗就可以明了。这里只想补充一点:盛唐诗"芙蓉出水"之美有别于其他时代自然美的本质,乃在于它仍然与"雄浑"的总体风格紧密联系。因之,唐人往往将明朗、开阔的意象融为雄浑的意境:

> 明月出天山,苍茫云海间。长风几万里,吹度玉门关。
> (李白)
>
> 长安一片月,万户捣衣声。秋风吹不尽,总是玉关情。
> (李白)
>
> 苍茫古木连穷巷,寥落寒山对虚牖。(王维)
>
> 寥寥寒烟静,莽莽夕云吐。(高适)
>
> 秋风昨夜至,秦塞多晴旷。千里何苍茫,五陵郁相望。
> (高适)

如此类意境,在唐诗中触目皆是,尤其是在杜甫诗中,融为高、大、深的雄浑境界。明人胡震亨《唐音癸签》卷九引杜诗而释曰:

> "片云天共远,永夜月同孤;落日心犹壮,秋风病欲苏。"含阔大于沉深。

明朗加上"含阔大于沉深",便是"盛唐气象"的总体特征。

二、碧海掣鲸鱼

宋人强幼安《唐子西文录》称:"过岳阳楼观杜子美诗,不过四十字尔,气象闳放,涵蓄深远,殆与洞庭争雄,所谓富哉言乎者。"
(《历代诗话》)"气象闳放"的确是杜诗的一大特点,然而我们更感
兴趣的是,此类开阔闳放的境界在唐诗中也比比皆是。杜甫《论诗
六绝句》曾一语中的地将此种审美意识道出:"或看翡翠兰苕上,未
掣鲸鱼碧海中。"这就是所谓的"大美"。中国文化博大的精神,体
现为秦始皇陵兵马坑,体现为孟子"充实之谓美",体现为庄子的大
鹏,体现为汉大赋……在唐诗,则体现为这种开阔闳放。

　　然而,唐诗闳阔的美并不同于商鼎的狞厉、始皇兵马坑的庄严
而带肃杀,也不同于汉赋的堆砌;它既是庄子对个体精神自由的追
求,又是儒家所谓充实之美;它在气象宏大中有丰满的内容,在厚实
中有空灵,在空灵中有精力弥满,是《二十四诗品》所说的:"大用外
腓,真体内充。返虚入浑,积健为雄。"郭绍虞注:"所谓真体内充,又
堆砌不得,填实不得,板滞不得,所以必须复还空虚,才得入于浑然
之境。"①汉、唐气象同样闳放,同样是国力强大在文学上的反映,但
汉赋的气势来自"重、大、拙",是"苞括宇宙,总揽人物"的排比、堆
砌、重复,是面向外部的功利主义,是"大一统"的和谐之美;而"盛唐
气象"则来自"情志合一",是个体精神自由与建功立业的功利追求
的统一,是内部世界的深情与外部世界的壮丽的呼应,是充满自信
心的唐人以其独特的文化心理结构去认知客观存在所建构起来的
崇高之美。法国艺术家罗丹曾引用其师贡斯论雕塑的话说:

　　　　你以后做雕塑的时候,千万不要看形的宽广,而要看形的
　　深度……千万不要把表面只看作体积的最外露的面,而要看作
　　向你突出的或大或小尖端,这样你就会获得塑造的科学。②

如果说汉赋是二维度的平面的广阔,那么唐诗则是三维度的开阔闳

①　郭绍虞《诗品集解》,人民文学出版社 1981 年版,第 3 页。
②　[法] 罗丹口述、葛赛尔记《罗丹艺术论》,沈琪译,人民美术出版社 1978 年版,第 33 页。

放,它不但有客体的宽度与高度,还有内心视觉的深度;外部世界的高山大壑风云雷电,只不过是向你突出的"最外露的面",它的后面还有作为个体的人所具有的各种深藏的情感与思想。而最沉潜的、最有深度的是近乎集体无意识的东西——忧患意识。

忧患意识在中国士大夫心理中占据有重要的位置。我民族早在远古时代就以农业求生存,农业在当时的条件下显得那么脆弱,任何天灾人祸都可能使它遭到毁灭。人们不能不"如履薄冰",战战兢兢。长期的忧患渐渐积淀为文化心理,形成所谓的"集体无意识",自以为"无恒产而有恒心,唯士为能"的士大夫,更是"以天下为己任",自觉地将个人的情感与国家民族的安危、生民百姓的哀乐联系起来,无怪乎中国传统的审美趣味并不以西方所称道的"悲剧"为最高境界,而是以"沉郁"为美的极则。所以屈原的作品并不以悲壮的情节、高度集中的矛盾冲突等西方典型的悲剧性来感动、震撼人心,反之,是以如茧抽丝般的郁闷、往而复返不可排遣的深沉博大的忧患,来折磨读者的心灵。

历代不同的诗人对忧患意识都有自己独特的表达方式,唐人更是以其独特的时空设置来体现其忧患意识①。盛唐之所以盛,与统治阶层具有忧患意识有关。强项豪雄的创业之主唐太宗之所以能忍受魏徵辈的面折廷争,就因为他有忧患意识;其他几代初唐君主也不同程度地具备此种意识。因此在初唐诗中,已有大量透露此信息的诗歌,兹举当时第二流诗人李峤的一首《汾阴行》为例,以见当时时空寂寞之感的普遍性:

> 君不见昔日西京全盛时,汾阴后土亲祭祠。齐宫宿寝设储贡,撞钟鸣鼓树羽旗。汉家五叶才且雄,宾延万灵朝九戎。柏梁赋诗高宴罢,诏书法驾幸河东。河东太守亲扫除,奉迎至尊

---

① 参见拙作《时空寂寞》,《天府新论》1994 年第 4 期(收入本《文集》第六册)。

导銮舆。五营夹道列容卫，三河纵观空里间。回旌驻跸降灵场，焚香奠醑邀百祥……自从天子向秦关，玉辇金车不复还。珠帘羽扇长寂寞，鼎湖龙髯安可攀？千龄人事一朝空，四海为家此路穷。豪雄意气今何在？坛场宫馆尽蒿蓬！路逢故老长叹息，世事回环不可测。昔时青楼对歌舞，今日黄埃聚荆棘。山川满目泪沾衣，富贵荣华能几时？不见只今汾水上，唯有年年秋雁飞！

强烈的今昔对比托体于时空的可视可感之形象："千龄人事一朝空，四海为家此路穷！"无尽的时间与巨大的空间只能产生广漠的寂寞感，结尾四句透露的情感，正是时间、空间之外的第三维深度——忧患意识。据《唐诗纪事》卷十载：

天宝末，明皇乘春登勤政楼，命梨园弟子歌数阕。有唱歌至"富贵荣华能几时"以下四句，帝春秋衰迈，问谁诗？或对李峤，因凄然涕下，遽起曰：峤真才子也！及其年幸蜀，登白卫岭，览眺良久，又歌是词，复曰：峤诚才子也！高力士以下挥涕久之。

唐明皇以其血的教训验证了李峤诗中的忧患。然而，能以最少的文字最深邃地体现这种意识者，为盛唐先驱陈子昂。他的《登幽州台歌》云："前不见古人，后不见来者，念天地之悠悠，独怆然而涕下！"劈面两句，将诗人置于时间长链的中点——"现在"，由此向前是无穷的过去，由此而后是不尽的未来。第三句又以迅雷不及掩耳之势急转入巨大的空间，形成人与天地对比的极大反差。关键就在于，画面的结构使透视的焦点落在"人"与"现在"。于是，与天地洪荒相比是如此渺小的"人"，竟成了画面的中心！这一逆反效果使"人"不是消失在虚空里，反而显露在巨大的背景之前。陈子昂以后的唐诗人对崇高事物的处理手法各异,但其典型大体可分为三类:一是以李白为代表的偏重对个体人格与精神自由的追求,借崇高事物以骋其情者;一是以杜甫为代表的偏重在高度社会责任感与人格力量,借崇高事物言志;一是以王维为代表的偏重在对现实利害得失的超越,借崇高事物表现其超然的态度。

《老子》二十五章云:"吾不知其名,强字之曰道,强为之名曰大。"《庄子·天道》进一步提出"大美"的概念,凡合乎"道"的自然无为的绝对自由精神,则称"大美"。这就是《知北游》篇所谓:"天地有大美而不言。"庄子创构了"水击三千里,抟扶摇而上者九万里"的鲲鹏形象(《逍遥游》),还有"其大蔽千牛"的栎社巨树形象(《人世间》),"乘云气、御飞龙、骑日月、游乎四海之外"的至人形象(《逍遥游》)。这群形象无不蕴有磅礴万物的气势与力量而领有时空的永恒无限,体现了绝对自由的精神①。而具有强烈的济世理想的士大夫志士仁人们又不愿远离社会现实,于是乎玄学诗人阮籍便将《庄子》与《离骚》剪接成了"蒙太奇":

> 危冠切浮云,长剑出天外。细故何足虑,高度跨一世。非子为我御,逍遥游荒裔。顾谢西王母,吾将从此逝。岂与蓬户士,弹琴诵言誓。(《咏怀》第五十八首)

这一来,既得屈原之孤高,又得庄子之逍遥,心虽"绝对自由",而身仍安乎现实社会。盛唐人的人才环境要比阮籍的时代好,故尔其屈原的形象往往为豪士能人所取代,其时空意象也更具动感:

> 代公举鹏翼,悬飞摩海雾。志康天地屯,适与云雷遇。兴丧一言决,安危万心注。(张说《五君咏·郭代公元振》)

---

① 参看韩林德《境生象外》,生活·读书·新知三联书店1995年版,第282页。

行迈到西华,乃观三峰壮。削成元气中,杰出天河上。如有飞动色,不知青冥状。巨灵安在哉?厥迹犹可望。(陶翰《望太华赠卢司仓》)

最能以闳放开阔的格调处理时空的诗人是李白,他的时空意象总是扑面而来,时间穿过空间,时空便是心境:

黄河落天走东海,万里写入胸怀间……徘徊六合无相知,飘若浮云且西去!(《赠裴十四》)

他同陈子昂一样,也善于在时空跌宕中托起一颗巨大的寂寞心。试读《蜀道难》,简直是一首"时空之歌"。时间——"尔来四万八千岁";空间——"上有六龙回日之高标,下有冲波逆折之回川"。在这巨大空间中却堵塞着千山万壑,"扪参历井仰胁息",令人窒闷。可它又如是之空旷:"但见悲鸟号古木,雄飞雌从绕林间,又闻子规啼夜月,愁空山!"这正是李白心境的对应:胸中块垒嵯峨,却又如此孤单寂寞:"侧身西望长咨嗟!"是的,这就是李白式的崇高感,是厚实中的空灵,空灵中的精力弥满。万水千山只是"向你突出的或大或小的尖端",在其筋脉维系的深处,是追求个体精神自由与建功立业的强烈欲望。这两种深层的东西在封建社会是很难和谐共处的,尤其是唐后期,崇高感往往表现为一种冲突,是剧烈对抗中的闳放开阔。有力地表现了这种崇高之美的诗人是杜甫。

杜甫将陈子昂那在小大之辨中凸显"人"的手法推向极致,让巨大的体积、永恒的时间与渺小的个体人相对抗,在对抗的痛苦中产生力度,从而获得崇高感:

路经滟滪双蓬鬓,天入沧浪一钓舟。(《将赴荆南寄别李剑州》)

"双蓬鬓"之中有岁月,"一钓舟"中有天地。时空,就在诗人饱含忧患的心中。刘熙载《艺概》卷二云:"杜诗高、大、深俱不可及。吐弃到人所不能吐弃,为高;涵茹到人所不能涵茹,为大;曲折到人所不能曲折,为深。"杜诗的高、大、深,最能体现盛唐气象的雄浑本质。试读《登楼》:

> 花近高楼伤客心,万方多难此登临。锦江春色来天地,玉垒浮云变古今。北极朝廷终不改,西山寇盗莫相侵。可怜后主还祠庙,日暮聊为《梁父吟》。

《杜臆》卷六评曰:"言锦江春水与天地俱来,而玉垒浮云与古今俱变,俯仰宏阔,气笼宇宙,可称奇杰。而佳不在是,止借作过脉耳。"王氏也看出"俯仰宏阔"的背后还有深层的东西:"云'北极朝廷'如锦江水源远流长,终不为改;而'西山之盗'如玉垒之云,倏起倏灭,莫来相侵。曰'终不改',亦幸而不改也;曰'莫相侵',亦难保其不侵也。'终'、'莫'二字有微意在。"所谓微意,其实就是忧患,是杜甫对当时政局的忧虑,对朝廷的岌岌可危与"盗贼"难制的担心。结句以扶不起来的蜀后主为譬,用《梁父吟》暗示世无诸葛亮的局势,以此来表达其伤时的情怀。前人对杜甫的这种特殊的宏放阔大的境界已有感悟,宋人叶梦得《石林诗话》卷下云:

> 七言难于气象雄浑,句中有力,而纡徐不失言外之意。自老杜"锦江春色来天地,玉垒浮云变古今",与"五更鼓角声悲壮,三峡星河影动摇"等句之后,尝恨无复继者。韩退之笔力最为杰出,然每苦意与语俱尽。《和裴晋公破蔡州回诗》所谓"将军旧压三司贵,相国新兼五等崇",非不壮也,然意亦尽于此矣。

没有深度的阔阔,不是盛唐气象。唐诗中还有另一种类型的"气象

闲放":

> 江流天地外，山色有无中。（王维）
>
> 苍山起暮雨，极浦浮长烟。（储光羲）
>
> 万壑应鸣磬，诸峰接一魂。（常建）
>
> 苍梧白云起，烟水洞庭深。（孟浩然）

此类景象的闲阔更多的不是气势的雄浑，而是一种弥漫着冲和之气的闲阔。《后山诗话》云："右丞、苏州皆学于陶，王得其自在。"的确，唐代田园诗与六朝有着更多的内在联系。陶潜《饮酒》诗云："结庐在人境，而无车马喧。问君何能尔？心远地自偏。""心远"，则境虽在寰中而能神游乎象外，得大超脱。唐人发展了这种"心远"的处世观，改造为该时代"自在"的风格。"半官半隐"是唐代士大夫"隐居"的一种颇为普遍的形式，其超脱并非出世，故可称之为"入世的超脱"。王维更是将道家"虚无"与释家"空"的哲学引入审美趣味之中，在庄园生活中造成"自在"的心态，引吸无穷于自我，以寥廓见空灵。在青龙寺一次文人集会时，王维及同行者写了一组诗，颇能说明王维式的"心远"特质。兹并序录于下：

青龙寺昙壁上人兄院集并序

吾兄大开蒀中，明彻物外，以定力胜敌，以惠用解严。深居僧坊，傍府人里。高原陆地，下映芙蓉之池；竹林果园，中秀菩提之树。八极氛霁，万汇尘息。太虚寥廓，南山为之端倪；皇州苍茫，渭水贯于天地。经行之后，跌坐而闲。升堂梵筵，饵客香饭。不起而游览，不风而清凉。得世界于莲花，记文章于贝叶。时江宁大兄持片石命维序之，诗五韵，坐上成。

高处敞招提，虚空讵有倪。坐看南陌骑，下听秦城鸡。渺渺孤烟起,芊芊远树齐。青山万井外,落日五陵西。眼界今无染,心空安可迷?

王式"心远"便是"心空"。孤烟渺渺,远树芊芊;太虚寥廓,皇州苍茫。这闳阔的景象只不过是用来表明上人"明彻物外"、"万汇尘息"的心灵境界,所以归结为:"眼界今无染,心空安可迷。"同咏的裴迪云:"自然成高致,向下看浮云。逶迤峰岫列,参差间井分。"最后则归结为:"吾师久禅寂,在世超人群。"入世的超脱才是士大夫的真正追求。"心空"、"心闲",才能"眼界无染",万象澄明。逆向看,闳阔澄明的境界正表现了超逸的胸襟。如王维的《韦给事山居》:

幽寻得此地,讵有一人曾。大壑随阶转,群山入户登。庖厨出深竹,印绶隔垂藤。既事辞轩冕,谁云病未能?

这首诗表现了半官半隐者特有的心态与审美趣味。"大壑"一联,使不动的山壑动了起来,客体成了主体,表现了一种物我两忘之境界。接下一联写富足的生活所构成的一种从容自在的精神面貌。这也就是宗白华《美学散步》所说的那种"既使心灵和宇宙净化,又使心灵和宇宙深化,使人在超脱的胸襟里体味到宇宙的深境"的艺术境界[①]。表现这种境界的手法往往是移远就近,引吸无穷于自我,使"万物皆备于我":

细烟生水上,圆月在舟中。(祖咏)

云簇兴座隅,天空落阶下。(孟浩然)

泸水林端素,银汉下天章。(王维)

---

① 参见《美学散步·中国诗画中所表现的空间意识》一文,上海人民出版社1981年版,第72页。

高天明月尚且揽之于襟抱,庸论其他万象,无不皆备于我矣！反之,澄明闳阔的景象又能使人心净化,得大自在之心境;这也就是韦应物《沣上西斋寄诸友》诗所谓"闲游忽无累,心迹随景超",表明这是一个由澄明开阔的景象到无累超脱的心境。事实上,这也是忧患意识的另一种表现形式,只不过它更倾向于内心的自我超脱,仍然是诗人对个体精神自由的追求。

然而,于明朗、开阔之外,我们更隐隐感到"盛唐气象"蕴涵着某种力度,一种他时代所缺乏的矫健之气,它似乎更内在地体现着"盛唐气象"。

三、带箭的骏马

昭陵"六骏"中,有一匹"飒露紫",是太宗皇帝的乘骑,在征战中为流矢所中,浮雕正作丘行恭为这匹战马拔去箭镞状。这就是鲁迅《看镜有感》所赞叹不已的"带箭的骏马"。它体现了唐人豁达闳放的气度与无所避忌的自信心,也象征了"盛唐气象"所蕴含的那种勇于面对世界与人生,乐于做生命体验的精神。

让我们先一瞥边塞之作。对于刚从"九品中正"的人才桎梏中解脱出来的士子,大唐简直是个充满幻想的童话世界。"布衣取卿相"在唐代已不是什么偶然事件,这一事实鼓励着士子靠自身的努力去争一席之地——"天生我才必有用!"而这股"负气而行"的人格力量,又往往借边塞诗这一充满边风、侠骨、意气、功业的题材形式,喷薄而出。且看崔颢《古游侠呈军中诸将》:

> 少年负胆气,好勇复知机。杖剑出门去,孤城逢合围。杀人辽水上,走马渔阳归。错落金锁甲,蒙茸貂鼠衣。还家且行猎,弓矢速如飞。地迥鹰犬疾,草深狐兔肥。腰间带两绶,转盼

生光辉。顾谓今日战,何如随建威。(《河岳英灵集》卷中)

《河岳英灵集》有段评语:"颢年少为诗,名陷轻薄,晚节忽变常体,风骨凛然。"显然,唐人欣赏此类诗的重点并不在"杀人辽水上",而在于它所体现出的"风骨凛然"之美。所以盛唐边塞诗并不注重战争场面的正面描绘,却多着力于军威与气势的渲染:

> 登车一呼风雷动,遥震阴山撼巍巍!(万齐融《仗剑行》)

> 四边伐鼓雪海涌,三军大呼阴山动!(岑参《轮台歌奉送封大夫出师西征》)

这就是所谓的"蓄势",甚至于风恬雨霁处见力度。例如岑参《灭胡曲》:"都护新灭胡,士马气亦粗。萧条虏尘净,突兀天山孤。"没有战事,没有崩沙走石,唯有一片明净。然而士气已化为可视之景,"天山孤"有不可移易的厚重感,也是将士"风骨凛然"的形象化,是许学夷《诗源辩体》卷二所称的:"若高、岑豪荡感激,则又以气象胜。"这是"高度的自信",是来自大唐帝国的强盛与唐人高扬的民族自信心,它一旦与个体独立人格的追求相结合,便成为一种人生的原则,一种高尚的品格,于是事情便有了变化——功业成为意气的表现,英雄主义使个体从功利主义跳出:

> 闻道羽书急,单于寇井陉。气高轻赴难,谁顾燕山铭!(王昌龄《少年行二首》之一)

这种"意气"使盛唐边塞诗之审美特征表现为善于因难见奇气,偏爱艰险中的事物,于摧陷中见力度,首先是"偏向虎山行"乃至"笑一切悲剧"的态度:

独负山西勇,谁当塞下名? 死生辽海战,雨雪蓟门行。(卢象《杂诗二首》之一)

马走碎石中,四蹄皆血流。万里奉王事,一身无所求。也知塞垣苦,岂为妻子谋。(岑参《初过陇山途中呈宇文判官》)

显然,唐人对现实中的战争是头脑清醒的,他们只是要以生死搏斗见意气,以悲壮为美。置于《河岳英灵集》卷首的常建《王将军墓》云:

嫖姚北伐时,深入强千里。战余落日黄,军败鼓声死! 尝闻汉飞将,可夺单于垒。今与山鬼邻,残兵哭辽水。

殷璠评为:"一篇尽善","属思既苦,词亦警绝"。这就是唐人的审美! 因此,李颀《古意》写男儿"杀人莫敢前,须如蝟毛磔",却要衬以辽东少妇"今为羌笛出塞声,使我三军泪如雨"! 这种审美,是强大的生命力与痛苦、灾难的抗衡所产生的快感。为此,盛唐边塞诗常将主人公置于危境乃至绝境之中:

胡马秋正肥,相邀夜合围。战酣烽火灭,路断救兵稀。(袁瓘《鸿门行》)

十里一走马,五里一扬鞭。都护军书至,匈奴围酒泉。关山正飞雪,烽戍断无烟。(王维《陇西行》)

军情十万火急,偏偏遇上大雪,作为边塞荒漠中传递信息的烽火台竟点不起狼烟! 然而绝境并非绝望,绝境中不绝望方见英雄本色。因之,从容于艰苦境地,也就最能体现意气。王翰《凉州词》正因此而传诵千古:

　　葡萄美酒夜光杯,欲饮琵琶马上催。醉卧沙场君莫笑,古来征战几人回!

　　这是一种面对死亡却仍充溢着生命力的美。有这样的"强力意志",艰苦的边塞生活便无往而非美。试看岑参以诗家之魔杖将朔雪点化为"千树万树梨花开"的神奇境界,而《玉门盖将军歌》则不写边疆战斗,只写奢华的将军生活:饮酒、美女、纵搏、打猎,交织出一幅五彩缤纷的边塞图景(诗见《岑参集校注》卷二),读岑参的边塞诗,不能不向往那热辣辣的边塞生活,连懦弱者也会感激多气。知道了盛唐人惯于用边塞艰险生活的题材来表现高昂的意气,便会明白何以主张抑边功的名相张说会一面说"胜敌在安人,为君汗青史"(张说《送李侍郎迥秀薛长史季昶同赋得水字》)①,一面又高唱"少年胆气凌云,共许骁雄出群。匹马城西挑战,单刀蓟北从军"(《破阵乐词二首》之二)。而好写侠客"杀人若剪草"的李白也会说:"乃知兵者是凶器,圣人不得已而用之。"(《战城南》)因此,看此类作品要循其审美意识,用"双视角"。比如高适名篇《燕歌行》,一面高歌"男儿本自重横行",极写其斗志:"大漠穷秋塞草肥,孤城落日斗兵稀。身当恩遇常轻敌,力尽关山未解围。"又云:"相看白刃血纷纷,死节从来岂顾勋?"这仍然是生死搏斗以见豪情的写法;另一面,诗人又对征人抱有同情:"铁衣远戍辛勤久,玉箸应啼别离后。少妇城南欲断肠,征人蓟北空回首!"两种感情交错,迸出矛盾至极的情绪与悲壮的复杂风格。名句"战士军前半死生,美人帐下犹歌舞"就是在这两种情感的激荡中产生出来的,既表现了诗人对战士的同情和对将军不恤士卒的批判,同时又表现了"天子非常赐颜色"的大将在"胡骑凭陵杂风雨"的危急形势下的镇定自若。钟惺评"战士"、"美人"二句曰:"豪壮中写出暇整气象。"(《唐诗归》卷十

────────────

①　《资治通鉴》卷二一二玄宗开元十年条载边兵六十万,张说以时无强寇,奏罢二十余万使还农,且曰:"若御敌制胜,不必多拥冗卒以妨农务。"张说抑边功由此可见。

二)从整体看,不为无见。事实上,盛唐边塞诗与众不同之处,就在于横扫千古边塞题材中积存的阴霾,焕发出英雄主义的亮色。有了这点亮色,则无往而非开阔与明朗:

> 琵琶起舞换新声,总是关山旧别情。撩乱边愁听不尽,高高秋月照长城。(王昌龄《从军行七首》之二)

末句明朗的月色使前三句纷乱的情绪澄明了。没有这点亮色,也就失去盛唐边塞诗。面对巨大痛苦仍能充满自信本身就是美,就是盛唐特有的"气象"。昭陵夕照中婉转悲嘶的"飒露紫",带着痛苦的创伤,却更显其矫健骁勇,正可作为这种充满悲剧精神之美的象征。

(原载《艺文述林》第 1 辑,1996 年)

李白歌诗的悲剧精神

历来论者多注重李白诗的飞扬奔放，豪迈乐观，少有人揭示其英雄品格中深刻的悲剧性格，崇高感中强烈的悲剧感。事实上，李白诗整体地深蕴着悲剧精神。

醉：生命的体验

千百年来，"太白醉酒"几乎成了李白固定的造型：醉中可见其"把酒问月"的天真，醉中可见其"累月轻王侯"的傲骨……是的，李白醉酒给人的整体印象并非范传正所说的那样："饮酒非嗜其酣乐，取其昏以自富"（《唐左拾遗翰林学士李公新墓碑序》），倒是使人想起自命为"第一个悲剧哲学家"的尼采所谓的"酒神精神"来。在尼采的悲剧观中，"酒神状态是一种痛苦与狂喜交织的颠狂状态。醉是日常生活中的酒神状态"[1]。尼采对"醉"的定义是：

> 醉：高度的力感，一种通过事物来反映自身的充实和完满的内在冲动。（页3）

---

[1] 周国平《悲剧的诞生》译序，生活·读书·新知三联书店1987年版，第3页。下引尼采言论咸见该书，只注页码。着重号为笔者所加。

实际上,上引云云,无非是指诗人勇于面对人生,乐于做生命的体验。作为西方的典型,莎士比亚让哈姆莱特在生与死两间徘徊,做大悲大喜的生命体验;而从屈原自投汨罗江后,中国士大夫更多的则是将生与死的两端化为"出"(出仕)与"处"(归隐)的选择,也在两者间徘徊,做大悲大喜的生命体验。李白的醉酒,非自我昏眩,而是在出与处的苦闷中"痛苦与狂喜交织的颠狂状态"。李白诗歌独异的魅力往往出于这种状态之中,所以,杜甫会说:"李白一斗诗百篇。"(《饮中八仙歌》)

"太白醉酒"与"狂傲"之间的联系,前人发露详矣、尽矣;而与之相对应的李诗艺术上的"夸张",如果撇开语言修辞的讲究,从文化心理的深层作一取样分析,则未也。然而,恰恰是此种分析能探知"狂傲"与"夸张"二者在"醉"的状态中内在的联系。

尼采认为,在"醉"的状态中,"人出于他自身的丰满而使万物充实:他之所见所愿,在他眼中都膨胀,受压,强大,负荷着过重的力。处于这种状态的人改变事物,直到它们反映了他的强力,——直到它们成为他的完满之反映"(页319—320)。这位西方哲人无意间道出了"李白式夸张"的真谛——自我膨胀。

"白发三千丈"(《秋浦歌》),当然是想象,但如果泥于形象,就难免有"盘在顶上像个大草囤"的打趣;只有与下句"缘愁似个长"一气通读,这才会将视觉形象移为"愁"的心理形象。也就是说,李白的想象力发端于自我,是其心态的具象。为此,当他快活时,就说"百年三万六千日,一日须倾三百杯"(《襄阳歌》);当他心有阴霾时,就说"一风三日吹倒山"(《横江词》);当他要排除郁结时,就说"刬却君山好,平铺湘水流"(《陪侍郎叔游洞庭醉后》);当他发狠时,就说"黄河捧土尚可塞,北风雨雪恨难裁"(《北风行》)。与其说他是在"夸张",毋宁说他是自我内心在膨胀。有人说他"跌宕自喜"(《诗辨坻》),很准确。李白是个主观性极强的诗人,不但"真力弥满,万象在旁"(《二十四诗品·豪放》),对万象可气指颐使,随心召来挥去;甚至肉体也羁束不了他那颗可以独来独往的心"狂风吹我心,西挂咸阳树"(《金乡送韦八之西京》);"我寄愁心与明月,随君直到夜郎西"(《闻王昌龄左迁龙标遥有此寄》)。至此,李白式的夸张已不是一种"手法",而是一种不以常规为参照,只凭内心那近乎幻觉的真诚感受的表露,是真正的生命的体验。

其实,最能本质地体现这种"跌宕自喜式"(或叫"自我膨胀式")夸张的,是些整体意象或意境。试读李白《行路难》三首之一:

> 金樽清酒斗十千,玉盘珍羞直万钱。停杯投箸不能食,拔剑四顾心茫然。欲渡黄河冰塞川,将登太行雪满山。闲来垂钓碧溪上,忽复乘舟梦日边。行路难,行路难,多歧路,今安在?长风破浪会有时,直挂云帆济沧海。①

前人或以为李白此作"全学"鲍照。现将鲍照《拟行路难》抄录二首如下②:

> 泻水置平地,各自东西南北流。人生亦有命,安能行叹复坐愁!酌酒以自宽,举杯断绝歌路难。心非木石岂无感,吞声踯躅不敢言。(其四)

> 对案不能食,拔剑击柱长叹息。丈夫生世会几时,安能蹀躞垂羽翼?弃置罢官去,还家自休息。朝出与亲辞,暮还在亲侧。弄儿床前戏,看妇机中织。自古圣贤尽贫贱,何况我辈孤且直!(其六)

二人都面对人生,但鲍照虽有"丈夫生世会几时"的感喟,却在

---

① 本文引用李白诗文咸见瞿蜕园、朱金城《李白集校注》,上海古籍出版社1980年版。
② 见《四部丛刊》本《鲍氏集》。

士庶天渊的现实面前有"吞声踯躅不敢言"的万般无奈,而采取了心理学上所谓"退行"的策略:"还家自休息。"因此,诗的重点不在"难"的铺叙,而是落在罢官后"弄儿床前戏"之类想象之上,使矛盾得到缓解。李白却不,他偏要把矛盾推向极致,仿佛苍天有意与他作对:"欲渡黄河冰塞川,将登太行雪满山。"他不能不发出"大道如青天,我独不得出"(《行路难》之二)的浩叹。然而,这些夸张的铺垫只是为了更有力地将鲍照那"丈夫生世会几时"的感喟化作充满自信的瞻望:"长风破浪会有时!"力度,正来自与命运的抗争,是"醉"的悲剧精神。

名篇《将进酒》亦当作如是观。

《将进酒》似乎有两个主题:一是"高堂明镜悲白发"所勾出的"人生如梦"的传统主题,一是"黄河之水天上来"泻下的一股乐观而愤怒的情绪。当后者一旦与"天生我才必有用"的宣言叠合起来形成不可遏止的力量时,它便扫却了前者带来的云翳,凸显抒情主人公豪放的形象。在这里,唯有夸张,才能确切地表达诗人的高傲,它已是有生命意味的形式。从天而落的黄河,"千金散尽还复来"的豪举与自信,都成为抒情主人公形象的一部分。正是在这一层意义上,我们说:李白式的夸张在文化心理的层面上与"太白醉酒"所体现的人格力量是相联系的。如果说"一醉累月轻王侯"是"太白醉酒"的灵魂,那么"天生我才必有用"则是"李白式夸张"的能源。二者都植根于高度的自信,是属"自身的充实和完满的内在冲动"(上引)。林庚先生曾指出,李白的自信,"给他的诗歌带来了一种英雄气概。因此,即便是悲愤,也不失其豪放,即便是失败,也不失为英雄"[1]。我们是否也可以说,李白歌诗的豪放中常含有悲愤,其英雄气概里充满着悲剧精神?试读《公无渡河》:

---

[1]　林庚《唐诗综论》,人民文学出版社 1987 年版,第 131 页。

　　黄河西来决昆仑,咆哮万里触龙门。波滔天,尧咨嗟。大禹理百川,儿啼不窥家。杀湍堙洪水,九州始蚕麻。其害乃去,茫然风沙。披发之叟狂而痴,清晨径流欲奚为? 旁人不惜妻止之,公无渡河苦渡之。虎可搏,河难冯,公果溺死流海湄。有长鲸白齿若雪山,公乎公乎挂罥于其间。箜篌所悲竟不还。

　　这是对一个古老的小悲剧的改写。李白删去原故事中白首狂夫之妻为之悲歌,曲终亦投河死的细节,增加了大禹治河的大背景①。删去其妻投河的细节,是为了突出白首狂夫这一形象;增加大背景则是为了加强原故事的悲剧效果。黄河劈面而来以压倒一切之势决昆仑触龙门,令人震慑,继之是大禹治水的悠远传说,这样无疑使匹夫匹妇的"小灾小难"具备了干系天下国家的大灾大难的氛围。朱光潜《悲剧心理学》(张隆溪译)认为:

　　观赏一部伟大悲剧就好像观看一场大风暴。我们先是感到面对某种压倒一切的力量那种恐惧,然后那令人畏惧的力量却又将我们带到一个新的高度,在那里我们体会到平时在现实生活中很少能体会到的活力。

　　这也是欣赏李白《公无渡河》不难有的感受。正是李白这样的处理,使狂夫有了一个全新的面貌。白首狂夫的悲剧并不在于黄河之为害,恰恰相反,是狂夫主动乱流而渡,其悲剧在于自己的"狂痴",是自己与自己过不去。这决不是一个弱者自杀的形象,而是一个藐视黄河狂暴的狂夫之形象! 不妨说,这是一个知其不可为而为之的勇者的形象。用夸张笔调写出的黄河气势适成狂夫勇于乱流

---

① 《古今注》称:有一白首狂夫,披发提壶,乱流而渡,其妻随呼止之,不及,遂堕河死。其妻乃作《公无渡河》之歌,声甚惨怆,曲终,亦投河死。

而渡的衬托。陈沆《诗比兴笺》以为此诗是对"无量力守分之智,冯河暴虎,自取覆灭"的永王璘的讥刺,其失不但在于硬要"以史证诗",更在于对李诗的悲剧感无所会心。表现"大不幸"题材的名篇尚有《远别离》:

> 远别离,古有皇英之二女。乃在洞庭之南,潇湘之浦。海水直下万里深,谁人不言此离苦?日惨惨兮云冥冥,猩猩啼烟兮鬼啸雨,我纵言之将何补?皇穹窃恐不照余之忠诚,雷凭凭兮欲吼怒。尧舜当之亦禅禹。君失臣兮龙为鱼,权归臣兮鼠变虎。或云:尧幽囚,舜野死,九疑联绵皆相似。重瞳孤坟竟何是?帝子泣兮绿云间,随风波兮去无还。恸哭兮远望,见苍梧之深山。苍梧山崩湘水绝,竹上之泪乃可灭。

诗写得很急促紧张,似乎诗人只顾驾着感觉奔驰,而无暇顾及格律、音韵、语法与情节之连贯。或三言、四言,或五言、七言,乃至六言、八言、十言,参错变化极其突兀,诚如范梈《李翰林诗选》所云:"断如复断,乱如复乱,而辞意反复行乎其间者,实未尝断而乱也。"如果我们不斤斤于语法逻辑,而是全面地去把握诗中特殊的氛围,则我们无异面临着一场情感的风暴,由生离直卷进死别。尧幽囚,舜野死。山崩水绝,血泪迸洒。惨烈的权力之争使人震骇,诗人忧患之心可扪。"君失臣兮龙为鱼,权归臣兮鼠变虎。"这不仅是发生在唐玄宗与肃宗父子之间,或玄宗与李林甫之间的个别事件,更是屡屡发生在历代封建统治者之间带有规律性的悲剧。尤为醒目的是:李白毫不留情地让这一悲剧就在"圣君"尧、舜、禹之间上演。这无疑极大地震动了封建时代臣民们的灵魂,也有力地强化了权力之争的悲剧效果。这就是上文所说的:豪放中常含有悲愤,其英雄气概里充满着悲剧精神。

梦：超越的痛苦

李白对性命之体验有其独特性。毕其一生，总是处于理想与现实的矛盾冲突之中，也就是总在自我实现与社会选择的冲突中体味生命出处之二元。而歌德恰恰认为："悲剧的关键在于有冲突而得不到解决。"①李白诗之所以有悲剧感，关键也就在于"出"与"处"的冲突得不到解决；就在于"不屈己，不干人"的处世原则与委屈求伸的实践的冲突得不到解决。

诚如论者所云，盛唐是一个人才解放的时代，"布衣"因帝王的青睐往往一蹴上青云。马周、张柬之、郭元振、张九龄辈莫不如是，我们不难从史书中列一份长长的得意者名单。大唐帝国前期的统治者的确造就了中国封建社会并不多见的人才环境，是士子有理由充满幻想与傲气的时代。卢象《赠程秘书》云："忽从被褐中，召入承明宫。圣人借颜色，言事无不通！"颇为淋漓尽致地发露了布衣得志相。这就造成一种错觉，似乎士子游说万乘的时代又复返了！所以卢象会傲然地说："死生在片议，穷达由一言。须识苦寒士，莫矜狐白温！"（《杂诗》）李颀也会说："一沉一浮会有时……业就功成见明主，击钟鼎食坐华堂。"（《缓歌行》）王昌龄则幻想有朝一日"明光殿前论九畴，簏读兵书尽冥搜，为君掌上施权谋"（《箜篌引》）。而年轻的王维也曾心仪"身为平原客，家有邯郸娼。使气公卿座，论心游侠场"（《济上四贤咏》）。这些都说明盛唐人的的确确一度沉浸在一个"游士"的氛围中。在这样的氛围中李白有"申管晏之谈，谋帝王之术，奋其智能，愿为辅弼"（《代寿山答孟少府移文书》）的理想也就不奇怪了。奇怪的倒是他要实现这一目标，却有一个前提：

---

① ［德］爱克曼辑录《歌德谈话录》，朱光潜译，人民文学出版社1982年版，第122页。

"不屈己,不干人。"(同上)也就是不愿"为五斗米折腰",只要"平交王侯","为帝王师",干一番治国平天下的大事业。用现代语言表述,就是: 将自我实现与社会选择视同一体。李白的天真在这里,李白的悲剧也在这里。

盛唐,是中国封建社会颇奇特的一个历史时期,如论者所云,所谓"开天盛世"其实是个走向极盛的同时逐渐饱孕了危机的历史过程。这就造成这个时代的许多悖论现象,如: 既强大又虚弱,既开放又保守,既富足又贫困,既活跃又沉闷,等等。就人才环境而言,则是个既尊崇人才又不需要人才的时代。

说她尊崇人才,那是因为庶族地主的崛起,使唐政府改革了用人制度,打破"下品无高门,上品无贱族"(《宋书·恩幸传序》)的僵局,使一批庶族士子得以扬眉吐气。这些人在统治者的重视之下,平步青云,传为佳话。长期以来养成一种士子"恃才傲物"、人们崇尚奇才的社会风气,"唯才是举"已成为社会普遍认同的价值观念。关于这一点,笔者另有专文讨论,这里仅以李白为例稍事说明。据其族叔李阳冰《草堂集序》称:

> 天宝中,皇祖(指唐玄宗)下诏,征就金马,降辇步迎,如见绮、皓。以七宝床赐食,御手调羹以饭之,谓曰:"卿是布衣,名为朕知,非素蓄道义,何以及此?"

所谓"素蓄道义",其实是造成名气,为社会所推崇。可见李白受礼遇与社会的崇尚有关,所以我们说这是个"尊崇人才"的时代。是它,给了李白太多的自信。何以又说是个"不需要人才的时代"呢?《资治通鉴》卷二一五有条为人熟知的材料:

> 上欲广求天下之士,命通一艺以上皆诣京师。李林甫恐草野之士斥言其奸恶,建言举人多卑贱愚聩,恐有俚言,污浊圣

听,乃令郡县长官精加试练,灼然超越者具名送省,委尚书复试,御史中丞监之,取名实相符者闻奏,既而至者皆试以诗赋论,遂无一人及第。林甫乃上表贺野无遗贤。

李林甫深知天子要的只是"野无遗贤"之誉,并非真心要"广求天下之士",如果朝廷真急需人才,李林甫岂得售其奸!事实上唐王朝此时已历长期的太平,李隆基也早坐稳了龙椅,无丝毫危机感。他曾老气横秋地说:"朕不出长安近十年,天下无事,朕欲高居无为,悉以政事委林甫。"(《通鉴》卷二一五)既然林甫一人足矣,又何需人才!大凡统治者一旦没有忧患意识,便不会去握发吐哺地重视人才。当时的现状是:牛仙客、李林甫掌用人大权,而"二人皆谨守格式,百官迁除,各有节度,虽奇才异行,不免终老常调"(《通鉴》卷二一四)。后来的杨国忠则建议"文部选人,无问贤不肖,选深者留之,依资据阙注官"(《通鉴》卷二一六)。循资排辈取代了"唯贤是举",开元以前崇尚人才的社会风尚至此只剩个空壳,只属历史的惯性。当时士子已深有所悟:"明主岂能好,今人谁举贤?"(祖咏《送丘为下第》)如果从大格局来鸟瞰历史,则"游士"的时代早已一去不复返,隋、唐的大一统,士族的破落与科举用人制,使中央牢牢掌定用人权,"士"的依附性更增强了①。(唐代士子盛行"干谒"的风气便是明证。)在这样的形势下,还想"不屈己,不干人",与帝王建立"非师则友"的关系,实在是太不着边际的幻想。不幸的是,我们的诗人李白,毕其生不能挣脱这一堂吉诃德式的梦魇。不妨说,李白整个的诗境便是一个巨大的梦境。

让我们也来"释梦"。

李白写梦境的名篇有《梦游天姥吟留别》,诗的主体部分是一场"白日梦"。李白以其神驰八极之笔描画了一幅炫惑心目的神仙

---

① 参看余英时《士与中国文化·中国知识分子的古代传统》,上海人民出版社1987年版。

世界图景。据心理学家的说法,梦的内容在于愿望的达成,其动机在于某种愿望。李白此"梦",也应是其"出世"愿望的达成。然而,这仅仅是"梦"的显义,还有其深藏不露的隐义。"安能摧眉折腰事权贵"这句醒后的独白透露其中消息:本诗强烈的出世愿望其实是更强烈的入世愿望的反弹。由于李白入世被挫,尤其是"不屈己,不干人"原则在现实中被践踏,由此产生逆反心理,从"求入世"弹向"求出世"。也就是说,李白对神仙世界的向往,只是执着地保持士子个体尊严愿望之改装,这种对现实的超越在其潜意识中是违心的。《古风》五十九首有云:

> 西上莲花山,迢迢见明星。素手把芙蓉,虚步蹑太清。霓裳曳广带,飘拂升天行。邀我登云台,高揖卫叔卿。恍恍与之去,驾鸿凌紫冥。俯视洛阳川,茫茫走胡兵。流血涂野草,豺狼尽冠缨!

在此诗中,现世间与神仙境正处于胶着状态,颇为充分地表露了李白超越的痛苦。当然,这首诗表现的矛盾比较特殊,李白执着的入世态度与追求个体人格自由的矛盾较典型的是表现在"干谒"问题上。

唐人入仕的重要途径是科举,而干谒是唐人科举题中应有之义,这一点已为当今论者所证明①。干谒往往使士子失去个体人格的尊严,同时代的大诗人杜甫晚年回忆起干谒生活,仍十分痛楚:"长安秋雨十日泥,我曹辀马听晨鸡。公卿朱门未开锁,我曹已到肩相齐!"(《狂歌行赠四兄》)于是李白想在现实中超越现实,他想走"游士"或"游侠"的路,"入楚楚重,出齐齐轻",从而取得"平交王侯"乃至"为帝王师"的地位。这便是李白拥抱现实的独特方式。

---

① 程千帆《唐代进士行卷与文学》所论颇详,可参阅。

现存李诗,就是一个游士与游侠的世界,活跃其中的尽是鲁仲连、范蠡、郭隗、朱亥、剧辛、乐毅、张仪,及后来的韩信、张良、朱家、剧孟者流。李白还将诗中的世界认同现实的世界:当唐明皇召他为文学侍从时,他"仰天大笑出门去",以为可了"为辅弼"之愿而以"游说万乘苦不早"为憾(《南陵别儿童入京》);当安、史乱起,他又比之为"原尝春陵六国时"(《扶风豪士歌》),并以此种心态入永王璘幕,自许"但用东山谢安石,为君谈笑静胡沙"(《永王东巡歌》),导致政治上的大失败。甚至在浔阳狱中为人作荐书,也还是满脑子"楚汉相争":

> 秦帝沦玉镜,留侯降氛氲。感激黄石老,经过仓海君。壮士挥金锤,报仇六国闻。智勇冠终古,萧陈难与群。两龙争斗时,天地动风云……(《送张秀才谒高中丞》)

由此可见能保持士子个体尊严的"游士"对李白影响之大之深。无奈大一统的唐帝国如前所论,早已失去先秦"士"而能"游"的历史条件,"依附"才是士子面对的现实。因此李白在做他关于游士、游侠的"白日梦"的同时,不得不一再违心地去从事"干谒"①。

从现存的《上安州李长史书》、《上安州裴长史书》、《与韩荆州书》等干谒之作看来,要干人就不能不屈己:

> 伏惟君侯贵而且贤,鹰扬虎视,齿若编贝,肤色如凝脂,昭昭乎若玉山上行,朗然映人也。而高义重诺,名飞京师,四方诸侯闻风暗许……愿君侯惠以大遇,洞开心颜,终乎前恩,再辱英盼。白必能使精诚动天,长虹贯日,直度易水,不以为寒。若赫然作威,加以大怒,不许门下,逐之长途,白即膝行于前,再拜而

---

① 现代学者已证明,李白被征召是其干谒玉真公主、贺知章诸人的结果。这已是文学史常识了,恕不详引。

去,西入秦海,一观国风,永辞君侯,黄鹄举矣。何王公大人之门,不可以弹长剑乎?(《上安州裴长史书》)

不管话说得多么有气势,总归是留下了一痕强作洒脱的苦涩。无情的现实践踏了李白"不屈己,不干人"的入世原则,他不得不将个体自由的追求移向神仙的世界。于是我们看到,在李白诗中,游士、游侠之国的彼岸,还有一个相对称的神仙净土。至此,我们便明了《梦游天姥吟留别》作为主体部分的美丽梦境,仅仅是李白超越现实的意愿之达成,是李白"安能摧眉折腰事权贵"那愤懑心灵的改装。梦,只是现实的反面;真正的"主体",是李白个性受压抑的现世间。《梁甫吟》一诗更典型地体现了这种"白日梦"的特征。所谓"白日梦"(即幻想的创构),往往是某种愿望利用现时场合,按照过去的式样来设计未来的画面①。请看原诗:

长啸《梁甫吟》,何时见阳春?君不见朝歌屠叟辞棘津,八十西来钓渭滨。宁羞白发照清水,逢时壮气思经纶。广张三千六百钓,风期暗与文王亲。大贤虎变愚不测,当年颇似寻常人。君不见高阳酒徒起草中,长揖山东隆准公。入门不拜骋雄辩,两女辍洗来趋风。东下齐城七十二,指挥楚汉如旋蓬。狂客落魄尚如此,何况壮士当群雄!我欲攀龙见明主,雷公砰訇震天鼓。帝旁投壶多玉女,三时大笑开电光,倏烁晦冥起风雨。阊阖九门不可通,以额叩关阍者怒。白日不照吾精诚,杞国无事忧天倾。猰貐磨牙竞人肉,驺虞不折生草茎。手接飞猱搏雕虎,侧足焦原未言苦。智者可卷愚者豪,世人见我轻鸿毛。力排南山三壮士,齐相杀之费二桃。吴楚弄兵无剧孟,亚夫咍尔为徒劳。《梁甫吟》,声正悲。张公两龙剑,神物合有时。风云

---

① 参看《弗洛伊德论美文选·作家与白日梦》,张唤民等译,知识出版社 1987 年版。

感会起屠钓,大人岘岈当安之。

李白在此诗中重新编织了历史与现实,他让现实与幻境并存,记忆与想象齐飞,自己就穿插在古人与神灵当中。恰恰是这个"自己",成了天上、地下、过去、未来的中心。诗中那些个能人、贤人,也只是"他本人的形形色色的客观化"(尼采《悲剧的诞生》)而已。李白正是通过这些历史人物"实现"了自己的英雄气概,同时借之表达自己不遇的痛苦。自"我欲攀龙见明主"至"以额叩关阍者怒"一段,是屈原《离骚》的仿作:

　　　　吾令帝阍开关兮,倚阊阖而望予。时曖曖其将罢兮,结幽兰而延伫。

然而与屈原的多怨怼不同,李白表现得"布衣气"十足,他要"以额叩关",对命运进行抗争。在这里,李白"不屈己,不干人"的生命原则又顽强地探出头来!是的,李白歌诗的悲剧精神就在于此:他也曾有过"名动京师"的机遇,也有"文窃四海声"的文坛地位,但他仍要不满于士主体失落的现状,仍要追求"上为王师,下为伯友"的理想。他这是在"自己与自己过不去",是现代心理学所说的"自我实现"的追求,而生命的本质就在于自我超越。李白的痛苦不是简单的"怀才不遇",李白的痛苦更多的来自"自我超越"。他要超越这压抑他个性的现世间,却又不能忘怀他强烈的济世欲求;他要摆脱那屈己干人的痛苦,却又跌入"苟无济世心,独善亦何益"(《赠韦秘书子春》)的痛苦之中。大鹏也罢,天马也罢,游侠也罢,神仙也罢,这些"独来独往"的意象都被一条无形的线所牵制,这就是:传统的士的价值观念。孔子曰:"士志于道。"(《论语·里仁》)富于历史责任感的士,总是想在有限的人生中创造出永恒的历史生命,要立德、立言、立功,传之后世。这就是古贤为今人所责备的汲汲于从政的原因,也是李白不忍离开这对他不公正的现世间的原因。李白于是陷入矛盾的漩涡之中:"尊重人才"的社会风尚给了李白入世的信心,尤其是"人间要好诗"的社会需求使他得到"公卿倒屣迎"的殊遇;然而"不需要人才"的现状又使他那"愿为辅弼"的意愿成了空花泡影;要入仕就得干人屈己,而强烈的个体意识又使他以道为重,不肯枉道从势,屈从于社会选择;于是他总是事与愿违,想当帝王师却落得个文学侍从乃至阶下囚的结局;想"不屈己,不干人",却不得不在干谒中过日,甚至屈从于小吏;他不胜其扰,想超越这纷纷扰扰的世界,但士的历史的责任感又牵扯着他,使之不忍离去。他的灵魂被撕裂:既执着又飘逸,既豪爽又卑微,既洒脱又平庸。毕李白之一生,总处在"出"与"处"的冲突不得解决之中,处在"不屈己,不干人"的处世原则与委屈求伸实践的冲突不得解决之中。故李白的英雄品格不能不显露其悲剧性格,而李诗豪迈风格之中又不能不显露其悲剧精神。

尼采曾指出:在艺术中,"梦释放视觉、联想、诗意的强力,醉释放姿态、激情、歌咏、舞蹈的强力"(页349)。梦与醉是李诗悲剧精神的两大经纬,风舒云卷地交织出李诗痛苦与狂喜参错的瑰奇。

(原载《文学遗产》1994 年第 6 期)

"布衣感"新论

　　有学术积累,才有切实的学术进步。对某些重要的学术问题不断地进行反思、再认识,是学术积累的有效方法。林庚先生在《诗人李白》中提出的"布衣感"①,就是一个有必要作再认识的重要的学术课题。说它重要,是因为它触及了中国古典文学研究中必须面对且具有普遍意义的一个问题:什么是中国古典文学中的"民主性精华"? 尤其是这种民主性精华在特定的历史情景中又是以什么样的特殊形态出现的? 林庚论析李白的"布衣感",寓虚于实,在这一问题上为后人开启了新思路,起予良多。

一

　　如果我们换个角度,不是直接从文学与"开明政治"、"让步政策"之类的因果关系去寻求"民主性",而是从人的基本属性即人的社会属性与自然属性的矛盾互动关系中去思考问题,也许我们会更容易理解林庚所谓"布衣感"的深刻意义。

　　萧涤非先生曾用人道主义释杜诗,但并非从西方的定义出发,

---

① 原载《光明日报》1954 年 10 月 17 日《文学遗产》第 25 期,紧接着该栏目第 26 期又发表了陈贻焮《关于李白的讨论——北京大学中文系古典文学教研室会议记录》一文,可参看。本文用林庚著《诗人李白》,上海古籍出版社 2000 年新 1 版,下引只注页码。

"而是从它的一般涵义,从它的带有普遍性的尊重人、爱护人的总的精神出发来借用它"①。萧先生认为这种思想在我国古代有其特殊形态,并形成传统,如孔子的"仁者爱人",墨子的"兼爱",张载的"民胞物与"等等,都是这一思想的继续与发展。在杜甫,这种精神不但几乎贯串于生活的各个方面,体现了杜甫个性中强烈的社会属性,而且典型地体现为与忠君思想的交织。杜甫《壮游》诗云:"上感九庙焚,下悯万民疮。"忠君、爱国、济民,杜甫是视为一体的。诚如萧先生所说:

> 如杜甫诗"时危思报主"之与"济时肯杀身","日夕思朝廷"之与"穷年忧黎元",便都是明显的例证。"报主"之中有"济时","济时"之中也有"报主";"思朝廷"是为了"忧黎元","忧黎元"所以就得"思朝廷"。②

这就是古代人道主义在杜甫诗中特殊的表现形式,也是特定历史时期的产物。而林庚的《诗人李白》则相反相成地从人性的另一个侧面切入,即从"社会化"了的人对自然的回归,从李白对个性解放、精神自由的热烈追求方面着手,去揭示特定历史情景中"民主性"的特殊形态。

盛唐,无疑是中国古代史中非常独特的篇章。就人才环境而言,可以说是让士子充满梦想的时代。由于斯时六朝士族的瓦解(虽然他们仍是唐人企羡的对象),"九品中正"用人制度日渐为科举制所取代,其时仕出多途,无论士、庶都有机会在仕途奔竞中"浮出水面"。如马周、魏元忠、姚崇、郭元振、张九龄等等,我们不难从正史中列出一份长长的名单,来说明其时"布衣干政,平步青云"已不是什么天方夜谭。正因其如此,其时的"布衣"成了士族与庶族兴

---

① 萧涤非《杜甫研究》(修订本),齐鲁书社1980年版,再版前言第3页。
② 同上书,再版前言第10页。

衰交替期的一个特殊符号。士子以骄傲的口吻自报家门："臣本布衣!"凸显的已不再是血缘婚宦的世资,而是自身的才能与"道义",同时也暗示了其中巨大的势能:"傲俗宜纱帽,干时倚布衣。"(刘长卿《南湖送徐二十七西上》,《全唐诗》卷一四八)是社会价值观的转变助长了"布衣的骄傲",抬高了布衣的身价。杜甫《送从弟亚赴河西判官》诗云:"帝曰大布衣,借卿佐元帅。"(《杜诗详注》卷五)《杜臆》称:"大布衣,不知所出,岂谓亚乃布衣中非常者耶?"(卷二)杜甫只是摹拟皇帝的口气,并非用典,不过也还是有典可依:《史记·游侠列传》记卫将军为游侠郭解说情,汉武帝曰:"布衣权至使将军为言,此其家不贫。"其中已寓"布衣中非常者"的意思,只不过汉武将郭解视为"侠以武犯禁"的典型,终于借手用"布衣为任侠行权"的罪名杀之。至唐明皇见李白,却道:"卿是布衣,名为朕知,非素畜道义,何以及此?"(李阳冰《唐李翰林草堂集序》,《全唐文》卷四三七)明皇口中的"布衣",已是带尊崇的口吻,"大布衣"三字呼之欲出。故后来的杜甫以此拟皇帝口吻,并不为过。值得注意的是,皇帝的这种意识是与长期以来舆论的诱导有关的。褚遂良《论房玄龄不宜斥逐疏》称:"陛下昔在布衣,心怀拯溺,手提轻剑,仗义而起。"(《全唐文》卷一四九)而谢偃《惟皇诚德赋序》称:"勿忘潜龙之初,常怀布衣之始。"(《全唐文》卷一五六)他们一方面用"布衣之始"提醒帝王不要"忘本",另一方面又将重用"布衣"与"治乱"相联系。吴师道《对贤良方正策第一道》称:"诚愿察洗帻布衣之士,任以台衡,擢委金让玉之夫,居其令守:则俗忘贪鄙,吏洁冰霜矣!"(《全唐文》卷二六〇)房琯《上张燕公书》则云:"尝闻既往布衣之士,亦贱者也,而一人之下,三公崇之,将欲分其贤愚而系其理乱。"(《全唐文》卷三三二)无论如何,在盛唐这一特定的历史时期,"布衣"有其特殊的地位与涵义。

　　布衣,在唐其实只是一个尚未凝定的社会角色。在这一笼统的称谓下,隐藏着时尚的隐者、道教徒、侠客的多种行为模式。这些行为模式之间存在着很大的差异性,在特殊的历史条件下却有一个共同的指向——强调士子个体的尊严与使命感。其中萌发的新人格理想,对传统的社会价值体系造成了某种程度的冲击,李白为其典型。晚清敏感的诗人龚自珍已觉察其中的玄机,乃曰:

> 庄、屈实二,不可以并,并之以为心,自白始。儒、仙、侠实三,不可以合,合之以为气,又自白始也。(《龚自珍全集》第三辑《最录李白集》)

诸家之所以"不可以合",说到底是由于诸家对人性的理解各有偏至,也因此合之则两美。这就是今人常说的"儒道互补":儒家偏重人的社会属性,提倡伦常秩序,却忽略个体的独立存在;道家偏重人的自然属性,维护个体的独立人格,追求精神自由,却于社会关怀不足,所以二者能形成"互补"。然而必须明了这种"互补"只是后人的认识,并非二家的自觉。尤其是道家,往往力图挣脱人伦政治之网,事实上是一股离心力,成为历代"异端"手中的利器。就这一角度讲,与其称"互补",毋宁称"张力"。二者间的张力正是士大夫内心的平衡器。

现象大于概念。在现实中,各种思潮都会以其独特的形态介入"儒道互补"。龚氏将儒、道、仙、侠、骚一并列入,形成多角关系,显然更切近盛唐"多元并存"的历史语境,而既指出诸家"不可以并"、"不可以合"的对抗性,又指出其"并之以为心"、"合之以为气"的可能性,则又切中李太白之为李太白的个性与典型性。

问题是如何"并"?如何"合"?

待到林庚拈出"布衣感"三字来,这才触及整合的关键。

二

有一种说法是：个性和主体性价值观与中国文化传统无缘。固然，中国古代未曾拥有过产生于近代西方文化的那种价值体系，然而它也并非只是西方文化的"专利"。在中国古代它自有其特殊的表现形态，如与古代人道主义形影相随的人格意识、"个性解放"的追求，则不绝如缕地展现在中国历史的长空。其中，盛唐布衣的"在野心态"也曾幻化出绚丽的霞光。

《诗人李白》在《李白的布衣感》一节中指出：布衣传统上是指中下层有政治抱负的知识分子说的。"有政治抱负"是"布衣感"的前提，而布衣从政的政治资本就是"对于统治阶级保持着对抗性的身份"（第 11 页，着重号为引者所加）。这种身份便是布衣的"在野"身份，隐士为其典型。

历代隐者，自巢父、许由直到孙登、陶渊明，这种"对抗性"体现为"不合作"的态度。至若初、盛唐，情况有了变化，隐逸动机已由"藏声"一变为"扬名"。虽然司马承祯曾用"终南捷径"不无讽刺地揭示了新时期隐居的新功能①，然而它仍有其正面的意义。王昌龄《上李侍郎书》云：

> 昌龄岂不解置身青山，俯饮白水，饱于道义，然后谒王公大人，以希大遇哉？（《全唐文》卷三三一）

如与上引唐明皇谓李白"卿是布衣，名为朕知，非素畜道义，何以及

---

① 参看陈贻焮《唐代某些知识分子隐逸求仙的政治目的》，见《李白研究论文集》，中华书局 1964 年版。

此"云云对读,则可以明白:"道义"正是二者间的默契①。许多士子入仕前都有过隐居的经历,正是由于它与"道义"相联系,保留了士子部分的主体性与尊严,从而避免科举干谒的许多屈辱,且更多地保留了"新鲜的布衣感",成为这些"有政治抱负"的士子入仕的热门选择之一。然而隐士的"对抗性"也因此由"不合作"转向"如何合作",关注点移至争取个体的相对独立性,因而"隐士"身份并不重要,重要的是其中的"在野心态"。无论隐或仕,都要尽力保持这种心态,这种距离感。元结《谕友》有云:

> 天宝丁亥(748)中,诏征天下士。人有一艺者,皆得诣京师就选。相国晋公林甫,以草野之士猥多,恐泄漏当时之机……已而布衣之士无有第者。遂表贺人主,以为野无遗贤。元子时在举中,将东归。乡人有苦贫贱者,欲留长安,依托时权,徘徊相谋。因谕之曰:"昔世已来,共尚丘园洁白之士,盖为其能外独自全,不和不就。饥寒切之,不为劳苦,自守穷贱,甘心不辞。忽天子有命,聘之元纁束帛,以先意为荐论,拥篲以导道,欲有所问,如咨师傅。听其言则可为规戒,考其行则可为师范,用其材则可为经济,与之权位,乃社稷之臣。君能忘此而欲随逐骛駬,入栈枥中,食下厩蒉菱,为人后骑负皂隶受鞭策耶?"(《全唐文》卷三八三)

元结可谓将布衣之士的人格理想和盘托出。这种人格理想的核心就是:"能外独自全,不和不就",让当权者"如咨师傅",取得与君权"分庭抗礼"的特殊地位。这种人格理想颇符合李白"不屈己,不干人"的入世原则。更由于道教徒、神仙家在唐与朝廷攀上了"本

---

① 《旧唐书·李泌传》亦载唐肃宗谓李泌曰:"卿当上皇天宝中,为朕师友,下判广平王行军,朕父子三人,资卿道义。"李泌是肃宗当太子时的布衣交,后潜遁名山习隐。在唐肃宗灵武即位的关键时刻来辅助肃宗平叛,"道义"二字不是门面话可知。

家"，所以"若想在政治上容易出头，最好是一身兼备此二重身份"，"这就无怪乎当时山林隐逸多是道家、道士，无怪乎李白既隐逸山林又四处求仙访道了"①。

由仙、隐入仕在当时绝不是异想天开，至少张镐、李泌是因此而如愿以偿的。杜甫《洗兵行》称："张公一生江海客，身长九尺须眉苍。征起适遇风云会，扶颠始知筹策良。"（《杜诗详注》卷六）张公指张镐。《旧唐书》本传，载其"性嗜酒，好琴，常置座右。公卿或有邀之者，镐杖策径往，求醉而已"。游京师则"端居一室，不交世务"，由布衣见召，"三年致位宰相"。入仕后仍"为人简澹，不事中要"，但"多识大体，故天下具瞻"，是位充满"新鲜的布衣感"的人物。

李泌更具传奇色彩。《旧唐书》本传，载其以神童与太子李亨为布衣交，因杨国忠忌才，奏泌尝为《感遇诗》讽刺时政，乃潜遁名山习隐。后李亨在灵武即位为唐肃宗，泌乃冒难赴行在，为肃宗所重，"动皆顾问"。然而李泌仍自称"山人"，因辞官秩，以布衣干政而"权逾宰相"。李泌后来多次受谗处危险境地，都能以仙、隐化解之。李白《赠崔司户文昆季》诗云："攀龙九天上，忝列岁星臣。布衣侍丹墀，密勿草丝纶。才微惠渥重，谗巧生缁磷。"（詹锳主编《李白全集校注汇释集评》卷九，下引只注卷数）二李经历有可比性，但李泌操弄仙隐远比李白高明。历史学家范文澜曾这样评述李泌：

> 李泌是唐中期特殊环境中产生出来的特殊人物。他经历唐肃宗、唐代宗、唐德宗三朝，君主尽管猜忌昏庸，他都有所补救贡献，奸佞尽管妒嫉加害，他总用智术避免祸患，他处乱世的主要方法，一是不求做官，以皇帝的宾友自居，这样，进退便比较自如；二是公开讲神仙、怪异，以世外之人自居，这样，不同于流俗的淡泊生活便无可非议。统治阶级争夺的焦点所在，不外

---

① 参见《李白研究论文集》，第400页。

名与利二事,李泌自觉地避开祸端来扶助唐朝,可称为封建时代表现非常特殊的忠臣和智士①。

如果李白也获得成功,也许是另一个李泌。然而,李白不会成功。因为他的"布衣感"带有更多的侠气,更突出的是独立、自由的精神,而不是明哲保身。

任侠之风于唐特盛,究其原因,诚如陈伯海《唐诗学引论》所指出:"一是唐承隋后建立起大一统封建王朝,北方少数民族游牧而尚武的习气,被吸纳到唐代社会生活中来,构成唐文化的一个因子,给游侠传统增添了新的血液。二是唐代商品经济兴盛,都市繁荣,这正是孳生游侠活动的温床,为唐人任侠提供了现实的根据。"②它与唐士大夫文人讲意气、张扬个性可谓一拍即合。事实上游侠精神在唐已经与儒、道、释一起,成为唐人重要的精神资源,而这种新资源对李白更具特殊的意义。试读李白《嘲鲁儒》诗:

> 鲁叟谈五经,白发死章句。问以经济策,茫如坠烟雾。足着远游履,首戴方头巾。缓步从直道,未行先起尘。秦家丞相府,不重褒衣人。君非叔孙通,与我本殊伦。时事且未达,归耕汶水滨。(卷二十三)

于俗儒,李白则不惜冒天下之大不韪,对"焚书坑儒"的"秦家"表示理解,于叔孙通一类"知当时要务"的"时儒",李白则引为同类。这无异于对传统观念的一种颠覆。基于此,再读《侠客行》:

> 赵客缦胡缨,吴钩霜雪明。银鞍照白马,飒沓如流星。十步杀一人,千里不留行。事了拂衣去,深藏身与名……三杯吐

① 范文澜《中国通史简编》第三编第一册,人民出版社1965年版,第137—138页。
② 陈伯海《唐诗学引论》,知识出版社1988年版,第59页。

然诺,五岳倒为轻。眼花耳热后,意气素霓生。救赵挥金锤,邯郸先震惊。千秋二壮士,烜赫大梁城。纵死侠骨香,不惭世上英。谁能书阁下,白首《太玄经》?(卷三)

李白有取于侠者二:一是"言必行,行必果"、重义轻生的英雄主义与践履能力;二是功成弗居、不耽利禄的情操。二者恰好是对"坐而论道"、官瘾太重的儒学末流的矫正,也是对隐者"明哲保身"的反拨。李白正是以侠的精神排除了儒士迂阔的一面,而保留其弘毅济世之志,又以侠的精神排除"仙"(隐)明哲保身、逃避现实的一面,而弘扬其对独立人格与精神自由之追求。二者反过来又提升了侠的人格,赋予全新的时代内涵。事实上李白最推崇的侠客不是聂政、郭解者流,而是"义不帝秦"有纵横家、游士气质的鲁仲连①。其侠气不在"十步杀一人",而在乎强烈的社会责任感与巨大的行动能力,及其凛然威武不能屈的大气。鲁仲连被理想化的"侠"的精神,才是李白儒、仙(道)、侠合一的"布衣感"灵魂之所在。

三

"赐金还山"与"从永王璘"是李白平生从政的两大事件。对后者,《蔡宽夫诗话》曾这样评议:

> 太白之从永王璘,世颇疑之……然太白岂从人为乱者哉?盖其学本出从横,以气侠自任,当中原扰攘时,欲借之以立奇功耳……议者或责以璘之猖獗,而欲仰以立事,不能如孔巢父、萧颖士察于未萌,斯可矣;若其志,亦可哀已。(《苕溪渔隐丛话前

---

① 李白《赠宣城宇文太守兼呈崔侍御》诗云:"岧峣广成子,倜傥鲁仲连。卓绝二公外,丹心无间然。"鲁仲连在李白心目中有特殊的地位可见。

集》卷五）

无论是隐者孔巢父，还是儒者萧颖士，以及有侠客倾向的高适，都熟悉礼治伦理秩序的游戏规则，不难对永王璘"不臣"的用心"察于未萌"。唯有"戏万乘若僚友"，纵观百家奇书深受"异端"影响的李白，才会偏离"正统"，把握不准"君尊臣卑"这个"度"。他甚至将朝廷平叛战争视同"原尝春陵六国时"（《扶风豪士歌》，卷七），也就猜不透肃宗皇帝对"友于兄弟"的深刻用心，造成从政的大失败。难怪后人要叹曰："其志亦可哀已！"对李太白而言，个体的自由发展乃是第一义的。诚如薛天纬教授对"赐金还山"一事所作的精辟分析：

> 当李白意识到坚持精神自由与实现功业理想之间不可调和的矛盾时，最终做出了上疏请还的决定。建功立业是人性所需，精神自由也是人性所需，在人性的天平上权衡得失，李白选择了后者[1]。

如果说杜甫的爱国济民的社会责任感是与"善"相联系，并与其忠君思想相交织的，那么李白的爱国济民的社会责任感则更多地与"真"相联系，其"建功立业"是以保留个体人格独立与精神自由为条件的。在中国漫长的封建专制社会中，这一选择尤其难得。李白所坚持的，正是封建专制社会所匮乏的。

李白的人格理想，上承"魏晋风度"，又带有本质性的改变。魏晋"人的自觉"无疑是对礼治伦理秩序的一种冲击，其"自觉"偏向"社会化"了的人对自然的回归。如玄学家郭象注《庄子·齐物论》"夫吹万不同而使其自己也"，乃云："我既不能生物，物亦不能生我，则我自然矣。自己而然，则谓之天然。"这种"独化"的自然观已蕴

---

[1] 薛天纬《李太白论》，太白文艺出版社 2002 年版，第 72 页。下文所引同此，只标页码。

含着强调个体独立存在的意味,是为李白与"魏晋风度"的衔接处。然而,在士族占统治地位的历史时期,士人并未"自觉"从家族伦理之网中挣脱出来,反而是逃进家族小圈子以躲避政治,使得这种"自觉"流于玄学的空谈。李白则紧紧抓住庄子哲学关注个体存在的人格独立与精神自由这一核心,在思想较为开放的新历史时期,借助"布衣"这一特殊的社会角色,将仙(隐)、儒、侠"合之以为气",让人格独立与社会关怀结合起来,"情志合一",建构一种健全的理想人格。龚自珍所谓将庄、屈"并之以为心",正是对这种健全的理想人格形象的表述。屈原将社会责任感化为对宗国沉挚之爱而不惜以死殉,庄子则将对个体人格独立与精神自由的追求化作宇宙生命的本体意识超然乎名利生死。二者并之以为心,便是人格独立与社会关怀具备的健全人性。李白乃以此"大写"的人出现在盛唐之世,是特定历史时期昙花一现的奇特景观。所以上引薛文又接着说:

> 李白与玄宗的关系,是一种很人性化的、很有民主意味的特殊关系。我们可以举出许多封建时代帝王与臣子相知相与的例子,但都是建立在政治利益的基础上。发生在李白与玄宗之间的故事,则是围绕着李白的人生理想而展开,有一种超政治、超功利的美好诗意,体现了大唐盛世特有的人文精神(页73)。

是的,大唐盛世以其多向发展的可能性给后人以无限的遐思。然而我们不无遗憾地看到:盛唐多元和谐的本质只是包容,并非融通。南、北、胡、汉,儒、道、释、侠,多种文化与思想共存并未创化出新型的文化与思想体系,使之成为颠覆旧传统的支点。难怪有学者会感叹:"平庸的盛世!"虽然李白的个性解放对人的主体性认识尚未上升为普遍的价值观,所借以整合儒仙侠的"布衣感"也只是一种

感性的东西,但李白毕竟感受到一个大时代新生命的跃动,并将多
元文化思想的融通、整合付诸实践。"五四"时期的鲁迅在其《摩罗
诗力说》中盛赞拜伦曰:

> 故其平生,如狂涛如厉风,举一切伪饰陋习,悉与荡涤,瞻
> 顾前后,素所不知;精神郁勃,莫可制抑,力战而毙,亦必自救其
> 精神;不克厥敌,战则不止。而复率真行诚,无所讳掩,谓世之
> 毁誉褒贬是非善恶,皆缘习俗而非诚,因悉措而不理也①。

不意西方之拜伦与东方之李白相似乃尔。既然拜伦可以成为
创构中国现代新型人格的一种精神资源,那么我们就没有理由忽视
李白的"布衣感",这是一种更为亲近的精神资源!从某种意义上
讲,他比杜甫更接近现代的中国人。

四

李白对健全人格的追求,在政治思想史上或许只是划过夜空的
一颗流星,但在文学史上却是一颗璀璨的恒星。在文学创作中,他
得以自我实现。

布克哈特在其名著《意大利文艺复兴时期的文化》第四篇《世
界的发现和人的发现》中认为:文艺复兴时代的意大利人不但发现
了世界,还发现了自己②。宗白华在其名著《美学散步》中也指出:
"晋人向外发现了自然,向内发现了自己的深情。"③经验表明,人性

---

① 《鲁迅全集》第 1 卷,人民文学出版社 1980 年版,第 81—82 页。
② [瑞士]雅各布·布克哈特《意大利文艺复兴时期的文化》,何新译,商务印书馆 1979 年版。
③ 宗白华《美学散步》,上海人民出版社 1981 年版,第 183 页。

的发现与自然美的发现,二者之间有着某种必然的联系。美感是在人的认识与客体双向建构的实践过程中发生的。人的情感结构在这一过程中不断调整,使主观的合规律性与客观的合目的性取得某种和谐,真与美取得某种对应,这正是"比兴"的本质。李泽厚曾用格式塔的同构说解释道"自然形式与人的身心结构发生同构反应,便产生审美感受",而实践为其中介①。李白的理想人格与其创作风格之间的关系,或当循是以求。

最能体现李白理想人格与其创作风格相表里关系的,应是《古风》其一所力倡的"清真":

　　　　自从建安来,绮丽不足珍。圣代复元古,垂衣贵清真。

所谓"清真",至少有三层意思:一是如字面上的意义,与崇尚清静无为的政治主张相关联;一是暗指诗歌风格的淳朴自然、明朗刚健,与"清水出芙蓉,天然去雕饰"(《经乱离后天恩流夜郎……》,卷十)有着内在的联系②。还有一层意思,就是指其独立人格与自由精神。《赠宣城宇文太守兼呈崔侍御》诗有云:

　　　　白若白鹭鲜,清如清唳蝉。受气有本性,不为外物迁。饮水箕山上,食雪首阳巅。回车避朝歌,掩口去盗泉。岩峣广成子,倜傥鲁仲连。卓绝二公外,丹心无间然。(卷十一)

前四句正是"清真"的形象化。后八句则以一系列典故表白其"本性",并以广成子、鲁仲连为最高典范。这就表明其"清真"的本性是指向儒、仙、侠合一的人格独立与自由精神,而与本文所论合。

---

① 李泽厚《美学四讲》,天津社会科学院出版社 2002 年版,第 71 页。
② 参看拙作《大雅正声》,《文艺理论研究》2006 年第 5 期(收入本《文集》第六册)。

那么,什么样的创作风格才能与"清真"相表里呢?梁启超曾拈出"真率"二字,庶几可以尽之。

真率,乃能清新飘逸。

真率,乃能刚健明朗。

真率,乃能恣肆豪放。

梁启超在《中国韵文里头所表现的感情》一文中极言汉魏六朝民间乐府的"特采"是"极真率而又极深刻",并指出"李太白刻意学这一体",还进一步认为这正是盛唐文学成功的总关键:

> 盛唐各大家,为什么能在文学史上占很重的位置呢?他们的价值在能洗却南朝的铅华靡曼,参以伉爽真率,却又不是北朝粗犷一路。拿欧洲来比方,好像古代希腊罗马文明;挽入些森林里头日耳曼蛮人色彩,便开辟一个新天地。试举几位代表作家的作品。如李太白的《行路难》(金樽清酒斗十千)……这类作品,不独《三百篇》、《楚辞》所无,即汉、魏、晋、宋也未曾有。从前虽然有些摹写侠客的诗,但豪迈气概,总不能写得尽致……所以这种文学,可以说是经过一番民族化合以后,到唐朝才会发生。①

梁氏以"民族化合"为着眼点解释盛唐诗的异彩,独具只眼。异质文化的渗入,往往是传统文化更新的诱因。李白以其卓绝的天资、胡汉相混的家世、纵观百家奇书的知识结构、天马行空般的思维方式、放浪不拘的个性、充满传奇色彩的经历等,游刃于多种文化之间,遂能超越朋辈得风气之先,从异质文化内部去体认其本质,与之相浃俱化,将多元文化思想内化为一己独特的生活方式,吐为掀雷揭电的李白诗,最典型地体现了盛唐的异彩!这是一个丰富不尽的

---

① 梁启超《饮冰室文集》卷三七,《饮冰室合集》本。着重号为引者所加。

论题,容另文再议;但无论如何,林庚先生提出的"布衣感"应是我们一个新的出发点。

(原载《文学评论》2007 年第 6 期)

王维情感结构论析

现象世界须被诗人个体同化于认知结构,并经由诗人情怀之酿造,方得入诗。也就是说,有什么样的眼光和情怀才有什么样的艺术幻境。诗人的情感结构于个人风格之形成,至关重要。世人历来称王维(摩诘)为"诗佛",是对其将说禅与作诗联系起来这一创作特质已有初步共识。但说禅与作诗虽相关却不相同,还须打通。宗教体验转化为审美情趣的关键,还在于诗人的情感结构。

一、《与魏居士书》确立的人生坐标

王维因受母亲的影响,早岁便信奉佛教,但对其佛教体验不应一概而论。王维对佛教有较为深刻的体验,应在名相张九龄下台,王维政治热情受挫,不久即遇南禅宗创始人慧能的弟子神会,听其说教,并为之撰写《能禅师碑》以后。也就是说,王维对佛教有独特体验是在开元末到天宝年间。至若"安史之乱"后,由于被迫受伪职而内疚,终于走上饭僧、念经的一般宗教徒的道路,反倒没有什么个人独到的体验了。而《与魏居士书》则是探知王维开元末至天宝年间心迹的重要文献,应引起我们足够的重视。原文如下:

> 足下太师之后,世有明德,宜其四代五公,克复旧业。而伯

仲诸昆，顷或早世。唯有寿光，复遭播越。幼生弱侄，藐然诸孤……仆见足下，裂裳毁冕，二十余年。山栖谷饮，高居深视，造次不违于仁，举止必由于道。高世之德，欲盖而彰。又属圣主搜扬仄陋，束帛加璧，被于岩穴；相国急贤，以副旁求，朝闻夕拜。片善一能，垂章拖组……且又禄及其室养，昆弟免于负薪，樵苏晚爨，柴门闭于积雪，藜床穿而未起。若有称职，上有致君之盛，下有厚俗之化。亦何顾影踽步，行歌《采薇》？是怀宝迷邦，爱身贱物也。岂谓足下利钟釜之禄，荣数尺之绶？虽方丈盈前，而蔬食菜羹；虽高门甲第，而毕竟空寂。人莫不相爱，而观身如聚沫，人莫不自厚，而视财若浮云，于足下实何有哉？圣人知身不足有也，故曰欲洁其身，而乱大伦。知名无所着也，故曰欲使如来，名声普闻。故离身而反屈其身，知名空而返不避其名也。古之高者曰许由，挂瓢于树，风吹瓢，恶而去之。闻尧让，临水而洗其耳。耳非驻声之地，声无染耳之迹。恶外者垢内，病物者自我。此尚不能至于旷士，岂入道者之门软？降及嵇康，亦云"顿缨狂顾，逾思长林而忆丰草"。顿缨狂顾，岂与俯受维絷有异乎？……近有陶潜，不肯把板屈腰见督邮，解印绶弃官去。后贫，《乞食诗》云："叩门拙言辞。"是屡乞而多惭也。尝一见督邮，安食公田数顷。一惭之不忍，而终身惭乎？此亦人我攻中，忘大守小，不口（缺字）其后之累也。孔宣父云："我则异于是，无可无不可。"可者适意，不可者不适意也。君子以布仁施义、活国济人为适意，纵其道不行，亦无意为不适意也。苟身心相离，理事俱如，则何往而不适？此近于不易，愿足下思可不可之旨，以种类俱生，无行作以为大依，无守默以为绝尘，以不动为出世也。仆年且六十，足力不强，上不能原本理体，裨补国朝，下不能殖货聚谷，博施穷窘。偷禄苟活，诚罪人也。然才不出众，德在人下，存亡去就，如九牛一毛耳，实非欲引尸祝以自助，求分谤于高贤也。略陈起予,唯审图之①。

陈铁民先生认为,此文当作于唐肃宗乾元元年(758)以后,证据是《与魏居士书》自称"偷禄苟活,诚罪人也"、"德在人下",其语气与"安史之乱"后因受伪职而内疚自责的话颇相似,如乾元元年春作《谢除太子中允表》云"臣闻食君之禄,死君之难……臣进不得从行,退不能杀身,情虽可察,罪不容诛";又上元二年作《责躬荐弟表》云:"久窃天官,每惭尸素,顷又没于逆贼,不能杀身,负国偷生,以至今日。"②但笔者详加体味,殊觉二者轻重不一,前者自责颇泛泛,后者却沉痛而所指明确;后者并不回避没贼受伪职的事实,前者则于此只字不提,只是自谦地说"仆年且六十,足力不强,上不能原本理体,裨补国朝;下不能殖货聚谷,博施穷窭,偷禄苟活,诚罪人也"云云。这里的"偷禄苟活"是与"原本理体,裨补国朝"、"殖货聚谷,博施穷窭"的"高标准"自律相联系而言的,是谦词,与陷敌后"负国偷生"、"罪不容诛"的自责是不可同日而语的。如果我们再联系下接"存亡去就,如九牛一毛"的话,便不难明白:王维是以此衬出魏居士出处关系重大,而自己请魏氏出仕乃出自公心,绝非为自己的当官开脱,可以说是一种策略。尚有一证是"播越"一词的应用。"播越",言流亡在外也,在非常时期往往用于"天子播越"。此云"复遭播越",指魏家的流亡,恰好证明不在"安史之乱"中,否则用"播越"这个词就不适宜了。下文又云:"仆见足下,裂裳毁冕,二十余年";即以王维卒年的上元二年上推二十年,所谓"播越",也远在"安史之乱"前。再就内容看,《与魏居士书》称朝廷招隐是"圣主搜扬仄陋……为天子文明"云云,情景与《旧唐书·隐逸传》所称"高宗天后,访道山林,飞书岩穴,屡造幽人之宅,坚回隐士之车"颇为一致。

① 赵殿成《王右丞集笺注》卷一八,上海古籍出版社排印本,第332—334页。下引只注书名及页数。

② 陈铁民《王维新论》,北京师范学院出版社1990年版,第67—68页。

综观新、旧《唐书》，这种"招隐士"的盛举延至玄宗时代，而肃、代时暂付阙如。试想，戎马倥偬之际，"圣主"还有什么心思去"搜扬仄陋"？相国首急之贤，也岂是"山栖谷饮"的隐士？以上种种迹象都表明《与魏居士书》作于"安史之乱"以前。如果结合"仆年且六十"这一事实看，则当作于天宝末年。

《与魏居士书》之所以重要，就在于它引佛学入儒家"达则兼济天下，穷则独善其身"的处世原则之中，为"亦官亦隐"的生活方式找到哲学的依据。"苟身心相离，理事俱如，则何往而不适"是整篇文章的"眼"。

中国士大夫总是将生与死的终极关怀化为"出"（出仕）与"处"（退隐）的日常矛盾来思考。也就是说，如何处理"兼济"与"独善"是中国士大夫永恒的课题。对于已经入仕的士大夫，很难因为"青山白云之想"而走到陶渊明"不为五斗米折腰"挂冠而去那一步。作为儒家兼济独善的准则，"独善"只是"兼济"的补充与调节而已，出仕本来就是儒家的正面目的。六朝士大夫也自觉到这一矛盾，谢灵运《初去郡》诗云："庐园当栖岩，卑位代躬耕。顾己虽自许，心迹犹未并。"[①]末句就是说超然物外之"心"与干禄入仕之"迹"的不能统一。而《维摩诘经》之所以为六朝人所深爱，就因为维摩诘是一个不必出家而精通佛法的居士。的确，他为一切"心迹犹未并"的众生提供了权宜方便的"不二法门"。王维的"身心相离"无非是六朝人心迹二元的延伸，是用般若"空空"的理论将出世、入世统一起来，为其"亦官亦隐"提供了哲学的依据。

禅宗是一种颇为士大夫化的佛教宗派，在"空"的根本问题上也要照顾到士大夫的情绪。禅宗是聪明的，它并不着意去否认人们用感官可以体察到的客观世界，而是强调其不断变化的"无住性"，所以《坛经》说要"立无念为宗，无相为体，无住为本"，"无相者，于

---

① 逯钦立辑校《先秦汉魏晋南北朝诗》，中华书局 1982 年版，第 1171 页。

相而离相"①。相,事相;离,也就是不执着。只要"形神相离",也就能"不染万境,而常自在"。这就是王维"身心相离,理事俱如,则何往而不适"之所本了。由于强调对事物持一种无可无不可的态度,所以行为、形式已不重要,关键只在"心";"心不住法即通流,住即被缚"。因此"若欲修行,在家亦得"②。官不官,无所谓,要紧的只是无所系怀,"居官无官官之事,处事无事事之心";士大夫可官可隐,亦官亦隐,权宜方便得很。有了不执着的态度,甚至能如《维摩诘经·方便品》所云,维摩诘"入诸淫舍,示欲之过,入诸酒肆,能立其志"③,怎么做都行,恶即是善,烦恼即菩提。反之,执着于清净,执着于空无,执着于修身养性,便是不超脱。《神会禅师语录》曾记王维与神会和尚的一段问答:

> 于时王侍御问和上言:若为修道得解脱? 答曰:众生本自心净,若更欲起心有修,即是妄心,不可得解脱。④

这就是说,真正透彻之悟应当是泯灭一切差别,所有的事物都是"空",连"空"也是空,净与染同,皆是空故。既然如此,又何必去执着于官与隐呢? 故曰:"知名空而返不避其名",许由、嵇康、陶潜,太执着于清高绝尘,反而忘大守小而受其累。

然而王维的"泯灭"一切差别之中并非一味"空空",仍隐隐然有其执着之所在。这就是书信中强调的:"圣人知身不足有也,故曰欲洁其身,而乱大伦。"大伦指什么? 指君臣间的必要关系。《论语·微子》记子路的话说:"不仕无义。长幼之节,不可废也;君臣之义,如之何其废之? 欲洁其身,而乱大伦。"杨伯峻的译文是:"不做

---

① 郭朋《坛经校释》,中华书局 1983 年版,第 31—32 页。
② 同上,第 28、71 页。
③ 幼存等《维摩诘经今译》,中国社会科学出版社 1994 年版,第 113 页。
④ 石峻等编《中国佛教思想资料选编》第 2 卷第 4 册,中华书局 1983 年版,第 90 页。

官是不对的。长幼间的关系,是不可能废弃的;君臣间的关系,怎么能不管呢? 你原想不玷污自身,却不知道这样隐居便是忽视了君臣间的必要关系。"①这才是《与魏居士书》动机之所在。大凡中国士大夫自小读"圣贤书",以儒学打底,而对其他学说往往采取"六经注我"的态度。即使像王维这样"居常蔬食,不茹荤血",沉浸佛学的居士,在事关"君臣大伦"的问题上仍不敢轻易越雷池一步。就历代君主而言,对隐士大致有两种看法:一是看到隐士可以粉饰太平,"激贪止竞",缓和内部矛盾,不仕有仕之用;一是看到隐士不用于君的另一面,"不可以罚禁,不可以赏使也"②,有某种离心的作用。唐代君主有鉴于此,便一方面给隐士优厚的待遇,或招入宫廷任职,或给薪米,使宫阙与山林之间有一条"终南捷径";另一方面又将隐士置诸"君臣大伦"的约束下,如高宗、武后"坚回隐士之车",务使其受"皇恩"而后已。玄宗更直截了当地宣称:"礼有大伦,君臣之义不可废也!"③王维此信有"欲洁其身,反乱大伦"的呼应,在作于开元二十五年的《暮春太师左右丞相诸公于韦氏逍遥谷宴集序》中也说:"逍遥谷天都近者,王官有之。不废大伦,存乎小隐。迹崆峒而身拖朱绂,朝承明而暮宿青霭,故可尚也。"④这是从正面提出亦官亦隐才是"不废大伦"的"隐",嵇康、陶潜则是"欲洁其身而乱大伦",不可效法。由此认识王维的亦官亦隐,就不但是释家消极的出世,还有儒家"大伦"的制约在内,是二者张力中的平衡状态。事实上,这封信体现了王维会通释、道、儒之思想,既符合儒家安贫乐道之精神,又体现道家齐物论与禅宗随缘任运、来去自由的真谛,而且"大伦"是其底子,三家会通是必须以此为大前提的。

　　《与魏居士书》所确立的人生坐标,便体现为王维开元末至天

---

① 杨伯峻《论语译注》,中华书局 1980 年版,第 196 页。
② 陈奇猷《韩非子集释》,中华书局上海编辑所 1958 年版,第 251 页。
③ 《旧唐书·隐逸传》,中华书局 1975 年版,第 5120 页。
④ 《王右丞集笺注》,第 338 页。

宝年间"亦官亦隐"的生活方式。

二、王维冷眼深情的诗人情怀

王维的"不废大伦"有其丰富的内涵。在同代诗人中,王维是一位政治嗅觉颇为敏锐的特出人物,这表现在他对开元名相张说、张九龄的态度上。

盛唐时代有两个张令公,即开元十一年为中书令的张说和开元二十一年为中书令的张九龄。王维集有两首重要的干谒诗,一为《上张令公》,据葛晓音考证,该诗用典与张说事迹吻合,故此公指张说①;一为《献始兴公》,则献张九龄,无异议。王维主动献诗二张是有其深刻的政治背景的。开元至天宝实际上是个盛极而衰,胎孕着巨变的历史过程,其间有一个若隐若现的文学与吏治之争的问题,即以二张为代表的文学集团与以李林甫为代表的吏治集团的斗争。历史学家汪篯《唐玄宗时期吏治与文学之争》于此有详论②。对这一斗争,张九龄是自觉的。他在《燕国公墓志铭》中指出:

> 始公(指张说)之从事,实以懿文,而风雅陵夷已数百年矣!时多吏议,摈落文人……及公大用,激昂后来,天将以公为木铎矣!③

从反对边将张守珪、牛仙客入相,排斥"素无学术,仅能秉笔"的李林甫及"伏猎侍郎"萧炅,而大力奖拔文士等事迹看,张九龄是继张说之后主张文治的第一人。二张倡导文学,实际上造成尊崇文学

---

① 葛晓音《王维前期事迹新探》,《晋阳学刊》1982 年第 4 期。
② 《汪篯隋唐史论稿》,中国社会科学出版社 1981 年版。
③ 《全唐文》卷二九二,中华书局影印本,第 2965 页。

之士的人才环境,增强了文士用世的热心。李白、高适、杜甫、岑参诸人可以说是间接受益者,而孟浩然、王昌龄、王维等,则直接受到鼓舞。其中王维尤其主动靠拢二张,表现出他的政治倾向性。在《献始兴公》诗里,王维一反过去的含蓄,毫不含糊地表示要投在张九龄帐下:

> 侧闻大君子,安问党与仇。所不卖公器,动为苍生谋。贱子跪自陈:可为帐下不? 感激有公议,曲私非所求![①]

王维强调投身帐下,是由于张九龄用人大公无私。史载,张说主持封禅时,多引亲近的人登山,遂加阶超升。九龄进谏说:"官爵者,天下公器,先德望,后劳旧。"[②]可见王维的政治倾向是很清楚的。这点火种,无论后来有多少积灰掩盖,在其内心深处一直是燃烧着的。如开元二十五年,已下台的张九龄同萧嵩、裴耀卿、韩休等九大臣在韦氏逍遥谷宴集,八品小官王维不但躬与其盛,且为之作序。查一查文献资料,我们会大吃一惊,九大臣都是被李林甫排挤的直臣或者清官! 这不明摆着是某种意义上对李林甫的挑战吗? 对比后来被李林甫挤下台的宰相李适之,罢政事后盛馔召客,"客畏李林甫,竟日无一人敢往者"[③],则王维赴此"下台干部"盛宴,堪称勇者! 今人如果对此认识不足,就很难体会此后王维政治热情骤退而从容于云水生活这种消极中的积极了。宴集后不久,张九龄贬荆州,王维又写下《寄荆州张丞相》诗:

> 所思竟何在? 怅望深荆门。举世无相识,终身思旧恩。方

---

① 《王右丞集笺注》,第85页。
② 《新唐书》卷一二六《张九龄传》。
③ 《资治通鉴》卷二一五。

将与农圃，艺植老丘园。目尽南飞鸟，何由寄一言。①

寄望之殷，故失望更深。王维在开元末就开始对朝廷政治失去希望，更不对李林甫辈（内心深处甚至是对李隆基）抱什么希望。这要比李白、杜甫看得透。然而，其心中仍保留着是非观，甚至以"局外人"的身份注视着政治。据陈铁民考证，王维与房琯、严武、李揖、贾至、杜甫、韦陟、韩朝宗等人都有交谊。这些大小官员都是当时较进步的政治势力的热心人，而为李林甫、杨国忠辈所忌②。从《裴仆射济州遗爱碑》中，又可看到他倾心于济世及其向风慕义之情怀。正是看得透而对最高统治集团失去希望所形成的"超脱"，与保留着是非观、正义感的那份执着两股合力，才形成了王维那独特的冷眼深情的情感结构。

冷眼深情，就是处事、观察外部世界的冷静。可是，"看似无情"的背后却是热爱生活、关心世道人心的深情；而在表露情感时，又透出一股近乎漠然不动的"局外人"的"客观"冷静的神态。出世而入世，无情而有情，这一微妙的情感是很容易被疏忽的。如名篇《酬张少府》：

> 晚年唯好静，万事不关心。自顾无长策，空知返旧林。松风吹解带，山月照弹琴。君问穷通理，渔歌入浦深。③

首联往往被引为王维消极人生的铁证，殊不知颔联起着"随画随抹"的作用，"自顾无长策"是"正话反说"，弦外之音是"长策无人用"。接下"空知"二字，表达了一种无可奈何的心情。如果联系《献始兴公》诗所云"宁栖野树林，宁饮涧水流，不用食粱肉，崎岖见

---

① 《王右丞集笺注》，第 121 页。
② 详见陈铁民《王维新论·从王维的交游看他的志趣和政治态度》，第 72 页。
③ 《王右丞集笺注》，第 120 页。

王侯"，以及《寄荆州张丞相》诗"举世无相识，终身思旧恩。方将与农圃，艺植老丘园"，我们不难明白王维何以"晚年唯好静，万事不关心"了。这就是"冷眼深情"。再如这首《上平田》：

> 朝耕上平田，暮耕上平田。借问问津者，宁知沮溺贤。①

短篇却不怕重字重句如此，乃见雍容之态。但透过这种不动声色的雍容之态，我们却能听见一颗不平静的心在怦然跳动。隐士而希企人知其贤，透出的正是用世之心。这仍然是王维的冷眼深情，但是更深刻的意义还在于：王维的情感结构不但影响着他的处世态度，还从深层左右了他的审美意识。

如上所论，王维情感结构中起离心作用的是"看透"；而起向心作用的则是"不废大伦"。二者的合力促成他"随缘任运"的禅宗式的人生态度，加上其他现实因素，使他选择了亦官亦隐的生活方式。与之相适应的是在这种生活方式中，观察事物采取的"不舍幻"的观点。

王维《荐福寺光师房花药诗序》云："心舍于有无，眼界于色空，皆幻也。离亦幻也。至人者不舍幻，而过于色空有无之际。"又云："道无不在，物何足忘。"②佛家说"空"，并非云一切皆乌有，而是云一切皆无永恒不变之实体（无自性），只是在相依相待条件下之存在。众生不过是镜花水月，我们应当像魔术师看待他所变幻出来的幻人那样来看待众生。也就是说，世界诸象虽是"假象"，但假象仍是存在的，可视为"有"；"空"不离"有"，色空相即。主张"法身无相"的佛教不妨"托形象以传真"，大造佛像，称"像教"。王维《绣如意轮像赞》就是这么看的："色即是定非空有，是故以色像观

---

① 《王右丞集笺注》，第 241 页。
② 《王右丞集笺注》，第 358 页。

音。"①《花药诗序》也讲这个道理，先讲万物皆幻，再进一步对"空"消解，云："离亦幻也。"既然空即色，色即空，又何必执着地去否定那作为幻象的色呢？

重要的不在于认识到万物皆幻，乃在于要有不执着的通达态度。《五灯会元》卷三载：

> 师问西堂："汝还解捉得虚空么？"堂曰："捉得。"师曰："作么生捉？"堂以手撮虚空。师曰："汝不解捉。"堂却问："师兄作么生捉？"师把西堂鼻孔拽，堂作忍痛声曰："太煞！拽人鼻孔，直欲脱去。"师曰："直须恁么捉虚空始得。"

禅家说"空"，却紧扭住"有"，"直须恁么捉虚空始得"。这里对虚实关系的处理正与诗心相通。古人评右丞之妙，就在能抟虚成实。所谓"抟虚成实"，无非是让无形的虚借有形的实而显，紧紧抓住实景描写，却又留出空白，让读者"入吾彀中"。然而，王维的高超之处还在于让飘渺有无的"情"，能"执之有象"，使情皆可景。如《杂诗》：

> 君自故乡来，应知故乡事。来日绮窗前，寒梅着花未？②

思乡之情如缕，适逢有客自故乡来，千言万语从何道起？王维却于思情一字不提，只是"扭住"寒梅着花一事，而绮窗前赏梅所勾起的故乡往事自然历历。这不就是"直须恁么捉虚空始得"么？王维的成功之秘就在善于以实景现空景，以逼真之画面抟虚成实。且读《辛夷坞》：

---

① 《王右丞集笺注》，第 373 页。
② 《王右丞集笺注》，第 255 页。

　　木末芙蓉花,山中发红萼。涧户寂无人,纷纷开且落。①

　　美丽的辛夷花生于山中,自开自落,无人欣赏。无人欣赏的花儿仍在山中自开自落,无为而有为。写的只是大地之一隅,显示的却是造化的大规律。王维似乎是随意拈出大自然中的一个小小画面来,却让人感悟到某种永恒之哲理。

　　实景在诗人的情怀中酿造,便是心境,再以个人独特的语言风格表达出来,就是艺术幻境。这个过程不但是情感形式向艺术形式转换的完成,也是王维宗教体验向审美体验转化的完成。其超脱人生而又入世情深的丰富感情,都融入笔墨有无间。《萍池》诗云:

　　春池深且广,会待轻舟回。靡靡绿萍合,垂杨扫复开。②

　　萍水离合是眼前常景,又是所谓"因陀罗网"之示现。释家认为,千差万别之事物在因缘离合之网中亦生亦灭。《终南别业》之名句"行到水穷处,坐看云起时",最省净而又最丰富地表现了这种情境。其中既表现了诗人随缘任运的平和的人生态度,又饱含着诗人对大自然生命律动的热爱,但总的来说,是冷静深刻的观察,而非沉溺其中的陶醉。至是,王维的宗教体验已通过生活方式的中介转化而为审美情趣。其间"冷眼深情"的情感结构所起的作用,恰似艾略特所喻,是催化氧与二氧化硫化合并产生硫酸的那根白金丝③。

　　　　　　　　　　　　　　　　　　　(原载《文史哲》1999 年第 1 期)

---

① 《王右丞集笺注》,第 249 页。
② 《王右丞集笺注》,第 241 页。
③ [英]托·斯·艾略特《艾略特文学论文集》,李赋宁译,百花洲出版社 1994 年版,第 5—6 页。

"诗 佛" 解

  王维兼通诗学佛理,这一点同代人早就说了。一度和王维同事的苑咸,在《酬王维》诗序中,用钦佩的口吻道:"王兄当代诗匠,又精佛理。"不过,唐人似乎都还没有将他视为"诗佛",倒是晚唐人有将贾岛当成"佛"来顶礼膜拜的。《唐才子传》卷九记李洞"酷慕贾长江(即贾岛),遂写岛像,载之巾中,尝持数珠念'贾岛佛'。"这就有些"诗佛"的意思了。可惜贾岛诗写得未免寒碜了点,冒出来的是股"诗僧"气,哪能称佛!有些事是要在历史的长河中几经淘洗,直待到水落石出这才能看清其价值与地位的。后人比来比去,终于认准只有王维才可以同"诗仙"李白、"诗圣"杜甫相颉颃,分别为释、道、儒审美意识在诗坛上的代表,鼎足而三焉。明末清初的徐增在《而庵说唐诗》卷首说:"诗总不离乎人才也。有天才,有地才,有人才。吾于天才得李太白,于地才得杜子美,于人才得王摩诘。"就总体而言,有人认为王维是"大诗人中的小诗人",不无道理;但是就其于传统的"诗言志"、"诗缘情"之外,又拓开一条以审美的超脱现实的态度观照自然的路子而言,则其意义当不在李、杜之下。所以王维虽然写了大量山水田园以外的诗歌,我们仍然要把注意力集中在田园山水题材之上,尤其要着力抉发其中与佛教之关系。徐增又接着说道:"太白千秋逸调,子美一代规模,摩诘精大雄氏之学(即佛学),篇章字句皆合圣教。今之有才者,辄宗太白;喜格律者,辄师子美;至于摩诘,而人鲜有窥其际者,以世无学道人故也。"学摩诘不易到,倒不是因为"无学道人"，而是如同宋人李之仪所说的："说禅做诗，本无差别，但打得过者绝少。"①如何是打得过？晚唐有个郑谷，在《自贻》诗中似乎颇有心得地吟道"诗无僧字格还卑"。我看这就是没打得过，误以"僧气"当高韵。真要打得过，就得让宗教体验转入艺术体验，都无差别，但有诗境禅意而不见禅语议论，这才是诗佛境界。王维之所以超出贾岛一等而为"诗佛"，关键在于能以无所住心为随缘任运宁静淡泊之处世态度，在寂照中酝酿为一种审美心态，进而造就其田园山水诗不可思议的美。

一些久在官场浮沉的人，想用"随缘任运、宁静淡泊"的生活态度来调节自己的心理，使之平衡，因此，盛唐不但有大量意气飞扬的边塞诗，还有大量自在平和的田园诗。王维是个典型。他写有非常出色的边塞、游侠一类的诗作，代表盛唐的"少年精神"，又有不少山水田园之作，是由其随缘任运、宁静淡泊处世态度孵化出来的。随缘任运、宁静淡泊藏有诗意？要体会这点诗意，不妨先读一支《红楼梦》第二十二回引用的曲子：

> 漫揾英雄泪，相离处士家。谢慈悲，剃度在莲台下。没缘法，转眼分离乍。赤条条，来去无牵挂。那里讨，烟蓑雨笠卷单行？一任俺，芒鞋破钵随缘化！

这支《寄生草》何以让贾宝玉"喜得拍膝摇头，称赏不已"？就因曲子将那种断然了然的觉悟，那种"来去无牵挂"的随缘心境表现得淋漓尽致。是的，忽然扔下人生沉重的包袱，会有一种异样的解脱的快感。海涅有一首《流浪》诗：

> 要是你登上险峻的高山，

---

① 《姑溪居士前集》卷二九《与李去言》。

你将发出深长的叹声；

可是你要是抵达那巍峨的山顶，

你会听到老鹰的叫声。

在那儿你自己会变成一只老鹰，

你此身宛如获得再造；

你会觉得你自由，你会觉到：

你在下界并没有损失多少。

西方的海涅这一瞬间的感觉，便是东方禅宗所谓的"顿悟"境界。《坛经》有云：

世人性本自净，万法从自性生……如天常清，日月常明，为浮云盖复，上明下暗，忽遇风吹云散，上下俱明，万象皆现。

这种内心顿悟的境界，北宋苏东坡居士曾用实景示现：

黑云翻墨未遮山，白雨跳珠乱入船。卷地风来忽吹散，望湖楼下水如天。（《六月二十七日望湖楼醉书》）

可见内在的心境是可以与外在景象相对应的，内心觉悟的愉悦是可以与审美快感相沟通的。王维之所以"打得过"，就在于他并不是将佛理写入诗中，而是将宗教体验的愉悦与审美快感打通。就其多数田园山水诗而言，就是善于将佛教不离世间求解脱的方法注入亦官亦隐的生活方式之中，在寂照中完成其诗化的过程，创构其秀美的风格。

《景德传灯录》卷六有一则问答：

问：和尚修道，还用功否？

师曰：用功。

曰：如何用功？

师曰：饥来吃饭，困来即眠。

曰：一切人总如是，同师用功否？

师曰：不同。

曰：何故不同？

师曰：他吃饭时不肯吃饭，百种须索；睡时不肯睡，千般计较。

禅宗讲究的是"平常心是道"，所谓"超然出尘"、"脱尽人间烟火气"，无非只是对现实中琐碎、无聊、庸俗的功利得失不去做百种须索千般计较而已。《楞严经》云："凡夫被物转，菩萨能转物。"王维在《谒璇上人诗序》中深有体会地说："上人外人内天，不定不乱。舍法而渊泊，无心而云动。色空无得，不物物也。默语无际，不言言也。故吾徒得神交焉。"王维这里是以玄参禅。"外人内天"就是庄子"天人合一"的自然观。"不物物"就是不把物当作物，不将人主观的认识差别加给物。总之，只有不为物欲所牵制，才能达到《维摩诘所说经》中所说的"不定不乱"的自如境界。而这种非功利的心境，正是产生审美经验所必需的心理距离。排除了珠宝商那贪婪的目光，才能发现珠宝真正美的价值。诗人借此门径可以"直接扪摸世界"，在寂照中得到审美的愉快。何谓"寂照"？对深受佛道熏陶的诗人来说，便是在忘怀得失的寂静中对世界所作的一种心灵上的体验。请你先细细品味一下王维这首题为《鸟鸣涧》的小诗：

人闲桂花落，夜静春山空。月出惊山鸟，时鸣春涧中。

"人闲"与"山空"对应，"闲"便是"无"，便是"空"，便是一时忘怀得失的等无差别境界。所以顾安《唐律消夏录》会说："摩诘诗全是一片心地,不汲汲于富贵,不戚戚于贫贱,于世无忤,于人何尤……诗中写闲景处,即是曾点'浴乎沂,风乎舞雩'之意,莫作闲景看。"曾点是孔子的学生,他的理想是自由自在地过日子,曾被孔子认可。这种非功利的审美的心态使王摩诘能细察忙碌中的人所看不到的美:桂花落。诚如美学家宗白华所指出:"艺术心灵的诞生,在人生忘我的一刹那。"王维在寂照中融入大自然,体验大自然生命之律动:空山中有自在活泼的生命,静谧的月儿悄然升起,却惊起山鸟,是静中之动;鸟飞鸟鸣又衬出春山之空寂,是动中之静。这也就是所谓的"寂而常照,照而常寂,动静不二,直探生命的本原。"①如果不是有颗澄明如古潭的心让诸动深深沉入那无底的寂静,又如何能映射出大自然那永恒自在的美?也许这就是现代西方哲人海德格尔所说的那种"亲在"自身嵌入"无"中,一切乃真相大白的境界?无论如何,王维通过"凝心入定","因定而得境",在大自然中获得审美的愉快,无往而不适。正是在寂照中,王维完成其宗教体验向审美经验的转化。

当然,这一转化是有条件的。条件是:深情冷眼。《东坡集》卷十有苏轼《送参寥师》诗,云:

> 欲令诗语妙,无厌空且静。静故了群动,空故纳万境。阅世走人间,观身卧云岭。咸酸杂众好,中有至味永。

心无挂碍才能空诸一切,而空明的觉心便有灵气往来,无论咸酸苦辣,皆成至味。但苏轼这句尤可注意:"阅世走人间,观身卧云岭。"这是说,要达到空且静的境界,要有阅世之后超越自身乃至社会人生的前提。大凡真正的"静者",都是些阅历深又看得透的人。中国文学史有这样的奇特现象:被视为"隐逸诗人"、"韵外之致"的代表

① 宗白华《美学散步》,上海人民出版社 1981 年版,第 65 页。

人物,如陶渊明、王维、韦应物、柳宗元辈,无一不是曾具济世雄心的强者。龚自珍曾盛称陶渊明好比智者诸葛亮:"陶潜酷似卧龙豪。"(《定庵文集补·杂诗》)韦应物则天宝末年曾充唐玄宗的侍卫,《温泉行》自称:"身骑厩马引天仗,直入华清列御前。"也曾是个桀骜不驯的人物,后来却成为中唐田园山水诗大家。柳宗元青年时代便是个举足轻重的政治家,参加过"永贞革新",是个重要角色。这些人后期诗风"冲淡",都是从"几许辛酸苦闷中得来的"(朱光潜语),这就是"咸酸杂众好,中有至味永"之谓。王维也应作如是观。他少年时代出入王侯府第,"宁王、薛王待之如师友"(《旧唐书》本传),后来又靠拢贤相张九龄,希望在政治上有所作为,曾两次出塞,不失为豪客。正是因为曾经"阅世走人间",才有后来"观身卧云岭"的超越,由红尘浪里翻上孤峰顶尖。所以贺贻孙《诗筏》会说:"王右丞诗境虽极幽静,而气象每自雄伟。"中国士大夫奉佛学道,虽然一端与出世哲学相联系,而另一端却仍然深植根于儒学的人生观,并未斩断。六朝时玄风大炽,而钟嵘《诗品》犹云:"于时篇什,理过其辞,淡乎寡味。"可见道、释的"空"、"无"都不能形成文学上的"韵外之致"。诗的生命在乎情,而情之大者莫过于生命。生与死正是莎士比亚戏剧的深刻主题与灵感来源;中国士大夫则往往化生死问题为"出"与"处"的问题,也就是出世与入世的问题。没有入世的眷恋与出世的向往,便没有心灵平衡的追求,也就没有诗歌创作不可或缺的一往情深的激情,又焉能成为诗家射雕手?王维之所以成"诗佛"而不是"诗僧",更不是纯粹"出家人",就在于他的"冷眼深情",善于将其宗教体验转化为审美经验,将其亦官亦隐的生活酝酿、诗化,成就了富有理趣、别具一格的田园山水诗。

闻一多曾经认为,中国没有作诗的职业家。就整个文化来说,诗人对诗的贡献是次要问题,重要的是使人精神有所寄托。从这一角度说,王维替中国诗定下了地道的中国诗的传统,后代中国人对诗的观念大半以此为标准,即调理性情,静赏自然,其长处短处都在这里①。闻一多的说法颇符合士大夫对诗的基本看法。王维上承六朝(尤其是谢灵运)一脉贵族文学的传统,在丰裕的物质生活条件下,详尽地占有诗、文、音乐、书法、舞蹈、图画等文化遗产,是时代的文化骄子。由他来全面表现盛唐文化的成就绝非偶然。虽然在代表时代的先进性、独创性方面他远不及李白、杜甫,甚至在局部的艺术成就上也未能超出同时代如王昌龄、岑参、孟浩然诸人;但就其总体成就而言,就其全面继承文化遗产而言,就其所代表的士大夫主流意识而言,王维是无与伦比的。从诗的总量看,中国士大夫中的大多数人写诗的确主要是为了调理性情,在静赏自然中使精神舒畅。王维在增强诗歌心理调节功能上有杰出的贡献。可以说,王维的艺术创构,为士大夫的心灵留下一方净土,在逆境中勉力保存一点人格,不去与恶势力同流合污。可惜"有一利必有一弊"。这方"净土"也往往成了士大夫心灵的防空洞,在恶势力面前一退了之,缺乏屈原式的怨鬼般的执着。王维在被安禄山叛军拘禁在长安菩提寺时,曾写《口号又示裴迪》诗云:"安得拾尘网,拂衣辞世喧。悠然策藜杖,归向桃花源。"这与杜甫陷安禄山占据的长安城时所作《悲陈陶》、《悲青坂》、《春望》、《哀江头》等一系列愤激沉痛,与国家共存亡的决心相比较,实在是判若天渊。在王维《叹白发》诗中,他颇有自知之明地感叹道:"一生几许伤心事,不向空门何处销!"士大夫往往以佛学与田园山水为消遣,调理性情,所以一千多年后龚自珍仍要感叹:"空王开觉路,网尽伤心民!"(《自春徂秋偶有所触……》)

然而,世事推移,有些事物便有了转机,也许有些短处在新条件下可能转为长处,亦未可知。譬如隋炀帝开运河,当年只为一己之乐,不惜民穷国破,为论者所不齿。但是到了晚唐,就有皮日休认识到"在隋之民不胜其害,在唐之民不胜其利"②,有诗云:"尽道隋亡

---

① 郑临川述《闻一多先生说唐诗(下)》,《社会科学辑刊》1979 年第 5 期。
② 《皮子文薮》卷四《汴河铭》。

为此河,至今千里赖通波。若无水殿龙舟事,共禹论功不较多!"
(《汴河怀古》)在进入工业社会,一些发达国家、地区物质丰富、人
欲横流的当今,人与社会,人与自然,人与内在自我的分裂,已经成
为人们颇为注目的问题。在新条件下重新审视"随缘任运、宁静淡
泊"的处世态度与诗歌调理性情之功能,便有了现代的、世界性的意
义。事实上,日本学者铃木大拙在西方介绍禅学所引起的轰动;自
1915 年埃兹拉·庞德那屯仅收有十五首李白与王维短诗译文的小
册子《汉诗译卷》(cathay)问世,中国古典诗对西方现代派诗歌所发
生的深刻影响,此二事均已表明重新审视禅及诗歌调理性情功能并
非可有可无之举。三十年代中期,林语堂先生在讲到他写作《生活
的艺术》时说:中国诗人旷怀达观、高逸退隐、陶情遣兴、涤烦消愁
之人生哲学,"此正足予美国赶忙人对症下药"①。林氏将这种哲学
归结为"闲适哲学",是人精神上的"屋前空地"。林语堂《生活的艺
术》当时在美国有很大的反响,被译成十几种文字。现在回头来看,
《生活的艺术》虽然开了个很好的头,但不必讳言,所介绍的尚非中
国传统文化的主流,所介绍一些人物与趣味也多属第二流。总体
讲,要反映中国文化中"生活的艺术"的精粹,尚待后继者们的努力。
对中国士大夫生活情趣高层次的代表人物王摩诘做一番较为深入
的了解,由是便有了现实的、当代的意义。

(原载《漳州师院学报》1997 年第 3 期)

---

① 林太乙《林语堂传》第十三章,中国戏剧出版社 1994 年版,第 145 页。

边塞诗与盛唐心态

读盛唐边塞诗,给人印象最深的无疑是高昂的情绪与明朗的画面。它一扫这一传统题材中积存的种种郁闷、感伤;也少有后来此题材不断增入的仇恨之火、切齿之声。盛唐边塞诗展现的乃是盛唐人开朗的心态。

唐 人 之 梦

美学家宗白华认为汉魏六朝是"强烈、矛盾、热情、浓于生命彩色的一个时代"[①]。我想,如果移来评盛唐当更见生色。对于刚从"九品中正"的人才桎梏中挣脱出来的士子,大唐简直是个充满幻想的童话世界。我们不难从正史列出长长的一份名单,来说明"布衣取卿相"在唐代已不是什么偶然事件。这一事实使士子相信:靠自家本事能争一席之地,"天生我材必有用"!卢象《赠程秘书》诗云:

忽从被褐中,召入承明宫。圣人借颜色,言事无不通!

一副布衣得志相。然而个体在功业意气中被放大了,它内在地

---

① 宗白华《美学散步》,上海人民出版社 1981 年版,第 177 页。

促使布衣士子自信、自尊、自重。他们近取"竹林七贤"、谢安、陶潜,远绍管仲、范蠡、鲁仲连辈,作为一种认同,着手塑造一代有独立人格的士子形象。这种集体人格的内涵大略言之有二:其一是自信、自尊、自重乃至傲岸不羁。用李白典型的语言表述,就是"不屈己,不干人"(《代寿山答孟少府移文书》);在此条件下,强烈地求进取。其二是作为上项的延伸或退路,追求内心的平衡,逍遥自在,功成不居。王维《不遇咏》所谓"济人然后拂衣去",颇为经济而完满地表达了这种理想人格的两个方面。

正是这种内在的集体人格外化为两种风格截然不同的"诗派":田园与边塞。也就是说,田园诗更多地体现唐人自在的、志趣稳定的内心;边塞诗则更多地体现唐人激昂的、意气飞扬的情绪。田园与边塞反映了盛唐内心世界的一体两面。所以"边塞诗人"如高适、岑参也难免要写田园诗,"田园诗人"如王维、孟浩然则时有边塞之作。关于田园诗的心理依据,笔者曾略事探索①,这里容我就边塞诗与盛唐人之心态的关系展开讨论。

士对独立人格与个体自由的追求,在初唐众所周知的南北交融、胡风盛行的新文化氛围中不断被强化,乃至引起某些价值观的翻转,如儒家"重德不重才"的伦理观就受到了巨大的冲击。士子普遍对"才高"却"位卑"的现象表示不满与抗议。王绩《自作墓志文序》自称:"才高位下,免责而已。天子不知,公卿不识,四十、五十而无闻焉。"王勃《涧底寒松赋》亦云:"徒志远而心屈,遂才高而位下。"有趣的是唐统治者竟公然设置了"才高位下科",算是承认了这一普遍矛盾②。由初唐至盛唐,这一矛盾并未解决,而位下者恃才傲物却日甚一日。如杨炯呼朝士为"麒麟楦"(《唐才子传》卷一),王翰于吏部东街自张榜称第一(见《封氏闻见记》卷三),李白更是

---

① 参看拙作《试论盛唐田园诗的心理依据》,《文史哲》1989年第4期(收入本《文集》第六册)。

② 见徐松《登科记考》卷四,此外还有"沉迹下僚"、"超拔群类"、"才庸管乐"、"怀能抱器"等名目,都表明"重才"。

"天子呼来不上船"（杜甫《饮中八仙歌》）。恂恂如的儒生被嘲为"白首死章句"、"窗间老一经"，而脱略小节、豪荡使气者被目为英雄。如郭元振，张说为其写行状，私铸钱、掠人财皆成豪举。武则天闻名而驿征引见，将其《古剑歌》写数十本遍赐学士（《全唐文》卷二三三《兵部当书代国公赠少保郭公行状》）。在如是氛围中，傲岸不羁的性格受到鼓励，终于被强化为任侠精神；早被冷落了的先秦游侠在盛唐竟得以复兴，于是乎盛唐文豪李邕与汉代大侠剧孟被相提并论；卢藏用《陈氏别传》以"驰侠使气"目子昂；诗人李白不但以"十五好剑术"自诩，竟然还歌唱侠客"十步杀一人，千里不留行"（《侠客行》）、"笑尽一杯酒，杀人都市中"（《结客少年场行》）。这真是无法无天的特殊伦理观。固然，诗也者不必去坐实，但从中我们不正可感受该历史时期英雄主义情绪如何在膨胀吗？试问在这一情绪下，以干谒行卷为必修课的进士科举会成为盛唐高才骏足们入仕的最佳选择吗？①

　　科举制一向被视为"九品中正"制的反拨与取代。不过在初、盛唐尚未能成为国家官僚机构用人的主渠，唐太宗所谓"天下英雄入吾彀中"（《唐摭言》），是要到中唐后才日渐兑现的。据《文献通考》与《登科记考》统计，有唐290年间，共开科取士6 646人，平均每年23人②。数量如是之少，故唐代士子或走边塞求军功，或依藩镇充幕府，或隐终南取捷径，或作小吏期渐进。仕出多途，其中"终南捷径"与边塞从军对士子尤具吸引力。

　　李白《代寿山答孟少府移文书》称"乃知岩穴为养贤之域，林泉非秘宝之区"，王昌龄《上李侍郎书》称："昌龄岂不解置身青山，俯

---

① 李白不应举便是一例，高适虽应举为封丘尉，但"拜迎长官心欲碎，鞭挞黎庶令人悲"（《封丘县》），终于弃官赴河西为节度使哥舒翰掌书记，乃自谓"宁知戎马间，忽展平生杯"（《酬裴员外以诗代书》）。可见从军更合于"不屈己，不干人"的原则。其《行路难》说得再明白不过："有才不肯学干谒，何用年年空读书！"读书学干谒应举对高才骏足如是不得已，只要有别的出路，他们是不愿干谒行卷出仕的。
② 据张希清《论宋代科举取士之多与冗官问题》，《北京大学学报》社科版1987年第5期。

饮白水,饱于道义,然后谒王公大人,以希大遇哉?"在深山老林中"养贤"、"饱于道义",无非是要提高知名度,引起注意,从而由"终南捷径"直取宫廷。这一点前贤所述备矣,而出塞与进山有殊途同归之妙,则笔者犹有言焉。

如果说,魏晋由于"九品中正"的选人制度而重视人伦鉴识,促成人们注意仪表风度;那么,唐人则由于仕出多途,心存"布衣取卿相"之梦想,故尔特重才气的表露(意气)。李白《上安州裴长史书》自称东游不逾年散金三十万,轻财好施,又为友人迁葬,存交重义;再称巢居岷山,养高忘机声闻于太守,又云文章为苏颋所许,可与相如比肩。可见行侠、隐居、著书皆为造就名声。李阳冰《草堂集序》称玄宗召见李白,谓曰:"卿是布衣,名为朕知,非素蓄道义何以及此?"事实上养名引起王公大人乃至皇帝的重视,平步青云,是盛唐人有效的从政手段。李白《与韩荆州书》自称"十五好剑术,遍干诸侯;三十成文章,历抵卿相。虽长不满七尺,而心雄万夫,王公大人许与气义。"可见不论剑术,不论文章,引人注目的是这股"气"。龚自珍称"儒、仙、侠实三,不可以合;合之以为气,又自白始也"(《最录李白集》),可释为儒家强烈的入世精神与道家追求个体自由的精神以任侠的形式表露出来,成为一股"负气而行"的人格力量。然而,如果回到盛唐看李白,就不会以为合儒、仙、侠以为气是"自白始"了。试读:

> 鸣鞭过酒肆,袨服游倡门。百万一时尽,含情无片言。(储光羲《长安道》)

> 新丰美酒斗十千,咸阳游侠多少年。相逢意气为君饮,系马高楼垂柳边。(王维《少年行》)

> 男儿一片气,何必五丰书。好勇方过我,多才便起予。运筹将入幕,养拙就闲居。正待功名遂,从军继两疏。(孟浩然《送

告八从军》）

"田园派"尚且如此,庸论他哉! 要了解盛唐人的心态,不能不抓住"气"字。

"男儿一片气"

论者大都注意到了盛唐人对"风骨"的自觉追求。固然,盛唐人特别推崇"建安风骨",但仍有自己的偏好。李白《宣州谢朓楼饯别校书叔云》说:"蓬莱文章建安骨,中间小谢又清发。俱怀逸兴壮思飞,欲上青天揽明月。"杜甫《夜听许十一诵诗爱而有作》说:"精微穿溟涬,飞动摧霹雳。"又《寄彭州高三十五使君适虢州岑二十七长史参三十韵》说:"意惬关飞动,篇终接混茫。"岑参《送魏升卿擢第归东都因怀魏校书陆浑乔潭》也说:"雄辞健笔皆若飞。"其中都强调一个"飞"字。事实上盛唐诗特出之处就在那股飞动的气势,是皎然《诗式·明势》所谓:"极天高峙,崒焉不群,气腾势飞,合沓相属。"盛唐杰出的评论家殷璠曾经据当时的创作实际总结出"神来、气来、情来"说。笔者认为:殷璠《河岳英灵集》所倡"气来"说有其鲜明的时代内涵。《文心雕龙·时序》说:"观其时文,雅好慷慨,良由世积乱离,风衰俗怨,并志深而笔长,故梗概而多气也。"在刘勰看来,"建安风骨"是与文士济世安邦之志相关联的。《明诗》篇又说:"暨建安之初,五言腾踊,文帝、陈思,纵辔以骋节;王、徐、应、刘,望路而争驱;并怜风月,狎池苑,述恩荣,叙酣宴,慷慨以任气,磊落以使才。"可见只要有经国济世之志,酣宴之际也可慷慨任气,不一定在乱离中。盛唐太平景象与建安乱离景象自有天渊之别,但由于政治、经济的安定、繁荣,民族自信心空前高涨与人才在新历史时期的解放,又使盛唐人舍弃建安时代那种感伤乱世的具体内容,而高扬

"慷慨陈志"的才情,"慷慨以任气",高唱饱含时代、民族、个人高昂
情绪的"气骨"。殷氏之所以于"气骨"之外又标举一"气来",正是
要强调以"志"为内在力感发出劲健风格这一过程本身。《河岳英
灵集》卷中评储光羲诗云:"格高调逸,趣远情深,削尽常言,挟风雅
之迹,浩然之气。"又云:"璠尝睹公(指储光羲)《正论》十五卷,《九
经外义疏》二十卷,言博理当,实可谓经国之大才。"由深远的志趣,
形成诗的语言,表现为高逸的格调,这就是由志到气的"气来"。殷
氏又将储与王昌龄相比,说:"王稍声峻。"这也是从"气来"立论的。
也就是说,王诗流露的"志"要比储作强烈些。从所举例子看,王句
有:"明堂坐天子,月朔朝诸侯";"奸雄乃得志,遂使群心摇";"一人
计不用,万里空萧条"。抒发了士子建功立业的强烈愿望,的确是储
作所缺少的。而被评为"骨气兼有"的高适,殷氏称:"余所深爱者:
'未知肝胆向谁是,令人却忆平原君。'"句中流荡的正是一股不平
之气①。

　　由此看来,无论作者,无论读者,盛唐人都重视创作中那股情志
的感发力。我们没有理由漠视当时人自己的意见。至此,我们不妨
提出这样的论点:盛唐边塞诗之所以"前不见古人,后不见来者",
有特异的明朗画面与飞动的气势,其主观上的原因就在于盛唐人主
要不是为了表现战争而写边塞诗;恰恰相反,盛唐边塞诗的成功就
在于志不在战争。当"安史之乱"起,唐人陷入了真正的战争时,也
就失去了"边塞诗派"。不妨说,边塞诗是盛唐人"负气而行"的人
格力量借助于艰苦的边塞生活的一种顽强的表现。

　　总体说来,盛唐边塞诗不注重战争场面的正面描绘。典型如高
适《睢阳酬别畅大判官》,前半极写畅大的气概与对边塞之神往:
"言及沙漠事,益令胡马骄。"接写战事云:

---

① 以上所论,请参看拙作《释"神来、气来、情来"说》,《古代文学理论研究》第11辑(收入本
　《文集》第六册)。

诸将出冷陉,连营济石桥。酋豪尽俘馘,子弟输征徭。边庭绝刁斗,战地成渔樵。榆关夜不扃,塞口长萧萧。

未及写两军接触,已现战后图景。岑参边塞名篇《走马川行奉送出师西征》云:"虏骑闻之应胆慑,料知短兵不敢接。"《北庭西郊候封大夫受降回军献上》云:"甲兵未得战,降虏来如归。"更有无名氏《西鄙人歌》云:"北斗七星高,哥舒夜带刀。至今窥牧马,不敢过临洮。"真是"不战而胜上之上"。所以重要的不在战,在军威:

> 登车一呼风雷动,遥震阴山撼巍巍。(万齐融《仗剑行》)

> 上将拥旄西出征,平明吹笛大军行。四边伐鼓雪海涌,三军大呼阴山动!(岑参《轮台歌奉送封大夫出师西征》)

> 大将军出战,白日暗榆关。三面黄金甲,单于破胆还。(王昌龄《从军行》)

因此诗人们往往着力于"蓄势",甚至于风恬雨霁处见力度。如祖咏《望蓟门》云:"万里寒光生积雪,三边曙色动危旌。"而王维《凉州赛神》则云:

> 凉州城外少行人,百尺峰头望虏尘。健儿击鼓吹羌笛,共赛城东越骑神。

这里没有发生战事,但"虏骑"在望,而健儿犹从容赛神。这正应着了尼采所谓"最高的强力感集中在古典范型之中。拙于反应,一种高度的自信,无争斗之感"①。再看岑参《灭胡曲》:

---

① [德]尼采《悲剧的诞生》,周国平译,生活·读书·新知三联书店1986年版,第349页。

都护新灭胡,士马气亦粗。萧条虏尘净,突兀天山孤。

没有崩沙走石,唯有一片明净。然而士气已化为可视之景,"孤"字有不可移易的厚重感。诚如许学夷《诗源辩体》卷一五所称:"若高岑豪荡感激,则又以气象胜。"

然而诗人们更感兴趣的似乎还不在"军威"与"气象",而在乎个体的气质:

　　一身能擘两雕弧,虏骑千重只似无。偏坐金鞍调白羽,纷纷射杀五单于。(王维《少年行》)

甚至还不在乎气质,而在乎这种气质所焕发出逼人的气势:

　　愿骑单马仗天威,捋取长绳缚虏归。仗剑遥叱路旁子,匈奴头血溅君衣!(万齐融《仗剑行》)

　　送君一醉天山郭,正见夕阳海边落。柏台霜威寒逼人,热海炎气为之薄。(岑参《热海行送崔侍御还京》)

看来,边塞题材之所以引起盛唐人的极大兴趣,还在于它能成功地体现一个人的意气。边塞诗问题,归根结底还是人才问题。上一节提及魏晋因"九品中正"制促成"魏晋风度",唐人则因心存平步青云之梦故特重意气,亦于此可见。这样的例证俯拾皆是。

　　儒服揖诸将,雄谋吞大荒。金门来见谒,朱绂生辉光。数年侍御史,稍迁尚书郎。人生志气立,所贵功业昌。何必守章句,终年事铅黄。同时献赋客,尚在东陵旁。(陶翰《赠郑员外》)

这便是唐代士子从军的如意算盘。于是有说"功名只向马上取,真是英雄一丈夫"的,有说"丈夫赌命报天子,当斩胡头衣锦回"的,还有从反面说"悔教夫婿觅封侯"的,不一而足,但都不讳言意在功名。正因为对边塞心存幻想,所以边塞生活在他们眼中是那么开阔,那么豪迈,那么吸引人:

> 金笳吹朔雪,铁马嘶云水。帐下饮蒲萄,平生寸心是!(李颀《塞下曲》)

> 九月天山风似刀,城南猎马缩寒毛。将军纵博场场胜,赌得单于貂鼠袍。(岑参《赵将军歌》)

陈铁民《岑参集校注·前言》指出:岑参两度出塞,第一次在安西,情绪不十分高昂,第二次在北庭,情绪较开朗和昂扬,那些豪气横溢的七言歌行都创作于此期①。可见同一边塞生活,在不同情绪下同一人手中也会有不同的处理与效果。王夫之《薑斋诗话》云:"烟云泉石,花鸟苔林,金铺锦帐,寓意则灵。"作者之心灵乃是诗家魔杖,不但朔风飞雪可点化为"千树万树梨花开",荒漠枯寂也可幻化出诗情画意。如岑参作于北庭的《玉门关盖将军歌》,不写战事,只写奢华的将军生活。然而诗人意并不在揭露,而是以饮酒、美女、纵博、打猎的豪华场面交织出一幅五彩缤纷的边塞图②。"男儿一片气"横扫了千古边塞题材中积存的阴霾,焕发出盛唐边塞诗的理想主义的亮色。有了这点亮色,则无往而非开阔与明朗:

> 琵琶起舞换新声,总是关山旧别情。撩乱边愁听不尽,高高秋月照长城。(王昌龄《从军行》)

---

① 陈铁民、侯忠义《岑参集校注》前言,上海古籍出版社 2004 年版。
② 原诗见上引书第 165 页。

没有这点亮色，也就失去盛唐边塞诗。去盛唐不远的戎昱，其《塞下曲》云："将军领疲兵，欲入古塞门。回头指阴山，杀气成黄云。"已是春温入于秋肃了。

固然，"气"非盛唐所独有，但盛唐之气有独到处。建安多志士，其作多悲壮凄凉，曹植《送应氏》有云"气结不能言"，言之则如闷雷；南宋多烈士，所作多"壮怀激烈"，其气促；唯盛唐多豪士，"男儿一片气"，其气舒，其气畅，似长笛手善一气呵成，故盛气中更添一分开朗。

边风侠骨

王维《陇头吟》云："长安少年游侠客，夜上戍楼看太白。"算是写尽游侠少年对边塞的向往之情。既然意气功业对唐人有如是之吸引力，那么将负气而行的侠客形象与建功立业的边塞生活相结合，自是诗人乐于采用的形式了。且看崔颢《古游侠呈军中诸将》：

> 少年负胆气，好勇复知机。仗剑出门去，孤城逢合围。杀人辽水上，走马渔阳归。错落金锁甲，蒙茸貂鼠衣。还家且行猎，弓矢速如飞。地迥鹰犬疾，草深狐兔肥。腰间带两绶，转盼生光辉。顾谓今日战，何如随建威。

《河岳英灵集》有段评语，抄如下：

> 颢年少为诗，名陷轻薄，晚节忽变常体，风骨凛然。一窥塞垣，说尽戎旅。至如"杀人辽水上，走马渔阳归。错落金锁甲……"可与鲍照并驱也。

作者与论者都认为边塞加侠客更显得风骨凛然。从《全唐诗》所收盛唐时期的边塞诗看来,让游侠出塞的写法已相当普遍。从这个角度说,最得盛唐边塞诗神髓的不是李颀,不是高适,甚至也不是岑参,而是李白。他将任侠精神注入边塞诗,使之须眉皆动,连云走风。试读《行行且游猎篇》:

> 边城儿,生年不读一字书,但知游猎夸轻趫。胡马秋肥宜白草,骑来蹑影何矜骄。金鞭拂雪挥鸣鞘,半酣呼鹰出远郊。弓弯满月不虚发,双鸧迸落连飞髇。海边观者皆辟易,猛气英风振沙碛。儒生不及游侠人,白首下帷复何益!

边风、侠骨、意气、功业,一喷而出。再读《白马篇》:

> 龙马花雪毛,金鞍五陵豪。秋霜切玉剑,落日明珠袍。斗鸡事万乘,轩盖一何高?弓摧南山虎,手接太行猱。酒后竞风采,三杯弄宝刀。杀人如剪草,剧孟同游遨。发愤去函谷,从军向临洮。叱咤经百战,匈奴尽奔逃。归来使酒气,未肯拜萧曹。羞入原宪室,荒径隐蓬蒿。

也无侠客,也无边塞,直是"一片气"耳。如上节所论,唐人从求仕出发而走科举、隐逸、从军诸多途径。然而,科举使人愈陷愈深,往往成为这一制度的附属物而不能自拔(宋以后更可看清楚);隐逸则易使人消沉,从"独善"走向"明哲保身";唯从军一途颇特殊。从军本为建功立业,但因特重意气,特别是侠客精神的注入,使之成为人生的一种原则,一种品格,一种追求,事情便有了变化——功业成为意气的表现,意气是第一义的。也就是说,手段翻成目的,英雄主义使个体从功利主义跳出:

闻道羽书急，单于寇井陉。气高轻赴难，谁顾燕山铭！（王昌龄《少年行》）

决胜方求敌，衔恩本轻死。萧萧牧马鸣，中夜拔剑起。（刘庭琦《从军》）

孰知不向边庭苦，纵死犹闻侠骨香！（王维《少年行》）

爱国主义、英雄主义与侠客精神无间的结合产生一股一往无前的气势。"酒神精神"也罢，"浮士德型"也罢，"强力意志"也罢，人类心灵中的确存活着一种不断进取，不断求发展，甚至不顾牺牲生命的能动性。边塞诗正体现了这种生命的冲动。在盛唐，这种个体的冲动是与国力的强盛、民族自信心的高涨融为一体的。尼采在《强力意志》第852节中说："美"的判断是否成立和缘何成立，这是（一个人的或一个民族的）力量的问题。又说："对可疑的和可怕的事物偏爱是有力量的征象，对漂亮的和纤巧的事物的喜好则是衰弱和审慎的征象。"①作为审美特征，盛唐边塞诗正是善于因难因险见奇气，在摧陷之中见力度。

首先是"偏向虎山行"乃至"笑一切悲剧"的态度：

独负山西勇，谁当塞下名？死生辽海战，雨雪蓟门行。（卢象《杂诗》）

马走碎石中，四蹄皆血流。万里奉王事，一身无所求。也知塞垣苦，岂为妻子谋。（岑参《初过陇山途中呈宇文判官》）

显然，唐人对现实中的战争头脑是清醒的。所以主张抑边功的名相张说一面说"胜敌在安人，为君汗青史"（《送李侍郎迥秀薛长

---

① ［德］尼采《悲剧的诞生》，周国平译，生活·读书·新知三联书店1986年版，第383页。

史季昶同赋得水字》)①,一面又高唱:"少年胆气凌云,共许骁雄出群。匹马城西挑战,单刀蓟北从军"(《破阵乐》);而好写豪侠出塞"杀人如剪草"(《白马篇》)的李白,也会说"乃知兵者是凶器,圣人不得已而用之"(《战城南》)。一浪漫一写实,有时还会同时出现在一首诗中。如王翰《饮马长城窟行》,前半写"一生唯羡执金吾"的长安侠少出塞立功,后半则写"归来饮马长城窟,长城道旁多白骨",坠回现实,转谈治国安民的大道理。因此,看盛唐边塞诗往往要有双视角。试读高适《燕歌行》,一面高唱"男儿本自重横行",所以极写其斗志:"大漠穷秋塞草腓,孤城落日斗兵稀。身当恩遇常轻敌,力尽关山未解围","相看白刃血纷纷,死节从来岂顾勋"?另一面又对征人抱同情:"铁衣远戍辛勤久,玉箸应啼别离后,少妇城南欲断肠,征人蓟北空回首!"从而发出"君不见沙场征战苦,至今犹忆李将军"的呼吁。两种感情交错,产生一种矛盾复杂的情绪与悲壮的风格,名句"战士军前半死生,美人帐下犹歌舞"就在两种感情的交汇处产生,既表现了对战士的同情,对将军不恤士卒的批判,又表现了"天子非常赐颜色"的将军在"胡骑凭陵杂风雨"形势下的镇定自若。后者往往为鉴赏者所忽视,但它却是盛唐人重要的表现手法之一。"去时三十万,独自还长安。不信沙场苦,君看刀箭瘢。"王昌龄《代扶风主人答》初看颇类杜甫《兵车行》、白居易《新丰折臂翁》,但细读前有"长铗谁能弹",后有"老马思伏枥,长鸣力已殚。少年与运会,何事发悲端",乃知诗人作意仍在意气功业,不避悲剧正为见其豪情②。置于《河岳英灵集》卷首的常建《王将军墓》云:"嫖姚北伐时,深入强千里。战余落日黄,军败鼓声死!尝闻汉飞将,可夺单于垒。今与山鬼邻,残兵哭辽水。"被殷璠评为"一篇尽善,属思既苦,词亦警绝"。这就是盛唐人的审美趣味。李颀《古意》写男儿

---

① 《资治通鉴》卷二一二玄宗开元十年条载,边兵六十万,张说以时无强寇,奏罢二十余万使还农,且曰:"若御敌制胜,不必多拥冗卒以妨农务。"张说抑边功由此可见。

② 原诗见《全唐诗》卷一四〇。

"杀人莫敢前,须如猬毛磔",但衬以辽东少妇之琵琶"使我三军泪如雨";似乎"悲"乃是感激多气题中应有之义。因此,盛唐边塞诗常将主人公置于危境乃至绝境之中:

> 胡马秋正肥,相邀夜合围。战酣烽火灭,路断救兵稀。(袁瓘《鸿门行》)

> 十里一走马,五里一扬鞭。都护军书至,匈奴围酒泉。关山正飞雪,烽戍断无烟。(王维《陇西行》)

绝境并非绝望。绝境中不会绝望,才见英雄本色。殷遥《塞上》云:"马色经寒惨,雕声带晚悲。将军正闲暇,留客换新声。"从容于艰苦环境之中,因难因险见奇气,乃是盛唐边塞诗人之心理。如果一定要我指定一首盛唐边塞诗的"压卷"之作,那我就选这一首:

> 葡萄美酒夜光杯,欲饮琵琶马上催。醉卧沙场君莫笑,古来征战几人回!(王翰《凉州词》)

(原载《漳州师院学报》1992 年第 3 期)

盛唐田园诗的心理依据

盛唐的"边塞诗人"几乎无一例外都写过田园诗;而"田园诗人"也大都写过边塞诗。这是个颇值得玩味的文学现象。既然盛极一时的盛唐边塞诗被公认是高昂的民族自信心的体现,那么蔚成大国的盛唐田园诗也应与民族自信心有着某种内在的联系。边塞诗体现的是盛唐诗人激昂的意气、飞扬的情绪;田园诗则体现了盛唐诗人自在的志趣、稳定的内心。二者是盛唐诗人心理的两极:一则来自诗人强烈的感性动力,是主体情感的外射,体现了诗人对外在事功的追求;一则更多地来自诗人内在的理性结构,是对客体的内化了的摹仿,体现了诗人对内心平衡的追求。

"冠冕巢由":
盛唐人隐逸的动机及其时代色彩

田园诗是隐逸生活这一特殊社会现象的副产品,田园诗的心理依据就深蕴在这一社会现象之中。

害怕孤独,本是过着社会生活的人类普遍存在的心理。离群索居则是非正常心态的体现。所以,隐居并非仅仅"为着一个浪漫的理想"①,它还作为出仕的对立面存在着。中国古代的统治阶级很重视历史经验的总结,他们对矛盾互相转化的规律有相当的认识。所以,他们总是从两方面对本阶级内部的矛盾进行调节:一方面鼓励士子积极投入仕途奔竞,以防止其国家机器的老化;另一方面又害怕仕途奔竞会激化本阶级的内部斗争,所以又提倡一种主动退让的超脱精神,务使廊庙与山林若即若离,出仕与隐遁若断若连,当权与在野保持适当的距离,儒家"达则兼济天下,穷则独善其身"的处世原则,无疑是一个最合乎统治阶级理想的原则。这把一体两面的双刃武器逐渐为统治者所认识、掌握,成为稳定封建社会结构的有效调节器。尤其值得研究的是:这一原则不是外在的社会教条,而是作为士大夫的理想被完整地纳入其内在的心理结构之中。只有在这一时刻,隐居才成为"一个浪漫的理想"。

这是一个历史的过程。

王瑶《中古文人生活》指出:汉魏到南北朝,隐逸动机是由忧患曲避渐趋欣羡那隐逸生活本身的"崇高";士大夫由"心迹相离"的"朝隐"渐趋于"心迹合一"的"半官半隐"。

这正是一个官、隐由对立到统一,并被完整地纳入士大夫的心理结构之中的动态过程。"王孙兮归来,山中兮不可以久留"②的哀音终将为"随意春芳歇,王孙自可留"③的和平之音所替代。不过,汉魏到南北朝并未实现这一转化,这一过程要到盛唐才告完成。

魏晋时人的一般心理是"隐"胜"显",官、隐尚未统一。《晋书》说,隐士"藏声江海之上",为的是"修身自保"。残酷的政治迫害与晋人隐逸有着直接的因果关系。远害的动机使隐与仕之间拉开距离。陶潜《感士不遇赋》说:"彼达人之善觉,乃逃禄而归耕。""逃禄"二字实在有它的时代性。

---

① 《闻一多全集》第3卷《唐诗杂论》,生活·读书·新知三联书店1982年版,第23页。
② 淮南小山《招隐士》。
③ 王维《山居秋暝》。

这种心理使隐与仕之间有着难逾的鸿沟。庾峻上书晋武帝说："莫若听朝士时时从志山林，往往间出，无使入者不能复出，往者不能复反。"①正从反面说明官、隐间界限的森严。朝士一旦归隐，便不宜"复反"，否则就会受舆论的嘲弄。谢安因隐而复仕，便受到郝隆的嘲弄②。

如果说魏晋时隐逸还带有悲剧色彩，那么唐代的隐逸就近乎喜剧了。

《新唐书·隐逸传》指出：时人谋隐为的是"使人君常有所慕企"，"假隐自名，以诡禄仕"。也就是说，隐逸动机已由"藏声"一变为"扬名"。此风的形成与最高统治者的提倡有关。《旧唐书·隐逸传》说："高宗天后，访道山林……坚回隐士之车。"高宗为田游岩题字，中宗要武攸绪野服朝见，都是皇帝亲自导演的太平戏。为了点缀太平，隐士往往被召入宫廷任职，再"放还"为隐士，或领半薪，或赐米帛。当了隐士就有"名往从之"，也就有可能"禄往从之"了。吴筠举进士不第，索性当道士去，再由"终南捷径"直取宫廷，是成功的一例。于是乎仕、隐"往往间出"了，中间那道鸿沟被求仕者的脚踏平了。

代替"逃禄"出现的便是具有新时代特色的"冠冕巢由"一称。

"巢由"（大隐士巢父与许由）而加"冠冕"，似乎有点不伦不类，但这决不是讽刺。张说《扈从幸韦嗣立山庄应制序》的"衣冠巢由"，与王维《暮春太师左右丞相诸公于韦氏逍遥谷宴集序》的"冠冕巢由"，都是对半官半隐者的褒美之辞。"冠冕巢由"象征着官、隐由对立到统一，士大夫由"心迹相离"到"心迹合一"这一过程的完成。所以，在唐人李颀的眼中，由隐入仕的谢安并不尴尬："闻道谢安掩口笑，知君不免为苍生！"③应召是件快活事，李白《南陵别儿

---

① 《晋书》卷五〇。
② 《世说新语·排调》。
③ 《送刘十》。

童入京》唱道:"仰天大笑出门去,我辈岂是蓬蒿人!"而老死牖下则是件憾事儿:"寄书寂寂于陵子,蓬蒿没身胡不仕?藜羹被褐环堵中,岁晚将贻故人耻。"①连那位"迷花不事君"的孟浩然也说:"常恐填沟壑,无由振羽仪。"②至于王维的《与魏居士书》,则俨然是反《北山移文》的了:

　　　　近有陶潜,不肯把板屈腰见督邮,解印绶弃官去。后贫,乞食诗云:"叩门拙言辞。"是屡乞而多惭也。尝一见督邮,安食公田数顷,一惭之不忍,而终身惭乎?

　　如果不是当时风气以出仕为荣,那么王维是不敢如此公然嘲笑陶潜的。风气,是当时人普遍存在的心理活动的波纹。从谢安、陶潜在舆论界地位的变易中,我们感受到隐逸者在两个相连却相反的历史时期中不同的心态。

　　盛唐人正是在自己时代的特有氛围中唱出"冠冕巢由"式的田园牧歌。

"愿守黍稷税":
田庄别墅对于盛唐士大夫的调节意义

　　田园诗人歌唱隐逸生活,只是企慕萧条高寄的精神,并非恋上那微薄的物质生活。所以鲁迅认为,归隐先得有吃饭之道,"假如无法噉饭,那就连'隐'也'隐'不成了"③。

　　魏晋南朝时,土地被极少数士族所垄断,"官隐咸宜"的只能是

---

① 李颀《答高三十五留别》。
② 《晚春卧病寄张八》。
③ 《且介亭杂文二集·隐士》。

极少数士族大地主。一般士子要当隐士，就得甘心过清贫的日子。如《晋书·隐逸传》称：隐士孙登挖土窟而居，董京行乞于市，公孙凤冬衣草衣。陶潜更是其中的佼佼者，他虽乞食而犹守死善道。这样的士大夫毕竟不多，而且其内心是痛苦的。陶潜《与子俨等疏》说：

> 俛俛辞世，使汝等幼而饥寒……汝辈稚小家贫，役柴水之劳，何时可免？念念在心，若何可言！

字里行间，内疚之情不能自已。于是乎"秋熟靡王税"的"桃花源"便作为解决矛盾的理想世界形诸笔端。然而，赋税乃是"国家存在的经济体现"①，对王税的否定，便具有对封建国家否定的性质。作为大政治家的王安石，就敏锐地觉察到这是"虽有父子无君臣"②。这正是陶潜卓立千古、世罕其匹的内涵。而当他以"古今隐逸诗人之宗"的面目出现于后世时，其理想的内核已被"修正"了，"秋熟靡王税"便为"愿守黍稷税"所取代。其关键在于土地制的变化。

盛唐社会长期安定，生产力的发展引起了生产关系的变化，这主要表现为均田制被破坏，庄园经济普遍化。这一变化到玄宗时尤其剧烈。《册府元龟·田制》载天宝十一载诏：

> 闻王公百官及富豪之家，比置庄田，恣行吞并，莫惧章程……

这反映了当时地主阶级占田置庄的普遍风气。庄田别墅的拥有者已不再只局限于少数士族地主，而且还普遍存在于广大庶族地

---

① 《马克思恩格斯全集》第4卷，第343页。
② 《桃源行》。

主之中。士大夫此时要解决"三径之资"已经比较容易了。

这一变化很重要。自隋末农民起义给士族以致命打击后,唐太宗、武则天又开始有意地扶植新贵,因此,门阀士族虽说在礼教方面犹执牛耳,但由于种种特权,尤其是垄断土地的特权不同程度的丧失,因而元气大伤。反之,数量上占压倒优势的庶族地主却因获得"进可攻,退可守"的"三径之资",在仕途奔竞中更主动了。以孟浩然为例,他虽终身布衣,但因"先人留素业"①,有座"植果盈千树"的庄园,便能久滞长安干谒求仕,直至"百镒罄黄金"②才撒手。如没有庄园作后盾,是不可能的。这说明了田庄的重要性。

田庄对士大夫既然如此重要,那么以可追求的世上田庄取代缥缈的世外桃源,也就不奇怪了。我们只要考察一下达官们的田园生活,就不难明白田庄别墅事实上已成为这群人的"世上桃源"。李颀《裴尹东溪别业》说:

> 公才廊庙器,官亚河南守。别墅临都门,惊湍激前后。旧交与群从,十日一携手。幅巾望寒山,长啸对高柳。清欢信可尚,散吏亦何有? 岸雪清城阴,水光远林首。闲观野人筏,或饮川上酒。幽云淡徘徊,白鹭飞左右。庭竹垂卧内,村烟隔南阜。始知物外情,簪绂同刍狗。

虽坐衙门却不妨"十日一携手",领略一番"物外情"。一边当官,一边向往无拘无束的大自然,这一矛盾在田庄别墅中得到解决。这无疑最合在朝廷当官的士大夫的口味,也是士子们神往的目标。

田庄别墅之所以成为时人心目中的"桃源",不仅因它可满足"梦寐以青山白云为念"的精神上的渴求,而且它能提供饱食安步所

---

① 《南山下与老圃期种瓜》。
② 《秦中苦雨思归》。

需的物质。我们只要读一组王维六言诗《田园乐》，就不难把握这些士大夫在田庄中身心俱足的逍遥自在的神态。兹录其二首：

> 桃红复含宿雨，柳绿更带春烟。
> 花落家僮未扫，莺啼山客犹眠。
>
> 酌酒会临泉水，抱琴好倚长松。
> 南园露葵朝折，东谷黄粱夜舂。

这就是"冠冕巢由"不同于"逃禄"者的隐居生活。精神上的寄托与物质上的依赖，在这里得到完全的和谐。胡震亨《唐音癸签》卷二五便一针见血地道出两种隐遁生活本质的不同：

> 王绩之诗曰："有客谈名理，无人索地租。"隐如是，可隐也。陶潜之诗曰："饥来驱我去……叩门拙言辞。"如是隐，隐未易言矣。

陶潜向往的是"秋熟靡王税"的世外桃源，唐人向往的则仅仅是"太平盛世"中的田庄别墅，其原因就在盛唐现实提供了这一可能性。所以刘眘虚《浔阳陶氏别业》宣称："愿守黍稷税，归耕东山田。"王维《酬诸公见过》也表示愿"薄地躬耕，岁晏输税"。他们的"世上桃源"并不反对"王税"。因此，他们唱的是安居乐业的田园牧歌。

既然"世上桃源"能使士大夫们身心俱足，那么对虚无难寻的"世外桃源"的追求也就不必要了。裴迪《春日与王右丞过新昌访吕逸人不遇》诗："闻说桃源好迷客，不如高卧眄庭柯。"祖咏《清明宴司勋刘郎中别业》诗说："田家复近臣，行乐不违亲……何必桃源里，深居作隐沦。"既然大家都说自家的田庄别墅比世外桃源好，于是乎隐居便从深山老林搬到都市郊园，避世存身的桃花源终为半官半隐者的田庄别墅所取代①。

从"逃禄"者幻想的"秋熟靡王税",到"冠冕巢由"们表示"愿守黍稷税",这就是由魏晋至盛唐田园诗人心理变化的轨迹。

"愿守黍稷税"的态度是产生盛唐田园诗平和风格的基础。

"不废大伦":
传统文化心理的维系作用和内敛力

隐士本是社会失去平衡的产物,反过来又成为社会平衡的调节器。这是个有关社会距离的问题。历代统治者对隐士大致有两种意见:一是看到隐士"不仕有仕之用"的一面;一是极权主义者只看到"行极贤而不用于君"的一面②,认为"不可以罚禁,不可以赏使也,此之谓无益之臣也"③。而阶级斗争与统治阶级内部斗争的需要又使当权者寻求一种对隐士最得体的政策;反过来,求隐者也同样在揣摩与当权者最相宜的距离。梁元帝《全德志论》说:

> 虽坐三槐,不妨家有三径;接五侯,不妨门垂五柳。但使良园广宅,面水带山……或出或处,并以全身为贵;优之游之,咸以忘怀自逸。

坐三槐,接五侯,不致有"不用于君"之弊;家有三径五柳,优之游之,可收全身之效;且"忘怀自逸"又可"激贪止竞",缓和本阶级内部的斗争,"不仕有仕之用"。这应当说是隐士与统治者之间最适当的距离。

---

① 盛唐时当然还有人隐于深山老林,这里仅就与田园诗相联系的知识分子主流而言。
② 《韩非子·外储说》。
③ 《韩非子·奸劫弑臣》。

但这里又提出了半官半隐所必备的条件：第一，要有"良园广宅"；第二，要有"忘怀自逸"的超脱精神。如上所论，盛唐士大夫比较普遍地具备了第一个条件。第二个条件也已成熟，下面就谈这个问题。

唐代统治者不但有意识地利用隐士来点缀太平，而且逐渐将隐士置于"君臣大伦"的约束之下。高宗、天后"坚回隐士之车"，务使隐士受"皇恩"而后已。玄宗更直截了当向隐士宣称："礼有大伦，君臣之义不可废也！"①王维《与魏居士书》就心领神会地以"欲洁其身，乱及大伦"劝戒魏某不要走得太远。

再者，开元末唐王朝政治日趋黑暗，奸相李林甫执掌大权，官也并不是那么好当。当官不易，又不愿彻底求隐，于是"半官半隐"就成为相当一部分士大夫处世的最佳形式。这样既免蜷伏山林之苦，又可求得内心安适；既能洁身自好，又不违君臣之义。

促使士大夫进一步向内心求安适的另一重要因素是释、道正由客观唯心主义走向主观唯心主义。《六祖法宝坛经》说："悟人，在处一般。所以佛言，随所住处，恒安乐。"教人不必远寻乐土，只求内心的安适。内心便是一个世界，应有尽有，无须求助于外界。这倒很对那些既当官，又向往田园生活，将田庄当"桃源"的半官半隐者的胃口。王维《与魏居士书》扬言，"苟身心相离，理事俱如"，"虽方丈盈前，而蔬食菜羹；虽高门甲第，而毕竟空寂"。此之谓"知名空而反不避其名也"。于是乎官、隐在理论上也取得了完全的统一。"身心相离"在半官半隐的实践中又"心迹合一"了。这就叫"忘怀自逸"。王维《暮春太师左右丞相诸公于韦氏逍遥谷宴集序》说：

> 逍遥谷，天都近者，王官有之。不废大伦，存乎小隐。迹崆

① 《旧唐书》卷一九二。

峒而身拖朱绂,朝承明而暮宿青霭,故可尚也。

这算是把半官半隐者的心理和盘托出了。"冠冕巢由"们在儒家"不废大伦"原则的统摄下,追求一种身心俱足的平衡,即在传统文化心理维系下与炙手可热的官场拉开一定的距离。这种维系力与释、道哲学的结合,便产生出一种超脱自在的神情,从而影响于田园诗。

"得其自在":
盛唐人隐逸心态与田园诗的关系

对田庄身心俱足生活的体验,即从经济上的自给自足到精神状态上的自给自足,这一封闭型的精神生活环境,使盛唐田园诗人"处于自由独立,心满意足的自觉状态"[1],而"这种本身独立自足的静穆才造成秀美的那种逍遥自在的神情"[2]。也就是说,是盛唐人自给自足的心态造就了秀美的盛唐田园诗的风格。这一黑格尔所谓的"理想风格"相当于《后山诗话》所谓的"自在":

右丞(王维)、苏州(韦应物)皆学于陶(潜),王得其自在。

的确,陶、王诗风相通处在"自在"的神情。这是审美主体一种"超脱"的态度。然而,陶、王此种态度的获得取径并不相同。陶对功利主义的扬弃是靠他对社会的洞察获得的,他的安贫乐道是对黑暗政治的绝望,是带有某种超越物质规定性的精神境界,属节操之美。王维等盛唐人对功利主义并非单纯理性的扬弃,而是特定历史

---

① ［德］黑格尔《美学》卷三下册,朱光潜译,第189页。
② ［德］黑格尔《美学》卷三上册《序论》。

阶段中充满自信心的地主阶级中一群人在物质与精神取得相对稳定时的暂时顺化于自然的自我扬弃,是对功利主义暂时的超越。如果将盛唐田园诗与陶潜的田园诗作一概括的比较,便可发现二者在心理结构上的差异。

陶潜《归园田居五首》之一云:"久在樊笼里,复得返自然。"这是"逃禄"者"忧道不忧贫"的精神上的愉悦,其审美注意在田园生活的安定。《归园田居五首》之二云:

> 野外罕人事,穷巷寡轮鞅。白日掩荆扉,对酒绝尘想。时复墟里人,披草共来往。相见无杂言,但道桑麻长。

与"远害"心理紧相联系,着意表现的是田园生活的"罕人事"、"无杂言"的单纯。所描写的景物是简朴的,而这种简朴正意味着相对稳定的生活,与士族地主奢靡却危机四伏的生活形成强烈比照,显出意趣之美。然而这种贫困的生活在感官上毕竟是痛苦的,《庚戌岁九月中于西田获早稻》云:

> 晨出肆微勤,日入负禾还。山中饶霜露,风气亦先寒。田家岂不苦,弗获辞此难。四体诚乃疲,庶无异患干。

因之,陶诗中细腻的感官的享受并不多见,是所谓"趣闲景远"。以飞鸟为例,往往只是暮色苍茫中模糊的影象,如《归园田居五首》之一云:

> 羁鸟恋旧林,池鱼思故渊。

《饮酒》云:

　　　　日入群动息,归鸟趋林鸣。

　　这里的飞鸟,只是诗人田园情趣的烘托物而已。

　　与陶潜田园诗不同,盛唐田园诗透露的是一种"富足感"。储光羲《田家杂兴》之八云:

　　　　种桑百余树,种黍三十亩。衣食既有余,时时会亲友。夏来菰米饭,秋至菊花酒。孺人喜逢迎,稚子解趋走。日暮闲园里,团团荫榆柳。

　　这种裕足的生活、安定的情绪,使诗人的审美感受趋向细腻。如王维《鸟鸣涧》云:

　　　　人闲桂花落,夜静春山空。月出惊山鸟,时鸣春涧中。

又如王维《木兰柴》云:

　　　　秋山敛余照,飞鸟逐前侣。彩翠时分明,夕岚无处所。

　　与陶诗飞鸟的模糊形象相比,王维的情感体验更细腻,知觉想象与情感是相一致的,感官的满足与精神的微醺是相和谐的。我们再看祖咏的《陆浑水亭》:

　　　　昼眺伊川曲,岩间霁色明。浅沙平有路,流水漫无声。浴鸟沿波聚,潜鱼触钓惊。更怜春岸绿,幽意满前楹。

　　浅沙流水,潜鱼触钓,在一片舒适的恬静之中,我们看到的抒情主人公并非深山羽客,而是如意自得的世俗地主。诗中并没有陶潜的"以贫为乐",而是一片朴素明朗,裕足平和。其意境之完整、明净,非六朝人所能及。这就是盛唐人自给自足的心态所造就的田园诗的秀美风格。

(原载《文史哲》1984 年第 4 期)

田园诗：人与自然的对话

一

有人把中国人传统的思维模式概括为"通天人、合内外"六个字，我看是有道理的。中国人与自然关系的最高境界不是"人定胜天"，而是"人心通天"，是"天人合一"（当然不是人与天平起平坐，而是人效法于天）。所以中国人对待自然的态度，是一种融洽游乐的态度，安分知足的态度，而不是尽量索取、无限追求的态度。这种态度是否代表了一切古代的中国人？我不知道。不过，我认为这种态度至少是唐代士大夫对待自然的基本态度。

早在产生《诗经》的远古时代，我们的先民对自然就有亲和的态度。"关关雎鸠，在河之洲"，这已是一幅带有音响的美丽画图。然而它尚未独立自足，它只是"引子"，是爱情诗所必需的氛围而已。先秦儒家仍持这种态度，孔子说："智者乐水，仁者乐山"，以自然作为道德精神的象征，智者如水之灵动不息，仁者似山之厚重安固。但他又赞成门人曾点的向往："暮春者，春服既成，冠者五六人，童子六七人，浴乎沂，风乎舞雩，咏而归。"这是对自然的亲和，更是儒家"独善"的道德情操的贯注，是"据于德，游于艺"的一种审美态度。不过，对自然明显地采取"通天人，合内外"态度的是道家。庄子说："天地与我并生，万物与我为一。"（《庄子·齐物论》）又说："独与天地精神往来。"（《庄子·天下》）而"庄周梦蝶"故事更是形象地表达了道家神与物游，合内外的与自然融一的主张。不过，作为文学实践，要待到魏晋南北朝方获得较为普遍的成功。

《庄子·知北游》说："山林与！皋壤与！使我欣欣然而乐与！"魏晋玄学正是把这种在自然美的欣赏中得解脱、获自由的精神化为一种风尚，成为"魏晋风度"的一个重要组成部分。《世说新语·赏誉》载："孙兴公为庾公参军，共游白石山。卫君长在坐。孙曰：'此子神情，都不关山水，而能作文？'"神情不关山水就会被认为是未能神超形越，不得为名士风流，不能作文。这时便有"以玄对山水"、"山水以形媚道"的提法。这应被视为中国士大夫第一次认真地与自然的"对话"。人以道来理解山水，而山水又以其魅力来显示道的玄妙，"道"是沟通二者的"语言"。不过，此时双方尚处于互相外在的地位，还谈不上"促膝而谈"。只有个别诗人，如陶潜，才真正做到这一点，在日常生活中与自然融一。人与自然的关系，至此才进入一种审美生活的关系。试读其《归去来兮辞》：

> 引壶觞以自酌，眄庭柯以怡颜。倚南窗以寄傲，审容膝之易安。园日涉以成趣，门虽设而常关。策扶老以流憩，时矫首而遐观。云无心以出岫，鸟倦飞而知还。景翳翳以将入，抚孤松而盘桓。

这里既无"千岩竞秀，万壑争流"之奇观，也无"鸟兽群鱼，自来亲人"妙境，诗人置身于一个平凡的日常生活之中：独饮独开怀，虽是容膝之蜗居，庭院里的树，远山上的云，仍足以使人情趣盎然，盘桓不倦。简朴的环境却可免除"违己交病"的官场屈辱，这就叫"质性自然"。于是诗人感到顺心的"自然"与眼前景物自然有了同样的律动，达到亲和融一的境界。正是由于把精神上的追求置诸物质追求之上，所以对平之又平的农村生活日常场景也能以审美的态度处之。《冷斋夜话》引苏东坡语云"渊明诗，初视若散缓，熟视有奇趣"，原因就在这里。《饮酒》诗云：

> 结庐在人境，而无车马喧。问君何能尔？心远地自偏。采菊东篱下，悠然见南山。山气日夕佳，飞鸟相与还。此中有真意，欲辩已忘言。

前四句道出神与物游的前提：心远地偏，心灵的虚静，排除一切功利追求。以无求之心对待大自然，这才有下四句与自然无间之融洽。苏东坡评说："采菊之次，偶然见山，初不用意，而意与景会，故可喜也。"（《苕溪渔隐丛话前集》卷三）"不用意"，是一种近乎自然的态度，所以与自然的无心机取得平等的地位。天才文论家刘勰对此类成功的创作实践做了理论性的升华，在《文心雕龙·物色》中说"目既往还，心亦吐纳"，"情往似赠，兴来如答"。人与自然是有来有往的"对话"关系，是物我的双向建构关系。陶渊明为后人树立了与自然对话的榜样：要善于在身旁景物中找到与心律合拍的自然的律动，找到物我共振的契合点，而不是简单的象征，或单向的移情、拟人之类。

　　另一位描写大自然，与大自然对话的重要诗人是谢灵运。谢家是东晋以来最显赫的士族门阀之一，拥有许多大庄园。这些规模庞大的庄园有村庄田舍，有园有林，甚至有山有水，是个自给自足的小天地。谢灵运经常优游于大庄园中观赏自然，其《于南山往北山经湖中瞻眺》诗便是记庄中一日游的。其中"初篁苞绿箨，新蒲含紫茸。海鸥戏春岸，天鸡弄和风"四句，出色地描绘了江南早春，把大自然表现得如此贴切入微，完整独立，极富视觉效果，前此的诗人们是颇难办到的。谢诗的富贵气息与陶渊明的"安贫乐道"似乎绝无共同之处，但《石林诗话》称："'池塘生春草，园林变夏禽。'世多不解此语为工，盖欲以奇求之尔。此语之工，正在无所用意，猝然与景相遇。"（《苕溪渔隐丛话前集》卷一引）"无所用意，猝然与景相遇"

正是与陶沟通之所在,同样是对自然景物独立性、客观性的尊重。这两位田园山水诗人的审美趣味及其与大自然对话的态度对后世产生了深远的影响。可以说,没有这两人成功的创作实践,便不会有后来唐代如此成功的田园山水诗。

二

美学家宗白华说:"晋人向外发现了自然,向内发现了自己的深情。"(《艺境》页 131)

我们是否可以说"唐人向外发现了深情,向内发现了自然"?

说唐人向外发现了深情,是指唐人改造了晋人以"目击道存"的方法去看待山水,他们发现独立自在的山水景物不但存道,还含情。他们善于让景物独立自在,便能脉脉含情。这就是后人津津乐道的"景中情"。

说唐人向内发现了自然,是指唐人心中别有一种灵奇,善创想象之境。唐人着力开拓自己的精神世界,自然的山山水水内化为自家独有的一片天地。也许可称为"情中景"。

唐人让心中的山山水水与独立自在的大自然的山山水水交汇辉映,造成一个情景交融的艺术世界,真正达到"通天人,合内外"的境界。这也是六朝人想达到而尚未达到的境界。现在,让我们看一个颇有兴味的例子。南朝何逊《慈姥矶》云:

> 暮烟起遥岸,斜日照安流。一同心赏夕,暂解去乡忧。野岸平沙合,连山近雾浮。客悲不自已,江上望归舟。

诗中,外部的自然世界与内部的精神世界,两两对应:平稳的流水,苍茫的暮色,正是诗人想要消解的心中思乡乱绪的对比;野岸平沙,连山雾气,又象征了诗人心中撩人的乡思使人心境不得明朗。这种一景一情的对应结构,使自然景物具有象征意味。如果我们将句子顺序调整如下:

> 客悲不自已,江上望归舟。野岸平沙合,连山近雾浮。暮烟起遥岸,斜日照安流。一同心赏夕,暂解去乡忧。

这样开头二句只是让抒情者获得一个视角,中四句将写景集中起来,自然景物于是获得相对独立,成为诗的主体。末二句是自然风景给予诗人的深切感受。这么一改,打破了景与情的一一对应,情景成了互涵的关系。唐人正是这么做的,所以这一改动,不是使这首诗近乎唐音了吗?

关键在让自然景物独立自足。李白《越中怀古》云:

> 越王勾践破吴归,义士还乡尽锦衣。宫女如花满春殿,只今惟有鹧鸪飞。

越王宫女往矣,只有荒草野禽的大自然才是真正的胜利者!自然景物与诗人心情"不相干",正是杜甫慨叹的"欣欣物自私"。让自然景物独立自足,便将它从比附、象征中解放出来,从而获得了生命。这是唐人对山水诗的贡献。

唐人写自然景物往往不追求以之作象征物,而是通过对景物的选择,并转动它,让它某一个清澈面呈露出来。一组精心选择的景物往往能组合为一个多面的水晶体也似的完整世界,用来表现诗人心中的山山水水。你看孟浩然《宿建德江》:

> 移舟泊烟渚,日暮客愁新。野旷天低树,江清月近人。

"移"字、"泊"字,点明这是途中暂宿此地(建德江)。第二句"客愁新"的"新"字有味,可知是因泊此地才勾起的一种新感受。后两句并未再纠缠这个"愁"字,而是放开一步,举目而望,夜景是如此亲切可人。中国人讲究"良辰美景赏心乐事"四者并举,独客异乡,见此情景,奈何无亲朋共赏,因此更易勾起新的旅途的惆怅——须知家乡也有"鹿门月照开烟树"的情景啊! 孟浩然就这样,撇开自身的思绪,让眼前景清澈地呈露在眼前,却因此使诗中弥漫着一种孟浩然特有的情绪。同辈诗人王昌龄也有一首景物相似的《太湖秋夕》:

> 水宿烟雨寒,洞庭霜落微。月明移舟去,夜静魂梦牵。暗觉海风度,萧萧闻雁飞。

同样是月明烟水移舟,但微霜雁鸣,使诗中愁绪的浓度显然要比孟诗高得多。王与孟诗风都有明朗的一面,但"王声稍峻",与孟之"风神散朗"毕竟有别。王昌龄经历要比孟浩然坎坷得多,故感情也要深沉得多,此二诗颇露端倪。稍后的诗人张继也有名篇《枫桥夜泊》,所写也是月夜泊舟:

> 月落乌啼霜满天,江枫渔火对愁眠。姑苏城外寒山寺,夜半钟声到客船。

恰与孟诗"江清月近人"相反,悠悠颤颤的钟声使客船与寒山寺有了距离感,诗境罩上一层迷离恍惚的情绪。然而,张诗没有王诗的烟雨风露,莽莽苍苍,而是较清朗的,这又使其清迥的风格与孟诗相近。三人取材相似,景物多有相重,却各自表达了各自的情绪。显然,景物所呈露的不同角度是差异的重要原因。唐人悟到景物的独立自足,乃能随心所欲地转动之,使其某些面依表情需要而呈露。这便是唐人不可及的技巧。

靠"转动"景物,以呈露某些"面",以之反映内心世界的方方面面,在唐人田园山水诗中,是带规律性的手段。初唐诗人王绩已擅长用此法了。试读《在京思故国见乡人遂以为问》:

> 旅泊多年岁,忘去不知回。忽逢门外客,道发故乡来。敛眉俱握手,破涕共衔杯。殷勤访朋旧,屈曲问童孩。衰宗多弟侄,若个赏池台?旧园今在否?新树也应栽?柳行疏密布?茅斋宽窄裁?经移何处竹?别种几株梅?渠当无绝水?石计总生苔?院果谁先熟?林花那后开?羁心只欲问,为极不须猜。行当驱下泽,去剪故园菜。

一连串问号,可谓"每事问"。然而,无论移花布柳,无论果熟花开,都指向"赏池台"。这里的梅柳不是象征,也无所谓"移情",仅仅是"对话"。后来的王维铺叙隐居所见不让王绩。《田家》诗云:

> 旧谷行将尽,良苗未可希。老年方爱粥,卒岁且无衣。雀乳青苔井,鸡鸣白板扉。柴车驾羸牸,草屦牧豪豨。多雨红榴折,新秋绿芋肥。饷田桑下憩,旁舍草中归。住处名愚谷,何烦问是非!

红榴绿芋、雀乳鸡鸣,之间似互不相干,却都呈露田家生活简朴自足,与世无争的一面,都指向诗人向往的富足闲适,与世无争。这才是诗人内心向往的世界——未必是现实的田家的世界。值得注意的是,诗人并未扭曲现实中具体的事物细节,他只是巧于转动,巧于组合而已。而这种组合,既不是汉人的罗列堆砌,也不是晋人的"目击道存"、"以山水媚道"。它是以谢灵运用赏心的态度去客观地描写自然为基础,并汲入陶潜以"质性自然",同自然和合的态度,去体味自然,与自然同一的精神,创出唐人特有的情景交融:让外部世界与内部世界交相辉映，从氛围中去感受深情。这，就是我们所要说的：唐人向外发现了深情，向内发现了自然。

三

在如何处理人与自然之关系这一问题上，盛唐评论家殷璠的兴象说颇具代表性。殷氏是在《河岳英灵集·叙》中首先提出"兴象"这一概念的。笔者在《释"神来、气来、情来"说》一文中说过：

> 殷氏总结王孟一派创作经验，提出"兴象"说，更明确地强调了幽远的旨趣，以及由这一境界映射出的一种高逸甚至幽冷的情调。[1]

笔者后来在《兴象发挥》一文中更明确地对"兴象"说作了界定：

> 兴象是诗人幽远情趣与实景的遇合，是"对景即兴"的创作过程及其富有意味的艺术效果。[2]

现在让我们看看《河岳英灵集》中为殷氏所赞赏的情幽旨远的佳句：

> 松际露微月，清光犹为君。（常建）
>
> 落日山水好，漾舟信归风。（王维）

---

[1] 《古代文学理论研究》第11辑（收入本《文集》第六册）。
[2] 《文艺理论研究》1992年第3期（收入本《文集》第六册）。

松色空照水,经声时有人。(刘眘虚)

山风吹空林,白日原上没。(薛据)

塔影挂清汉,钟声和白云。(綦毋潜)

景象大都平实无奇,但蕴含着逸致幽情,颇有意味,可谓殷氏兴象说之具体化。关键在物我的遇合,如集中张谓《湖中对酒作》云:

夜坐不厌湖上月,昼行不厌湖上山。眼前一樽又常满,心中万事如等闲。主人有黍百余石,浊醪数斗应不惜。即今相对不尽欢,别后相思复何益。茱萸湾头归路赊,愿君且宿黄翁家。风光若此人不醉,参差辜负东园花!

这是诗人面对常景,却有"行在物情之外"(殷氏评张谓语)之"兴"所作的诗。诗中只淡淡地扫了一笔湖上山、湖上月,又闪过茱萸湾、东园花这两个与风景有关的词,就这么一点。更多的倒是置身风景中人的神态的描写。正是人的兴趣的参与,才使平淡无奇的常境具有诗意。此诗之"兴",究其底蕴,乃在抒情人的富足感。唐人将庄园当成"世上桃源",使已进入人类文明的日常自然风景也具有世外神仙境界之奇妙。正是庄园文化培养、造就了中国后期封建社会士大夫的生活情趣不在"历遐远探古迹",而在就身旁常景中以高远的情怀去发现胜境,从而与自然景物合成一个动人遐想的半虚半实的新天地。也就是说,"兴象"说的活力,首先来自"兴"与"象"的并列,两端固定,中间则有很大的不确定性:兴,是比兴? 寄兴? 感兴?象,是形象? 意象? 境象? "兴"主"象"宾? 还是"象"主"兴"宾?或互为宾主? 兴与象的多种组合关系,使兴象有了极其灵动的空间,物我遇合、即景即情,颇容易达到"诗人比兴,触物圆览"(《文心雕龙·比兴》)的境界。

唐人的"触物圆览"，往往是用一幅横轴画卷，就让那默默无语的"一丘一壑"来表情，体现了我民族"天人合一"、"人心通天"的基本精神。试看孟浩然《夜归鹿门歌》：

> 山寺钟鸣昼已昏，渔梁渡头争渡喧。人随沙路向江村，余亦乘舟归鹿门。鹿门月照开烟树，忽到庞公栖隐处。岩扉松径长寂寥，惟有幽人夜来去。

随着黄昏山寺的钟声，我们来到争渡的喧闹的渡口。过了渡，展现在眼前的是一条通向江村的泛白的沙路。这时，天已渐暗下来，鹿门升起的明月照开一片新画面：朦朦胧胧的烟雾中是黑压压的一片林子，那是庞德公曾栖隐过的地方。夜静似水，石门松径只有幽栖者独来独往。这不是一幅横轴画面的展现吗？再如崔国辅《宿范浦》：

> 月暗潮又落，西陵渡暂停。村烟和海雾，舟火乱江星。路转定山绕，塘连范浦横。鸱夷近何去？空山临沧溟。

全诗皆写景，一个画面连一个画面。我们好比坐在小舟上随之上下漂荡，随之走走停停。村烟海雾，舟火江星，我们呼吸到潮湿的空气，景色由江河渐向沧海，恍惚空濛的海色在等待我们，于是我们感受到诗人漂泊的落寞与惆怅。不过，最能体现人与自然对话关系的是些田园之作，如孟浩然《过故人庄》：

> 故人具鸡黍，邀我至田家。绿树村边合，青山郭外斜。开筵面场圃，把酒话桑麻。待到重阳日，还来就菊花。

虽然是宾主对坐话桑麻，但绿树掩映，青山一痕，面场圃，就菊花，

"故人"似乎是大自然而不是"具鸡黍"者。王维《竹里馆》更明白地只与大自然对话：

> 独坐幽篁里,弹琴复长啸。深林人不知,明月来相照。

没有人,只有大自然倾听诗人的弹琴与长啸。诗人并不孤寂,无人的画面依然充满生机。韦应物《滁州西涧》云：

> 独怜幽草涧边生,上有黄鹂深树鸣。春潮带雨晚来急,野渡无人舟自横。

野渡无人并不令人感到空漠,因为幽草之生,黄鹂之鸣,更有春潮急雨,都让人感到勃勃的生机,是简文帝所谓"觉鸟兽禽鱼自来亲人"(《世说新语》)。人与自然"对话",便能使无人的空寂中流荡着一股生气。"烟销日出不见人,欸乃一声山水绿!"(柳宗元《渔翁》)人与自然互相感应,便是活泼泼一个世界! 这也正是唐人田园山水诗空灵而不流于空洞、幽寂而不流于死寂的妙谛! 对人与自然这种双向建构的关系,李白有远比本文更为直截痛快的表达：

> 相看两不厌,只有敬亭山!

(原载《中州学刊》1993 年第 6 期)

豪门"诗园"

自从一部分田野民歌被驯服为庙堂颂歌以来,渐渐又流为士大夫杯间筵上流连光景不可或缺的小摆设。对这些少有人问津的生长于豪门之内的诗歌,如果做点探究,便会发现它属一种介于宫廷游宴诗与田园诗之间的特殊题材。

在历史上,因与王恺斗富而著名的西晋士族文人石崇,曾经有过在自家庄园里举办盛大的"文学沙龙"的纪录,并留下一篇《金谷园诗序》。序中自称"有别庐在河南县界金谷涧中",其中"有清泉、茂林、众果、竹柏、药草之属,金田十顷,羊二百口,鸡猪鹅鸭之类,莫不毕备"①。我们尤感兴趣的是序中描写这次作诗的情景:

> 或登高临下,或列坐水滨,时琴瑟笙筑,合载车中,道路并作。及往,令与鼓吹递奏,遂各赋诗,以叙中怀,或不能者,罚酒三斗。

庄园自然景致与诗歌,已构成士大夫文化生活的一部分。这在士族文人尚属极少数的历史时期,还谈不上是个普遍现象。唐代就不同了,笔者在《试论盛唐田园诗的心理依据》一文中曾说过:"盛唐社会长期安定,生产力的发展引起了生产关系的变化,这主要表

---

① 《全晋文》卷三三。

231

现为均田制被破坏,庄园经济普遍化……庄田别墅的拥有者已不再只局限于少数士族地主,而且还普遍存在于广大庶族地主之中。上大夫此时要解决'三径之资'已经比较容易了。"①可以说,庄园里的"文学沙龙"已经成为一个颇为重要的文化现象了。李华《贺遂员外药园小山池记》称:

> 其间有书堂琴轩,置酒娱宾,啤痹而敞若云天,寻丈而豁如江汉。以小观大,则天下之理尽矣! 心目所自,不忘乎赋情遣辞。取兴兹境,当代文士目为"诗园"。(《全唐文》卷三一六)

庄园中有书堂琴轩,又有假山活水,一丘一壑正可发人遐想,是石崇金谷园遗意。当然,唐人庄园有等差,小者只不过农舍数间、田地一小段;大者如唐中宗的宝贝女儿安乐公主,《朝野金载》称其"夺百姓庄园,造定昆池四十九里,直抵南山。拟昆明池,累石为山,以象华岳;引水为涧,以象天津"。

就让我们先来看看这一类皇亲国戚的"超豪华型"的"诗园"。宋人计有功《唐诗纪事》保存了一批以《奉和幸安乐公主山庄应制》、《安乐公主山庄》为题的诗。抄几首以见其概:

> 西郊窈窕凤凰台,北渚平明法驾来。匝地金声初度曲,周堂玉溜始传杯。湾路分游画舟转,岩门相向碧亭开。微臣此时承宴乐,仿佛疑从星汉回。(萧至忠《安乐公主山庄》)

> 主家台沼胜平阳,帝幸欢娱乐未央。掩映雕窗交极浦,参差绣户绕回塘。泉声百处歌传曲,树影千重舞对行。圣酒一沾何以报,唯祈颂德奉时康。(马怀素《安乐公主山庄》)

> 黄金瑞榜绛河隈,白玉仙舆紫禁来。碧树青岑云外耸,朱

---

① 《文史哲》1984 年第 4 期(收入本《文集》第六册)。

楼画阁水前开。龙舟下瞰鲛人室,羽节高临凤女台。遽惜欢娱歌吹晚,挥戈却使曜灵回。(李峤《安乐公主山庄》)

　　充斥诗中无非黄金白玉,雕窗绣户,碧亭画舟,加上故作惊奇的"疑从星汉回"、"下瞰鲛人室"之类神话套语,便塑成一副冰冷冰冷面孔的"田园诗"——仍是宫廷诗的本来面目。这类"田家复近臣"的官僚们在"超豪华"型"诗园"里所作的游宴诗大都是很失败的,因为他们是怀着"奉旨作诗"或"临场应试"的心情来的,未遑"取兴兹境",所以这类诗既无庄园别墅中活的景致,也无作诗人心中真实的感受。这一点连外国人也一眼看穿了,美国汉学家斯蒂芬·欧文在《初唐诗》中就曾指出,《唐诗纪事》保留的睿宗时官僚高正臣家集会上的唱和诗,虽然有大诗人陈子昂作序,但这组诗的模式化十分严重,"他们在现成意象和构思的基础上作诗"。他还以他特有的精明指出:"每首诗的第三联,都以柳和梅相对,柳叶总是含着烟雾或如烟似雾,梅花总是如同雪花。如果我们讨论了整组诗,就可以抽出全部的陈词滥调。"①顺便提一下,这类滥调最明显还有"石崇(季伦)家"这个金谷园宴集赋诗的典故,17 首中有 7 首用了它。事实上,金谷宴乐赋诗正是共同的主题与情调。

　　然而,这类"诗园"并非全无诗意,如果真能"取兴兹境",也还是能写出较好的诗来。杜甫年轻时就游过一些贵主高官的"超豪华型"庄园,并以其穷书生惊诧的眼光放大了其中的诗意,留下一些颇为清新典雅的诗来。

　　让我们看七律《郑驸马宅宴洞中》。这是杜甫结束在山东的游历,首次来到长安,大概是通过好友郑虔(广文馆博士)的关系,到郑驸马潜曜家游宴时写下的诗。郑潜曜尚唐玄宗女临晋公主,有园林在长安神禾原莲花洞。诗如下:

　　① 贾晋华译《初唐诗》,第 163 页。

> 主家阴洞细烟雾，留客夏簟青琅玕。春酒杯浓琥珀薄，冰浆碗碧玛瑙寒。误疑茅堂过江麓，已入风磴霾云端。自是秦楼压郑谷，时闻杂佩声珊珊。

夏日里白莲洞轻烟细细，倒很凉快，更何况还有碧玉般可爱的竹席可供客人坐卧！"春酒"一联保持了宫廷诗的典丽工整，浦起龙认为，"琥珀"既是指酒杯的质地，又是形容所盛的美酒的颜色；"玛瑙"既指碗的质地，又是形容冰浆的颜色。"一色两耀，精丽绝伦"①。诗中充满琅玕、琥珀、玛瑙等"超豪华"的字眼，但用来贴切，是"取兴兹境"。"误疑"一联，也是宫廷诗人唱和时喜用的故作惊奇的套语，但杜甫不用"星汉"、"蓬莱"之类仙境来搪塞，而是调动自家生活经验，用"茅堂过江麓"这一新意象来形容盛暑之下的洞宅，阴凉如斯，似乎连地理位置都改变了。"已入风磴霾云端"，同样是将贵主家忽然升高，升到云里风口之上，用以形容其凉爽之程度。尾联"秦楼"是用典，暗指郑潜曜的驸马身份。总之，诗的用意、写法，仍在宫廷游宴诗的范围内，但因多少能"取兴兹境"，而在此类诗中显得难能可贵。

还有两组诗：《陪郑广文游何将军山林十首》、《重过何氏五首》，尤能借他人之酒杯，浇自家胸中之垒块，毫无应酬气，更具杜甫自己的面目。这回，杜甫是陪郑虔到何将军的庄园游宴的。明王嗣奭《杜臆》评论这组诗道："山林与园亭不同，依山临水，连林落，包原隰，混樵渔。王右丞辋川似之，非止一壑一丘之胜而已。此十诗明是一篇游记，有首有尾。"也就是说，杜甫是将这组游宴诗当游记来写的，而不是当游宴应酬诗来写的，这就在创作上有了一个"取兴兹境"的前提。《陪郑广文游何将军山林十首》之二云：

---

① 《读杜心解》卷四之一。

　　　百顷风潭上，千章夏木清。卑枝低结子，接叶暗巢莺。鲜
　　鲫银丝鲙，香芹碧涧羹。翻疑柂楼底，晚饭越中行。

如果将此诗与《郑驸马宅宴洞中》相比较，则郑宅之作充满珠光宝
气，"琅玕"、"琥珀"、"玛瑙"都是些有硬度、有光泽的冰凉字眼；此
诗前解则都是些日常可见之事物，有生命的东西：夏日有清荫的树
木，结子的枝杈，藏着鸟巢的密叶。五、六句才出现"银丝"、"碧涧"
这些有富贵气的字眼，诚如浦起龙所云："暗藏将军雅致。"①特别是
后解出现了"鲜鲫银丝鲙，香芹碧涧羹"这样颇事雕琢的句法与"翻
疑"云云这样故作惊奇的问句，使人想起宫廷诗人的唱和诗。杜甫
的那位"歌吟治象"的祖父杜审言尤精此道，善于句中插入名词或短
语作为修饰。如："马衔边地雪，衣染异方尘"——将"边地"插入
"马衔雪"之间；将"异方"插入"衣染尘"之间。又"泥拥奔蛇径，云
埋伏兽丛"，亦同此句法。这就使得诗句内涵更丰富，音节更有变
化，整个句子更耐咀嚼。杜甫索性更进一步地将句中动词全抽掉，
使意象更密集贴近："鲜鲫——银丝——鲙，香芹——碧涧——
羹。"鲜活乱跳的鲫鱼的形象，立即与银丝般的细鲙联系上了，而香
芹之意象，也从产地碧涧飞跃进厨房而成羹汤了。于是乎色、香、味
融为整体而起效应：从庄园山水之秀丽到物产之丰盛，再到宴席之
精美，直归结为主人之雅致。这不是"取兴兹境"？然而，何氏山林
毕竟不属于穷书生杜甫，诗写得再好，也不是"超豪华型"庄园主们
自家的感受。

　　作为个中人而能尽情适意的"取兴兹境"乃至"诗意地居住"者，
往往是那些自称"半官半隐"的士大夫。这不但取决于这批人拥有可
以"取兴"的"诗园"，还取决于这批人有"诗意地居住"的心态②。

---

① 《读杜心解》卷三之一。
② 德国哲学家海德格尔曾借荷尔德林诗句"人诗意地居住在此大地上"，来描述人与人的
　世界的统一，这里我们仅借用来表明田园诗与庄园文化之间的和谐关系。

唐玄宗的宰相张说似乎是个合适的人选。他在《扈从幸韦嗣立山庄应制》诗序中说：

> 岚气入野，榛烟出谷。鱼潭竹岸，松斋药畹。虹泉电射，云木虚吟。恍惚疑梦，间关忘术。兹所谓丘壑夔龙，衣冠巢、许也。（《全唐诗》卷八八）

大概"燕许大手笔"毕竟是个文章家，所以诗序似乎写得比诗本身还要有诗味些。在云木烟水、松斋药畹中，官僚也会"恍惚疑梦，间关忘术"的，而这正是文学创作必需的精神状态。诗序而能撷取"诗园"之诗意的还有：

> 此地有离洲别屿，竹馆荷亭。曲沼环合而连注，丛山相望而间起。幽隐长寂，萧条远风。通终南之云气，下昆明之水鸟。（《全唐文》卷二二五《邺公园池饯韦侍郎神都留守序》）

> 城烟屡起而泊山，野风时来而过水。春将怅别，爱落花之洒途；夏如欣会，玩峰云之映沼。（《全唐文》卷二二五《季春下旬诏宴薛王山池序》）

从容不迫，写尽"衣冠巢、许"们的神情。当然，豪门诗意也不必尽在雕窗绣户、竹馆荷亭，你看王维《暮春太师左右丞相诸公于韦氏逍遥谷宴集序》是这样来写豪门庄园的：

> 渭之美竹，鲁之嘉树。云出其栋，水源于室。灞陵下连乎菜地，新丰半入于家林。馆层巅，槛侧径。师古节俭，惟新丹垩。（《王右丞集注》卷一九）

不必花大力气写什么碧亭画舫，只这"灞陵下连乎菜地，新丰半入于家林",就给出庄园之大。馆建于层巅之上,故云疑出其栋里;楼环乎流水之间,故水源似出于室下。哪怕是"师古节俭,惟新丹垩",逍遥公的气派也够大的了。与张说《韦嗣立山庄应制》诗序一样,王维在此文中也道出半官半隐者的心态来。关于这一点,笔者在《盛唐田园诗的心理依据》一文中已有详论,兹不赘。

此类诗再往前走一步,便是对大自然田园风光的真切体验,脱尽宫廷游宴诗的气味而成为真正的田园诗,如王维的辋川庄诸作,这些诗不再是本文讨论的对象了。

(原载《漳州师院学报》1993 年第 3 期)

漫说唐人田园山水诗的
画意与禅趣

山水画与田园诗都追求游目骋怀俯仰自得的境界,而其情趣来自庄园安适优游之生活情调。禅宗随缘任运以即世间为出世间的哲学对唐代士大夫有广泛的影响,在田园山水诗中追求寂灭的意境,以画面蕴含禅趣。而禅宗即情即景让直觉经验替代演绎与分析的思维方式,更深刻地影响了田园山水诗的创作。可以说,将诗情画意溶诸禅趣是唐人的创举。

"诗中有画,画中有诗"早已是句口头禅,而以禅趣将诗情画意溶为一片境,此意则未必人尽知之。本文谨为此而作。

一

山水画与山水诗都可溯源到晋代,都是"以玄对山水"的产物,被看作是与"道"即自然的认同。"目击道存"也罢,"山水以形媚道"也罢,都为的是浑万象以冥观,兀同体于自然,达到体静心闲世事都捐的精神境界,实现对人生的超越与解脱。也就是说,士大夫好画山水与好写山水田园诗,都与其生活态度有直接的关系,是所谓"隐逸性格"的表现。唐人虽不专主玄学,但于此颇有会心。张彦远《历代名画记》云:"图画者,所以鉴戒贤愚,怡悦情性。"又云:"宗炳、王微皆拟迹巢由，放情林壑，与琴酒而俱适，纵烟霞而独往。各有画序，意远迹高，不知画者，难可与论。"张氏的评论代表了唐人对山水画的理解，也是唐代山水画实践与唐代士大夫田园生活之间联系的正确阐发。这种怡悦情性的态度是士大夫对生命节奏的特殊体验。

中国士大夫对天宇自然并不主张去征服，去探险，而是游目骋怀，俯仰自得，饮吸于胸中，罗网于眼前，使万象在旁，万物皆备于我。西洋人则反是，他们极力追求空间的无穷尽，以引发一种崇高感，颇带宗教感情。如其画山水全景，往往把观者安放在一个类乎神的高处位置，所有景物——高天灿烂的云层、远方城堡、下方湖泊……都一览无余。物体越接近地平线，离开设想的观察点就越远，令人感叹天宇无穷、上帝伟大。中国山水画则以"怡悦情性"为主，追求的不是一去不返的效果，而是《易》所谓"无往不复，天地际也"的效果，则宗炳《画山水序》所称："身所盘桓，目所绸缪，以形写形，以色貌色。"也就是所谓"卧游"的效果。唐诗人沈佺期《范山人画山水歌》云："山崝嵘，水泓澄，漫漫汗汗一笔耕……复如远道望乡客，梦绕山川身不行。"①无往不复，万物向我靠拢。故孟浩然有句云："野旷天低树，江清月近人"；岑参有句云："窗影摇群动，墙阴载一峰"。天上月就在眼下，远处山便在墙头。这就是画家、诗人共同追求的俯仰自得、游目骋怀的境界。

士大夫这种"卧游"的情趣，究其底蕴当来自汉魏以来的庄园那种安适优游的生活情调。谢灵运《山居赋》云：

> 抗北顶以葺馆，殷南峰以启轩。罗曾崖于户里，列镜澜于窗前。因丹霞以颓楣，附碧云以翠椽。②

---

① 本文引用唐诗未另注者咸见中华书局排印本《全唐诗》。
② 《全上古三代秦汉三国六朝文》第三册《全宋文》卷三一，中华书局影印本。

可见庄园主们在营建自己的生活区时,是充分地虑及如何优之游之,切近自然又超乎自然,达到怡养情性之目的。唐代庄园经济的普遍化,加上唐诗之空前普及,遂使这种"诗意的居住"在士大夫中获得普遍意义①。唐人往往于别业中引水叠山,便可并邑不移而山郁斗起,河山满目。这种切近自然又超乎自然的态度,使中国画中的诗情,中国诗中的画意,都注重优游的情趣,追求不下堂筵而坐穷泉壑的效果,如中国画之有横轴,随展随现,形成"大壑随阶转"的妙趣。试读孟浩然《夜归鹿门歌》:

> 山寺钟鸣昼已昏,渔梁渡头争渡喧。人随沙路向江村,余亦乘舟归鹿门。鹿门月照开烟树,忽到庞公栖隐处。岩扉松径长寂寥,惟有幽人夜来去。

从黄昏喧闹的场景,随着渡船、沙路、松径的转变,来到幽静的月夜寂寥的场景,这不就是一幅随着观者的展现而渐次出现山水人物的横轴画卷吗? 再如崔国辅《宿范浦》诗:

> 月暗潮又落,西陵渡暂停。村烟和烟雾,舟火乱江星。路转定山绕,塘连范浦横。鸱夷近何去? 空山临沧溟。

全诗一个画面接一个画面,我们好比坐在舟上随之上下,随之走走停停,呼吸那潮湿的空气,一种空濛的海色在等待我们。王维自然更是此中高手,《蓝田山石门精舍》开卷我们看到的是:

> 落日山水好,漾舟信归风。玩奇不觉远,因以缘源穷。

---

① 参考拙作《试论盛唐田园诗的心理依据》,《文史哲》1989 年第 4 期(收入本《文集》第六册)。

随着小舟漂流，我们看到如是佳景：

> 遥爱云木秀，初疑路不同。安知清流转，偶与前山通。

山溪愈转愈幽，峰回路转，别有天地：

> 舍舟理轻策，果然惬所适。老僧四五人，逍遥荫松柏。

与"桃花源"不同的是，这是现世间，是僧人的世界：

> 朝梵林未曙，夜禅山更寂。道心及牧童，世事问樵客。暝宿长林下，焚香卧瑶席。①

事实上，即使是在普通的山水田园诗中，玄学经六朝以来长期的文化嬗变，已日渐让位于禅趣。也就是说，要紧的已不是"山水以形媚道"，是"道"的再现；要紧的是作者对生活的态度，对宇宙人生的那么一点体验，是心态的表现。试读王维《戏赠张五弟諲三首》之一：

> 吾弟东山时，心尚一何远。日高犹自卧，钟动始能饭。领上发未梳，床头书不卷。清川兴悠悠，空林对偃蹇。青苔石上净，细草松下软。窗外鸟声闲，阶前虎心善。徒然万象多，澹尔太虚缅。一知与物平，自顾为人浅。对君忽自得，浮念不烦遣。

王维盛赞张諲"心尚一何远"，但细写的却是身旁懒散的日常生活。他玩赏身旁的清川细草，却又向往远方："徒然万象多，澹尔

---

① 《五灯会元》卷一七。

太虚缅。"这是士大夫不肯放弃现实,却又向往彼岸的处世心态。这种态度固然是庄园文化所培植,但也不无唐代士大夫中流行的禅学之影响。

二

如果说"诗中有画,画中有诗"强调了诗画融合的审美趣味,那么作为二者溶剂的,则是禅学。《苕溪渔隐丛话》引《后湖集》云:

> "中岁颇好道,晚家南山垂。兴来每独往,胜事空自知。行到水穷处,坐看云起时。偶然值林叟,谈笑无回期。"此诗造意之妙,至与造化相表里,岂直诗中有画哉。观其诗,知其蝉蜕尘埃之中,浮游万物之表者也。

所引诗为王维《终南别业》,"垂"一作"陲";"回"一作"还"。行到水源穷尽处,乃坐而观云起云飞,无异也是一幅随展随现的横轴画。画面蕴含什么? 从王氏的经历看,"中岁颇好道"之"道",非道家也,乃释家也。王维母亲是禅宗普寂大师的弟子,王维也是禅宗信徒。开元末年,正值"中岁",又笃好南禅宗,与神会为友,曾为南宗开宗立派大师惠能作碑志。其字摩诘,取义佛教大居士维摩诘。这是一个隐居于天竺毗耶离城的大财翁,广有田产,居家有妻子,却又以禅悦为味。似此在家"出家人",最合"半官半隐"的士大夫的口味。所以不管王维、白居易这群人如何精通佛学,骨子里仍是个世俗地主。反过来说,禅宗之所以在中土广为流布,正为其合乎凡夫俗子的口味,不妨说是佛学的世俗化。所以禅宗有意淡薄世间与出世间的界限,淡化市朝与山林之界限。维摩诘恰是这样一种形象。王维最推崇的,也就是禅学中这种随缘任运、以即世间为出世间的禅宗佛性论。"行到水穷处,坐看云起时"正是随缘任运哲学的显现。所以王维诗中虽然有谢灵运客观描写的画面,又有陶渊明自得其乐的意味,而其生活情调却有异于两者。在《与魏居士书》中,他反对嵇康的"顿缨狂顾",为个体自由而不愿与当权者合作;又嘲笑陶潜"不肯把板屈腰见督邮,解印绶弃官去",最后落得个乞食多惭。他提倡无可无不可,只要"身心相离",就能无视世间种种差别,得大自在。他说"苟身心相离,理事自如","虽方丈盈前,而蔬食菜羹;虽高门甲第,而毕竟空寂"。只要心离开现实,就无忧虑。他那半官半隐的生活,是这种无可无不可哲学的实践。试读其《田家》诗:

> 旧谷行将尽,良苗未可希。老年方爱粥,卒岁且无衣。雀乳青苔井,鸡鸣白板扉。柴车驾羸牸,草屦牧豪豨。多雨红榴折,新秋绿芋肥。饷田桑下憩,旁舍草中归。佳处名愚谷,何烦问是非。

全诗透出一片随遇而安的平和,末句那种无可无不可的态度是篇末点题。这种态度与陶潜的安贫乐道是有别的。而更深刻的区别,还在于王维对禅宗寂灭境界之追求。

寂灭就是超世间,是与佛学色空观念相联系的。王维《荐福寺光师房花药诗序》云:

> 心舍于有无,眼界于色空,皆幻也,离亦幻也。至人者不舍幻,而过于色空有无之际。

高明的人不执着于有,也不执着于无,只承认"道无不在,物何足忘",把世间万物都看成只是佛法的显现而已。也就是说,一切可感知的物象是虚妄的存在,是变幻无常的,只有清净空灵的心境方是真实的。王维田园山水诗往往追求这种空灵变化的意境，如《木兰柴》：

> 秋山敛余照，飞鸟逐前侣。彩翠时分明，夕岚无处所。

这是个色彩丰丽、活泼泼的世界，但终归"夕岚无处所"的寂灭境界。再如《欹湖》：

> 吹箫凌极浦，日暮送夫君。湖上一回首，山青卷白云。

吹箫击鼓，人来人往，回首一瞬，但见青山空旷，唯有白云自舒卷。一切动息仍归寂灭境。不过，禅宗寂灭并非死寂，而是对鸢飞鱼跃的生命进行澄怀静穆的观照。愈是活泼泼的生机，愈能体现禅家寂照之理。《大乘五方便》强调："寂是体，照是用。寂而常用，用而常寂。"《华严经义海百门》强调动静不二云："静时由动不灭，即全以动成静不灭，即全以静成动也。由全体相成，是故动时正静，静时正动。"这种寂而常照、动静不二的道理也见诸王维文章中。如《与魏居士书》云"无守默以为绝尘，以不动为出世"，《能禅师碑》云"离寂非动，乘化用常"。但更多的是从诗中的画面透出：

> 春池深且广，会待轻舟回；靡靡绿萍合，垂杨扫复开。
>
> 飒飒秋雨中，浅浅石溜泻。跳波自相溅，白鹭惊复下。

舟回、萍合，波溅、鹭惊。是动？是静？一瞬间泼剌剌的动态生出无限的静意。释皎然《诗式》曾对"静"有个说法："非如松风不动，林狖未鸣，乃谓意中之静。"强调了澄怀观道时心之宁静。禅宗寂灭的境界是寓于生机勃勃的自然律动，空寂中有生气流动。再举常建名篇《题破山寺后禅院》为例：

　　清晨入古寺,初日照高林。曲径通幽处,禅房花木深。山光悦鸟性,潭影空人心。万籁此都寂,但余钟磬声。

　　清人纪昀认为此诗"兴象深微","自然二字尚不足以尽之"。也就是说,诗中的曲径禅房,山光潭影,不只是自然的呈露,在钟磬之外,还有画外之音。这就是"山光悦鸟性,潭影空人心"所示人的寂灭境界。人鸟在寂照中得澄明无差别境界,方是诗人倾心之所在。常建还有一首《张山人弹琴》,有云:"朝从山口还,出岭闻清音。了然云霞气,照见天地心。"好个"天地心"!士大夫正是通过对自然、艺术的寂照达到内心平衡的目的。事实上,奥妙神秘的寂灭,完全可以在士大夫适意而带懒散的庄园生活中找到某种回响,只是高明的诗人善于隐去庄园主人的个性,而将自己对大自然的体味、玩赏的审美经验融入诗中,以独立自足的画面无比澄明地呈露于读者面前。也就是说,王维"诗中有画,画中有诗"的独异风格,勘破到底,乃是作者以禅宗思想来溶解诗情画意的,其生活态度是源于他的庄园主的生活实践的。正由于此,熔诗画禅于一炉也就不可能是王氏的专利,而成为唐代田园山水诗较为常见的风格。如韦应物、柳宗元、刘禹锡诸人,都能于田园山水诗中交织诗情画意禅趣。兹各举一例,以概其余:

　　独怜幽草涧边生,上有黄鹂深树鸣。春潮带雨晚来急,野渡无人舟自横。(韦应物《滁州西涧》)

　　渔翁夜傍西岩宿,晓汲清湘燃楚竹。烟销日出不见人,欸乃一声山水绿。回看天际下中流,岩上无心云相逐。(柳宗元《渔翁》)

　　公馆似仙家,池清竹径斜。山禽忽惊起,冲落半岩花。(刘禹锡《题寿安甘棠馆》)

这些诗都有明朗的画面,都可在泼剌剌的生机中领悟到各自的禅趣。

三

禅宗有段著名的公案:

> 老僧三十年前未参禅时,见山是山,见水是水;及至后来亲见知识,有个入处,见山不是山,见水不是水;而今得个休歇处,依前见山只是山,见水只是水。①

这后一个山水与前一个山水似乎一样,其实不同,它已是禅者的直觉体验,是蕴含了禅意的山水。且看这首小诗:

> 木末芙蓉花,山中发红萼。涧户寂无人,纷纷开且落。

这似乎是以客观的态度再现大自然的原始状态,"见山是山,见水是水"。然而细味之,花开花落不因"涧户寂无人"而停止其律动,这一现象被孤立出来了,于是给人以聚散生灭的深刻印象。可以说,这是禅宗寂灭思想的显现,"见山不是山,见水不是水"了。然而,这又毕竟是读者的联想,诗中物象仍是独立自足的一丘一壑,它以它的静美的一面呈露,不做联想也能体味自然律动的美,所以又是"见山是山,见水是水"。田园山水诗的美学意义是独立于禅趣之外的。在这一点上,白居易与王维是有距离的。

白居易的经历与王维有许多相似之处,譬如都是早年便习佛,

---

① 转引自温儒敏等编《寻求跨中西文化的共同文学规律——叶维廉比较文学论文选》,北京大学出版社 1987 年版,第 92 页。

都倾心于南禅宗,都以维摩诘居士为典范,都是随缘任运的富贵闲人,都是诗坛一代宗主等。然而在诗、画、禅三者关系的处理方法上,却颇具异趣。王维诗中禅趣常于画面景物中参之,白居易则多于生活场景中得之。宋人张镃《读乐天诗》云:

> 诗到香山老,方无斧凿痕。目前能转物,笔下尽逢源。学博才兼裕,心平气自温。①

"目前能转物",道出白氏对自然景物采取主观的态度,善组织之,以体现内心平和之气。如《池上早夏》云:

> 水积春塘晚,阴交夏木繁。舟船如野渡,篱落似江村。静拂琴床席,香开酒库门。慵闲无一事,时弄小娇孙。②

只要有个园林,就能得野渡江村之趣。他甚至认为不必大庄园,小园子也足以逍遥。《自题小园》云:

> 不斗门馆华,不斗林园大;但斗为主人,一坐十余载。

他认为只要能拄杖时闲,亲宾琴酒,便可自足,不必羡慕大池台。中唐多动乱,所以他嘲弄那些不知变通的将相,还在想与太平盛世庄园主人一样浸淫于华丽的池台园林之中。他认定只要有那副庄园生活的慵闲神态与散漫的生活方式,也就行了。因此他的田园诗、闲适诗,往往不以自然景物的独立自足为美,而是要求自然之物为我所用,是"目前能转物"。《新涧亭》云:

---

① 《知不足斋丛书》本《南湖集》卷四。
② 本文引用白居易诗文咸见中华书局版顾学颉校点《白居易集》。

烟萝初合洞新开,闲上西亭日几回。老病归山应未得,且移泉石就身来。

孟浩然曾说"还来就菊花",他却说泉石就我。王、孟追求的是物我同一,白居易却将山水视同琴棋,无非使我适意耳。所以白氏闲适诗中自然风物体味不深,倒是田园生活风情得到充分铺张。试读《夏日闲放》诗云:

时暑不出门,亦无宾客至。静室深下帘,小庭新扫地。褰裳复岸帻,闲傲得自恣。朝景枕簟清,乘凉一觉睡。午餐何所有? 鱼肉一两味……

如是唠唠叨叨,几成一部"起居注"。白氏诗中常见佛家话头,事实上礼佛参禅也只是其生活方式的一部分,不似王维不用佛语,而禅趣盎然在林端草际。看来,用独立自足的自然景物的画面来显露诗意,并不是所有接受禅宗思想影响的诗人都采用的手法。关键还在禅宗独特的思维方式及其表达法,这才是王维与白居易田园闲适诗风格迥异之深层原因。

禅宗认为,靠日常逻辑是达不到真理的,只有从逻辑甚至日常语法中解脱出来,用答非所问的形式暗示、启发才能获取真理。他们反对 A 是 A 的逻辑,讲究 A 是非 A、A 是 B 的命题,重点放在泯灭矛盾的对立。如:死即生,生即死,虽死而生,等等。他们也喜欢用这种 A 是 B 的思维,让景物来蕴含某种道理,如:

问:如何是佛法大意?
答:春来草自青。

王维诗往往有这种机锋,即情即景,让直觉经验代替演绎、分释。如名篇《酬张少府》：

> 晚年唯好静，万事不关心。自顾无长策，空知返旧林。松风吹解带，山月照弹琴。君问穷通理，渔歌入浦深。

末联一似禅家问答，可改为下式：

> 问：如何是命运穷塞与通达的道理？
> 答：听，渔歌已悠悠入浦中，渐去渐远。

当然，上溯画面可得到更明确的答案。"松风吹解带，山月照弹琴"是山水画小品的好题材：因散漫，故宽衣松带，风一吹，便解开来。这正是慵闲无拘的田园隐者常见的形象。懒散以见其无忧无虑。山月照弹琴，是自我欣赏的寂灭境界。此联活画出山居隐者散朗之风神，表现对人生穷塞通达显无所谓的态度。中唐诗人韦应物也善于此道，你看他写《登楼》：

> 兹楼日登眺，流岁暗蹉跎。坐厌淮南守，秋山红树多。

你要问为何坐厌淮南守吗？对面秋山上遍野的红树是如此撩人。似乎也是答非所问，但在萧瑟而美的秋山红叶里，恐怕正蕴含着诗人思乡之情，也蕴含着对官场的厌恶，或许还蕴含着时不我与的悲怆。这种富有意蕴的画面，实在是得力于禅宗"现量"的功夫。《五灯会元》载马祖道一一段公案，云百丈怀海侍马祖：

> 见一群野鸭飞过，祖曰："是甚么？"师曰："野鸭子。"祖曰："甚处去也？"师曰："飞过去也。"祖遂把师鼻扭，负痛失声。祖曰："又道飞过去也。"师于言下有省。

禅宗这种借实景启示的方法就叫"现量",而不粘于实境的思辩又与诗歌的比兴相通。二者都借重直觉经验与想象。再读一首韦应物《夜望》:

> 南楼夜已寂,暗鸟动林间。不见城郭事,沉沉唯四山。

暗鸟之动,非眼中所见,只能是诗人的直觉经验。但沉沉夜色中仍有生机在,正好与"不见城郭事"相应,显示出山中的独立自足。韦氏这手即情即景的功夫直逼王维,试读其《赋得暮雨送李胄》诗:

> 楚江微雨里,建业暮钟时。漠漠帆来重,冥冥鸟去迟。海门深不见,浦树远含滋。相送情无限,沾襟比散丝。

好一幅江南烟雨图。是雨丝? 是情思? 都在帆来鸟去中。韦应物还有不少诗,如《秋夜寄丘二十二员外》的"山空松子落,幽人应未眠",《寄全椒山中道士》的"落叶满空山,何处寻行迹",诗情画意禅趣,不让王维。乃知将诗情画意溶于禅趣之中,实在是唐人的一项创新之举。

(原载《禅学研究》第 2 辑,1994 年)

中晚唐文坛大势

初、盛、中、晚分期法对唐文学研究有深刻的影响。的确,它有利于对唐代文学史作局部的研究。然而,当我们把视角放大到整个文化构型的发生、发展、嬗变的运动过程,把握文学现象与文化诸因子之间的特殊联系所形成的整体结构,作功能性的研究时,就会发现初盛与中晚分属于两个不同的文化构型,这点前人也曾悟及。叶燮《己畦集》卷八《百家唐诗序》称:"贞元、元和之际,后人称诗,谓为'中唐'。不知此'中'也者,乃古今百代之'中',而非有唐之所独,后千百年无不从是以为断。"中唐,是中国文学史前、后分期的一个支点①。魏晋—盛唐属"士族文化构型",其特征是把个体的存在推上了重要的位置,是所谓"文学的自觉"时代;中唐—北宋则属"世俗地主文化构型"的建构时代,其特征是"人伦秩序"的重建,是"形式的自觉"时代②。中、晚唐文坛的倾斜,不但造成唐诗向宋诗滑进,甚至造成前期封建社会美学风范向后期封建社会美学风范的过渡。也就是说,要了解这两种文化构型的嬗变,中、晚唐文坛是个重要的交接处。

---

① 陈寅恪《金明馆丛稿初编·论韩愈》指出:"唐代之史可分前后两期,前期结束南北朝相承之旧局面,后期开启赵宋以降之新局面,关于政治社会经济者如此,关于文化学术亦莫不如此。"

② 参看拙作《文化建构与文学史》,《上海社会科学》1989 年第 4 期。

一

诗歌通俗化是中唐诗坛一个瞩目的现象。李肇《国史补》卷下称元和(唐宪宗年号)以后歌行"学浅切于白居易"。事实上,"浅切"是时代走向,未必都是学白居易。如白氏的前辈诗人顾况,便是一位写通俗诗的高手;而与白氏同时的李绅,首著乐府新题二十首,更是白氏《新乐府》的先声。一时如元稹、张籍、王建、刘禹锡诸人,也颇有通俗之作。"浅切"只是外衣,裹于其中的,是"俗"。苏轼《祭柳子玉文》曾以"元轻白俗"品题元稹、白居易诗风,准确地指出白居易在当时产生大影响乃至形成风气的诗歌特质不在"浅切",也不在"讽喻",而在于"俗"。所谓"轻",所谓"俗",当与传统的"雅"相对而言。白氏曾称"诗到元和体变新",元和体之新,就新在能"俗"。

关于"元和体",有多种解释,如宋人王谠《唐语林》引李珏奏语云:"当时轻薄之徒摘章绘句,聱牙崛奇,讥讽时事。尔后鼓扇名声,谓之元和体。"似乎元和体主要指"讥讽时事"之作,其实不然。李珏的话属"奏语",有明显的政治目的,旨在归罪于"讥讽",但仍不能不附于"轻薄之徒摘章绘句"、"鼓扇名声",与"轻"、"俗"有关。白氏自认元和新体指"千字律",属"摘章绘句"之类。元稹《上令狐相公诗启》也承认这一点:

> (稹)诗向千余首,其间感物寓意,可备矇瞍之讽达者有之,词直气粗,罪戾是惧,固不敢陈露于人。唯杯酒光景间,屡为小碎篇章,以自吟畅。然以为律体卑痺,格力不扬,苟无姿态,则陷流俗……江湘(一作"湖")间多有新进小生,不知天下文有宗主,妄相仿效,而又从而失之,遂至于支离褊浅之词,皆

目为元和体。(《全唐文》卷六五三)

显然,不管元、白乐不乐意,江湖间"新进小生"们妄相仿效的"元和体",是指"格力不扬"的律体,是"支离褊浅之词"。元、白诗轻、俗的一面得到"新进小生"们的发挥,愈演愈烈,因此招来非议。连自称"十年一觉扬州梦,赢得青楼薄幸名"的杜牧也借李戡之口痛责其"纤艳不逞,非庄士雅人,多为其所破坏","淫言媟语,冬寒夏热,入人肌骨,不可除去"(《全唐文》卷七五五)。看来元、白末流的"俗",还得加上个"艳"字。

如果说盛唐的审美理想是"清水出芙蓉,天然去雕饰",属"雅文学";那么,中唐以后自然美的追求已为人工美的追求所取代。"乌膏注唇唇似泥,双眉画作八字低"的"时世妆"取代了杨贵妃姐妹的"淡扫蛾眉";市井俗讲、里巷传奇取代了传统的感遇诗、田园曲。浅切与俗艳正合于中唐以后日趋繁盛的世俗地主的审美趣味。因之,中晚唐诗歌最具典型意义的不是"质而径"的"讽喻诗",也不是元、白自负的"千字律",而是"小家数、驲侩气"(毛奇龄语)的轻俗体诗;甚至是"自颈下遍刺白居易舍人诗"的"白舍人行诗图"(《酉阳杂俎》卷八)。时人所尚,竟至女子只要诵得《长恨歌》,"遂索值百万"!正是司空图《与王驾评诗书》所云:"元、白力勍而气孱,乃都市豪估耳!"

二

元、白的"都市豪估"气有其文化背景。晚唐人孙棨《北里志序》云:

自大中皇帝(宣宗)好儒术,特重科第……故进士自此尤盛，旷古无俦。然率多膏粱子弟，平进岁不及三数人。由是仆马豪华，宴游崇侈，以同年俊少者为两街探花，使鼓扇轻浮，仍岁滋甚。

这些"鼓扇轻浮"者，也就是当年元稹所头痛的那伙"新进小生"，后来司空图所疾首的"都市豪估"。唐代世俗地主通过进士科举跻身于上层社会，中、晚唐以后尤甚，这已是尽人皆知的事实，这些世俗地主出身的进士们同时带来下层社会的"俗气"。当他们一旦成了新贵，便扇起与世代讲究礼教的士族截然不同的新风气，"仆马豪华，宴游崇侈"，不再有由盛唐跌入中唐的士大夫所特有的那种失落感。他们自有对付藩镇割据、宦官专权、朋党纷争的"世纪末"的妙法，那就是：不断地寻求世俗的欢乐。这种轻浮的世风反映于诗坛，便是诗风的日趋俗艳。

林庚《中国文学简史》(上卷)一直未得到应有的重视。这是一部颇具特色的文学史，不乏高明的识见。如第十四章他指出，像孟郊的"春芳役双眼，春色柔四支"(《古离别》)一类诗，"开始了晚唐感官的彩绘的笔触"。我认为，真正开始这种笔触的大力者，是李贺。

自从杜牧《李长吉歌诗叙》说李诗"盖《骚》之苗裔，理虽不及，辞或过之"，则李贺诗乏理几成定论。但李贺自有李贺的"理"，不在"感怨刺怼，言及君臣理乱"，而在生与死。一方面是对生的执着追求，他写下许多恋情闺怨之诗；另一方面是对死的恐惧，他又写下许多牛鬼蛇神哀愤孤激之诗。浪与浪的撞击产生美丽的浪花，生与死的思考产生凄艳的李贺诗。贫穷细瘦又多愁善感的李贺时常感到死神的召唤(在幻觉中，死神被美化为"绯衣仙子"，见李商隐《李长吉小传》)，因而尽情地以其感官拥抱这短促的人生。读其诗，便会惊叹诗人对客观世界的高度敏感及其特殊的综合感受能力。他是以整个身心去感受世界。他能听到人们听不见的音响："银浦流云学水声"(《天上谣》),"雀步蹙沙声促促"(《黄家洞》);他能觉察人们不易觉察的微细事态:"一编香丝云撒地,玉钗落处无声腻"(《美人梳头歌》),"黄蜂小尾扑花归"(《南园》);他喜欢浓重的色彩、明亮的金玉,无论什么东西,他都可以感到它的重量与体积:"虫响灯光薄"(《昌谷读书》),"忆君清泪如铅水"(《金铜仙人辞汉歌》);视觉、触觉、听觉、味觉在心灵中交汇相通:"松柏愁香涩"(《王濬墓下作》),"玉炉炭火香冬冬"(《神弦》)。李贺正是以其独特的"通感"表达了末世士大夫共同的心态。

在纷纷扰扰的晚唐世界,死的威胁是通过对生的病态的热恋来表现的。女道士("女冠")的娼妓化、娼妓的神仙化,正是当时人们求生存与求解脱的矛盾心态的扭曲表现①。于是乎李贺重"感官的彩绘的笔触"在晚唐人手中更要向俗艳一边滑坡。方东树《昭昧詹言》卷十九云:"七律中以文言叙俗情入妙者,刘宾客(禹锡)也;次则义山(李商隐)。义山资之以藻饰。"李商隐的"俗"与白居易、刘禹锡不同,是用传统的典雅的语言来写俗情,且又加入了李贺式的"感官的彩绘的笔触"。试读其《牡丹》诗:

> 锦帏初卷卫夫人,绣被犹堆越鄂君。垂手乱翻雕玉佩,折腰争舞郁金裙。石家蜡烛何曾剪?荀令香炉可待熏。我是梦中传彩笔,欲书花叶寄朝云。

与李商隐那些迷宫似的无题诗一样,这首诗也传达了晚唐士子的那种惆怅的情绪。大概是为了典雅,他不但以女性喻花,还用一些"男士"如越鄂君、荀令的典故喻花。雅是雅了,但华丽词藻下难免要透出病态。综观李商隐清词丽句所构成的艺术之宫,一似西方中世纪哥特式建筑,"形式的富丽,怪异,大胆,纤巧,庞大,正好投合病态的幻想

---

① 参看葛兆光《瑶台梦与桃花洞》,《江海学刊》1988 年第 4 期。

所产生的夸张的情绪与好奇心"（傅雷译丹纳《艺术哲学》页52）。

　　然而，面对天下岌岌的晚唐士大夫，并非"陈叔宝全无心肝"。在扬州很有些风流逸事的杜牧就多次向朝廷献策平叛，"士行尘杂"的温庭筠仍有《过五丈原》、《过陈琳墓》等沉郁之作，而以《香奁集》名世的韩偓也有"谋身拙为安蛇足，报国危曾捋虎须"之句。晚唐咏史、感时之作数量之多，为前代所无，这表明绝望的灰烬下掩盖着一颗燃烧的心。晚唐世俗地主文人在重建人伦秩序的历史潮流中，毕竟属于向前的阶层，不比南朝糜烂的士族地主那样不可救药，所以梁陈宫体的结局只能是衰亡，而晚唐绮艳诗却在新体诗——词这一形式中得到涅槃。

三

　　许学夷《诗源辩体》卷二六说："李贺乐府七言，声调婉媚，亦诗余之渐。"卷三〇又说："商隐七言古，声调婉媚，大半入诗余矣。"又说："庭筠七言古，声调婉媚，尽入诗余矣。"所谓"诗余"，就是"词"。许氏划明李贺到李商隐、温庭筠，诗中词的情调递增的轨迹。可见李贺以来重"感官的彩绘的笔触"一派诗人促成了文人词的发达。缪钺《诗词散论·论词》有云："用五七言诗表达最精美深微之情思，至李商隐已造极，过此则为诗之所不能摄，不得不逸为别体，亦如水之脱故流而成新道，乃自然之势。"此言得之。经过相当时间的探寻，晚唐人发现词这一形式能配乐甚至配舞，能满足时人对声色的追求。故其滥觞虽可追踪至六朝《五更转》之类民间曲子词，但为文人所选定，并大力发展，必待中、晚唐重"感官的彩绘的笔触"一派诗人出现之后。其内在驱动力便是"俗艳"。明代大戏剧家汤显祖一语破的："自《三百篇》降而骚、赋。骚、赋不便入乐，降而古乐府；古乐府不入俗，降而以绝句为乐府；绝句少宛转，则又降而为词。"

（汤评本《花间集》叙）汤氏以其实践者特有的直觉,把握了中国文体流变的一条规律:不断朝俗处降、降、降! 取材本来十分广阔的民间曲子词,经晚唐的文化整合,"尚婉媚"的合乐特征逐渐突出,终于在文人手中形成一种以题材相当狭窄的《花间集》为典范的新体制——"诗余"。

欧阳炯《花间集叙》云:"则有绮筵公子,绣幌佳人,递叶叶之花笺,文抽丽锦;举纤纤之玉指,拍按香檀。不无清绝之词,用助娇娆之态。自南朝之宫体,扇北里之娼风。"当时人的理解,词只是"用助"那音乐舞蹈去表现更直接的声色,以满足那些绮筵公子们的欲求;那么,它也就毋需再倾全力于"感官的彩绘的笔触"的追求,而是侧重声调的婉媚。于是出现了陆游所说的"唐季、五代,诗愈卑而倚声辄简古可爱"的现象(陆游《花间集》跋)。如果说温庭筠词蹙金组绣,仍是李贺一派笔触,那么至韦庄、冯延巳词,已相当"简古可爱"了。词,正日渐从"用助娇娆之态"的附庸地位中挣扎出来。王国维《人间词话》称"词至李后主而眼界始大,感慨遂深,遂变伶工之词为士大夫之词"。儒家入世观念根深蒂固的士大夫总是耿耿于"言志"与否,所以有唯美倾向的温词被视为"伶工之词",有感于身世家国的李后主后期词才被认可为"士大夫之词"。如果我们从另一视角看,李后主家破之日,却正是世俗地主重建大一统的"人伦秩序"完成之时。为一己之悲哀而作的李后主词,一旦投影于该时期文化建构的大背景之上,便会放大为宏伟壮大的奇观。这正意味着中、晚唐世俗地主好俗艳的心态至此已失去存在的依据,中、晚唐诗坛出现的滑坡至是而当止,一种全新的世俗地主文化已形成。

四

李肇《国史补》一面说是元和以后歌行"学浅切于白居易",一面又说是"元和之风尚怪"。与元、白一派走简化旧法使之浅切平易一途不同,韩愈、孟郊一派走的是出奇制胜的路子。同是由雅入俗的走向,在中唐文坛二水分流。韩愈老喜欢将诗写得佶屈聱牙,"以文为诗",甚至"以不诗为诗",无异是把诗从典雅而神圣的殿堂内拖出来,在"由雅入俗"这点上与白派诗人们相视而笑。更重要的还在于:韩愈主持了与元和诗风大变相平行的文体大变,即"古文运动"。陈寅恪《论韩愈》一文指出:

> 退之(韩愈字)之古文乃用先秦、两汉之文体,改作唐代当时民间流行之小说,欲藉之一扫腐化僵化不适用于人生之骈体文,作此尝试而能成功者,故名虽复古,实则通今,在当时为最便宣传,甚合实际之文体也。(《金明馆丛稿初编》)

"名虽复古,实则通今"是"古文运动"精神所在。韩氏于儒学创见不多,功绩主要在文体的改革。文体如何改革,"用先秦、两汉之文体改作唐代当时民间流行之小说"是一条重要的线索。张籍《上韩昌黎书》云:"比见执事多尚驳杂无实之说,使人陈之于前以为欢。"(《五百家注音辨昌黎先生文集》卷十四附录)陈寅恪认为"驳杂无实之说"指《幽怪录》、《传奇》之类。陈氏又说:"贞元、元和为古文之黄金时代,亦为小说之黄金时代,韩集中颇多类似小说之作,《石鼎联句诗并序》及《毛颖传》,皆其最佳例证。"[1]李嘉言《评龚书炽〈韩愈及其古文运动〉》一文又从而广之,认为陈鸿《长恨歌传》兼取元和体之内容与《新乐府》的讽喻精神作古文小说,元稹变骈俪的《游仙窟》而为古文的《会真记》(详见《李嘉言古典文学论文集》)。如果我们将视野再放开些,则韩愈《国子助教河东薛君墓志铭》、杜牧《上泽潞刘司徒书》这类正儿巴经的墓志书信里也难免有

---

① 陈寅恪《韩愈与唐代小说》,程会昌译,汕头大学中文系编《韩愈研究资料汇编》,第176页。

小说笔调。由是看来,"古文运动"虽可上溯李华、萧颖士、陈子昂乃至李谔、苏绰,但与这些古文家不同之处,就在于韩、柳不但继承先秦两汉古文传统,还接受了当时流行的传奇小说的影响。可惜李翱、皇甫湜、樊宗师之流未能体会这一由雅入俗的精神,致使古文运动未能循此以进,取得长足发展,反因其片面追求"陈言务去",以"凌纸怪发"为美,以艰深文浅陋,终于日趋式微。须待至北宋,才又接上这条线,从平易入手,使散文取得巨大成就。此是后话。

"古文运动"与俗文学之间的联系毕竟只是草蛇灰线,无论元和诗风的浅切、俗艳与尚奇,无论韩愈倡言的"文从字顺"、"陈言务去",都不应停留在形式上或题材上与俗文学的某种相似去推求,更应进一步从深层的心理意识上的沟通去把握。也就是说,俗文学侵入雅文学的路线,首先是以其生动性从心态上征服士大夫,进而成为他们乐于采用的形式,从而形成血缘关系。元稹《酬翰林白学士代书一百韵》"光阴听话移"句下注:"乐天每与予游……尝于新昌宅(听)说《一枝花》话,自寅至巳犹未毕词也。"寅末至巳初,约在清晨六至九点钟。如果不是有浓厚的兴趣,何以在这段时光听说书?"光阴听话移"说尽当时士大夫的好尚。而唐进士以传奇小说"行卷"(考试前投献的诗文)也说明处于上层的达官贵人爱好这一形式,期其推荐的进士们正是投其所好才以传奇作为"行卷"的。由此看来,文坛的俗化倾向也是有其文化背景的。

五

从现存资料看,中、晚唐通俗文学主要品种有讲经、变文、话本、词文、俗赋等。这些虽有题材、形式之别,但重视故事性却颇为一致。据敦煌保留的唐俗文如《大目乾连冥间救母变文》、《韩朋赋》、《维摩诘经变文》、《张议潮变文》、《韩擒虎话本》、《叶净能话》、《季布骂阵词文》等看来,无论艺术高下,都重视故事情节的组织安排与描写。这些讲唱还常配有画图随时展现,使听者易于理解故事情节。因此这类讲唱吸引大量听众。韩愈《华山女》诗形容讲经之盛是:"街东街西讲佛经,撞钟吹螺闹宫廷。"不但士庶男女尘杂于寺观听俗讲,连深宫也颇受震动。《资治通鉴》卷二四三载唐敬宗于宝历二年"幸兴福寺观沙门文淑俗讲",卷二四八载万寿公主大中二年"在慈恩寺观戏场"。俗讲加上当时的傀儡、参军戏,俗文艺已从市井漫向朱门、宫廷。它不再只是街头流浪汉谋生的手段,而是股文艺新潮!传统文学在它的冲击下偏离原来的轨道,从"言志"的清空的抒情笔调中摆脱出来,转向较为写实的叙事笔调。《长恨歌》、《秦妇吟》作为文人叙事长篇,是文学史上少有的杰作。它们出现在俗文艺繁盛的中、晚唐绝非偶然。不必说白居易的《卖炭翁》、《缚戎人》,元稹的《连昌宫词》、《会真诗》诸篇;像元稹《梦游春七十韵》与白居易的和篇一百韵,也都是用繁缛之词铺排敷演情事,用叙事的笔调言情,宋人苏辙《诗病五事》批评白居易"拙于纪事,寸步不遗,犹恐失之"。殊不知"寸步不遗"正合乎当时俗文艺富于铺叙的新型笔调。

　　读者的期待视野还有力地影响了作者的取材。《岁寒堂诗话》指出:"元、白、张籍、王建乐府,专以道得人心中事为工。"《唐音癸签》卷九也认为张籍善"就世俗俚浅事做题目"。既然朝野上下都有爱听故事的风尚,那么无论从功利的角度还是表现的角度看,作者以写奇事取胜也就不奇怪了。如名噪一时的王建《宫词一百首》与李昌符"浃旬京师盛传"的《婢仆诗》五十首,都因展现了社会生活中陌生的一角,满足了人们的好奇心,因而取得了轰动效应①。至如王建《新嫁娘》诗云:

---

① 前者参看《苕溪渔隐丛话》前集卷二二;后者参看《北梦琐言》卷一〇。

　　三日入厨下,洗手作羹汤。未谙姑食性,先遣小姑尝。

这种将注意力从意气功业转到身旁富有情趣的琐事上来;兴趣也从借自然景物兴讽抒情转到对具体事件的描写上来,正是世俗地主文化的新面目。

　　用同样的视角扫视中、晚唐寓言、小品,同样可发现重视具体事件的描写这一新起的审美趣味。试将《战国策》中"江一对楚宣王"条与柳宗元《三戒》对读,后者描写细、铺垫足是一目了然的。至如皮日休《悲挚兽》、罗隐《说天鸡》诸篇,形象描画更无不栩栩然。又如林简言的《纪鸮鸣》(《全唐文》卷七九〇),叙事已小有波澜,其中插入巫者的鬼话,颇具情节。虽然这只是略施传奇笔法之小技,却已是先代所缺乏的。大体说来,中、晚唐寓言的复兴与时人的爱听故事的风尚有关。重事件并因之重叙事技巧,是雅文学屈从俗文学重要的一步。

　　以上我们平叙了中、晚唐文坛由雅入俗的二道轨迹,从中可以看到:"士族文化"借助了中、晚唐文坛由雅入俗这一斜面缓缓地向"世俗地主文化"滑落。这,就是中、晚唐文坛大势所趋。

　　　　　　　　　　　　　　　(原载《人文杂志》1990 年第 3 期)

人的精神面貌在田园诗中的位置

田园隐栖经验有二种：其一是直接经验，如陶潜、王维，从身在田园中做深入体味得来；其二是"虚化"了的经验。这种经验可以是从第一种经验来，但已是记忆、印象，甚至是从他人作品中得来，是想象、理想的成分多，如韦应物、白居易的将衙门当田园便是。他们固然也有田园隐栖的实际经验，但更多的是在想象之中将周围环境理想化，或"改造"成田园也似的环境，经验已被虚化。他们在这种虚化了的经验的基础上进行"不是田园诗的田园诗"的创作，"于天地之外别构一种灵奇"（方士庶语）。本文试图探索的就是人的精神面貌在这一创构过程中所起的作用。

不是田园，胜似田园

独步中唐的"隐逸诗人"不是钱起、秦系辈，而是长期处于中、下层官僚位置上的韦应物。在韦诗中，有质性自然追求隐逸的一面，又有忧心黎民的一面。二者如风水相激，构成韦诗澄淡却又气骨峥嵘的特色。他在 29 岁任洛阳丞时①，曾因将骄横的军士绳之以法而被讼于上级，后弃官闲居，有《示从子河南尉班》云："立政思悬棒，谋

---

① 韦应物之行年与诗歌系年咸参考傅璇琮《唐代诗人丛考·韦应物系年考证》。

身类触藩。不能林下去,只恋府廷恩。"①骨子里是儒家亲政仁民的思想。这种思想是一贯的,40 岁任京兆府功曹摄高陵宰时,又有《高陵书情寄三原卢少府》云:"直方难为进,守拙微贱班。开卷不及顾,沉埋案牍间。兵凶互相残,徭赋岂得闲。促戚下可哀,宽政身致患。日夕思自退,出门望故山。"(卷一八七)民病逼之不忍,宽政身则致患,韦应物明白自己的两难地位,于是不能不"出门望故山"了。不过就韦氏一生看,济世心往往战胜退隐心,他一直是处在中、下层官僚位置上,真正栖隐的日子并不多。《游琅玡山寺》诗云:"物累诚可遣,疲苶终未忘。还归坐郡阁,但见山苍苍!"(卷一九二)《始至郡》诗亦称:"岂待干戈戢,且愿抚惸嫠(嫠)。"(卷一九三)正是这点悲天悯人之心使之不能飘然而去,而始终处于矛盾心态之中:"风物殊京国,邑里但荒榛。赋繁属军兴,政拙愧斯人!"(《答王郎中》,卷一九〇)"仓廪无宿储,徭役犹未已。方惭不耕者,禄食出闾里。"(《观田家》,卷一九二)"身多疾病思田里,邑有流亡愧俸钱。"(《寄李儋元锡》,卷一八八)因有这点扪心自问的精神在,故处于欲罢不能的心情中,除了短期"休告卧空馆",乃至"投迹在田中"的隐居生活,韦氏绝大部分生命是消耗在仕宦生涯中。正是这样一位官员,却成为中唐最杰出的"隐逸诗人"。

与其说韦应物是"栖隐",倒不如说他是在"独处"。独处,是人的一种社会行为,是人们用以调整他们与社会的关系的一种常见手段。独处有助于人的心理平衡,它既可以是物质环境的——如王维逍遥于辋川田庄,也可以是自己有意造成的心理上的距离——如僧人的坐禅,道家之"心斋",东方朔的"吏隐"。东方朔事实上并未真正做到这一点,充其量只是帮闲式的皇家清客,但他从"理论"上却提供了这样一种模式。韦应物则介于两者之间:他往往于当官时能借助自然景色来保持心态的平衡,与社会拉开心理距离。用韦氏

① 《全唐诗》卷一八七。本文所引韦应物诗皆见此书,下文只注卷数。

自己的话，就叫"景清神已澄"（《晓至园中忆诸弟崔都水》，卷一九一）。这是他用以解决心态失衡的手段，故曰"闲游忽无累，心迹随景超"（《沣上西斋寄诸友》，卷一八七），故曰"寂寥氛氲廓，超忽神虑空"（《同德寺阁集眺》，卷一九二），故曰"山水旷萧条，登临散情性"（《义演法师西斋》，卷一九二）。于是韦应物写了许多"吏隐型"的田园山水诗。《南园陪王卿游瞩》（卷一九二）云：

> 形迹虽拘检，世事淡无心。郡中多山水，日夕听幽禽。几阁文墨暇，园林春景深。杂花芳意散，绿池暮色沉。君子有高躅，相携在幽寻。一酌何为贵？可以写冲襟。

当官是有违于质性自然，是"拘检"，但只要"淡无心"，郡中山水加上"一酌"，也就可得心理上之平衡。"守直虽多忤，险境方晏如"（《再游西山》，卷同上），刚直为政与质性自然二者，也是儒、道哲学的核心问题，就这样得到统一。最典型体现这种"和谐"的是名篇《东郊》（卷同上）：

> 吏舍跼终年，出郊旷清曙。杨柳散和风，青山淡吾虑。依丛适自憩，缘涧还复去。微雨霭芳原，春鸠鸣何处。乐幽心屡止，遵事迹犹遽。终罢斯结庐，慕陶真可庶。

心境随春景舒张、和融。"杨柳散和风，青山淡吾虑。"是情，也是景，是心理过程：心中的郁结在春风中散解，心中的忧虑在青山白云中淡化。韦应物的心中很澄明，他不否认郁结与忧虑的存在，只是在景物中得到"散"与"淡"而已。因此，韦氏喜用"散"、"淡"二字。"散"，如："微风飘襟散"、"烦疴近消散"、"微风散烦燠"、"余悲散秋景"、"萧条林表散"、"暂可散烦缨"、"与君聊散襟"云云。"淡"，如："闲居淡无味"、"淡然山景晏"、"空宇淡无情"、"晨起淡忘

情"、"晚景淡山晖"、"风淡意伤春"、"云淡水容夕"云云。有了这种
"淡"与"散"的独处精神，韦应物便能将郡斋视如田园。《县内闲居
赠温公》（卷一八七）云"满廓春风岚已昏，鸦栖吏散掩重门"，《寄杨
协律》（卷一八八）云"吏散门阁掩，鸟鸣山郡中"。只要"吏散"，公
事了，便是独处中的自我，"似与尘境绝"（《郡中西斋》，卷一九三）。
试读这首诗：

> 宿雨冒空山，空城响秋叶。沉沉暮色至，凄凄凉气久。萧
> 条林表散，的砾荷上集。夜雾着衣重，新苔侵履湿。遇兹端忧
> 日，赖与嘉宾接。

如果不看诗题是《郡中对雨赠元锡兼简杨凌》（卷一八八），会
以为这是一首田园诗呢！事实上韦应物使人有"田园诗人"的印象，
更多的是来自这类有很浓的田园味的"吏隐"之作，来自这类"不是
田园诗的田园诗"。试读《晓坐西斋》（卷一九三）：

> 咚咚城鼓动，稍稍林鸦去。柳意不胜春，岩光已知曙。寝
> 斋有单襦，灵药为朝茹。盥漱忻景清，焚香澄神虑。公门自常
> 事，道心宁易处。

在"公门"独处中，由于"道心"的作用，田园生活经验复苏了，
郡斋诗也就有了田园味。可以说，在韦应物此类诗中，人的精神面
貌起着决定性的作用，它使田园生活经验心灵化，上升为一种士大
夫特有的审美情趣，兴之渐至，无往而非田园胜事。其典型如名篇
《郡斋雨中与诸文士燕集》（卷一八六）：

> 兵卫森画戟，宴寝凝清香。海上风雨至，逍遥池阁凉。烦
> 疴近消散，嘉宾复满堂。自惭居处崇，未睹斯民康。理会是非

遣,性达形迹忘。鲜肥属时禁,蔬果幸见尝。俯饮一杯酒,仰聆
金玉章。神欢体自轻,意欲凌风翔。吴中盛文史,群彦今汪洋。
方知大藩地,岂曰财赋疆。

　　开篇二句深得白居易的赞誉①。"森"、"凝",写出肃穆清静之
气氛,加上风雨至而池阁凉,使得"嘉宾复满堂"的热度大大下降。
接下来四句议论,表现其儒家处世关心民饥民溺的一面;"理会是非
遣,性达形迹忘",则是其道家处世要通脱的另一面。通篇写尽韦应
物"兼济"与"独善"的统一,极见其淡化情怀的功夫,开后来白居易
之先河,难怪白氏要击节赞叹,泐之石碑。

　　进一步将"兼济"与"独善"确立为士大夫心灵的自我调节机制
者,正是这位白居易。

重要的是"此子神情"

　　白居易一向以现实主义诗人著称,但他还有个背面。其《醉吟
先生传》(卷七〇)自称"醉复醒,醒复吟,吟复饮,饮复醉,醉吟相
仍,若循环然",故自号"醉吟先生"。醉,取其精神状态;吟,取其消
遣形式。白居易已有意识地将诗歌当作"放情自娱"、取得心理平衡
的工具。这似乎与"文章合为时而著,歌诗合为事而作"的主张相
乖,其实不然。白居易在提出此主张的《与元九书》中还有一段话:

　　　古人云:穷则独善其身,达则兼济天下。仆虽不肖,常师
　　此语。大丈夫所守者道,所待者时。时之来也,为云龙,为风
　　鹏,勃然突然,陈力以出;时之不来也,为雾豹,为冥鸿,寂兮寥

---

① 《吴郡诗石记》称"兵卫森画戟,宴寝凝清香"最为警策。见顾学颉校点《白居易集》卷六
　　八。本文所引白居易诗文咸见此书,下文只注卷数。

兮,奉身而退。进退出处,何往而不自得哉? 故仆志在兼济,行在独善:奉而始终之则为道,言而发明之则为诗。谓之"讽喻诗",兼济之志也。谓之"闲适诗",独善之义也。(卷四五)

"时之来"与"时之不来"的两种不同处理方法,显然承诸孔子的"邦有道则仕,邦无道则可卷而怀之",但做了修正。孔子是孜孜以求的积极态度,而在大一统君主专制日趋强化的时代,白居易不能主动去选择邦之有道与否,只能"奉身而退"。这里面显然是明哲保身的成分居多。《赠杓直》称"早年以身代,直赴《逍遥》篇。近岁将心地,回向南禅宗。外顺世间法,内脱区中缘。进不厌朝市,退不恋人寰。自吾得此心,投足无不安"(卷六)。白氏将释、道"委顺"外部世界的空无思想引入儒家"独善"的原则中,冲淡其"威武不能屈"的内涵。然而,这种进舒退卷的处世哲学使封建时代的士大夫既想入仕干点事业,又想明哲保身这一心态有了适当的自我调节机制,可使自身保持心态上的平衡,因而成为后期封建社会士大夫普遍尊奉的处世原则。正是在这种自觉意识的指导下,山水田园诗已由晋人用以"见道"之具渐入为"知足保和,吟玩情性"之具。

如果说,"逍遥自得"本是前代田园诗重要的内容;那么,白居易更着力渲染了"知足常乐"的思想。"今我何人哉? 德不及先贤。衣食幸相属,胡为不自安","才小分易足,心宽体长舒","寡欲虽少病,乐天心不忧","茅屋四五间,一马二仆夫。俸钱万六千,月给亦有余","年长身常健,官贫心甚安"云云,这种调子在白诗中比比皆是。因其着眼点在"知足",是内在的自我调节,王维、韦应物所必需的外部条件更减少了。所以白诗少有王维对画面的沉醉,也少有韦应物的以景净心,更多的是自我内心想法的剖白与自我陶醉形态的描写。也就是说,田园诗中田园生活经验本身淡化了,不再成为人们反复咀嚼、体味的主题,只有田园生活态度才是士大夫注目之所

在。且读这首《官舍》诗(卷八):

> 高树换新叶,阴阴复地隅。何言太守宅,有似幽人居。太
> 守卧其下,闲慵两有余。起尝一瓯茗,行读一卷书。早梅结青
> 实,残樱落红珠。稚女弄庭果,嬉戏牵人裾。是日晚弥静,巢禽
> 下相呼。啧啧护儿鹊,哑哑母子乌。岂唯云鸟尔,吾亦引吾雏。

太守宅翻作幽人居,是田园栖隐经验在起作用。也就是说,重
要的已不是田园景物,而是"此子神情"①,是诗人那种逍遥自得的
栖隐者的神情。他比韦应物更进一步摆脱田园实景之羁绊,直取萧
散之形神,可称为"半田园诗",其"闲适诗"百首,其中有《夏日闲
放》(卷三六):

> 时暑不出门,亦无宾客至。静室深下帘,小庭新扫地。褰
> 裳复岸帻,闲傲得自恣。朝景枕簟清,乘凉一觉睡。午餐何所
> 有? 鱼肉一两味。夏服亦无多,蕉纱三五事。资身既给足,长
> 物徒烦费。若比箪瓢人,吾今太富贵。

王维虽然也有科头箕坐、弄琴把卷的生活描写,但点到辄止,
不似白居易乐此不疲,娓娓道来。显然,白氏关注的焦点在田园
栖隐者常见的慵闲知足的生活方式,风景只是一点陪衬。宋人张
镃《读乐天诗》称:"诗到香山老,方无斧凿痕。目前能转物,笔下
尽逢源。学博才兼裕,心平气自温。"(《南湖集》卷四)"目前能转
物"道出白氏对自然景物的态度。孟浩然说"还来就菊花"(《过
故人庄》),白居易则说"且移泉石就身来"(《新涧亭》)。不是
我就景,而是景就我。田园山水无非使我适意,所以《池上早

---

① 《世说新语·赏誉》:"孙(兴公)曰:此子神情都不关山水,而能作文。"

夏》云：

> 水积春塘晚，阴交夏木繁。舟船如野渡，篱落似江村。静拂琴床席，香开酒库门。慵闲无一事，时弄小娇孙。（卷三五）

只要有一副栖隐者的神情，眼中景物也就有田园之风味。于是乎在白氏眼中无往而非田园胜景，太守宅翻作"幽人居"也就不奇怪了。可以说，中唐田园精神在扩散，扩散到各类题材中去。试读张籍《和李仆射雨中寄卢严二给事》。

> 郊原飞雨至，城阙湿云埋。进点时穿牖，浮沤欲上阶。偏滋解箨竹，并洒落花槐。晚润生琴匣，新凉满药斋。从容朝务退，放旷披曹乖。尽日无来客，闲吟感此怀。（《全唐诗》卷三八四）

景象是城中景象，眼光却是林下眼光。王夫之《薑斋诗话》云："意犹帅也。"又云："烟云泉石，花鸟苔林，金铺锦帐，寓意则灵。"中唐人以山林之意来"帅"城中之池台花鸟，便别有一番风味。中唐田园诗的边界是模糊了，自身淡化了，稀释了，不成其为"田园诗派"了，但它却更泛开去，使更多类题材染上了田园味。这不是田园诗的式微，而是田园诗的泛滥。

然而，由于"意"的转向，也就引起了诗人对物象的意象化的要求有所不同。先来比照王维与韦应物旗鼓相当的两首诗：

> 木末芙蓉花，山中发红萼。涧户寂无人，纷纷开且落。（王维《辛夷坞》）

> 怀君属秋夜，散步咏凉天。山空松子落，幽人应未眠。（韦应物《秋夜寄丘二十二员外》）

两首诗都空灵地描绘了山中的幽静,但王维是即景会心,通过细腻的体验,以客观态度绘出自然画面——山中某个角落默默开放的辛夷,又纷纷飘落了。在这有限的空间、时间里所发生的细微之变化,竟蕴含着亘古以来人们回味不尽的哲理。方回《瀛奎律髓》评曰:"虽各不过五言四句,穷幽入玄,学者当自细考,则得之。"也就是说,物象自身呈露着,而诗人之意乃埋伏其中,要读者去"参"。韦应物诗则有人的活动,一虚一实,两两相对。实者在我:秋夜散步咏诗怀人;虚者在彼:山之秋景想必是松子落地有声,友人此际必与我同,怀人不能成眠。"松子落",是想象之景,是自己生活经验之意象化。松子落,正见秋山空。空寂中发怀人之想,不但是想象中友人之幽寂,更是我方秋夜之幽寂。可谓"一击两鸣",是极成功的氛围渲染,而起"点睛"作用的是"此子神情"。

中唐田园诗的淡化、虚化,使之走向士大夫心理的深层,从而与"济世"、"言志"共同构成后期封建社会士大夫生活的基本情调。同时,这种生活经验之虚化,使士大夫更倾心于对韵外之致的审美趣味的追求。

"高人惠中,令色氤氲"

郭绍虞《诗品集解》于《冲淡》品引《皋兰课业本原解》云:

> 此格陶元亮居其最。唐人如王维、储光羲、韦应物、柳宗元亦为近之,即东坡所称"质而实绮,癯而实腴,发纤秾于简古,寄至味于淡泊"。要非情思高远,形神萧散者,不知其美也。

不管解说者是否自己意识到,他已道出诗歌风格与诗人、读者的精神面貌之间的密切关系。审美情趣,是作者与读者在作品中沟通心灵的甬道。陶、王、储诸人正是借冲淡的风格传达出高远的情思、萧散之形神,只有懂得这种情趣的读者,才能领悟其冲淡之风格,否则,"不知其美也"。司空图《诗品》独到之处就在于捉住风格与人的精神面貌之契合点,摹拟出种种诗歌风格之意境类型。其"风格学"、"创作论"也都与田园诗有着明确的血缘关系——都是士大夫精神面貌的反映,都酷肖"此子神情"。西方有"风格即其人"的说法,我国也有"文如其人"的说法,都是承认风格与人格之间的密切关系。司空图《诗品》则进一步明确诗歌风格是与人的精神面貌相联系的,是《飘逸》品所谓"高人惠中,令色缊缊",飘逸风格只是高人精神面貌的流露。汤用彤《言意之辨》指出:

> 魏晋名士之人生观,即在得意忘形骸。或虽在朝市而不经世务,或遁迹山林,远离尘世。或放弛以为达,或佯狂以自适。然既旨在得意,自指心神之超然无累。[①]

或身在朝市,或遁迹山林,或狂或放,都是"迹",只要"心神超然无累",便是"魏晋风度",都可以是"形神萧散"。司空图也正是把握住人的精神面貌这一内在的稳定的因素,以隐栖情趣来体现人格精神,再由人格精神境界来追摹多变的诗歌风格的境界。

这里涉及一种古老的思维方式,有人称之为"直觉思维",有人称之为"经验思维",要之是一种介于形象思维与逻辑思维之间的思维方式。这种思维方式与在小农经济基础上产生的"天人合一"的世界观有着必然的联系。在大自然面前,小农经济只能慨叹于"谋事在人,成事在天",而追求一种"人心通天"的理想境界。小农经济使人的目光落在日出而作、日入而息、春种秋收、四季轮回的节奏上。因此,对事物之认识不是通过分析推理得出因果逻辑,而是通

---

① 《汤用彤学术论文集》,中华书局 1983 年版。

过类比、体验去直觉了悟,形成经验与环境融洽。总之,重要的是类比,不是分析。司空图正是以此思维方式,对田园栖隐生活进行体验,并与诗歌风格进行类比,寻求二者在境界上的对应。中唐以后田园栖隐生活经验的虚化使司空图有可能更直观地把握田园生活与诗歌风格之间的对应关系。而人的精神面貌,如上所述,正是处在二者之间的关键位置上。也就是说,中唐以后田园诗由实境的描绘走向幻境的创构,是司空图诗论的催生婆。没有这一重大变化,"象外之象"、"韵外之致"、"味外之旨"的理论将延迟其产期。反过来也可以这么说:司空图诗论的诞生,是田园诗瓜熟蒂落的标志,虽然她将超越田园诗的范围而具有东方美学特色的意义。

(原载《人文杂志》1993 年第 3 期)

文化视野中的古文运动

    汉帝国与唐帝国气象颇相似,唐人也喜欢以汉喻唐:"汉家烟尘在东北,汉将辞家破残贼"(高适句),"君不闻汉家山东二百州,千村万落生荆杞"(杜甫句),"汉皇重色思倾国,御宇多年求不得"(白居易句)。然而这两个大帝国除了统一、昌盛的外貌相似之外,在文化构型、政治体制、思想潮流等上层建筑诸方面,都有很大的差异性。其中最醒目的是汉定儒学于一尊,是意识形态结构与政治结构一体化;而唐则"三教并用",政教处于分离的状态。汉武帝重用儒生公孙弘、董仲舒,"推明孔氏,抑黜百家",儒学成为汉帝国的精神支柱。汉帝国瓦解,人们对儒学也失去信心。自魏晋以来,儒学一直处在低潮,至唐未能恢复其独尊的地位。盛唐时,"政教分离"更严重,诚如陈寅恪《唐代政治史述论稿》中篇所说:"东汉学术之重心在京师之太学,学术与政治之关锁则为经学,盖以通经义、励名行为仕宦之途径,而致身通显也……实与唐高宗、武则天后之专尚进士科,以文词为清流仕进之唯一途径者大有不同也。"①唐帝国的创业者并未意识到"政教合一"对稳定等级社会结构的重要性,却意识到"三教并用"对当前的统治有利。道教在李姓王朝是"国教",佛教则在武则天时很是荣耀了一番。儒学在唐虽不能独尊,但仍然是统治者所倚重的国家学说。值得注意的是,在初、盛唐,儒生们默默

---

①   陈寅恪《唐代政治史述论稿》中篇,上海古籍出版社 1980 年版,第 72 页。

地搞了一些基本建设。首先是儒学教义的规范化。自东汉以来，儒学宗派纷纭，各行其是，如今文、古文之争，郑学、王学之争，纠缠于自身的烦琐的训诂名物之中，与释、道的竞争力更削弱了。唐初孔颖达撰《五经正义》，颜师古定《五经定本》，由朝廷正式颁行，废弃东汉以来诸儒异说，使儒学经典从文字到义理得到统一。这就为中唐以后内部统一的儒学加强了与释、道的竞争力。儒学由训诂名物的汉学系统转向穷理尽性的宋学系统，关键在中唐。

马克思在《〈黑格尔法哲学批判〉导言》中说："理论在一个国家的实现程度，决定于理论满足这个国家的需要的程度。"①儒学在中唐的复兴，正是由于这个国家对它急切的需要。中唐是新土地制度与地租形态确立的时代，它需要一种理论来保证这种新确立的经济生活，而儒家宗法伦理的多功能性正合其选。首先，无论是士族地主为主体的，或是以庶族地主为主体的宗法社会，都是以血缘亲属关系为单位的社会结构，二者都可以用儒家的"三纲五常"作为稳定统治秩序的行为规范。"修身、齐家、治国、平天下"的儒家学说仍然可以成为新兴庶族地主稳定等级社会的程序。特别是中唐时期的土地制与地租形态的变化减轻了人身的依附关系，带有奴隶制残余的宗族组织进一步向封建家庭制转变。在这种新的人际关系与社会生活中，有可能产生出新的道德价值与行为规范。儒学由讲求外在强制力量的训诂名物的汉学系统转向进求内在自觉反省的穷理尽性的宋学系统，正是对新人际关系与社会生活的一种适应。儒学转向的成功，对中国后期封建社会的发展方向，有着巨大的影响。在文化目的的选择过程中，儒学的指向不容忽视。

"安史之乱"使士大夫面对现实，追溯历史，进行了较深刻的反思。末学驰骋，儒道不举，整个统治阶级都在寻找新的凝聚力。唐肃宗时的刘峣也曾提出过类似的意见，其《取士先德行而后才艺

① 《马克思恩格斯选集》第 1 卷，人民出版社 1972 年版，第 10 页。

疏》，主张取士当以德行为先，"至如日诵万言，何关理体；文成七步，未足化人"。明确要求"必敦德励行，以仵甲科"（《全唐文》卷四三三），实行政教合一。中唐此类意见并不少见，从李华、元结、独孤及、梁肃、柳冕诸人著作中我们听到了寻求新凝聚力的呼声。然而，能树起儒家大旗，力排释、道"异教"，企图建立儒学理论体系，并接触到封建一体化结构问题的，是韩愈。

许多研究者曾指出，韩愈的理论，无论"道"和"气"，无论"气"和"言"，许多概念、见解都是"古已有之"，甚至抄袭了同时代的先辈。诚然。韩愈企图借前人现成的"砖"，来搭起儒学的新大厦。也就是说，他着力于建立一个完整的释、道二教所无法匹敌的儒教的哲学体系。韩愈反对并摹仿的对象是佛教，他是在以佛教为对手的斗争中建立起他的儒学理论体系的。正如任继愈所指出，韩愈排佛的实质，是排斥"夷狄之道"，目的在维护中国传统文化，包含有反对藩镇割据以加强中央集权的意义。

韩愈的理论体系的框架是"五原"：《原道》、《原性》、《原人》、《原鬼》、《原毁》。其中《原道》是总纲，尤可注意的是"道统"的建立与君权社会结构的描述。他认为儒家之道就是仁义的实践，韩愈一方面指出儒家之道首先是"将以有为"，痛斥释、老的"外天下国家"的"出世"主义，这在中唐有振起士气以图"中兴"之功，是"古文运动"得人心之所在。另一方面，又在批判中将儒家心性之学与佛教心性之学相沟通，使彼为我所用，仍归于"君君臣臣"之礼教。在此基础上，建立了宗教之"道统"。儒家本来就重视师承渊源，但尚未以此为宗教派别的组织形式。盛唐以来，佛教（特别是禅宗）特重"祖统"，以之为组织形式，具有很强的排他力。韩愈摹仿"祖统"形式建立了"道统"。《原道》：

> 斯吾所谓道也，非向所谓老与佛之道也。尧以是传之舜，舜以是传之禹，禹以是传之汤，汤以是传之文武周公，文武周公

传之孔子,孔子传之孟轲。轲之死,不得其传焉。

言外之意是孟轲传之韩愈了。这只要看看他的《师说》,就知道不是"厚诬古人"了。这一手果然厉害,从此后儒家"正统"思想成为中国人认方向、辨是非的最重要的标准。谁是"正统",谁就有号召力。反之,就会失去人心。宋代"古文运动"与中唐"古文运动"联系,首先就是建立在这一点的。

《原道》的另一独创之处是将孟子"劳心者治人,劳力者治于人"的言论结构化,使之成为绝对君权的封建等级社会模式:

> 是故君者,出令者也;臣者,行君之令而致之民者也;民者,出粟米麻丝作器皿通财货以事其上者也。君不出令,则失其所以为君;臣不行君之令而致民,则失其所以为臣;民不出粟米麻丝作器皿通财货以事其上,则诛!

孟子的思想被明确地法律化,成为稳定的封建社会统治者的政治思想的基本结构。于是韩愈进一步将"道"与社会结构结合起来,解决了贾至、刘崴诸人提出的"政教合一"的问题:

> 夫所谓先王之教者,何也?博爱之谓仁,行而宜之之谓义,由是而之焉之谓道,足乎己无待于外之谓德,其文《诗》、《书》、《易》、《春秋》,其法礼乐刑政,其民士农工贾,其位君臣、父子、师友、宾主、昆弟、夫妇,其服麻丝,其居宫室,其食粟米果蔬鱼肉,其为道易明,而其为教易行也。是故以之为己则顺而祥,以之为人则爱而公,以之为心则和而平,以之为天下国家,无所处而不当。

在这里,韩氏将儒家伦理学与社会结构、典章制度结合起来了。

所谓"先王之教",无非就是将儒家仁义道德的教条化作君、臣、民各安其位的现实社会的秩序,使之成为由国家到个人的规范。"新儒教"正从这里出发。然而韩愈将路标仍指向中唐人梦寐以求的盛唐世界,并非历史老人将缓步前往稍事憩息的下一站——北宋。将路标的指向掉转回头的,是他的学生李翱。

李翱的哲学思想主要集中在《复性书》中。韩愈的排佛偏重外在形式,甚至只是"算经济账",主张佛教徒要还俗,"人其人,火其书,庐其居"(《原道》),并未触及佛家哲学,充其量只是"排僧"而已。李翱能入室操戈,摄取佛学禅宗中有利于建立封建极权政治的成分,整合入"新儒学",从而使在韩愈手中初具规模的"新儒学"理论体系更趋于完整。从韩的反佛到李的援佛,其精神仍是一致的,即在于实现一体化,建立绝对皇权,完成"礼"的最终形式。问题的关键仅在于李翱将韩愈所阐明的"道"的指针,从向外拨回向内。此之成功颇得力于禅宗。

李翱与西堂智藏、鹅湖大义、药山惟俨诸禅师相往还,其《复性书》颇受禅学影响。《复性书》首先还将"情"与"性"对立起来。《复性书》中篇云:

> 问曰:"凡人之性犹圣人之性欤?"曰:"桀、纣之性犹尧、舜之性也,其所以不睹其性者,嗜欲好恶之所昏也,非性之罪也。"曰:"为不善者,非性邪?"曰:"非也,乃情所为也。情有善不善,而性无不善焉。"(《李文公集》卷三)

于是"情"成为万恶之源,非灭不可。于是孟子的"性本善"加上释家的"灭欲","存天理,灭人欲"的极端文化专制的理论由此滥觞。要使"情不作,性斯充",就要"复性",而"复性"又"非自外得者也"。于是他将孟子的内省养气功夫与道家"心斋"、释家"斋戒"结合起来,提出去情复性之方:"弗虑弗思,情则不生。情既不生,乃为正思。正思者,无虑无思也。"然而"无虑无思"难免要"外天下国家",不是最高境界。最高境界是"动静皆离",做到"视听昭昭而不起于见闻者,斯可矣"。这就要有"格物致知"的功夫。《复性书》中篇说:

> 格者,来也,至也。物至之时,其心昭昭然明辨焉,而不应于物者,是致知也,是知之至也。知至故意诚,意诚故心正,心正故身修,身修而家齐,家齐而国理,国理而天下平。此所以能参天地者也。

出世主义的释家"斋戒"于是乎化为入世的儒家"心性"之学。然而,外向为主的讲究事功的儒学也转为内向的空谈心性的理学。其目的是明确的:"循礼法而动,所以教人忘嗜欲而归性命之道也。"(上篇)如果说,前此的儒者把注意力主要地集中在规讽君主,以求清明政治;那么,李翱的僧侣主义则主要地将精力集中在对付"臣民",要他们自动"忘嗜欲而归性命之道",也就是主动放弃生存权利,从根本上保证韩愈那法律化的等级社会图式的稳定性。

这里有必要谈到"古文运动"另一分支,即与韩愈齐名的柳宗元。柳氏在意识形态上与韩氏似乎是对立的,只是在作古文这点上互动。现代论者多有这么认识的。我认为,韩、柳所致力的都是世俗地主的事业,都是为建立绝对君权的宗法一体化的封建社会而努力。不过柳宗元(与王叔文、刘禹锡诸人)所偏重在世俗地主的近期利益,韩、李从事似更长远些。因此,有些主张两家似龃龉实相合。如上所引,韩愈是主张君、臣、民各安其位的。李翱《正位》更说得严格:

> 善理其家者,亲父子,殊贵贱,别妻妾、男女、高下、内外之位,正其名而已矣。古之善治其国者,先齐其家,言自家之刑于

国也。欲治其家之治，先正其名而辨其位之等级。(《李文公集》卷四)

这里认为"殊贵贱"云云是理家治国的首要手段，事实上它是儒家宗法伦理思想的根本，而柳宗元对"所谓贱妨贵，远间亲，新间旧"进行反驳。《六逆论》:

> 若贵而愚，贱而圣且贤，以是而妨之，其为理本大矣，而可舍之以从斯言乎? 此其不可固也。夫所谓远间亲，新间旧者，盖言作用者之道也。使亲而旧者愚，远而新者圣且贤，以是而间之，其为理本亦大矣，又可舍之以从斯言乎? 必从斯言而乱天下，谓之古训可乎? 此又不可者也。(《全唐文》卷五八二)

其意似乎是反对封建等级，其实不然，他只是反对士族等级。柳宗元针对中唐现实，为庶族地主跻身上层而呐喊，所重在此；韩愈、李翱欲为一体化封建社会画蓝图，从哲学、伦理学上论证其合理性，是"长远规划"，所重在彼。因此，后人一旦要接触实际改革政治，就多采柳；欲建政教之大本，则多采韩、李说。但是无论韩、柳，对绝对皇权之建立是一致拥护并为之尽力的。因之，尽管柳宗元与韩愈在政治思想乃至文学观诸方而有许多反差颇大的不同看法，仍能在这一合于文化目的要求的统一动机指导下，在"古文运动"中取得一致的步调。

历史之果在未成熟时也是苦涩的。在中、晚唐向下的斜面上，韩、柳文风健康的一面未能得到充分发展，其"陈言务去"的一面却因皇甫湜、来无择、孙樵一脉的片面理解，放大了内容不新而形式求新的倾向，走上趋奇险怪异的一路。李肇《唐国史补》卷下云:"元和已后，为文笔则学奇诡于韩愈，学苦涩于樊宗师。"韩愈之子韩昶学樊为文，竟连樊氏也读不通! 这股风一直刮到宋初。可见正是这派人将中唐"古文运动"引向死胡同。不过直到晚唐,也还有另一派人,仍能继承韩、柳"文以载道"、"文以明道"的精神,使古文运动燖火不息。皮日休《请韩文公配飨太学书》称:

> 夫孟子、荀卿翼传孔道,以至于文中子。文中子之末,降及贞观、开元,其传者醨,其继者浅……,文中之道,旷百祀而得室授者,惟昌黎文公(韩愈)焉。文公之文,蹴扬、墨于不毛之地,蹂释、老于无人之境,故得孔道巍然而自正。夫今之文,千百士之作,释其卷,观其词,无不裨造化,补时政,公之力也。

可见至皮日休时,还有"千百士"是学韩愈"文以载道"的。然而,从这段话里,我们还看到韩愈所倡言的"道统"与"文统"正趋于合一。韩愈《原道》提出的"道统"是尧、舜、禹、汤、文、武、周公、孔子、孟轲一脉;《送孟东野序》则提出"文统"有庄周、屈原、司马迁、司马相如、扬雄、陈子昂、李白、杜甫、李观、孟郊等人。至皮日休,则言道统而实指文统,二者已见混淆。至北宋石介作《怪说(中)》,更明确地将"周公、孔子、孟轲、扬雄、文中子、吏部(指韩愈)之道"与西昆体主将"杨亿之道"对举,把道统与文统看作是两位一体。是否还可以说,是道统代替、蚕食了文统。在道统威压下,文统日渐失去独立性,沦为道统之附庸。道统与文统这一观念模糊、混一的迹象,进入了中唐—北宋士大夫深层意识中,伦理学逐渐入主文学。关于这一点,有详加讨论的必要。

如上所论,李翱将韩愈"将以有为也"的"正心诚意"之道拨转向内思维的心性之学,这是中、晚唐人内心退避情绪在哲学上的反映。如果说白居易仅仅是将"兼济"与"独善"作为处世原则,是中唐以后士大夫人格分裂的有效调节;那么李翱则进一步将求事功的"外王"纳入重个体人格修养使之归一的"内圣"之中,是后期封建社会士大夫由个体自由的追求转向个体规范化的建立的一个关键。

随着宋代绝对君权的建立与官僚体制的完善,士大夫已失去盛唐人那种独当一面在相当范围内实现自己的政治抱负的历史条件。君主高度集权所需要的不是"贤臣",而是"忠臣"。士大夫在官僚化的政体中更加异化为国家机器的零件。进不能"治平",便退于"修齐"。于是乎宋代伦理学以中唐所不可比拟的巨大势力君临一切,讲究个体人格修养的确为宋人之所长。反映于文学,则宋人着意表现的非事功与意气,而是心境与修养。自中唐到北宋的文论,也体现了这一由外视转入内视的思维方式的演变。

演变的第一步是:将作家的人格修养与作品的评价、创作等直接联系起来。这就是所谓"文章务本"论。

隋末名儒王通(文中子)是第一个以"君子"、"小人"论文的。但他的偏激的做法在盛唐反响不大。杜甫天宝末所作《进雕赋表》自称:"臣之述作,虽不能鼓吹六经,先鸣数子,至于沉郁顿挫,随时敏捷,扬雄、枚皋之徒,庶可企及也。有臣如此,陛下其舍诸?"(《杜诗详注》卷二四)将文学独立于"六经"之外,并引为自豪,已经是与王通绝不相属的另一种观点了。然而,中唐儒学的中兴又使文学附属于伦理学的论调得以抬头。李华《杨骑曹集序》批评盛唐人说:"开元、天宝间,海内和平,君子得从容于学。是以词人材硕者众。然将相屡非其人,化流于苟进成俗,故体道者寡矣。"(《全唐文》卷三一五)在此文中,他又明确提出:"文章本乎作者……本乎作者,六经之志也。"文章、作者、六经,三点一线,这就是"文章务本"之论了。不过这些议论都"语焉不详",至韩愈才比较全面地阐明了文与道之关系。韩愈《答李翊书》说得明白:

> 将蕲至于古之立言者,则无望其速成,无诱于势利,养其根而俟其实,加其膏而希其光。根之茂者其实遂,膏之沃若其光煜。仁义之人,其言蔼如也。(《全唐文》卷五五二)

　　"仁义之人,其言蔼如"是孔子"有德者必有言"的新版本。这种以仁义为文章之根本的看法,与白居易"诗者:根情,苗言,华声,实义"(《与元九书》)的提法是有所不同的。白氏"实义"的提法仍属以文为教化之具的"致用"范围,"情"才是诗之根本。韩氏的提法则以仁义为根本,是由"致用"转向"务本"的关键一步。"致用"不妨以情动人,"务本"则将情纳入仁义的规范,"行之乎仁义之途,游之乎诗书之源"(《答李翊书》),重点已由"情"转至"仁义"。李翱继承了韩氏的观点,《答朱载言书》亦称:"故义深则意远,意远则理辩,理辩则气直,气直则辞盛,辞盛则文工。"只是李翱要比韩愈说得斩绝。韩愈虽说"仁义之人,其言蔼如",但仁义与文之间的关系只是"根之茂者其实遂"的根与实的关系而已,并未将仁义等同于文,也并不排斥仁义之人无言、无文的可能性。李翱则不然,其《寄从弟正辞书》:"夫性于仁义者,未见其无文也;有文而能到者,吾未见其不力于仁义也。"(《李文公集》卷八)两个"未见"几乎在仁义与文之间画上了等号。李翱更进一步用"性"来解说孔子的"有德者必有言"。其《复性书》说得明白:"情者性之邪",要"性于仁义"。这就不但与白居易的"根情实义"的思维方向相反,而且与韩愈"根之茂者其实遂"、"养其根而俟其实"、养气行仁义毕竟是为了作好文的思维方向也相反。仁义,成为目的。养气不是为作文,而是为"性于仁义"。故《复性书》又说:圣人与天地合德,"此非自外得者也,能尽其性而已矣"。这就导致宋理学家"道至则文自工",甚至以文为妨道的"闲言语",取消文学独立性的偏激了。不妨说,韩愈开宋文学家如欧阳修辈之文论,李翱则开宋代理学家如程颢、程颐辈之文论。

　　将伦理道德作为价值选取的首要标准,并非宋人的发明。一似源远流长的九曲黄河,它的一端深入到那茫茫渺渺的远古时代。黄土高原上的农业生产规定了华夏民族求稳定的、秩序井然的文化类型。作为这一文化类型的代言人,儒家学派也必然要以维护这一社会的秩序性为己任。也许,胡姬、胡帽、胡马、胡床,强有力的西域文明曾使唐帝国一度沉浸在向外寻找世界奥秘的兴奋之中;但"安史之乱"迅速地将士大夫从梦中拉回。黄河又回到了故道。士大夫重温了先儒的教导:"凡人之所以为人者,礼义也。"(《礼记·冠义》)参照物是不齿于人类的禽兽。"无别无义,禽兽之道也。"(《礼记·郊特牲》)就这样,不容置疑地比出了人的价值。作为个体的人生,还容许有别的选择吗? 个体的存在,其意义仅仅是在社会秩序这张人伦关系的大网之中,找到自己适当的位置。董仲舒这个汉代的大儒曾对这张大网作过描绘:"人有父子兄弟之亲,出有君臣上下之谊,会聚相遇,则有耆老长幼之施,粲然有文以相接,欢然有恩以相爱,此人之所以贵也。"(《汉书·董仲舒传》)如上所论,韩愈、李翱都曾在《原道》、《正位》等文章中再现过这一君君臣臣的社会结构蓝图。在这张伦理等级之网中,个体充其量只不过是一个微不足道的零件,只有维护这一秩序的义务。人们"相率于途"追求的并不是个体的价值,而是个体的规范化——符合这张网所必需的规范。于是,自觉地修身养性,以完成人的最高价值——封建伦理道德的自我完善,献身于社会秩序的稳定,便成为个体唯一合法的追求了。这也就是由一度的盛唐闪现过的个体自由的追求,转为中唐以后日渐自觉,至北宋终成个体规范化追求的历史之潮。文学的小齿轮只能随着文化大机器的方向转动。"古文运动"不外是体现文化目的的一个文学现象。

(原载《辽宁师范大学学报》1998 年第 5 期)

变迁感：中唐士大夫的心理压力

盛唐人写田园山水，中唐人也写田园山水，但已是春温入于秋肃，令人感到"神情未远，气骨顿衰"（胡应麟语）了。

然而，我们看到的小岛，有时只是冰山的顶端。漂浮着的中唐田园诗的下面，是巨大的历史文化在变迁……

一

在文学诸现象中，田园诗与庄园经济的关系要比其他形式与经济基础之间的关系更明显得多。庄园之于庄园主，往往具有双重意义，即经济价值与观赏价值，历代如此，只不过因时因人因地而两者所占之比例不同而已。就总体说来，盛唐田园经济开始普遍化，往往是士子的"养名"之地，以隐求仕或既仕而半隐，所以经济意义往往被有意无意地隐没在"赏心悦目"的背面，而表现清高闲适的田园生活场景被凸显出来。盛唐田园诗所呈现的一片朴素、明朗、裕足、平和的意境，是盛唐人自给自足的心态所造就的。试看这几首盛唐田园诗：

野老本贫贱，冒暑锄瓜田。一畦未及终，树下高枕眠。荷蓧者谁子？皤皤来息肩。不复问乡圩，相见但依然。腹中无一

物，高话羲皇年。落日临层隅，逍遥望晴川。使妇提蚕筐，呼儿
榜渔船。悠悠泛绿水，去摘浦中莲。莲花艳且美，使我不能还。
（储光羲《同王十三维偶然作十首》之三）①

　　旧谷行将尽，良苗未可希。老年方爱粥，卒岁且无衣。雀
乳青苔井，鸡鸣白板扉。柴车驾羸牸，草屩牧豪豨。多雨红榴
折，新秋绿芋肥。饷田桑下憩，旁舍草中归。住处名愚谷，何烦
问是非。（王维《田家》）②

　　"腹中无一物，高话羲皇年"也罢，"老年方爱粥，卒岁且无衣"
也罢，盛唐人叫穷却透出一股富足气，适见其裕如与自在。中唐人
不然，孟郊、贾岛，诉起苦来刻骨镂心不由你不信。试读张籍
《野居》：

　　贫贱易为适，荒郊亦安居。端坐无余思，弥乐古人书。秋
田多良苗，野水无游鱼。我无耒与网，安得充廪厨？寒天白日
短，檐下暖我躯。四肢暂宽柔，中肠郁不舒。多病减志气，为容
足忧虞。况复苦时节，览景独踟蹰。③

　　真正的"腹中无一物"是不会"高话羲皇年"的，而是要注目于
廪厨禾鱼了。"多病减志气"可与李端的"吾岂讳言穷"（《题山中别
业》）合看。王建有一组《原上新居》十三首，较全面地写了庄园生
活。录三首如下：

　　春来梨枣尽，啼哭小儿饥。邻富鸡常去，庄贫客渐稀。借
牛耕地晚，卖树纳钱迟。墙下当官路，依山补竹篱。

---

① 《全唐诗》卷一三七。
② 赵殿成《王右丞集笺注》卷一一。
③ 《全唐诗》卷三八三。

　　　　移家近住村,贫苦自安存。细问梨果植,远求花药根。倩
人开废井,趁犊入新园。长爱当山立,黄昏不闭门。

　　　　住处去山近,傍园麋鹿行。野桑穿井长,荒竹过墙生。新
识邻里面,未谙村社情。石田无力及,贱赁与人耕。①

　　借牛卖树(一作谷,似更切合实际)、问果求药,甚至纳钱赁地也
都来入诗,经济因素已从景物后面探出头来。

　　事实也是如此,中唐正处于中国封建土地关系发生变化、赋役
制也跟着发生变化的历史转折点上。早在盛唐天宝年间已日见崩
坏的均田制,至是已完全不可收拾,只能易之以"两税法"以维持
"王税"。据《旧唐书·杨炎传》载,两税法是夏、秋两次征收的税。
其税额是按资产和田亩确定的,"户无主客,以见居为簿;人无丁中,
以贫富为差"。这是针对土地买卖盛行,"租庸调"行不通的实际情
况制定的。盛唐以前封建地主占有土地的手段,主要是通过"赐予"
"请射"等方法,从统治者那里得到赐田、职田、公廨田等,当然也有
一部分是买卖得来。不过,均田法规定口分田与永业田"凡买卖皆
须经所部官司申牒,年终彼此除附,若无文牒辄买卖,财没不追,地
还本主"②。可见买卖土地并不自由。天宝十一载,唐玄宗曾诏说:
"自今以后,更不得违法买卖口分、永业田……如辄有违犯,无官者
决杖四十,有官者录奏处分。"③此诏至少说明买卖口分、永业田是
不合法的。中唐"两税法"则从法定的意义上否定之,地税一项便规
定以地定税,不限多少,不问地之所从来,也不问土地之归谁所有,
公开承认了土地转移、买卖的自由。这首先对乱世中政权、兵权、财
权一手抓的将相们无疑是个福音,他们最具大量攫取土地的优势。
据有关论著所查出的拥有庄园的将相人物有郭子仪、马燧、元载、韦

① 《全唐诗》卷二九九。
② 《通典·田制》。
③ 《册府元龟·田制》。

宙、李德裕、裴度、郑训……他们的庄园，或赏赐所得，或买卖而来，或在家乡，或在他方；或近者数里，或远者千里之外；或少只数十亩，或多至数百亩。如《旧唐书·元载传》载：宰相元载在长安城南有"膏腴别墅，连疆接畛，凡数十所"。又《新唐书·李师道传》载，淄青节度使李师道"多买田伊阙、陆浑间"。又《北梦琐言》载相国韦宙在江陵府有别业，"良田美产，最号膏腴，而积稻如坻，皆为滞穗"。据韦宙自称"江陵庄积谷尚有七千堆"，被唐懿宗称为"足谷翁"。将相权贵纷纷攫取土地，自然是为了经济上的原因，德宗时陆贽就说："今京畿之内，每田一亩，官税五升，而私家收租殆有亩至一石者，是二十倍于官税也；降及中等，租犹半之，是十倍于官税也。"无情地揭露了私庄中残酷的租佃关系。陆氏又说：农民"依托豪强，以为私属，贷其种食，赁其田庐，终岁服劳，无日休息，罄输所假，尝恐不足，有田之家，坐食租税"①。地租成为庄主与庄客之间的纽带，因之庄主对庄园的管理也不一定要亲往，可以是或托家仆，或托兵弁，或托亲属，而官僚庄主却多半寄身都市"坐食租税"。

如果说，像辋川庄的庄主王维一类的庄园主身上有很浓的文人气，固然也从庄园中得到经济效益，但更重视其中的景物及其生活方式，陶然于诗酒园林，是唐人所谓的"诗园"；那么中唐后大量出现的将相官僚们的庄园，更多的是商业味、血腥气。同处盛、中唐之交的王维与元载，可为典型。士大夫文人习气很浓的王维，晚年将辋川庄献给佛寺，孤居独处，"斋中无所有，唯茶铛、药臼、经案、绳床而已"②。暴发户元载，交结宦官当上宰相，颇事聚敛，室宇奢广，膏腴别墅数十所，至死不肯撒手，抄家时犹存"胡椒至八百石，它物称是"③，贪鄙之性可知。两间之庄园主未必都如王维与元载有如是大区别，但土地买卖盛行，庄园更带上商品味，庄园主更带市侩气是

---

① 陆贽语见《全唐文》卷四六五《均节赋税恤百姓六条》之六"论兼并之家私敛重于公税"。
② 《旧唐书·王维传》。
③ 《新唐书·元载传》。

不足为怪的。土地买卖盛行,土地易主节奏加快,与中唐日趋剧烈的政治斗争、经济斗争(南北司之争,朝廷与藩镇之争,朋党之争等)乃至思想斗争(儒与释之争),都有关联①。中唐后形成的文化综合症,影响于士大夫心理,其一是强烈的"变迁感"。

二

"有百年人无百年地。"土地买卖盛行后,土地易主节奏加快,对灵心善感的文人(特别是庄园主文人)造成的心理压力,首先就是"变迁感"。《北梦琐言》载咸通年间书生唐五经云:"不肖子弟有三变:第一变为蝗虫,谓鬻庄而食也;第二变为蠹虫,谓鬻书而食也;第三变为大虫,谓卖奴婢而食也。"在危机四伏、祸乱随至的年代里,岂但不肖子弟,便是"将门虎子"也难免要当"蝗虫"。据《旧唐书》载,名将郭子仪死后,其子郭曜被奸人夺去不少田宅奴婢而不敢诉。再如名将马燧,《旧唐书》称其"资货甲天下,燧既卒,畅(其子)承旧业,屡为豪幸邀取。贞元末,中尉申志廉讽畅令献田园第宅"。郭、马都是唐朝的大功臣,地且不保,一般人家苦于兼并可知。于是出现这种情况:新贵拼命置地产为子弟作永业,而旧贵又纷纷破落示人以世事无常。顾炎武《日知录》卷十三"田宅"条有云:"安史之乱,法度隳弛,内臣戎帅,竞务奢豪,亭馆第舍,力穷乃止。"并举马燧、马璘二将为例,子孙不保。白居易《秦中吟·伤宅》即吟其事:

> 谁家起甲第?朱门大道边。半屋中栉比,高墙处回环。累累六七堂,栋宇相连延……为何奉一身,直欲保千年?不见马家宅,今作奉诚园!②

① 韩愈的排佛,其重要手段之一就是"算经济账",这已是历史常识了。
② 顾学颉校点《白居易集》卷二。本文所引白居易诗文咸见此本,下引只注卷数。

奉诚园，原马燧旧居，为中贵人逼取，献为佛寺。马燧之子畅，晚年财产并尽，殁后子孙无室可居。白居易又有《新乐府·杏为梁》：

> 杏为梁，桂为柱，何人堂室——李开府！碧砌红轩色未干，去年身殁今移主。高其墙，大其门，谁家宅第——卢将军！素泥朱板光未灭，今岁官收别赐人。（卷四）

元稹也在《和乐天高相宅》中总结道：

> 莫愁已去无穷事，漫苦如今有限身。二百年来城里宅，一家知换几多人！①

在这种土地住宅频频易主的背后，是中唐的杀夺政治。且不说朝廷与藩镇间频仍的战争，朝中宦官与朝臣之间，朝臣朋党之间，便不断有流血斗争，愈演愈烈，直至唐亡。如代宗、德宗朝，元载、常衮、杨炎与李揆、崔祐甫、刘晏、卢杞两派互相杀夺：李揆排摈元载，后元载为相，提拔党人杨炎。元载得罪，刘晏等为主审官处死元载。后杨炎为相，杀刘晏为元报仇，"凡其枝党无漏"。至卢杞为相，又赶杀杨炎一派……士大夫的"变迁感"正是在杀夺政治的震荡下心理失衡的反映。所谓"牛李党争"一方领袖的李德裕便是个典型。

李德裕在洛阳有座名园——平泉庄。买庄后，李德裕有首《近于伊川卜山居，将命者画图而至，欣然有感》诗，云：

> 寄世如缨缴，辞荣类触藩。欲追绵上隐，况近子平村。邑有桐乡爱，山余黍谷喧。既非逃相地，乃是故侯园。野下多微

---

① 《全唐诗》卷四一四。

径,岩泉岂一源。映池方树密,傍涧古藤繁。邛杖堪扶老,黄牛已服辕。只应将唤鹤,幽谷共翩翩。①

缨缴触藩,是李德裕矛盾心情的写照。李德裕已深感自己陷入了两难困境。《退身论》说:

> 其难于退者,以余忖度,颇得古人微旨:天下善人少,恶人多。——一旦去权,祸机不测。操政柄以御怨诽者,如荷戟以当狡兽,闭关以待暴客。若舍戟开关,则寇难立至。迟迟不去者,以延一日之命,庶免终身之祸。②

李德裕认为,在剧烈的政治斗争中不宜自己引退;但在残酷的朋党之争中又深感厌倦,难免有青山白云之想。于是作为一种调节,他购置了平泉庄。在《平泉山居诫子孙记》中,他说到当年置庄的动机:

> 经始平泉,追先志也……(先公)尝赋诗曰:"龙门南岳尽伊原,草树人烟目所存。正是北州梨枣熟,梦魂秋日到郊园。"吾心感是诗,有退居伊洛之志。③

李德裕的父亲李吉甫已为宪宗之宰相,"牛李党争"正是由他与牛僧孺等人为科举发生矛盾引起的。李吉甫已有退隐之心,至李德裕才购置退隐之地,但也没有真正实现其退居平泉庄的愿望。所以他自己说是"虽有泉石,杳无归期,留此林居,贻厥后代"④。并有

---

① 《全唐诗》卷四七五。
② 《全唐文》卷七〇九。
③ 《全唐文》卷七〇八。
④ 《全唐文》卷七〇八。

鉴于田庄住宅往往为子孙所卖，乃再三叮嘱："鬻吾平泉者，非吾子孙也！以平泉一树一石与人者非佳子弟也。吾百年后为权势所夺，则以先人所命泣而告之，此吾志也。"①用心良苦，但至宋人李格非撰《洛阳名园记》时，已不见有平泉庄，看来子孙还是保不住该庄。

从李德裕诗文中，我们知道一点平泉庄的情况：这是个规模颇大的庄园，有池潭，有飞瀑，有亭子，有瓜园，有药圃，有茶园，还有点耕地。园子里有许多各地搜罗来的奇花异石，显然是准备退居时消闲之用。然而李氏父子虽然都有跳出政治旋涡之心，却都办不到。李德裕只好承认现实："乃知轩冕客，自与田园疏！"于是在《知止赋》中，他说："怀绮皓而披素卷，想瀛洲而观画图。何必尚遍游于名岳，蠡长往于五湖！"②怀念隐居生活就读读道家书，想念仙境就看看画图。这也算是"因地制宜"了。盛唐半官半隐者是以市郊庄园别墅为"桃花源"，在休假日就去住一住，过过隐士瘾；中唐后的将相们于官场无聊时，则只是瞥一眼"山居图"之类，或回味一下自家庄园，写点忆呀梦呀的诗，就算是圆了一番青山白云梦。以李德裕现存于《全唐诗》者为例，139首中题为"忆山居"、"思平泉"之类，竟占72首之多！难怪到过平泉庄的张籍会在《和令狐尚书平泉东庄近居李仆射有寄十韵》中感喟曰："各当恩寄重，归卧恐无缘。"③于是取代盛唐田园诗中自得自足意态的，是庄园主对故居的向往之情。李德裕有首《怀山居邀松阳子同作》诗，云：

> 我有爱山心，如饥复如渴。出谷一年余，常疑十年别。春思岩花烂，夏忆寒泉冽。秋忆泛兰卮，冬思玩松雪。晨思小山桂，暝忆深潭月。醉忆剖红梨，饭思食紫蕨。坐思藤萝密，步忆

① 《全唐文》卷七〇八。
② 《全唐文》卷六九七。
③ 《全唐诗》卷三八四。

莓苔滑。昼夜百刻中,愁肠几回绝! ……①

　　作者情意所关,不在乎田园美景的体验,而仅仅是在倾诉自己的向往之情,故缺乏王维式体味入微的图景。这种对山林向往之情,或者说只是青山白云之梦,其深层意识中不正是隐藏着将相们对官场斗争内在的恐惧? 李德裕《离平泉马上作》说:"十年紫殿掌洪钧,出入三朝一品身…… 自是功高临尽处,祸来名灭不由人!"②事实正如此,李氏最终被贬死崖州。另一个"十授丞相印,五建大将旗"的名相裴度,虽然结局好些,但也一样心存恐惧。他也有座午桥庄,即"裴公绿野堂"。刘禹锡《奉和裴令公新成绿野堂即书》说:"堂皇临绿野,坐卧看青山。位极却忘贵,功成却爱闲。"③骨子里还是忧患意识。韩愈也有首《和仆射相公朝回见寄》诗,题下注:"时牛、李党炽,裴度介其间,累遭谤谗,故愈诗有高蹈之语。"诗云:"尽瘁年将久,公今始暂闲。事随忧共减,诗与酒俱还。放意机衡外,收身矢石间。秋台风日迥,正好看前山。"④功成身退是将相与庄园之间的内在联系,它深藏着一种彷徨的情绪,反映当时士大夫心理上所承受的压力。刘禹锡《酬思黯见示小饮四韵》颇直露地表现了这种情绪与压力:

　　　　抛却人间第一官,俗情惊怪我方安。兵符相印无心恋,洛水嵩云恣意看。三足鼎中知味久,百寻竿上掷身难。追呼故旧连宵饮,直到天明兴未阑!⑤

　　丞相思黯在伊水边上也有座南庄,"知囊心匠日增修",好不容

---

① 《全唐诗》卷四七五。
② 《全唐诗》卷四七五。
③ 《全唐诗》卷三六二。
④ 《全唐诗》卷三四四。
⑤ 《全唐诗》卷三六一。

易有个退身之处，又好不容易才摆脱"百寻竿上掷身难"的窘境。招亲引朋，轰饮连宵，正是其彷徨心理渴望平衡的反映。

三

惆怅、彷徨、孤独，取代了盛唐田园诗中的明朗、安适、自在。一种身世苍茫之感，与中唐后崛起的咏史诗所具有的今古苍茫之感相呼应，是帝国落日之景观。

不但是处于政治旋涡中心的将相们有这种变迁感，一般的士大夫文人都有这种由盛世跌入衰世的变迁感。首先，是发为他们对旧贵族衰败的感喟。唐中宗至玄宗朝，诸公主贵盛。《太平广记》载安乐公主夺百姓庄田造四十九里定昆池，穷天下之壮丽。太平公主也广占土地，韩愈《游太平公主山庄》称：

> 公主当年欲占春，故将台榭押成闉。欲知前面花多少，直到南山不属人。①

"欲占春"而春竟一去不复还。司空曙《唐昌公主院看花》云："遗殿空长闭，乘鸾自不回。至今荒草上，寥落旧花开。"②情调与元稹名篇《连昌宫词》相似，也是家国变迁的叹息。刘禹锡《题于家公主旧宅》，王建《九仙公主旧庄》等等，都是类似的感慨。题公主旧居的诗在中唐几乎可单列为一大主题。还有些士族如韦氏的庄园，其破败也是诗人题吟的对象。韩愈有《题韦氏庄》：

> 昔者谁能比，今来事不同。寂寥青草曲，散漫白榆风。架

---

① 《全唐诗》卷三四四。
② 《全唐诗》卷二九二。

倒藤全落,篱崩竹半空。宁须惆怅立,翻复本无穷![①]

叹韦氏庄衰落,与盛唐时题韦氏庄几成"热门"造成极大的反差,难怪韩愈要借此指言人世间的规律:"翻复本无穷!"

这种情绪还渗透在故交旧业的题吟里。张籍《沈千运旧居》云:

> 汝北君子宅,我来见颓墉。乱离子孙尽,地属邻里翁。土木被丘圩,溪路不连通。旧井蔓草合,牛羊坠其中。君辞天子书,放意任体躬。一生不自力,家与逆旅同。高议切星辰,余声激瘖聋。方将旌旧闾,百世可封崇。嗟其未积年,已为荒林丛!时岂无知音,不能崇此风。浩荡竟无都,我将安所从![②]

据《唐才子传》,沈千运是天宝年间数次应举不第的文人,后因世多艰归隐山中别业。"乱离子孙尽,地属邻里翁","方将旌旧闾,百世可封崇。嗟其未积年,已为荒林丛",是对变迁节奏之快的深沉感喟。还有的是写故地重游风物已变的感伤,如卢纶《晚到盩厔耆老家》:

> 老翁曾旧识,相引出柴门。苦话别时说,因寻溪上村。数年何处客?近日几家存!冒雨看禾黍,逢人忆子孙。乱藤穿井口,流水到篱根。惆怅不堪住,空山月又昏。[③]

在"数年何处客,近日几家存"的背后,有广泛的时代背景,决非一时、一地、一人、一家之事,因此刘长卿《郧上送韦司士归上都旧业》便将家园身世变迁与庄园旧业兴衰作一气浩叹:

① 《全唐诗》卷三四三。
② 《全唐诗》卷三八三。
③ 《全唐诗》卷二八〇。

前朝旧业想遗尘，今日他乡独尔身。郇地国除为过客，杜陵家在有何人？苍苔归露生三径，古木寒蝉满四邻。西去茫茫问归路，关河渐近泪盈巾。①

这种身世古今苍茫的变迁感造成巨大的心理压力，形成一种情绪，无声地扩散到尚未破败的庄园里去。试读号称"大历十才子"之一的耿沣诗《题杨著别业》：

柳巷向陂斜，回阳噪暮鸦。农桑子云业，书籍蔡邕家。暮叶初翻砌，寒池转露沙。如何守儒行，寂寞过年华？②

别业中一片萧瑟气象，翻飞的落叶成了儒生末路的象征。卢纶《秋晚山中别业》也发出类似感慨：

树老野泉清，幽人好独行。去闲知路静，归晚喜山明。兰荄通荒井，牛羊出古城。茂陵秋最冷，谁念一书生？③

牛羊夕照、树老泉清，本可引出一派平和自在的情绪来。此诗却归结为茂陵秋冷，书生无著。茂陵是汉武帝陵墓，唐人喜以汉武喻明皇，所以这里是对玄宗的怀念，更是对玄宗朝盛唐书生意气风发的一种憧憬。正是这种变迁感使云山泉石在中晚唐人眼中别有一番滋味。不妨将中唐人李端的《雨后游辋川》与盛唐人辋川庄主人王维的《终南别业》合读，品一品此中不同的滋味：

中岁颇好道，晚家南山陲。兴来每独往，胜事空自知。行

①　《全唐诗》卷一五一。
②　《全唐诗》卷二六八。
③　《全唐诗》卷二八○。

到水穷处,坐看云起时。偶然值林叟,谈笑无还期。(王维《终南别业》)

骤雨归山尽,颓阳入辋川。看虹登晚墅,踏石过清泉。紫葛藏仙井,黄花出野田。自知无路去,回步就人烟。[①]（李端《雨后游辋川》）

就画面而言,李诗要绚丽得多:夕照彩虹,紫葛黄花。然而就游者心态而言,李端显得冷清寂寞,王维却多少自在。"自知无路去,回步就人烟","就人烟"三个字露出心怯,是害怕孤独心理的反映。"行到水穷处,坐看云起时",没路了,那就坐下来欣赏那云飞,显得自在从容。事实上,李端与王维各自心态都有其时代精神。中唐士大夫颇致力于"中兴"事业,但无情的事实不断粉碎了幻想,使之不得不"知难而退"。顾况《归山作》云:"心事数茎白发,生涯一片青山,空林有雪相待,古道无人独还。"[②]这是中唐士大夫不得已的苦衷,"古道"是双关语,暗示儒家治国平天下之道。这是对难挽狂澜于既倒的深沉唱叹。

如果我们进一步体味,便不难发现中唐士大夫已把这种落寞惆怅的情绪对象化了,凝为一种审美情趣。寻出其中的一点美感。刘长卿诗颇具典型。

高仲武《中兴间气集》称:"长卿有吏干,刚而犯上。两遭迁谪,皆自取之。"看来是个有才干、有个性而命运多蹇的文人。他对时代的变迁是敏感的,《茱萸湾北答崔载华问》诗云:"荒凉野店绝,迢递人烟远。苍苍古木中,多是隋家苑。"[③]古木苍凉中,有多少感慨!他似乎颇喜欢咀嚼这种孤独感,如《碧涧别墅喜皇甫侍御相访》:

---

① 王维诗见赵殿成《王右丞集笺注》卷三;李端诗见《全唐诗》卷二八五。
② 《全唐诗》卷二六七。
③ 《全唐诗》卷一四七。

　　荒村带返照，落叶乱纷纷。古路无行客，寒山独见君。野桥经雨断，涧水向田分。不为怜同病，何人到白云？①

　　在乡间别墅中，有客人来了，还是谈自己的孤独。对客人呢，也是说对方孤独："不为怜同病，何人到白云？"再如名篇《送灵澈上人》：

　　苍苍竹林寺，杳杳钟声晚。荷笠带夕阳，青山独归远。②

　　与其说是同情对方的独归，不如说是欣赏这种孤独。所以《送方外上人》云："莫买沃洲山，时人已知处。"③这是以孤独为美事了。高仲武《中兴间气集》批评他的诗"甚能炼饰，大抵十首已上，语意稍同"。就其对孤独感不厌其烦的反复吟唱而言，高氏的意见是对的。"闻在千峰里，心知独夜禅"，"解印孤琴在，移家五柳成"，"孤城向水闭，独鸟背人飞"，"夕阳孤艇去，秋水两溪分"，"寒渚一孤雁，夕阳千万山"，"暮帆遥在眼，春色独何心"云云，对他说来，简直是无孤无独不成诗了，即使是不露"孤"、"独"字的《逢雪宿芙蓉山主人》，也充塞着孤独感：

　　日暮苍山远，天寒白屋贫。柴门闻犬吠，风雪夜归人。④

　　小屋柴门固然予夜归人以一种亲切感，是孤独的外乡人的一点安慰，却也反衬出外部世界的空旷，和弥天大雪一样充塞着孤独感。这里已无"自在"可言。

---

① 《全唐诗》卷一四七。
② 《全唐诗》卷一四七。
③ 《全唐诗》卷一四七。
④ 《全唐诗》卷一四七。

　　这就是透过田园诗,我们所看到的中唐士大夫的心理压力。白居易以他特有的直率将这一压力挑明了:"一列朝士籍,遂为世网拘。高有矰缴忧,下有陷阱虞。每觉宇宙窄,未尝心体舒!"(卷八《马上作》)这不但是白居易个体独特的感受,也是中唐社会士大夫危机感的反映。反者道之动。于是我们在中唐田园诗中看到"变迁感"的同时,也发现了"安全感"。白居易有首古调五言《朱陈村》(卷十)记叙徐州古丰县的朱陈村,"县远官事少,山深人俗淳。有财不行商,有丁不入军……一村唯两姓,世世为婚姻",是个全封闭型的农村公社。可想而知,这样的村庄物质生活必定因其落后而困顿。然而。白居易将自己仕宦奔波的经历与之相比:"孤舟三适楚,羸马四经秦。昼行有饥色,夜寝无安魂……朝忧卧至暮,夕哭坐达晨。悲火烧心曲,愁霜侵鬓根。一生苦如此,长羡陈村民!"忧患意识使农村公社微薄的物质生活退居幕后,"安全感"上升为"安居乐业"的美感。戴叔伦也记下一处"野人居":

　　　　犬吠空山响,林深一径存。隔云寻板屋,渡水到柴门。日昼风烟静,花明草树繁。乍疑秦世客,渐识楚人言。不记逃乡里,居然长子孙。种田烧险谷,汲井凿高原。畦叶藏春雉,庭柯宿旅猿。(《桂阳北岭偶过野人所居……》)①

　　在作者看来,刀耕火种也要比危机四伏的都市郊园好得多,畦叶藏雉、庭柯宿猿的山野更有"安全感"。王建也有首《题金家竹溪》:

　　　　少年因病离天仗,乞得归家自养身。买断竹溪无别主,散分泉水与新邻。山头鹿下长惊犬,池面鱼行不怕人。乡使到来

───────────

① 《全唐诗》卷二七四。

常款语，还闻世上有功臣。①

　　山头鹿下，池鱼不惊，正是"安全感"的外射。中唐田园诗中富足感的消失，"安全感"的出现，正是中唐社会剧烈的"变迁感"的反拨，正应着了弗洛伊德的意见：艺术创作是艺术家"想要缓解不满足的愿望"的工具②。

　　　　　　　　　　　　　（原载《暨南学报》1993 年第 3 期）

---

① 《全唐诗》卷三〇〇。
② 《弗洛伊德论美文选》，张唤民、陈伟奇译，知识出版社 1987 年版，第 139 页。

柳宗元山水诗风格特征之形成

独照碧窗久,欲随寒烬灭。幽人将遽眠,解带翻成结。

是为韦应物《对残灯》诗①。"幽人"心里并不平静,"解带翻成结"的意象已将其隐衷透露出来:解带是幽人求宽松自由之象征,但事与愿违——"翻成结",想求解脱反而更加纠结难解。这是一种颇为特殊的情感。然而,将此情感模式化为诗歌风格的人并非韦应物,而是后来的柳宗元。本文将试述其形成之过程。

一、感情的漩涡

大凡"急流勇退"者总是想用"退隐"来取得内心的平衡,这在心理学上是有根据的。现代心理学家 C. G. 荣格认为,人的精神系统总是处在不断变化的不平衡状态。外部环境和来自身体内部的不断刺激,造成"心理能"的转移,一旦外部的剧烈刺激打破了人的精神与环境的和谐,"心理能"就会从喧嚣的外部世界撤回,使自己转入静穆冥思之中,荣格称之为"退行"。这一转移,为的是争取精神系统中能量的均衡。所谓"人格突变",其实不过是这种心理能的

---

① 《全唐诗》卷一九三。

300

转移而已。中国士大夫在与外部世界斗争的"兼济"不利时,往往会忽而撤退到山水田园隐居的"独善"之中,正是"退行"的独特形式。作为"使穷贱易安,幽居靡闷"(《诗品·序》)之利器的诗歌,则颇能精微地发露这一心理能转移的轨迹及其复杂性。那么,我们从柳宗元山水诗中看到什么样的轨迹呢? 先让我们看《南涧中题》:

秋气集南涧,独游亭午时。回风一萧瑟,林影久参差。始至若有得,稍深遂忘疲。羁禽响幽谷,寒藻舞沦漪。去国魂已游,怀人泪空垂。孤生易为感,失路少所宜。索寞竟何事? 徘徊只自知。谁为后来者? 当与此心期。①

首句"秋气集南涧","集"字浓缩了整个气氛。自从宋玉说了"悲哉秋之为气也","秋气"就与"悲"形影相吊了。显然,诗人是因郁闷才来到南涧散心的。果然,大自然的风声林影使之"始至若有得,稍深遂忘疲"。听着空谷禽语,看那寒藻在清冽的涧水中回旋,使人感到静穆清心,为之一乐;同时也使之联想起自家孤单索寞的境遇,反而百感齐上:"孤生易为感,失路少所宜",又为之一忧。这就是苏轼评语所说:"柳仪曹诗忧中有乐,乐中有忧。"(《苕溪渔隐丛话前集》卷一九)钱锺书称之为"杂糅情感"(《管锥编》页226)。

何谓"杂糅情感"? 朱光潜认为:"通过变痛苦为快乐的这种微妙办法,人的心理总在努力恢复由于外力阻碍而失去的平衡。"他还认为这种转移过程中,快感和痛苦可互相掺杂,就像搔痒时的感觉,"正如痛苦常常包含快乐的萌芽那样,快乐也可能包含着痛苦的萌芽"②。而作为柳诗"杂糅情感"的特点,还在于因忧求乐,却又因乐翻得忧,一转再转,并非忧乐简单的混合。当我们持这一观点返照

① 中华书局《柳宗元集》卷四三。下引柳氏诗文咸见该集,只注卷数。
② 朱光潜《悲剧心理学》,人民文学出版社,第164页,参看休谟《论悲剧》,《外国美学》第1辑。

《南涧中题》便不难发现：抒情人散解愁绪的初衷并未达到，从下接"索寞竟何事？徘徊只自知。谁为后来者，当与此心期"看来，此游郁闷非但未能排解，反而像那"寒藻舞沦漪"，愈徘徊则愈陷愈深，形成一个感情的旋涡。用这一情感模式，我们还可以剖视许多柳宗元登临之作。

例一：《与崔策登西山》（卷四三），面对"重叠九疑高，微茫洞庭小"的大自然，抒情人的心情似乎有所舒缓："谪居安所习，稍厌从纷扰。"但"谪居"二字又勾出多少愤懑来！"寒连困颠踬，愚蒙怯幽眇。非令亲爱疏，谁使心神悄？偶兹遁山水，得以观鱼鸟。吾子幸淹留，缓我愁肠绕！"犹荒山夜行，紧紧拉着同伴，生怕他离去。结尾表达的这种心情比开始登临时更进了一层。

例二：《游石角过小岭至长乌村》（卷四三）同样是先表达自己"窜逐宦湘浦，摇心剧悬旌"之忧郁，继言"磴迴茂树断，景晏寒山明"、"风篁冒水远，霜稻侵山平"之自然景色，但于"且复舒吾情"之同时，又勾起"稍与人事隔，益知身世轻"的失落感。

还有些柳诗合于此模式，即使是《游南亭夜还叙志七十韵》这样有意于学习杜甫夹叙夹议的长篇，简化起来仍是此类模式。我们可以用柳诗概括这一模式："升高欲自舒，弥使远念来。"（《湘口馆潇湘二水所会》，卷四三）

问题还不在于承认这一模式的存在，更在于形成这一情感旋涡的缘起。苏轼对此似有所悟："柳子厚南迁后诗，清劲纡徐，大率类此。"（《柳宗元集》卷四三，《南涧中题》补注）在柳诗"清劲纡徐"风格的背后，有个大背景——"南迁"。柳宗元是中唐"永贞革新"中的干将，革新失败，贬为永州司马，时三十二岁。这次南迁，对一个欲屈注天潢、倒连沧海的青年政治家之打击，无疑是沉重的。"一身去国六千里，万死投荒十二年"（《别舍弟宗一》，卷四二），在漫长的贬谪生活中，他一边盼望着朝廷召回，一边寻求着自我解脱。于是求解脱的愿望与不得解脱的现实构成了柳宗元贬谪生涯的情感旋涡。黄云眉《韩愈柳宗元文学评价》对柳氏记山水和学陶诗有极精辟的论析。他认为,这些貌似闲适的作品,似乎是在表示他对政治的淡漠,其实不然,"反而是一种更痛苦的真实的反映"(页 111)。他指出,柳氏以山水为创作对象,是要用来"强制转移他的愤怒悲哀抑郁的情绪而已"(页 112)。"强制转移"四字很准确地点明柳宗元"退行"的特点。由于柳氏从政治革新的旋涡中被强行抛离,不得不从外部世界撤回冥想的内部世界,"所以愈装闲适,也就愈觉痛苦"(同上)。这一推理得到柳氏的印可。《对贺者》云:

> 柳子以罪贬永州,有自京师来者,既见,曰:"余闻子坐事斥逐,余适将唁子。今余视子之貌浩浩然也,能是达矣,余无以唁矣,敢更以为贺。"柳子曰:"子诚以貌乎则可也,然吾岂若是而无志者耶? 姑以戚戚为无益乎道,故若是而已耳……吾尝静处以思,独行以求,自以上不得自列于圣朝,下无以奉宗祀,近丘墓,徒欲苟生幸存,庶几似续之不废。是以倘荡其心,倡佯其形,茫乎若升高以望,溃乎若乘海而无所往,故其容貌如是。子诚以浩浩而贺我,其孰承之乎? 嘻笑之怒,甚乎裂眦,长歌之哀,过乎恸哭。庸讵知吾之浩浩非戚戚之尤者乎? 子休矣。"(卷一四)

这里柳子厚并不故作清高,而是披露了实情:浩浩之貌并非无所系于心的"达",他是不得已,是"徒欲苟生幸存,庶几似续之不废"。如此活跃的心灵无可表白,于是"嘻笑之怒,甚乎裂眦,长歌之哀,过乎恸哭"! 以此观其山水游记山水诗,便易悟入。试读《构法华寺西亭》诗:

> 窜身楚南极,山水穷险艰。步登最高寺,萧散任疏顽。西垂下斗绝,欲似窥人寰。反如在幽谷,榛翳不可攀。命童恣披

蓊,葺宇横断山。割如判清浊,飘若升云间。远岫攒众顶,澄江抱清湾。夕照临轩堕,栖鸟当我还。菡萏溢嘉色,箈箈遗清斑。神舒屏羁锁,志适忘幽潺。弃逐久枯槁,迨今始开颜。赏心难久留,离念来相关。北望间亲爱,南瞻杂夷蛮。置之勿复道,且寄须臾闲。(卷四三)

以"窜身"二字开篇,柳子的愤懑可知。这也是柳宗元登临诗较常见的开头,如"隐忧倦永夜,凌雾临江津";"谪弃殊隐沦,登陟非远郊";"拘情病幽郁,旷志寄高爽";"苦热中夜起,登楼独褰衣"等。他毫不隐讳自己是满怀牢骚来登临,以求解脱:"所怀缓伊郁,讵欲肩夷巢?"(《游朝阳岩遂登西亭》)"投迹山水地,放情咏《离骚》。"(《游南亭夜还叙志七十韵》)这就与一般以隐士自居者的山水田园诗划出了分界线。南迁,确实是柳宗元郁结之所在。开阔的大自然总有神奇的疗效,山水也真能给南迁中的柳宗元带来欣慰。"远岫攒众顶,澄江抱清湾",这两句颇得谢灵运神韵的诗句,表明抒情人在所谓"退行"中心理正趋向平衡,心境也渐趋澄明。于是有接着的四句:"神舒屏羁锁,志适忘幽潺。弃逐久枯槁,迨今始开颜。"诗若止于斯,则不是柳诗。柳诗于一乐后往往有一悲,是欲排遣之,翻纠缠之:"赏心难久留,离念来相关!"因"开颜"难得,反惧"赏心"即逝,更逗起"离念"揪心。这便是所谓"杂糅情感"。至结句则云:"北望间亲爱,南瞻杂夷蛮。置之勿复道,且寄须臾闲。"在感情纠结中忽强作解脱,快刀斩乱麻,做出"一了百了"的态势,其中"长歌之哀,过乎恸哭"之情还难领会吗?

二、堵塞的炉膛

"长歌之哀,过乎恸哭"的痛苦,正如莎士比亚所形容:"像堵塞

的炉膛,把心灵烧成灰烬!"(《泰特斯·安德洛尼克斯》)正是这种
堵塞不得畅抒之情的强力运作,才形成书法中涩笔也似的柳宗元山
水诗特有的"清劲纡徐"之美。中国的士大夫文人寻求解脱之途一
是佛学,二是山水,但实践中则各人有各人的心得。同为求解脱的
中唐文人,韦应物得力于"独处",白居易则得力于"闲适"。所谓
"独处",是人的一种主动的社会行为,用以调节与社会的交往,使之
处开放或关闭状态。韦应物的"独处"是"吏散门阁掩"(《寄杨协
律》),公事了,便是独处中的自我,"似与尘境绝"(《郡中西斋》)。
佛学在他这儿更多的体现为清静无为:"方耽静中趣,自与尘事远。"
(《神静师院》)与僧人交往成为与社会拉开距离的手段之一:"虽居
世网常清净,夜对高僧无一言。"(《县内闲居赠温公》)至于游山水,
韦应物同样也视为与社会拉开距离的手段:"闲游忽无累,心迹随景
超"(《沣上西斋寄诸友》),"山水旷萧条,登临散情性"(《义演法师
西斋》)。总之,韦应物借助"独处"使心态往往能取得某种平衡,其
山水诗也往往能呈现出一种冲淡之美①。以现实主义诗人著称的白
居易,于贬谪以后,则自称"醉吟先生",将诗歌当作"放情自娱"之
具,从容于山水,浸淫于佛学,形成一套进舒退卷的处世哲学与自调
机制②,心态之平衡自不必说,故其后期诗更透出一股知足保和的闲
适之美。此二人者,都从佛学与山水中找到"退行"之路。

可怜的诗人柳宗元,因"永贞革新"失败创伤之深,更由于对理
想追求之执着,佛学与山水难于治愈他心灵的伤口。陈伯海《中国
文化之路》一书曾指出"佛教具有解脱和救世双重功能",既有避世
出家的一面,"又有普渡众生、大慈大悲的教旨,也就是有积极入世
乃至救世的一面存在,这一点上大不同于只求个人超脱的道家,反

---

① 参看拙作《人的精神面貌在田园诗中的位置》,《人文杂志》1993年第3期(收入本《文
集》第六册)。
② 参看拙作《白居易自我调节机制的实现》,《山东大学学报》1988年第4期(收入本《文
集》第六册)。

倒和热衷济世的儒家相通"①。正由于佛教有入世的一面，故中唐开始酝酿着一股"援佛入儒"的思潮，柳宗元、李翱都有明显的倾向性。诚如孙昌武《柳宗元传论》所言："他（指柳宗元）对佛教教义及其社会作用有自己特殊的理解。"（页285）这就是所谓"统合儒释"的主张。《送僧浩初序》云：

> 浮图诚有不可斥者，往往与《易》、《论语》合，诚乐之，其于性情奭然，不与孔子异道。（卷二五）

佛教"救世"的宗旨是符合柳宗元"辅时及物"主张的，故尔柳氏晚年治柳州，为了改变"越人信祥而易杀，傲化而佃仁"的陋习，认为"董之礼则顽，束之刑则逃，唯浮图事神而语大，可因而入焉，有以佐教化"，于是修复大云寺，"而人始复去鬼息杀，而务趣于仁爱"（卷二八，《柳州复大云寺记》）。柳氏对佛教的这种特殊的理解，必然减少其"精神鸦片"的自我麻醉作用，使其仍不忘于济世之志，也就难以平复南迁的创伤。于是乎我们于"禅悟"诗中又遇到"登临诗"中常见的忧乐杂糅的情感模式。试读《夏初雨后寻愚溪》（卷四三）：

> 悠悠雨初霁，独绕清溪曲。引杖试荒泉，解带围新竹。沉吟亦何事？寂寞固所欲。幸此息营营，啸歌静炎燠。

山水蕴涵着佛家渊然而静的境界，似乎能让人"息营营"，平息那烦躁的心潮。然而，寂寞虽说是烦躁者的避难所，但寂寞本身又令人忧郁。陈幼石《韩柳欧苏古文论》对此诗有一段颇能扪毛而辨骨的分析：

---

① 详陈伯海《中国文化之路》第二章第二节，上海文艺出版社1992年版，第82—83页。

　　永州那远离京华的自然环境,山水之奇崛几乎就是他自己
被弃绝不用的美才的写照。于是被钳制着的怒火给一股揪心
的寂寞和孤独感所取代。(页56)

山水的幽静与身世的寂寞相感发,炎燠固去而揪心的寂寞却来,仍
是一乐引来一忧,"解带翻成结"。然而,正是这种"揪心的寂寞"与
"凄神寒骨"的孤独感,成为柳宗元山水游记与山水诗共有的冷峭明
净风格之发源。元好问《论诗绝句》早已认清这一点:

　　谢客风容映古今,发源谁似柳州深? 朱弦一拂遗音在,却
是当年寂寞心![①]

这颗"寂寞心"也是柳诗中山水之心、天地之心! 试读《溪居》、
《渔翁》(均见卷四三)这两首典型的柳氏山水诗:

　　久为簪组累,幸以南夷谪。闲依农圃邻,偶似山林客。晓
耕翻露草,夜榜响溪石。来往不逢人,长歌楚天碧。(《溪居》)

　　渔翁夜傍西岩宿,晓汲清湘燃楚竹。烟销日出不见人,欸
乃一声山水绿。回看天际下中流,岩上无心云相逐。(《渔翁》)

　　两首诗虽然一为五言,一为七言,但其风格之一致,手法之相似
是不难觉察的。"夜榜响溪石"、"长歌楚天碧"、"欸乃一声山水
绿",清亮的音响衬得山中更加幽寂。

　　"长歌/楚天碧","欸乃一声/山水绿",跳脱的句法给人以错
觉,似乎音响转换为空间与色彩。这是柳宗元独家句法。然而,这
何止是"句法",它更潜在着心境的转移: 表面上是在说"退一步天

────────────

① 《遗山先生文集》卷一一,《四部丛刊初编》本。

地宽"，但"来往不逢人"、"烟销日出不见人"的上联已透露拓宽了的空间中有着更广漠的寂寞。然而，寂寞也正因其广漠而具有了美学的意义。试看名篇《江雪》：

> 千山鸟飞绝，万径人踪灭。孤舟蓑笠翁，独钓寒江雪。

鸟飞人散，真是只剩一片茫茫大地真干净！还有比这更广漠的寂寞吗？但我们不仅看到寂灭，更感到寒气中独钓者对抗逆境的那腔热血！柳氏《禅堂》诗有云："万籁俱缘生，窅然喧中寂。心境本同如，鸟飞无遗迹。"（卷四三）这是禅家"空寂中生气流行"的境界，也是柳宗元"当年寂寞心"中特有的生命情调。

寂寞，不就是那堵塞的炉膛？柳宗元那颗破碎的心，就在炉膛中燃烧！

三、寄至味于淡泊

钱锺书《诗可以怨》论及郁结型风格之美学特征，认为郁结之为美，在于情感的孤沉而深往，辗转而不尽①。柳诗"清劲纤徐"的风格当属此类。这种风格，远不是浮躁的谢客所能有②，倒是与阮籍愤懑不得舒辗转发露于咏怀诗有其内在的联系。

同类题材的继承性，受到研究者普遍的重视；而于不同题材间交互影响之研究，则似乎较疏略。比如阮籍咏怀诗，研究者大多集矢于对陈子昂、张九龄同类诗之影响，而此组诗予后代整个诗坛之

---

① 详《七缀集》，上海古籍出版社 1985 年版，第 103—109 页。
② 柳与谢诗质之不同，叶嘉莹《从元遗山论诗绝句谈谢灵运与柳宗元的诗与人》一文有详论。见《中国古典诗歌评论集》，广东人民出版社 1982 年版。

辐射式影响,则少有论及①。关于这一点,笔者拟另文再议,这里只就阮诗对柳诗之影响略事点明。

我们首先感兴趣的是阮籍善于用氛围的渲染来表现自己孤愤寂寞的内心世界。试读这几首咏怀诗:

> 夜中不能寐,起坐弹鸣琴。薄帷鉴明月,清风吹我衿。孤鸿号外野,朔鸟鸣北林。徘徊将何见,忧思独伤心。

> 登高临四野,北望青山阿。松柏翳冈岑,飞鸟鸣相过。感慨怀辛酸,怨毒常苦多。李公悲东门,苏子狭三河。求仁自得仁,岂复叹咨嗟。

> 开秋兆凉气,蟋蟀鸣床帷。感物怀殷忧,悄悄令心悲。多言焉所告,繁辞将诉谁? 微风吹罗袂,明月耀清晖。晨鸡鸣高树,命驾起旋归。(《文选》卷二三)

其中景物描写虽未脱尽象征的意味,但已带有更多的写实,是氛围的渲染。这一点很重要,唐人于此别有会心。盛唐田园诗派代表作家储光羲的《同王十三维偶然作十首》,是一组颇有名气的田园诗,其中一首是这样写的:

> 空山暮雨来,众鸟竞栖息。斯须照夕阳,双双复抚翼。我念天时好,东田有稼穑。浮云蔽川原,新流集沟洫。裴回顾衡宇,僮仆邀我食。卧览床头书,睡看机中织。想见明膏煎,中夜起唧唧。

---

① 海外学人王文进《咏怀的本质与形似之言》一文曾提及阮籍《咏怀》是直抒怀抱之代表作,"但是其他以杂诗、游仙诗、山水诗、田园诗、咏史诗、咏物诗——透过叙景言怀、咏物喻怀、咏史写怀、咏仙托怀的种种方式,更是无所不在"。(文见《意象的流变》,生活·读书·新知三联书店 1992 年版,页 119)问题已提出,惜未及深论。

这首诗你不觉得与上引阮诗颇有相似之处吗？景物起着渲染氛围的作用，作者不可排遣的情怀才是主要的。当然，储诗的象征意味要更少些，这也是唐人让景物表情的长处。再看田园山水诗大家王维代表作之一的《竹里馆》：

> 独坐幽篁里，弹琴复长啸。深林人不知，明月来相照。

张志岳《诗词论析》曾指出此诗与阮籍《咏怀诗》第一首"夜中不能寐"相似之处，认为阮诗"全诗以清冷的自然景色为衬托，来抒写对孤独的伤感和愤慨，可以说和《竹里馆》的表现手法基本上是一致的，乃至连'独坐'、'弹琴'、'明月'等语汇的运用，也都息息相通"（页124）。因此，我们也许可以这么说：阮籍这种不是靠比喻（狭义）、象征，而是靠环境的渲染来表达"不可表达"之精神世界的手法，已经对唐代田园山水诗发生了深刻的影响。当然，王、储辈缺乏阮籍孤沉而深往的气质，不可能有阮诗那种孤愤寂寞的意境。唯有柳宗元的山水诗，才兼有谢灵运明朗的画面与阮籍孤愤寂寞的意境，上引《南涧中题》便是典型。再举一例，如《中夜起望西园值月上》：

> 觉闻繁露坠，开户临西园。寒月上东岭，泠泠疏竹根。石泉远逾响，山鸟时一喧。倚楹遂至旦，寂寞将何言？

虽是田园诗的外表，却有咏怀诗之灵魂。这种"寂寞将何言"的情绪至柳州时期，则郁结为脱尽阮、谢形迹的独家风貌。

再贬柳州，使柳宗元对朝廷的幻想破灭。是年（元和十年），吴元济反，宰相被刺，朝廷揭开对藩镇用兵的序幕……这是个多事而亟须用人之秋。然而，柳宗元却再一次被摈诸南荒小州！这使柳宗元心理大大失去平衡，表现了对朝廷前所未有的怨望："神兵庙略频破虏,四溟不日清风涛。圣恩倘忽念行苇,十年践踏久已劳! 幸因解网入鸟兽,毕命江湖终游遨。"(《寄韦珩》,卷四二)"十年践踏"是对永州之贬的抗议;"毕命江湖"是对朝廷的决绝语。从此,柳宗元在绝望中沉寂。在寂寞中自我燃烧,终于身心交病,英年逝世。

"寂寞将何言",柳宗元不再大量发议论,写杂文了。他只是默默地为柳州百姓办实事:植树凿井,赎免奴婢,移风易俗,兴办学校。伴随他熬过寂寞的唯有诗。现存柳诗百余首,近四十首作于柳州,且多聚焦于乡思。

幻想的破灭使柳宗元更切实际地只寄望于有朝一日能"皇恩若许归田去"(《重别梦得》,卷四二),回乡度残年。《登柳州城楼寄漳汀封连四州》诗意味深长地表达了这一意愿:

> 城上高楼接大荒,海天愁思正茫茫。惊风乱飐芙蓉水,密雨斜侵薜荔墙。岭树重遮千里目,江流曲似九回肠。共来百越文身地,犹自音书滞一乡。

诗中视角不断转移,画面甚至似乎有点散乱:时而至海天之际,时而落在雨墙岭树。然而,好比西洋透视画,画外总有一个焦点;这首诗的焦点又在哪里? 举目所见,给人强烈印象的是惊风密雨、海天茫茫,无非"百越文身"的异地风光。柳宗元之所以极力凸显这些与故乡绝异之处,为的是借以撩起赠诗对象(四州难友)的故乡之思。因此,"犹自音书滞一乡"的"滞"字,是全诗关目所在。滞,阻也,不得自由也。"滞"正从反方向暗示了"回",回乡的强烈愿望才是全诗隐蔽的焦点。于是,看似散乱的画面不再破碎了:无论高楼大荒,无论海天茫茫;风飐水,雨侵墙,岭遮树,一切延伸线都灭于画外"思乡"的焦点上。

对于柳诗这种"聚焦法",日本学者吉川幸次郎曾有过很好的见解。他曾将柳宗元《与浩初上人同看山寄京华亲故》诗,与陆游

《梅花绝句》做比较。

二诗录如下：

> 海畔尖山似剑铓,秋来处处割愁肠。若为化得身千亿,散
> 上峰头望故乡。（柳诗）

> 闻道梅花坼晓风,雪堆遍满四山中。何方可化身千亿,一
> 树梅花一放翁。（陆诗）

吉川氏分析说："上面这两首诗都道出了'化身千亿'的心愿。但是,唐诗利用这个意象表达了凝缩的、强烈的、心如刀割的悲痛……宋诗却表示愿意让自己成千成亿的分身,分别玩赏梅树上成千成亿的梅花,暗示着宁静安祥的境界。"①笔者将这层意思用直观的图示,分为"发散型"与"凝聚型"二种表现法：

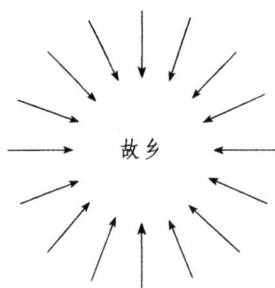

"散上峰头望故乡"　　　　　　"一树梅花一放翁"
　　（凝聚型）　　　　　　　　　　（发散型）

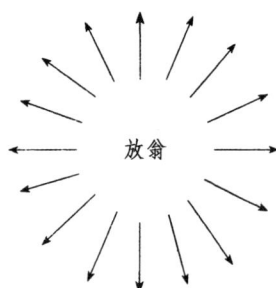

吉川氏虽然道出柳诗聚焦的手段,却尚未言及柳诗聚焦凝缩的感情偏能以淡泊的形式出之的奥妙。这就是苏轼《书黄子思诗集后》点明的："独韦应物、柳宗元发纤秾于简古,寄至味于淡泊。"（《经进东坡文集事略》,卷六〇）而韦、柳之别,又在一为自我淡化,

---

① ［日］吉川幸次郎《宋诗概说》,郑清茂译,台湾联经出版事业公司,第44—45页。

一为高度郁结后的"了然"。

成熟的矛盾总是使斗争一方向自己的对立面转化。不可解的"情结"至其极端,也反而能"以不了了之"。辛弃疾《丑奴儿》词道出个中境界:"而今识尽愁滋味,欲说还休,欲说还休,却道天凉好个秋!"了悟这层,方能品那"淡泊"中所寄之"至味"。试读《柳州城北隅种甘树》诗:

> 手种黄甘二百株,春来新叶遍城隅。方同楚客怜皇树,不学荆门利木奴。几岁开花闻喷雪,何人摘实见垂珠?若教坐待成林日,滋味还堪养老夫。(卷四二)

诗里固然也有植树成功的喜悦,但更多地杂糅着久谪的哀怨。末句"若教坐待"云云,貌似安适,但其中的"滋味"也就是《种木槲花》所传达的情绪:"只应长作龙城守,剩种庭前木槲花!"(卷四二)这岂不是"死了心做退一步想"?正是上引柳文《对贺者》所云:"庸讵知吾之浩浩非戚戚之尤者乎?"强烈之情绪却以淡泊之情趣出之,唯柳氏为能。于是乎柳宗元山水诗其高者能融冶阮籍孤沉之思绪、陶潜淡泊之情怀、谢客明朗之画面于一炉,给人以至味。试读《酬曹侍御过象县见寄》(卷四二):

> 破额山前碧玉流,骚人遥驻木兰舟。春风无限潇湘忆,欲采蘋花不自由。

画面清朗,华美,而情思摇曳。《南史》称:柳恽为吴兴太守,尝为《江南曲》:"汀洲采白蘋,日落江南春。"柳宗元《得卢衡州书因以诗寄》同此结尾:"非是白蘋洲畔客,还将远意问潇湘。"潇湘去长安远着呢,何以属意潇湘如此?《柳州寄京中亲故》诗云:"劳君远问龙城地,正北三千到锦州!"锦州去长安三千里,柳州北的龙城又去

313

锦州三千里！柳州之边远，实在不是一般人一气所能想象的，所以要分为两段。于是就连那远离京都的潇湘，也成了诗人可望不可即的遥遥彼岸。出塞的班超曾说："臣不敢望到酒泉郡，但愿生入玉门关！"（《后汉书·班超传》）柳宗元将此语化为春风中一声清韵……

有时，轻轻的叹息也会具有扼腕泣血般令人难以承受的沉重。

（原载《天府新论》1995 年第 6 期）

白居易自我调节机制的实现

白居易的诗论在文学批评史上有着崇高的地位,特别是他主张"文章合为时而著,歌诗合为事而作",大力提倡写讽喻诗,更是广为人知。然而,令人惊奇的是,在提出以上主张的《与元九书》之前,白氏写下《秦中吟》、《新乐府》、《观刈麦》等大量讽喻诗,而此论一出,他的讽喻之作反而骤减,几乎不作。此后所写多是闲适、感伤一类①。这是一个值得重视的文学史现象,姑称之为"白氏现象"。

要解释白氏现象,首先必须揭示白居易诗论的内在矛盾性。白氏在《新乐府序》中说:

> 篇无定句,句无定字,系于意不系于文,首句标其目,卒章显其志,《诗三百》之义也。其辞质而径,欲见之者易喻也;其言直而切,欲闻之者深诫也;其事核而实,使采之者传信也;其体顺而肆,可以播于乐章歌曲也。总而言之,为君为臣为民为物为事而作,不为文而作也。

这段话表明白氏有很明确的创作目的,无论结构、语言、题材、

---

① 据中华书局版顾学颉校点《白居易集》附《白居易年谱简编》,《新乐府》系于元和四年,《秦中吟》系于元和五年,《与元九书》系于元和十年,并称:"自此以后,居易避祸远嫌,居官常引病自免,不复谔谔直言。作诗态度,亦有所转变,讽喻之作渐少。"可资参考。本文所引白氏诗文未经注出者,咸用顾校本。

形式,都从属于"为君为臣为民为物为事而作"的总目的。而"为君"与"为民"不是并列关系,如《寄唐生》诗所称:"唯歌生民病,愿得天子知。""为民"乃从属于"为君"。为君与为民在封建社会一定条件下有其统一的一面,但更主要的是斗争的一面。由于白氏将"为君"置诸"为民"之上,故有"白氏现象"。容下文讨论。

白氏以"唯歌生民病"为己任,所以"闻见之间有足悲者,因直歌之"(《秦中吟序》)。如《道州民》、《卖炭翁》等不愧为民的佳作。为此,他不顾"执政柄者扼腕","握军要者切齿",表现了"为民请命"的大义大勇。这一面已为研究者所阐明,恕我从略。必须提请注意的是,白氏要"歌生民病"的目的在于"愿得天子知",写乐府不过是手段,这一面往往为研究者所忽略,而"白氏现象"的症结恰恰就在这里,有必要详论。《策林六十八》云:

> 且古之为文者,上以纫王教,系国风,下以存炯戒,通讽喻;故惩劝善恶之柄,执于文士褒贬之际焉;补察得失之端,操于诗人美刺之间焉。

《策林六十九》又云:

> 圣王酌人之言,补己之过,所以立理本,导化源也。将在乎选观风之使,建采诗之官,俾乎歌咏之声,讽刺之兴,日采于下,岁献于上者也。

白氏认为应当恢复古代的采诗制度,让诗歌成为惩恶劝善、补察得失的工具,将诗的社会功能提高到治国平天下的高度。这在中唐朝野上下尚未失去"中兴"希望的时代,不能说是完全空想。《资治通鉴》卷二三八载谏臣李绛或久不谏,唐宪宗就会诘问:"岂朕不能容受耶?将无事可谏也?"他还鼓励臣下力陈是非,"勿畏朕谴怒而遽止"。史载,白氏正是以其歌诗流闻乐府,被宪宗赏识,召入翰林为学士的。白氏大多数讽喻之作写于此期,不妨说是其"采诗"理想在某种程度上的另一种形式的实现。近年来一些研究者称白氏此类诗为"谏官诗",不无道理。

既然"为君"是第一义,那么讽喻之兴衰就系于皇上的纳谏态度上了。如果"圣王"不肯"酌人之言,补己之过"呢? 对此白氏总是耿耿于怀:"君不见左纳言,右纳史,朝承恩,暮赐死。"(《太行路》)大凡一个皇帝在政权尚未巩固时,总比较地能纳谏,也就能较好地发挥其调节政府的功能,遏制官僚机构的腐化;一旦皇权得以稳固(或自以为稳固),专制也成正比,"圣王"也就不易纳谏了。唐宪宗自平淮西,使唐朝似有"中兴"气象以后,日见骄侈。李绛、裴度等著名谏臣先后去位,韩愈因谏迎佛骨几招杀身之祸。"直而切"的讽喻诗还写不写?

白氏在《序洛诗》中作了回答:

> 予历览古今歌诗,自《风》《骚》之后,苏、李以还,次及鲍、谢之徒,迄于李、杜辈,其间词人闻知者累百,诗章流传者钜万。观其所自,多因谗冤谴逐,征戍行旅,冻馁病老,存殁别离,情发于中,文形于外,故愤忧怨伤之作,通计今古,什八九焉……(予)在洛凡五周岁,作诗四百三十二首。除丧朋哭子十数篇外,其他皆寄怀于酒,或取意于琴,闲适有余,酣乐不暇;苦词无一字,忧叹无一声,岂牵强所能致耶? 盖亦发中而形外耳,斯乐也,实本之于省分知足。

这段话可谓"如人饮水,冷暖自知"。白氏自觉地将自己与李、杜等优秀作家的创作态度作了比较:屈原、李白、杜甫诸人在谗冤谴逐、冻馁病老的逆境中,愤忧怨伤之作愈力;白氏在谪江州以后的逆境中,虽未必"苦词无一字",但有意避而不写讽喻诗,大写其"知足省分"的闲适诗,却是事实。陆游曾指出"杜甫、李白激于不能自已"(《谈斋居士诗序》),此言甚是。屈原的自沉,李白的流放,杜甫的漂泊,是血肉之躯对生存意义的严肃的自我选择。"虽体解吾犹未变兮!""吾庐独破受冻死亦足!"而白居易与李、杜的差别就在力图"自已"(自我克制),即有意地进行自我调节,追求内心的平衡("省分知足")。这就是"白氏现象"背后带有普遍意义的深层意识。

有人认为,对生命的价值思考,在哈姆雷特是"活着还是死去",在中国士大夫则是"入世"还是"出世"。的确,出仕与归隐,一直是封建时代知识分子的生命二重奏。它构就了以儒家为主导思想的士大夫内心的矛盾双方。钱穆氏标举"宋学精神"称:

> 盖自唐以来之所谓学者,非进士场屋之业,则释道山林之趣,至是(指北宋)而始有意于为生民建政教之大本,而先树其体于我躬,必学术明而后人才出。(《中国近三百年学术史·引论》)

这段话点明了由唐至宋士大夫通过自我调节机制的形成,实现个体("我躬")政教合一的封闭过程。所谓"进士场屋之业",是指士人对外在的事功的追求;所谓"释道山林之趣",是指士人对内在的心理平衡的追求。廊庙与山林,的确是唐代士子主要的生活内容,只有到宋人手中,才融合二者为"建政教之大本",体现为"我躬"的内在修养,即"内圣外王"的功夫。事实上这是一个漫长的融合过程。廊庙与山林之间,在不同的历史阶段有着不同的转换关系,真是"说来话长"。

"三月无君则皇皇如也"的孔夫子,一开始就将儒学的构筑置于入世的基石上。门人子夏说得最透彻:"学而优则仕。"(《论语·子张》)以"经世济民"为标帜,出将入相,成为封建时代知识分子普遍的追求,自不待言。问题只在于:孔孟之学中高扬个体人格的成分,与随着一体化带来的君权日甚之间,有着难于调和的矛盾。

> 子曰:三军可夺帅也,匹夫不可夺志。(《论语·子罕》)

> 富贵不能淫,贫贱不能移,威武不能屈。(《孟子·滕文公下》)

这是孔、孟所树立的完善的个体人格。然而,自秦皇、汉武以来的帝王,却往往视文人为"俳优蓄之"。想为"帝王师"的理想与俳优般待遇的现实,叫人在心灵中如何得以平衡?于是乎求"帮忙"与"不得帮忙的不平"便成为千年古国文人的主题歌①。孔子本人就有过不得帮忙的不平,"道不行,乘桴浮于海"云。不过他有自控法:"天下有道则见,无道则隐。"(《论语·泰伯》)"邦有道则仕,邦无道则可卷而怀之。"(《论语·卫灵公》)然而,这种"待价而沽"的态度远不能使内心平衡,心里还是要"三月无君则皇皇如也"。

由自控引向自调的,是孟子。《尽心上》说:"故士穷不失义,达不离道。"又说:"古之人得志,泽加于民;不得志,修身见于世。穷则独善其身,达则兼善天下。"有机会实现济世理想固佳,没机会也不随波逐流。既存理想,又保人格,于是乎"兼济"与"独善"成为后世儒者自控而又自调的处世原则。

然而,唐以前长期封建社会中,这一原则尚未形成普遍的可转换的关系。也就是说,兼济与独善并未形成一种对立而又互补的可转换的真正自调机制。二者由对立走向互补,乃至可转换的关系,是在六朝至盛唐这一漫长的历史时期内酝酿而成的。具体表现为隐逸本是与政治对立的产物,在历史发展过程中逐渐泯町畦而通骑

---

① 参看鲁迅《且介亭杂文二集·从帮忙到扯淡》。

驿,成为一种与参政(仕)可转换的互补关系。

从所谓"正史"的《晋书》与《唐书》隐逸传的对照中,不难窥见不同时代隐逸者不同的心理。残酷的政治迫害与晋人的隐逸动机有直接的因果关系。在晋代,隐逸是为了逃避政治迫害。《晋书·隐逸传》载,范粲不愿仕景帝,36年不发一言;杨轲、霍原身为隐士还难免一死;孙登、董京、夏统、鲁褒、陶淡、石垣等"不知所终"。所以《晋书》说,隐士们"藏声江海之上",为的是"修身自保"。陶淡、戴逵、郭瑀为了不出仕,还逃跑过。陶潜《感士不遇赋》说:"彼达人之善觉,乃逃禄而归耕。""逃禄"二字说尽仕、隐间的隔阂。庾峻上书晋武帝,说:"莫若听朝士时时从志山林,往往间出,无使入者不能复出,往者不能复反。"(《晋书》卷五〇)朝士一旦归隐便不可"复反"正说明仕、隐之鸿沟。谁要是"复反",谁就要遭受舆论的嘲弄。《世说新语·排调》曾记谢安隐东山,后出任桓温司马。有人送药草给桓温,中有"远志"。桓问谢:"此药又名小草,何一物而有二称?"在座的郝隆便语带双关地说:"处(隐)则为远志,出(仕)则为小草。"由隐而仕的谢安听了"甚有愧色"。这就是仕与隐在当时的不可转换性。

时至盛唐,隐逸由"藏声"一变为"扬名",成为求仕的"终南捷径"。王昌龄《上李侍郎书》就说:"昌龄岂不解置身青山,俯饮白水,饱于道义,然后谒王公大人,以希大遇哉?"(《全唐文》卷三三一)"隐"成了"仕"的准备动作。然而,这种以隐求仕的关系还称不上互补关系,也还不算是士大夫心理平衡的自我调节。自调的关键是:"隐"应是士大夫取得心理平衡的自觉退路,这才是互补关系。盛唐人有意识地以"隐"补仕的,是王维为代表的一批亦官亦隐者。这些人"迹崆峒而身拖朱绂,朝承明而暮宿青霭"[1],一边当官,一边悠游在田庄里,内心取得某种平衡。此种生活,就是钱穆氏所谓"释

---

[1]　《王右丞集笺注》卷十九《暮春太师左右丞相诸公于韦氏逍遥谷宴集序》。

道山林之趣",它与"进士场屋之业"构成盛唐人静穆的观照与热烈的追求这生命之二元。也就是说,仕与隐此期已构成士大夫生命运动的形式,好比动脉与静脉,其转换关系便是其生命的节奏。所以美学家宗白华说:"李、杜境界的高、深、大,王维的静远空灵,都植根于一个活跃的、至动而有韵律的心灵。"(《美学散步》页74)只是李、杜、王均未能将这样的生命的逻辑形式——静穆的观照与热烈的追求纳于一身。特别是王维一派人缺乏对"兼济"的执着追求,缺乏孔、孟所高扬的那种"独善"的个体人格,所以很难成为后期封建社会"有意于为生民建政教之大本"的士大夫的典范。朱熹就曾批评王维、储光羲诗非不清远,但不能杀身成仁,"失身"于安禄山的伪朝,"则平生之所辛勤而仅得以传世者,适足为后人嗤笑之资耳"(《晦庵先生朱文公集》卷七六《向芗林文集后序》)。真正能在廊庙与山林沟通的基础上,进一步将"达则兼济,穷则独善"的原则化为自身生活的实践,自觉地将它改造成心灵的调节器的,有待于重建宗法一体化过程中的白居易。

现在,问题又回到"白氏现象"。

"白氏现象"表明白居易以"兼济"、"独善"为调节器的自觉性。就在他提出"文章合为时而著,歌诗合为事而作"的口号的同时,他说:

> 古人云:穷则独善其身,达则兼济天下。仆虽不肖,常师此语。大丈夫所守者道,所待者时。时之来也,为云龙,为风鹏,勃然突然,陈力以出;时之不来也,为雾豹,为冥鸿,寂兮寥兮,奉身而退。(《与元九书》)

"时之来"与"时之不来"的两种处理方法,显然承诸孔子的"邦有道则仕,邦无道则可卷而怀之",但作了修正。孔子是孜孜以求的积极主动的态度,而在大一统时代的白氏不能主动去择邦之有道与否,只能"奉身而退"。这里显然是明哲保身的成分居多。孟子的"独善",重在"士穷不失义"的人格;白氏的"独善",偏在保全自己的"奉身"。还在当翰林学士积极创作讽喻诗时,他已经提醒自己要"形骸委顺动"了①。白氏将释道空无的思想引入儒家"独善"原则之中,冲淡其"威武不能屈"的内容。在《效陶潜体诗十六首》中,他将屈原与刘伶("竹林七贤"中的酒鬼)作了对比:"一人常独醉,一人常独醒。醒者多苦志,醉者多欢情。欢情信独善,苦志竟何成!"他将这种"欢情"也纳入"独善"之中,不能不说是对孟子的"修正"。正是白居易自己,解开了"白氏现象"之谜:

> 三十为近臣,腰间鸣珮玉。四十为野夫,田中学锄谷。何言十年内,变化如此速?此理固是常,穷通常倚伏。为鱼有深水,为鸟有高木;何必守一方,窘然自牵束?化吾足为马,吾因以行陆;化吾手为弹,吾因以求肉。形骸为异物,委顺心犹足。
> (《归田》)

这里用《庄子·大宗师》的武器,来解决"穷"、"达"的关系。他主张可进可退,"何必守一方"?他抽掉孟子"独善"中"穷不失义"的执着于个体人格的内核,注入道家的从天命的思想与无可无不可的态度。在《赠杓直》诗中更添上南禅一味:

> 早年以身代,直赴《逍遥》篇。近岁将心地,回向南禅宗。外顺世间法,内脱区中缘。进不厌朝市,退不恋人寰。自吾得此心,投足无不安。

此诗作于元和十年,时 44 岁。是年,被贬为江州司马,正处于

---

① 见《松斋自题》诗。

一生重要的转折点上。"外顺世间法,内脱区中缘"表明他是靠"委顺"于他所不满的外部世界,来泯灭内心的愤懑,而取得心理上平衡的。一个封闭的自调系统于是乎形成。

这是一个与王维式取消"兼济"的"独善"不同的自调、互补机制。自始至终,白居易总是兼济之志与独善之意并存。《开龙门八节石滩诗》云:"七十三翁旦暮身,誓将险路作通津。"他施家财凿石滩开险路,解除舟人楫师"大寒三月,裸跣水中,饥冻有声,闻于终夜"的痛苦。《新制绫袄成感而有作》诗又表白自己民胞物与济世之心云:"争得大裘长万丈,与君都盖洛阳城!"可见白氏兼济之志至死不渝。综观其一生,无论前、后期,都是兼济、独善并存,仅仅是双方之比例根据外部世界的"有道"或"无道","时之来"与"时之不来"而互为消长。兼济与独善的原则在白居易的生活实践中,已成为无可置疑的行之有效的自调机制。

生命之二元与文学之二元是同节奏的。白氏《与元九书》云:"谓之讽喻诗,兼济之志也;谓之闲适诗,独善之义也。"既然兼济与独善互补,成为士大夫生命之节奏,那么作为这一节奏的文学形式的诗歌也就随之裂为二元,即:讽喻诗与闲适诗。

深受儒学影响的中国士大夫总是置"立功"于"立言"之上的。如曹植就十分向往"建永世之业,留金石之功",而不愿"徒以翰墨为勋绩"(《与杨德祖书》)。陆游也担心自己这辈子仅仅是个诗人:"此身合是诗人未? 细雨骑驴入剑门。"(《剑门道中遇微雨》)"独善"充其量只是"兼济"的一种无可奈何的补充,是士大夫对人生的妥协。而与之相应的诗歌创作,便成为入世情怀的排泄孔——不管是侃侃言志之作(如李白的诗),或是说一切都无所谓,自己是"日夜以青山白云为念"(李华语)的"闲适"之作。邻壁之光,堪借照焉。我们不妨用弗洛伊德的学说观照一下"诗可以怨"这一古老的命题,从中发现讽喻诗与闲适诗之间的内在联系。

弗洛伊德认为,得不到满足的愿望是幻想的驱动力,而诗人所致力的正是创造一个幻想世界①。也就是说,诗歌创作与得不到满足的愿望有密切的关系。在《精神分析学导论》中,弗洛伊德又说:"在艺术活动中,精神分析学一再把行为看作是想要缓解不满足的愿望——这首先体现在创造性艺术家本人身上,继而体现在听众和观众身上。"②不但诗人在创作中得到满足,而且其作品也会使那些有着同样被抑制的愿望的读者同样地得到发泄——中国人所谓的"借他人之酒杯,浇胸中之块垒"便是。弗洛伊德的这一理论至少与中国古代文论中"诗可以怨"有某些相通之处③。钟嵘《诗品·序》说:

> 嘉会寄诗以亲,离群托诗以怨。至于楚臣去境,汉妾辞宫,或骨横朔野,魂逐飞蓬……凡斯种种,感荡心灵,非陈诗何以展其义?非长歌何以骋其情?故曰:"诗可以群,可以怨。"使穷贱易安,幽居靡闷,莫尚于诗矣。

按之以弗洛伊德的理论,则钟嵘只说出了"艺术家本人"缓解不满足愿望的一面,还有读者的另一面未提及。"诗可以怨"当可分解为:一、作者借诗自我排遣与补偿,"使穷贱易安,幽居靡闷";二、读者因诗而郁借以舒,怒为之解,是《管子·内业》所谓"止怒莫若诗"。前者如陶潜写《桃花源诗》,后者或如白居易的一些"讽喻诗"。诗可"止怒",在中国古代尤为统治者所重视。早在《国语·周语》中已有记载:"为川者决之使导,为民者宣之使言。故天子听政,使公卿至于列士献诗。"民情似水,只能导不能塞,而诗便是个很好的导体。这是中国古代统治阶级的一条极其重要的经验。《汉书·礼乐志》说得更透彻:

---

① 参看《诗人与幻想》,《美学译文》(3),中国社会科学出版社 1984 年版,第 328 页。
② 《弗洛伊德论美文选》,张唤民等译,知识出版社 1987 年版,第 139 页。
③ 参看钱锺书《七缀集·诗可以怨》。

夫民有血气心知之性，而无哀乐喜怒之常，应感而动，然后心术形焉。是以纤微瘩瘁之音作，而民思忧；阐谐嫚易之音作，而民康乐……流辟邪散之音作，而民淫乱。先王耻其乱也，故制雅颂之声，本之性情，稽之度数，制之礼仪，合生气之和，导五常之行，使之阳而不散，阴而不集，刚气不怒，柔气不慑，四畅交于中，而发作于外，皆安其位而不相夺，足以感动人之善心，不使邪气得接焉，是先王立乐之方也。

"乐"是感情发泄的重要渠道，所以"先王"要利用它来泄导人情，使"刚气不怒"，"皆安其位而不相夺"，"乱"也就不作了。

诗与乐一样，也是感情发泄的重要渠道，所以《毛诗序》称"正得失，动天地，感鬼神，莫近于诗"。"先王"要利用它来泄导人情，"以是经夫妇，成孝敬，厚人伦，美教化，移风俗"。

儒家诗教正是从泄导人情这一角度来承认"情"这一诗歌要素的。"情动于中而形于言"，"发乎情，民之性也"。先儒们似乎是看准了人类有补偿愿望的心理机制而制定了"发乎情，止乎礼义"的诗教。对这一文艺政策有深刻领会并能在创作中身体力行颇见成绩的，是白居易。他在《与元九书》中批评说："洎周衰秦兴，采诗官废，上不以诗补察时政，下不以歌泄导人情。"在他看来，不但六朝诗六义刓缺，就是李白，"索其风雅比兴，十无一焉"，杜甫合格的"亦不过三四十首"。白居易所要恢复的诗道便是补察时政与泄导人情之二端。白氏《新乐府》创作典型地体现了诗歌的这二种功能。

所谓"补察时政"，无非是"存炯戒，通讽喻"，是所谓"美刺二端"。《新乐府》五十首中此类居多。如《七德舞》，不过是拾掇《贞观政要》的史料敷陈成篇。如《二王后》、《法曲》诸篇，也不过是为帝王提供一点"参考消息"而已。至如《卖炭翁》、《缚戎人》、《道州民》诸作，始描写触目惊心的惨酷现实，企图以此唤醒昏君来关心民病，属讽喻诗中的奇珍。还有一些则是从正面来歌颂"德政"，为帝王"扬善"之作,是"美刺"之"美"。如《昆明春》,是"思王泽之被也";《城盐州》,是"美圣谟而诮边将也";《骊宫高》,是"美天子重惜人之财力也";《牡丹芳》,是"美天子忧农也"。此类作往往粉饰现实,违背了自定的"核而实"的原则。然而,只有加上这些"美"(颂歌)诗,才完整地体现了白氏对"补察时政"的讽喻诗的认识。无论"美",无论"刺";无论"为民",无论"为事",都以"为君"为终极目的。由此出发,我们可进一步感受到作者对"泄导人情"功能应用的自觉性。

白居易认为,感人心者莫先乎情,而诗者:"根情,苗言,华声,实义","圣人知其然,因其言,经之以六义;缘其声,纬之以五音"(《与元九书》)。也就是说,诗歌不但可以为帝王提供鉴戒,还可以直接泄导人情,成为"致升平"的手段。这就是《寄唐生》诗所说的:

不悲口无食,不悲身无衣;所悲忠与义,悲甚则哭之。

其出发点与"男女有所怨恨,相从而歌:饥者歌其食,劳者歌其事"(《春秋公羊传》解诂)的出发点显然不同。讽喻诗也写百姓的痛苦,但这还不是终极目的,白氏之所以要悲其所悲,为的还是"忠与义",就是"为君"、"为臣"。这一指导思想势必导致白诗在某种程度上走向自己的反面。如《新乐府》中,妇女往往被写成"祸水"(如《胡旋女》、《古塚狐》、《时世妆》、《李夫人》诸篇中的妇女形象),与作者在"感伤诗"中对妇女悲惨命运的无限同情相比(如《琵琶行》、《夜闻歌者》、《过昭君村》中的妇女形象),令人诧异同出于一人之手笔,而思想境界相去竟如是之远!究其原因,还在于《新乐府》创作专意在"泄导人情存鉴戒",继承了传统的"惩尤物,窒乱阶"的腐见。又如《新乐府·杜陵叟》,在痛斥贪官污吏的虐人害物之后,说:"不知何人奏皇帝,帝心恻隐知人弊;白麻纸上书德音,京畿尽放今年税。"就今天的读者看来,这一描写客观上暴露了皇帝的伪善,但并不能说明作者原意如此,这只要看看上引《牡丹芳》"美天子忧农也"的"首句标其目",就会明白作者绝无讽刺天子之意。为此这一描写无疑缓冲了诗的撞击力,使读者的"怒"得到泄导而"止乎礼义"。

对统治阶级进行揭露、讽刺,本是不利于统治阶级的,然而中国古代统治者高明之处就在于:他们认识到"为川者决之使导"的规律,能将"诗可以怨"导向"止怒莫若诗",于是乎本来对之不利的文艺作品(如《诗经》中多数民歌)反而为其所用。中国封建社会绵绵千年,成为超稳定结构,不能说与此无关。如果我们不正视这一事实,一味将封建时代文艺附属于政治的传统当作不可触犯的"民主性精华",甚至将它与无产阶级功利主义视同一物,势必危及今日新文化之生成!《诗大序》称:"乱世之音怨以怒",中晚唐社会现实产生出怨怒文学是必然的。白居易诗歌理论与实践产生于这种怨怒文学之中,有其重时事,正视现实的一面;也有因为以"为君"为第一义,而将诗当作泄导人情之具的反现实的一面。矛盾当来自白氏的人生态度。

问题绕了一大圈,再次回到"白氏现象"。士大夫一方面努力按儒家入世原则进取,要"为君"、"为民",要"兼济";另一方面又在绝对皇权专制日甚的威压之下,企图保住个体人格的尊严,要"独善"。这一矛盾心态通过白居易独特的调节机制,便显现为"白氏现象"。无论白居易本着兼济之志大写讽喻诗,或是抱着独善之情而作闲适诗,都是一种自觉的行为,都是出于对心理平衡的需求。白居易自调机制的特点就在于:改造了孟子的"独善",注入明哲保身的成分,使独善成为兼济的退路。"外顺世间法,内脱区中缘",以"委顺"于他所不满的外部世界为代价,来泯灭内心的愤懑,取得心理上的平衡。反映于诗歌创作,则同样有"委顺世间法"的一面,即将"为民"从属于"为君",将"怒"纳入"怨",化郁结为通达,终于由

"讽喻"转入"闲适"。这种"互补"关系并不平等,而是主从关系。"独善"、"闲适"充其量只是"兼济"、"讽喻"的无可奈何的补充。这就是白氏自调机制的实现。

（原载《山东大学学报》1988 年第 4 期）

幻觉思维：李贺歌诗探秘

    杜牧《李长吉歌诗序》称李贺诗"盖《骚》之苗裔,理虽不及,辞或过之",只要"少加以理,奴仆命《骚》可也"。自此,李贺诗"少理"几成定论。然而,李贺自有李贺的理,不在君臣理乱,不在美刺怨怼,而在生与死的美学沉思。伽尔文·托马斯《悲剧和悲剧欣赏》中说:"对于我们的祖先说来,死亡是最大的不幸,是最可怕的事情,也因此是最能够吸引他们的想象力的事情。"①李贺正是在生与死的沉思中激发想象,展开夜一般的双翼,飞越人间,进入那神秘的非人间,生发出种种怪怪奇奇。

一、死 亡 想 象

    "死"是李贺诗中出现频率甚高的字眼,约二十多次。只要稍加排比,便不难发现:"死"在李贺手中是刺激生命力的武器,将死与美感相联系正是李贺歌诗特异之处。下引诗句是写肉体的死亡,但给人以崇高感②:

        报君黄金台上意,提携玉龙为君死。(《雁门太守行》)

---

① 转引自朱光潜《悲剧心理学》,人民文学出版社1983年版,第197页。
② 本文所引李贺诗,咸见《三家评注李长吉歌诗》,中华书局上海编辑所1958年版。

唯愁裹尸归,不惜倒戈死。(《平城下》)

"倒戈",此处指战死而戈倒于地。这样的死,不是给人以恐惧,而是壮烈的印象。死,便是力度。为此,李贺往往用"死"字来强化某种效果:

一方黑照三方紫,黄河冰合鱼龙死。(《北中寒》)

桂叶刷风桂坠子,青狸哭血寒狐死。(《神弦曲》)

"鱼龙死"以见严寒,"寒狐死"以见神将之威猛。而有的"死"是虚写:

朱旗卓地白虎死,汉王知是真天子。(《白虎行》)

津头送别唱流水,酒客背寒南山死。(《河南府试十二月乐词·二月》)

昔人谓秦为虎狼之国,在西,故以白虎为喻。"白虎死"谓秦破灭。"酒客背寒南山死",借以言别情之深。流水,曲名。更奇的是,李贺甚至用"死"来强化喜乐的效果:

南山桂树为君死,云衫浅污红脂花。(《神弦别曲》)

王琦注:"南山桂树,受神之披拂者,亦为之死。死者,犹言喜杀。""死"字还有其他用法:

潘令在河阳,无人死芳色。(《贾公贵婿曲》)

秋白鲜红死,水香莲子齐。(《月漉漉篇》)

为芳色而死，非爱而何？"鲜红死"，注或谓"江浙谓江米曰红鲜。死，稻熟也"。在李贺手中，"死"字真是无施而不可矣！尤其值得注意的是，李贺还以死见永生：

> 王母桃花千遍红，彭祖巫咸几回死。(《浩歌》)
>
> 拜神得寿献天子，七星贯断姮娥死。(《章和二年中》)

仙人之死更见得仙界之永生。至此，李贺已用死亡之意象沟通了人与非人的境界，泯灭生与死那不可逾越的鸿沟，从而消除人对死亡那与生俱来的恐惧，让死亡也燃放出凄艳之花：

> 幽兰露，如啼眼，无物结同心，烟花不堪剪。草如茵，松如盖。风为裳，水为佩。油壁车，夕相待。冷翠烛，劳光彩。西陵下，风吹雨。(《苏小小墓》)

真是柔肠似水。苏小小幽怨的形象使人不禁想起《聊斋志异》中那些美丽的精灵。死者依然"活着"，死亡只是别样的生存。死亡想象使李贺打通了天、地、人的三才系统，使之能在人间与非人间随脚出入：

> 秋野明，秋风白，塘水漻漻虫啧啧。云根苔藓山上石，冷红泣露娇啼色。荒畦九月稻叉牙，蛰萤低飞陇径斜。石脉水流泉滴沙，鬼灯如漆点松花。(《南山田中行》)

明明是写秋野实景，末了经他轻轻一点，一盏鬼灯便将人带入冥界。再如《罗浮山人与葛篇》：

> 依依宜织江雨空，雨中六月兰台风。博罗老仙时出洞，千

岁石床啼鬼工。蛇毒浓凝洞堂湿,江鱼不食衔沙立。欲剪湘中一尺天,吴娥莫道吴刀涩。

明明是写有人赠葛布的实事,可诗笔竟如此灵动,奇异的画面使诗充满一种梦幻的情调,浮离了现实。将送葛布的罗浮山人说成是出洞的"仙人",将能工巧匠爱惜自己的产品说成是"啼鬼工",将炎热潮湿的南方景色联缀成"蛇毒浓凝"、"江鱼衔沙"的怪异,这就是李贺化现实为幻境的手段。岂但如此,他还能将迷离的梦幻轻轻拉回,重组一种新的现实:

> 天河夜转漂回星,银浦流云学水声。玉宫桂树花未落,仙妾采香垂佩璎。秦妃卷帘北窗晓,窗前植桐青凤小。王子吹笙鹅管长,呼龙耕烟种瑶草。粉霞红绶藕丝裙,青洲步拾兰苕春。东指羲和能走马,海尘新生石山下。(《天上谣》)

看来,仙人过的也只是农家的生活,而这种生活远比人间要稳定得多,也自在得多,故可称之为"一种新的现实"。

不过,如果我们将李贺对三界的"打通"仅仅视为一种技巧,那我们就不可能真正理解作为古人的李贺。关键还在于思维方式。

二、幻 觉 思 维

李商隐作《李长吉小传》,以含泪的笔记李贺之死:

> 长吉(李贺字)将死时,忽昼见一绯衣人,驾赤虬,持一板书,若太古篆或霹雳石文者,云:"当召长吉。"长吉了不能读,下

榻叩头，言"阿奶老且病，贺不愿去"。绯衣人笑曰："帝成白玉楼，立召君为记。天上差乐不苦也。"长吉独泣，边人尽见之。少之，长吉气绝。

李商隐还特地申明此事闻自李长吉的姐姐，而其姐"非能造作谓长吉者，实所见如此"。我不怀疑其真实性，一点也不。现代心理学家C.G.荣格认为："幻觉本身心理上的真实，并不亚于物质上的真实。"[①]李贺临终幻觉中，死神以绯衣天使的面目出现，也完全符合李贺心理上的真实。试读《昆仑使者》：

昆仑使者无消息，茂陵烟树生愁色。金盘玉露自淋漓，元气茫茫收不得。麒麟背上石文裂，虬龙鳞下红肢折。何处偏伤万国心？中天夜久高明月。

这昆仑使者不就是沟通三界的使者？在李贺看来，生与死、仙与鬼、永恒与短暂，不过是一转间事耳：

吴娥声绝天，空云闲徘徊。门外满车马，亦须生绿苔。樽有乌程酒，劝君千万寿。全胜汉武锦楼上，晓望晴寒饮花露。东方日不破，天光无老时。丹成作蛇乘白雾，千年重化玉井土。从蛇作土二千载，吴堤绿草年年在。背有八卦称神仙，邪鳞顽甲滑腥涎。

不但富贵易逝："门外满车马，亦须生绿苔"，便是炼丹成仙，仍然要"千年重化玉井土"；倒是一岁一枯荣的堤草才年年在，短暂中自有永恒，只有变化才能给出永恒：

---

① ［瑞士］C.G.荣格《人·艺术和文学中的精神》，卢晓晨译，工人出版社 1988 年版，第 104 页。

> 羲和骋六辔,昼夕不曾闲。弹乌崦嵫竹,抶马蟠桃鞭。蓐收既断翠柳,青帝又造红兰。尧舜至今万万岁,数子将为倾盖间……(《相劝酒》)

蓐收,司秋之神;青帝,司春之神。翠柳断,红兰生,即使神人如羲和、蓐收、青帝,也不过是倾盖间事,唯有事件的碎片能拼成永恒来。请听《官街鼓》:

> 晓声隆隆催转日,暮声隆隆催月出。汉城黄柳映新帘,柏陵飞燕埋香骨。捶碎千年日长白,孝武秦皇听不得。从君翠发芦花色,独共南山守中国。几回天上葬神仙,漏声相将无断绝。

于是我们在李贺歌诗中往往看到一个接一个倏忽变化的画面,横贯其间的则是"劫灰飞尽古今平"的永恒:

> 老兔寒蟾泣天色,云楼半开壁斜白。玉轮轧露湿团光,鸾珮相逢桂香陌。黄尘清水三山下,更变千年如走马。遥望齐州九点烟,一泓海水杯中泻。(《梦天》)

一句一个瑰丽的想象,一个绮丽的画面,真是更变如走马。宋人范晞文《对床夜语》曾记录陆游的话:"李贺词如百家锦衲,五色炫耀,光夺眼目,使人不敢熟视。"对李贺这种"百衲"风格,吴正子认为与其创作方法有关:

> 本传言长吉旦出乘马,奚奴背古锦囊自随,遇有所作,投入囊中;其未成者,夜归足成之,今观此篇可验。盖其融景遇物,随所得句,比次成章,妍蚩杂陈,斓斑满目,所谓天吴紫凤,颠倒在短褐者也。(《三家评注李长吉歌诗》卷三)

按他的意见,这种"百家锦衲"是"随所得句,比次成章"凑成的,所以难免"妍蚩杂陈",当然,这也就是李贺诗"少理"的体现。但查《新唐书》本传,还有这么几句：

> 遇所得,书投囊中,未始先立题然后为诗如他人牵合程课者。及暮归,足成之。

显然,李贺的"百衲"并非随手牵合凑成,而是呕心沥血的精巧拼接。如上所引,《梦天》一句一个瑰奇的想象,一句一个绮丽的画面,跳脱的画面连接起来形成一种倏忽变化的动感,既酷似梦境的迷离恍惚,又突出了"更变千年如走马"的作意。问题是：这种"百衲"风格所呈现的"梦幻情调",在李贺歌诗中并非偶然,而是具有普遍的意义(《李凭箜篌引》、《帝子歌》、《秦王饮酒》、《湘妃》诸篇都非常典型)。因此,我们有理由认为,李贺的思维方式是一种与之相应的特殊思维方式。

这种思维方式我认为与原始思维、神话思维乃至梦的运作,有其相似之处。作为原始思维的一个极其重要的特殊功能,就是主观心灵的任意性、幻觉性,在迷幻状态中进行自由联想,任意拼合实象,以构成怪诞的自由意象,如《山海经》中的酸鸟,希腊神话故事中的人头马等。这种任意组合思维映象之功能与梦的运作颇相似。弗洛伊德的研究表明,梦的形式特点是：梦中逻辑联系为事件上的同时性所取代,而因果关系也可以在一个意象向另一个意象的转化中体现出来,两个以上事物可互相叠加,不同事物可重新组合成一个矛盾共存的整体。弗洛伊德认为,梦中组合意象与清醒时制造的幻想形象之重要区别在于：后者是由预期中这一新的构造物的对观察者的影响所决定,而梦中合成物的形成则为一个与它的实际形状无关的因素所决定,这一因素被称为梦思。弗洛伊德还认为,梦的象征意义对神话、传说等表现手法都具有决定性的影响①。李贺歌诗普遍出现的梦幻情调及其"百衲"风格与上述"任意组合"的思维特征不是相当类似吗？试读《春昼》：

> 朱城报春更漏尽，光风催兰吹小殿。草细堪梳，柳长如线。卷衣秦帝，扫粉赵燕。日含画幕，蜂上罗荐。平阳花坞，河阳花县。越妇撺机，吴蚕作茧。菱汀系带，荷塘倚扇。江南有情，塞北无恨。

王琦注云："此篇言同一春昼，而其中人地各有不同。"无论江南，无论塞北，无论宫禁画幕，无论田野人家，虽然如王琦所云："景以人而异，时以地而殊，万有不齐之致，正未易尽其形容"；但都在同时性中表现出相似性，而在梦形成的机制中最为常见的逻辑关系，正在于相似性。李贺此诗以不同画面的相似性为逻辑关系，表现了春昼暖洋洋的整体气氛，达到岑参《春梦》所说的效果："枕上片时春梦中，行尽江南数千里。"不同事物在"相似性"的关联下组合成"春昼"这一新的综合体，给人以美的感受。这就是李贺的"理"。我们还能责怪它"随所得句，比次成章，妍蚩杂陈"吗？再如《铜驼悲》：

> 落魄三月罢，寻花去东家。谁作送春曲？洛岸悲铜驼。桥南多马客，北山饶古人。客饮杯中酒，驼悲千万春。生世莫徒劳，风吹盘上烛。厌见桃株笑，铜驼夜来哭！

通篇是对立物的叠加：桥南多骑马寻春之客，北山却葬满已死之人；客方尽饮于杯中酒，铜驼却已悲千万春；此处方生，彼处已灭；桃株花发为一时之物却夭夭然似笑，铜驼为耐久之物却因终要销毁而

---

① 以上有关梦的论述，参见［美］杰克·斯佩克特《艺术与精神分析》，高建平等译，文化艺术出版社1990年版，第115—119页。

戚戚然以悲。矛盾对抗之物在共时性中构成一整体画面,示人以人生如梦的悲哀,其矛盾事物的组合形式与梦境中矛盾共存的组合形式颇相似。然而,隐藏在画面后的"梦思",却是李贺对死亡深沉的思考:在时间面前,一切都是变化的,只有变化中才有永恒,死只是进入永恒的一个门槛,进了永恒,则天、地、人可打通。这又是李贺并非白日梦者而是诗人的明证。如果我们将《梦天》、《天上谣》、《帝子歌》、《湘妃》、《秦王饮酒》、《古悠悠行》、《金铜仙人辞汉歌》、《苦昼短》、《拂舞歌辞》、《巫山高》、《官街鼓》诸篇另行录出,一气读下,那么,我们不难发现:诗中往往以空间的变化见时间的永恒[①],而画面的富丽多变恰成就了时间的寂寞与永恒。于是,我们感受到一颗充满变迁感而渴求平衡的心! 为省篇幅,我只举一例略事说明:

> 筠竹千年老不死,长伴秦娥盖湘水。蛮娘吟弄满空山,九山静绿泪花红。离鸾别凤烟梧中,巫云蜀雨遥相通。幽愁秋气上青枫,凉夜波间吟古龙。(《湘妃》)

这是一个永恒的世界,但千年不死之竹,波间夜吟之古龙,离鸾别凤、巫云蜀雨,只是烘托了"蛮娘吟弄满空山,九山静绿泪花红"的巨大寂寞。我们不能不透过湘妃的寂寞而感受到诗人的孤独。正是这一啮人心灵的孤独感造成李贺似幻似迷的创作心态,其《伤心行》云:

> 咽咽学楚吟,病骨伤幽素。秋姿白发上,木叶啼风雨。灯青兰膏歇,落照飞蛾舞。古壁生凝尘,羁魂梦中语。

---

① "吴堤绿草年年在"、"古春年年在"、"凄凄古血生铜花"、"酒中倒卧南山绿"、"古祠近月蟾桂寒,椒花坠红湿云间"、"石马卧新烟"等,变化即永恒。

极度的孤独易使人自言自语,乃至产生自由联想。从"恒从小奚奴,骑距驴,背一古破锦囊"觅诗,到病榻上的临终幻觉,都显示了这位青年诗人短促的一生总处在极度孤独之中,由此造成丰富的幻觉经验。正是丰富的幻觉经验培植了李贺歌诗这株凄艳冷红的奇葩。这,也就是我将其特殊的创作思维方式称为"幻觉思维"的缘故。

三、生 拥 抱 死

荣格曾经将艺术创作题材分为"心理型"与"幻觉型",前者为人的意识生活之反映,后者为人的集体无意识之反映。幻觉型作品如但丁的《神曲》,歌德的《浮士德》第二部。他认为,读此类作品不会使人想起日常生活,而是记起所做的梦,黑夜间的恐惧以及那些时常使我们忧心如焚的疑虑。他还认为,此类作家虽然常用神话与史实为素材,但其作品感人的力量与深刻意义却不是凭借这些神话或史实,而是凭借幻觉与梦想①。依此分类,李贺歌诗显然属于幻觉型。是的,在李贺用神话和史实构建的梦幻情调深处,是写忧心如焚的疑虑:

> 南风吹山作平地,帝遣天吴移海水。王母桃花千遍红,彭祖巫咸几回死!青毛骢马参差钱,娇春杨柳含细烟。筝人劝我金屈卮,神血未凝身问谁?不须浪饮丁都户,世上英雄本无主。买丝绣作平原君,有酒唯浇赵州土。漏催水咽玉蟾蜍,卫娘发薄不胜梳。看见秋眉换新绿,二十男儿那刺促!(《浩歌》)

首四句写神仙世界,极言变化的不可抗拒,即使是高寿八百的彭祖

---

① 参见［瑞士］C.G.荣格《人·艺术和文学中的精神》,第99—101页。

之流也逃避不了死亡。接下来四句写人间的美好与短促,使人沉溺于饮酒享乐。"神血未凝身谁问"一句,王琦注云:"谓精神血脉不能凝聚长生于世上,此身果谁属乎?"长吉善用"凝"字表示长生,如"长眉凝绿几千年"。筝人劝其及时行乐,而诗人却沉思于生死之际。在不可逃避的死的面前,怎样才是有价值的死? 这就是问题之所在。这就是令人忧心如焚的疑虑。死亡问题事实上只是认识人生价值这一大问题下的分题,人们往往要面对死才能领悟生。"死去元知万事空",但当我们以这个"空"为界,回头看人生,则死亡阴影的掠来便会像倒计时般地促使我们去(赶紧去)充实生命。用现代存在主义者的语言叫做:"借死亡归期来唤醒亲在";用我的话讲,就叫做:以生去拥抱死。对此,李贺的认识有两个如下的层次:

(一)看透死,热爱生活。"几回天上葬神仙",李贺多次提到死的不可躲避。他甚至认为死有魅力,魅力就在泯灭不平,任你富贵熏天,终难逃一死。君不见挟美妾跨骢马"贫人呼云天上郎"的富家子,"少年安得长少年,海波尚变为桑田。荣枯递转急如箭,天公岂肯于公偏"(《嘲少年》)! 死亡是公正的。死亡甚至是爱才惜贤:

> 毒虬相视振金环,狻猊狻猗吐馋涎。鲍焦一世披草眠,颜回廿九鬓毛斑。颜回非血衰,鲍焦不违天。天畏遭衔啮,所以致之然。(《公无出门》)

颜回、鲍焦的早夭,是天公怕其受世间苦楚,以死为之解脱。李贺以死亡为解脱恐怕是受佛家的影响,《赠陈商》有云:"《楞伽》堆案前,《楚辞》系肘后。"而《楞伽经》开篇则云:"世间离生灭,犹如虚空华。"世间有种种生灭,成毁相续,变化流注不断。《楞伽经》正是教人以变化看待人间,消除死亡恐惧,超越生死①。李贺变化即永恒的

---

① 李贺与《楞伽经》之关系,陈允吉《唐音佛教辨思录·李贺与〈楞伽经〉》一文所论甚详,足资参考。

认识很可能是受《楞伽经》的影响。然而,也讲游仙却执着于现世间的《楚辞》,则给了李贺另一种影响:一往情深。这种化解不开的缠绵,使李贺在排除对死亡的恐惧的同时,却陷入对生的留恋,愈缚愈紧。在他的眼中,人间是这般美好:"飞香走红满天春"、"杨花扑帐春云热"、"天浓地浓柳梳扫"、"黄蜂小尾扑花归"……他对知音未逢事业无成恨恨而死是如此于心不甘:"愿随汉戟招书魂,休令恨骨填蒿里","秋坟鬼唱鲍家诗,恨血千年土中碧"!这种对生的热恋使他对客观世界有极纤细的感受,对声、色、味、香有高度的敏感。可以说,他不是以一种感官去感受,而是用各种感官,用整个身心去感受世界。他能听到人们听不到的音响"银浦流云学水声"(《天上谣》);他能觉察到不易觉察的事物"玉钗落处无声腻"(《美人梳头歌》);他能感到一切事物的硬度、重量和体积"隙月斜明刮露寒"(《剑子歌》),"忆君清泪如铅水"(《金铜仙人辞汉歌》),"虫响灯光薄"(《昌谷读书》)。人的感应神经打通了,视觉、触觉、听觉、嗅觉、味觉在心灵中交汇:"松柏愁香涩"(《王浚墓下作》),"玉炉炭火香冬冬"(《神弦》)。由此产生出李贺特有的主观性很强的感官的彩绘的笔调与意象,如:冷红、古血、衰红、刺香、寒绿、恨鬓、枯香等等。于是乎一切生的、死的、现存的、过去的,在李贺眼中无往而非情——君不见金铜仙人辞汉:"空将汉月出宫门,忆君清泪如铅水。衰兰送客咸阳道,天若有情天亦老!"(《金铜仙人辞汉歌》)这就是李贺立足于"死"而对"生"所作的回顾。

(二)生命的价值在于有所作为。让我们回到上引的《浩歌》中。"神血未凝身谁问"是诗人对生与死的思考,答案呢?接下"不须浪饮"四句便是回答:英雄不遇平原君式的明主本是常事,又何必浪饮自暴自弃?结尾四句与开篇照应,一切仍在迅变之中,但诗人已打定主意:不能受役于人,"二十男儿那刺促"!李贺热爱的生决不是平庸的廉价的生,这只要一读《秦宫诗》、《荣华乐》便知。汉代贵戚梁冀嬖奴秦宫,过着骄奢的生活,其权势可以翻江倒海,但

"秦宫一生花底活"，过着"鸾篦夺得不还人，醉睡鬿鮓满堂月"的极端无聊的生活；而"鸢肩公子二十余"，虽然看去"气如虹霓"，却"口吟舌话称女郎"，整日价"玉堂调笑金楼子，台下戏学邯郸倡"，同样是无聊的生。对这种生，长吉是如此厌恶，以至反复出现蠹虫的意象："谁看青简一编书，不遣花虫粉空蠹"（《秋来》）；"歌尘蠹木在"（《昌谷诗》）；"缃缥两行字，蛰虫蠹秋芸"（《自昌谷到洛后门》）。蠹虫的生，便意味着美好事物的毁。长吉追求的是轰轰烈烈建功立业的生："少年心事当拿云"（《致酒行》），"秦王不可见，旦夕成内热"（《长歌续短歌》），一组《马诗》二十三首，更是说尽男儿心事。个中滋味，要算李世熊《昌谷诗解序》最能体会：

> 唐人已慕之为仙矣，贺自言则曰"几回天上葬神仙？"又曰："彭祖巫咸几回死？"是谓仙亦必死也；后人既畏之为鬼矣，贺自言则曰"秋坟鬼唱鲍家诗"，是谓鬼定不死也。故生死非贺所欣戚也。意贺所最不耐者，此千年来挤贺于郁督沉屯中，非生非死，若魇不兴者，终不能竖眉吐舌，嘘血雪肠于天日之前，是贺所大苦也乎！（王琦《李长吉歌诗汇解》首卷）

更进深一层说，贺之大苦，也是中晚唐之交乃至整个封建时代中国知识分子阶层普遍的大苦。由于"士"对封建专制政体日渐趋强的依附性，其臣妾的地位与"帮忙而不可得"的失落感往往使热血者"若魇不兴"，似在噩梦中过日，李贺道出的便是这种"大苦"[1]。尤其是中唐转入晚唐的士大夫面对帝国的瓦解，中兴梦的幻灭，心中更是充满变迁感[2]，迫切需求外来的调节以稳定动荡的心灵，排除对毁灭的恐惧。李贺以其善感之灵心，预感到时代的需求，其歌诗不

---

[1] 关于中国士大夫的两难处境，参看余英时《士与中国文化》第二、三章。

[2] 参看拙作《变迁感：中唐士大夫的心理压力》，《暨南学报》1993 年第 3 期（收入本《文集》第六册）。

但充满变迁感,而且在梦幻情调中打通生死,临变不惊,以生拥抱死,正好给行将到来的晚唐社会留下一服镇静剂,而晚唐诗坛出现风靡一时的彩绘的感官的笔调,至李商隐、温庭筠而造其极,也正是李贺预感之证实("生拥抱死"至晚唐而流为享乐主义自当别论)①。诚如荣格所言:幻觉经验不应仅仅看作是现实的替代而已,它是富有想象力的混沌,是对某些确实存在而又不完全为人所知的事物的表达方式。但丁的遨游天堂、地狱,只不过是但丁预感的一种表达方式,而歌德那充满魔幻的《浮士德》,则触及了德国人灵魂中的某些东西②。幻觉型的李贺歌诗也应作如是观,我想。

(原载《中州学刊》1996 年第 2 期)

---

① 参看拙著《文化建构文学史纲(中唐—北宋)》第二章第一节,海峡文艺出版社 1993 年版(收入本《文集》第四册)。
② 详见［瑞士］荣格《人·艺术和文学中的精神》,第 100—107 页。

田园夕照话晚唐

幻　　境

　　中唐到晚唐，好比秋肃入于冬寒。所以，晚唐士大夫虽仍在做着青山白云之梦，写着田园诗，但那梦境要凄清得多。在通向"桃花源"的路上，昔日是"隐隐飞桥隔野烟"，如今可是"人迹板桥霜"了。

　　王维曾据盛唐庄园的模式重塑陶渊明的桃花源："遥看一处攒云树，近入千家散花竹……居人共住武陵源，还从物外起田园。月明松下房栊静，日出云中鸡犬喧。"(《桃源行》)物外田园，不乏人间世的雍容自在。到了中唐，则多有人来将桃源改写为仙山。如参加过"永贞革新"的刘禹锡，就写过《游桃源一百韵》与《桃源行》二首诗，前者尤有影响。诗中多想象之词："清猿伺晓发，瑶草凌寒坼。祥禽舞葱茏，珠树摇玓瓅。羽人顾我笑，劝我税归辂。"其中物象多属道教徒描写仙家的东西，刘氏自称："幽寻如梦想，绵思属空阒。"当时将桃源仙化应是普遍现象，所以会招来韩愈这位力排释、道的儒家斗士的训斥："神仙有无何眇芒，桃源之说诚荒唐!"(《桃源图》)韩愈甚至对"乃不知有汉，无论魏晋"的桃源人的不问政治也有微词："嬴颠刘蹶(指秦、汉相继倒台)了不闻，地坼天分非所恤!"儒家以济世为本，故有这些话头。刘禹锡又何尝不也是作如是想？只为"永贞革新"失败使之看透现实的腐败，更深刻地感到自身的危机。所以刘氏诗后半将现实与"仙境"作了对比："因思人间世，前路何狭窄!"又说:"巧言忽成锦,苦志徒食蘖。平地生峰恋,深心有矛戟。层波一震荡,弱植忽沦溺。"对当时政治险恶可谓痛绝。绝望又使之想逃离这污浊的人间世:"忽从婴网罗,每事问龟策……誓将依羽客,买山构精舍。领徒开讲席,冀无身外忧。"这就是说,此时桃源不再是士大夫优游其间取得从物质到精神自给自足的洞天福地——庄园的影子,而是"幽寻如梦想"的避难所了。由于中唐至晚唐是个向下的斜坡,韩愈无力挽狂澜于既倒,人们仍要将桃源写成仙境,并借这自造的幻象来解脱自我。这是对无可救药的现实的一种反拨。

问题的深刻性恐怕还在于:盛唐人是用世上庄园重塑桃源形象,中唐人是用世外桃源来幻化地面上的田庄,晚唐人则干脆不提什么桃源,直写幻境。陆龟蒙是个典型。《送人罢官归茅山》诗云:

> 呼僮晓拂鞍,归上大茅端。薄俸虽休入,明霞自足餐。暗霜松粒赤,疏雨草堂寒。又凿中峰石,重修醮月坛。

这位退休官员当然不会真的去饮明霞吃松粒,但他却这么写了。再看他写谢某的隐居处:

> 有峰最高,四穴在峰上。每天地澄霁,望之如牖户。相传谓之石窗,即四明之目也。山中有云不绝者二十里,民皆家云之南北,每相从谓之"过云"……

其《四明山诗·过云》则说:

> 相访一程云,云深路仅分。啸台随日辨,樵斧带风闻。晓着衣全湿,寒冲酒不醺。几回归思静,仿佛见苏君。

苏君，指汉末升仙的苏耽。深山别业被写得如是灵气往来，较之《游桃源一百韵》的幽寻绵思有过之而无不及焉。即便是繁荣的庄园，也被写来颇带仙气，如《和袭美褚家林亭》：

> 一阵西风起浪花，绕栏杆下散瑶华。高窗曲槛仙侯府，卧苇荒芹白鸟家。孤岛待寒凝片月，远山终日送余霞。若知方外还如此，不要秋乘上海槎。

所谓海槎，是传说有人八月里乘槎下海，直通银河，到天街逛了一圈。因褚家林亭在诗人眼中已幻化为仙侯府，故何必乘槎远寻呢？

每一个较典型的文学现象背后，总是隐蔽着某些社会上较普遍存在的心态。将庄园幻化为仙境的背后，正隐藏着晚唐士大夫"身从乱后全家隐"的避祸心态。试读陆龟蒙另一首《丁隐君歌》，其序云：

> 隐君，姓丁氏，字翰之，济阳人也……居钱塘龙泓洞之左右，或曰憩馆耳。别业在深山中，非得得行不可适。到其下，畜妻子，事耕稼，如常人。

人是常人，但其深山别业倒是有奇景。其歌云："盘烧天竺春笋肥，琴倚洞庭秋不瘦。草堂暗引龙泓溜，老树根株若蹲兽。霜浓果熟未容收，往往儿童杂猿狖。"别业中有田有舍有园（洞庭石便是庭园设施），却写来似未经开发的原始山林——"儿童杂猿狖"。陆氏之所以如此赞赏这无社会干扰的"蛮荒"之地，就因为它是理想的避难所："去岁猖狂有黄寇，官军解散无人斗。满城奔迸翰之间，只把枯松塞圭窦。"这种易守难攻的坞堡式山庄不禁使我们回到陶渊明那乱糟糟的年月——历史学家陈寅恪正是推论陶渊明以当时避祸乱之坞堡为模特而塑造了"桃花源"的①。历史飞碟也似地打了个大圈,似乎又回到了晋宋之间。于是乎我们拂去仙家五色云,便看到田园诗吟颂对象的晚唐庄园的真面目:士大夫的避难所。在"南北唯闻战"的情况下,庄墅的首要价值不是消闲,而是"贫须稼穑供"(《江墅言怀》)的生存保障,乃至士大夫精神的支撑点。据《新唐书·隐逸传》载,陆龟蒙家"有田数百亩,屋三十楹,田苦下,雨潦则与江通,故常苦饥,身畚锸,茠刺无休时"。这个并不富有的田庄对他是如此重要,甚至影响到他的行为。本传说他举进士一不中,即游湖州、苏州。"尝至饶州,三日无所诣。刺史蔡京率官属就见之,龟蒙不乐,拂衣去。"如果没有这么个"犹堪过一冬"的江墅,还能如此旗鼓不倒是颇堪怀疑的。只是这些风雨飘摇中的庄园很难真正有力地保护士大夫,士大夫心中难免仍是忽忽不安,并未获得真正的安全感,田园诗也往往泄漏消息。陆氏《自遣诗》三十首,其序称:

> 自遣诗者,震泽别业之所作也。故疾未平,厌厌卧田舍中,农夫日以耒耜事相聒。每至夜分不睡,则百端兴怀搅人思,益纷乱无绪。

忽忽不稳的心绪竟至使别业主人厌听农事,与王维《赠裴十迪》那种以"田家来致词,欣欣春还皋"为乐的心态,相去不啻百里!

"心摇只待东窗晓,长愧寒鸡第一声!"震泽别业主人忽忽不稳的心绪反映的是癌扩散似的唐帝国危机的不可克服。陆龟蒙还有首《江湖散人歌》反映了这一深层意识。其序称:

> 散人者,散诞之人也。心散、意散、形散、神散。既无羁限,

---

① 详《金明馆丛稿初编·陶渊明之思想与清谈之关系》。

为时之怪民。

散、散，从身心到行为一切都散了架。这不正是唐帝国分崩离析的心理折射？"四方贼垒犹占地，死者暴骨生寒饥。归来辄拟荷锄笠，诟吏已责租钱迟。"逃无可逃，正是杜荀鹤"任是深山更深处，也应无计避征徭"的意思。于是乎"心散、意散、形散"。罗隐也有首《自遣诗》，写来更通俗：

> 得即高歌失即休，多愁多恨亦悠悠！今朝有酒今朝醉，明日愁来明日愁。

这已近乎穷开心，压抑感因无可奈何而化为一种麻木感。面对土崩瓦解的唐帝国现实，士大夫无计可施，只能仍旧徘徊于田园这块传统的避难所的土地上，并用自己幻想之笔描绘着自家理想的幻境，聊以卒岁。

惆　怅

晚唐田园诗的调节功能无疑是减弱了，士大夫只好更多地依靠处世态度来调节心理上的失去平衡，好比瞎子的耳朵必将更加敏锐。由中唐人白居易重新设计的"兼济"与"独善"的士大夫处世原则于是乎在晚唐人身上得到发挥①。

晚唐士子并不像南朝没落士族那样"陈宝叔全无心肝"，他们人格上往往显现出反差甚大的二元化，于诗文则往往于追求形式美之同时不乏剥非补失之作。典型如"自以为隐士，别人也称之为隐

① 关于白居易重新设计"兼济"与"独善"的处世原则一事，请参看拙作《白居易自我调节机制的实现》一文，《山东大学学报》1988 年第 4 期（收入本《文集》第六册）。

士"的皮日休与陆龟蒙,就有着"怒目金刚"式的小品文在。如皮日休《读司马法》云"古之取天下也,以民心;今之取天下也,以民命",锋芒直指最高统治集团。陆龟蒙《野庙碑》则斥官吏只会对平民肆淫威,比无知的土木鬼神还不如。而在田园诗中,二人却是一副疏懒的面目:

> 病来无事草堂空,昼永休闻十二筒。桂静似逢青眼客,松闲如见绿毛翁。潮期暗动庭泉碧,梅信微侵地障红。尽日枕书慵起得,被君犹自笑从公。(皮日休《所居首夏水木尤清适然有作》)

> 新秋霁夜有清境,穷檐病客无佳期。生公把经向石说,而我对月须人为?独行独坐亦独酌,独玩独吟还独悲。古称独坐与独立,若比群居终校奇。(陆龟蒙《独夜》)

诗的描写不再像盛唐人那样倾全力于氛围的渲染,意象的呈露,以便对读者激发情感;而是注重于自身生活态度的表述与欣赏。疏懒、独处成为反复咀嚼的东西,以此引导读者投入这种生活态度之中。也就是说,此时的士大夫反复体味的主题已是自身对社会的态度:或避之以为乐,或远羡之以为悲。二者在骨子里都是对现实的失望,都不得不披上世纪末的悲凉之气。就审美趣味而言,大体说来中唐至晚唐的田园诗已渐渐由盛唐时代的雍容自在、本色自然,入于凄清怪异乃至对枯寂的自我欣赏。中、晚唐之交的贾岛、姚合已有明显的表现,且不必论,晚唐如杜荀鹤的"庭前树瘦霜来影,洞口泉喷雨后声"、"冷烟粘柳蝉声老,寒渚澄星雁叫新",方干的"树影搜凉卧,苔光破碧行"、"枯井夜闻邻果落,废巢寒见别禽来",这些"瘦句"已表达了诗人与社会足够的心理距离。

不过,更深刻地体现诗人与社会心理距离的,是那些看似清新实则冰凉的田园之作。刘沧《秋夕山斋即事》有句云:"半夜秋风江

色动,满山寒叶雨声来。"清新过后,是一股惆怅掠过心头。再如曹邺《早秋宿田舍》:

> 涧草疏疏萤火光,山月朗朗枫树长。南村犊子夜声急,应是栏边新有霜。

诗思入骨清。在山村月色中,传来犊子促急的哞叫,使人悟到秋霜已下,寒冬也已逼近了。而冷月中小牛犊也真叫人怜悯,处于晚唐乱世的读者读之,能不自悯耶?善写"冷句"的郑谷有首《郊园》诗:

> 相近复相寻,山僧与水禽。烟蓑春钓静,雪屋夜棋深。雅道谁开口?时风未醒心。溪光何以极?只有醉和吟。

山僧水禽,春钓夜棋,看似清新的田园生活无非只是与醉吟同为缓解心中惆怅情绪的工具而已。明人许学夷《诗源辩体》说:"唐人之诗虽主乎情,而盛衰则在气韵。如中唐律诗、晚唐绝句,亦未尝无情,而终不得与初、盛相较,正是其气韵衰飒耳。"话说得不错,晚唐人之情不能不感受时代的气息,才情与时代之气不能不相通,因感应而衰飒。然而这种衰飒则又因人而异。在晚唐田园诗中表现的衰飒则毕竟是对晚唐没落的奢靡之风的一种反拨,故其轻清之中依然有一定的力度在。韦庄《咸通》诗写尽晚唐醉生梦死的达官贵人们的丑恶:

> 咸通时代物情奢,欢杀金张许史家。破产竞留天上乐,铸山争买洞中花。诸郎宴罢银灯台,仙子游回璧月斜。人意似知今日事,急催弦管送年华。

与此糜烂的官场相比较而言，则晚唐田园诗也还毕竟是一片小小的净土。只是这个充满士大夫惆怅之情的幻境似五彩的肥皂泡，是经不住风雨，迟早要破灭的。晚唐田园诗已弹奏到尾声。

休　休

尾声，隐隐约约从那中条山王官谷深处的"休休亭"传出。

休休亭的主人是司空图。《旧唐书》本传称："图有先人别墅在中条山之王官谷，泉石林亭，颇称幽栖之趣。"中条山在长安与洛阳间，与辋川庄、平泉庄、午桥庄这类京都郊园不同，它在山区。此庄在那战乱的岁月里是个避难所，如本传所说："时寇盗所过残暴，独不入王官谷，士人依以避难。"

关于司空图其人及其归隐动机，历来有歧议。《唐诗纪事》卷六三引《五代史阙文》称：司空图为人"躁于进取"，颇自矜伐，故君子多鄙视之。黄巢起义后，司空氏回到别业中，"日以诗酒自娱，属天下板荡，士人多往依之，互相推奖，由是声名籍甚"。又称司空氏"负才慢世，谓己当为宰辅，时人恶之，稍抑其锐。图愤愤，谢病归中条"。我有异议。司空图的归隐，事实上不但有急迫的形势使之然，还有颇深刻的思维依据，代表了后期封建社会中比较正直的那一部分士大夫的处世原则。其时，帝国崩坏已属尽人皆知，问题仅仅在于：如何对待这一形势？许多朝臣不是依附宦官便是投靠方镇，狗苟蝇营，甚至在将倾的大厦底下争权夺利——崔胤、柳璨之徒便是。司空图反于是，33岁作《与惠生书》称"文之外，往探治乱之本"，等有机会就要"以成万一之效"。他认为当今之务在"存质以究实，镇浮而劝用"，要尚通、尚法。后来作《与王驾评诗书》，斥元稹、白居易诗风为"都市豪估"，反对褊浅浮薄，应与此救时主张有关。他深知挽狂澜于既倒之不易，故主张"就其间量可为而为之"。他有个比喻:"夫百人并迫于水火,可皆救之,斯为幸矣;不可皆救,则将竭力救其一二耶? 亦将高拱以视之耶?"这种"知不可为而为之"的儒家精神岂是"躁进"者所能言之哉! 然而他渐渐感受到谗言蜚语的威力:"人人语与默,唯观利与势。爱毁亦自遭,掩谤终失计。"(《感时》)这才是其退隐的原因。《旧唐书》本传称:"时朝廷微弱,纪纲大坏,图自深惟出不如处,移疾不起。"这一推断应当说是与司空氏自己在诗文中表现出的情绪一致的。

是的,深刻的危机感是司空图归隐的内在原因。因此,他喜欢用"久避重罗稳处飞"的山鹊来比喻自身的遭际。《喜山鹊初归三首》之三说:

> 阻他罗网到柴扉,不奈偷仓雀转肥。赖尔林塘添景趣,剩留山果引教归。

这种远离是非之地之乐,是司空氏歌吟的对象。此类诗甚多,且较接近王维那种细细品味田园生活,沉浸于一丘一壑之中的风格。如司空氏自鸣得意的警句"草嫩侵沙长,冰轻著雨销"、"棋声花院闭,幡影石坛高"等等,咸属此类。然而,我们要抉出的是司空图田园之作中深埋着的不得已的内疚之心。《偶书》云:

> 自有池荷作扇摇,不关风动爱芭蕉。只怜直上抽红蕊,似我丹心向本朝。

这种关心帝国命运的心情至老不衰。《乙丑人日》诗云:"自怪扶持七十身,归来又见故乡春。今朝人日逢人喜,不料偷生作老人。"七十老人还为"偷生"而自愧,在中国封建时代,恐怕唯儒者能之。至如"带病深山犹草檄,昭陵(太宗陵)应识老臣心"、"穷辱未甘英气阻,乖疏还有正人知"、"亦知世路薄忠贞,不忍残年负圣明"、

"丧乱家难保,艰虞病懒医。空将忧国泪,犹拟洒丹墀",诗显示了司空图隐逸的特殊性:作为一个智者,他深知国事不可为;作为一个儒者,他休戚仍系心于国事,愧于归栖。所以司空氏栖隐中内心平衡要靠自家不断证明自己这一行动的正确性来取得。如《丁巳重阳》称:"乱来已失耕桑计,病后休论济活心。自贺逢时能自弃,归鞭唯拍马鞯吟。"因此,司空图的田园之作往往能表现出一个避难者对现实记忆犹新的清醒,以及理性的自我化解后的平和精神。试读《山中》:

> 全家与我恋孤岑,蹋得巷苔一径深。逃难人多分隙地,放生麋鹿出寒林。名应不朽轻仙骨,理到忘机近佛心。昨夜前溪骤雷雨,晚晴闲步数峰吟。

诗的前半是现实,是避难的艰辛;后半转为"忘机"的理性自我化解。在司空图田园诗中不难找到此类"夹生"的例子。《归王官次年作》在忘机待鹤、池痕春涨、小阑花韵中,就夹着"乱后烧残数架书"的现实;《丁未岁归王官谷》诗在花移鸟啼、壶中日月、歌入武陵之间,插进"却致中原动鼓鼙"的惊叹。是的,王官谷田园的烧痕是醒目的。而司空氏田园诗之可贵,也就在于不忘世事,是心理上不可化解的矛盾之反映。"四望交亲兵乱后,一川风物笛声中。"(《重阳山居》)此句《许彦周诗话》认为"意甚委曲"。是,此联颇传达司空氏在那样的乱世中隐居的矛盾心态。司空图未尝不想用白居易的处世方法处世,但效果并不同。67岁头上,他也仿白氏写《醉吟先生传》,写下《休休亭记》,说了许多自己该休矣的理由,如"量其材,一宜休也;揣其分,二宜休也;且耄而聩,三宜休也"等等。可是在《题休休亭》诗中却又发了一通牢骚云:

> 咄!诺。休休休,莫莫莫。伎俩虽多性灵恶,赖是长教闲

处著。休休休,莫莫莫! 一局棋,一炉药,天意时情且料度。白日偏催人快活,黄金难买堪骑鹤。若曰尔何能? 答言耐辱莫。

开头几句《唐音癸签》卷二三解说云:"咄,拒物之声。诺,敬言也。图隐身不出,其本怀。姑为拟议之辞,先叱之,随诺之,因以休休莫莫自决耳。"则开始以"咄"谴责现实拒绝退隐,继以"诺"承认现实而退隐,终以"莫莫莫、休休休"表示对世事的放弃。《效陈拾遗子昂感遇》云:"豪夺乃常理,笑君徒咄嗟。"可证"咄"是对现实表示不满与斥责。从"咄"到"休",是其由进取到退隐的过程,最后表示痛下决心。《狂题十八首》之五云:"不劳世路更相猜,忍到须休惜得材。几度懒乘风水便,拗船折舵恐难回!"这种下了决心不再回头的态度只能使司空图一再辞官不拜,却不能使之心理得到平衡。司空氏也很清楚自己与白居易之间的距离:

> 甘心七十且酣歌,自算平生幸已多。不似香山白居士,晚将心地著禅魔。(《修史亭三首》之二)

末句指白氏佞佛,曾自称"近岁将心地,回向南禅宗"(《赠杓直》)。司空氏虽亦间或以释道为消遣,但节义等儒学品格要求仍一直盘踞纠结于胸,其生命之极则必皈依于儒学,最后竟以哀帝被弑而郁闷不食死,体现士大夫在乱世最终极的生命价值观。评论司空图其人只据《二十四诗品》中的释道意味,显然是片面的,也不能真正探得《诗品》之骊珠。

从晚唐田园诗余音袅袅之中,与南朝哀怨之音的异趣依稀可辨。它是田园夕照中的牧笛,落寞惆怅中仍有一缕刚气。晚唐毕竟是世俗地主全面取代士族走向事业顶峰的过渡时期。

(原载《漳州师院学报》1994 年第 3 期)

绚烂归于平淡

——由致用走向务本的宋学精神

一

中国古代文化之演进,往往不是由某一点变异,经酝酿便忽成大潮,汹涌而至,一切改观;而是在不断反复中,新内容与旧形式不断地调整,在顺化与同化的双向建构中,终于引发蜕变,改变了二元并存忽此忽彼的反复局面,综合成一个新格局,进入一个新时代。它是一叶靠摇橹来推进之舟。宋人美感的形成也是如此。

中国美学史上存在着"错彩镂金"和"芙蓉出水"两种不同的美感或美的理想。如果说,魏晋南北朝是一个转变的关键,划分了两个阶段,从这个时候起,中国人的美感走到了一个新的方面,表现出一种新的美的理想,那就是认为'初发芙蓉'比之于'错彩镂金'是一种更高的美的境界①;那么,宋朝则是另一个转变的关键,那就是宋人力图将这两种美综合起来。

这种意图,在唐人杜甫诗中已见端倪。与李白"垂衣贵清真"、"雕虫丧天真"、"清水出芙蓉"的主张有所不同,杜甫在《戏为六绝句》中,对南朝庾信的赋,对初唐"四杰"的"当时体",都有相当的肯定,自称是"不薄今人爱古人,清词丽句必为邻",在《丹青引》中赞

---

① 宗白华《美学散步》,第 29 页。

赏曹将军的画"意匠惨淡经营中",在《江上值水如海势聊短述》中自称"为人性僻耽佳句,语不惊人死不休"。他不一般地反对人工美,但要求以人工美追求自然美,如《白丝行》所谓"美人细意熨帖平,裁缝灭尽针线迹"。在《奉先刘少府新画山水障歌》中称刘少府的画"元气淋漓障犹湿,真宰上诉天应泣"!我看这就是后来李贺名句"笔补造化天无功"之所本。以人工、学力来追求一种近乎自然之美,在中唐已是相当自觉清醒的意识。典型如皎然《诗式》"取境"一节所云:

> 夫不入虎穴,焉得虎子?取境之时,须至难至险,始见奇句。成篇之后,观其气貌,有似等闲,不思而得,此高手也。

然而,中唐人还只是"形式的自觉",想从形式入手,以人工美追求自然美,尚未能从内容与形式这一高度上加以把握。这表现在文坛上元、白与韩、孟两大派艺术追求的异同。

白居易从"致用"的目的出发,主张"文章合为时而著,歌诗合为事而作"。极力强调诗歌的社会功能,相应地在艺术风格上追求"浅切"之美。

但因为韩愈主张"文以载道",也就是承认文是儒家的宣传工具,所以提倡"文从字顺"的文风,与白居易主张"文章合为时而著,歌诗合为事而作"所以提倡"辞质而径"是一致的,都是从"致用"的目的出发①。同样,处于"形式的自觉"时代的韩愈,仍有其对人工美的追求。《答李翊书》称:"当其取于心而注于手也,惟陈言务去,戛戛乎其难哉!"要"陈言务去",就得惨淡经营,蹊径独辟,如皇甫湜《韩文公墓志铭》所称:"及其酣放,豪曲快字,凌纸怪发,鲸铿春丽,惊耀天下。"韩愈《调张籍》诗亦自称:"精诚忽交通,百怪入我肠。"

---

① 关于韩、白二派异同,请参看拙文《白居易自我调节机制的实现》,《山东大学学报》1988 年第 4 期(收入本《文集》第六册)。

"怪"与清水芙蓉的审美趣味相去甚远。此后,韩愈弟子皇甫湜一脉便捉着韩文陈言务去、矜奇尚怪的一面大作文章,以"虎豹之文不得不炳于犬羊,鸾凤之音不得不锵于乌鹊",证成"尚奇论"①,并归之为"自然",实是以"怪"的人工美取代自然美的追求。韩愈另一脉弟子如李翱、李汉辈,则走"文从字顺"一路,惜缺乏对形式美追求的热情,终亦行之不远。

显然,无论元、白,无论韩、孟,都未能将"初发芙蓉"与"错彩镂金"这两种美感统一起来。

二

气候未成,变异或孕其中。

与中唐人"致用"观并行的"务本"论的崛起,使两种美感的统一成为可能。

中国人向来重视内蕴的美,古人将玉置于金之上便是明证。《易·贲卦》有云:"上九,白贲,无咎。"贲是斑斓之美,白贲则是"极饰反素"。故宗白华认为"这里包含了一个重要的美学思想,就是认为要质地本身放光,才是真正的美"②。基于这种认识,中国人总喜欢将外在的"文章"与内在的"道德"联系起来。孔子有云:"文质彬彬,然后君子。"又云:"有德者必有言。"③孟子也说:"充实之谓美,充实而有光辉之谓大。"④这种倾向至隋末名儒王通(文中子)发展为以"君子"、"小人"论文。《中说·事君》云:

---

① 《皇甫持正文集》卷四《答李生第一书》。
② 宗白华《美学散步》,第29页。
③ 《论语·雍也》;《论语·宪问》。
④ 《孟子·尽心》。

文士之行可见：谢灵运小人哉，其文傲，君子则谨。沈休文小人哉，其文冶，君子则典。鲍照、江淹古之狷者也，其文急以怨。吴筠、孔珪古之狂也，其文怪以怒……

这种偏激的做法在盛唐罕有接响。"安史之乱"后，"尊王攘夷"的现实需要将儒学推上第一线，使得以道德论文之风再炽。肃宗时儒者尚衡《文道元龟》云：

君子之文为上等，其德全；志士之文为中等，其义全……词士之文为下等，其思全……君子之作先乎行，行为之质；后乎言，言为之文。行不出乎言，言不出乎行，质文相半，斯乃化成之道焉。

另一个具有王通面目的中唐古文家是柳冕。他在《与徐给事论文书》中说：

文章本于教化，形于治乱，系于国风。故在君子之心为志，形君子之言为文，论君子之道为教。《易》云："观乎人文，以化成天下。"此君子之文也。自屈、宋以降，为文者本哀艳，务于恢诞，亡于比兴，失古义矣。虽扬、马形似，曹、刘骨气，潘、陆藻丽，文多用寡，则是一技，君子不为也。

此类"文章本乎作者"之论，在李华、元结、独孤及、梁肃诸人文集中比比皆是，但大都语焉不详，至韩愈才比较全面地阐明文与道之关系。他首先表白学古文主要是为了学古道。《题哀辞后》说："愈之为古文，岂独取其句读不类于今者耶？思古人而不得见，学古道则欲兼通其辞。通其辞者，本志乎古道者也。"道被视为根本。《答李翊书》尤其阐发得详尽：

357

将蕲至于古之立言者,则无望其速成,无诱于势利,养其根而竢其实,加其膏而希其光。根之茂者其实遂,膏之沃者其光煜。仁义之人,其言蔼如也。

韩氏以仁义为文章之根本,是由"致用"走向"务本"的关键一步。与白居易《与元九书》"诗者:根情,苗言,华声,实义"的提法相比较,白氏以"致用"为归宿(实义),故不妨以情动人;韩氏转向"务本",故将情纳入仁义的规范:"行之乎仁义之途,游之乎诗书之源","根"已不在"情",而在"道德"。因此,他要借助孟子道德修养——"我善养吾浩然之气"的方法来习文。《答李翊书》又称:"气盛则言之短长与声之高下者皆宜。"内修养的功夫将文与道沟通了。古文运动另一健将柳宗元《报袁君陈秀才避师名书》也认为:"大都文以行为本,在先诚其中。"但柳氏的"本",不但指儒道,还兼指释道。在这点上,韩愈门人李翱的言论更值得重视。

李翱与西堂智藏、鹅湖大义、药山惟俨诸禅师相往还,其《复性书》颇受禅学之影响。高观如《唐代儒家与佛学》曾就《复性书》与《圆觉经》、《起信论》之异同详加比较,足资参考。这里我们只就"外向"转"内向"略加讨论。《复性书》首先是将"情"与"性"对立起来。其中篇云:

> 问曰:凡人之性犹圣人之性欤?曰:桀、纣之性犹尧、舜之性也,其所以不睹其性者,嗜欲好恶之所昏也,非性之罪也。曰:为不善者,非性邪?曰:非也,乃情所为也。情有善不善,而性无不善焉。

情成为恶之源,于是孟子的"性善"论加上释教的"灭欲",组成"存天理,灭人欲"的极端文化专制的理论。李翱认为,要使"性不作,性斯充",就要"复性",而复性又"非自外得者也",于是他将孟子的内省养气功夫与道家"心斋",释家"斋戒"之类结合起来,提出"去情复性"的妙方:"弗虑弗思,情则不生。情既不生,乃为正思。正思者,无虑无思也。"然而,"无虑无思"难免要"外天下国家",不符合儒家入世的主张。最高境界应是"动静皆离",做到"视听昭昭而不起于见闻者,斯可矣"。这就要"格物致知"。《复性书》中篇云:

> 格者,来也,至也。物至之时,其心昭昭然明辨焉,而不应于物者,是致知也,是知之至也。知至故意诚,意诚故心正,心正故身修,身修而家齐,家齐而国理,国理而天下平。此所以能参天地者也。

出世的释家"斋戒"于是乎化为入世的儒家心性之学,外向讲究事功的儒学也转为内向的空谈心性的理学。在作文与养气方面,李翱继承了韩愈的观点,但韩愈虽说"仁义之人,其言蔼如",仁义与文之间的关系也仅仅是"根之茂者其实遂",仁义毕竟不等于文,也并不排斥仁义之人无言、无文的可能性,去孔子"有德者必有言,有言者不必有德"不远。李翱则不然,《寄从弟正辞书》称:"夫性于仁义者,未见其无文也;有文而能到者,吾未见其不力于仁义也。"两个"未见"几乎是在仁义与文之间画上了等号。《复性书》又云"情者性之邪",所以要"性于仁义"。这不但与白居易的"根情实义"的思维方向相反,也与韩愈"养其根而竢其实",养气行仁义毕竟为作好文章的思维方向不同。仁义,是目的。养气不为作文,圣人与天地合德,"此非自外得者也,能尽其性而已矣"。这不但导致宋理学家"道至则文自工",以文为妨道的"闲言语",取消文学独立性的说法[1],也为宋人好以道德论文定了调。随着新儒学日益为宋人所认同,儒家伦理道德规范也就日渐成为宋人文学价值选取的标准。在宋人审

---

[1] 《程氏遗书》第十八《伊川先生语四》。

美的深层意识中,"务本论"起着重要的作用。谨取二显例以明之:

> 使颜公(真卿)书虽不佳,后世见者必宝也。杨凝式以直言谏其父,其节见于艰危;李建中清慎温雅,爱其书者,兼取其为人也。①

> 荆公次第四家诗(杜甫、韩愈、欧阳修、李白),以李白最下,俗人多疑之。公曰:白诗近俗,人易悦故也。白识见污下,十首九说妇人与酒,然其才豪俊,亦可取也。②

中唐崛起的"务本"论为宋人统一"初发芙蓉"与"错彩镂金"两种美感打了底。

三

道家从另一侧介入,我指的主要是从人生态度方面介入。

清代洪亮吉《北江诗话》卷四指出,绘画在"唐以前无不绘故事,所以著劝惩而昭美恶,意至善也。自董、巨、荆、关出,始以山水为工矣。降至倪、黄,而并以笔墨超脱,摆脱畦径为工矣"。而诗歌在"魏晋以前,除友朋赠答、山水眺游外,亦皆喜咏事实,如《古诗为焦仲卿妻作》,以迄诸葛亮《梁父吟》、曹植《三良》诗等是矣。至唐以后,而始为偶成、漫兴之诗……纵极天下之工,能借之以垂劝戒耶"? 洪氏的文艺观姑置勿论,所勾画之由摹仿、反映走向表现的诗画共同趋势,大体上是符合文艺史实际的,而这一趋势的出现,与封建文化专制下知识分子有意识地进行自我调节,追求内心平衡的人

---

① 《欧阳文忠公集》卷一二九《世人作肥字说》。
② 《苕溪渔隐丛话》前集卷六。

生态度有关。

"达则兼济天下,穷则独善其身",一直是封建时代大多数知识分子信奉的原则,典型地体现了"儒道互补"。孟子《尽心上》说:"故士穷不失义,达不离道。""独善"原意本是告诫士在失意时也不可随波逐流,但在君权日隆的封建社会中,"独善"日渐蜕化为"明哲保身"。如白氏的"独善",重在"奉身而退",是带上道家"委顺"的色彩了。他在《松斋自题》中提醒自己要"形骸委顺动,方寸付空虚。持此将过日,自然多晏如。昏昏复默默,非智亦非愚"。白氏将释道空无的思想引进儒家"独善"的原则之中,冲淡其"威武不能屈"的内容,"独善"是"兼济"的一种重要的补充,是士大夫对人生矛盾的一种自我调节。而与之相应的田园闲适之作,便成为入世情怀的排泄孔。王维写田园诗,白居易写闲适诗,都是作者借诗进行自我排遣,从而取得心理上的平衡。这也就是洪亮吉称"至唐以后,而始为'偶成'、'漫兴'之诗"的一个重要原因。作为此类创作在美学上的升华,当首推司空图的《二十四诗品》。概括地说,司空图的美学思想就是提倡"韵外之致"。然而,讲究韵外之致并非自司空图始。《周易》有云:"书不尽言,言不尽意。"又云:"其称名也小,其取类也大。其旨远,其辞文。其言曲而中,其事肆而隐。"至刘勰《文心雕龙·隐秀》乃云:"隐也者,文外之重旨者也。"钟嵘《诗品·序》云:"文已尽而意有余,兴也。"而中唐皎然《诗式》"重意诗例"所谓"但见情性,不睹文字,盖诗道之极也",更为司空图"不着一字,尽得风流"之所本。不过以上诸家讲究的含蓄,多少与比兴还相关联,而司空图已将所谓象外象,景外景,味外味提炼为"韵外之致",将属于技巧性质的依附于比兴的含蓄,提高到艺术哲学、人生哲学的高度上来认识。这主要体现在《诗品》中对人生态度与诗歌风格间内在联系妙机其微的表述。《诗品》中多次出现"高人"、"幽人"、"畸人",用其神态摹拟诗歌的某种风格,如"脱巾独步,时闻鸟声"(《沉著》);"筑室松下,脱帽看诗"(《疏野》);"落花无言,人淡如菊"

(《典雅》)；"倒酒既尽,杖藜行歌"(《旷达》)；"幽人空山,过雨采蘋"(《自然》)。透过这些神态,我们感受到一种人生态度。《飘逸》品中"高人惠中,令色氤氲"(和于中,自韵于外)一语,直揭出人生态度与诗歌风格当互为表里。不难看出司空图所欣赏的主要是道家的人生态度与相应的空灵意境。二者都可用"淡"字来概括其特征。

出于同一原因,画也由"唐以前无不绘故事"转向"以山水为工","以笔墨超脱,摆脱畦径为工"。而且在人生态度与表现形式结合产生"简淡"之美方面,绘画史为我们提供了一个更加明晰的轮廓。尽管关于王维是否创立了"南宗画"的争议历来纷纷扰扰,有一点还是明确的,即中唐已出现一种讲究简淡的美的新画风。从敦煌壁画看,唐画当以绚丽的平涂的彩色画为主。但自中唐破墨、泼墨画法出现后,水墨画遂与金碧山水分庭抗礼,抽象色的黑白灰引起画家的兴趣,并用以取代概括色(原色、光谱色),于是有"墨分五色"之说。晚唐画论家张彦远《历代名画记》称"上古之画,迹简意淡而雅正",而"近代之画,焕烂而求备"。他提倡"以形似之外求其画"。又云:"草木敷荣,不待丹绿之彩;云雪飘飏,不待铅粉而白。山不待空青而翠,风不待五色而绰。是故运墨而五色具。"水墨被认为适合于表现"迹简意淡而雅正"的审美趣味的有力工具。墨借笔以尽皴、擦、勾、斫、丝、点之能事,借水的渲、染、烘、托,又能幻化出无限丰富的色阶,的确是将绚烂之美与简淡之美结合起来的理想材料。而水墨山水又因其简淡,更具有"缓解不满足的愿望"的功能①,可谓"使穷贱易安,幽居靡闷,莫尚于画"这一点日渐为文人所认识,"逸格"的出现显示了这一存在。

据徐复观《中国艺术精神》的考证,"逸格"的提出者,是盛唐时的张怀瓘。朱景玄《唐朝名画录》自序云:"以张怀瓘《画品》断神、

① 《弗洛伊德论美文选》,张唤民等译,知识出版社版1987年版,第139页。

妙、能三品……其格外有不拘常法,又有逸品,以表其优劣也。"徐氏认为,将这种"不拘常法"的逸格提在神品之上的首创者是张彦远①。但对逸格解说分明的是宋初黄休复。其《益州名画录·品目》云:

> 画之逸格,最难其俦。拙规矩于方圆,鄙精研于彩绘。笔简形具,得之自然。莫可楷模,出于意表。故目之曰逸格尔。

这段话可称是司空图美学思想在画论上的再现。用"笔简形具"的形式来表现"自然"——实际上是表达人内在的人生态度,特别是与"隐逸"相联系的人生态度。徐复观论定逸格是"由人之逸向画之逸"②,可谓精到。

综观中唐以来诗、画创作与文论、画论发展的轨迹,无论田园诗,无论水墨画,无论"务本",无论"逸格",其出现、发展都标明了一种趋向:形式由繁而简,风格由浓而淡,表现由外而内。这一倾向至北宋乃水到渠成地综合成为"简淡"统一"绚烂"的审美理想。

四

晚唐五代毕竟是个向下的斜面。无论诗,无论词,无论律赋,无论骈文,都极尽争妍斗巧之能事,都在追求一种感官的彩绘的笔触,表现了文艺整体向俗艳的滑落。大一统的北宋王朝的出现,宣告世俗地主成为统治的阶级,全面取代了士族地主。世俗地主的崛起,不但要求革新政治,同时要求建构属于他们自己的文化型。于是有了与"庆历新政"相辅而行的欧阳修诸人拟摹中唐韩愈诸人发动的

---

① 《中国艺术精神》,第234页。
② 《中国艺术精神》第七章第八节。

"古文运动"。欧阳修虽打韩愈的旗帜,却毫不客气地摒弃其艰深、好奇而排奡的一面,文风归于平畅。《与张秀才第二书》有云:"其道易知而可法,其言易明而可行。"他用易知易明来处理道与言之间关系,体现了当时士大夫"致用"的精神。《答吴充秀才书》又云:"大抵道胜者文不难自至也。"这又体现了"务本"的精神,以伦理道德作为价值选取的重要标准。二者促成他在美感上一方面承认"文章与造化争巧可也"①,一方面又认为"君子之欲著于不朽者,有诸其内而见于外者,必得于自然"②。这就使他追求一种由内向外自然流露的人工美。苏洵《嘉祐集》卷十《上欧阳内翰第一书》称许欧文"纡徐委备,往复百折,而条达疏畅,无所间断,气尽语极,急言竭论,而容与闲易,无艰难劳苦之态。"可谓将欧阳修所追求的美感揭露殆尽。只要一读《醉翁亭记》,便可领略这段好处。

与欧阳修同道的梅尧臣有一首颇为人所引用的《答裴送序意》诗云:"我于诗言岂徒尔,因事激风成小篇。辞虽浅陋颇尪苦,未到二《雅》未忍捐。安取唐季二三子,区区物象磨穷年。"从"致用"的目的出发,他撷取了白居易浅切而讲究"美刺"的诗歌风格;又从"务本"出发,力图将"浅切"升华为"古淡"。梅氏曾自称:"因吟适情性,稍欲到平淡。"③欧阳修形容梅诗风格云:"譬如妖韶女,老自有余态。"用古淡涵盖艳丽,形成一种"徐娘半老"的美,是宋人特有的审美意识。然而欧、梅的诗歌创作并未达到自己的理想。能做到"悲壮即寓闲淡之中","精严深刻"而又有"深婉不迫之趣"的是王安石④,这与他从事政事与经术,力图将"外王"与"内圣"协调起来,由务本而有致用之功的认识有关,惜未发为文论。

更重视作家的气质与艺术表现形式之间联系的是苏轼。《书李

---

① 《温庭筠严维诗》。
② 《唐元结阳华岩铭》。
③ 《依韵和晏相公》。
④ 《宋诗钞·临川集》序。

简夫诗集后》说：

> 陶渊明欲仕则仕，不以求之为嫌，欲隐则隐，不以去之为
> 高，饥则扣门而乞食，饱则鸡黍以延客，古今贤之，贵其真也。

他认为"真"能将"质"与"绮"、"癯"与"腴"这样矛盾的风格统一起来，得到内协调。《苕溪渔隐丛话》前集卷四引苏轼语："渊明作诗不多，然其诗质而实绮，癯而实腴。"《评韩柳诗》云："所贵乎枯淡者，谓其外枯而中膏，似淡而实美，渊明、子厚之流是也。"苏轼无疑更明确地指出内在的作家气质能使外在矛盾的艺术风格统一起来。对此，苏轼的门人黄庭坚《题意可诗后》有精到的阐发：

> 宁律不谐，而不使句弱；用字不工，不使语俗；此庾开府之
> 所长也，然有意于为诗也。至于渊明，则所谓不烦绳削而自合
> 者。虽然，巧于斧斤者多疑其拙，窘于检括者辄病其放。孔子
> 曰："宁武子其智可及也，其愚不可及也。"渊明之拙与放，岂可
> 为不知者道哉……说者曰："若以法眼观，无俗不真。若以世眼
> 观，无真不俗。"渊明之诗，要当与一丘一壑者共之耳。

陶诗的好处，就在能从气质的真，体现为风格上的美。"不烦绳削而自合"，故无雕琢之痕，"简易而大巧出焉，平淡而山高水深"[①]。

然而"不烦绳削而自合"尚未能将苏轼综合"初发芙蓉"与"错彩镂金"二种美感的美学思想表达出来。北宋西昆体之失在"雕缋满眼"，梅尧臣之失在"中边皆枯淡"。苏轼有鉴于此，让"纤秾"归诸"简古"，使"枯"的外表而有丰富的内蕴。他将"古淡"的诗风与"闲易"的文风提高到美学的高度来认识，提出"绚烂之极，归于平

---

① 《与王观复书》。

淡"这一合乎北宋文化目的的审美理想，使"致用"与"务本"的宋学精神有了美的载体。《书黄子思诗集后》是段重要的文字：

> 予尝论书，以谓钟、王之迹，萧散简远，妙在笔画之外。至唐颜、柳，始集古今笔法而尽发之，极书之变，天下翕然以为宗师，而钟、王之法益微。至于诗亦然。苏、李之天成，曹、刘之自得，陶、谢之超然，盖亦至矣。而李太白、杜子美以英玮绝世之姿，凌跨百代，古今诗人尽废；然魏晋以来高风绝尘亦少衰矣。李、杜之后，诗人继作，虽间有远韵，而才不逮意。独韦应物、柳宗元发纤秾于简古，寄至味于淡泊，非余子所及也。唐末司空图崎岖兵乱之间，而诗文高雅，犹有承平之遗风，其论诗曰："梅止于酸，盐止于咸，饮食不可无盐梅，而其美常在咸酸之外。"盖自列其诗之有得于文字之表者二十四韵，恨当时不识其妙，予三复其言而悲之。①

这段文字表明苏轼是在文艺交感中把握其共同规律，进而从艺术哲学的高度来认识它。苏轼其父嗜画，亲友如文同、李公麟、王诜、米芾辈，皆一代画师，自己是个诗词、文赋与书画都有很深造诣的文艺全才，所以在他看来，"诗画本一律"②。正是这种文艺交感的优势使他能首先感悟到中唐以来孕育于文艺之中的变异，将司空图总结的"韵外之致"，与"逸格"的"笔简形具"的表现形式综合起来，通过自己对作家气质与作品风格之间关系的理解，建立自己的美学思想。上引材料正是从论书法入手，指出规范化对各种风格自然发展的抑制作用，从而在颜、柳之外又推出"萧散简远"的钟、王；李、杜之外又推出韦、柳。在"丰富"的基础上倡"简淡"，即"发纤秾于简古，寄至味于淡泊"。《书唐氏六家书后》又说："永禅师书，骨

---

① 《经进东坡文集事略》卷六。
② 《书鄢陵王主簿所画折枝》。

气深稳,体兼众妙,精能之至,反造疏淡。如观陶彭泽诗,初若散缓不收,反复不已,乃识奇趣。"纤秾发于简古,至味寄于平淡;精能之至造疏淡,外枯而中膏,淡而实美,一言以蔽之:"大凡为文,当使气象峥嵘,五色绚烂,渐老渐熟,乃造平淡。"[1]这就是"多"归于"一"的过程,这就是《易经》中"白贲"的美学精神。"初发芙蓉"与"错彩镂金"两种对立的美感于是得到辩证的统一,解决了宋初以来一直未能调整恰当的人工美与自然美之间的关系。由牡丹到梅花,由唐三彩到哥窑瓷,由嗜酒到品茶,由大青绿山水到文人画……无一不体现宋人"绚烂归于平淡"审美理想的胜利。而这表象后的深层意识,正是由"致用"走向"务本"的宋学精神。

（原载《上海社会科学院学术季刊》1991 年第 3 期）

---

[1] 《竹坡诗话》引苏轼语。

苏轼的审美追求

上

"韵外之致"的审美理想是与"漠然自定"的人生态度相对应的,作为促成的力量,是封建专制的强化。苏轼审美理想的形成是其典型。

终北宋之世,文字狱屡兴。庆历五年有石介、王益柔之狱,元丰二年有"乌台诗案",元祐四年有"车盖亭诗案"。北宋重要诗人如苏舜钦、苏轼、黄庭坚等,咸罹其祸。正是这股压力使苏轼文风不得不变,对专制作了消极的反拨,形成了"漠然自定"的人生态度及与之相应的"韵外之致"的审美追求。早期苏轼在政治斗争中以诗文为利器,舒亶札子所举数例颇典型:

> 陛下发钱以本业贫民,(苏)则曰:"赢得儿童语音好,一年强半在城中";陛下明法以课试群吏,则曰:"读书万卷不读律,致君尧舜知无术";陛下兴水利,则曰"东海若知明主意,应教斥卤变桑田";陛下谨盐禁,则曰"岂是闻韶解忘味,尔来三月食无盐"。触物即事,应口所言,无一不以讥谤为主。(王文诰《苏文忠公诗编注集成总案》卷十九)

《宋诗纪事》所列"乌台诗案"诸作,多涉讥评。《后山诗话》说:

"苏诗始学刘禹锡,故多怨刺。"然而时代已不同了,中唐人由于面对唐玄宗由"开元之治"跌入"安史之乱"的现实,痛心疾首于君主的昏昧,以为"补察得失之端,操于诗人美刺之间",诗主比兴,偏在讽喻。至若北宋人,身处绝对君权控制下的官僚体制之中,君主所要的是"忠臣",而非"谏臣",诗的功用已从"下刺上"转为"上化下"了。所以宋人言诗多主温柔敦厚,重在世道人心的收拾。孙明复《答张洞书》认为后人作文"但当左右名教,夹辅圣人而已"(《孙明复小集》),实在是很知趣之论。而梅尧臣干脆就以"其辞至乎静正,不主乎刺讥"来称赏林逋诗(《见林和靖先生诗集序》)。在这样的"太平盛世"中,"满肚皮不合时宜"的苏轼写讽喻诗只能碰壁。严酷的现实逼其反思,使之与后期的白居易亲近,贬黄州后取白诗意自号"东坡居士"可证。但苏轼并不采取白式的"苦吟无一声",而是将"满肚皮不合时宜"化作"漠然自定"的人生态度。这既能在险恶的政治环境中适者生存,又可在内心深处保持个体人格。其关键在于个体必须有超越时空与自我的内修养。

日本学者吉川幸次郎《宋诗概说》序章第七节认为"宋诗好谈哲学道理",对人生采取一种达观的态度,代表人物是苏轼,"他把人生视为长久的延续,视为冷静的挑战过程。像这样从容不迫的人生观,也许只有博大的人格如苏轼者,才能水到渠成,化为巨流"。这位日本学者的眼光是深刻的,但我们还想指出,在苏轼的放达甚至豪放之中,还透出一股漠视社会的冷气。且看《迁居临皋亭诗》:

> 我生天地间,一蚁寄大磨。区区欲右行,不救风轮左。虽云走仁义,未免违寒饿。剑米有危炊,针毡无稳坐。岂无佳山水,借眼风雨过。归田不待老,勇决凡几个?幸兹废弃余,疲马解鞍驮。全家古江驿,绝境天为破。饥贫相乘除,未见可吊贺。淡然无忧乐,苦语不成些。

左旋的磨子上却忙碌着右行的蚂蚁,这是人生的象征。诗写得颇有点梵志的口吻,只是用的还是庄子"齐物论"的武器。贬黄州时期的名著《赤壁赋》、《念奴娇·赤壁怀古》也都流露出同一情调,在《赤壁赋》中,对着游客"寄蜉蝣于天地,渺沧海之一粟。哀吾生之须臾,羡长江之无穷"的悲哀,苏轼的解答是:

> 客亦知夫水与月乎? 逝者如斯,而未尝往也;盈虚者如彼,而卒莫消长也。盖将自其变者而观之,则天地曾不能以一瞬;自其不变者而观之,则物与我皆无尽也。而又何羡乎? (《经进东坡文集事略》卷一)

客的悲哀在于不能超越时空,不能摆脱个人的情绪,站在历史与人生之外来观照人生现象。如果将生与灭当作相互转换的关系,即事物无不生生不息,是个永恒变化的运动,则物我皆无尽。经苏轼的指拨,众人于是都进入泯灭悲哀的境界,"不知东方之既白"。苏轼的成功,与其说是语言艺术的成功,毋宁说是人生态度上的成功。他善于将哲学融入生活情感之中,在生活上取一种"漠然自定"的态度。

他的名作《定风波》,将人生、社会的风风雨雨似乎都泯灭在漠然之中。他既没有杜甫晚年"落日心犹壮"的执着,也没有刘禹锡碰壁之余犹唱"沉舟侧畔千帆过"的倔强。他只是用"人生空漠之感"来淡化悲哀,在自我超越中取得心理平衡。诗文成为他排泄情绪的主要渠道。"行于所当行,止于不可不止",只要在艺术中创构一个"江海寄余生"的境界,退隐山林也成为多余。"韵外之致"的审美追求乃产生于"漠然自定"的人生态度之中。

下

王夫之《薑斋诗话》卷二《夕堂永日绪论内编》云:

《小雅·鹤鸣》之诗，全用比体，不道破一句，《三百篇》中创调也……诗教虽云温厚，然光昭之志，无畏于天，无恤于人，揭日月而行，岂女子小人半含不吐之态乎？《离骚》虽多引喻，而直言处亦无所讳。宋人骑两头马，欲博忠直之名，又畏祸及，多作影子语，巧相弹射，然以此受祸者不少。既示人以可疑之端，则虽无所诽诮，亦可加以罗织。观苏子瞻乌台诗案，其远谪穷荒，诚自取之矣。

王夫之身处专制日甚的封建社会晚期，"忠君"的要求更严，对前人未免苛求。他反对"作影子语"，但赞成《鹤鸣》式的"不道破一句"。在《唐诗评选》卷二曹邺《和谢豫章从宋公戏马台送孔令谢病》诗评云：

长庆人徒用谩骂，不但诗教无存，且使生当大中后，直不敢作一字，元、白辈岂敢以笔锋试颈血者？使古今无此体制，诗非佞府则畏途矣！①

这里进一步指出君主专制下直言"光昭之志"的难度。唯有按《鹤鸣》、曹邺诗"不道破一句"的"体制"去写，才能既忠君又爱民，保持个体人格与生命。否则，"使古今无此体制，诗非佞府则畏途矣"！了然于此中苦衷，方能明白中唐以后"比兴"何以日渐为"韵外之致"的追求所替代。

讲究"韵外之致"并非肇始于宋人，亦不仅是论者所云属道家产物。它倒是儒学与封建体制日趋"完善"，更紧密结合的产物。《周易》有云："书不尽言，言不尽意。"又云："其称名也小，其取类也大。其旨远，其辞文。其言曲而中，其事肆而隐。"这与儒家诗教所

---

① 曹诗原文是："碧树杳云暮，朔风自西来。佳人忆山水，置酒在高台。不必问流水，坐来日已西。劝君速归去，正及鹧鸪啼。"

谓"风人之旨"是契合的。刘勰《文心雕龙·隐秀》云："是以文之英蕤,有秀有隐。隐也者,文外之重旨者也。"(说出的是一层意思,还有没说出的另一层意思,故称"重旨"。)钟嵘《诗品·序》云："文已尽而意有余,兴也。"颜之推《颜氏家训·文章》云："至于陶冶性灵,从容讽谏,入其滋味,亦乐事也。"皎然《诗式》"重意诗例"云："但见情性,不睹文字,盖诗道之极也。"不过,以上诸家讲究含蓄,多少与比兴有关联。至司空图《二十四诗品》始将所谓象外象、景外景、味外味提炼为"不著一字,尽得风流"的"韵外之致",且将属于技巧性质的、依附于比兴的含蓄,提高到艺术哲学、人生哲理的高度上来。这主要体现在《二十四诗品》对人生态度与诗歌风格之间内在联系那妙机其微的表述。《诗品》中多次出现"高人"、"幽人"、"畸人"、"可人",以欣赏的笔调写他们的神态:"脱巾独步,时闻鸟声";"筑室松下,脱帽看诗";"落花无言,人淡如菊";"倒酒既尽,杖藜行歌";"幽人空山,过雨采蘋"。透过这些"高人"的神态,我们感受到一种人生的态度。《飘逸》品"高人惠中,令色氤氲"(和于中,自韵于外)一语,将人生态度与诗歌风格互为表里,融而为一。正是这一点,对宋人苏轼有着极其深刻的影响。近年来,论者多喜称引苏轼《送参寥师》诗中四句:"欲令诗语妙,无厌空且静。静故了群动,空故纳万境。"但少有连及下句者:"阅世走人间,观身卧云岭。"而这两句恰恰是苏氏空且静的前提:在阅世之后超越自身乃至社会人生,达到空且静的境界。这便是苏氏漠然自定的人生态度,也就是司空图所谓"大用外腓,真体内充","超以象外,得其环中"。如果说,"韵外之致"的一端与道、释的出世哲学相联系,那么另一端却深植于儒学的入世人生观。六朝玄风大炽,而钟嵘《诗品》犹云:"于时篇什,理过其辞,淡乎寡味。"可见道、释的"无""空"都不能形成文学上的"韵外之致"。诗的生命在乎情,"空"、"无"近于无情,故不成其为真文学。所以《文心雕龙·明诗》云:"人禀七情,应物斯感。感物吟志,莫非自然。"文学离不开七情六欲,而情之大者莫过于生死。生与死,是莎士比亚戏剧的深刻主题,而中国士大夫则往往化为"出"与"处",即出世与入世。没有入世的眷恋与出世的向往,便没有心灵的平衡的追求;没有诗歌创作不可或缺的一往情深的激情,又焉能成为诗家射雕手? 由此我们可以解释文学史上一个奇特的现象:被视为"隐逸诗人"、"韵外之致"的代表者,如陶潜、王维、韦应物、柳宗元辈,无一不是曾具济世雄心者。龚自珍称"陶潜酷似卧龙豪"(《定庵文集补·杂诗》),而王维《不遇咏》自称要"济人然后拂衣去,肯作徒尔一男儿!"(《王右丞集笺注》卷六)韦应物则天宝末充唐玄宗的侍卫,《温泉行》自称:"身骑厩马引天杖,直入华清列御前。"(《韦苏州集》卷九)似乎还有点劣迹:"少事武皇帝,无赖恃恩私。身作里中横,家藏亡命儿。"(同上书卷五《逢杨开府》)至如柳宗元,青年时便是个政治家,参加过"永贞革新"。他们后期从人生态度到诗风的"冲淡",都是从"几许辛酸苦闷中得来的"(朱光潜语)。他们想逃避现实,却又眷恋着现实,其中又有几分看透现实的自我超越。这才是苏轼所谓"阅世走人间,观身卧云岭"得来的"空且静"。因此,苏轼对韵外之致的理解并不落空疏,而是上文所引"所贵乎枯淡者,谓其外枯而中膏,似淡而实美,渊明、子厚之流是也"。陶渊明才是苏轼审美理想的体现者。

陶渊明的诗在钟嵘《诗品》中被列为"中品",而萧统《文选》选陶作也不多,刘勰《文心雕龙》干脆不提起。然而与文坛寂寞相比,陶在史学界却相当走红。《晋书》、《宋书》、《南史》都有陶传,一传入三史,历代罕见。这一迹象表明,作为"古今隐逸诗人之宗"的陶潜,其处世态度比其创作更令时人感兴趣。《苕溪渔隐丛话前集》卷四引东坡云:

> 吾于诗人无所甚好,独好渊明之诗。渊明作诗不多,然其诗质而实绮,癯而实腴,自曹、刘、鲍、谢、李、杜诸人,皆莫及也……然吾之于渊明,岂独好其诗也哉? 如其为人,实有感焉。

渊明临终疏告俨（渊明之子）等："吾少而穷苦，每以家弊，东西游走。性刚才拙，与物多忤。自量为己，必贻俗患，俛俛辞世，使汝等幼而饥寒。"渊明此语，盖实录也。吾真有此病而不蚤自知，半世出仕，以犯大患，此所以深愧渊明，欲以晚节师范其万一也。

苏氏对陶的把握相当准确。陶之退隐，是对杀夺政治的退避，骨子里还有孔、孟所高扬的个体人格，是陈寅恪所指出的"渊明之为人实外儒而内道"，"惟求融合精神于运化之中，即与大自然为一体"①。支持陶潜"安贫"的，是"乐道"。此"道"就是"君子食无求饱，居无求安"（《论语》）之道；是"贫与贱，是人之所恶也，不以其道得之，不为也"（《论语》）之道；是"一箪食，一瓢饮，人不堪其忧，回也不改其乐"（《论语》）之道；饱经沧桑，几经新法旧党折腾的苏轼，"欲以晚节师范其万一"是可以理解的。但苏轼更重视陶氏"惟求融合精神于运化之中"的一面，将它改造为对时空、自我的超越的人生态度。如上所引，苏轼是了解陶潜归隐的苦衷的，但《东坡题跋·书李简夫诗集后》却说："渊明欲仕则仕，不以求之为嫌；欲隐则隐，不以去之为高。"在一首改写陶氏《归来去》的词中，有云："云出无心，鸟倦知还，本非有意。噫，归去来兮，我今忘我兼忘世。"（《全宋词》页307）似乎陶潜仕隐来去自由，与上引苏氏所意识到的陶潜《与子俨等疏》中所表露的俛俛辞世，使儿辈饥寒的内心不安不相符合。显然，苏轼所赞叹的，仅仅是苏所渴望的。苏轼是按自家面目来塑造陶潜的形象。所谓"本非有意"、"欲仕则仕，欲隐则隐"，所强调的都是"任真"的处世态度，是重在内心的自如，是对环境的漠视。也许这就是钱锺书指出的："在苏轼的艺术思想中，有一种从以艺术作品为中心转变为以探讨艺术家气质为中心的倾向。"②苏轼

---

① 《金明馆丛稿初编》。
② ［英］克拉克《苏东坡的赋》钱锺书序，转引自陈幼石《韩柳欧苏古文论》，第111页。

正是以艺术家的气质来协调"质"与"绮"、"癯"与"腴"的矛盾,"使气象峥嵘,五色绚烂,渐老渐熟,乃造平淡"。内在人格的丰富与对外在环境的漠视,构成"发纤秾于简古,寄至味于淡泊"的审美理想。陶潜以"任真"的品质,"质而实绮,癯而实腴"的诗歌风格,成为苏轼心目中最理想的诗人:"自曹、刘、鲍、谢、李、杜诸人,皆莫及也。"

(原载林继中《诗国观潮》,福建教育出版社 1997 年版)

苏轼的两难选择

一

王夫之《夕堂永日绪论》内编云：

《小雅·鹤鸣》之诗，全用比体，不道破一句，《三百篇》中创调也。要以俯仰物理，而咏叹之，用见理随物显，唯人所感，皆可类通；初非有所指斥，一人一事，不敢明言，而姑为隐语也。若他诗有所指斥，则皇父、尹氏、暴公，不惮直斥其名，历数其慝，而且自显其为家父，为寺人孟子，无所规避。诗教虽云温厚，然光昭之志，无畏于天，无恤于人，揭日月而行，岂女子小人半含不吐之态乎？《离骚》虽多引喻，而直言处亦无所讳。宋人骑两头马，欲博忠直之名，又畏祸及，多作影子语，巧相弹射。然以此受祸者不少。既示人以可疑之端，则虽无所诽诮，亦可加以罗织。观子瞻乌台诗案，其远谪穷荒，诚自取之矣。而抑不能昂首舒吭以一鸣，三木加身，则曰："圣主如天万物春"，可耻孰甚焉！近人多效此者，不知轻薄圆头恶习，君子所不屑久矣。[1]

---

[1] 戴鸿森《薑斋诗话笺注》卷二，人民文学出版社1981年版，第127页。

　　王夫之主张诗要含蓄，而含蓄不等于"作影子语"巧相弹射，而是"用见理随物显"，取得沦肌浃髓的感人效果。这话原本是不错的，然而以苏轼"乌台诗案"为例深讥"宋人骑两头马"，则未免对宋人缺乏"了解之同情"。事实上作不作"影子语"，乃取决于当时的政治气候。王夫之对此亦有所悟，故笺注引其《唐诗评选》卷二曹邺《和谢豫章》诗评语云："长庆（唐穆宗年号）人徒用漫骂，不但诗教无存，且使生当大中（唐宣宗年号）后，直不敢作一字，元、白辈岂敢以笔锋试颈血者？ 使古今无此体制（当指比兴体）诗，非佞府则畏途矣。——安得君尽武王、相尽周公，可以歌'以暴易暴'邪？"王夫之虽深责"长庆人徒用漫骂"，为渊驱鱼，但对士大夫徘徊于佞府与畏途之间作两难选择，是由于缺少"君尽武王，相尽周公"的政治环境这个道理，还是很明白的。然而他仍要苛责"宋人骑两头马"者，或深憾于促使明亡之党争①，或未深究乎北宋特殊之政治气候。前者姑勿论，后者容试析。

　　北宋政治有一矛盾现象："一方面是极权政治的不断加强，一方面是学者议论的相对自由。"②或以为其"奥秘"在"百年未尝诛杀大臣"，生命无虞，议论便相对自由。不过，不杀大臣须是出于"以宽大养士人之正气"（王夫之《宋论》卷二）的用心，否则流放亦足以令人噤声。北宋百年养士以道德生命，成"以天下为己任"之士风，在自觉遵从社会规范方面自得、自立，这才是关键所在。究其主因，还在于士大夫的德性。故神宗以来士大夫菁英虽屡遭党争之祸而正气不坠，所仰仗者端在道德生命之修养。它是"极权政治不断加强"的"抗体"，也是"议论自由"在主观方面的原动力。人性本来就包含人的自然属性与社会属性两个方面，缺一不可。如果说汉魏之际"人的自觉"主要体现为以追求个体精神自由为特征的"个性自觉"，那么，"长庆人"以来新儒学所推动的讲究个体道德修养、由内

---

① 详参王夫之《宋论》卷四"朋党之兴，始于君子"条，中华书局1998年版，第86页。

② 陈植锷《北宋文化史述论》，中国社会科学出版社1992年版，第35页。

向外遵从社会规范的自觉,则是人性在社会属性方面的"再自觉"。这是社会文明史的进步。问题是该时代的社会规范是服从于"极权政治不断加强"的总趋势,君尊臣卑情势下的个体生存与发展欲求的空间日见萎缩。在自觉遵从社会规范的同时,如何偏听保留个体的尊严与争取一定的话语权力,便成为士大夫面对的两难境地。所谓"宋人骑两头马",实质上正是宋人徘徊于两者间的一种特殊表现。

二

王夫之为什么要拿苏轼作"宋人骑两头马"的典型? 就因为苏轼自己说话看似有些矛盾。苏轼曾在"乌台诗案"后写过一封《与滕达道书》,说:

> 某欲见面一言者,盖为吾侪新法之初,辄守偏见,至有异同之论。虽此心耿耿,归于忧国,而所言差谬,少有中理者。今圣德日新,众化大成,回视向之所执,益觉疏矣。若变志易守,以求进取,固所不敢;若诪诪不已,则忧患愈深。(《东坡续集》卷四)

但在另一封《与李公择书》中,他又说:

> 吾侪虽老且穷,而道理贯心肝,忠义填骨髓,直须谈笑生死之际……虽怀坎懔于时,遇事有可尊主泽民者便忘躯为之。祸福得丧,付与造物。(《东坡续集》卷五)

这算不算两张面孔? 无可讳言,与比干、屈原、董狐诸先烈相比，苏轼毕竟属不敢"以笔锋试颈血"者。问题是有的人在昏君、逆党面前能杀身成仁，而在他认为的"圣主"面前则未必。关键在于苏轼是否如其所云"道理贯心肝，忠义填骨髓"。对此，曾枣庄教授已做过详尽的辨析并给予肯定①。事实上神宗也未曾怀疑过苏轼的忠义，而苏轼对神宗也一直心存感激。他在《王定国诗集叙》中称赞杜甫"一饭未尝忘君"，不但是自己的认识，也代表了北宋士大夫普遍的价值判断。无论新党、旧党，都以"尊君"为己任，不必等到"三木加身"才来说"圣主如天万木春"。而北宋"圣主"则往往有意以"议论相搅"包容对立两派，使其尽在自己的掌握之中。所以，苏轼反对新法并非对君主不忠。在如是特殊的政治环境中，苏轼追悔的是自己"任意直前"而身陷网罟，决定在不肯"变志易守，以求进取"的前提下对新法不再"诐诐不已"②。不肯"变志易守"，便是"道理贯心肝"；屡贬而不改其忠君，便是该时代士大夫的"忠义填骨髓"。这里涉及的并非"两面派"问题，而是生存与斗争策略问题。苏轼在《自题金山画像》中不无自嘲地说："问汝平生功业，黄州、惠州、儋州。"的确，苏轼大半辈子所做的思考就是：如何在逆境中求生存且保自尊。其作于黄州的《迁居临皋亭》诗云：

> 我生天地间，一蚁寄大磨。区区欲右行，不救风轮左。虽云走仁义，未免违寒饿。剑米有危炊，针毡无稳坐……饥贫相乘除，未见可吊贺。淡然无忧乐，苦语不成些。

苏轼明白自己与时势背道而行要付出惨重的代价，但他还是要走下去。吉川幸次郎在《中国诗史》中认为："明确地承认悲哀是人

---

① 详见曾枣庄《三苏研究》所收《苏轼〈与滕达道书〉是"忏悔书"吗》、《论苏轼政治主张的一致性》二文，巴蜀书社1999年版。
② 参见曾枣庄《三苏研究》，第189页。又，苏轼在《雪堂记》中自称"吾非逃世之事，而逃世之机"，可证苏轼所追悔的只是不讲究策略，"赤膊上阵"而已。

生不可避免的要素,是人生必然的组成部分,而同时把对这种悲哀的执着看作是愚蠢的,这才是由苏轼独创的新的看法。"①不执着,不是不承认矛盾的存在,而是承认矛盾的事实,但不与之纠缠,"诿诿不已",只是撂下它,继续走自己的路。所谓"淡然无忧乐",是对矛盾事实做淡化的处理,即借助庄子的"齐物"与释家的"随缘",转换参照物,在宇宙人生极其阔大的背景下重新审视眼前的矛盾,使之最小化。吉川幸次郎认为:"饥贫相乘除"的看法是一种回圈哲学,"这是随着时间的推移而产生的绝对消解。大概来源于古代的《易》的哲学思想"②。的确,《易》,特别是成于战国而包容儒、道、墨诸家的《易传》,是苏轼重要的精神资源。苏轼谪惠州始作《东坡易传》,而完成于最艰难困苦的海南之贬。其卷七有云:

> 天地之间,或贵或贱,未有位之者也,卑高陈而贵贱自位矣;或刚或柔,未有断之者也,动静常而刚柔自断矣;或吉或凶,未有生之者也,类聚群分而吉凶自生矣;或变或化,未有生之者也,形象成而变化自见矣……我有是道,物各得之,如是而已矣。圣人亦然,有恻隐之心,而未尝以为仁也;有分别之心,而未尝以为义也。所遇而为之,是心著于物也。

上半段强调一个"自"字,正是上承郭象"独化"的自然观。《庄子·齐物论》"夫吹万不同而使其自己也"郭注:"自生耳,非我生也。我既不能生物,物亦不能生我,则我自然矣。自己而然,则谓之天然。天然耳,非为也。"我不能生物,物亦不能生我,自尊、自由在其中矣。然而《易传》的特点在于自然与人文相结合,苏轼仍旧保留这一精神。后半段将"恻隐之心"与自然本性相联系,"而未尝以为仁"。善与真的关系应当是"所遇而为之",自自然然,"是心著于物

---

①　[日]吉川幸次郎《中国诗史》,章培恒等译,安徽文艺出版社1986年版,第278页。
②　同上,第275页。

也"。苏轼这一观点打破了传统的"达则兼济"与"穷则独善"之界限，所以毕苏氏一生，无论穷达，都在追求兼济，同时也在独善①。即使在自顾不暇的海南流放中，仍保持"恻隐之心"，关心民生疾苦，或行医，或劝学，"所遇而为之"。以此反观苏轼对悲哀的扬弃，不纠缠于矛盾的"淡然无忧乐"，便能发现其中的积极意义。

《易》是讲究通变的哲学，本质上是生存之道。故"随"卦有曰："随，元亨。利贞，无咎。"《象》曰："随，刚来而下，柔动而说。随，大亨贞，无咎，而天下随时，随时之义大矣哉!"《系辞》则曰："变通者，趣时(一作趋时)者也。"客观世界在不停地变化，不能不随之应变，故不滞曰变。然而不滞不等于无信守，故《东坡易传》卷七有云：

> 夫无心而一，一而信，则物莫不得尽其天理，以生以死。故生者不德，死者不怨。

使物尽其天理，便是一种内在的积极进取，求仁得仁，以生以死。这便是苏轼"漠然自定"、"静以待其定"的内核，是其处两难境地而不颓丧的精神支点。他在惠州作《记游松风亭》云：

> 余尝寓居惠州嘉祐寺，纵步松风亭下。足力疲乏，思欲就林止息。望亭宇尚在木末，意谓是如何得到? 良久，忽曰："此间有甚么歇不得处?"由是如挂钩之鱼，忽得解脱。若人悟此，虽兵阵相接，鼓声如雷霆，进则死敌，退则死法，当甚么时也不妨熟歇。

在这种禅悟式的解脱背后，是无可奈何下的自尊、自信。故《东

---

① 王水照《苏轼传》设专节论苏轼"不在其位而谋其政"，足资参考。天津人民出版社2000年版。

坡易传》卷三有云：

> 所遇有难易，然而未尝不志于行者，是水之心也。物之窒
> 我者有尽，而是心无已，则终必胜之！

这种柔外刚中的倔强往往使对立面失去胜利感。苏轼在惠州有《纵笔》诗云：

> 白头萧散满霜风，小阁藤床寄病容。报道先生春睡美，道
> 人轻打五更钟。

据说诗传至京师，章惇说道："苏子瞻竟然如此快活！"于是有儋州之贬云。此诗并非"影子语"，仍能激怒当权者。受虐者不为施虐者所动，是受虐者最后的武器。悲乎！王夫之虽能点出宋人所处两难境地，却未能寄以"了解之同情"。倒是清末林纾道出一点玄机，其评苏轼《超然台记》有云：

> 东坡之居惠、居儋耳，皆万无不死之地，而东坡仍有山水之乐。读东坡之《居儋录》，诗皆冲淡，拟陶虽不似陶，鄙见以陶情之颓放疏懒，与东坡易地以居，则东坡不死，而陶潜必死。盖陶潜虽有夷旷之思，而诗中多恋生恶死之意。东坡气壮，能忍贫而吃苦，所以置之烟瘴之地而独雍容。（《畏庐论文》）

林纾以历史的眼光看问题，故合情合理。笔者还有一譬：苏轼这种柔外刚中的生存策略，似一皮球被捺进水中，初看似无反抗之心，但你一抽手，它便跃出水面。事实上苏轼为处于"非佞府则畏途"两难境地的士大夫踏出一条生存之道，为"极权政治不断加强"情势下的个体尊严争得一方可怜的生存空间。

三

苏轼的文艺思想是其两难选择的产物。

如上所述，北宋政治存在着"极权政治"与"议论自由"并存的悖论现象；广而言之，则北宋正处于"人的自觉"由魏晋以来的个性自觉转向中唐以来的遵从社会规范的再自觉之局点上。或者说，宋神宗时"再自觉"已显出个体与社会、小我与大我之间割裂乃至此消彼长的对立关系。由于社会与民族危机的激化，打破了矛盾的平衡，促使颇具忧患意识的北宋士大夫群体在大我与小我的选择上，将指标偏向牺牲小我利益一边。"存天理，灭人欲"是其典型，而荆公新学的"定于一"与理学家"性（理）统情"的主张是该时期的主流意识。不妨说，苏轼的文艺思想正是建立在与二者的歧见之上。

所谓"定于一"，就是王安石意图以其"新学"齐一学界的思想。《临川先生文集》卷七二《答王深甫书二》云："古者一道德以同天下之俗，士之有为于世也，人无异论。"卷七五《马丁元珍书》又云："古者一道德以同俗，故士有揆古人之所为以自守，则人无异论。"诚如梁启超《王安石传》所论："考荆公平日言论，多以一学术为正人心之本，则史所云云，谅非诬辞，此实荆公政术之最陋者也。"[1]从"议论相搅"到"人无异论"，的确是"极权政治"强化的象征[2]。他的主张深得皇帝的赞许。《续资治通鉴长编》卷二二九载："神宗谓安石：经术，今人人乖异，何以一道德？卿有所著，可以颁行，令学者定

---

① 梁启超《王安石传》，海南出版社 1993 年版，第 123 页。
② 《宋史》本传载王安石"果于自用"，对那些于新法有异论者极为排斥，包括帮助、支援过他的师友如欧阳修、韩琦、文彦博、富弼、韩维、吕公著等人，可见其"定于一"有很强的排他性。

于一。"王安石主张"定于一"的目的是推行新法，其利弊自当别论；但无论如何，齐一思想的主张必然要泯灭个性，促使人的社会属性与自然属性做进一步的分裂与对立。理学家如程、朱，虽然也反对新法，但在"定于一"这一点上终于与王安石说到一处去了。《朱子语类》卷一三〇"自熙宁至靖康用人"条有云：

> 东坡云："荆公之学，未尝不善，只是不合要人同己。"此皆说得未是。若荆公之学是，使人人同己，俱入于是，何不可之有？今却说"未尝不善，而不合要人同"，成何说话！若使弥望者黍稷，都无稂莠，亦何不可？只为荆公之学自有未是处耳。

朱熹并不反对齐一，只是要用理学取代彼之新学而已。东坡所见者大，接触到学术思想繁荣的规律性问题。《苏轼文集》卷四九《答张文潜书》曰：

> 文字之衰，未有如今日者也。其源实出于王氏。王氏之文，未必不善也，而患在于好使人同己。自孔子不能使人同，颜渊之仁，子路之勇，不能以相移。而王氏欲以其学同天下！地之美者，同于生物，不同于所生。惟荒瘠斥卤之地，弥望皆黄茅白苇，此则王氏之同也。

苏轼追求的不是单向度的齐一，而是以承认并尊重个体独立性为前提："物之不齐，物之情也。"(《东坡易传》卷八)所以苏氏之同，是"异"之所生的同，即包容丰富个性及其矛盾性的"和"。在《东坡易传》卷七、卷九中，他说：

> 孔子曰："人能弘道，非道弘人。"又曰："神而明之，存乎其

人。"性者,其所以为人者也,非是无以成道矣。

　　夫苟役于其名而不安其实,则小大相害,前后相陵,而道德
不和顺矣。譬如以机发木偶,手举而足发,口动而鼻随也。此
岂若人之自用其身,动者自动,止者自止,曷尝调之而后和,理
之而后顺哉?

只有能独立自主、有血有肉的个体的人,才是弘道的主体,才能
构建真正的"道德和顺"之社会。苏轼如是观发为文论,便是提倡一
种对立统一的美,也就是历来人们所津津乐道的"发纤秾于简古,寄
至味于淡泊"、"质而实绮,癯而实腴"、"出新意于法度之中,寄妙理
于豪放之外"、"绚烂归于平淡"等等极具张力的妙语,其中充满包
容对立面的精神,美就在张力中。由是,苏轼于宋人普遍尊崇的杜
甫之外,又推举陶潜为典范。此已为学人所熟知,本文只讨论二者
与两难选择之间的关系。

苏轼《王定国诗集叙》论杜甫有云:

　　太史公论诗,以为《国风》好色而不淫,《小雅》怨悱而不
乱。以余观之,是特识变风变雅尔,乌睹诗之正乎?昔先王之
泽衰,然后变风发乎情;虽衰而未竭,是以贤于无耻而已矣。若
夫发乎性而止于忠孝者,其诗岂可同日而语哉!古今诗人众
矣,而杜子美为首,岂非以其流落饥寒,终身不用,而一饭未尝
忘君也欤!(《苏轼文集》卷一〇)

苏轼说得明白,"发乎情止于礼义"只是在"先王之泽衰"的情
况下的低标准,是"底线","贤于无耻而已"。只有"发乎性而止于
忠孝者"才是高标准。杜甫自称是"葵藿倾太阳,物性固莫夺"(《自
京赴奉先县咏怀五百字》),在"流落饥寒,终身不用"的逆境中还能
"一饭未尝忘君",这才是出于本性之高不可及处。曾枣庄《东坡论

杜述评》认为此文"目的在于称美王定国,并借以自儆"①。很对。苏轼无论处于如何艰难的逆境,也能"不在其位而谋其政",独善而有兼济,不能不说与此认识有关。苏轼"老去君恩未极,空回首弹铗悲歌"(《满庭芳》)所示的忠君思想与杜甫一样是与其忧国忧民的人文关怀紧密结合的,与上引《与滕达道书》所称"此心耿耿,归于忧国"、《与李公择书》所称"道理贯心肝,忠义填骨髓"是一致的,皆发乎本性,岂欲"博忠直之名"者! 问题只是苏轼在践履"安贫乐道"的过程中,比杜甫要更多地面对"极权政治不断强化"对个体生存空间的不断挤压。如前所论,苏轼在两难选择中采取了"淡然无忧乐"的生存方式便成为苏轼与杜甫心理差距之间的平衡点。也就是说,苏对陶的选择正是为了保留在逆境中对杜甫式"忠义"的一份坚持②。换句话说,苏轼在人性的"再自觉"这一问题上并无异议,他仍承认并践履个体自觉遵从社会道德规范的合理性,只是他更追求一种健全的人性,要求"再自觉"不应以牺牲个体生存与发展欲求为代价,尽量保留个体的自由与自尊。在《韩愈论》中,他说:

> 儒者之患,患在于论性,以为喜怒哀乐皆出于情,而非性之所有。夫有喜有怒,而后有仁义,有哀有乐,而后有礼乐。以为仁义礼乐皆出于情而非性,则是相率而叛圣人之教也。(《苏轼文集》卷四)

苏轼不同意理学家将情与性对立起来的观点,认为这有悖于儒

① 曾枣庄《三苏研究》,第244页。
② 王水照先生曾引周锡韨评苏和陶诗云:"以绮而学质,以腴而学臞。"又引苏《与侄论文书》,有云:"凡文字少小时须令气象峥嵘,采色绚烂,渐老渐熟,乃造成平淡","其实不是平淡,绚烂之极也。"又嘱侄辈要学他以前"高下抑扬,如龙蛇捉不住"的文字(见《王水照自选集》,上海教育出版社2000年版,第299页)。指出苏轼艺术个性中始终存在崇尚豪健富丽的一面。甚是。杜甫也曾"忆在潼关诗兴多",苏、杜都对壮年时的创作高峰期表示怀恋,绝非偶然。事实上无论杜还是苏,都珍惜自己处于政治中心时那些反映现实的创作,后来风格的转向只是因应现实。

学开创者孔子将"礼"的基础直接诉诸个体的心理依据,将人的自然属性作为社会属性的出发点(如孝与忠的关系)这一原始教义。

他认为"情者性之动也"(《东坡易传》卷一),不应将情与性打为两截子,具有喜怒哀乐的个体才是"仁义"的生动载体。所以在他看来,"言情"的作文不但不会"害道",反而可以"悟道"。《书吴道子画后》乃云:

> 《华严》法界海慧,尽为遽庐,而况诗、书与琴乎?虽然,古之学道,无自虚空入者。轮扁斫轮,疴偻承蜩,苟可以发其巧智,物无陋者。聪若得道,琴与书皆与有力,诗其尤也。(《苏轼文集》卷七〇)

苏轼将情、性打通的重要性就在于他将当时被视为对立面的人性中的社会属性与自然属性引向衔接、交融的关系。或者说,他力图将"真"引入"再自觉"进程中,从而使真与善融一于"美"。体现在文艺思想中,便是钱锺书所指出的:"在苏轼的艺术思想中,有一种从以艺术作品为中心转变为以探讨艺术家气质为中心的倾向。"①于杜子美之外又推出陶渊明为典范,可视为转捩点。《书黄子思诗集后》有云:

> 予尝论书,以谓钟(繇)、王(羲之)之迹,萧散简远,妙在笔画之外。至唐颜(真卿)、柳(公权),始集古今笔法而尽发之,极书之变,天下翕然以为宗师,而钟、王之法益微。至于诗亦然。苏(武)、李(陵)之天成,曹(植)、刘(桢)之自得,陶(潜)、谢(灵运)之超然,盖亦至矣。而李太白、杜子美以英玮绝世之姿,凌跨百代,古今诗人尽废,然魏、晋以来高风绝尘,亦少

---

① [英]克拉克《苏东坡的赋》,纽约 1964 年第 2 版钱锺书序。转引自陈幼石《韩柳欧苏古文论》,上海文艺出版社 1983 年版,第 111 页。

衰矣。(《苏轼文集》卷六七)

苏轼并不否定颜柳、李杜等集大成者的典范意义,但他仍要否定"天下翕然以为宗师"的"定于一",将体现个体气质性的"萧散简远"、"天成自得"视为第一义。其《书李简夫诗集后》有云:

> 陶渊明欲仕则仕,不以求之为嫌;欲隐则隐,不以去之为高。饥则扣门而乞食,饱则鸡黍以延客。古今贤之,贵其真也。
> (《苏轼文集》卷六八)

这种发自内在气质(本性)的"真",与上引《王定国诗集叙》所谓"发乎性而止于忠孝"是一致的,都属于"天性自然"。于是"质"与"绮"、"腴"与"腴"这二对矛盾便由陶渊明的"任真"统一起来,得到了协调。

事实上苏轼这一天才文艺思想还有更深远的意义。我认为,中国传统文化(包括理学家的文论)对"道德文章"的强调,对社会美的重视,都是无可厚非的。问题只在于不应因此而忽视个体存在的巨大价值及其作为感性根本动力的主体意义。苏轼于颜、柳之外另推出钟、王,于吴道子之外另推出王维,于杜子美之外另推出陶渊明,使善与真、多与一、内容与形式由对立走向融合,这对于培植健全的人性、塑造丰富而多向度的心灵,具有莫大的意义,对主流的传统文论是一个重要的补充。

这对两难选择中的苏轼,当是不幸中之大幸。

(原载《宋代文化研究》第 16 辑,2009 年)

论唐宋诗的整合

唐诗向宋诗嬗变应从中唐始,实际上它显示的是两种文化构型的嬗变,即士族地主文化向世俗地主文化嬗变。所谓的文化构型,是指文化的内在精神,是一种或多或少一贯的思想和行为的模式。这种融贯统一形态之形成过程,便是文化整合的过程。本尼迪克特博士指出:"一组最混乱地结合在一起的行动,由于被吸收到一种整合完好的文化中,常常会通过不可思议的形态转变,体现该文化独特目标的特征。"①"中唐—北宋"时期纷至沓来的文学现象在两种文化构型的嬗变过程中被整合,并体现了世俗地主文化的一些特征。

一

历史唯物主义认为,应该从经济基础出发来解释上层建筑诸现象。"魏晋—盛唐"的士族文化之所以必然向"中唐—北宋"世俗地主文化过渡,其关键就在土地关系上的变化。韩国磐先生在《隋唐五代史论集》中指出:

---

① ［美］本尼迪克特《文化模式》,张燕等译,浙江人民出版社 1987 年版,第 45 页。

　　两税法可说是分界点,以前系属力役地租形态,此后为实物地租形态。等级的划分也由此而发生变化,由自耕农分化出来的庶族地主,由于九品中正制的废除和科举制度的建立和发展,跻身于封建统治的上层。(第183页)

中唐施行的两税法标志着庶族地主从此跻身于封建统治的上层,使中、晚唐社会成为唐人柳芳所惊呼的"士族乱而庶人僭矣"[①]的士庶混一的时代。基于这样的基本事实,我们来探索该时期社会情感与理智的主潮,及其驱动诗坛嬗变的潜在作用。

　　世俗地主跻进政坛是该时代思潮涌动的最大动因。漫长的中国封建社会史表明,小农经济的封建社会之所以能成为超稳定大国,与"政教合一"的结构有着紧密的关系。"魏晋—盛唐"时期的统治阶级尚未意识到这一点。不必说玄学盛行的魏晋,便是大一统的盛唐,也是"三教"(释道儒)并用,仕出多途,"政"与"教"未为一体。作为"建政教之大本"的自觉追求,当始于中唐。"安史之乱"使士大夫反省到"政教合一"的重要性,将儒学推上第一线,"古文运动"力倡"道统"绝非偶然。可以说,世俗地主是在对"政教合一"追求的历史氛围中跻上政坛的,并在北宋将这一追求化为现实。因此,对政教合一的追求无疑是世俗地主文化建构的内驱力。正是它,驱使世俗地主选择了科举这一最适宜于实施政教合一的形式,作为它的组织手段。

　　科举制首创于隋,是南北朝士族门阀衰落、中央集权势力强化的产物。尽管唐人特重进士科举,但终唐之世,科举并未能成为国家官僚机构用人的主要渠道。究其原因有二:一是唐代科举取士数量甚少。据《文献通考》与《登科记考》统计,有唐290年间,共开科取士268榜,其中进士登第6 646人,平均每榜25人,每年为

① 柳芳语见《新唐书·柳冲传》。

23人,在庞大的国家机器中,无疑是九牛一毛。科举,并未能成为用人主渠。原因之二,还在于科举的内容尚未与儒家学说自觉结合,使科举成为政教合一的重要形式。贾至《议杨绾条奏贡举疏》称:

> 臣弑其君,子弑其父,非一朝一夕之故,其所由来者渐矣。渐者何?谓忠信之陵颓,耻尚之失所,末学之驰骋,儒道之不举,四者皆由取士之失也!

将"臣弑其君"的原因归诸"儒道不举",是"取士之失",这是中唐士大夫亲历"安史之乱"后沉痛反思的结论。然而,这一弊端在中、晚唐仍未能得到改变。就科举考试的内容而言,明经科固然以儒家经典为内容,但主要是死记硬背。进士科虽有三场考,读不读经无足轻重。因此参加科举的士子与儒家学说的钻研之间并无必然联系可言。

科举制真正成为世俗地主参政的主渠与"政教合一"之利器,当在北宋。宋太祖有鉴于唐末五代武人的跋扈,以兴文抑武为国策,科举取士之多,空前绝后。据曾巩《元丰类稿》卷四九,淳化二年进士17 300人,仅此一年取士,竟已大大超过有唐整整一代进士科取士之数!这就意味着在宋代的世俗地主可通过科举大量涌入官僚机构。同时,北宋还通过范仲淹、王安石对科举、学校的改革,将科举、学校、经义一体化,使科举成为政教合一的利器。范仲淹"庆历新政"的内容之一是在各州郡设置学校,讲授"经济"之业。他还聘"以道德仁义教东南诸生"(钱穆语)的胡瑗为苏州教授,在学校推进讲授儒学。故钱穆《中国近三百年学术史·引论》称:"自朝廷之有高平(范仲淹),学校之有安定(胡瑗),而宋学规模遂建。"继之,王安石进一步将科举与学校、经义一体化,作为制度固定下来。熙宁四年,朝廷认为"古之取士,皆本于学校",下令兴建学校。而进士考试也"罢诗赋帖经墨义",改以儒家经典为考试内容,"务通义理,不须尽用注疏"(《神宗实录》),从而改变了唐代帖经"不穷旨义"的学风。经过改革的科举制具有使"政教合一"的功能。唐宋科举的变革,对文学史研究,至少有两点值得重视:一是科举吸引了大量世俗地主及其他阶层的知识分子;二是科举考试以儒家经典为内容后,影响了世俗地主的价值系统的转换。二者对该时期文学史发展,有着潜在的、直接的、有力的影响。

二

随着科举日渐成为官僚机构用人的重要的乃至主要的渠道,便日益吸引了大量士子投身举业。如宋孝宗淳熙元年仅福州举子就有二万之众,全国应举与准备应举者之多可以推见。宋代世俗地主读书应举之普及,如苏辙《请去三冗疏》所形容,是"凡今农工商贾之家,未有不舍其旧而为士者也"(《历代名臣奏议》卷二六七)。这是世俗地主通过科举跻身上层建筑所引起的一场"知识化"运动。统治者正是通过科举的指挥棒将其政治要求化为习尚,形成无意识选择的过程,而渐次影响于文坛。

世俗地主取道科举跻身封建统治的上层,其重要性首先是:世俗地主原处于比较下层的社会,他们必然将"俗气"带入文坛,使原有士族文化也要"俗"起来。同时,由于世俗地主要学写诗作赋帖经,就必须使自己"雅"起来。正是世俗地主"知识化"的过程推转了"由雅入俗"而又"化俗为雅"的螺旋形的文学运动。

由盛唐入中唐的杜甫,其中、后期创作精神之所在,便是"由雅入俗"。宋人吴可《藏海诗话》曾称某些杜诗"与《竹枝词》相似,盖即俗为雅"。事实上杜甫不是将俗语雅化了,而应当说是有意将"雅"诗引向俗世间。典型莫过于一向被视为典雅端庄体制宏丽的七律,也经杜甫之手而由雅入俗。然而,杜的由雅入俗多借外在社会现实的推动,至元和后,"由雅入俗"始日渐得力于世俗地主通过科举参政的内驱力。

李肇《国史补》卷下称元和以后歌行"学浅切于白居易"。事实上"浅切"是时代走向,不一定是学白氏。如白氏的前辈诗人顾况便是写通俗诗的高手,与白氏同时的李绅、刘禹锡、张籍、王建诸人也颇有通俗之作。"浅切"与"俗"有交叉而不相等。"俗"有"浅"义,但还有与"轻"相应的意义。苏轼就曾有"元轻白俗"的品题。而白诗发生大影响乃至形成风气,不在"浅切",甚至不在"讽喻",而在"轻俗"的"俗"。元稹《上令狐相公诗启》称:"江湖间多有新进小生,不知天下文有宗主,妄相仿效,而又从而失之,遂至于支离褊浅之词,皆目为元和体。"不管元、白乐意与否,他们开创的新体诗轻、俗的一面得到"新进小生"们的发挥,广为流传,如杜牧借李戡之口抨击的:"子父女母,交口教授,淫言媟语,冬寒夏热,入人肌骨,不可除去。"(《全唐文》卷七五五)这正从反面说明浅切与俗艳是由雅入俗的新浪潮。中晚唐通俗文学极盛,主要品种有讲经、变文、话本、词文、俗赋等。这类讲唱吸引了大量听众,如韩愈《华山女》诗所形容:"街东街西讲佛经,撞钟吹螺闹宫廷。"不但士庶男女尘杂于寺观听俗讲,连深宫皇帝、公主之流也来光顾。俗讲加上傀儡、杂技、参军戏,俗文艺风靡一时,已从市井漫向朱门,并通过行于唐而止于宋的"行卷"之风,由进士们将"俗气"带入了文坛。

所谓"行卷",乃是唐代应试者将自己的作品呈有声望的人以求荐举的一种手段。程千帆《唐代进士行卷与文学》对此作了研究,足资参考。事实上科举如同指挥棒,受行卷者是执棒人。他们的审美趣味左右了一批举子的文风。孙光宪《北梦琐言》卷七载陈咏行卷,卷首有对语云:"隔岸水牛浮鼻渡,傍溪沙鸟点头行。"这样的俗句何以置诸卷首?他说是"曾为朝贵见赏,所以刻于首章"。同卷又记卢延让二十五举方登第,得力于俗句"狐冲官道过,狗触店门开"为租庸使张濬所赏。中晚唐诗风趋怪趋俗趋艳,无不与世俗所好有关。而唐代士子以传奇小说"行卷",也说明处于上层的达官贵人爱好这一形式,进士们正是投其所好才撰写传奇投献的。更由于对这一形式的酷好,使一些文人出于非功利目的写传奇,如白行简贞元末登进士第,其名作《李娃传》写于大中九年,是登第后的事,与行卷无关。可见俗文学以其生动性首先从心态上征服了士大夫,进而成为他们乐于采用的形式。也就是说,俗文学对雅文学的影响首先是"好尚",是内在的。因之,无论元和诗风的浅切俗艳与尚奇,无论韩愈倡言的"文从字顺"、"陈言务去",都不应停留在形式上或题材上与俗文学的某种相似去推求,而应进一步从深层心理意识上的沟通去把握。大致说来,中、晚唐市井俗人通过"好尚"的心理渠道对雅文学发生内在影响有二:一是重叙事的倾向,二是重感官的倾向。

如上所述,中、晚唐俗讲风靡,在它的冲击下,传统文学不得不偏离原来惯性的轨道,诗从传统的"言志"、多清空抒情的笔调摆脱出来,转向较写实的叙事笔调。《长恨歌》、《秦妇吟》作为文人叙事长篇,诚为文学史罕见之杰构,而同出中、晚唐,当非偶然。不必说《卖炭翁》、《缚戎人》、《连昌宫词》、《会真诗》诸章,像元稹的《梦游春七十韵》、白居易《和梦游春诗一百韵》之类排律,也都是用繁褥之词铺排敷演情事,用叙事笔调言情。宋人苏辙《诗病五事》曾批评白居易"拙于纪事,寸步不遗,犹恐失之"。殊不知"寸步不遗"正是合乎当时俗文艺富于铺叙的新型叙事笔调。时人往往"就世俗俚浅事做题目"(《唐音癸签》卷九),如王建《宫词一百首》与李昌符的《婢仆诗》五十首,是其显例。至如王建《新嫁娘词三首》,以生活琐事点缀,富有情趣,更是世俗地主审美趣味从意气功业转向自身生活经验的反刍之明证。

"俗"不止是"浅切",还有"入人肌骨,不可除去"的"俗艳"的一面,是为"重感官"的倾向。如前所论,安、史乱后,新的生产关系的拓进使世俗地主得以跻身上层社会,并带来与世代讲究"礼教"的士族地主截然不同的新风尚。晚唐人孙棨《北里志序》称:

　　自大中皇帝(唐宣宗)好儒术,特重科第……故进士自此尤盛,旷古无俦。然率多膏粱子弟,平进岁不及三数人,由是仆马豪华,宴游崇侈,以同年俊少者为两街探花,使鼓扇轻浮,仍岁滋甚。

这些鼓扇轻浮者,便是元稹所说的那伙"新进小生"。他们已没有由盛唐跌入中唐的士大夫的失落感,随着唐中央政权衰落而江南经济依然繁荣的新形势,丢弃中兴梦,投入对声色犬马的追求。林庚《中国文学简史》上卷第十四章曾以诗人的敏感指出:像孟郊"春芳役双眼,春色柔四支"(《古离别》)一类诗,"开始了晚唐感官的彩绘的笔触"。继承这种感官的彩绘的笔触的,有李贺、李商隐、温庭筠、段成式诸人。他们有力地促进了诗向词这一新文学形式的过渡。许学夷《诗源辩体》卷二六云:"李贺乐府七言,声调婉媚,亦诗余之渐。"卷三〇又云:"商隐七言古,声调婉媚,大半入诗余矣。"又云:"庭筠七言古,声调婉媚,尽入诗余。"诗余,就是词。这就勾画出由李贺到李商隐、温庭筠诗中词的情调递增的过程。经过长时间的探寻,世俗地主文人发现:词这一形式配乐配舞,介于文章、技艺之间,要比诗、骈文之类更能直接满足时人对声色的追求。故其滥觞虽可追踪至六朝《五更转》之类民间曲子,但为文人所选定必在中晚唐"重感官的彩绘的笔触"一派诗人出现之后。欧阳炯《花间集叙》明白无误地指出,词是公子佳人于绮筵绣幌间"用助娇娆之态"的一种文学形式。取材本来十分广阔的民间曲子词,经晚唐的文化整合,终于在文人手中形成一种以题材相当狭窄的《花间集》为典范的新体制——"诗余"。在专制日甚的后期封建社会中,词一直是世俗地主文人宣泄"儿女之情"的重要孔道。可以说,词这一形式是"由雅入俗"文学运动的重要"成果",而词与诗的分工又促使宋诗更专一于"言志",更多地使用议论化的手段。

三

世俗地主知识化运动的另一面,是"雅化"要求,并由此引起"由雅入俗"到"化俗为雅"的螺旋运动。而"化俗为雅"的灵魂是儒学的重建引起价值取向的转变。这一转变完成于北宋。

北宋,是一个特定的历史时期。世俗地主在这个时期全面取代了士族地主,可算是个新兴的阶级。然而,这个时期又是中国封建社会从此走向下坡的转折点。于是,讲究功利主义的"致用"之学与讲究个体规范化的"内省"之学在此交汇,共同促使唐诗向宋诗嬗变。

方回《送罗寿可诗序》称:"宋刬五代旧习,有白体、昆体、晚唐体。"这一明快的勾勒,表明宋初诗尚未能自立于唐诗之外。不过,其中"西昆体"已表露出"雅化"的倾向。欧阳修《六一诗话》称"盖其雄文博学,笔力有余,故无施不可,非如前世号诗人者,区区于风云草木之类"。杨亿诸人试图以李商隐典雅的诗风,以"雄文博学"来纠正白体、晚唐体的"俗"及其"区区于风云草木"之弊。然而杨亿诸人并不明了宋代世俗地主的雅化运动是建立在"俗"的底子上。谢榛《四溟诗话》卷一引《霏雪录》云:"唐诗如贵介公子,举止风流;宋诗如三家村乍富人,盛服揖宾客,辞容鄙俗。"排除其中对宋诗的成见,"三家村乍富人"倒挺合于世俗地主入宋后要"化俗为雅"而俗终究是其底子的形象。"西昆体"因其脱离以俗为底子这一实际,不为世俗地主所认同,故很快就偃旗息鼓了。

由于景祐年间北宋政府对外战争不利,暴露其腐朽的一面;更由于科举的完善使世俗地主参政之途畅,宋人一改唐人叹穷嗟卑的热点,易以"天下兴亡匹夫有责"的主体意识,诗文的社会功能性再一次被认识。这就表现为庆历前后的新形势:有识之士呼吁革新。

范仲淹、韩琦诸人改革政治,使欧阳修、梅尧臣等有志之士得以诗文为改造社会之利器。梅氏《答裴送序意》诗云:"我于诗言岂徒尔,因事激风成小篇。辞虽浅陋颇刻苦,未到二《雅》未忍捐。安取唐季二三子,区区物象磨穷年。"宋人正是以"致用"的价值取向逆反于晚唐五代乃至宋初"区区物象磨穷年"的诗风,而回到中唐功利主义的文学思想。李觏《上李舍人书》云:"文者岂徒笔札章句而已,诚治物之器焉。"王安石《上人书》也说:"尝谓文者,礼教治政云尔……且所谓文者,务为有补于世而已矣。"然而宋人的这种认同并非回到中唐人的出发点。中唐人由于面对唐玄宗"开元之治"跌入"安史之乱"的现实,痛心疾首于君主的昏昧,以为"补察得失之端,操于诗人美刺之间"(白居易《策林》六八),故言诗多主"比兴"(讽喻),偏在"为君"而发,重在反映社会现实,使"圣人酌人之言,补己之过"(《策林》六九)。而北宋人由于身处"太平盛世",即绝对君权控制下的官僚体制之中,君所要的只是"忠臣",而非"谏臣",所以宋人言诗多主温柔敦厚,偏在"为臣"而发,重在世道人心的收拾。连"一肚皮不合时宜"的苏轼也会说"凡人文字,务使平和"(《与鲁直书》)。宋人的"致用"论是与"务本"论相表里,以道德伦理为指归的。

作为世俗地主重建中央集权帝国的思想利器的新儒学,是把基石放在讲究内修养之上的,以所谓"内省"功夫来适应"克己复礼"的外在社会秩序要求。因此,新儒学对文坛的影响,最深巨的当推"文章务本"论的盛行。所谓"文章务本",就是将作家的人格修养与作品评价、创作等直接联系起来。这是"古已有之"的论调了。如隋末大儒王通,就是以"君子"、"小人"论文的。这种做法在盛唐似无继响。至中唐儒学"中兴",文学亦日渐附属于伦理学。李华《杨骑曹集序》批评盛唐人说:"开元、天宝间,海内和平,君子得从容于学,以是词人材硕者众。然将相屡非其人,化流于苟进成俗,故体道者寡矣。"嗣后,梁肃《独孤及集后序》引独孤及意见云:"必先道德后文学。"至韩愈,更全面地阐明了文与道之关系。

这种以仁义为文章之根本的看法,又与儒家讲究个人修养的"养气"功夫结合,所谓"气盛则言之短长与声之高下者皆宜",用内修养功夫使文与道一气贯通。随着新儒学日益为宋人所认同,中唐以来这种"文章务本"论也日渐积淀为宋人文学价值取向的标准。从宋人对唐人及其作品的评价中,可看到这一事实。

欧阳修《世人作肥字说》称:"使颜公(真卿)书虽不佳,后世见者必宝也。杨凝式以直言谏其父,其节见于艰危;李建中清慎温雅,爱其书者,兼取其为人也。"他从读者接受心理的角度,点明时人价值选取的标准是道德第一。这一价值取向使宋人在风度、胸襟诸方面远不如盛唐人的广阔,甚至不如中唐人的通达。他们斤斤于封建道德规范的计较,求全责备,宋人对李白"识见污下"之评即为最突出例证。这一重伦理的价值取向影响于创作,则表现为非事功与意气,重心境与修养。它与致用论相表里促成了宋诗好议论的风格与独特的"绚烂归于平淡"的审美趣味。这一过程大致上可以梅尧臣、王安石、苏轼为代表。

四

梅尧臣撷取了白居易浅切而讲究"美刺"的诗风,体现了"致用"的倾向;又以宋人"内省"功夫,将"浅切"升华为"古淡",首次发露宋诗的自立精神。梅氏自称"因吟适情性,稍欲到平淡"(《依韵和晏相公》),"作诗无古今,唯造平淡难"(《读邵不疑学士诗卷》),可见所谓平淡并非"造语容易"的浅切。梅氏与西昆体走不同的路子,他是在"俗"的底子上画图的。苏舜钦诗风与梅不同,但也自称"直欲淡泊趋杳冥"(《赠释秘演》),"会将趋古淡"(《诗僧则晖求诗》),古淡,正是梅、苏诸人共同的审美理想。

由于宋代儒者将重建儒学的基点放在"内省"上，所谓"格物致知"的本质并非从客观世界中获得对真理的认识，而仅仅是通过自身体验印证古"圣贤"对事物的认识，是以自我意识与古人相类为皈依。这种"回头看"决定了所谓"致用"之学充其量只能是增强传统的适应力而已，"内圣"才是第一义的。因之，"致用"日渐隶属于"务本"。其典型人物为王安石。王是个奇特的矛盾人物，一方面颇急于事功，有"新法"为证，另一方面又高谈道德性命，开宋道学之先河。钱穆《中国近三百年学术史·引论》指出："北宋学术，不外经术政事两端。大抵荆公新法以前所重在政事，而新法以后，所事尤在经术。"这种前重"致用"后偏"务本"的心态，反映于诗风演变，诚如《宋诗抄·临川集》小序所云：

> 安石少以意气自许，故诗语惟其所向，不复更为涵蓄。后以宋次道尽假唐人诗集，博观而约取，晚年始悟深婉不迫之趣。然其精严深刻，皆步骤老杜。

王安石"致用"之学是通过"以意气自许"的个性体现出来的。投射于诗风上，便是议论风发、眼光深刻，文学表达斩截干净。晚年的王安石阅尽沧桑，致力经术，意气锋芒渐内敛，由内而外形成拗峭而又淡雅的精严诗风。王安石的诗风反映了宋人对诗歌从价值观到审美理想的全面要求，即熔议论、学问、诗律于一炉，达到"致用"融于"务本"，精严深刻且能以闲淡出之。宋诗特征几乎大备。

胡应麟《诗薮》外编卷五云："至介甫（王安石）创撰新调，唐人格调，始一大变。苏、黄继起，古法荡然。"可知苏轼与黄庭坚在宋诗自立过程中起着决定性的作用。苏轼在"化俗为雅"运动中最特殊的贡献是将"古淡"的诗风提高到美学的高度上来认识，妥善地处理了"俗"与"雅"之间的关系，提出"绚烂归于平淡"这一合乎北宋文化目的要求的审美理想。而这一天才思想的发生，首先是对司空图诗论的感悟。司空图针对晚唐俗艳的诗风,极力抨击"都市豪估"的元、白体诗。他标举"趣味澄夐"的王维、韦应物诗风,试图以王、韦诸人的雅体来"镇浮而劝用",改变唐季绮缛俚俗之文风,二百年后又成为苏轼作为改造西昆体及梅尧臣诗风的利器。苏氏发展了司空图"韵外之致"的理论,提倡"发纤秾于简古,寄至味于淡泊"(《书黄子思诗集后》),他认为"所贵乎枯淡者,谓其外枯而中膏,似淡而实美"(《评韩柳诗》),是两种对立的艺术风格的统一。西昆体之失在雕缋满眼,梅尧臣之失在"中边皆枯淡"。苏轼处理方法是:让"纤秾"归诸"简古",使"枯"的外表有丰富的内蕴。周紫芝《竹坡诗话》引苏云:"大凡为文,当使气象峥嵘,五色绚烂,渐老渐熟,乃造平淡。"这是"多"归于"一"的过程,它解决了宋初以来一直未能调整恰当的人工美与自然美之间的关系问题。

然而,在苏诗的豪放之中透出的是一股漠视社会人生的冷气,并不尽符合宋人"务本"的要求。能"以精神修养的方法观照古诗"①,进而铸造适应于封建专制的诗歌新模式者,为黄庭坚其人。他将理学家的内省功夫与禅宗自我解脱的精神追求(即所谓"禅悦"的境界)结合起来,将克己复礼的外在社会要求内化为一种内心的恬淡与宁静,以此作为诗歌创作的灵感。《书旧诗与洪龟父跋其后》云:

> 龟父笔力可扛鼎,它日不无文章垂世。要须尽心于克己,不见人物臧否,全用其辉光以照本心,力学有暇,更精读千卷书,乃可毕兹能事。

所谓"尽心于克己,不见人物臧否",无非是不断克服自我、泯灭个性以达到社会规范之共性的所谓"格物致知"的过程。宋儒从禅宗学

---

① [美]刘若愚《中国文学理论》,杜国清译,台湾联经出版事业公司1981年版,第68页。

了内化技巧,用以制造与古"圣贤"认同的氛围,在"心印"中与古人认同并得到愉悦,因之,读书也成为一种印证的手段,这是封建文化专制强化压力下的产物。黄氏《书王知载朐山杂咏后》称:"诗者,人之性情也,非强谏争于廷,怨忿垢于道,怒邻骂坐之为也。"反对以诗为讽刺之具,显然与中唐人"欲开壅蔽达人情,先向歌诗求讽刺"(白居易《采诗官》)的认识大相径庭。因此,他将宋人学杜的热点从"善陈时事"引向"句律精深"。《跋高子勉诗》云:"高子勉作诗,以杜子美为标准,用一事如军中之命,置一字如关门之键,而充之以博学,行之以温恭。"将杜诗"标准"归结为用事、置字、博学,而处于统摄地位的是"温恭"(恰非杜之所长)。与其说是"以杜子美为标准",毋宁说是要杜子美以宋人为标准。朱弁《风月堂诗话》卷下曾一针见血地指出黄氏"乃独用昆体工夫,而造老杜浑成之地"。所谓"昆体工夫",无非是"剽剥典故"(或云"雄文博学")的"雅化"手段。如果说韩愈"以文为诗",将散文句法引入诗的行列,梅、欧、王、苏又因"致用"进而"以议论为诗";那么黄庭坚则由"致用"转入"内省","以学问为诗",终于盘旋在"西昆体"上空。这就是黄氏《再次韵杨明叔》所云:"试举一纲而张万目,盖以俗为雅,以故为新,百战百胜,如孙、吴之兵。""以故为新"成为这场"化俗为雅"运动的归宿,从此将读书养性代生活体验,成为后期封建社会文人的通病。方孝岳《中国文学批评》说得好:"于是效法黄、陈的那班江西社里的人,就捉着黄庭坚做一种格式,铸定了宋诗的模型。"唐宋诗的整合于是乎完成。

(原载《江海学刊》1993 年第 3 期)

文化转型与宋代文学

一、问题的提出

二十世纪初,日本学者内藤湖南提出过这样的问题:

> 唐、宋时期一词虽然成了一般用语,但如果从历史特别是文化史的观点考察,这个词其实并没有什么意义。因为唐和宋在文化的性质上有显著差异:唐代是中世的结束,而宋代则是近世的开始,其间包含了唐末至五代一段过渡期。由于过去的历史家大多以朝代区划时代,所以唐、宋和元、明、清等都成为通用语,但从学术上来说,这样的区划法有更改的必要①。

内藤氏事实上已抉发唐、宋之际所具有的文化转型的意义,将唐末至五代划归"近世的开始"。而我国史学大家陈寅恪则更明确指出:"唐代之史可分前后两期,前期结束南北朝相承之旧局面,后期开启赵宋以降之新局面,关于政治社会经济者如此,关于文化学术者亦莫不如此。"②而作为"唐代文化学术史上承先启后转旧为新关捩点之人物",便是中唐的韩愈。笔者据此,曾以中唐为支点,将前此的

---

① [日]内藤湖南《概括的唐宋时代观》,见刘俊文主编《日本学者研究中国史论著选译》第1卷,中华书局1992年版,第10页。
② 陈寅恪《金明馆丛稿初编》,上海古籍出版社1980年版,第296页。

魏晋—盛唐的文化类型称为士族文化,后此的中唐—北宋的文化类型称为世俗地主文化①。由此形成中国文化传统错位的衔接,而中国近现代种种文化现象,十有八九可追溯至两宋。故陈寅恪认为,华夏文化造极于赵宋之世,是华夏文化之"本根"。他甚至认为:"将来所止之境,今固未敢断论。唯可一言蔽之曰,宋代学术之复兴,或新宋学之建立是已。"②此亦当今"新儒学"孜孜以求者欤?宋学"本根"对于近现代之影响由此可见。

二、何 以 转 型

唐、宋之际乃有文化之转型,何也?曰:形势使然。盖中国古代社会经长期发展,至隋唐其重心已由中古宗法的贵族政治体制逐渐移向近古中央集权的官僚政治体制。所谓盛唐文化,乃经四百余年胡汉、南北由碰撞到融合之文化。故云:"唐有胡气。"盛唐之盛,正得益于以成熟之汉文化为母本嫁接他种文化,极具开放性与多元化。然而,面对士族解体、个性解放、均田制与府兵制瓦解,外来文化对本土文化之促变,市井文化初兴等等诸多新事物,旧框架已容不下新文化那伟岸的身躯。传统的儒、道、释三大思想基础也已穷于应对,整个盛唐思想界都拿不出相应的新思维。开元年间的"文治"与"吏治"之争,似乎已触及这个问题,但"文治"不过是恢复旧礼教,"吏治"也不是走向"法治"。诚如葛兆光教授所指出:"毕竟礼法并不能约束越来越放纵的人心,而传统也无法对新的社会变动给以解释与批评。当传统的宇宙观念对礼法的支持与对国家秩序的规范、传统的夷夏论对民族混融问题的处理、传统道德观念对士

---

① 参看拙作《文化建构文学史纲(中唐—北宋)》,海峡文艺出版社1993年版,第8页;《文化建构文学史纲(魏晋—北宋)》,北京大学出版社2005年版,第21页(收入本《文集》第四册)。
② 陈寅恪《金明馆丛稿二编》,上海古籍出版社1980年版,第245页。

族瓦解之后人际关系的调整,都已经不合时宜的时候,仅仅用原有的知识与思想已经无力回天。"①面对胡汉、南北融一的新型文化,旧文化体制、旧思维方式已到了不得不变的临界点。中唐以后,更由于商品经济的日趋发达,科技的进步,生产力的发展加速了这一进程。英国学者崔瑞德编《剑桥隋唐史》正是从这一角度分析了八、九世纪大唐内在发生的深刻变化。他认为:"城市化的总过程以生产力的全面发展为基础。人口的普遍南移不但提高了农业生产水平,而且手工业也开始在长江流域发展起来。结果,交易和商品流通量迅速增加。八世纪后期和九世纪是商人阶级大展宏图的时代……贸易的空前迅速的发展,商人的日益富裕和生产力的全面提高,逐渐导致官方对经济的态度的根本转变,而这种转变再次标志着八、九世纪是一个时代的结束。"②笔者尤感兴趣的是:该书作者指出,商品经济的发展使中晚唐"产生了一个富裕、自觉并对自己的鲜明特征和特殊文化有强烈意识的城市中产阶级"③。无疑,这个中产阶级的产生,便是促使文化向近世转型的积极因素。就事件而言,"安史之乱"是前后两种文化转型的契机与标志。

　　"安史之乱"由于具有浓重的民族矛盾以及地方割据的色彩,使人将注意力集中在"华夷之辨"、中央与地方势力之争,而忽视了前面所提及的新、旧型文化之蜕变。"文治"、"吏治"之争乃转化为儒、释之争、中央与地方之争。由是,强化中央集权被提上日程,士大夫在反思中猛省到重建儒学的必要性,于是掀起以"尊王攘夷"为内核的古文运动。晚唐五代长期动乱的经验教训及面对北方崛起的外族势力,使中央集权这一社会需求在宋更为迫切,而古文运动的精神亦因之得以传薪。

---

① 葛兆光《中国思想史》第二卷《七世纪至十九世纪中国的知识、思维与信仰》,复旦大学出版社 2000 年版,第 113 页。
② 〔英〕崔瑞德编《剑桥中国隋唐史》,中国社会科学出版社 1990 年版,第 30—31 页。
③ 同上,第 30 页。

王夫之《宋论》卷一论宋太祖一统天下垂及百年,原始其因就在于与创业诸帝相较,无事功世胄之依凭而颇有惧心:

> 一旦岌岌然立于其上,而有不能终日之势。权不重,故不敢以兵威劫远人;望不隆,故不敢以诛夷待熏旧;学不夙,故不敢以智慧轻儒素;恩不洽,故不敢以苛法督吏民。惧以生慎,慎以生俭,俭以生慈,慈以生和,和以生文。①

宋之文治,实在是出于忧患的不得已②。但王夫之接着指出:"虽然,彼亦有以胜之矣,无赫奕之功而能不自废也,无积累之仁而能不自暴也。"宋人求自立、求变革之精神寓其中矣③!而所谓自立精神,即王夫之"求诸己"者,就其文化内涵言之,便是起自中唐为"攘夷"而张扬华夏自家文化之运动,是六朝至盛唐充满"胡气"的外向型多元文化之反拨。唐君毅称:"中国民族之精神,由魏晋而超越纯化,由隋唐而才情汗漫,精神充沛。至宋、明则由汗漫之才情,归于收敛。"④收敛正是"绚烂归于平淡"的内向型宋文化之特征。中国文化转型之幸与不幸,关键在此。

三、如何转型

王亚南《中国官僚政治研究》认为,两税法与科举制是支持官

---

① 王夫之《宋论》,中华书局 1964 年版,第 3 页。
② 邓广铭认为北宋所谓的"右文",是"全然由客观环境关系而被动施行的在文化上的宽松政策"。见陈植锷《北宋文化史述论》,中国社会科学出版社 1992 年版,第 6 页邓序。
③ 黄仁宇《赫逊河畔谈中国历史》论宋太祖,称其有多方面的才能与兴趣,宋人称为"艺祖",史载其多次观制造战舰,阅炮车,亲授医官黜其艺之不精者。又称其重财政,甚至准备以二百万绢购契丹精兵十万之人首,此积绢计划在宋神宗时得到实施。诸如此类,颇见宋太祖的近代思维。此亦可见其求变的精神。详参黄仁宇《赫逊河畔谈中国历史》,生活·读书·新知三联书店 1992 年版,第 150 页。
④ 唐君毅《中国文化之精神价值》,台北正中书局 1994 年版,第 70 页。

僚政治高度发展的二大杠杆①。内藤湖南认为"两税法"使"人民从
束缚在土地上的制度中得到自由解放"②，而科举制使士子从有利
于世族门阀的"九品中正"选人制度的束缚中解放出来，则是今人的
共识。这两种"解放"就好比建筑工程上的前期工作"三通一平"，
使北宋在此基础上顺利地完成其中央集权的官僚政治体制的建构。
特别是后者，将用人权全部收归中央，激活人才的纵向流动，使官僚
体制于该时期充满活力。

　　科举制对宋以后的影响是多方面的，这里仅就其对文化转型带
根本性的影响略事评说③。首先是北宋的科举，迅速地改变了统治
层的知识结构，同时也促使知识人群的日益增多。由于宋代从科举
进入仕途的人数大大超过唐代，而且"取士不问家世"，使得以世俗
地主为主体的大量人才涌入官僚机构④。这就使宋代政府具有"平
民化"的色彩。然而，此种"平民化"只是相对于前此的贵族政治而
言，增大了"平民"参与政务的机会，为上层社会带进世俗气；但诚如
日人谷川道雄所指出："士大夫阶级成为官僚，拥有特权时，其自身
的地主化倾向也就浓厚了。不过这乃是士大夫阶级的世俗化、腐败
化，并逐渐丧失其本来立场的过程。在其间潜藏着由他们本身自我
改革的转化因素。"⑤由此而形成一个以官僚政体为中介的上层与
下层社会的循环运转机制，并造成中唐—北宋由雅入俗而化俗为雅
的循环运动。而士大夫本身所进行的自我改革，更是深刻地影响了

① 详王亚南《中国官僚政治研究》，中国社会科学出版社 1981 年版，第 90—111 页。
② 见上引《日本学者研究中国史论著选译》第 1 卷，第 14 页。史学界有不同看法，但至少两
　 税法预示了货币经济、商品经济的长足发展，对生产力应是某种程度上的解放。
③ 关于科举制对唐宋之影响，请参看上引拙作《文化建构文学史纲（魏晋—北宋）》第五章
　 第二节。
④ 据曾巩《元丰类稿》卷四九知，淳化二年进士一万七千三百人，可见卷入科举的人群将有
　 多么庞大，其影响于社会文化素质是可想而知的。《历代名臣奏议》卷二六七载苏辙《请
　 去三冗疏》称："凡今农工商贾之家，未有不舍其旧而为士者也。"知识阶层之庞大化由此
　 可见一斑。
⑤ ［日］谷川道雄《中国社会构造的特质与士大夫的问题》，见上引《日本学者研究中国史
　 论著选译》第 2 卷，第 192 页。

文化转型。钱穆《中国近三百年学术史》第一章引论称：

> 盖自唐以来之所谓学者,非进士场屋之业,则释道山林之趣,至是而始有意于为生民建政教之大本。①

钱氏指出唐时"进士场屋之业"不过是敲门砖,并不曾与儒家"修齐治平"联系起来,直至北宋(尤其是庆历以后),这才"有意于"政教合一,将科举取士与推行儒教结合起来,而以儒学的道德仁义明体达用整顿士风,这才是宋学的自立精神之所在。宋人的价值取向、审美趣味,其本原当于是求之。

四、同 构 运 动

我们匆匆地走阅了文化转型,因为我们更关心的乃在与之作同构运动的宋文学。所谓文化构型,是指文化的内在整体结构,是文化各因子的综合整体。任何时代的文学都是该时代文化构型的一个有机组成部分,而与总体文化构型之间互涵互动,为文化建构过程中的整合作用所驱动,而又以自身的变革参与文化建构,形成双向的同构运动。恩格斯有一段著名的"合力论",可以帮助我们理解文化各因子与文化构型之间的互动关系:

> 历史是这样创造的:最终的结果总是从许多单个的意志的相互冲突中产生出来的,而其中每一个意志,又是由于许多特殊的生活条件,才成为它所成为的那样。这样就有无数互相交错的力量,有无数个力的平行四边形,而由此就产生出一个

---

① 钱穆《中国近三百年学术史》,中华书局 1984 年版,第 3 页。

总的结果,即历史事变,这个结果又可以看做一个作为整体的、不自觉地和不自主地起着作用的力量的产物。①

这里揭示了认识论的一个真理:在历史因与果之间有一个不容忽视的中介环节,这就是交互冲突产生合力的诸多因素。而这些因素"又是由于许多特殊的生活条件,才成为它所成为的那样"。固然,历史是人创造的,但并不是随心所欲地创造,每个人的意志都受制约于所处的"特殊的生活条件",即政治地位、经济地位、社会环境、文明程度乃至婚姻、家族、交游、学养、性格、病情,甚至地理环境等等。而这些因素大部分可用"大文化"的概念概括。诸多因素在文化大容器中碰撞,产生合力。这就是文化趋势,也就是一个社会在情感和理智上的主导潮流。处于潮流核心地位的是价值选取与追求。观念与价值取向是构成一种文化独特风格的要素,也是影响审美趣味与判断的要素。这是文化史与文学史同构运动最关键的契合点。丹纳曾用"精神气候"说解释文艺的演进,举中世纪欧洲风行四百年的哥德式建筑为例,认为当时战争和饥荒频仍,苦难使人厌世而耽于病态的幻想。哥德式建筑形式上的富丽、怪异、大胆、纤巧与庞大,正好投合了人们病态的审美趣味,成为苦闷的象征而发展为教堂、宫堡、衣着、桌椅、盔甲的共同风格特征②。这是静态的选择。本尼迪克特进一步作动态的解释:哥德式建筑起初只不过是地方性的艺术和技巧中一种稍带倾向性的偏好——如对高度与光亮的偏好,而由于这一偏好投合了中世纪社会情感与理智上的主导潮流,所以被确定为一种鉴赏规范,愈来愈有力地表现出来,并剔除那些不融贯的元素,改造其他元素以合乎文化目的,最后整合为一种愈益确定的标准而形成哥德式艺术③。在文化目的的驱动下,文

---

① 《马克思恩格斯选集》,人民出版社 1972 年版,第 478 页。
② ［法］丹纳《艺术哲学》,傅雷译,人民文学出版社 1983 年版,第 39 页。
③ ［美］本尼迪克特《文化模式》,张燕译,浙江人民出版社 1987 年版,第 46—47 页。

化选择与文化整合形成艺术史的选择、修正、适应的全过程。这就是文化与文艺的同构运动。

作为文学史的特殊性,文化整合是通过文本被接受的过程而起作用的。也就是说,观念与价值取向不但影响作者的创作,也影响着读者的接受,由此形成张力,文坛的兴衰、流派的起伏,都因此而展开。

我们还要讨论的是文化整合力与个体创造性的关系问题。作为社会网络中的个体,个人行为无疑受制于所处社会的制度与习俗,然而并非该社会中千千万万种个体行为都一一从属于那些制度与习俗,许多个体行为并不符合该社会秩序的规范要求。也可以这么说,文化目的代表了该时代在情感和理智上的主导潮流,但并不囊括所有的个体的情感与理智上的倾向。合力只是矛盾斗争的结果。文学史表明,任何时期总有一些人不肯入俗,老要出轨,甚至成为"异端"。事实上,他们都是些富有创造性的变异的种子。然而,个人行为必须成为影响某一群体的现象才是有意义的,纯粹的个人行为只是个人行为而已,与社会并无干涉。群体,可以是某个圈子,或社会某阶层,乃至民族。一旦个体行为被社会某阶层所接受,就有可能扩大其影响,为文化选择所吸收,融入新传统。反之,不为社会所接纳的个体行为,将很快为潮流、时尚所湮灭,虽然它或许仍将作为一种历史的价值而存留在历史材料之中。

五、前贤的启迪

清人叶燮《己畦集》卷八《百家唐诗序》称:

> 吾尝上下百代至唐贞元、元和之间,窃以为古今文运诗运,至此时为一大关键也……号之曰中唐,又曰晚唐,不知此中也

者,乃古今百代之中,而非有唐之所独得而称中者也!

叶氏以中唐为中国文学史前后分期的支点并非偶然,因为文化转型与文学史分期的同构运动在中唐是一个相当明显的事实。文学史家闻一多也曾将汉建安五年至唐天宝十四载划为门阀贵族文学,而将"安史之乱"至一九一九年"五四运动"划为"士人文学"①。

前、后分期的标志性人物是杜甫。据郑临川转述,闻一多认为:"天宝大乱以后,门阀贵族几乎消灭干净,杜甫所代表的另一时代的新诗风就从此开始。宋人杨亿曾讥笑杜甫是'村夫子',恰好是把他的士人身份跟以前那些贵族作者形成了鲜明的对比。"②

事实上门阀贵族在中晚唐犹百足之虫,死而不僵,要到黄巢大起义以后,才算是扫地以尽。而后期与品位性的门阀贵族相对而言,应是世俗地主为统治阶级,故笔者称之为"世俗地主文化构型"。闻一多见解的深刻性还体现在对文化与文学史之间血肉般不可分离的关系的认识:"所以如果要学旧诗,学宋诗还有可能发挥的余地,学唐诗(天宝以前的那种所谓'盛唐之音')显然是自走绝路,因为社会环境和生活方式已经完全改变,没有那种环境和生活条件,怎能写得出那种诗来呢?从这种新作风的时代开始以后,平民跟文学的关系一天比一天密切,小说就跟着发达起来。但过去那种豪华浪漫的贵族生活方式始终还被少数人所留恋……"(同上引,页77—78)文化构型的转换带动文学风格乃至文学形式的转换,这就是同构运动。这种转换并非"一刀切"切出来的,而是筋连着肉,肉含着血。所以宋文学自立的中心是明晰的,边缘却是模糊的:自中唐起,宋文学的某些特征已如雾状出现,及至北宋方凝为水珠,臻于圆成。

---

① 　郑临川《闻一多先生说唐诗》(上),《社会科学辑刊》1979 年第 4 期。
② 　郑临川《笳吹弦诵传薪录》,上海古籍出版社 2002 年版,第 77 页。

与闻一多同时的还有长期以来鲜为人知的罗庸先生,经郑临川转述其研究成果,终将引起人们的重视。罗庸说魏晋南北朝文学,断自建安初年(196),下逮唐高宗景龙三年(710),又补充说,应加建安前三十年,盖党锢影响后之清谈甚大①。至说唐宋文学,则认为:

> 本段始于隋唐,迄于南宋末年,大约七百年间,此为古代文学与近代文学之分水岭。所谓古代,乃文体之完全死去或成化石者,此段结束于唐朝中叶,近代文学乃目前尚有些许生气者。此段文学史上足以解说汉魏六朝之文学何以结束,下足以述说明清文学之所由形成。故本期精神在叙述由民间兴起之文体既衰,而代之以由域外新潮蜕化而成之文体,北宋后,此域外新潮又涸,遂又有民间文学兴起,话本传奇是也。此外,唐初承六朝门阀之旧,其后乃削平之,而平民文化与朝廷文化得以交通,渐次平民文化居上,吾人于本段史实仅见平民时有创获,朝廷转寂无所闻,此与汉魏之朝廷文学大相径庭,亦中国文化之绝大转变者也②。

罗氏似更强调转型的渐进性,故以隋唐至南宋为转型期,但又云"转变关键在五代","以士风言,北宋大抵继承自中唐"③,大体上仍与闻氏意见相近。只是他更注重唐代庙堂文学向民间文学转型,认为有宋一代文学趋势是:"文人与社会接近,而文化中心遂移至民间,由朝廷转向社会。"④

---

① 郑临川《笳吹弦诵传薪录》,第 189 页。
② 郑临川《笳吹弦诵传薪录》,第 67—268 页。
③ 郑临川《笳吹弦诵传薪录》,第 335 页。
④ 郑临川《笳吹弦诵传薪录》,第 337 页。

六、两条线索

文化转型与文学史嬗变的同构运动自中唐直贯至北宋者,我认为有两条主要的线索:一是在世俗地主知识化运动中,文学趋向由雅入俗再转入化俗为雅的回旋运动;二是由反思转入内省的过程中,伦理逐渐入主文学,士大夫相应形成自调机制及其审美趣味,从而影响宋文学自立的形式。其实这是一个犹如大树的根系一般复杂的问题,笔者谨将拙著《文化建构文学史纲(中唐—北宋)》中的一点思考抛于读者诸公足下,期有引玉之效耳。

(一)这条线索的起点是科举制的盛行。虽然科举始于隋,但科举与文学发生直接而紧密联系却在"行卷"之风盛行以后,中、晚唐适其时也。关于此风,程千帆、傅璇琮诸先生已有笃论①,笔者只想强调一点:我们不宜将文学与科举二者放在一个封闭的思路中,只在二者之间考索其因果,而应将这一历史性的思维放在文化建构这一辽阔视野中考察,我们将会发现,科举对文学史发生的综合影响,远非兴于唐止于宋的"行卷"之风所能囿者。

首先是科举促成了世俗地主的知识化运动。由于科举日渐成为官僚机构用人的重要的乃至最主要的渠道,是世俗地主改变其社会地位并取得经济特权的手段,所以吸引了大量的世俗地主投身于举业。沈既济《词科论》称天宝年间文词科之盛云:

> 父教其子,兄教其弟,无所易业。大者登台阁,小者任郡县。资身奉家,各得其足。五尺童子耻不言文墨焉。②

---

① 参看程千帆《唐代进士行卷与文学》,上海古籍出版社 1980 年版;傅璇琮《唐代科举与文学》,陕西人民出版社 1986 年版。
② 《全唐文》卷四七六。

此风愈演愈烈,至宋苏辙乃云:"凡今农工商贾之家,未有不舍其旧而为士者也!"①正是这一大批"农工商贾之家"出身的世俗士子,改变了文人群体的知识结构,将世俗之风带入文坛,引发中、晚唐直至北宋初长期的"由雅入俗"的文学运动②。应提请注意的是,许多研究者只从"行卷"者方面入手考察科举对文学之影响,而疏忽了受行卷者对文坛风气形成所起的作用。事实上科举是一支指挥棒,而受行卷者则是执棒人。他们的好恶往往左右一批举子的文风。孙光宪《北梦琐言》卷七载陈咏行卷,卷首有对语云:"隔岸水牛浮鼻渡,傍溪沙鸟点头行。"如此俗句何以置于卷首? 他说是"曾为朝贵见赏,所以刻于首章"。此类例在晚唐甚夥,可见当时一些俗官指挥棒在手,就有举子投其所好。中、晚唐诗风趋怪趋俗,良有以也。此风经五代至宋初不息,而欧阳修利用主持贡举改变文风一例,也说明"指挥棒"的重要性③。世俗地主固然将俗气带入文坛,但同时其自身在知识化过程中也得到"雅化"的提升,这又是事情的另一面。第一次雅化运动是北宋前期"西昆体"的风行。田况《儒林公议》卷上曾称杨亿诸人之诗及其赋、颂、章奏:"虽颇伤于雕摘,然五代以来芜鄙之气,由兹尽矣!"接着,梅尧臣、欧阳修等又掀起第二波雅化运动。此后王安石、"三苏"、黄庭坚等继起,形成学海波澜,势不可遏。总之,处于较下层的世俗地主将"俗气"带进文坛,使士族文化也染上"俗气",这是个同化过程;同时由于进士科举要求参与的世俗地主必然学会写诗作赋贴经,面对原有的士族文化使自己"雅"起来,这又是个顺化的过程。由是推转了中唐至北宋文学"由雅入俗"又"化雅为俗"的双向回旋运动。

科举制对文学发生更为内在的深刻影响,还在于从内容到形式

---

① 《历代名臣奏议》卷二六七苏辙《请去三冗疏》。
② 中唐以后因商品经济之发展,使市井文化由边缘挤向中心,致使这批世俗士子具有冲击力,因这一问题颇费笔墨,暂不详论。
③ 韩琦《安阳集》卷五《欧阳少师墓志铭》载欧阳修于嘉祐初权贡举,黜去一切"务为险怪之语"者,而拔擢"平淡造理者",引起一场风波。

日渐与世俗地主重建"政教一体化"配套,士风为之一变,文风亦不得不变。这就是我们要继续探寻的第二条线索。

（二）这条线索的起点是"古文运动"。从根本上说,中唐时期的土地制与地租形态的变化减轻了人身的依附关系,带有某种奴隶制残余的宗族组织进一步向封建家族制转变。在这种新的人际关系与社会生活中,有可能产生出新的道德价值与行为规范。儒学由讲求外在强制力量的训诂名物的汉学系统转向讲求内在自觉反省的穷理尽性的宋学系统,正是对新人际关系与社会生活的一种适应。而"安史之乱"是一个重要的诱因,引发士大夫面对动乱追溯历史,进行了较深刻的反思。贾至《议杨绾条奏贡举疏》抨击了科举以声病为是非的弊端,抓住"末学之驰骋,儒道之不举"这个要害①。整个统治阶级都在寻找新的凝聚力,"尊王攘夷"的古文运动之中心就是再造儒学,使之成为重建中央集权的精神支柱。将中唐古文运动与北宋古文运动贯穿起来的血脉,就是再造儒学,将儒学内容注入科举的形式中,以"建政教之大本"（上引钱穆语）。与之做同构运动的,便是"文章务本"论的抬头。韩愈《答李翊书》说得明白:"仁义之人,其言蔼如也。"②这种以仁义为文章之根本的看法与白居易"诗者,根情苗言华声实义"（《与元九书》）的提法有别。白氏的提法仍以文为教化之具,属"致用"范围,"情"是根本;韩氏提法则以仁义为本,是由"致用"转入"务本"关键的一步。故又曰"行之乎仁义之途,游之乎诗书之源",作文的前提是个人修养,即"养气功夫"。只要善养气,则言之短长声之高下者皆宜云。经李翱《复性书》的倡导,终于导致宋理学家"道至则文自工",甚至以文为妨道的"闲言语",取消文学的独立性的偏激说法。然而,我们如果去其极端者,将这一现象放在更大的历史范围内考察,便会发现:它乃是"文学自觉"全过程中不可或缺的一部分。因为作为个体的人,同

① 《全唐文》卷三六八。
② 《全唐文》卷五五二韩愈《答李翊书》。

时具备着自然属性与社会属性,这是人类行为的根本出发点。作为"人学"的文学,也必然体现这两者的矛盾统一,即"文学自觉"是与"人的自觉"结伴而行的。也就是说,完整意义上的"文学自觉"必须体现这两种属性。"建安文学"被视为"文学自觉"之发端,作为该时代"人的自觉"的核心,是个体独立意识之觉醒,更多地倾向于自然属性,即追求个体之自由,故以庄子哲学为思想解放之利器。而文学自觉则体现为摆脱经史政教乃至音乐的附庸地位,走向独立,其时则体现为"缘情"与"言志"之抗争,更多地倾向于文学独特形式之创构。至盛唐始情志合一,声律与风骨并重,乃是个性自由与社会规范兼顾之朕兆。中唐至北宋,不妨说是"文学的再自觉"阶段,更强调人的社会属性,要求个体自觉遵从社会规范。与之相应,文学"陶冶性情"的功能得以强化。只可惜在这一进程中,个体的规范化与伦理道德的自我完善日益浮升为"正统"的价值取向,而盛唐曾一度活跃的以个体自由的追求日益走向边缘,成为一个不再复返的历史时期。宋文学的自立精神从根本上说,就在于主流价值观的转变,而标志着两种不同文化构型转换的完成。唐君毅所称"至宋明则由汗漫之才情,归于收敛"(上引),事实上始自中唐,而完成于北宋元祐以后。

(原载《长江学术》2006 年第 1 期)

中国文学从"自觉"到"再自觉"

——魏晋至北宋文学进程的整体思考

一、问题的提出及其阐释手段

自日本学者铃木虎雄《中国诗论史》(1925 年京都弘文堂书房刊行)首倡魏代为"中国文学之自觉期"后,鲁迅也于 1927 年在广州做了题为《魏晋风度及文章与药及酒之关系》的演讲:"用近代的文学眼光看来,曹丕的一个时代可说是'文学的自觉时代'。"[①]如今,"文学自觉"说已为我国学界所普遍认同。惜二人咸未为"文学的自觉"下定义。从具体论述看,铃木氏着眼点在能否从文学自身看其存在价值[②],鲁迅则将它与人的个性及社会风气相联系。至当代,李泽厚始明确地将"文学的自觉"与"人的自觉"结合起来[③]。

是的,"文学的自觉"说到底还是人的一种内在需求。作为个体的人,同时具备自然属性与社会属性,这是人类行为的根本出发点,二者形影相随,互相依存。大体说来,道家偏重前者,是所谓"知天不知人"者;儒家偏重后者,是所谓"知人不知天"者。然而创建儒学的孔、孟,却是以自然属性为其"人性论"的出发点,即以亲子之情为基础的"孝",推及"泛爱众"的"仁"。也就是以人的自然属性

---

① 《鲁迅全集》第 3 卷,人民文学出版社 1973 年版,第 504 页。

② [日]铃木虎雄《中国诗论史》,许总译,广西人民出版社 1989 年版,第 37 页。

③ 李泽厚《美的历程》第五章第二节,文物出版社 1981 年版。

之心理情感为基础,将外在的社会规范、道德要求内化为人性自觉,形成个体内在的社会属性。这是一个单向转化的过程。在此一过程中,文学因其动情功能被视为良性导体,故子曰:"兴于诗,立于礼,成于乐。"(《论语·泰伯》)育人者,先感发于诗,从习礼得规范,最终完成于乐——这意味着外在社会秩序与内在情感形式已取得某种共同的逻辑,如乐之"和"。反转来,儒家则要求作者将个体之"情"提升为关怀群体之"志"①。由此,人的自然属性与社会属性在文学活动中形成双向交流关系,是为情与志的二元建构。诚如陈伯海先生所说:"传统的中国诗学是一种生命的诗学,它把诗歌的产生归因于人的内在情志的发动。"②情志离合问题关系到诗的生成,因此仅从个体之"情的觉醒"一端看中国文学的自觉是不够的。完整意义上的中国文学之自觉,必须体现人的两种属性,兼顾情与志的离合过程,即人的自然属性与社会属性之调节过程,由是经历"自觉"到"再自觉"两个阶段,对文学功能及其存在价值之认识也由单极趋向二元。魏晋至北宋文学史之进程正好展现了这两个阶段的完成。

以情志为核心的生命论诗学是建立在感应而不是反映的基础之上,而感应又是心物互动的双向建构,所以又有异于西方的表现论。可是我们多年来已习惯于用西方话语来阐释中国文学史,也因此总让人觉得不太合身。事实上,先贤早已备下一套颇为成熟的本土话语,以之观照中世文学殊觉切合。其中以滥觞于儒家"风雅正变"诗教,而顺应乎南朝"新变"时潮的刘勰"通变"说最具系统性③。《文心雕龙·通变》云:

> 夫设文之体有常,变文之数无方,何以明其然耶?凡诗、

---

① 如孔颖达《毛诗正义》释"一国之事,系一人之本"云:"一人者,作诗之人……要所言一人心乃是一国之心。诗人览一国之意以为己心,故一国之事系此一人使言之也。"

② 陈伯海《释"情志"》,《中华文史论丛》第80辑,2005年,第1页。

③ 所谓"顺应新变时潮",指的是刘勰对其时"新变"思潮的接纳与整合,使之成为"正变"论积极的一面。

赋、书、记，名理相因，此有常之体也。文辞气力，通变则久，此无方之数也。

文章体制属于相对稳定的"常数"，而文辞风格则是因人、因时、因地发生差异的"变数"。这对矛盾推动文学史的演进。不过刘勰认为通变并非一味地变，还应往而复返，让继承与创新形成张力，乃曰：

> 故练青濯绛，必归蓝茜；矫讹翻浅，还宗经诰。斯斟酌乎质文之间，而櫽括乎雅俗之际，可与言通变矣。

应提请注意的是，"还宗经诰"并非一味地"回到经诰去"，而是作为"斟酌乎质文"、"櫽括乎雅俗"之权衡然而已。櫽括，杨倞注："正曲木之木也。"经诰只是参照的典范，所以刘勰的结论是：

> 文律运周，日新其业。变则堪久，通则不乏。趋时必果，乘机无怯。望今制奇，参古定法。

"参古"不是"效古"甚明，新变是矛盾积极的一方，刘勰强调的还是"趋时必果"。于是文学史在质与文、雅与俗的调整互动过程中，在继承与创新的张力下演进，"故能骋无穷之路，饮不竭之源"。

所谓"文质"，当指作品中语言之华美与质朴，属"文辞气力"的变数①，其"质文代变"之实质乃在传统与新变之间做出调整，其结

---

① 文与重形式有关，质与重内容有关。王元化《刘勰的文学起源论与文学创作论》指出：文和质的关系是由仁和礼的关系推演出来，质代表一种素材，文代表素材上的加工，"它们之间的关系有些近似形式和内容的关系"（《文心雕龙讲疏》，上海古籍出版社1992年版，第72页）。话讲得很有分寸，盖"近似"并非全等。事实上"质"亦兼指形式，是质朴未经雕饰的素材形式。再者，内容包括题材、事件与情感内容，而刘勰《体性》云："情动而言形，理发而文见，盖沿隐以至显，因内而符外者也。"所谓的内，主要指情感内容，非外部事物。后者则用"心物"之"物"来表示。所以文质关系更大程度上是指意辞之关系。现在如果我们有意将文质关系拓展为形式与内容之关系，亦无不可。

果是新变经整合后加入传统,形成新传统,即所谓"参古定法"者,目的还在于向"文质彬彬"趋进。刘氏高明之处就在于不但继承《易》关于通变的观念,从文学内部寻求变的依据;同时又接受汉儒关于变风变雅与民情变、世情变有关的观点,明确指出:"文变染乎世情,兴废系乎时序。"(《时序》)这就是刘勰之所以于文质之外,又提出雅俗这对矛盾的原因。

"雅俗"这对范畴历来应用广泛,具有多个层面。《毛诗序》云:"是以一国之事,系一人之本,谓之风;言天下之事,形四方之风,谓之雅。雅者,正也,言王政之所由废兴也。"雅有正统义,典则义;风则有风俗义、普遍义。雅通过风可以正俗。

随着社会日趋复杂,"俗"又有时俗、通俗、庸俗诸义。时俗,或称流俗,与时序有关,指当今之时尚。如《时序》篇认为:春秋以后,百家争鸣的气候使楚辞骤兴,"屈平联藻于日月,宋玉交彩于风云。观其艳说,则笼罩雅颂,故知晔烨之奇意,出乎纵横之诡俗也"。楚辞是从纵横诡异的风俗中产生,可谓眼光深刻,发人所未发者。事实上新变虽来自文学内部的活力,却往往需要通过外部契机激活,而对传统主流文化形成离异的时尚即是其中有力的因素。时尚如风,能横扫一时社会心理,所向披靡,对具超常统摄功能的传统造成突破,迫使不肯变的传统以变应变,做出妥协。文学新变往往是通过时尚打入传统,改造旧传统,形成新传统,这在《时序》篇已有多次典范的论述。

与时俗、流俗相链接的则是通俗。"阳春白雪"与"下里巴人"不但与受众面大小有关,还与受众所从属阶层的审美趣味有关。刘勰虽或不可能作如是观,但显然已接触到这个问题,故《定势》篇云"情交而雅俗异势",则作品不同的雅俗体势与表现不同的情感内容有关。《体性》篇论文章八体,更明确指出:

一曰典雅……七曰新奇,八曰轻靡。典雅者,熔式经诰,方轨儒门者也……新奇者，摈古竞今，危侧趣诡者也；轻靡者，浮文弱植，缥缈附俗者也。

刘氏认为，典雅风格与学习经诰、儒学有关，新奇风格与摈弃传统、投合时尚有关，轻靡风格与追求浮华、趣味庸俗有关。可见雅俗既牵涉到传统与时尚，也牵涉到不同作者各异的思想感情、趣味与修养。因此刘勰于质文、雅俗之外又提出统摄二者的关键：情志。《附会》篇云：文章体制"必以情志为神明，事义为骨髓，辞采为肌肤，宫商为声气"。情志是一个整体性概念，是文学的灵魂所在，也是中国抒情文学的出发点。盖中国诗学之特质，就在将审美方式建立在"人心通天"的感应关系之基础上[①]。刘勰将此种感应关系归纳为心物交融说，《文心雕龙·物色》称"目既往还，心亦吐纳"，"情往似赠，兴来如答"。诗人在意的既不是要反映客观事物，也不是要表现"纯"主观的情绪，而是心物相激而生的情。故又曰："情以物迁，辞以情发。"基于先贤对人同时具备自然属性与社会属性的认识，所以又将"情"分为两个层次，则刘勰在《明诗》篇指出："人禀七情，应物斯感，感物吟志，莫非自然。""应物斯感"之情是本于自然的心理反应，"感物吟志"则是在感物过程中渗入理性思维而上升为某种带思想性的"志"。"情志"，作为整体概念，体现了这种"一而二，二而一"的特质。陆机《文赋》有云："情瞳昽而弥鲜，物昭晰而互进。"情志二层次递进，能使意象逐渐明晰成形。王元化《思意言关系兼释〈文心雕龙〉体例》将刘勰创作论归纳为如下模式：

思（情志）──意（意象）──言（文辞）[②]

如果说"斟酌乎质文之间，而檃括乎雅俗之际"是由质文、雅俗

───────────

① 参看拙作《情志：心灵的通道》，《文艺理论研究》1999 年第 6 期（收入本《文集》第六册）。
② 王元化《文心雕龙讲疏》，第 202 页。

交错形成的多面连环性的外现矛盾,由此表现为极其丰富的文学现象;那么以上由情志与意象、文辞所构成的则是"因内而符外"的内在诗思之链接。由此构成中国文学史通变的表里双线。

如果我们对这套本土话语以今日之眼光审视之、拓展之,并以之为主线综合现当代一些合适的相关理论阐释中国文学史,或当别有发明。

二、情志离合与文学自觉

东汉末至盛唐为文学自觉的第一阶段,其间情志离合有三大关节。

第一个关节是东汉末的"党锢"。所谓党锢,乃指东汉桓帝延熹九年(166)、灵帝建宁三年(170)对士大夫群体的两次大镇压。这是东汉末年士大夫知识阶层与专制君权(及其操纵者宦官或外戚集团)间的"话语权力"之争。东汉士人的官僚化、文吏化使儒生兼习经术与法律,参政欲望与自我评价日高①。这一情势与东汉外戚宦官把持朝政而士大夫日益边缘化之现实相激成变。《后汉书·党锢列传》称:"逮桓、灵之间,主荒政谬,国命委于阉寺,士子羞与为伍,故匹夫抗愤,处士横议,遂乃激扬名声,互相题拂,品核公卿,裁量执政,婞直之风,于斯行矣!"余英时将这种党人以舆论干政的现象称为"士的群体自觉"②。所争者为在本阶层、集团之话语权力。党人清议声势浩大,乃至成为破坏王权一统的异己力量,所以党锢之祸实出于君主之手:"于是天子震怒,班下郡国,逮捕党人,布告天下。"(《后汉书·党锢列传》)士大夫则由此产生与君主离异之心,是朱熹《答刘子澄书》所说:"建安以后中州士大夫只知有曹氏,不知有

① 参见阎步克《士大夫政治演生史稿》第十章,北京大学出版社 1996 年版。
② 余英时《士与中国文化》第六篇,上海人民出版社 1987 年版。

汉室,却是党锢杀戮之祸有以驱之也。"(《朱文公文集》卷三五)总之,由党锢"驱之",群体自觉的结果是走向自己的反面——个体的自觉。

所谓的"个体自觉",与西方文艺复兴时期人文主义者的"人格觉醒"有某些相类乃至相通之处,但又有着根本之差异:二者都追求个体的精神自由,却有着截然不同的路径与归宿。在宗法官僚社会中,个体存在以等级与人伦为坐标。所谓"个体自觉"只能是将重心由"国"挪向"家"(家族),并无抛弃现存秩序另建新社会之行为。故群体自觉幻灭后,党人解体,一部分有力者由名士而门阀,以家族利益为第一义;一部分则疏远朝廷,走向隐逸;更多下层文士则成了无根之蓬草,在惶恐中游走。正是后一种士,面对大动荡的死亡阴影,弹出了"惊心动魄,一字千金"的非常之音——《古诗十九首》,为中古文学拉开序幕。然而能将生存焦虑转化为建功立业之志并注入"雅文学"的,却是上述第一种人——强势文人。

曹操《短歌行》云:"对酒当歌,人生几何? 譬如朝露,去日苦多。"还是《古诗十九首》的口吻,但结尾一转:"山不厌高,海不厌深。周公吐哺,天下归心。"求贤建业之志昂然挺出。不仅身为贵胄的曹氏父子,被称为"建安七子"的王粲诸人,也多有慷慨之音。诗之外如刘桢《遂志赋》、陈琳《移豫州檄》之类,也颇多风云之气。总之,"悲怆"的社会情绪与"慷慨"的个体情志,合成以建安文学集团为代表的一批文人创作的总体风格,即《文心雕龙·时序》所示:"观其时文,雅好慷慨,良由世积乱离,风衰俗怨,并志深而笔长,故梗概而多气也。"而"志深"二字正是建安作者有别于"志不可得"的《古诗十九首》作者之关键。盖执着于现世间的士大夫更多的不是向往来生再世的幸福,而是追求化入历史的永存,所以立德、立功、立言为其所重。而"人生飘忽"、"功名难求"的时尚心理又使"立言"成为当时士大夫文人的首选。处高位且领袖文坛的曹丕,应时提出:"盖文章,经国之大业,不朽之盛事。年寿有时而尽,荣乐止乎其身,二者必至之常期,未若文章之无穷。"(《典论·论文》)一转语,便将生存焦虑转换为创作热情,文学于此立定脚跟。或者说,文学自觉之始,当以此为标志。

《典论·论文》又云:"文以气为主,气之清浊有体,不可力强而致。譬诸音乐,曲度虽均,节奏同检,至于引气不齐,巧拙有素,虽在父兄,不能以移子弟。"创作主体的个性,因"气"而直贯其创作,由是完成了"个体的自觉"向"文学的自觉"之转换。东汉朦胧渐至的文学自觉意识至是有个理性化的凝结核:文气说。

第二大关节在晋。魏正始至咸熙(240—265)是曹氏与司马氏夺权的大震荡时代,一切似乎都随之两分为带有对抗性质的矛盾:真与伪、心与迹、出与处、忠与孝、名教与自然、超越与妥协、帝室与豪门、商品经济与庄园经济⋯⋯反映到士大夫之内心,便归结为现实与理想之矛盾,诚如哲人余敦康所说:其时的士子"在现实中看不到理想,在理想中看不到现实"①。现实与理想脱节,意味着情与志不得不分离。这对矛盾在杀夺政治中变得如此尖锐,乃至士族中人在追求个体存在价值时,往往要处于两难的境地,即一面在精神上追求无限的超越,一面不得不顾及其现实利害关系,由此造成士族中人普遍存在的人格分裂。如与嵇康同倡"越名教而任自然"的阮籍,无论如何做"白眼",如何佯狂,也不能不在维护纲常的"名教"的钳制下"至慎"。名教一直是士人身上脱不下的一件湿内衣。于是晋人标一个"情"字,自称"情之所钟,正在我辈"(《世说新语·伤逝》),无非是想从"志于道"的传统价值取向中找一道缝,透一口气。其中能将其矛盾杂糅心境,以诗的形式淋漓尽致地表露出来的,唯阮籍《咏怀》八十二首而已。而在整体上,正如《文心雕龙·明诗》所称:"晋世群才,稍入轻绮,张、潘、左、陆,比肩诗衢,采缛于正始,力柔于建安,或析文以为妙,或流靡以自妍。"力柔的原因就在

---

① 余敦康《中国哲学论集》,辽宁大学出版社 1998 年版,第 215 页。

"志"的弱化,陆机在这一文学史的关捩点上提出"诗缘情而绮靡"(《文赋》),就不是偶然了。

从该时代诗多抒个体之情看,"言志"诚不如"缘情"之贴切。虽然陆机文中的"缘情"与"言志"并非对立的关系,但它的确代表了某种疏离的倾向。"绮靡",如注家所释,只是"细好"之意,但历史地看,仍与浮艳侈丽不无关联。如上引《文心雕龙》所评,其时"采缛"与"流靡"是文坛主潮,则与陆机"缘情绮靡"有着内在的联系。盖以"铺采摛文,体物写志"为特征的汉赋,其"巨丽"的形式在魏晋时已瓦解,但是穷变声貌、讲究辞采的精神在"文学自觉时代"却得以发扬。尤其是"缘情绮靡"的倾向使人们更有意识地追求形式美及语言形式的表现力。一方面,符合汉语特点的对偶、声律被推向极致;另一方面,"缘情"与"感物"被有意识地联系起来,"物色之动,心亦摇焉"(《文心雕龙·物色》),"物之感人,故摇荡性情"(《诗品·序》),"体物"成为创作的中心,"写气图貌"、"巧构形似"成为当时作者普遍的追求。"形似之言"在六朝有其特殊的意义。《文心雕龙·物色》有云:

> 自近代以来,文贵形似,窥情风景之上,钻貌草木之中,吟咏所发,志惟深远,体物为妙,功在密附。故巧言切状,如印之印泥,不加雕削,而曲写毫芥;故能瞻言而见貌,即字而知时也。

所谓"体物为妙,功在密附",就是要求情与景应密切结合,形容贴切。以语言为工具,而追求"瞻言而见貌"之画面化效果,势必使文学语言由工具性走向建构性,即力求概念的个性化,使描写对象成为不可移易的"这一个"。从山水到咏物、宫体,六朝文学"穷情写物"是一气连贯的,而"巧构形似之言"则是这一意象化进程的基础。李文初《汉魏六朝文学研究》指出:"魏晋南北朝时代著名诗人,大多以善铺排和'巧言切状'见称。如王夫之说曹植诗'铺排整饰';叶燮说陆机诗'缠绵铺丽';刘克庄说谢灵运诗如'锦工之织锦,极天下之工巧组丽';陈祚明说谢诗'穷态极妍';张玉穀说谢诗'尽相穷形',指的都是那种穷形尽貌、曲写毫芥的体物功夫。"①中国文学无论如何超然写意,总不离实相而以形神兼备为贵,此应是六朝种下的基因。当然,意象化还需要"催化剂"——玄学的精神超越,容下节另叙。

有意识地追求形式美与语言形式的表现力,还导致先民对"文学"有独特的认识。西方基本上是以文类(如小说、戏剧、诗歌等)来界定文学领域的,而中国所谓"杂文学"观念则主要以文饰与否作区别。曹丕《典论·论文》区分四体云:"奏议宜雅,书论宜理,铭诔尚实,诗赋欲丽。""欲丽"是"文学自觉"初级阶段人们对文学之为文学的认识,也是中国文学观的逻辑起点,而"文笔之辨"则是逻辑的伸延。

据郭绍虞《文笔与诗笔》之考析②,文笔之分起于六朝,当时文笔分言有两类,一是专指文职体制而言者,如《文心雕龙·总术》云:

> 今之常言有文有笔,以为无韵者,笔也,有韵者,文也。

一是兼就文学性质而言者,如萧绎《金楼子·立言》云:

> 不便为诗如阎纂,善为章奏如伯松,若此之流,泛谓之笔。吟咏风谣,流连哀思者,谓之文……笔退则非谓成篇,进则不云取义,神其惠巧,笔端而已。至如文者唯须绮縠纷披,宫徵靡曼,唇吻遒会,情灵摇荡。

罗宗强认为,后者所认为的"文"的特征,可概括为词采、声韵、

---

① 李文初《汉魏六朝文学研究》,广东人民出版社 2000 年版,第 459 页。
② 郭绍虞《照隅室古典文学论集》上编,上海古籍出版社 1983 年版,第 158 页。

情感三方面,并认为,这是一个反映文的观念变化的极重要信息,即要划分出纯文学来的想法①。所言极是。尤值得重视的,我认为还在于对文学语言本身的重视。萧统《文选序》述其去取标准,将经、子、史排除在外,又云:

> 至于纪事之史,系年之书,所以褒贬是非,纪别异同,方之篇翰,亦已不同。若其"赞论"之综辑辞采,"序述"之错比文华,事出于沉思,义归乎翰藻。故与夫篇什,杂而集之。

对此有两种解析,一种以为"沉思翰藻"应是《昭明文选》之总体标准,朱自清主此说,并在《〈文选序〉"事出于沉思,义归乎翰藻"说》一文中详加考析,得出结论称:"合上下两句(即"事出于沉思,义归乎翰藻")浑言之,不外'善于用事,善于用比'之意。"②另一种解析是认为二句应指史传中的赞论、序述而言,并非总标准。罗宗强主此说,并称:"'翰藻',即'综辑辞采'、'错比文华'。"总之是"看重深思与辞采,特别是辞采之美"③。无论如何,两种说法都认为《文选》去取标准重视语言的文学性,"辞采之美"不必论,"善于用比"也是强调语言的文学意味,盖比喻是"文学语言之根本"。对文学语言自在性的重视无疑是文学史的一大进展。可以说,中国文学观乃建立在对语言的文学性认识的基础之上。至是,建安以来的"文学自觉"有了其阶段性的结果。

第三大关节在初、盛唐。情志分离虽然在一定时期内使质文互变中"文"的一端得以长足发展,但如此"跛脚"现象反过来又妨害了本进程的健康发展。从这一层意义上讲,唐文学之成功,举大纲便是"情志合"。"文学自觉"借"情志离合"之手所促成的意辞之

---

① 罗宗强《魏晋南北朝文学思想史》,中华书局1996年版,第372—378页。
② 朱自清《朱自清古典文学论文集》,上海古籍出版社1980年版,第50页。
③ 罗宗强《魏晋南北朝文学思想史》,第403页。

变,至是达到圆融的境界,这正是下节要讨论的内容。

三、超越与回归

现在,我们可以进一步讨论情志所促成的意辞之变。

东晋乃士族全盛期,"王与马,共天下"(《晋书·王敦传》),王权与士族取得某种均势,士族自信心增强,心态趋平衡,遂放弃西晋名士以放诞为通达的极端行为。而士族"罕关庶务"之本性一旦与"舍物象,超时空,而研究天地万物之真际"的玄学结合①,便具有超越现实、不为物累的品格,淡化了士族中人的功利之心,颇有利于审美主体的建立。徐复观《中国艺术精神》云:

> 到了元康名士(即中朝名士),则性情地玄学已经在门第的小天地中浮薄化了,演变而成为生活情调地玄学。这种玄学,只极力在语言仪态上求其合于"玄"的意味,实即求其合于艺术形态的意味,于是玄学完全成为生活艺术化的活动了。②

经长期酝酿,在门阀政治气候下,此种"生活情调地玄学"又转化为"玄学的生活情调",即从容萧散、牛车麈尾、宴坐清谈的生活模式。相当一部分士人的欲望追求也日渐移至哲学、文艺的更高层次,其情志日渐非功利化③。这种"志尚清虚"之"情志"发为玄言诗,自然是别一种境界。首先是传统的"因物感兴"的诗性思维被引

---

① 汤用彤《汤用彤学术论文集·魏晋玄学流别略论》,中华书局 1983 年版,第 234 页。
② 徐复观《中国艺术精神》,春风文艺出版社 1987 年版,第 129—130 页。
③ 如琅琊王家的书法,陈郡谢家的山水诗,还有士族中人对琴、棋、书、画的普遍爱好,都说明其欲望追求的提升。关于士族门阀与文艺之关系,请参阅张可礼《东晋文艺综合研究》第三章,山东大学出版社 2001 年版,第 13 页。

向"以玄对山水"。《世说新语·文学》篇载：

> 郭景纯诗云："林无静树，川无停流。"阮孚云："泓峥萧瑟，实不可言。每读此文，辄觉神超形越。"

阮孚所赏，当在郭诗充满生命情调之哲理。晋人长期以来为玄言追求超越的品格所浸润，故能对包括生命在内的客观事物取静照的态度，使情志与哲理在叙事中消融于意象，"意授于思，言授于意"（《文心雕龙·神思》），言语间不觉溢出诗意。《世说新语·言语》载：

> 王子敬云："从山阴道上行，山川自相映发，使人应接不暇，若秋冬之际，尤难为怀。"

在晋人日常生活中，充满此类言语，思、意、言自然一贯。东晋人无心培植起来的求真与美统一的诗性，成为日后田园山水诗人感兴之利根，终于诞生了田园山水诗人陶潜与谢灵运。

美学家宗白华曾敏锐地指出："晋人向外发现了自然，向内发现了自己的深情。山水虚灵化了，也情致化了。"①这种对应关系在田园山水诗中遂演进为一种"对话"的关系："情往似赠，兴来如答。"（《文心雕龙·物色》）外在的自然与内在的情感在形式上取得同形同构。心与物的对应乃至对话，其中蕴涵着人在尊重物的自在性的同时，也肯定了人本身"与天地参"的自觉性。《庄子·齐物论》郭象注：

> 然则生生者谁哉？块然而自生耳。自生耳，非我生也。我

---

① 宗白华《美学散步》，上海人民出版社 1981 年版，第 183 页。

既不能生物,物亦不能生我,则我自然矣。自己而然,则谓之天然。天然耳,非为也。

人在欣赏自然山水的仰观俯察中发现了自己,这就是人的一种自觉:对个体尊严的肯定。明代张溥编《汉魏六朝百三家集》,为《谢康乐集》题词,称谢灵运:"以衣冠世族,公侯才子,欲倔强新朝,送龄丘壑,势诚难之。"正是这股"倔强"的不平之气注入谢氏田园山水诗中,才使其"澄怀观道"的田园山水诗有了生命之跃动。毕灵运一生,这种"倔强新朝"的脾气至死不渝,而诗中抒情主体对山川景物颐指气使、万象在旁的态度也一直如故。《游赤石进帆海诗》云:"扬帆采石华,挂席拾海月。溟涨无端倪,虚舟有超越。"《登江中孤屿诗》云:"乱流趋孤屿,孤屿媚中川。云日相辉映,空水共澄鲜。"此类句最为李白所心仪,原因当在"人的自觉"以后,主体对客体的把握与超越、客体对主体的俯服("媚")。谢氏这一特色被李白发挥到极致,只不过李诗跃动的是"布衣"不平之气而非"衣冠世族"不平之气耳。

然而,人在顺应自然的过程中,心智也得到陶冶,在所谓"人的自然化"与"自然的人化"双向建构中提升了个体的人格境界。方东树《昭昧詹言》卷四评陶潜《饮酒》"结庐在人境"有云:"此但书即目即事,而高致高怀可见。""高致高怀"与"即目即事"的沟通,正是陶潜将现实生存转化为"心远地自偏"的审美生存之关键。"采菊东篱下,悠然见南山"已然成为一种萧条高寄的理想人格与审美生存的符号,真与美融一。应当说,将文学艺术的陶冶性情和审美人生结合起来,是六朝人的一大贡献,对中华民族文化心理之塑造有深刻的影响。唐君毅《中国文化之精神价值》称:"中国民族之精神,由魏晋而超越纯化,由隋唐而才情汗漫,精神充沛。"[①]这点"超

---

① 唐君毅《中国文化之精神价值》,台北中正书局 1953 年版,第 70 页。着重号为引者所加。

越"的灵气,对后期封建文化专制日甚下的个体生存而言,尤其重要,是其求解放的一股精神动力之源,文学由是增进其功能。下文我们将再回到这一论题。

本文开篇曾提出:完整意义上的中国文学之自觉,必须体现人的两种属性,即人的自然属性与社会属性,真、善、美统一。这就要求魏晋以来的"超越"应有所"回归",回归到社会关怀的轨道上来。这就是上节提及的:"第三大关节在初、盛唐。"

盛唐,是魏晋以来四百年历史灾难的巨大补偿。盛唐气象乃是中华民族再历痛苦的民族大融合之后焕发出的生命力,是其博大兼容的文化精神之展现。这种精神影响于文学,便是树立起高昂的民族自信心,并与其他因素(如人才环境、诗歌形式之成熟等)相结合,形成唐代特有的开朗、多激情的文人集体性格,从而促成士大夫关心群体利益那种弘毅精神之回归,完成"情志合一",即个体的情性与群体、民族、国家利益融一。不但"四杰"、陈子昂、李白辈从为人到作品,无不典型地体现情志合一之精神,即使是唐代的宫廷诗人上官仪、沈宋、二张辈,也绝非梁陈文学弄臣可比。他们站在丝绸之路的发端龙首山上的视野,也绝非南朝人所能梦见。由是,盛唐人不但重形式美与形式的表现力(五律定型是其显例),而且重情志的感发、社会关怀的内容(陈子昂倡"兴寄",李白倡"雅正",皆为显例)。"斟酌乎质文之间"的文学史运动至此有突破性进展,殷璠《河岳英灵集》已相当完整地提出"神来、气来、情来",明确地倡"文质半取,风骚两挟",要求"风骨与声律兼备"。其"兴象"说与陈子昂"兴寄"说相比,则子昂倡兴体而斥齐梁用比,但"寄"字倾向太甚,往往忽略形象独立的重要性,文学意味不浓;而"兴象"则既保留了"兴",又独立了"象",两端留下不确定的空间,不粘不脱,六朝以来"文学自觉"驱动的意象化进程至是又可谓"触物圆览","思(情志)—意(意象)—言(言辞)"一气连贯。但盛唐跌入中唐,外部形势剧变却促使"文学自觉"有了新的选择,新的取向。

四、"櫽括乎雅俗之际"的新路径

中唐是中国古代史,也是文化史前后分期之支点,这已引起一些现代学者的关注①。其中,韩国磐《隋唐五代史论集》认为:

> 两税法可以说是分界点,以前系属力役地租形态,此后为实物地租形态。等级的划分也由此而发生变化,由自耕农分化出来的庶族地主,由于九品中正制的废除和科举制度的建立和发展,跻身于封建统治的上层。

庶族地主之兴起,引起经济生活、社会生活的一系列变化。英国学者崔瑞德《剑桥中国隋唐史》则从商品经济兴起的角度把握这一历史新趋向,他认为其时城市化促使交易与商品流通迅速增加,导致商人阶级大发展:

> 由于摆脱了初唐施加的严厉的制度约束,商界开始缓慢地发展,到了晚宋(中译本如此,疑为"晚唐"之讹),已产生了一个富裕、自觉并对自己的鲜明特征和特殊文化有强烈意识的城市中产阶级。②

这个"中产阶级"之核心是官僚、地主、商人三位一体的特殊阶层,具有多面性,能适应商品经济之新潮,形成一个颇为自觉的、带

---

① 详参[日]内藤湖南《概括的唐宋时代观》,见《日本学者研究中国史论著选译》第 1 卷,中华书局 1992 年版,第 10 页;夏应元等译《中国史通论》第一章,社会科学文献出版社 2004 年版。陈寅恪《论韩愈》,见《金明馆丛稿初编》,上海古籍出版社 1980 年版,第 296 页。王亚南《中国官僚政治研究》,中国社会科学出版社 1981 年版,第 91 页。

② [英]崔瑞德编《剑桥中国隋唐史》,中国社会科学出版社 1990 年版,第 30 页。

有浓重世俗市井气息的特殊文化圈,在中晚唐掀起一股俗化的文化潮。它与传统意义上的"庶族地主"合流,共同构成一个日后蓬勃发展最终彻底取代身份性士族地主的新兴地主阶级,笔者姑称之为"世俗地主"阶级。

王亚南先生曾称科举制是中国封建官僚社会的两大杠杆之一[①]。诚然,世俗地主正是借助这一杠杆撬开后期封建社会的大门。首先,科举日渐成为官僚机构用人的主渠道,是取得经济特权的手段,它日益吸引了大量的世俗地主投身于举业。沈既济《词科论》称天宝年间文词科之盛云:"父教其子,兄教其弟,无所易业……资身奉家,各得其足,五尺童子耻不言文墨焉。"(《全唐文》卷四七六)直到宋代,苏辙《请去三冗疏》犹云:"凡今农工商贾之家,未有不舍其旧而为士者也。"(《历代名臣奏议》卷二六七)可见世俗地主通过科举跻身上层的知识化运动历时久远、规模浩大。这场运动成为该社会情感与理智的主潮。对文学史而言,世俗地主取道科举跻身统治阶层,其重要性首先在于:处于社会较下层的世俗地主将原有的"俗气"带进文坛,使贵族文化也染上俗气,这是个同化过程;同时由于进士科举要求参与科举的世俗地主必须学会写诗作赋帖经,面对原有的贵族文化使自己也"雅"起来,这又是一个顺化的过程。由是推转了中唐—北宋时期"由雅入俗"又"化俗为雅"双向回旋的文学运动。

入俗新潮的涌动,首先来自上述那个带有浓重世俗市井气息的特殊文化圈。中晚唐俗文学十分活跃,讲经、变文、话本、词文、俗赋等各类文学形式之间虽有题材、形式之别,但重故事性却颇一致。有些讲唱配有画图,随时展现,使听者易于理解故事之情节。此类讲唱吸引了大量听众,韩愈《华山女》形容其盛况云:"街东街西讲佛经,撞钟吹螺闹宫廷。"俗文艺不但为市井小民所喜见乐闻,甚至深宫贵人们也来市井欣赏这种俗文艺。《资治通鉴》卷二四三载唐

[①]　王亚南《中国官僚政治研究》第九篇,中国社会科学出版社1981年版。

敬宗于宝历二年"幸兴福寺,观沙门文淑俗讲";卷二四八又载万寿公主于大中二年"在慈恩寺观戏场子"。俗讲加上傀儡戏、参军戏,俗文艺风靡一时,首先从审美趣味上影响士大夫文人,大量叙事诗、传奇、小品,乃至配乐舞"用助娇娆之态"的新形式——词的崛起,都证明了这一从俗的趋势①。

此风直贯北宋。不但体现在"白体"盛行、柳词风靡上,更深刻地体现在它已积淀为宋人的审美趣味上。徐复观《宋诗特征试论》称:"我怀疑北宋诗人,都有白诗的底子。"②白诗的底子,也就是"元轻白俗"的"俗"。问题还在于,日渐成为文坛新主人的世俗地主,在"接管"文化遗产时必然要求自身"雅"起来(尤其是五代以后印刷术的进步使学术流入民间的速度加快,使这一要求更具可能性),于是乎如何"櫽括乎雅俗之际"便成为时代的突出课题。或者说,"雅俗"之间的调整在该时代已不仅是普通的文学问题,而是具有文化转型的意义。

历史有时也会徘徊于十字路口,此时某些带偶然性的事件便会影响历史的选择。社会发展促成了胡汉南北交融的盛唐文化,传统的管理手段逐渐不再适应,而思想界仍提不出新的精神支点,找不出新秩序的管理方法③。"三教并用"毕竟缺乏凝聚核心,而矛盾又是以"安史之乱"这种突变形式出现,突显了民族矛盾以及中央与地方之矛盾,于是"华夷之辨"与国家权威之重建成为该时代的中心话题。士大夫不得不再次向传统乞灵,主张中央集权、弘扬华夏文化的儒学自然成为首选,何况世俗地主是依靠皇权而非地域性豪族起家,势必以维护君主集权为第一义,与最利于中央集权的儒学一拍

---

① 参看拙作《由雅入俗:中晚唐文坛大势》,《人文杂志》1990 年第 3 期(收入本《文集》第六册)。

② 《中国文学论集续编》,台湾学生书局 1981 年版,第 31 页。

③ 黄仁宇曾指出:"李唐王朝之崩溃,并非由于社会之退化,而是由于社会之进化。"(《赫逊河畔谈中国历史》,生活·读书·新知三联书店 1992 年版,第 140 页。)葛兆光则认为:盛唐思想平庸,面对迅速变化的社会无法提出有效的疗救方法(详参《中国思想史》第二卷《七世纪至十九世纪中国的知识、思想与信仰》,复旦大学出版社 1998 年版,第 112—113 页)。

即合。随着世俗地主日渐主导社会潮流,儒学的价值选取也日渐成为社会价值观之主流。正是在这一层意义上,魏晋以来"人的自觉"遂由倾向于自然属性的"个体自觉"步入倾向于社会属性的个体规范化的"再自觉"。在这种价值选取的导向下,刘勰提出用以"櫽括乎雅俗之际"的权衡——"还宗经诰",便具有了新的时代内容。

五、"再自觉"与伦理学

新秩序之重建的思想基础是设立在人的自觉之支点上的儒家伦理学。韩愈《原道》独创之处就在于将孟子"劳心者治人,劳力者治于人"的言论结构化,使之成为绝对君权的封建等级社会模式,并进一步将儒家伦理学与社会结构、典章制度结合起来,使儒家仁义道德化为君、臣、民各安其位的现实社会秩序。但是韩氏过于强调外在规范的强制性,未能领悟先儒以人的自然属性为基础,将外在的社会规范、道德律令内化为人的自觉需求这一要义。此后以李翱《复性论》为标志的新儒学的兴起始改变策略,借助胡、汉、雅、俗咸宜的佛学增强其凝聚力,援佛入儒地将"明心见性"的佛性论与儒学经典《大学》、《中庸》所提供的性命之学结合起来,以"格物致知、诚意正心、修身齐家治国平天下的次第,把过去那种以宇宙天地空间格局为依据建立宗法伦理秩序,以宗族礼法为基础整顿国家秩序的思路,整个地改变了路向,关于国家、民族与社会秩序的建立,从由外向内的约束转向了由内向外的自觉"[1]。值得注意的是,儒学的重构不但与佛学禅宗的改革相乘除,而且与古文运动同起伏。文学与文化的同构关系从来没有这样明显过。人性的再自觉与文学的再自觉同步体现于文学思想,便是"文章务本"论的骤兴。

---

[1] 葛兆光《中国思想史》第二卷《七世纪至十九世纪中国的知识、思想与信仰》,第218页。

　　早在隋末,王通《中说》已经将作家的人格与作品评价直接挂钩,但这种做法在盛唐反响不大。至中唐,儒学中兴又使此论抬头。李华《赠礼部尚书崔沔集序》称:"文章本乎作者……本乎作者,六经之志也。"(《全唐文》卷三一五)文章、作者、六经,三点一线,这就是与刘勰"还宗经诰"貌同心异的"文章务本"论了。嗣后,梁肃、柳冕、韩愈诸人同声倡之,直至北宋苏舜钦《上孙冲谏议书》犹云:"道德胜而后振。"(《苏学士文集》卷九)然而问题的深刻性乃在于:这一价值选取通过宋代的科举改革(罢诗赋帖经墨义,改以儒学经典为考试内容,"一道德以同俗"),而为士人所普遍认同,进而成为社会的主流意识,将北宋世俗地主知识化运动从"由雅入俗"推向"化俗为雅"。在这一"檃括乎雅俗之际"的进程中,美与善的问题遂上升为该时代的首要课题。

　　如前所论,魏晋以来人们关注的主要是真与美的融一;中唐以后由于价值选取的嬗变,人们日渐将视角由自然转向德性,于是发现了杜甫。宋人王禹偁《日长简仲咸》诗称"子美集开诗世界"。这个新开的诗世界,便是自觉地对社会性情感本体的审美。《毛诗序》在阐释"发乎情,止乎礼义"诗教时称:

　　　　是以一国之事,系一人之本,谓之风;言天下之事,形四方之风,谓之雅。雅者,正也,言王政之所由废兴也。

唐人孔颖达《毛诗正义》又释云:

　　　　一人者,作诗之人。其作诗者道己一人之心耳。要所言一人心乃是一国之心。诗人览一国之意以为己心,故一国之事系此一人使言之也。

简言之,就是要求诗人在个性中体现社会性。诚如清人浦起龙

《读杜心解·目谱》所称："少陵之诗,一人之性情而三朝之事会寄焉者也。"集大成的杜甫正是以其近乎完美的创作实践典范地体现了儒家诗学的审美理想而进入宋人的期待视野。杜甫"诗圣"地位确立的过程,也是宋诗自立的过程。从"千家注杜"、丛起的宋诗话无不谈杜、"江西诗派"以杜为祖等现象,我们不难看到宋人对杜甫近于狂热的推崇。值得注意的是,宋人对杜诗社会美的内涵有深刻的发露。胡宗愈《成都草堂诗碑序》云："先生以诗鸣于唐,凡出处去就,动息劳佚,悲欢忧乐,忠愤感激,好贤恶恶,一见于诗,读之可以知世。"(《草堂诗笺》传序碑铭)王安石则注重其人格力量与伦理风范,其《杜甫画像》诗云："吾观少陵诗,谓与元气侔。力能排天斡九地,壮颜毅色不可求……惜哉命之穷,颠倒不见收。青衫老更斥,饿走半九州。瘦妻僵前子仆后,攘攘盗贼森戈矛。吟哦当此时,不废朝廷忧。常愿天子圣,大臣各伊周。宁令吾庐独破受冻死,不忍四海赤子寒飕飕。伤屯悼屈止一身,嗟时之人我所羞。所以见公画,再拜涕泗流!"(《临川先生文集》卷九)中唐关注的主要是杜诗毕陈时事、缘事而发的特色,至是已转向对杜诗中的道德情感及其情感形式之关注。或者说,美与善的问题被聚焦于"民胞物与"的人性自觉之上。经宋人发明,杜诗这一品格为世人所普遍认同,进而积淀、拓展为中国文学以人生境界为审美境界的重大特色。然而在这一问题上,文学家与理学家的看法并不一致。

　　理学家的贡献主要是明确提出"孔颜之乐"、"曾点气象",以此为人生审美的境界,并在其创作实践中着力展示这一境界。周敦颐名篇《爱莲说》可视为代表作。理学家这种在创作中体验人生境界的主张,无疑是儒家诗学的重要补充,丰富了宋人讲究淡远与韵致的美学内容。不幸的是,理学家总是将美与善的统一局限在封建伦理道德许可的圈缋之中,随着君主专制日甚,节制个体欲求的合理要求也被推向"灭人欲"的极端。在文学方面则由于将情与性对立起来,"吟咏性情"被重新阐释为"以性统情",在具体的文学批评中对韩愈、苏轼乃至杜甫都有过苛的指责,不断使文学边缘化,甚至沦为道德伦理之附庸,在很大程度上抵消了魏晋以来"人性自觉"、"文学自觉"的努力——须知个体的生存、发展欲求,乃是社会发展与文学史发展最根本的感性动力!

然而主导北宋文坛的还是文学家。宋代科技有长足发展,宋人普遍重理性。在处理群我关系时,文学家也普遍认同以理性克抑感性的主张。理学诚然是宋学的主流,但北宋的士大夫普遍与理学思想有着复杂的联系,并非只周程一脉。如范仲淹、欧阳修、王安石、"三苏"等一批人,都对新儒学的建构有着不同程度的贡献。又由于这些人有着深厚的文学修养与丰富的创作实践,所以在文学主张上往往要比理学家通达,在文学的"再自觉"方面有更大的贡献。事实上,正因为这些人内心中个性与社会性往往处于激烈的矛盾状态,所以更能掘发人性自觉与道德情感的深度。如王安石,对杜甫"民胞物与"的古人道主义精神及其沉郁顿挫的风格有深刻的领悟,并以其改革家特有的眼光胸襟,建立了自己精严深刻、深婉不迫的文学风格。其诗不但有《河北民》、《叹息行》之类杜甫式的作品,更有议论骇俗如《明妃曲》、《桃源行》一类的作品。《明妃曲》"汉恩自浅胡自深"、"人生失意无南北"所揭示的不但是皇帝的昏庸,还蕴含着更深层次的人道主义精神;《桃源行》"虽有父子无君臣"则发露了陶潜《桃花源记并诗》中"春蚕收长丝,秋熟靡王税"内在对"王税"否定的实质。王安石这些作品在很大程度上已越过理学家认定的"诗教"所允许的范围①,却无疑是人性自觉与文学自觉的进展。

苏轼的情况要更复杂些。在"再自觉"进程中,个体内在的生存欲求与社会规范之矛盾,中唐后已见端倪。中唐大诗人白居易将自家诗分三类:讽喻、感伤、闲适。其讽喻诗是"为君为臣为民为物为事而作,不为文而作也"(《新乐府序》),为君是第一义。所以一

---

① 宋人朱弁《风月堂诗话》卷下就载有时人对《明妃曲》的严词责备,可见一斑。

且因谏被贬,便讽喻几不作。《与元九书》说得明白:"古人云:穷则独善其身,达则兼济天下。仆虽不肖,常师此语……时之不来也,为雾豹为冥鸿,寂兮寥兮,奉身而退。"带有浓重退避情绪的白居易式的自调机制为宋人所崇尚。苏轼自称平生出处老少粗似乐天,都在贬谪前后思想行为有很大转变。著名的"乌台诗案"是君主专制强化与诗人"美刺"之间的第一次剧烈冲突。北宋后期君权控制下的官僚体制定型,君主所要的是"忠臣"而不是"谏臣",诗的功能也就不主"下刺上",而是主"上化下"了。孙明复《答张洞书》认为后人作文"但当左右名教,夹辅圣人而已"(《孙明复小集》),实在是很知趣之论。碰壁后的苏轼于此似有所悟。在以《赤壁赋》、《念奴娇·赤壁怀古》为代表的一批作品中,都透出一股个体的功业与意气幻灭的悲哀。与白居易不同的是,苏东坡能将"满肚皮不合时宜"化作"漠然自定",以特殊的形式保留其个体的尊严。林纾评苏轼《超然台记》有云:

> 东坡之居惠、居儋耳,皆万无不死之地,而东坡仍有山水之乐。读东坡之《居儋录》,诗皆冲淡,拟陶虽不似陶,鄙见以陶潜之颓放疏懒,与东坡易地以居,则东坡不死,而陶潜必死。盖陶潜虽有夷旷之思,而诗中多恋生恶死之意。东坡气壮,能忍贫而吃苦,所以置之烟瘴之地而独雍容。(《畏庐论文》)

实际上帮助苏轼抗逆境求生存的利器是他自己的文学创作,尤其在后期不再对政治抱有幻想后,他便在文艺幻境中舐吮自家的伤口。在处理善与美的关系时,苏轼引入一个"真"字。钱锺书曾指出:"在苏轼的艺术思想中,有一种以艺术作品为中心转变为以探讨艺术家气质为中心的倾向。"[1]《书朱象先画后》诗说:"文以达吾心,

---

① 　[英]克拉克(Cyril Drummond Legros Clark)《苏东坡的赋》钱锺书序,1964年。转引自陈幼石《韩柳欧苏古文论》,上海文艺出版社1983年版,第111页。

画以适吾意。"他承认文艺除认识与教化功能外,还有达心适意的功能。因之,他不但称赞杜甫"一饭未尝忘君",还欣赏那些"可以见子美清狂野逸之态"的诗(《书子美黄四娘诗》)。他一面极口推崇"诗至于杜子美,文至于韩退之,书至于颜鲁公,画至于吴道子,而古今之变、天下之能事毕矣"(《书吴道子画后》),一面又觉得有所缺憾,故又说:"书之美者莫如颜鲁公,然书之坏自鲁公始;诗之美者莫如韩退之,然诗格之变自退之始。"(《诗人玉屑》)苏氏追求的最高境界是近本性(气质)自然的"真",故又另推王维画、陶潜诗为风范,认为他们已摆脱了人工规矩之樊笼,在美与善之间为个性(气质自然)保留了一个存在空间。其《书李简夫诗集后》说:

> 陶渊明欲仕则仕,不以求之为嫌,欲隐则隐,不以去之为高,饥则扣门而乞食,饱则鸡黍以延客,古今贤之,贵其真也。

苏氏所谓的"真",是内心对社会规范的漠视与对个体人格的坚持。由于只是内心漠视并非行动的抗争,所以不是去取消规矩,只是要从容于规矩,是之谓:"出新意于法度之中,寄妙理于豪放之外。"(《书吴道子画后》)内在人格的丰富与对外在环境的漠视,便构成"发纤秾于简古,寄至味于淡泊"(《书黄子思诗集后》)两种对立风格统一的审美理想。陶潜以其"任真"的气质及其"质而实绮,癯而实腴"(《苕溪渔隐丛话前集》卷四)的艺术风格成为苏轼心目中的理想诗人。这一审美趣味很快为宋人所认同而显出"绚烂归于平淡"的时代特色,陶潜也以苏化面目为宋人所崇尚而与杜甫形成"互补"。在文学的"再自觉"过程中,苏轼改造了玄学"超越"的精神,从中吸取力量,力图为个体的思想自由争一席之地。遗憾的是,随着文化专制日甚,个体生存空间日见狭小,况且敢于像苏轼那样不惜以苦难为代价换取自由的士子本来就少之又少。当时最有条件继承光大苏轼文学传统的黄庭坚也及早转向,在《答洪驹父书》中说:"东坡文章妙天下,其短处在好骂,慎勿袭其轨也。"(《豫章集》卷十九)他力主以精神修养的方法学文,《书旧诗与洪龟父跋其后》称:"要须尽心于克己,不见人物臧否,全用其辉光以照本心,力学有暇,更精读千卷书,乃可毕兹能事。"(《豫章黄先生文集》卷三○)他将陶潜的"真"重新阐释为:"至于渊明,则所谓不烦绳削而自合者。"(《题意可诗后》)并推而广之,曰:"观子美到夔州后诗,韩退之自潮州还朝后文章,皆不烦绳削而自合矣。"(《与王观复书》)说到底就是要求个体通过"克己"收敛锋芒,以取得对环境现状的近乎自然本性的内适应。文学家与理学家在此打了个照面。于此,我们体味到君主集权制进程与文学由自觉到"再自觉"进程之间存在的悖论及其沉重的代价。

然而水总是要冲决堤坝找到出口。正如开篇所指出:作为个体的人,总是同时具备自然属性与社会属性,互相依存;作为个体的人,总是未能忘情。所以宋人于被认定为"政教之具"的诗之外,又为七情六欲安排了一条新的退路——词。所以处于礼教大倡时代"砥砺名节"的宋代士大夫普遍地以"温柔敦厚"的诗言志,以浅斟低唱的词言情。甚至儒臣如范仲淹、司马光辈,也要来几首绮怨小词。而作为世俗地主近亲的市民阶层的兴起,也使理学家文论往往成为具文。宋话本小说的崛起是最雄辩的证明。这也就是文学二元化的总体趋势。

文学史证明,在文化专制的封建社会中,"人的自觉"与"文学的自觉",这一命题的合理性是不可能充分而健康展开的。但无论如何,从魏晋到北宋的文学史毕竟已经历了这两个阶段的历程。

（原载林继中《激活传统——寻求中国古代文论的生长点》,上海古籍出版社2007年版）

"大欲通乎志"辨

王夫之《诗广传》卷一有云:

> 诗言志,非言意也;诗达情,非达欲也。心之所期为者,志也;念之所觊得者,意也;发乎其不自已者,情也;动焉而不自待者,欲也。意有公,欲有大,大欲通乎志,公意准乎情。但言意,则私而已;但言欲则小而已。人即无以自贞,意封于私,欲限于小,厌然不敢自暴,犹有愧怍存焉,则奈之何长言嗟叹以缘饰而文章之乎?
>
> ……
>
> 若夫货财之不给,居食之不腆,妻妾之奉不谐,游乞之求未厌,长言之,嗟叹之,缘饰之为文章,自绘其渴于金帛,没于醉饱之情,腼然而不知有饥非者,唯杜甫耳。
>
> 呜呼!甫之诞于言志也,将以为游乞之津也,则其诗曰"窃比稷与契";迨其欲之迫而衰以鸣也,则其诗曰"残杯与冷炙,到处潜悲辛"。是唐虞之廷有悲辛杯炙之稷契,曾不如嘷蹏之下有甘死不辱之乞人也。甫失其心,亦无足道耳。韩愈承之。孟郊师之,曹邺传之,而诗遂永亡于天下。是何甫之遽为其魁哉?求之变雅亡有也,求之十二国之风、不数有也。"终窭且贫,室人交谪",甫之所奉为宗祧者,其《北门》乎!

作为哲人、史学家兼通文学的王夫之，的确眼光犀利，"大欲通乎志"，一语道破"诗言志"中特殊的历史内涵。

人性最基本的要素，无非是个体的社会属性与自然属性，其间自然是充满着矛盾。儒学的宗旨，就在于协调二者的关系，倡导个体的社会属性。遵循"礼义"的秩序，服从该社会的总体利益。所谓"君君臣臣父父子子"，便是该社会的理想模式。在儒家看来，作为社会"领头羊"的"君子"，自然是不同于庸庸碌碌的"小人"，他们必须自觉地放弃或限制"小欲"，而从乎"大欲"。只有"大欲"才"通乎志"，而"货财之不给，居食之不腆"之类，通通属于一己之私的"小欲"，称不上"情志"。

对王夫之作过综合研究的孟泽博士认为，易代的遭际使王夫之倾心于"帝王气象"的诗学，意图以此振起民族精神。他认为：

> 对船山这样以洞彻天地，贯通古今自任且心智卓越、器宇宏大的思想家来说，"帝王气象"意味着一种可以化育天下、字养生民的崇高的主体性，一种感天动地、民胞物与的心量与情怀。在古代社会，作为臣民，无论蒙昧与否，雄才大略，文情豪迈的君主，都是他们最深刻、最内在的"情结"所在，光荣和梦想指归于此。船山自不例外。①

孟泽讲的没错，然而这正是古国臣民的悲哀。王夫之"大欲通乎志"的典范人物是汉高祖刘邦、魏武帝曹操者流。此辈真有"民胞物与"之心？与王夫之同时的黄宗羲在《原君》中已指出：

> （人君）使天下之人不敢自私，不敢自利，以我之大私为天下之大公。始而惭焉，久而安焉，视天下为莫大之产业，传之子

---

① 孟泽《两歧的诗学》，湖南人民出版社 2006 年版，第 246 页。

孙,受享无穷;汉高帝所谓"某业所就,孰与仲多"者,其逐利之情,不觉溢之于辞矣。(《明夷待访录》)

李泽厚曾称黄宗羲是"在当时特定条件下,以中国思想的传统形式,锐利地开始表述了近代民主政治思想"①,所以能揭示"大欲"下面的卑劣。在对"大欲"的认识上,王夫之不如黄氏深刻。至少,他是误将"大欲"混同于"一国之心"与"民胞物与"。

何谓"一国之心"?《诗人序》云:

> 诗者,志之所之也,在心为志,发言为诗。情动于中而形于言,言之不足故嗟叹之,嗟叹之不足故永歌之……国史明乎得失之迹,伤人伦之废,哀刑政之苛,吟咏情性以风其上,达于事变而怀其旧俗者也。故变风发乎情,止乎礼义。发乎情,民之性也;止乎礼义,先王之泽也。是以一国之事系一人之本,谓之风;言天下之事、形四方之风,谓之雅。

对"是以一国之事,系一人之本"云云,孔颖达《毛诗正义》又作如下笺释:

> 一人者,作诗之人,其作诗者,道己一人之心耳。要所言一人心,乃一国之心。诗人览一国之意以为己心,故一国之事系此一人使言之也。

可见所谓"一国之心",是指个人的情感与群体普遍的情感相连通,这样的诗人能在个性中体现社会性。以此观之,杜甫应是诗人而具"一国之心"者,是黄宗羲《诗历题辞》所称"夫诗之道甚广,

---

① 李泽厚《中国古代思想史论》,安徽文艺出版社 1994 年版,第 78 页。

一人之性情,天下之治乱皆所藏纳"者,是浦起龙《读杜心解·目谱》所称"少陵之诗,一人之性情而三朝之事会寄焉者也"。

必须强调的是"发乎情,民之性也",普通百姓的情感最具普遍性,乃是"一国之心"首先应当感受到的。《春秋公羊传》宣公十五年解诂云:"男女有所怨恨,相从而歌。饥者歌其食,劳者歌其事。"这才是最为基本的"民之性也",不应被排除在"诗言志"之外。所以王夫之严责杜甫既"窃比稷与契",又要哀叹"残杯与冷炙,到处潜悲辛",是"诞于言志",显然是一种偏见。还是略早于王夫之的王嗣奭说得透彻:"人多疑自许稷契之语,不知稷契元无他奇,只是己溺己饥之念而已。"(《杜臆》卷一)杜甫长期处在社会下层,特别是"安史之乱"中,与百姓共患难,心感身受,推己及人,形诸歌吟,这不是己饥己溺、民胞物与又是什么? 就其情志贴近百姓而言,其"一国之心"可谓诗人以来的第一人。诚如王夫之所说:"求之变雅亡有也,求之十二国之风、不数有也。"王夫之认为,"甫之所奉为宗祧者其《北门》乎"。更准确一点说,溯其渊源当在《北门》与乐府《东门行》之间。

如果说《诗经·北门》所云"终窭且贫"、"室人交遍谪我"只是士大夫发点牢骚,那么汉乐府《东门行》则属忍无可忍、拔剑而起者的决绝之辞,自然不能"止乎礼义"。原文如下:

> 出东门,不顾归。来入门,怅欲悲。盎中无斗储,还视架上无悬衣。拔剑东门去,舍中儿母牵衣啼:"他家但愿富贵,贱妾与君共铺糜。上用仓浪天故,下当用此黄口儿!""今非咄行,吾去为迟。白发时下难久居!"(《乐府诗集》卷三七)

诗中那种悲愤欲绝、忍无可忍、义无反顾的情调,不正是我们所熟悉的"三吏"、"三别"的情调吗? 观其大略,不也正是一整部杜诗的基调吗? 我们不妨将它与《垂老别》作一比较:

四郊未宁静,垂老不得安。子孙阵亡尽,焉用身独完? 投杖出门去,同行为辛酸。幸有牙齿存,所悲骨髓乾。男儿既介胄,长揖别上官。老妻卧路啼,岁暮衣裳单。孰知是死别? 且复伤其寒。此去必不归,还闻劝加餐。土门壁甚坚,杏园度亦难。势异邺城下,纵死时犹宽。人生有离合,岂择衰盛端。忆昔少壮日,迟回竟长叹。万国尽征戍,烽火被冈峦。积尸草木腥,流血川原丹。何乡为乐土? 安敢尚盘桓? 弃绝蓬室居,塌然摧肺肝。(《杜诗详注》卷七)①

二诗情调相类,但细读总觉得《垂老别》的情绪更复杂,徘徊往复,忍无可忍却又不得不忍,带着一种令人窒息的无奈。这种无奈,正是杜诗特有的"一国之心"。因为在"安史之乱"这一特定的历史时期,诗人被深深地卷入朝廷、百姓、安史叛军三方矛盾互动的漩涡里,夹缠在忠君与爱民势难两全的苦恼之中。诚如徐复观所说:"(杜甫)乃系把他整个的生命,投入于对时代无可奈何地责任感里面的人。"②兹以《新婚别》为例:

兔丝附蓬麻,引蔓故不长。嫁女与征夫,不如弃路旁。结发为君妻,席不暖君床。暮婚晨告别,无乃太匆忙。君行虽不远,守边赴河阳。妾身未分明,何以拜姑嫜? 父母养我时,日夜令我藏。生女有所归,鸡狗亦得将。君今往死地,沉痛迫中肠。誓欲随君去,形势反苍黄。勿为新婚念,努力事戎行。妇人在军中,兵气恐不扬。自嗟贫家女,久致(一作致此)罗襦裳。罗襦不复施,对君洗红妆。仰视百鸟飞,大小必双翔。人事多错迕,与君永相望。(卷七)

---

① 本文所引杜诗,凡未另标明出处者,咸用《杜诗详注》,下文只标卷数。
② 徐复观《中国文学精神》,上海书店出版社 2004 年版,第 47 页。

自首句至"沉痛迫中肠",都是小女子自怨自艾的口吻,大概仍属于王夫之所谓"恤妻子之饥寒,悲居食之俭陋"之类的"小欲"。如"君行虽不远,守边赴河阳。妾身未分明,何以拜姑嫜"?丈夫为国守边,她首先想到的却是自己暮婚晨别,身分未明。然而,正是这种切肤之痛最能牵动民心,也最能体现出诗人的"一国之心"!萧涤非先生指出:

> "君行虽不远,守边赴河阳"这两句,值得我们好好领会。第一,它点明了造成新婚别的根由;第二,它说明了当时进行的战争是一次守边卫国的正义战争;第二,从诗的结构上来看,它也是下文"君今往死地"和"努力事戎行"的张本;第四,这两句还含有一种言外之意,是一种带刺儿的话。因为当时"安史之乱",广大地区沦陷后,边防不得不往内地一再迁移,而现在,边境是在洛阳附近的河阳,守边居然守到自己家门口来了,这岂不可叹?所以,我们还要把这两句看作是对统治阶级昏庸误国的讥讽,诗人在这里用的是一种"婉而多讽"的写法。①

杜甫并没有让新娘子成为自己的代言人,而是让她讲自己心中想讲的话,但客观上已经收到"婉而多讽"的效果。即使是接下来"誓欲随君去"以下六句,也还是一个"家庭妇女"道其所想,接受社会上流传的"妇人在军中,兵气恐不扬"的说法,是为夫君着想,也是为夫君所在军伍着想,是所谓"慨世还是慨身",并未拔高人物形象。把这首诗放在"三吏"、"三别"中看,整体都反映了诗人"人道使民"的儒家仁学思想。"人事多错迕,与君永相望"是新娘子的无奈,也是诗人的无奈。在国难当头的情势下,不允许诗人做出《东门行》主人公那样的选择,但也不能无视百姓的苦难及其

---

① 萧涤非《杜甫研究》,齐鲁书社 1980 年版,第 220 页。

为国家作出的巨大牺牲。这就是杜甫"一国之心"在特定历史环境中的复杂性。

然而，"大欲通乎志"并非全无道理。盖志者，社会关怀之情也，在不同历史阶段，自有其特殊的内涵。封建时代的知识人，"轩冕之志"既是为了"荣身"，也是为了"济世"。子曰"学而优则仕"，便含有这两层意思，何况是"雄才大略，文情豪迈"的帝王，更不能不为实现其"大欲"而顾及民心。以曹操为例，其《蒿里行》云：

> 关东有义士，兴兵讨群凶。初期会盟津，乃心在咸阳。军合力不齐，踌躇而雁行。势力使人争，嗣还自相戕。淮南弟称号，刻玺于北方。铠甲生虮虱，万姓以死亡。白骨露于野，千里无鸡鸣。生民百遗一，念之断人肠。（《乐府诗集》卷二七）

情调苍凉深沉，没有理由不承认是对当时社会的深切关怀。学界目前基本上认同曹操的历史作用，在这样的历史条件下，我承认其"大欲通乎志"。对王夫之而言，还有一层意思：明末处于民族危机中，一旦失去作为统一枢纽的皇帝，全国立即陷于群龙无首的混乱状态，是明亡的惨痛教训之一，痛定思痛的王夫之提倡"帝王气象"的文学是可以理解的。问题是："大欲"未必皆"通乎志"，这是要有一定条件的。无论"大欲""小欲"，都有一个升华的过程，能得"一国之心"者，方可言"通乎志"。个案岂能无条件提升为普通规律？此其一也；文本所体现者，未必与诗人欲表现者一致，这已是文史常识，我们还要着重看文本自身释出的意义，此其二也。王夫之之失，就在无条件地提出"大欲通乎志"，何况还以此严呵杜甫的"小欲"，不分皂白，可谓失其本心。更要紧的是，在已经出现黄宗羲《原君》的时代，王夫之还在提倡"大欲通乎志"，未免逆乎历史之潮流。而时至今日，社会上仍有不少传媒颇感兴趣于"帝王气象"，"大欲"一旦被扯为"通乎志"之大旗，不能不令人心忧。故作此辨如上。

（原载《漳州师范学院学报》2008 年第 2 期）

泰伯祠意义的重构

——读《儒林外史》札记*

　　《儒林外史》中泰伯祠祭祀大典居于小说结构的顶点,起着担纲的作用。小说中泰伯祠这一意象的建构有着多重的意义。

　　民国《全椒县志》记载:"江宁雨花台有先贤祠,祀吴泰伯以下五百余人,祠圮久。吴敬梓倡捐复其旧,赀罄则鬻江北老屋成之。"吴敬梓为修祠不惜卖掉全椒祖上老屋,心底里似乎还是为了祖上。所著《儒林外史》将祭祀五百人的南京先贤祠改写为独尊泰伯的专祠透露了消息,吴家是认泰伯为远祖的。泰伯是西周太王的长子,是王位的当然继承人,但得知周太王意欲将王位传给三弟季历之子姬昌时,泰伯便与二弟仲雍一起逃往吴地,将王位让与季历。《论语·泰伯》说:"泰伯其可谓至德也已矣。三以天下让。"泰伯不但"让"而且"立"。《史记·吴太伯世家》载:"太伯之奔荆蛮,自号句吴,荆蛮义之,从而归之千余家,立为吴太伯。"这个故事也就成为吴氏子弟建构自己家族成长史的原点故事。

　　故事还在延续。吴敬梓在《移家赋》中说:"我之宗周贵裔,久发轫于东浙(按族谱:高祖为仲雍九十九世孙)。有明靖难,用宣力于南都(远祖以永乐时从龙)。赐千户之实封,邑六合而剖符。迨转

---

　　* 本文是我根据吕贤平博士的论文稿片段改写的,当初是为了向他表明如何归纳材料,推导出论点;现在收到集子里,算是我俩一起探讨如何用文化诗学方法研究古代文学的纪念。

弟而让袭,历数叶而迁居。"镜头拉近至明永乐时的高祖,还是一个"让"与"立"字。因为"让袭"的缘故,到了明代,吴家卜居于全椒程家市之西墅后即躬耕务农,跌入到社会的底层,直到四世祖吴沛开始专攻儒业情况才有改变。吴沛举业道路十分坎坷,为课书教子将毕生揣摩八股的经验归为十二字,即"题神六秘"、"作法六秘",尽心教导子辈,最终使五子四进士。吴氏由布衣人家而改换门庭,走举业兴家道路是关键。这就是吴沛的"立"。当然这不仅是吴氏一族的事,从西周到清,历史几经沧桑,文化结构不断地变化,举业已成为士子的独木桥,"礼"的内涵也要被修正,"原点故事"的主题不能不有所改变。康熙年间汪琬写《重修泰伯庙碑记》说:"文者礼之迹也,让者礼之基也,伯之用文教治吴也,盖实以三让为之本。"泰伯"三让天下"至是被悄然转换为"文教治吴"之"本"。透过字面,事实是:在新形势下,历史上的"礼"与当下的科举相嫁接,成为统治阶层稳定的因素,重构了"礼"的意义。

"礼"本是对社会个体进行约束的一种外在形式,"君君臣臣父父子子"各安其位,社会便安定。提倡"礼让"更是消解统治阶层内部争权夺利的有效宣传,所以1705年康熙南巡江浙曾亲笔书写"至德无名"于苏州泰伯庙,1751年乾隆巡幸江浙亦御书泰伯祠曰"三让高宗"。皇帝调和仕途奔竞乃至争权夺利矛盾的意图是明显的,但对儒士而言,"礼"的内核却是"仁",故《论语》有云:"人而不仁,如礼何?"又云:"克己复礼为仁。一日克己复礼,天下归仁焉。""修己以安人","礼让"目的还在乎"治国平天下",对此儒士们是"当仁不让"的。叫儒士们尴尬的是,这只是一厢情愿,还要看当权者买不买账。对当权者的依赖自然很快就演变为对权贵的依附、攀援、巴结,乃至丧失人格与理想。所以君子们又注重"礼"所蕴含的"德"的内涵,注重个体的道德修养以维护自尊。吴敬梓提倡的正是这种"礼",并企图以此来挽救科举的时弊。

科举本是官僚政体实现人才纵向流动,打破贵族垄断的有效手段,但至明清时期已僵化为通过八股制艺批量生产奴才的机制,吴敬梓对此是明白的,所以其批判锋芒所向不是科举,而是八股选官。《儒林外史》借编选"乡会墨程"(即中式举人进士的范文)的马二先生之口说:

> "举业"二字,是从古及今人人必要做的。就如孔子生在春秋时候,那时用"言扬行举"做官,故孔子只讲得个"言寡尤,行寡悔,禄在其中"——这便是孔子的举业。讲到战国时,以游说做官,所以孟子历说齐、梁——这便是孟子的举业。到汉朝用"贤良方正"开科,所以公孙弘、董仲舒举贤良方正——这便是汉人的举业。到唐朝用诗赋取士,他们倘若讲孔、孟的话,就没有官做了。所以唐人都会做几句诗——这便是唐人的举业。到宋朝又好了,都用的是些理学的人做官,所以程、朱就讲理学——这便是宋人的举业。到本朝用"文章"取士,这是极好的法则。就是夫子在而今,也要念"文章",做举业,断不讲那"言寡尤,行寡悔"的话。何也? 就日日讲究"言寡尤,行寡悔",那个给你官做? 孔子的道也就不行了。

这是漫画化了的"儒士出仕流变史","举业"化的结果如杜少卿所言,使士人"横了一个做官的念头在心里"。书中范进、匡超人衮衮诸公莫不如是。如果有人当真出仕只为济世,便会为人所笑。吴敬梓的父亲吴霖起在赣榆县教谕任上经过九年的清苦生涯,只会规矩做人,而不知阿谀逢迎,生性正直反被罢除了县学教谕,回到故乡全椒后的第二年便郁郁而终。吴敬梓将父亲的这段经历也写到小说中,由高翰林评杜少卿的父亲说:"到他父亲,还有本事中个进士,做一任太守,已经是个呆子了。做官的时候,全不晓得敬重上司,只是一味希图着百姓说好,又逐日讲那些'敦孝弟,劝农桑'的呆话。这些话是教养题目文章里的辞藻,他竟拿着当了真,惹得上司不喜欢,把个官弄掉了。"做官与行道济世、"敦孝弟,劝农桑"竟成水火,八股取士使儒士丢掉理想走向反面。清代大量文学作品都表现出对科举取士的失望与批判,清代前期的经典小说《聊斋志异》、《儒林外史》、《红楼梦》无不痛心疾首言之。但唯有《儒林外史》于批判的同时,对挽救科举制认真地做了正面的思考,想回到原点,以"礼"、以"德"来挽回世道人心,培育"真儒"以助政教。出于这一目的,吴敬梓在《儒林外史》中精心建构了南京泰伯祠祭祀大典,并赋予全新的意义。

《大清通礼》把礼仪参与者分为两类:第一类是行礼者,第二类是执事者。皇帝是最主要的行礼者,他和参加典礼的王公贵族及朝廷官员代表一起接受执事者的指导。撇开世袭的王公贵族,实际上站在方壝外的朝廷官员成为大祀行礼者的主要队伍。这个主要队伍多为科举出身的成功者。《儒林外史》建构的泰伯祭礼颠覆了官方秩序,它是在野者主持的仪式,主要参与者多为科举的失败者、失意者,在官方礼仪场合他们不可能成为其中的角色。现实中由君主权贵控制的特权,在小说《儒林外史》中,却成为举业失意之文人的"消遣"。显然,在单调的礼仪表演背后吴敬梓寄寓着深意。小说中泰伯祠大祭,可视为某一文人群体自我更新的礼仪。吴敬梓《移家赋》云:"乃有青钱学士,白衣尚书,私拟七子,相推六儒,既长吟而短啸,亦西抹而东涂,咸能振翼于云汉,俱夸龙跃于天衢。"吴敬梓超越其深感失望的宗法制家族及官方权力话语体系,在小说中以修建泰伯祠为中心,构建他的理想国,赋予寻找归属的文人一个对抗俗世浊流的精神家园。这个以泰伯祠大祭为纽带所关联的文人群体,便是吴敬梓所属意的文人群体,而小说第三十三回迟衡山因"而今读书的朋友,只不过讲个举业,若会做两句诗赋,就算雅极的了,放着经史上礼、乐、兵、农的事,全然不问",所以想要在南京与友人"春秋两仲,用古礼古乐致祭,借此大家习学礼乐,成就出些人才,也可以助一助政教",这些想法便是深意之所在。

主持祭典的三个主要人物：主祭虞博士、亚献庄征君、三献马二先生，象征文士的三个不同的思想境界。被塑造成"上上人物"的虞育德即被看作当代的吴泰伯。虞育德的"让"，是淡泊名利，不论出处；虞育德的"立"，是树立了"真儒"的形象。据何泽翰考证，虞育德的形象是以吴培源（号蒙泉）为原型。吴培源曾与吴敬梓、程廷祚等人重修南京雨花台先贤祠。《无锡金匮县志》卷二五载"吴培源少孤露，章采（其母舅）抚而教之，后成进士"；《明清进士题名碑录》载吴蒙泉乾隆二年（1737）丁巳恩科三甲进士。暮年登第的吴蒙泉正思苦尽甘来时，却接到江宁府上元县学教谕这个七品以下微官闲职的任命，其《释褐后得教职感赋》诗两首便是他此时心境的反映。从"腐儒通籍犹如故，只合生涯在砚田"、"老尝蔗境甘犹少，春到梅边暖不多"、"相逢强相悦，悠悠谁可言"等叹老嗟卑诗句看，他的胸中充满抑郁牢骚，乾隆十七年吴培源告老辞职隐居故里无锡，未必不带有这种情绪。但小说中的虞博士却淡泊名利，不以宠辱介怀，当他中进士只补个国子监博士，他还"欢喜道：'南京好地方，有山有水，又和我家乡相近。我此番去，把妻儿老小接在一处，团圝着，强如做个穷翰林。'"（第三十六回）下面这段对话尤能见虞博士的"真"：

> 尤资深道："而今朝廷大典，门生意思要求康大人荐了老师去。"虞博士笑道："这征辟之事，我也不敢当。况大人要荐人但凭大人的主意。我们若去求他，这就不是品行了。"尤资深道："老师就是不愿，等他荐到皇上面前去，老师或是见皇上，或是不见皇上，辞了官爵回来，更见得老师的高处。"虞博士道："你这话又说错了。我又求他荐我，荐我到皇上面前，我又辞了官不做。这便求他荐不是真心，辞官又不是真心。这叫做甚么？"说罢，哈哈大笑。（第三十六回）

陈美林教授评曰："无论其出或处，均是一副安详闲淡态度，既不以辞官为高，又不以出仕为耻，令人可亲可敬，实不负'第一人'之誉。"①这种"淡定"是对原型的提升，既可见作者的追求，也可见作者反对的不是科举出仕本身，而是经选官后被异化为官迷的普遍现象。与"真儒"相比，庄征士未免落第二义，但他能拒绝被权贵收为门生，且清廉行善，何况"道不行则卷"也是合"礼"的，是为二献。至三献马二先生则等而下之。但马氏虽沉浸于八股制艺，难免追名逐利，然而迂阔中尚能心存忠厚，时或济人危难，在当时士人中已属难得，故列为三献。不容忽视的还在于：其他参与者，包括看客，都是些被主流社会边缘化的人。

以上种种，无疑是对历史与现存礼教秩序提出的挑战，是对主流的权力话语之颠覆。文本中泰伯祠的意象，是新的礼教秩序的构建，通过虚构，吴敬梓以自己的方式阐释了世界，古老的泰伯故事也因此而走出历史获得诗学的意义。《儒林外史》不但有破，还有立；有讽刺，也有勉励。我们只要将泰伯祭典与最后一回"神宗帝下诏旌贤，刘尚书奉旨承祭"合读，便可发现作者意图建构的不只是南京泰伯祠之类的"小气候"，他还要借皇帝之手"下诏旌贤"，改变"萃天下之人才而限制于资格，则得之者少，失之者多"的局面，挽回世道人心，企盼、呼唤"用人不拘资格"时代的到来。所以"赐及第"名单中，不但有泰伯祭典中的虞育德诸人，还有被目为市井奇人的"四客"，他们或卖火纸筒子，或开茶馆，非儒士而咸列榜中。他对这些人寄予大希望，他们是开篇"楔子"出现的群星"天上纷纷有百十个小星，都坠向东南角去了"，王冕叹道："天可怜见，降下这一伙星君去维持文运，我们是不及见了。"（第一回）"维持文运"四字道出吴敬梓的苦心。其实这也是士林普遍关心的问题，《儒林外史》与《聊斋志异》、《红楼梦》等大量抨击桎梏人才政策的文学作品，以及其

① 陈美林批点《新批〈儒林外史〉》，江苏古籍出版社1998年版，第412页。

他非文学作品汇为一个深厚的"文化文本",不断催人觉醒,犹如地火运行,随时在寻找突破口。果然,吴敬梓逝世八十五年后,龚自珍《己亥杂诗》爆出天摇地动的一声吼:"九州生气恃风雷,万马齐喑究可哀。我劝天公重抖擞,不拘一格降人材!"清王朝乃至整个封建官僚体制,至是已濒临总崩溃,而泰伯祠的幻梦也随之如烟消逝。

(原载林继中《文本内外——文化诗学实验报告》,中国社会科学院出版社2016年版)

放眼寻求传统文论的生长点

　　自张之洞提出"中学为体,西学为用"的原则以来,中西文化交流以何者为主体就一直是议论的焦点。它同样也是中西文论交融首先要关注的问题。

　　然而在讨论这一问题时,我们先要明确:"主体"自身也是个变量。好比黄河,河水日逝而河岸也可以改道,黄河之所以还是黄河,只因为它一气连贯,有很强的传承性。传统文论也是在传承中不断通变着。以"情性"说为例,《毛诗序》云:"国史明乎得失之际,伤人伦之废,哀刑政之苛,吟咏情性,以风其上,达于事变而怀其旧俗者也。"所谓情性,即人之自然属性,情亦性也,故《荀子·性恶》乃云:"今人之性,饥而欲饱,寒而欲暖,劳而欲休,此人之情性也。"吟咏情性便有诗歌本原的意味,是以《汉书·艺文志》云:"男女有所怨恨,相从而歌。饥者歌其食,劳者歌其事。"但既然这些欲求属"性恶",自然要以"止于礼义"来加以限制。至齐梁,情性说颇受佛性论影响,又称"性灵",强调人的天性与真情。然而所谓天性、真情,只是为了证明皇族与士族享受现世间世俗生活的合理性,在创作上将"诗缘情而绮靡"进一步推向娱乐性,强调"文章且须放荡",使"性灵摇荡"。至宋代理学家,也倡"吟咏情性",但与齐梁人相反,是用来反对情感的放纵。性与情被视为天理与人欲的对立,所以要"以性节情"、"性其情"云云。也许这可以视为"止于礼义"的汉儒"吟咏情性"的复归。无论如何,情性说的主体性寓于正变之中。明乎此,才不至于将"主体性"认作"永恒性"。事实上,传统文论的主体性并不在于不变,恰恰相反,其主体性就在变而能通,而其生长点就在"变则通"这一关节上。也就是说,能使传统文论由"变"达成"通",通向现在、未来者,才是我们所寻求的最富生命力的生长点。

刘勰论通变,注重继承与创新形成张力。《文心雕龙·通变》乃云:

> 文律运周,日新其业。变则堪久,通则不乏。趋时必果,乘机无怯。望今制奇,参古定法。

"参古"不是"效古",而"趋时必果"、"望今制奇",强调矛盾积极的一方——"变"。传统的内涵经新变作出调整,新变被整合于传统,形成新传统,这就叫"望今制奇,参古定法"。而调整的手段是:"斟酌乎质文之间,而櫽括乎雅俗之际。"其中,单"雅俗"二字,就为我们留下开阔的可拓展空间。

所谓"雅俗",这一对范畴历来应用广泛,具有多个层面。《毛诗序》云:"是以一国之事,系一人之本,谓之风;言天下之事,形四方之风,谓之雅。雅者,正也,言王政之所由废兴也。"雅有正统义、典则义;风有风俗义、普遍义。雅通过风可以正俗。随着社会日趋复杂,俗又有时俗、通俗、庸俗诸义。时俗,或称流俗、时尚,有强烈的时代性。与之相链接的是通俗。"阳春白雪"与"下里巴人",不仅与受众面大小有关,还与受众所从属阶层的审美趣味有关。虽然刘勰未必然,而今日之读者未必不然。如《时序》篇对时尚的典范论述;《定势》篇云"情交而雅俗异势",点明作品不同的雅俗体势与表现不同情感内容有关;《体性》篇指出典雅风格与学习经诰、儒学相关,新奇风格与摈弃传统、趣味庸俗相关等等,这些问题完全可以再展开。如果我们以今日之社会学、文化学、民俗学等眼光观照之、拓展之,给予现代阐释,则"雅俗"这对范畴于文学研究仍具鲜活的生命力。如朱自清《论雅俗共赏》,以社会变迁、阶级升降,语言大众化趋势等新学极大地拓展了"雅俗"的内涵,激活了这一传统文论范畴的生命力①。而比较文学专家乐黛云教授则将"雅俗"归于"文化外求"三种主要形式之一②。这些范例都是着眼于传统文论之生长点,并不满足于比较异同,而能以包括西方文论在内的现代观点重新阐释之。这就好比输血,只要血型相同,就可被母体所接受,所以我们一方面要认识到由他种文化产生的文论未必切合我们本土文化中产生的创作实际,应从批评的视野审视之,不可生搬硬套;另一方面也要认识到人类各种文化之间是可以沟通的,诚如钱锺书《谈艺录》序言所指出:"东海西海,心理攸同。"只要双方作出调整,互相包容,是会交融的。或者说,任何一套话语,往往只适用于一定的范围,但也往往可以抽绎出某些与他种话语互通、互补的东西。从各种话语中清理出这些带"基因"性质的范畴,是重组新体系的有效因素。我们比较古今、中西文论之异同,其目的还在于同中见异,异中见同,取长补短,"一生二,二生三",产生出非此非彼却又即此即彼获得新生命的第三者。

海内外许多学者已意识到中国传统文论与他种文论之间的历时性与共时性的交叉,特别是与某些现当代西方文论之间的暗合,并进行了大量的比较工作。如中国的神韵说与印度"韵"的理论之对比,《沧浪诗话》"别趣"、"别材"与克罗齐直觉论之对比等。然而我们尤感兴趣的还在于通过比较,选取并输入相同"血型"的异质文论,用以拓展本土文论之内涵,激活之,使之产生飞跃。王国维"境界"说自是佳例。

唐人早就将佛家用语之"境"引进文论。印度人本以此指心灵空间,境生自心,是外物"内识"的结果。而唐人使用时还是沿用传统的心与物之关系,指心物感应所产生的意象,但也兼用其心灵空

---

①　朱自清《论雅俗共赏》,生活·读书·新知三联书店1983年版。
②　叶舒宪主编《文化与文本》序二,中央编译出版社1998年版。

间的本义。传王昌龄所著《诗格》，将诗归纳为"三境"：

> 诗有三境：一曰物境，欲为山水诗，则张泉石云峰之境，极丽绝秀者，神之于心，处身于境，视境于心，莹然掌中，然后用思，了然境象，故得形似；二曰情境，娱乐愁怨，皆张于意而处于身，然后驰思，深得其情；三曰意境，亦张之于意而思之于心，则得其真矣。

外物及诗人情志都可触物起兴成为心境，再外化为审美对象的诗境（物境、情境、意境）。这就使得王氏之论上与言志、缘情、比兴的传统诗论接轨，下又开创借助外来话语"境"，整体把握诗歌创作之新思路。王国维则借助叔本华的美学思想，进一步拓展了"境界"之内涵，提出"有造境，有写境"，"有有我之境，有无我之境"的境界说。王国维虽然自称其说与严沧浪"兴趣说"、王阮亭"神韵说"不同面目，但我们却认为面目或许不相类，而灵魂却是共一的："境界说"仍然是表达对生命的体验与感悟。王国维借助异种文化对传统文论进行再阐释，而又保留其精神，经过对中国古典文学解读的检验，证明它已激活了传统文论。如果我们沿着同一思路，围绕最具中国特色的以感应论为基础的生命论诗学，清理相关的传统文论范畴，与现当代西方文论相链接，庶几可以达成通贯新学、旧学的新体系。目前已有许多值得称道的局部成果，有待进一步整合。虽然任重道远，但我们并非从零开始。

从长远看，保存民族文化并非我们的终极目的，构建全人类共同的新文化才是我们的高远目标。我们将拿出什么样的"菜单"，以之贡献于人类新文化？这已是提上日程的新形势、新要求。就文学理论而言，中国传统文论像《文心雕龙》、《诗品》这样的专著并不多见，更多的是散落在诗话、笔记、评点乃至小说、戏曲、书信、语录等等繁杂的文献资料中，需要花费巨大的功夫整理。面对浩瀚的遗产,我们不能不有所选择。这也是笔者管见以为不妨优先将眼光投向那些在通变中较为连贯,并已显出其生命力的传统文论的生长点之理由。

记得物理学家普里高津说过大致如此的话:我们的时代是各种理念与方法相互冲突的时代,这些理念与方法各自经历了长期相互隔绝的发展过程之后,突然遭遇,便产生蔚为大观的进展。身处这个时代,我们目睹、亲证了这一奇观。中国传统文论蛰伏几多世纪之后,突然遭遇到西方现当代五花八门的种种理念与方法,一阵目眩之后并没有失去自我。一似大潮过后的海滩,并非一贫如洗,而是更加丰富。作为海滩游客,我的奢望是:拾几枚彩贝、几条鲜活的小跳鱼。

（原载《学术月刊》2006 年第 6 期）

在双向建构中激活传统

——从文化诗学说开去

2001 年我在《文史哲》发表了《文化诗学刍议》一文,建议将文化诗学嫁接(不是移植)在中国传统文化与诗学之上,通过实践,力求建构一个方法论的新平台①。八年来文化诗学研究与实践在我国已有较大的进展,近来开始出现一些反思的文章。在反思中求超越,在实践中谋整合,本是学术进展必由之路,笔者愿就其中若干带有普遍性的问题略陈管见,求教于读者诸君。

我之所以用"嫁接"而不是用"移植"之喻,是因为它较切合文化诗学多元互动的品格。当时我是这么说的:

> 我国传统的文学批评方法历来主张"文史不分家",要"知人论世",正是接受文化诗学整体性研究的好基础。从思维方式的深层次看,强调事物间的联系与相互制约,即所谓的相生相克,是我国源远流长的思维定势,称得上是民族文化的强项。将文化诗学整体性研究方法嫁接在这一母本上,无疑将有优化的效果。

嫁接之妙,就在于通过本与末之间的互相渗透与交融,促成二

---

① 林继中《文化诗学刍议》,《文史哲》2001 年第 3 期(收入本《文集》第六册)。

者的"一体化","一生二,二生三"式地产生出兼有二者品格的新品种。就文化诗学而言,便是要通过对异质文化的吸纳,跨学科的沟通,古今中外的对话,激发传统文化与诗学的"通变"。

这里的"本末"与"中学为体,西学为用"中的"体用"有别。我赞同传统"体用不二"的说法,如前辈所云:牛之体如何为马之用?而这里所谓本与末则只是对传统与异质的区分,本,只取其本土义,易适应也;末,取其异质,易变异也。之间并无谁是绝对主体的问题。王元化先生有云:

> 任何一个对中西文化有所了解的人,如果清醒地、理性地看中国文化问题,不能不说,在很多地方,中国传统的资源的确丰富,足以与西方相抗衡,如"道德主体"、"和谐意识"等等。在这些方面是可以以中学为主体的。但是,不能不说,另外也有很多地方,中国的传统资源又的确很贫乏,不可能成为重建中国文化的主体。我不赞成胡适说的什么中国早在几千年前就有了民主的观点。在这些传统资源十分贫乏的地方就不可能以"中学为体"。①

这才叫"优选法"。中学、西学,都是建构人类新文化的"资源"。反观我"将文化诗学整体性研究方法嫁接在这一母本上,无疑将有优化的效果"的说法,则未免考虑不周。就像西方一则幽默所说:如果让一位美女与智者结婚,却遗传了美女的愚昧与智者的丑陋,则只能产生不幸,而不是"宁馨儿"。所以"嫁接"首先要认真选好本末各自之优秀"基因"。这就要求选取者必须屏去腹诽意见——无论是"民族主义"的,还是"后殖民主义"的。在因所谓"失语"而急于要建立自家"现代话语"的当今,这是个很现实的问题。

---

① 王元化《思辨随笔》,上海文艺出版社 1994 年版,第 17 页。

我的意见是：调好心态，先不必胸中横梗一个"谁当家"，中学、西学都是可利用的资源，大胆地让多元互动，互为参照系，在实践中互相检验与磨合，在双向建构中建立新的真正优化了的"主体"。

所谓多元互动，不仅是互补与打通，更重要的还在于双边的扬弃。所以王元化又强调说：

> 要真正吸取传统文化中的积极的合理因素，要真正把它们消融成为新体系中的质料，就得经过否定……批判得愈深，才愈能区别精华与糟粕，才愈能使传统中的合理的积极的因素获得新的生命。①

对西方文化也一样。批判与否定是必需的。问题是知识结构是个活体，它不像剁烂苹果，可以明确地区分其精华与糟粕而弃取之；它更像是人的肌肉，你能从活人身上挖一磅肉而不含血与水吗？所以它只能通过对客观现象进行阐释的实践，中学、西学互为参照系，互相发明，互相检验其普适性，进而互相渗透。所谓"借鉴"尚不能尽其义，它应当是嫁接式的互渗互动，是双向建构，在双向建构中催生一个更为优化的、更为合理的新生命。这应当是一个长期反复实验的过程，是一个不断实践、反思、调整、超越的前赴后继的无穷系列。

实践乃是这一系列的首要环节。实践乃是"普适性"的试金石。只有放手用西方文论来阐释中国的文学现象，才能检验出西方文论中哪些东西是属于有普适意义的。同一过程也能比较出中国文论中有哪些东西是更合理、更具生命力。由此选出嫁接的双方。没有实践，何以鉴别？兹以王国维带有经典性质的"境界说"为例，稍事说明。

---

① 王元化《思辨随笔》，第19页。

在对待中学与西学的关系上,王国维有很高的立足点。他在写于 1911 年的《国学丛刊序》中宣称:"学问之事本无中西。"并说:"余谓中西二学,盛则俱盛,衰则俱衰,风气既开,互相推助。且居今日之世,讲今日之学,未有西学不兴而中学能兴者,亦未有中学不兴而西学能兴者。"(《观堂别集》卷四)一个世纪后,"居今日之世"之我辈,更感到王国维的大气。由于具备这样广阔的学术胸怀,所以其"境界说"境界甚高,成为中西"化合"的典范。长期以来,诸多学人不同程度地发露其中西交融的精义,提供了许多成功的经验。然而,理念与实践未必一致。从这层意义上讲,揭示其中的矛盾更能推动学术的进步。

钱锺书《谈艺录补订》曾指出王国维断言《红楼梦》是"悲剧之悲剧",是对叔本华哲学的附会,不合《红楼梦》的实际①。而振甫《〈人间词话〉初探》,于批判王国维接受叔本华唯心主义观点之同时,还指出某些突破。如《人间词话》附录十六"境界有二"条,对"常人之境界"的肯定,及与《人间词话》同期所作《文学小言》之七,认为天才"又须济之以学问,帅之以德性,始能产生真正之大文学"云云,是对叔本华天才观的突破②。这些都有助于我们更清醒地接受王国维的新诗学。

对王国维境界说有很深入研究的叶嘉莹教授则从《人间词话》承袭旧形式与其新理论内容之间的矛盾入手,试图补足境界说与中国传统诗学之联系。在《〈人间词话〉境界说与中国传统诗说之关系》一文中③,叶氏引用《人间词话》云:

《严沧浪诗话》谓:"盛唐诸公(按当作人)唯在兴趣,羚羊

---

① 钱锺书《谈艺录》,中华书局 1984 年版,第 349—351 页。亡友陈子谦《钱学论》(四川文艺出版社 1992 年版)第八章于此有详论,敬请参阅。
② 姚柯夫编《〈人间词话〉及评论汇编》,书目文献出版社 1998 年版,第 115—118 页。
③ 此文收入叶嘉莹《迦陵论词丛稿》,上海古籍出版社 1980 年版。

挂角,无迹可求。故其妙处,透彻玲珑,不可凑拍(按当作泊),
如空中之音、相中之色、水中之影(按当作月)、镜中之象,言有
尽而意无穷。"余谓北宋以前之词亦复如是。然沧浪所谓"兴
趣",阮亭所谓"神韵",犹不过道其面目,不若鄙人拈出"境界"
二字为探其本也。

何以境界是本,兴趣、神韵是末?(王氏所说的"本",当然与
我"嫁接"之喻中的"本"不同,他是直指文学根本,是体现文学本
质的东西。)叶氏在该文中先将中国传统诗说的"质素"归结为"兴
发感动",然后认为:"沧浪之所谓'兴趣',似偏重在感受作用本身
之感发的活动;阮亭之所谓'神韵',似偏重在由感兴所引起的言
外情趣;至于静安之所谓'境界',则似偏重在所引发之感受在作
品中具体之呈现。"①由此形成从"感发"进入创作,再到"感受"
在作品中显现,终于由"感兴"所引起的言外情趣。谨以下图
示意:

兴趣──→境界──→神韵

境界便处于这一过程的"文学本体"的中心地位。所以《人间
词话》乃云:"有境界,本也;气质、神韵,末也。有境界,而二者随之
矣。"经叶氏的发明,境界说与传统诗说便接上轨,一气连贯。问题
是将"兴发感动"视为传统诗说的质素是否合乎王国维的原思路?
或者它只是叶先生合理的"误读"?这一点尚有待于进一步论证。
从该文最后《中西诗论之比较及今后所当开拓的途径》一节看,叶氏
并不认为王国维对传统兴发感动质素的继承是自觉、明晰的。她甚
至认为《人间词话》对传统的词话形式的回归,是不能随时代以俱进

---

① 叶嘉莹《迦陵论词丛稿》,第305页。

的"一种认同混乱之矛盾心理"的显示①。叶嘉莹正是通过对王国维的"一些重要概念以及他所努力的方向,略作系统化的分析",从而对"境界说"作了重要的补充,丰富了境界说的内涵,为中西结合提供了新线索。

如果说叶嘉莹的批评是"柔性"的,那么罗纲教授《本与末》一文则是直截了当地揭示《人间词话》是以逻辑思维与形象思维二元对立的观点解读中国的传统文论与文学作品②。他以唐圭璋、饶宗颐诸贤对王氏的批评为新起点,重新思考境界说与兴趣、神韵之关系。指出"境界说"的核心是叔本华的直观论。它与"兴趣说"、"神韵说"是两种不同性质的审美经验,并不存在"一线下来"的传承关系。文中对姜白石《疏影》一词做了深入的解读,指出其托物喻志的写法及其与比兴诗学传统之间的内在联系,而用"境界"、"隔与不隔"的观点是难以理解、欣赏此类作品的。罗氏认为,把"形象"视为诗歌本体并非中国古代诗学的基础,而是近代西方美学的产物。虽然我尚不能接受罗教授将王国维的"本末说"直接理解为以西学为本,以中学为末,乃至是西方文化在中国建立霸权的写照;但我欣赏这种更具冲击力的"刚性"批评,它更能发人深省,正视先驱者对中国传统诗学理解所存在的片面性。所谓"差之毫厘,失之千里",如果不从源头上纠正这一偏差,势必愈来愈远离其中西"化合"之初衷。

将叶、罗二文合读,我认为二者似乎都忽视了"比兴"思维在其历史发展过程中的一个重要环节——情景说。事实上,对文学形象的认识,中国传统诗学自有其系统,与西方形象论异中有同,并非全然不可沟通。从魏晋玄学"言意之辨"中的"明象",到刘勰"物色"之论,钟嵘"直寻"之说,直至王昌龄的"意境",殷璠的"兴

---

① 叶嘉莹《迦陵论词丛稿》,第 313 页。
② 罗纲《本与末——王国维"境界说"与中国古代诗学关系的再思考》,《文史哲》2009 年第 1 期。

象",王夫之的"现量",传统文论中有极其丰富的与文学形象相关的资源。与其将境界说与兴趣、神韵挂钩,不如与情景论接轨,重新调整比兴与直观之关系,进一步磨合,也许更有利于境界说内涵的拓展,建构更合理的既是中西合璧、又是超越中西各自局限的形象论。

由以上经验看,即使是中学、西学功底俱深如王国维,要建立一个具有"普适性"的理论也谈何容易!唯有在实践中不断验证、调整,庶几有所进展。在实践中双向建构是中西"化合"的途径。

回到"中国文化诗学"的建构上来。闻一多未曾明诏大号要建构什么新理论,但他的实践却证明他是建构"中国文化诗学"的先驱者。文化诗学指向文化人类学,跨学科综合研究是其一脉相承的品格。要了解闻一多的相关研究,有必要回顾二十世纪初文化人类学在中国的传播。赵沛霖《现代学术文化思潮与诗经研究》为我们提供了简明的线索。

赵文认为,法国著名汉学家葛兰言于二十世纪初完成《中国古代的祭礼和歌谣》,用文化人类学方法研究《诗经》,立即在西方汉学界引起轰动,并不断扩大影响,传到中国。相当多的中国学者正是通过此书才认识文化人类学这门新学科。它强调"各民族",即所有的民族,也就是全人类,打破民族与地域的局限。同时还强调文化的多方面内容。这一研究模式具有世界性的学术视野,也就是把研究问题放到世界文化和历史发展的平台上,在不同文化的会通和比较中重新进行审视。赵沛霖强调指出:归纳原理的普遍性是文化人类学研究方法的最基本要求,应引起高度注意。赵文还引用先驱者林惠祥先生的意见说:

> 这种研究始自一个原始民族的探讨,终则合众民族的状况而归纳出些通则或原理来,使我们得借以推测文化的起源并解释历史上的事实及现代社会状况,然后利用这种知识以促进现

代的文化并开导现存的蛮族。①

林氏反对仅仅根据个别事例得出所谓的"通则"和"原理",根本不具备普遍性的直观性不能作为推理的依据。多年来一些学者忽视这一点,舍弃繁复的归纳过程,仅仅根据个别例证就下结论,缺乏"归纳"的支持,所以得出些不可靠的结论。因此在这一研究方法的应用上,还应当注重文化的多元性与整体性,及其资料应用上充分的可比性与典型性②。

赵沛霖回到原点的反思为"中国文化诗学"的建构提供了有益的经验教训。所谓"中国文化诗学",只能是具有世界普适性、而非西方专利的"文化诗学"的一个有机组成部分。闻一多的实践正是在这一层意义上为我们提供了中西双向建构的一个典范。

闻一多是自觉地运用文化人类学方法研究《诗经》,并促使其由中国走向世界的第一人③。闻先生跨学科综合研究的成就已引起学界的广泛注意,我这里只想就其以新学激活旧学说几句。

传注训诂,可以说是我国最传统的治学方法,闻一多对此十分重视,不惜花大力气,写下《周易义证类纂》、《诗经通义》、《庄子内篇校释》、《离骚解诂》等一系列在文字训诂上极具功力的文章。然而闻一多是以现代学术意识为主导,将传注训诂纳入文化视野,赋予它以多维度的文化阐释的功能,使"考据、义理、辞章"的旧框架内发生脱胎换骨式的革命,激活了这门古老的传统学科④。在《风诗类抄·序例提纲》中,闻氏表明,他要用考古学、民俗学、语言学的手

---

① 赵沛霖《现代学术文化思潮与诗经研究》,学苑出版社 2006 年版,第 228 页。
② 以上有关观点参阅赵沛霖《现代学术文化思潮与诗经研究》第七章《文化人类学与〈诗经〉研究》。
③ 闻一多在《给臧克家先生》的书信中明确说:"我又在研究以原始社会为对象的文化人类学"。《闻一多全集》第 3 卷《书信》,生活·读书·新知三联书店 1982 年版。
④ 参阅赵沛霖《现代学术文化思潮与诗经研究》第九章《现代学术意识与〈诗经〉传注训诂》。

段,"带读者到《诗经》的时代"①,并注意古歌诗特有的技巧,用诗的眼光读《诗经》。这里值得注意的是:考古学被纳入多维文化阐释整体,成为其中有机的一维,参与语境的重建。而注重诗特有的技巧,用诗的眼光读诗,则脱离传统将诗当"经"来读的误区,回归文学本体。这就将训诂学从封建伦理道德的束缚中解放出来,释放出空前的能量,使古老的学科焕发出青春,融入现代学术。而"以诗的眼光读诗",不但是对"以经学眼光读诗"的旧学的批判,也是对西方以文化人类学研究文学往往失去文学主体性的纠正。兹以《芣苢》为例稍事说明。

《芣苢》往往被认为是一首单调、缺乏诗意的"劣诗",但经闻一多以传注训诂之学与民俗学、神话学、社会学相结合,辨明了芣苢的象征意义,以及那个时代妇女在生育问题上所承受的巨大压力,乃至"薄言"二字所具有的迫切情调等等,使我们具备了读这首诗的资格,缩短了与数千年前的古代社会之间的距离,"悟入那完全和你生疏的诗人的心理"②,在文化中酿出诗意。闻先生于是水到渠成地用下面这段散文诗般的文字为我们"导游":

> 现在请你再把诗读一遍,抓紧那节奏,然后合上眼睛,揣摩那是一个夏天,芣苢都结子了,满山谷是采芣苢的妇女,满山谷响着歌声。这边人群中有一个新嫁的少妇,正撚那希望的玑珠出神,羞涩忽然潮上她的厣辅,一个巧笑,急忙的把它揣在怀里了,然后她的手只是机械似的替她摘,替她往怀里装,她的喉咙只随着大家的歌声唱着歌声——一片不知名的欣慰,没遮拦的狂欢。不过,那边山坳里,你瞧,还有一个伛偻的背影。她许是一个中年的硗确的女性。她在寻求一粒真实的新生的种子,一

---

① 《闻一多全集》第4卷,第7页。
② 《闻一多全集》第1卷,第342页。

个祯祥,她在给她的命运寻求救星,因为她急于要取得母的资格以稳固她的妻的地位。在那每一掇一捋之间,她用尽了全副的腕力和精诚,她的歌声也便在那"掇""捋"两字上,用力的响应着两个顿挫,仿佛这样便可以帮助她摘来一颗真正灵验的种子。但是疑虑马上又警告她那都是枉然的。她不是又记起以往连年失望的经验了吗? 悲哀和恐怖又回来了——失望的悲哀和失依的恐怖。动作,声音,一齐都凝住了。泪珠在她眼里。

采采芣苢,薄言采之! 采采芣苢,薄言有之!

她听见山前那群少妇的歌声,像那回在梦中听到的天乐一般,美丽而辽远。①

闻先生为我们恢复的岂止是语境,更是诗意本身。这才是其跨学科综合研究的终点站。所以闻一多总结说:

汉人功利观念太深,把《三百篇》做了政治的课本;宋人稍好点,又拉着道学不放手——一股头巾气;清人较为客观,但训诂学不是诗;近人囊中满是科学方法,真厉害。无奈历史——唯物史观的与非唯物史观的,离诗还是很远。明明一部歌谣集,为什么没人认真的把它当文艺看呢!②

有没有重建语境、再现诗意的自觉追求,是新方法与旧方法的分水岭。这是"激活"的关键。

值得注意的还有闻氏对待古人与传统的态度:

至于当我为一个较新的观点申诉理由时,若有非难旁人的地处,请你也记住,我的目的是要扎稳我自己的立足点,我并不

---

① 《闻一多全集》第1卷,第349—350页。
② 《闻一多全集》第1卷,第356页。

因攻倒前贤而快意。①

对古人具了解之同情，这才是传统与现代学术能否接上轨的立足点。正是这种态度与追求，使旧学与新学形成张力，执两用中，使其研究成果既厚实又空灵，新学、旧学相得弥彰，为我们提供了在双向建构中激活传统的成功经验。

事实上，刘勰《文心雕龙》早就注意到让古与今、继承与创新形成张力，促成"通变"。《通变》篇云：

> 文律运周，日新其业。变则堪久，通则不乏。趋时必果，乘机无怯。望今制奇，参古定法。

我曾在《放眼寻求传统文论的生长点》一文中作如下笺释：

> "参古"不是"效古"，而"趋时必果"、"望今制奇"，强调矛盾积极的一方——"变"。传统的内涵经新变作出调整，新变被整合于传统，形成新传统，这就叫"望今制奇，参古定法"。而调整的手段是："斟酌乎质文之间，而櫽栝乎雅俗之际。"其中，单"雅俗"二字，就为我们留下开阔的可拓展空间。
>
> 所谓"雅俗"，这一对范畴历来应用广泛，具有多个层面。《毛诗序》云："是以一国之事，系一人之本，谓之风；言天下之事，形四方之风，谓之雅。雅者，正也，言王政之所由废兴也。"雅有正统义、典则义；风有风俗义、普遍义。雅通过风可以正俗。随着社会日趋复杂，俗又有时俗、通俗、庸俗诸义。时俗，或称流俗、时尚，有强烈的时代性。与之相连接的是通俗。"阳春白雪"与"下里巴人"，不仅与受众面大小有关，还与受众所

---

① 《闻一多全集》第1卷，第357页。

从属阶层的审美趣味有关。虽然刘勰未必然，而今日之读者未必不然。如《时序》篇对时尚的典范论述；《定势》篇云"情交而雅俗异势"，点明作品不同的雅俗体势与表现不同情感内容有关；《体性》篇指出典雅风格与学习经诰、儒学相关，新奇风格与摈弃传统、趣味庸俗相关等等，这些问题完全可以再展开。如果我们以今日之社会学、文化学、民俗学等眼光观照之、拓展之，给予现代阐释，则"雅俗"这对范畴于文学研究仍具鲜活的生命力。如朱自清《论雅俗共赏》，以社会变迁、阶级升降，语言大众化趋势等新学极大地拓展了"雅俗"的内涵，激活了这一传统文论范畴的生命力。①

结合上述王、闻二氏的经验教训，有三事值得关注。一是"今"作为双向建构中积极主动的一方，其激起的"新变"应当被整合于传统（"参古定法"），才能成为新传统，薪火不熄。关键还在要去激活。王国维、闻一多，乃至陈寅恪，他们的许多具体的观点、论述，也许会被当代学人所修正，甚至否定。然而谁也不能否认，他们都曾在他们的时代动手扔下石块，激起过文化巨澜。他们的眼光与手段，他们对旧传统大胆的批判与续命，至今仍凛凛然有生气。在这一层意义上我赞成曹顺庆关于中国文化话语的重建不要零敲碎打、穷于应付，而应当从"意义生成和话语言说的文化规则"的根本上着力。如上引刘勰"通变"之论，就是来源于《易》中发展变易的"规则"。不过我并不主张回到"儒家'依经立义'的意义建构方式和'解经'话语模式"上去。恰恰相反，我主张从"文化规则"的深层去变革旧传统。上述闻一多对"以读经方法读诗"的批判便是一例，而马克思主义与中国实践相结合也并非意味着另立"中国马列"；中国化了的禅宗也只是佛教的一支，并非"化佛为儒"。这不是一个"从

---

① 林继中《放眼寻求传统文论的生长点》，《学术月刊》2006年第6期（收入本《文集》第六册）。

'西化'到'化西'"的问题,所以我又赞同陈伯海"立足于当代"的主张,即立足于"当代中国人的生存状况和生命体验(当然要放在全球现代化浪潮的大背景和中国历史未来发展的前景下加以观照和体认)"①。这就使中西古今的双向建构有了一个明确的总体趋势——指向未来。诚如徐中玉先生在1987年所指出:"现代意识应指对现代社会、现代广大人民具有改革、进步、发展意义的意识,而不是随便什么只要现代人具有的意识。"②现实,应当包含着未来。"现实"绝非"实用",只要有利于未来的进步,就有现实意义。现实,也应包含着过去,只要有利当代与未来的东西,都应当吸纳。立足现实,瞻望未来,双向建构,才是"文化自觉"。

二是"激活"意味着"参与"。钱锺书《宋诗选注序》在说明去取的标准时有段妙喻:

> 当时传诵而现在看不出好处的也不选,这类作品就仿佛走了电的电池,读者的心灵电线也似的跟它们接触,却不能使它们发出旧日的光焰来。我们也没有为了表示自己做过一点发掘功夫,硬把僻冷的东西选进去,把文学古董混在古典文学里。假如僻冷的东西已经僵冷,一丝儿活气也不透,那么顶好让它安安静静的长眠永息。一来因为文学研究者事实上只会应用人工呼吸法,并没有还魂续命丹;二来因为文学研究者似乎不必去制造木乃伊,费心用力的把许多作家维持在"死且不朽"的状态里。③

"激活"不是一厢情愿,传统中只有那些尚能参与古今对话的

---

① 曹顺庆《中国文学理论的话语重建》,陈伯海《"原创性"自何而来》,均见《文史哲》2008年第5期。
② 徐中玉《激流中的探索》,华东师范大学出版社1994年版,第287页。
③ 钱锺书《宋诗选注·序》,人民文学出版社1982年版。

东西,才是激活的对象,也是传统继续延伸的生长点。如"和谐"、"双赢"、"和而不同"等"文化规则",都已经成功地参与到人类新文化的构建之中。然而,这些"文化规则"都是在现当代剧烈的文化冲突中得以涅槃的"凤凰",来之非易。"不打不相识",冲突是特殊形式的融合。没有北方各民族文化近四百年的剧烈碰撞,岂有多元共荣的盛唐? 自鸦片战争以来,中西文化的冲突更迫使我们以"他者"角度为参照反观自我,重新认知我们自己。"五四"新文化运动以偏颇的"反传统"形式对传统文化进行反思,出现了胡适、鲁迅为代表的一大批知识界精英,以"刮骨疗伤"的心态深度揭示了我民族文化的病灶。"反者道之动",经过"否定之否定"(尤其是对"文革"的否定),我们才真正认识到"和谐"、"双赢"、"和而不同"等等"文化规则"的价值。代价是沉重的,但换来的是文化自觉,并非包袱。

三是"文化自觉"。上面两点都可以放进"文化自觉"这个大题目里去。"中学为体,西学为用"、"文化霸权"与"文化割据"、"文化回归"、"大国心态"种种争议,都可以在这个大题目中逐渐澄清。费孝通先生以其近一个世纪的生命历程体悟出"文化自觉"这个大题目,功莫大焉。按我的理解,这种自觉,是自觉地批判继承民族文化传统,并在当代语境中找到民族文化之自我,重新定位,主动地参与多元共生的世界文化之建构。什么是当代语境的着眼处? 我认为就是世界文化多元化的共存与重组的新格局。我们不能主动"出局",只能主动参与。这种参与不是"加"和"减",而是"乘"和"除",是质的飞跃。"中国文化诗学"的建构也必将在双向建构中长入全人类共同的文化诗学。

(原载《文艺理论研究》2009 年第 4 期)

文化诗学刍议

文化诗学已悄然走近。

整体性研究是文化诗学生命之所在。

所谓整体性研究，体现在以宏阔的文化视野对文学进行全方位的审视，采用跨学科的方法，从人类学、美学、心理学、社会学、宗教学、民俗学、经济学等诸多学科的视角观照文学。然而更重要的还不在"跨"，而在"打通"，即必须将这些不同学科视为一个彼此联系的整体，以多种视角观照文学的目的，还在于尽量全面地对产生该文学文本的历史文化母体进行修复，探索其生命的奥秘。

我国传统的文学批评方法历来主张"文史不分家"，要"知人论世"，这正是接受文化诗学整体性研究的好基础。从思维方式的深层次看，强调事物间的联系与相互制约，即所谓的相生相克，是我国源远流长的思维定势，称得上是民族文化的强项。将文化诗学整体性研究方法嫁接在这一母本上，无疑将有优化的效果。事实上，我国现代的优秀学者已经不谋而合地朝这一方向迈出了坚实的脚步，如闻一多，如钱锺书。闻一多以人类学、语言学、考据学等多种方法研究古典文学已广为人知；而钱锺书不但以心理学之"通感"，语言学之"丫叉句法"、"比喻之二柄"等多种学科知识解读文学作品，且以多种语言、多种文化为参照系研究中国文学，将经、史、子、集与戏曲、小说，文学与非文学文本都打通。诚如郑朝宗先生所指出："《管锥编》的最大特色是突破了各种学术界限，打通了全部文艺领域。

在这意义上,作者真像闹天宫的孙行者,一条金箍棒直从天上打到地下、海底,甚至打到妖精的肚子里去。"①这种打通,才是真正意义上的"整体性研究"。由此可见,"跨学科"的"跨"不是目的,而是手段。目的还在于学科间的相互渗透,重构作品、作家、读者之间全新的语境,发现文本内外、作者与读者、读者与作品之间的互动关系。

双向建构由是成为文化诗学的基本方法。兹举其要:

一曰"内外",即新历史主义所主张的研究"文学文本周围的社会存在"和"文学文本中的社会存在"。形式主义将文学现象作为一个封闭体系来研究,只强调所谓的"自律";而更多的"他律"论者虽然将文学现象作为一个开放体系来研究,却往往忽略了文学自身的主体性。文化诗学则力图纠正二者的偏颇,将文学视为文化的产物,将文学置诸文化的总体格局中去考察,注重文学文本的历史语境,通过整体性研究,去阐释文学文本与外部世界的互动关系。在这里,我们可以寻找到文化诗学与我国传统文学批评之间的契合点。《文心雕龙·明诗》云:"人禀七情,应物斯感;感物吟志,莫非自然。""物"要通过"七情"的感发,才能成为"吟志"的对象进入艺术世界。《物色》篇又云:"是以诗人感物,联类不穷,流连万象之际,沉吟视听之区。写气图貌,既随物以宛转;属采附声,亦与心而徘徊。"心随物以宛转,物亦与心而徘徊,"心物交融"说已触及心与物双向建构的问题。所以在传统文学批评中占主流地位的"知人论世"模式将知人、论世与读书并举,作品与人与世被视为息息相关的三要素,留下极大的可拓性空间,如能以文化诗学反观之,当能为这一古老的批评模式输入新的生命力。再如"境界",便是读者与作者共构的时空,是读者与作品互动的结果。遍照金刚《文镜秘府论》南卷"论文意"引盛唐王昌龄论曰:

---

① 郑朝宗《海夫文存》,厦门大学出版社 1994 年版,第 12 页。

> 夫作文章,但多立意。令左穿右穴,苦心竭智,必须忘身,不可拘束。思若不来,即须放情却宽之,令境生。然后以境照之,思则便来,来即作文……犹如水中见日月,文章是景,物色是本,照之须了见其象也。

王氏从作者角度立论,指出"物色是本",而文章只是其水中印月式的反映,作者诗思如月光之下照也。如何才是"以境(心境)照之"、"照之须了见其象"?同卷又云:

> 诗贵销题目中意尽,然看当所见景物与意惬者相兼道。若一向言意,诗中不妙及无味;景语若多,与意相兼不紧,虽理道亦无味。

"意"与"景"结合不紧,诗便"无味"。"所见景物与意惬"也就是"思与境偕"之意,是以心境"照"实景的结果。在这一环节上,王氏已体悟到外景要成为诗境,就必须通过作者的情感结构,形成统摄创作过程的情感意象。这是一个外部世界如何进入文学文本内部世界的命题,也正是文本内外双向建构的关键所在。要进一步深入阐释,并从读者角度补足这一命题的研究,则有待于王国维的"境界"说①。而王国维的成功,则与中西文论相互发明有关,容我至此转入下一个话题。

二曰"中西"。文化诗学既然将文学置诸全人类文化整体的大格局中来考察,就势必在承认人类多元文化模式并存的前提下,关注不同文化间的沟通,寻找各种文化间的契合点与生长点。中西文化、中西文论应当是对话的关系、互补的关系,也是双向建构的关系。当我们将文化诗学作为一种实践而不是一个理论体系来看待

---

① 林继中《文学史新视野》第二章第三节,北京大学出版社 2000 年版(收入本《文集》第四册)。

时,诚如有些学者所指出,它并非什么新东西,如孔子的"兴观群怨",就是古已有之的文化诗学。然而当我们将文化诗学作为一种方法论来看待时,那么它就必然有其当代的意义。那就是:文化诗学应当是以全人类文化为参照系,有意识地融会各种文化,具有融贯古今中外的博大胸襟。李西建这段关于文学人类学的话也适用于文化诗学:"文学人类学的研究,只有在阐释民族文化精神的基础上,不断捕捉和解读人类共同的时代精神与人类普遍的文化主题,这才谓之当代性。"①我很欣赏"只有在阐释民族文化精神的基础上"这一提法。要与世界文化接轨,同样有一个整理、阐释本民族文化的艰巨任务。只有将外来文化的优秀部分嫁接在健康的母本上,才能有好的结果。

三曰"古今"。陈寅恪《冯友兰〈中国哲学史〉上册审查报告》曾提出:"对于古人之学说,应具了解之同情","所谓真了解者,必神游冥想,与立说之古人,处于同一境界,而对于其持论所以不得不如是之苦心孤诣,表一种之同情,始能批评其学说之是非得失,而无隔阂肤廓之论。"这是对阐释语境的理解与复原,是与过去对话所必须具有的心态。陈氏又进一步指明:

> 但此种同情之态度,最易流于穿凿附会之恶习。因今日所得见之古代材料,或散佚仅仅存,或晦涩而难解,非经过解释及排比之程序,绝无哲学史之可言。然若加以连贯综合之搜集及统系条理之整理,则著者有意无意之间,往往依其自身所遭际之时代,所居处之环境,所熏染之学说,以推测解释古人之意志。由此之故,今日之谈中国古代哲学者,大抵即谈其今日自身之哲学者也。所著之中国哲学史者,即今日自身之哲学史者也。②

---

① 叶舒宪《文化与文本》,中央编译出版社 1998 年版,第 47 页。
② 陈寅恪《金明馆丛稿二编》,上海古籍出版社 1980 年版,第 247 页。

陈氏所论已涉及文本与历史之间互动的问题,并提出自己很好的见解。与历史对话,在很大程度上是与历史文献对话。陈氏既强调对历史文献整理的客观性与著者应有的"同情"心态,同时又承认整理阐释过程中著者的主体性与阐释必然具有的主观性。文化诗学同样有一个文史互动、今古互动的问题。与形式主义的封闭体系不同,文化诗学主张对过去文本的阐释应当成为对今天意义的敞开。它不仅重视产生文本时的语境的复原,更重视"描述一部作品如何变形而成为开放的、变异不居的、矛盾的话语"。文学作品在被接受的历史过程中,由于读者的"共谋"而产生"意义增殖",即"经过这一历史与社会过程的积淀后,一个互文本的空间,就在历史意识情境中产生出新的意义。文学的历史就是聚集复杂的文化语码,并使文学与社会彼此互动的历史"①。正是在这种互动中,文学文本具有历史的与当代的双重意义。我们不妨换个角度来阐述这个问题。艾略特在《传统与个人才能》中说:

> 这种历史意识迫使一个人写作时不仅对他自己一代了若指掌,而且感觉到从荷马开始的全部欧洲文学,以及在这个大范围中他自己国家的全部文学,构成一个同时存在的整体,组成一个同时存在的体系……当一件新的艺术品被创作出来时,一切早于它的艺术品都同时受到了某种影响。现存的不朽作品联合起来形成一个完美的体系。由于新的(真正新的)艺术品加入到它们的行列中,整个完美体系就会发生一些修改……于是每件艺术品和整个体系之间的关系、比例、价值便得到了重新的调整;这就意味着旧事物和新事物之间取得了一致②。

① 王岳川《后殖民主义与新历史主义文论》第十一章第三节,山东教育出版社 1999 年版,第184 页。
② 〔英〕托·斯·艾略特《艾略特文学论文集》,李赋宁译,百花洲文艺出版社 1994 年版,第2—3 页。

其中可包含三层意思：一是作品的历时性，好的作品往往是过去文学的体现；二是共时性，历史存在的与现存的不朽作品构成一个整体；三是变异性，当真正的新作品加入现存体系时，会引发原来体系的调整。双向建构的结果使文本中的"古"与"今"成为一种即此即彼的"共时"关系。我国古文论早有"正变"说，强调对立面的相互转化，有很大的合理性。《文心雕龙·通变》其赞云："文律运周，日新其业。变则其久，通则不乏。趋时必果，乘机无怯。望今制奇，参古定法。"刘勰将文学发展看成一部通变史，而所谓"通变"，就是"望今制奇，参古定法"。可见中国传统文论是将今与古、正与变视为一体两面，互相制约，互为转化。从唐人实践中看，他们"以复古为通变"，正是以恢复传统来整合新风，诚如殷璠《河岳英灵集·集论》所云："既闲新声，复晓古体；文质半取，风骚两挟，言气骨则建安为传，论宫商则太康不逮。"唐人正是在恢复建安传统的口号下整合了六朝讲究声律辞藻的新变，取得成功。然而中国传统文学批评往往点到辄止，不肯深入分析，如发明正变之间的辩证关系及其主导方向等，故而常难免要陷入循环论。文化诗学西来，对我们整理与重构传统文论应是件幸事。当然，这也是"双向建构"的。文化诗学不是一个新的理论体系，而更多的只是一种实践。这就难免会带来相当的模糊性与随意性，缺少一个自己应有的理论工作平台。譬如，跨学科，以多元文化为参照系，那么又如何将这诸多学科与参照系整合成一个整体？文化诗学该不该有一个自己的文化模式？

但愿通过文化诗学与我国传统文学批评方法的嫁接，能为此作出某些贡献。

（原载《文史哲》2001 年第 3 期）

不出不入,亦出亦入 [*]

有一则禅宗话头甚有味:

> 有讲僧来,问曰:"未审禅宗传持何法?"师却问曰:"座主传持何法?"主曰:"忝讲得经论二十余本。"师曰:"莫是师(狮)子儿否?"主曰:"不敢。"师作嘘嘘声。主曰:"此是法。"师曰:"是什么法?",主曰:"师子出窟法。"师乃默然。主曰:"此亦是法。"师曰:"是什么法?"主曰:"师子在窟法。"师曰:"不出不入,是什么法?"主无对。(《五灯会元》卷三马祖条)

世上许多事物本是相互渗透、相互依存,乃至相互转化的关系,血渗入肉,筋连着骨;但语言以概念表述活生生的具体事物,难免要将事物生剐活剥,强分彼此,严重损害了事物间的有机联系,内容与形式二分便是一例。禅宗话语正是要人关切此类共存互动关系,纠正由语言到思维彼此一刀切的缺陷。譬如这"不出不入",便道出事物之间往往存在的"灰色地带",即你中有我、我中有你,即此即彼、非无非有、浑然一气的状态。"不出不入"也就是"亦出亦入",它不是静止的,而是交流电也似的积极互动状态。对我来说,文化诗学的魅力就在于此——它发现了文学与文化系统、文学与历史语境之

---

* 本文系林继中《文本内外——文化诗学实验报告》一书之"导言"。

间这种互动的方式,它们之间有墙无墙、似隔非隔,存在着一条文本与当下、文本与历史对话沟通的"秘密通道"。葛林伯雷(又译作格林布拉特)《通向一种文化诗学》曾以原为好莱坞演员的美国总统里根为例,说明文本、审美与现实之间的互相渗透的关系。据说里根在政治的关键时刻常引用通俗电影的道白,"他不能或不愿把影片和外界现实区分开来。事实上,他的政治生涯一直依靠了这样一种能力:把他自己和他的观众投射进一个摹仿与现实无差别的境地"①。这种境地就是"不出不入,亦出亦入"的境地。然而这不只是里根个人的情结。是的,好莱坞是个"梦工厂",建构并批量生产"美国梦"。它与诸多新闻、小说、音乐、各类学校、各种娱乐活动、各种时尚,乃至麦当劳的经营方式、可口可乐的口味,织成一个巨大的文化网络,从吃喝穿着直至价值取向,从总统到平民百姓,无不受其影响乃至掌控,形成美国所谓的"软实力"。作为网络时代的今人,我们不难体会虚拟世界是如何改变现实世界里人们的行为模式。我们许多青少年沉浸在电脑、手机的虚拟世界里,从金钱、美女、购物,到宠物、种菜、性幻想,此中应有尽有,而且往往能"兑现"。文本内的世界与文本外的世界互相沟通几于"无差别的境地",已不再是难以理解的了。基于这一理解,我们有必要重新定位文化系统与文学文本之间"不出不入,亦出亦入"的关系。

文化诗学又名新历史主义,顾名思义,是对旧历史主义的修正。诚如路易斯·孟酬士所指出:新历史主义研究的与其说是文学与"同时代社会制度以及其他非推论性实践"的联系,倒不如说是与某种有关的"文化系统"的联系②。咱中国是一个自古以来就重视书面历史的国度,"信史"往往被视为历史的本相,问题似乎只在于史料的辩证,"二重证据"自然也就成为判定"历史真相"的决定因素。

① 〔美〕斯蒂芬·葛林伯雷《通向一种文化诗学》,收入张京媛主编《新历史主义与文学批评》,北京大学出版社1993年版,第8页。
② 〔美〕海登·怀特《评新历史主义》,同上书,第96页。

无论对历史还是文学的研究,都要一声断喝:"拿证据来!"而"证据"当然是指那些"非推论性"的"白纸黑字"或看得见摸得着的实物如碑版、鼎铭、器物之类。没人怀疑这些东西的重要性,但仅仅靠这些历史碎片就想要编织出具有决定论权威的因果之链的可能性,却是值得怀疑的。须知还有文化心态、价值取向、集体人格、创作心理、审美趣味等等看不见摸不着的"推论性"实践,都是历史语境中不可或缺的东西。好消息是:我们的先人并不笨,早就有人关注到这一点了。《孟子·万章》曰:"颂其诗,读其书,不知其人,可乎?是以论其世也。是尚友也。"从文本出发,以意逆志(注意:这已经涉足心理的方法),通过知人论世的语境重建,达到与作者对话的目的。虽然如何"知人论世"这一关键问题还语焉不详,却为后人留下极为广阔的讨论空间。其中作者与读者之间、心灵与行为之间、古与今之间、文本与语境之间、人与社会之间、内容与形式之间,镜镜相摄,已有"无墙有墙"的意思。我在本集所收《"知人论世"模式之流变》一文中已尝试作了分析①。其自身的演进表明:传统文论与批评方法中有许多高明的东西仍可激活,以此为"母本"与西方文论中一些有生命力的"新芽"嫁接,可望生长出超越二者的新品种。这正是我在本书"传统文论之再认识与重组"一栏中所要探索的主要内容。

我对文化诗学"文学文本周围的社会存在与文学文本中的社会存在"双向建构的主张尤感兴趣——这种互动是在文化系统、文化心态中,或共时、或历时交互进行的。这是本书"在文化与文学互动中建构文学史"一栏的主要内容,也是我长期从事文学史教学与研究的心得所在,称得上是我进行"文化诗学实验"的平台。其中对"建构"二字感触尤深。文学与文化系统之间的相互作用推动文学史的演进,由此产生意义。凡是在互动中擦不出火花、产生不了新

---

① 又见拙著《文学史新视野》第一章第一节(收入本《文集》第四册)。

意义者,都会逐渐被边缘化。无论作家、作品,还是文体、风格,只要内涵不断丰富,不断消纳新理念,"考据、义理、辞章"仍然是研究古代文学的基本架构。对杜甫所做较为全面的个案考察使我坚信这一点。("超越以史证诗"一栏的一些个案研究,算是对上一栏目的重要补充。)事实上,作者与阐释者在创作或阐释的过程中,都试图参与和建构未来的意义。这一特质来自诗学的基因。诗学的本质就是挑战现存的典范规则,对各色各样的"可能性"充满兴趣与期待,她要穿透历史而超越现实。诗好比天气预报,指向未来,对整个文化有提升的作用。就这点上讲,"文化诗学"的命名要比"新历史主义"更醒豁。必须提及的是:文化系统涉及面很广阔,而文化诗学跨学科的性质也很难驾驭,为避免搞成"大拼盘",我是借助人类学家本尼迪克特的"文化整合"理论进行"整体"研究的。当然,"心向往之"是一回事,做得如何又是一回事,读者诸君必有以教我。由于收入集中的文章写作时间前后相距有二三十年之久,有些观点出现矛盾现象,好比旧相册,这次收入本集也姑仍其旧,还望读者诸君鉴原。

　　(原载林继中《文本内外——文化诗学实验报告》,中国社会科学出版社 2016 年版)

释"神来、气来、情来"说

  盛唐诗歌创作的无比繁荣,并未同时带来文学批评的繁荣。盛唐人重才情、重实践、重创作,也要求文评紧密地结合创作,有效地指导创作。所以,作为盛唐文评代表的不是《文心雕龙》式的体大思精的系统的文论,而是《诗品》式的点到即止的诗选评,这就是殷璠的《河岳英灵集》。作为该集的批评特色,是寓论于选,以实涵虚。它不同于《诗品》着重在品评等第,追溯源流;而是着重于提倡某些风格,推动某一文学思潮。作为手段,是选诗加上短评。因此,我们想通过《河岳英灵集》窥探盛唐人的审美意识及其文学批评的理论,就势必要结合所选诗作,首先弄清其选诗标准。该集《序》开宗明义提出的选诗标准是:

    夫文有神来、气来、情来,有雅体、野体、鄙体、俗体。编纪者能审鉴诸体,委详所来,方可定其优劣,论其取舍。

  "三来"、"四体",无疑是定优劣、论取舍的两大根据。奇怪的是后人多视而不见,而取"风骨"、"兴象"代之。然而,殷氏之所以不言"神、气、情",而特标出"神来、气来、情来",正是要强调把握诗文的主导方面,注意倾向及创作方法,而不仅仅指构成诗作的质素。以愚见所及,将"三来"视为一体,作为《河岳英灵集》论文标准的,有钱锺书先生的《谈艺录》(页40):

人之骨肉停匀,血脉充和,而胸襟鄙俗,风仪凡近,则伧父堪供使令,以筋力自效耳,然尚不失为健丈夫也。若百骸六脏,赅焉不存,则神韵将安寓著?毋乃精气游魂之不守舍而为变者乎!故无神韵,非好诗,而只讲有神韵,恐并不能成诗。此殷璠《河岳英灵集序》论文,所以神来、气来、情来三者并举也。

可见"三来"之间的关系有如形、神之间的关系,互相补充,缺一不可。然而"三来"各自所指的范围是什么?它们之间又是如何互相关系的呢?我不揣冒昧,敢陈愚见,就正于专家、读者。

何谓"神来"?考镜全文,殷氏并未标举出"神来"之作。不过,前此的萧子显《南齐书·文学传论》说:"属文之道,事出神思。"这已有"神来"的意思了。"神思",是用志专一的产物,《庄子·达生》所谓"用志不分,乃凝于神"便是。用志专一与学习、积累有关,是主观努力可达到的。所以刘勰《文心雕龙·神思》说:"是以陶钧文思,贵在虚静,疏瀹五藏,澡雪精神,积学以储宝,酌理以富才。"所谓"神来",乃来自才气、修养。杜甫表达得很明快:"读书破万卷,下笔如有神。"顾及两方面:积累既丰,用志又专,就能兴发时"不知其所以然而然"地写出好诗来。殷氏"神来"之论当去此不远,偏重的是由才气、学力而来的那股感发力。所以,他虽未标举何谓"神来",却一再言及诗人的"志"与学力、修养。如说李白是"志不拘检,常林栖十数载,故其为文,率皆纵逸";说储光羲"正论十五卷,九经外义疏二十卷,言博理当,实可谓经国之大才";说贺兰进明是"好古博达,经籍满腹"。志与学实在是"神"之所"来"。后来严羽论诗说:"夫诗有别材,非关书也;诗有别趣,非关理也。然非多读书、多穷理,则不能极其至。所谓不涉理路,不落言筌者,上也。"(《沧浪诗话·诗辨》)才学、才气自然流出,"不可凑泊",正是"神来"的好注脚。不过,这种关系毕竟是草蛇灰线,难以凿凿言之。所以,殷氏虽提出"神来"说,却未界定其范围,而是更多地阐发了寓"神"之

"舍"——情、志。而这二者与"气来"、"情来"有更直接的关系。容下文分别讨论。

先说"气来"。《集论》说:"言气骨则建安为传,论宫商则太康不逮。"论者多以"气来"即"气骨","气骨"即"风骨"。正因为对"气来"作如是观,所以论者往往不觉殷氏此说有什么新的价值,转而将兴趣集于"兴象"说的研究上,反过来也就对"兴象"说缺乏透彻、完备的理解。事实上,从刘勰的"风骨"到殷璠的"气骨",是有所演进、各具时代内涵的。盛唐人少有直接征引《文心雕龙》的,罗根泽先生《隋唐文学批评史》第六章第 103 页就说:"自然我不敢说唐代的古文家都没有读过《文心雕龙》,但漠视似是事实。"罗先生还以此证明唐文评继承的是北朝的系统。固然,盛唐人少有直接征引《文心雕龙》的,但该书出现的一些概念、名词乃至文艺思想,却不难于盛唐诗文中觅见。我认为,《文心雕龙》的一些文艺思想是通过陈子昂而影响于盛唐作者的。且不说李白对陈子昂的继承,就《河岳英灵集》而言,也不妨将三者之间的关系用下式表示:

刘勰 ⟨ 比兴 / 风骨 ⟩ →陈子昂 ⟨ 兴寄 / 骨气 ⟩ →殷璠 ⟨ 兴象 / 气骨 ⟩

无论风骨还是气骨,无论比兴还是兴寄、兴象,都是针对彩丽竞繁的文风提出的,但时代的演变也是可见的。陈子昂是刘、殷间的桥梁。由比兴而兴寄,而兴象,下文将另叙及,我们这里先就风骨与气骨的不同时代内涵略作剖析。

黄侃《文心雕龙札记》说:"风即文意,骨即文辞。"其实古人不像今人将内容与形式这两个概念界定得那么泾渭分明。风骨连用,取其有交叉,都是就内容感人方面而言,互为补充又相对独立。"故练于骨者,析辞必精;深于风者,述情必显"(《文心雕龙·风骨》,下引未另标明者同此)。精练有力的语言风格只是"骨"的外部特征,所以"沉吟铺辞，莫先乎骨"，风骨指的是由里到表的感人力量，既是内容的，也是形式的，而且是由内容到形式的过程本身。所以说："结言端直，则文骨成焉；意气骏爽，则文风清焉。"刘勰举例说："昔潘勖锡魏，思摹经典，群才韬笔，乃其骨髓峻也；相如赋仙，气号凌云，蔚为辞宗，乃其风力遒也。"这里"骨"指的是"思摹经典"一类有关"事义"的内容（而不是"锡魏"的事实本身），并由此而体现出来的一种"峻"的风格。"风"则指表达"情志"的内容所表现出的一种飘然不群的"遒"的风格。

陈子昂慨叹于"文章道弊五百年矣"，才提倡"骨气端翔，音情顿挫"的文风（《与东方左史虬修竹篇序》）。将"骨气"与"道"相联系，继承的还是刘勰的文艺思想，提倡一种从内容到形式的刚健文风。

殷璠的"风骨"、"气骨"说与陈子昂一脉相承，也是发端于对轻艳文风的不满。《序》说："理则不足，言常有余，都无兴象，但贵轻艳，虽满箧笥，将何用之。"他认为，到"开元十五年后，声律风骨始备矣"。原因是："实由主上恶华好朴，去伪从真，使海内词场，翕然尊古，南风周雅，称阐今日。"可见殷氏是将"风骨"与"风雅"的内容、真朴的表现形式两者相联系的，是陈子昂"骨气"说的继承。

那么，为什么有些专家还是认为殷氏"气骨"说"着眼点又常在语言表现上的刚健雄劲，并不太重视作品的社会思想意义"呢？我认为主要是对殷氏"气骨"说的时代内涵认识不足。《文心雕龙·时序》说："观其时文，雅好慷慨，良由世积乱离，风衰俗怨，并志深而笔长，故梗概而多气也。"在刘勰看来，"建安风骨"是发生于文士经国济世之"志"的。《明诗》篇又说："暨建安之初，五言腾踊，文帝陈思，纵辔以骋节，王、徐、应、刘，望路而争驱，并怜风月，狎池苑，述恩荣，叙酣宴，慷慨以任气，磊落以使才。"可见只要有经国济世之志，"酣宴"之际也可以"慷慨任气"的，不一定要在乱离之中。盛唐太平景象与建安乱离景象有着天渊之别，但盛唐人却还是高唱"建安风骨",其原因就在这里。盛唐人继承的已不是建安时代那种感伤乱世的具体内容,而仅仅是建安诗人那点"慷慨陈志"的才情,即"慷慨以任气"的那股子"气"。试举几个例子:高适《淇上酬薛三据兼寄郭少府微》:"故交负灵奇,逸气抱謇谔。隐轸经济具,纵横建安作。"高适将"建安作"与"经济具"直接联系起来了。又《宋中别周梁李三子》诗:"周子负高价,梁生多逸词。周旋梁宋间,感激建安时。白雪正如此,青云无自疑。"这里又是与三子的高逸志向相联系的。而李白《宣州谢朓楼饯别校书叔云》诗:"蓬莱文章建安骨,中间小谢又清发。俱怀逸兴壮思飞,欲上青天揽明月。"更明白无误地将"逸兴"看作建安风骨内在的质素。至若王维《别綦毋潜》诗:"适意偶轻人,虚心削繁礼。盛得江左风,弥工建安体。高张多绝弦,截河有清济……荷蓧几时还,尘缨待君洗。"这里的"建安体"实在是距感伤乱离的建安文学的时代内容太远了!但盛唐人认为这点"逸志",是直承"建安风骨"的。殷璠代表的正是这种看法,所以《序》云:"粤若王维、昌龄、储光羲等二十四人,皆河岳英灵也。"卷中评储光羲诗说:"格高调逸,趣远情深,削尽常言,挟风雅之迹,浩然之气。""璠尝睹公正论十五卷,九经外义疏二十卷,言博理当,实可谓经国之大才。"由深远的志趣,形成诗的语言,表现为高逸的格调,这就是由"志"到"气"的"气来"。殷氏又将储与王昌龄相比,说:"王稍声峻。"这也是从"气来"立论的。也就是说,王诗流露的"志"比储作要强烈些。从所举例子看,王句有"明堂坐天子,月朔朝诸侯","奸雄乃得志,遂使群心摇","一人计不用,万里空萧条",抒发了士子建立功名的强烈愿望,的确是储作所缺少的。而被许为"兼有气骨"的高适,殷氏称:"余所最深爱者:'未知肝胆向谁是,令人却忆平原君。'"这句诗中流荡的也是一股报国无门的不平之气。事实上,盛唐士子的出路一是科举,一是出塞立军功。《河岳英灵集》特重边塞之作,许以"气骨",显然是就其"慷慨陈志"而言的。

　　如果我们联系编选者身世加以考察，将更明确这一内涵。关于殷氏的史料极少。《河岳英灵集》卷首题为"丹阳进士"，《序》中称"爰因退迹，得遂宿心"，可见殷氏仕途并不顺利，至少在编此集时是如此。正因其如此，所以他指出薛据"为人骨鲠有气魄，其文亦尔"之后，紧接着强调其"自伤不早达，因著古兴诗云：'投珠恐见疑，抱玉但垂泣。道在君不举，功成叹何及。'怨愤颇深"。"气来"在这里已具有较深刻的社会内容了。此类品评在集中不一而足，如对常建、王季友、李颀，殷氏都为他们仕途不达而歔欷不已。这正是从反面"慷慨陈志"的。盛唐士族与庶族之争，是太平时期统治阶级内部的主要矛盾，史学界多有论及。那么，庶族士子怀才不遇的题材就不能不说是当时社会现实的反映了。既然李白《古风》（"大车扬飞尘"）、王维《寄崔郑二山人》诸作因其对权贵的大胆抨击而被视为有现实意义的佳作，那么殷璠以寒士抒愤懑之作入选，也当视为重视作品的社会思想意义了。须知连现实主义大诗人杜甫，也直到天宝十载才写下第一首关心人民疾苦的长歌《兵车行》。以开元中至天宝初的诗作为主要编选对象的《英灵集》，以边塞、田园之作为主，应当说是反映了"盛唐之音"的主流的。

　　还要着重指出的是：作为"三来"之一的"气来"，与"气骨"的风格论并不全等，就在于"气来"说侧重了以"志"为内在力流出那种劲健风格这一过程本身，已涉及创作方法。所以评薛据说："据为人骨鲠有气魄，其文亦尔。"评崔颢尤精到："颢年少为诗，名陷轻薄。晚节忽变常体，风骨凛然，一窥塞垣，说尽戎旅。"直接将风格的改变归之生活实践，发人之所未发，称得上八世纪中国文艺思想中的瑰宝！这一思想虽惜未加阐明，但从短论中、从诗作去取上，还是留下了宝贵的线索。《序》云："自萧氏以还，尤增矫饰。武德初，微波尚在。贞观末，标格渐高。景云中，颇通远调。开元十五年后，声律风骨始备矣。"殷氏对盛唐诗坛的这一观照是相当准确的，符合盛唐诗的发展过程。开元中期，由于政治、经济的安定、繁荣，民族自信心空前高涨,产生一批有才华的诗人①,通过诗歌自身的发展规律,达到"声律风骨始备"的境界。殷氏"气来"说重视作家气质与社会风气之间的内在联系,所以能比较准确地把握这一段诗史的规律,高唱饱含时代、民族、个人高昂情绪的"气骨",达到当时历史条件下所允许的较高水平。殷氏眼光所及,不只是王维的田园诗,还顾及《寄崔郑二山人》一类抒愤之作,与《少年行》、《陇头吟》一类边塞之作,使我们看到王维"清雄"的一面。对王昌龄,也强调其"声峻"的一面。这比起后来只鼓吹二王"清空"一面的选家来,无疑要高明得多。就其紧密结合当代创作实践,给传统文论注入新内容,使之充满时代气息这点而言,同时代的《国秀集》也远不能企及。我们不妨说,"气来"说是"三来"的核心。

再说"情来"。如果说"气来"与"慷慨言志"有关,那么"情来"则与"兴趣幽远"有关。试看集中评语:

> 昚虚诗,情幽兴远,思苦语奇。

> 储公诗,格高调逸,趣远情深,削尽常言。

> 建诗似初发通庄,却寻野径百里之外,方归大道,所以其旨远,其兴僻,佳句辄来,唯论意表。

"兴远"、"趣远"、"旨远",正是黄侃《文心雕龙札记》所说的"会情在乎幽隐"。我国古文论家早已注意到,情与景,内心感情与外部世界之间的关系是一种感应的关系。《文心雕龙·比兴》说:"兴者,起也。""起情者依微以拟议。"《物色》篇又说:"山沓水匝,树

---

① 一代风格之形成,其象征应是大量成熟作家的涌现。《文苑英华》卷七〇三顾况《监察御史储公集序》说:"开元十四年,严黄门知考功,以鲁国储公进士高第,与崔国辅员外、綦毋潜著作同时;其明年,擢第常建少府、王龙标昌龄,此数人皆当时之秀。"储光羲、王昌龄、常建诸人都是殷氏最推重的作家,他们的成名不可能不引起殷氏的注意。加上此前已成名的王维、孟浩然诸人,"开元十五年后,声律风骨始备"的估计是比较准确的。

杂云合,目既往还,心亦吐纳……情往似赠,兴来如答。""情往兴来"的交汇点在"象"。盛唐诗人对此已有比较明确的体会。胡震亨《唐音癸签》卷二引王昌龄的话说:"搜求于象,心入于境,神会于物,因心而得,曰取思。"孟浩然《秋登万山寄张五》诗:"相望试登高,心飞逐鸟灭。愁因薄暮起,兴是清秋发。"他们都强调了情思兴发,皆因于境。殷氏总结王孟一派创作经验,提出"兴象"说,更明确地强调了幽远的旨趣,以及由这一境界映射出的一种高逸甚至幽冷的情调。此种情调已非力主"慷慨言志"的"气来"说所能包举。所以他虽然赞赏刘眘虚诗的"情幽兴远,思苦语奇"、"声律宛态,无出其右",而又叹惜其"唯气骨不逮诸公"。可见"情来"是作为"气来"的补充而相对独立着的,它更偏重引发情思的"象"本身。

殷氏重视幽远的情调,与盛唐隐逸之风有关。历代士大夫都讲究"达则兼济天下,穷则独善其身"。自魏晋至唐,长期历史演变已使隐士从明哲保身、藏身远害,渐渐转而成为太平盛世的点缀品。诚如《新唐书·隐逸传》所说,是批"足崖壑而志城阙"的人。隐逸,已成为仕途的"终南捷径",是科举的重要补充,山林与廊庙之间沟通了(陈贻焮《唐诗论丛》对此有详论,见该书155页)。隐逸之志与边塞从军之志同为盛唐士大夫重要的精神生活,作为两者的抒发,田园山水诗与边塞诗一起构成盛唐之音的主旋律。殷氏正因其能将"气来"与"情来"并举,所以才能把握住开元至天宝初这一段诗史中文人诗歌创作的主流。

"情来"说的核心是"兴象"。陈子昂提出"兴寄",强调的是诗歌创作应有深刻的含义,有所寄托。《河岳英灵集·序》批评"挈瓶庸受之流"说"理则不足,言常有余;都无兴象,但贵轻艳";评王维诗则说是"意新理惬",可知"兴象"与"理"有关。"象"中有"理",与陈子昂"兴寄"说颇有相通之处。不过殷氏特拈出"兴象"二字,既说出"兴"的一面,又落实了"象"的一面,与"兴寄"说相比,更强调诗作应重视形象本身,这是一个进步。钱锺书《管锥编》第一册《周易正义·乾》条指出："求道之能喻而理之能明,初不拘泥于某象,变其象可也;及道之既喻而理之既明,亦不恋着于象,舍象可也。"这是哲学家对形象的看法,所谓"见月忽指"便是。后来严羽"妙悟"说、王士禛"神韵"说多少都有这一毛病。相比之下,殷氏"兴象"说就显得周匝无弊,对文艺作品依象成言的特点有较正确的认识。集中评王维诗说:

> 维诗词秀调雅,意新理惬,在泉为珠,着壁成绘,一句一字,皆出常境。

"在泉为珠,着壁成绘"一语,苏轼演绎为"诗中有画,画中有诗"的名言。不过殷氏接触到的主要是创作方法,"为珠"、"成绘"涉及形象化问题。而苏轼"有诗"、"有画"则着重于创作效果。就所举例句看,"落日山水好,漾舟信归风","涧芳袭人衣,山月映石壁",落日、风舟、石壁、山月,这些"象",构成"常境",而又"出常境",流露出一种闲适的情调,是之谓"情来"。强调直接用形象来体现性情,应滥觞于钟嵘《诗品》:

> 至乎吟咏情性,亦何贵于用事? ……"清晨登陇首",羌无故实;"明月照积雪",讵出经、史? 观古今胜语,多非补假,皆由直寻。

这里重视的是内在感发力与外在的形象世界之间的联系:"直寻"。殷氏也正是这样要求于作者的。集中评孟浩然诗说:

> 至如"众山遥对酒,孤屿共题诗",无论兴象,兼复故实。

"众山"、"孤屿"虽用了谢灵运的"故实",但同时又是实景,尤

493

其是这种"物我两忘"的情调表现了孟浩然的情性,其品评法与《诗品》有着内在的联系。再就对常建《题破山寺后禅院》的品评看,殷氏独赏"山光悦鸟性,潭影空人心",而宋人欧阳修却专重其"竹径通幽"一联(见《欧阳文忠公集·外集》卷二三《题青州山斋》)。从这里可探知一点消息,即殷氏只要求"象"与"理"和谐统一就行,而司空图以后人则多要求一种不着痕迹,如蜜中花、水中盐也似的交融。在这一点上,显出殷氏"兴象"说是钟嵘"滋味"说与严羽"妙语"说之间的一种过渡。所以殷氏对王孟一派创作的偏重固然显示出他捕捉新倾向的能力①,但也表现出"兴象"说不如其"气骨"说成熟的一面。所以"情来"说的内涵也就比"气来"说要模糊。但无论如何,"气来"、"情来"基本上概括了盛唐之音的"所以来",也就是说,抓住了盛唐诗的基本特征。用这样的文评尺度来评选创作,就能比较准确地反映盛唐的时代特征。这正是殷璠《河岳英灵集》高出同时代选本,并使我们至今犹可通过它窥见盛唐诗坛概况,乃至盛唐人审美意识的原因。它的成功,使选本加短评的文评形式从此成为我国文评的一种重要形式。

（原载《古代文学理论研究》第 11 辑,1986 年）

---

① 殷氏不但重视王、孟一派的新倾向,对其他新出现的审美意识也很重视。他不但赞赏"全削凡体"的孟诗,也赞赏"爱奇务险,远出常情之外"的王季友与"属思既苦,词亦警绝"的常建。常诗如"战余落日黄,军败鼓声死","今与山鬼邻,残兵哭辽水",及《昭君墓》诸作,可说已开李贺之先声。此类"却寻野径百里之外,方归大道"的诗,应当就是与"雅体"相对而言的"野体"了。

兴 象 发 挥

本文无心停留在对某一古人提出的某一概念原意的追究,而有意让它回到创作与批评的实践中去,充实其内涵,庶几于新诗论之建构有一瓦一石之助焉。

先民很注意言、意、象之间的关系。《周易·系辞》说:"圣人有以见天下之赜,而拟诸其形容,象其物宜,故谓之象。"王弼《周易略例·明象》又发挥道:"夫象者,出意者也;言者,明象者也。尽意莫若象,尽象莫若言。"古人已很明了象是言、意之间的桥梁。哲学之象与文学之象于是乎同源。不但如此,众所周知,后代玄学与禅宗的方法论又不断地影响着中国文艺的发展,二象于是又似乎同流。因此,古人言二象之同者多、异者少。神韵说之流弊与兴象说之可取处,便在对"象"字的理解上。

拈出"兴象"二字以评诗,首见于唐人殷璠的《河岳英灵集》。检全集,可得三处:

《序》曰:

> 夫文有神来、气来、情来……然挈瓶庸受之流,责古人不辩宫商徵羽,词句质素,耻相师范。于是攻异端、妄穿凿,理则不足,言常有余,都无兴象,但贵轻艳。虽满箧笥,将何用之![1]

---

[1] 本文所引《河岳英灵集》,见上海古籍出版社 1978 年版《唐人选唐诗(十种)》。

评陶翰曰：

> 历代词人，诗笔双美者鲜矣。今陶生实谓兼之：既多兴象，复备风骨。

评孟浩然曰：

> 浩然诗，文彩芊茸，经纬绵密，半遵雅调，全削凡体。至如"众山遥对酒，孤屿共题诗"，无论兴象，兼复故实。

"兴象"与"轻艳"对立，与"风骨"并举，又可与"故实"兼容。殷氏虽未回答"这是什么"，却告诉我们"这不是什么"。

与轻艳对立，则兴象应是指一种不轻艳的文风；与风骨并举，则该是一种刚健之外的风格的内在质素。作为实例的是孟浩然诗"众山遥对酒，孤屿共题诗"，殷氏称之为"无论兴象，兼复故实"，只要排除用谢灵运的"故实"，剩下的"对景即兴"便有"兴象"。

据此，大致可圈出"兴象"的范围：指一种刚健之外而又不流于轻艳文风的诗歌内在的质素，其形成与对景即兴有关。

我总以为，古人未必如今人般将内容与形式分得泾渭分明。言气骨，不但指精练有力的语言风格的外部特征，且指其由里到表的感人力量，既是内容的，也是形式的，更是由内容到形式的过程本身。同样，言兴象，不但指兴与象的静态构成（鲜明生动之形象蕴含兴味神韵），而且是指由诗人兴发而物我遇合，达到情景交融效果的动态过程本身。所以殷氏评王维云：

> 维诗词秀调雅，意新理惬，在泉为珠，着壁成绘，一句一字，皆出常境。

境是常境,但意须新而理须惬,使之成为"在泉为珠,着壁成绘"的艺术胜境。评张谓更说得明白:

> 谓代北州老翁答,及湖中对酒,行在物情之外,但众人未曾说耳,亦何必历遐远探古迹,然后始为冥搜?

试读张谓《湖中对酒作》:

> 夜坐不厌湖上月,昼行不厌湖上山。眼前一樽又长满,心中万事如等闲。主人有黍百余石,浊醪数斗应不惜。即今相对不尽欢,别后相思复何益!茱萸湾头归路赊,愿君且宿黄翁家。风光若此人不醉,参差孤负东园花。

这种"对景即兴"的创作方法是显而易见的,与评孟浩然时所标举"无论兴象,兼复故实"的"众山遥对酒"句的情趣也是一致的。境只须常境,故殷氏更多地强调诗人的兴须新奇。评岑参云"参诗语奇体峻,意亦造奇";评贺兰进明"又《行路难》五首,并多新兴";评王季友"爱奇务险,远出常情之外"。但殷氏更注重的是"远",评储光羲云"储公诗,格高调逸,趣远情深";评刘昚虚云"昚虚诗,情幽兴远,思苦语奇,忽有所得,便惊众听"。情趣高远,然后得遇相惬之景物,"忽有所得",这才是有兴象的佳作。所以开卷评常建便云:

> 建诗似初发通庄,却寻野径百里之外,方归大道。所以其旨远,其兴僻,佳句辄来,唯论意表。

幽情发为远兴,中间经过思苦语奇的构思与创作,终于忽有所得,佳句辄来。这样的艺术意象,往往能体现旨远兴僻的初心。殷氏用"初发通庄,却寻野径百里之外,方归大道"的形象语言来表达兴象获得过程,用心良苦。尤其值得重视的是:旨远有味的艺术效果是来自情幽兴远的内在情趣。

让我们再从殷氏的批评回到所举实例。殷氏所好,大致两类:一是风骨凛然、直抒胸臆语,如"未知肝胆向谁是,令人却忆平原君","杀人辽水上,走马渔阳归","一人计不用,万里空萧条"之类;一是情幽旨远的景句,如:

松际露微月,清光犹为君。(常建)

山光悦鸟性,潭影空人心。(常建)

落日山水好,漾舟信归风。(王维)

涧芳袭人衣,山月映石壁。(王维)

松色空照水,经声时有人。(刘眘虚)

山风吹空林,飒飒如有人。(岑参)

寒风吹长林,白日原上设。(薛据)

塔影挂清汉,钟声和白云。(綦母潜)

小门入松柏,天路涵虚空。(储光羲)

景象大都是较平实的常景,但蕴含着逸致幽情,颇有意味。这些都应看作殷氏兴象说的具体化。

现在,我们可以对殷氏兴象进行比较明确的勾画:兴象是诗人幽远情趣与实景的遇合,是"对景即兴"的创作过程及其富有意味的艺术效果。

我们感兴趣的是该概念的容量与活力。在殷氏留下的这么个大空白圈子中,后人又是如何进行着兴与象的种种组合?兴,比兴?寄兴?感兴?象,形象?意象?境象?兴与象之间是"兴"主"象"

宾,抑"象"主"兴"宾？或"兴"、"象"互为宾主？兴在象中？兴在象外？象外有象？司空图、严羽、胡应麟、王士禛、方东树乃至今人,无不按自家的思路组合着这块魔方。

是的,兴象说的活力,首先就来自兴与象的并列,两端确定,兴象间关系则不确定,从而留下很大的空间,有很大的容量。于是乎兴象超越了殷璠的原意,获得长生。

陈子昂的兴寄说,振起一代雄风,影响可谓大矣！但兴寄易流于比附。《文心雕龙·比兴》有云:"故比者,附也;兴者,起也。附理者,切类以指事;起情者,依微以拟议。起情故兴体以立,附理故比例以生。"刘勰是反对附理的,所以又说:"日用乎比,月忘乎兴,习小而弃大。"子昂倡兴寄,本为斥齐梁用比之风,奈何兴寄之"寄"字倾向太甚,往往使人忽略了形象的独立性,仅仅当作义理之宅,乃误入"附理"之区①。殷氏拈出"兴象"二字,既保留了"兴",又独立了"象",使兴与象不做寄居蟹式组合,可免附理之弊,实得子昂之初心。且如前所论,殷氏兴象说不但指创作效果,且包容着创作方法,点出旨远有味之艺术效果来自情幽兴远之内在情趣,"兴象"有物我遇合义,因此《文心雕龙·比兴》所云"诗人比兴,触物圆览",《诗品·序》所云"文已尽而意有余,兴也",二家独到之说亦俱可在兴象说中圆融通贯。

我于"触物圆览",犹有说焉。

请注意这样一个基本思想:中国古人是主张"天人合一"的,主张"人心通天"的。文艺也尽力表现人与自然的这种和谐。盛唐田园山水诗尤其如此——上引殷氏《河岳英灵集》所标举之佳句亦足以证明。兴象说颇能体现人与自然的平等,既不是由人向物的"移情",也不是物成为人意念化的"象征",人与物是互相感应的关系。

---

① 白居易的讽喻说在相当程度上是对"寄"字的发挥。因短文之限,兹不深论。

山光悦鸟性,潭影空人心。(常建)

这就是《文心雕龙·物色》所谓"目既往还,心亦吐纳","情往似赠,兴来如答"。这就是物我双向建构的感应关系。

诗人自己是怎么说的呢?

宋人张戒《岁寒堂诗话》有云:"子美(杜甫)之志,其素所蓄积如此;而目前之景,适与意会,偶然发于诗声,六义中所谓兴也,兴则触景而得,此乃取物。"张氏之论与兴象说的精神契合,也得杜甫之诗心。杜甫关于兴的言论甚多,兹举数例,以见一斑:

坐对秦山晚,江湖兴颇随。(《陪郑广文游何将军山林》)

兴与烟霞会。(《严公厅宴同咏蜀道画图》)

山林引兴长。(《秋野五首》)

在野兴清深。(《课小竖锄斫舍北果林,枝蔓荒秽,净讫移床三首》)

这里也是"对景即兴"之意,但杜甫似乎更喜欢用"发兴"二字:

云山已发兴,玉佩仍当歌。(《陪李北海宴历下亭》)

造幽无人境,发兴自我辈。(《万丈潭》)

郑县亭子涧之滨,户牖平高发兴新。(《题郑县亭子》)

客身逢故旧,发兴自林泉。(《春日江村》)

兴自何而来?自我?自物?"发"字的强烈动态的确更能将物、我相激相生之情状显现出来。如果说"触物圆览"尚有自"我"向"物"运动之嫌,那么"发兴"二字则颇准确有力地表达了物我双向

建构的感应关系。不太涉及诗论的李白,无意之中也曾很漂亮地表达了这种关系:

> 相看两不厌,只有敬亭山。(《独坐敬亭山》)

"兴象"二字并列,也正是这种感性认识的理性升华。

"象",得与"兴"取得如此独立平等的并列地位,当得力于道家"目击道存"的思维方式。《庄子·田子方》云:

> 子路曰:"吾子欲见温伯雪子久矣,见之而不言,何邪?"仲尼曰:"若夫人者,目击而道存矣,亦不可以容声矣!"

郭庆藩注云:"目裁往,意已达,无所容其德音也。"[1]事物自身的呈露可取代言辞的解说。正是基于这一认识,晋人才以对山水之观照取代道的说教,是所谓"寓目理自陈"(王羲之句)。于是乎山水诗才从玄言的附庸中脱出,蔚成大国。如果我们再考虑到山水诗的"远祖"——民歌中用以起兴的景句,那么山水景物与言意之间的关系就更明朗了。林庚先生有说云:

> 正如有一些起兴往往可以用在许多的歌词上,某些山水诗句也往往能引起多方面的联想……山水诗虽不停留于起兴,却往往带有起兴的丰富启发性。[2]

山水景物用以起兴,却又从兴中独立出来;山水景物用以言道,却又从玄言中解放出来。它是如此圆满自足,使艺术之"象"得以区别于哲学之"象"。同时,它又从"兴"与"目击道存"的"双

---

① 郭庆藩《庄子集释》卷七《田子方第二十一》,中华书局 1961 年版,第 706 页。
② 林庚《山水诗是怎样产生的》,《文学评论》1961 年第 3 期。

亲"那儿获得"遗传",而具有多重启发性与象外指向性的品格。也许正是这种品格导致中国诗歌中景物描写有着西方诗歌中景物描写所不可比拟的自足性,而为西方现代"意象派"诗人们所膜拜。

"象"的这种品格,在唐前尚未臻厥美,要待到盛唐田园山水诗勃兴,这才功德圆满。于是瓜熟蒂落,"兴象"取代了"兴寄"。

再往前跨一步,如何?

旧传王昌龄以"诗境"论诗,有云"神之于心,处身于境,视境于心,莹然掌中,然后用思,了然境象,故得形似";"搜求于象,心入于境,神会于物,因心而得"(《诗格》);"目击其物,便以心击之,深穿其境。如登高山绝顶,下临万象,如在掌中"(《文镜秘府论》南卷《论文意①》)。"境"是物、是象,但它强调的是物象的整体效应。应当说,这比起"兴象"的"象"内涵更丰富,更能概括盛唐诗的特征。这无疑是一大进步。

然而,也许是"诗格"本为教人作诗的体裁,所以难免界说太清楚、太执实,使"境"失去应有的灵活性与可容量,反而不如兴象"两端明确而兴象之间关系不明确"来得有灵气、容量大。

"反者道之动。"为了纠正中晚唐人执诗法太实的偏颇,司空图提出了空灵超脱的"三外"说:"韵外之致"、"象外之象"、"味外之旨"。对此,今之论者所论多矣,笔者别无新解,只是想就"象外之象"与"兴象"略作比较。

清人孙联奎自序其《诗品臆说》云:"昔钟嵘创作《诗品》,志在沿流溯源,若司空《诗品》,意主摹神取象。"可谓一发中的。司空氏言"象外之象",是要求摹实象得其神,即《诗品·精神》所谓"生气

---

① [日]遍照金刚《文镜秘府论》,罗根泽《中国文学批评史》第四篇第二章称南卷《论文意》最前所引"或曰"旁注"王氏论文云",疑即王昌龄《诗格》真本残存。罗宗强《隋唐五代文学思想史》第五章第三节认为《诗格》是伪书,但也认为《文镜秘府论》所引"王氏论文"出自《诗格》。

远出，不著死灰"，乃得艺术之象。前象为实相，后象为"诗家之景"，《与极浦书》说得明白：

> 戴容州云："诗家之景，如蓝田日暖，良玉生烟，可望而不可置于眉睫之前也。"象外之象，景外之景，岂容易可谈哉！

如何摹神取象？司空氏不做"诗格"式死句，而云"超以象外，得其环中"，可达雄浑之境；"遇之匪深，即之愈稀。脱有形似，握手已违"，可达冲淡之境；"惟性所宅，真取弗羁。控物自富，与率为期"，可达疏野之境，云云。与其说专注在取象之法，不如说所重在取象时应有的心态，故又云"行神如空，行气如虹"（《劲健》），"真力弥满，万象在旁"（《豪放》），"神出古异，淡不可收"（《清奇》），云云。在司空氏看来，只要心态佳，"万象在旁"（《豪放》），"俯拾即是"（《自然》），"情性所至，妙不自寻"（《实境》）。由此导致司空氏迈出偏离兴象说关键的一步：倡"离形得似"（《形容》），倡"不著一字，尽得风流"（《含蓄》）。这就将对"象"的自足性的追求引向表现力的追求，即暗示性的追求。如果说古代诗论中的"象"来自文艺与哲学这"双亲"，那么兴象之"象"更像她的母亲文艺之"象"，而"象外之象"的"象"则更像她的父亲哲学之"象"。

这种偏离不但是个人的，更是时代的。一种文论之产生，必然与当代创作实践相关联，优秀文论尤其如此。兴象说是六朝以来"目击道存"、"神用象通"的艺术哲学最成熟圆满的显现，也是盛唐诗情景交融、即景即情的艺术特征的概括。盛唐人所重在现世间的意气功业，即便是田园之作，所着力表现的也是"世上桃源"里士大夫自足自在的神情。这与后期封建社会文人对精神世界中的安慰的追求有重大差别。兴与象，好比电极的两端，诗思便是两端间之电弧。这就叫"发兴"，这就叫"苍茫兴有神"！

明代胡应麟《诗薮》内篇有云：

宋人学杜得其骨,不得其肉;得其气,不得其韵;得其意,不得其象:至声与色并亡之矣。

后人学唐诗亦然,最难得的是如盛唐人之骨肉停匀,血脉充和。倡神韵太甚,难免要魂不守舍。从司空图的"离形得似"到严沧浪的"不即不离",再到王渔洋的"略有笔墨"①,平心而论,与兴象说都不无因缘,只是在"象"字上,虚化日甚,也就愈走愈远了。所以诸公都倡盛唐诗,却离盛唐日远。

"象"字之辨,能不慎哉!

（原载《文艺理论研究》1992 年第 3 期）

---

① 《香祖笔记》卷六:"余尝观荆浩论山水,而悟诗家三昧曰:远人无目,远水无波,远山无皴;又王楙《野客丛书》:太史公如郭忠恕画,天外数峰,略有笔墨,意在笔墨之外也。"

"象外之象"的现代阐释

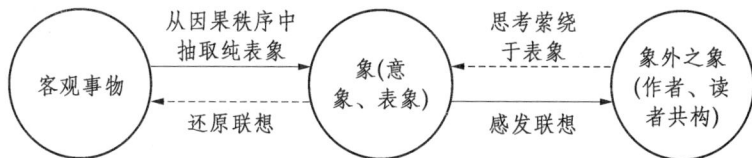

本文拟以上示图式阐释"象外之象"。

图式表明诗歌意象与心与物的双重联系。

一、说"取"

司空图所云"象外之象",第一个"象"指什么？或以为指现实中事物的真相，或以为指诗歌中易于感知之具体形象，或以为当指包括无形的事件在内的诗歌意象，等等。明确第一个"象"何所指，是准确阐述"象外之象"的前提。

论者多以为司空氏《诗品》只作类比，是以境喻境，无迹可求。然而仔细看去，草蛇灰线，依然有其逻辑在。《二十四诗品》往往有三个组成部分：一是言该品作者应有之心态；一是言此品似何种境界；一是言欲得此品须注意之事项。试以《劲健》品为例：

行神如空，行气如虹。巫峡千寻，走云连风。饮真茹强，蓄素守中。喻彼行健，是谓存雄。天地与立，神化攸同。期之以实，御之以终。

"行神如空"二句言创作者应进入的精神状态。"巫峡千寻"二句，言劲健风格正当如斯，是类比。"饮真茹强"二句，言创作修养，是平日积蓄而来，存之胸中。"喻彼行健"四句，重点辨明"劲健"之含义。"期之以实"二句，则言及创作方法（正如书法用笔，讲究中锋浑圆，一贯到底），是提醒作者应注意的事项。上述三个组成部分都具备了。再如《绮丽》品：

神存富贵，始轻黄金。浓尽必枯，淡者屡深。雾余水畔，红杏在林。月明华屋，画桥碧阴。金尊酒满，伴客弹琴。取之自足，良殚美襟。

"神存富贵"二句，言此品作者应有之心态：不以富贵萦怀却自有富贵人家景象。"浓尽必枯"二句提醒作者求绮丽不可着笔太浓，须知淡而能绮。"雾余"六句是类比。"取之自足"二句总结绮丽风格不假外求，当自所取之意象中自足，是苏东坡后来发明之"质而实绮"、"发纤秾于简古"的意思。当然，并非各品都具备这三个组成部分，如《典雅》品，前十句是以各种情景来烘托作者应有之心态："人淡如菊。"在此心境下的创作，便可自然达到"典雅"："书之岁华，共曰可读"，事实上只言心态。但无论如何，总体说来，《二十四诗品》绝非只是"以境喻境"的"好诗"，它对创作方法是有所指示的。譬如对于"象"，司空图有较明晰的认识，它并不等同于实相，故《诗品》强调要"取象"。《含蓄》品明确提出，取象无论浅散如空尘、深聚似海沤，都应当做到"万取一收"，精心筛选之。而且这一筛选过程本身便是创作，其《形容》品进一步说：

> 绝伫灵素,少回清真。如觅水影,如写阳春。风云变态,花草精神。海之波澜,山之嶙峋。俱似大道,妙契同尘。离形得似,庶几斯人。

这是对"取象"较集中的表述。首二句言创作时当进入凝神一志、存心慕想的精神状态,才会有灵感。"如觅水影,如写阳春",是对取象的要求:犹如水中觅影,阳光中感受春天。显然,所取之象已非客观实相了。(《洗炼》品也明确指出"流水今日,明月前身",今日水中月,前身天上月。这正是意象与客观形象之关系。)以下四句遍举山水风云花草,归结为最后四句:无论取什么样的象,都应当做到"离形得似",即不求形似,但求神似。

还有《缜密》品,其实是很重要的一品,遗憾的是向来少有人重视。此品讲取象更入微:

> 是有真迹,如不可知。意象欲出,造化已奇。水流花开,清露未晞。要路愈远,幽行为迟。语不欲犯,思不欲痴。犹春于绿,明月雪时。

"意象欲出",即"将然未然之际",它与"真迹"的关系如何呢?从"如不可知"、"造化已奇"看来,是说在作者眼中,此时此际之客观事物已不是一般的、普通的事物,而是已带上主观感情色彩的"象"了。"语不欲犯,思不欲痴。犹春于绿,明月雪时",是要求意象之生发,要与客观事物不粘不脱:形象不可太泥,思路不可停滞。二者之间的关系好比春色与绿色之关系(即《与极浦书》所谓"良玉生烟"),又好比月光与雪光之交映,都达到交融浑化的境界。这才是作者创造意象时缜密的态度与方法。

当然,各品取象、造象的要求并不雷同。如《冲淡》品强调取象要无心遇之,"犹之惠风,荏苒在衣。阅音修篁,美曰载归。遇之匪深,即之愈稀。脱有形似,握手已违"。冲淡之风格首先要具备萧散之人格,无意于功利,随遇而安,此境可遇不可求,如存心求之,即使偶有形迹之似,必一握手间翻失之。取象而强调取象者的精神状态,也就是物象与情意结合时强调情意一方,这是司空图论"取象"独到之处。再如《豪放》品,则强调"真力弥满,万象在旁",主观性强,则万象如罗列其旁,随其颐指气使而不能不豪。《高古》品则要求"虚伫神素,脱然畦封",以超然的态度取象,敢于摆脱一切凡俗规矩,方能抗怀千古,得高古之气象。

综上所论,可见司空图所谓"象外之象",第一个"象"绝非客观事物之实相,而是对客观事物进行"万取一收"的筛选(此筛选与作者当时之精神状态直接相关联),并经"离形得似"的创造而来的诗歌意象。它不但指易于感知的具体形象,也包括了无形的不易捕捉的事象与心象。意象之生成,要"取"("万取一收"),还要"离"("离形得似")。"离"是"取"能否成功之关键。

二、说"离"

对诗歌意象的认识,现代西方学者与千百年前的中国诗人也有心契处。诚如钱锺书所指出,物同理同,则可心同。中西虽殊方绝域,有不同之文字、性情,却可有相同之义理,"西来意"可为"东土法"①。然而殊途虽同归,毕竟是殊途,所以又可借此喻彼,互相发明。此之谓"邻壁之光,可以借照"。本文拟借西方现代符号论之某些成果来诠释中国古代之《二十四诗品》等,非敢牵强附会也,求中西诗心之同者耳。

先让我们回到司空图所说的"意象欲出,造化已奇"上来。此

---

① 钱锺书《管锥编》第 1 册,中华书局 1979 年版,第 49 页;钱锺书《谈艺录·序》,中华书局 1984 年版,第 1 页。

言"象"将离其母体客观实相而为独立之意象的将然未然之际,其母体"造化"非一般之"造化",而是打上主观烙印的"已奇"的"造化"。这是从创作感受的角度来表述意象的产生与客观事物之间母子般的关系。西方人对此有另一个角度(更多的是读者方面的感受)的描述。美国符号论美学家苏珊·朗格对韦应物《赋得暮雨送李胄》诗的分析代表了一种看法。韦诗如下:

> 楚江微雨里,建业暮钟时。漠漠帆来重,冥冥鸟去迟。海门深不见,浦树远含滋。相送情无限,沾襟比散丝。

苏珊·朗格将中国古代诗人所写的"提及实人实地的雅致而凝炼的诗"归诸"接近普通经验的诗歌"一类①。她认为上引诗有"简明而精确的陈述",但仍然是一首"创造了一个全然主观的情况"的诗,而绝非报道。以下分析是很精彩的:

> 雨水淋沐着整首诗,几乎每一行都染上了雨意,结果其他细节如钟声、依稀难辨的飞鸟、视野之外的海门,均溶入雨中,最后又一并凝成全诗为之泪下的深情厚谊。而且,那些显然为局部性的偶发事件——它们星散于雨意浓重的诗行之间——是使离别成为伤心事的友谊的象征。建业的钟声在鸣响;征帆沉重,航行艰难;远去的鸟儿在慢慢地飞,模糊的如影子一般;遥远的海门——李胄的目的地望也望不见,因为眼前的"浦口的树木"挡住了对于这次远行的注视。于是,浅近简明的描述袒露了人类的感情。(页246,译文中"李胄"作"李曹",据《全唐诗》改)

---

① [美]苏珊·朗格《情感与形式》,刘大基等译,中国社会科学出版社1986年版,第245页。本文下引此书只注页码。

　　的确,诗中出现的都是常见事物,但都经诗人的筛选,已被"孤立"出来,割断它与原来环境的诸多联系——如"楚江"除了与"微雨"相联系外,还跟鱼鸟、堤沙、岸柳之类无限多事物相联系,现在只孤立地写出它与微雨之联系。同样,其他意象也被孤立地写出与雨之间的关联:帆之"重",鸟影之入"冥冥",海门之"不见",浦树之"含滋",都与"微雨"相关。物象正是如此被诗人从大自然无穷交织着的因果之网中抽取出来。朗格在另一书中指出,欣赏者要有"从日常需要中抽象出纯视觉表象的艺术态度","将视觉经验中的某些元素抽象出来的,则是通过删除掉其中的某些元素来达到,这样一来,我们就可以除了这种虚幻空间的表象之外,再也看不到别的东西"①。我将这一"删除"过程称为"孤立",筛选后的意象关系变"纯粹"了,于是被诗人重新安排出新的秩序,按其意愿据实构虚地组合成新的虚幻的空间,形成虚幻的经验,使"几乎每一行都染上了雨意"。我们只能通过诗人留给我们的孔洞去观察世界,无形中接受了诗人的倾向。

　　让我们借助这种抽取纯表象的过程,来理解司空氏"离形得似"的"离"字。我认为司空氏于此是有所会心的,试读《洗炼》:

> 如矿出金,如铅出银。超心炼冶,绝爱缁磷。空潭泻春,古镜照神。体素储洁,乘月返真。载瞻星辰,载歌幽人。流水今日,明月前身。

　　"洗炼"与其说是一种"风格",毋宁说是创作要求。前四句言取象之艰,接下"空潭"二句,形容筛选后之"象"如是澄明。以下四句用类比法加强这一印象。末二句点明意象来自美好之现实,强调澄明素洁的形象,事实上就是从对意象效果的要求这一角度来说明

---

① ［美］苏珊·朗格《艺术问题》,滕守尧等译,中国社会科学出版社1983年版,第30—31页。

"离形",是对抽取纯表象的一种感悟。在《与李生论诗书》(《司空表圣文集》卷二)中,司空氏以"右丞(指王维)、苏州(指韦应物)"为"澄淡精致"之准的。清人许印芳在《跋》中加以发挥道:"人但见其澄淡精致,而不知其几经淘洗而后得澄淡,几经熔炼而后得精致。"(《诗法萃编》卷六下)何谓淘洗熔炼? 即"眼光所注之处,吐糟粕而吸菁华,略形貌而取神骨,此淘洗之功也"(引同上)。此论可发明《洗炼》之用意,即取象必以"澄淡精致"为准的,有所吐纳。这种"几经淘洗而后得澄淡",便是提纯。克莱夫·贝尔在《艺术》中指出:"没有简化,艺术不可能存在,因为艺术家创造的是有意味的形式,而只有简化才能把有意味的东西从大量无意味的东西中提取出来。"[1]司空图、许印芳所说的"洗炼"、"淘洗",是否可认为便是这种"简化"的中国式表达? 对淘洗后的意象,要求达到澄明的境界,不正是对排除"大量无意味的东西"的要求? 所以许印芳又说:"而其妙处皆自现前实境得来,表圣(司空图字)所云'直致所得,以格自奇'也。"直致,就是直取诸实境。"真境逼而神境生"(笪重光语),中国艺术家一向重视据实构虚,淘洗是重要手段。然而淘洗后之意象已非造化原有之形象,故司空图强调"意象欲出,造化已奇"。其所举得意句如"松凉夏健人"、"树密鸟冲人"、"棋声花院闭"之类,莫不是现前实境筛选得来,但已"孤立"(或云"简化")出一种澄明的境界,其纯粹的表象与诗人之情感合拍,是谓"思与境偕"。这就是"离形——得似"的过程。

然而,"离"字还有更深一层的要求。司空图倡所谓"三外","象外之象,景外之景"、"味外之旨"、"韵外之致",便是要求"离"要有"外"的效果。即意象不但要"离"实相,还要有感发人之情思的效应。朗格认为:"每一件真正的艺术作品都有脱离尘寰的倾向。它所创造的最直接的效果,是一种离开现实的'他性'。"(页55)中

---

① [英]克莱夫·贝尔《艺术》,周金环等译,中国文联出版公司1984年版,第149—150页。

国人早就注意到这一倾向,并用"兴发"、"触物起兴"来动态地表达这种"他性"(叶嘉莹称之为"重视感发的传统"①)。司空图的前辈诗人皎然已提出"诗情缘境发"(《秋日遥和卢使君游何山寺宿敡上人房论涅槃经义》)、"采奇于象外"(《评论》),可见中国古诗人对诗歌意象之"他性"并不感到神秘,司空图更是以倡"三外"来强调诗歌意象必须有此"脱离尘寰"之倾向。《与极浦书》(《司空表圣文集》卷三)引戴叔伦语云"诗家之景,如蓝田日暖,良玉生烟,可望而不可置于眉睫之前也",圆美地表达了意象与实相之间的关系。"玉",是经筛选、淘洗后之"象",经诗人熔炼为"良玉",便具有"生烟"(不妨视为"美的联想")的能耐,"烟"是从"良玉""离"出来的,是已虚化了的经验。李商隐名句"沧海月明珠有泪,蓝田日暖玉生烟"释者纷纷,不管怎么说,用来形容意象创造时情感的凝聚与经验之虚化,是再妙不过了。

三、说"返"

现在让我们来讨论"象外之象"的第二个象。这一"象",是否为另一更空灵飘忽之象?是否为读者联想创造的新象?也许可以这么说。但司空图似乎意不止此,《雄浑》品有云:"超以象外,得其环中。""象外之象"还应当"得其环中"。何谓"环中"?或曰:"喻空虚之处。"如果我们回到该品前四句"大用外腓,真体内充。返虚入浑,积健为雄",便不难体会到这一品实在是体现了我民族"体用不二"的思维方式:内容与形式具有不可分离的整体性,韵味从此整体中发生。那么按我的理解,"环中"便是"返虚入浑"的"浑"之所在、"真体内充"的"充"之所往,是第一个"象"所圈定的范围。关键

---

① 参看叶嘉莹《中国古典诗歌中形象与情意之关系例说》,《古代文学理论研究》第 6 辑,上海古籍出版社 1982 年版。

在"返"字。创作时应据实构虚,而欣赏则当虚而返诸"实"(此"实"已非"造化之实",乃"造化之奇")。也就是说,作者由实相虚化为意象,感发人联想;读者则应由虚返"实",联想而非乱想,需不离意象,思考萦绕于表象,此方为"得其环中"。画论家往往言之历历,如方士庶《天慵庵笔记》云:

> 山川草木,造化自然,此实境也。因心造境,以手运心,此虚境也。虚而为实,是在笔墨有无间……故古人笔墨,具见山苍树秀,水活石润,于天地之外别构一种灵奇。

虽说是"于天地之外别构一种灵奇",而此种"别构"却是"虚而为实",虚境实境两相重叠,山苍树秀正在笔墨有无间。这就是"据实构虚"的操作过程。诗歌意象正似画中笔墨,是虚境实境叠加处。以上节所引韦应物诗为例,则云帆雨树暮钟种种意象,是"几经淘洗熔炼"得来,它们好比虚线圈出图景,读者感发联想必在此圈中——至于组合成何种具体画面,则因人而异。好比室内家具随人摆设可也。所以诗歌意象与哲学之象不同,不得随意"登岸舍筏",正如钱锺书所云:"牛耳湿湿"岂可易为"象耳扇扇"?诗乃依象成言,"舍象忘言,是无诗矣"!(《管锥编》第1册,页12)所以司空图言"不著一字,尽得风流",并非叫人写"无字经";言"象外之象",也并非抛开第一个"象"随你胡想,故叮咛再三:云"返虚入浑",云"得其环中",云"所思不远",云"期之以实",云"真与不夺",云"忽逢幽人,如见道心",云"高人惠中,令色氤氲",都暗示二象离而即的关系,何尝教人以"脱空经"?当然,一千多年前东方古国的诗人司空图不能替西方现代符号论美学家朗格作如是明晰的表述:

> 诗中的每一件事都有双重性格:既是全然可信的虚的事件的一个细节,又是情感方面的一个因素。(页246)

　　有趣的是,朗格这一论点正是从对司空图特别赞赏的韦应物诗的分析中得出。从"离形得似","超以象外,得其环中","近而不浮,远而不尽","高人惠中,令色氤氲"等议论总体看来,"象外之象"所表达的也是对诗歌意象二重性格的感悟。而且应当说,对意象二重性格作如是表述,给人的印象更鲜明,但同时也容易引起错觉,似乎象外另创一象,从而过多地突出了读者的自由联想,为此有必要点醒这个"返"字。不过中国人在实践中却颇善于把握二象之间那种若即若离,离而实即的关系,前"象"好比强力磁场,总是吸引着后"象",不让它脱去。试以王维《辋川闲居赠裴秀才迪》诗为例,中间两联的画面是:

　　　倚杖柴门外,临风听暮蝉。渡头余落日,墟里上孤烟。

　　山中群息万千,诗人只让我们"听暮蝉"。一个"余"字,又将渡头的万象隐去,孤立出"落日",好比舞台上灯光只打在主角儿身上,我们只感到山中落日的余晖。接着,墟里升起一股袅袅的炊烟,吸引了我们的目光。山中暮色的万千景象,经诗人的淘洗,只剩如此明净的几件,都以其宁静的一面呈现在我们耳目之前。正因为诗人以其倾向性筛选意象,所以不知不觉中我们随诗人的暗示而"见"到、"听"到他要我们感受的事物。就诗人而言,其意象的创造富有感发力,可启人想象;就读者而言,根据我们不同程度的审美经验与阅读水平,以及心绪、修养等,我们接受着诗人的审美情趣,将他呈露给我们看的画面重新组合成自己的画面——但我们并没有企图离开诗人提供的意象,抛弃柴门、落日、暮蝉、孤烟,去另起炉灶,另建场景,我们实际上仍落入诗人(高明的诗人)的圈套,自以为离去了,其实并没走出多远。王夫之曾称"右丞之妙,在广摄四旁,环中自显"(《唐诗评选》卷三),诗人不说出的地方正是要读者落入的"圈套"。也就是说,"象外之象"应是后象与前象重叠,两镜相摄,离而复返。叶维廉曾引禅宗一段话头来说明人们感应或感悟外物的三个阶段：

> 老僧三十年前未参禅时，见山是山，见水是水。及至后来亲见知识，有个入处，见山不是山，见水不是水。而今得个休歇处，依然是见山只是山，见水只是水。①

我倒是想借这段公案来说明"实相——意象——象外之象"之间的关系。在未形成诗歌意象之前，我们当然"见山是山，见水是水"，看到的无非实相；淘洗熔炼中的意象，如司空图所说"意象欲出，造化已奇"，我们心眼中带着强烈的主观情思，真所谓"见山不是山，见水不是水"；至乎意象已成功，富有感发力，使读者得"象外之象"，而此象却有"逼真"之魔力，使读者在与诗人共创的虚幻经验中"见山只是山，见水只是水"。这一历程，便是诗人将现实事物以想象力转化为一种虚幻之经验，又被读者以想象力"还原"为似乎充荷着现实的表象的历程。

如果说朗格关于诗歌意象的双重性格的提法是准确的；那么，"象外之象"便应当是重合着的一个象。然而，朗格这一提法似乎尚未充分估计读者的参与作用，远不如上引禅家机锋的圆活。以上引公案喻"象外象"，读者也有这么个"三部曲"：先感受到的是诗人真实的生活经验；以诗中虚幻的经验作媒介，于是引起自家联想，糅进自家生活经验；终于返照诗中的意象，体味其意味与美感。这回看似"依然见山是山，见水是水"，"象"似乎是原来的"象"，但早掺和着自己的经验与情感，是诗人、读者共同创构的"象"，是之谓"象外之象"。我们虽然尚无法证实司空图就是这样想的，但他的诗论的确留给我们这样阐释的空间——上引方士庶"于天地之外别构一种

---

① 温儒敏等编《寻求跨中西文化的共同文学规律——叶维廉比较文学论文选》，北京大学出版社 1987 年版，第 92 页。

灵奇"云云,不是近乎如是观吗?综上所述,我们可对"象外之象"做如下阐释:

　　所谓"象外之象",第一个"象"指诗歌意象,来自诗人对客观事物进行"万取一收"的筛选与熔炼。此象应当是富有感发力,启发读者之想象;同时,应当是具有强大的"磁场",能吸引读者的想象绕着它转。而"象外之象"则是读者得到启发后与诗人共同创构之象,每个读者所获得的"象外之象"好似"卫星"绕着诗中意象运作,二象如两镜对悬而相摄,不同的读者又各人有各人的"轨道",与意象的叠合面之大小也因人而异。为此,有必要将开篇的平面图式更作如下立体图式,以示二象之动态联系:

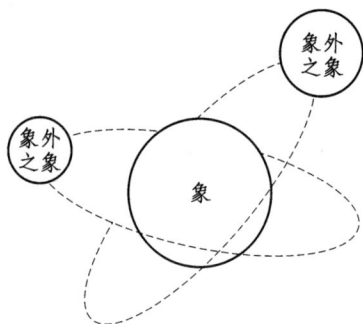

（原载《文艺理论研究》1993 年第 3 期）

诗 可 以 兴

毋庸讳言,中国古文论范畴的界定不如西方文论范畴的界定那么稳定、明确。然而,我们如果遵循中国自身的传统思维方式去体察,结合创作实践去体悟,则往往会发现它好比模糊数学,在动态中别具一种明晰与准确。以布封《关于文章风格的演说》所提出的著名论断"风格就是人本身"为例,就不如千年前我国的"文气"说具有某种动态的明晰与准确。曹丕《典论·论文》称:

> 文以气为主,气之清浊有体,不可力强而致,譬诸音乐,曲度虽均,节奏同检,至于引气不齐,巧拙有素,虽在父兄不能以移子弟。

"气"是我国先民对天人之际思考的产物,对先民而言,并无难解之处。但由于语境变易,对深受西方文化影响的现代人来说,它已属"另一种语言",含义难免模糊不清。文化隔膜姑置勿论,上面这段话将风格与人的关系,直指创作个性与人的气质这一交接点,显然要比"风格就是人本身"的表述确切得多。

此其小焉者。如果我们对中国诗学"兴"这一核心范畴在文学史中作一大范围的考察,就会认识到这是一个开放的、动态的、有很强生命力的结构。其形成、发展的过程,也正是中国诗歌特质及诗性思维显露并趋成熟的过程。大略言之,此过程可分三个阶段:由抒发的立场转向应用的立场,再转向审美的立场。容下文分说。

兴的本质是联想。闻一多《神话与诗》的研究表明,原始兴象的产生是与宗教生活相联系的,属主客混一的思维方式。如鱼这一兴象,其产生是由于在原始人类的观念里,婚姻具有繁衍种族的重大意义,故以此繁殖功能极强的"鱼"引发有关配偶的联想。循此思路进行研究的还有赵沛霖《兴的源起》,通过对鸟类、鱼类、树木、虚拟动物诸兴象的微观研究,揭示了原始兴象与宗教观念之间的关系,及其向艺术形式积淀的过程。作者还指出,原始诗歌创作并非自觉的艺术创作,其口耳相传的流播方式形成由观念内容和物象之间的习惯性联想(或称"现成思路"),逐渐规范化为兴象的形式。随着历史的进展,兴象逐渐失去宗教观念内容,成为一般的抽象联想的模式,即"以他物引起所咏之词"的规范化的兴的形式。其图式为:

$$物象\rightarrow观念内容\rightarrow习惯性联想\begin{matrix}\nearrow 兴象\\ \\ \searrow 易象\end{matrix}\rightarrow外化形式\rightarrow兴[①]$$

理出兴的源头,就会对历来夹缠不清的有关界说有个较为明了通达的看法。

> 太师教六诗:曰风、曰赋、曰比、曰兴、曰雅、曰颂。(《周礼·春官》)

> 比见今之失,不敢斥言,取比类以言之。兴见今之美,嫌于媚谀,取善事以喻劝之。(郑玄注)

---

① 赵沛霖《兴的源起》,中国社会科学出版社 1987 年版,第 75 页。

"六诗"即《诗大序》的"六义",赋、比、兴与风、雅、颂并列,不排除指六种不同类型的诗歌形式的可能性。朱自清《诗言志辨》就认为"大概赋原来就是合唱",比是"变旧调唱新辞",而兴是"合乐开始的新歌"①。以"国风"为例,风既指地域性民歌,又指讽喻的创作方法,以某种突出的艺术特征或创作方法为某种诗歌体制的指称,是有可能的。目前有的学者从礼仪功能的角度对此作进一步研究,我们期待着他们的新成果。但这种与文体夹缠的情况已经表明:兴尚未独立。

夹缠的原因还来自"诗教"与"美刺"说。自"五四"以来,以诗教及美刺解诗一直被认定是"汉儒"对比兴的曲解。自《上海博物馆藏战国楚竹书(一)》出版以来,许多学者从"孔子诗论"的一批竹简中意识到,《诗序》的精神是与"孔子诗论"的精神相通的,并非"汉儒"的杜撰,早在先秦就存在着一个"用诗"的时代。用诗者是站在特殊读者的立场,关注的不是诗的本义或文学性,而是与礼乐紧密相关的启发性、联想性。也就是说,这是一个特殊的参照系,"是站在春秋用诗的立场上来阐释《诗经》的,用诗的诗论既不是文学意义的本事诗论,也不是后来经学意义的政治论诗"②。"我们通常说的美刺理论,实质上只是针对献诗、采诗的理论,是这些活动的指导思想的理论化与系统化。"③更深入的研究尚有待于这批竹简进一步准确的编联与考释,但无论如何,用诗者重视诗的启发性、联想性,还是接触到了文学的特质,虽然他们真正关切的是诗的功用。

让我们回到传世文献上来。

诗可以兴,可以观,可以群,可以怨。(《论语·阳货》)

① 朱自清《朱自清古典文学论文集》,上海古籍出版社 1981 年版,第 263、265、268 页。
② 傅道彬《〈孔子诗论〉与春秋时代的用诗风气》,《文艺研究》2002 年第 2 期,第 40 页。
③ 王小盾、马银琴《从〈诗论〉与〈诗序〉的关系看〈诗论〉的性质与功能》,《文艺研究》2002 年第 2 期,第 46 页。

兴于诗,立于礼,成于乐。(《论语·泰伯》)

以上二则是孔子关于兴的话。"兴于诗,立于礼,成于乐"是一个使外在社会规范(即礼)内化的全过程:育人当始于诗,从礼得到规范,而完成于乐。孔子重视的是诗的感发力量,这里的"兴",已不仅是用于发端以引发联想的具体手段,而是指诗中那股动情力。朱熹《四书章句集注》所谓"感发意志"庶几近之。朱注又云:

> 兴,起也。诗本性情,有邪有正,其为言既易知,而吟咏之间抑扬反复,其感人又易入。故学者之初,所以兴起好善恶恶之心而不能自已者,必于此而得之。

孔子看中的是诗那"感人又易入"的动情力,虽然是站在用诗者的立场,却理解诗的文学特质。他的贡献就在于将兴从原始宗教观念中解脱出来,与现实社会人事的政教挂钩,是走向文学自觉的前奏。后继者只知其一,不知其二,则偏离了兴的文学性质。《诗大序》云:

> 诗者,志之所之也。在心为志,发言为诗。情动于中而形于言,言之不足,故嗟叹之;嗟叹之不足,故永歌之;永歌之不足,不知手之舞之,足之蹈之也……故正得失,动天地,感鬼神,莫近于诗。先王以是经夫妇,成孝敬,厚人伦,美教化,移风俗。

序中关于诗与情志之关系,及其美刺功能的论述,应当说是上承先秦的诗论,并非杜撰。然而,序的作者将作诗与用诗的立场混同了,这也是比兴义界夹缠的根源。诚然,《诗经》中也有为美刺而作者,如《魏风·葛屦》篇云:"维是褊心,是以为刺。"但不宜以偏概全,说《诗三百》都是为美刺而作。有人读《关雎》,得到启迪,联想到"后妃之德",也未尝不可,却不可将联想坐实为本义①。朱自清说得好:"他们却据'思无邪'一义先给作诗人之志下了模型,再在这模型里'以意逆志',以诗证史,人情自然顾不到,结果自然便远出常人想象之外了。"②"人情顾不到",就是抹去作者情感的丰富性,强归于美刺,失去"作者未必然,读者未必不然"的通达。如黄侃《文心雕龙札记·比兴》所批评的:"虽当时未必不托物以发端,而后世则不能离言而求象。"以"用诗的立场"主张"诗无达诂",不顾文本提供的兴象任意发挥牵扯,由是又造成"兴义的混乱"。用诗的立场毕竟不是作者或审美者的立场,从不同出发点言"兴",难免要"聋子隔河喊话——各说各的"。回到作者、审美者立场言"兴",有待"文学自觉时代"的到来。

魏晋是一个文学摆脱了两汉功利主义与经学思想束缚的时代。文人诗大量涌现,士大夫不再满足于"用诗",而是以诗为抒一己之情的工具,成为作者。社会需求使诗论不能不回到作者、审美者的立场上来。晋挚虞《文章流别论》首称:"赋者,铺陈之称也;比者,喻类之言也;兴者,有感之辞也。"这是从创作角度对赋比兴的再认识。"有感之辞"虽嫌宽泛,但与孔子重视诗的动情力量却是相通的。刘勰《文心雕龙·比兴》对此有明确的认识:"兴者,起也……起情,故兴体以立。"问题是以什么为支点(或曰中介物)来"起情"?齐梁时代的刘勰与钟嵘,以其各不相同的方式探索这一问题。

刘勰《文心雕龙·物色》是与"兴"有关的重要篇章,有云:

> 春秋代序,阴阳惨舒,物色之动,心亦摇焉……是以诗人感物,联类不穷。流连万象之际,沉吟视听之区;写气图貌,既随

---

① 《论语》"《关雎》乐而不淫",《上海博物馆藏战国楚竹书》第10简《关雎》"以色喻于礼",都是先于《诗大序》而相类似的"读后感",却未坐实作者原意。

② 朱自清《朱自清古典文学论文集》,第260页。

物以宛转;属采附声,亦与心而徘徊。

"诗人感物,联类不穷"正是传统"引譬连类"的"兴"义。然而刘氏深刻之处在于:他指出心物之间是感应而互动的关系:"物色之动,心亦摇焉。"或顺物推移(随物宛转),或用心驭物(与心徘徊),在双向建构中起情。故《明诗》篇又云:"人禀七情,应物斯感,感物吟志,莫非自然。"显然,"感物吟志"已跳出传统"托物言志"的圈缋。或云,刘氏《比兴》篇对比兴的解说是"比则畜愤以斥言,兴则环譬以记讽",仍沿用《周礼·春官·大师》郑玄注的旧说:"比,见今之失,不敢斥言,取比类以言之;兴,见今之美,嫌于媚谀,取善事以喻劝之。"这只能说明刘氏对兴义的突破尚不够自觉,事实上他对兴的认识是建立在全新的感应论的认识基础上的。《物色》篇又云:

> 是以四序纷回,而入兴贵闲……使味飘飘而轻举,情晔晔而更新……物色尽而情有余者,晓会通也。若乃山林皋壤,实文思之奥府,略语则阙,详说则繁。然屈平所以能洞监风骚之情者,抑亦江山之助乎? 赞曰:山沓水匝,树杂云合。目既往还,心亦吐纳。春日迟迟,秋风飒飒。情往似赠,兴来如答。

将感物起情称为"入兴",其间关系是"情往似赠,兴来如答",其审美效果是"物色尽而情有余",而以"味"加以形容。这些已经构成刘氏对兴的新义的系统认识,对兴义有实质性的突破。钟嵘《诗品》对兴的认识并未超出这一框架,然而更易引人注目。钟嵘在《诗品·序》中单刀直入挑明新义曰:

> 故诗有六义焉①:一曰兴,二曰比,三曰赋。文已尽而意有

---

① "六义",或作"三义",详见曹旭《诗品集注》,上海古籍出版社 1994 年版,第 39—40 页。

余,兴也;因物喻志,比也;直书其事,寓言写物,赋也;弘斯三
义,酌而用之,干之以风力,润之以丹彩,使咏之者无极,闻之者
动心,是诗之至也。

钟嵘一反"赋比兴"的传统排列顺序,将兴放在首位,起统摄作
用;且以审美效果"文已尽而意有余"定义兴,新意豁然。问题是,兴
还是不是一种手法? 从引文看,"文已尽"云云,与"使咏之者无极,
闻之者动心"一样,都是"诗之至也",指整体的审美效果。所以"弘
斯三义",看来似乎只剩"比、赋"二义。那么赋又如何达到兴的效
果呢? 日本学者铃木虎雄如是说:

由甲的成句本身看,是赋,而将其与乙的成句比照联系起
来,则发挥出兴的作用。

例如《关雎》:"关关雎鸠,在河之洲;窈窕淑女,君子好逑。"铃
木氏认为:"如果只以雎鸠句看,可以说是赋,而将其与淑女二句对
照并联系起来,则构成兴了。"[1]铃木氏的看法并非空穴来风。《诗
经》孔颖达疏云:

司农(指郑众)又云:"兴者,托事于物。"则兴者,起也,取
譬引类,起发己心,诗文诸举草木鸟兽以见意者,皆兴辞也。

对景物进行描写是赋,但"举草木鸟兽以见意",达到"起发己
心"的效果,便是兴。这是赋与兴的转换关系。也就是说,兴仍可以
看作是一种动情的手法,但它需要以赋来完成其前期的铺垫工作,
赋是手法中的手法。大凡创造者的自觉意识往往会落后于自己的

---

[1] [日]铃木虎雄《中国诗史》,许总译,广西人民出版社 1989 年版,第 24 页。

创造实践，未能及时地定义自己的成果。刘勰与钟嵘对兴的新义的自觉，多少也有这种情况。所以就像我们还要从《物色》篇去求索刘勰的新"兴"义一样，我们也还是要从《诗品》整体去求索钟嵘的新"兴"义。

玄学对中古文学最深刻的影响是"言意之辨"，使人重视言与意之间的中介环节——象。如上所述，刘勰对"兴"义的贡献在于发现了心与物之间的对话关系："情往似赠，兴来如答。"钟嵘杰出之处则在于提倡诗性直觉——"直寻"。对此笔者有专文论述（见本册《直寻、现量与诗性直觉》），这里只就其与"兴"义关系密切者撮要言之。钟嵘《诗品·序》云：

> 气之动物，物之感人，故摇荡性情，形诸舞咏……若乃春风春鸟，秋月秋蝉，夏云暑雨，冬月祁寒，斯四候之感诸诗者也。嘉会寄诗以亲，离群托诗以怨。至于楚臣去境，汉妾辞宫……凡斯种种，感荡心灵，非陈诗何以展其义，非长歌何以骋其情？……至乎吟咏情性，亦何贵于用事？"思君如流水"，既是即目；"高台多悲风"，亦唯所见；"清晨登陇首"，羌无故实；"明月照积雪"，讵出经史？观古今胜语，多非补假，皆由直寻。

"直寻"说显然与刘勰的"心物说"同样建立在感应论的基础上，而钟氏之"物"不但指春花秋月之类的自然物，也指楚臣汉妾之类的社会人事。关键是"凡斯种种"，都必须是能"感荡心灵"、"摇荡性情"者。也就是说，"直寻"的目的还在于让心与物毫无遮蔽地面对面地相激而起情。在这一点上，钟嵘与刘勰"起情，故兴体以立"的看法是有内在的一致性的。不过钟氏更注重兴起的跳板——"象"，也就是"直寻"更重视内在感发力与外在的形象世界的碰撞，以及赋在触物起情中的作用。这也是钟嵘重视"形似"的重要原因。其"上品"评张协云"又巧构形似之言"，评谢灵运云"故尚巧似"，甚至认为五言诗之所以"居文词之要,是众作之有滋味者也",也是因为"指事造形,穷情写物,最为详切"(《诗品·序》)。对物象这一中介的重视是"尽意莫若象,尽象莫若言"的"言意之辨"在文论中的体现。事实上刘勰、钟嵘文论所反映的,正是当时诗歌创作的普遍追求。朱自清《诗言志辨》指出:

> 可是"缘情"的五言诗发达了,"言志"以外迫切的需要一个新目标。于是陆机《文赋》第一次铸成"诗缘情而绮靡"这个新语……他还说"赋体物而浏亮",同样扼要的指出了"辞人之赋"的特征——也就是沈约所谓"形似之言"。从陆氏起,"体物"和"缘情"渐渐在诗里通力合作,他有意的用"体物"来帮助"缘情"的"绮靡"。①

正是五言诗缘情的大趋势及其丰富的创作实践,促使钟嵘提出"弘斯三义,酌而用之"的主张,并以"兴"统摄"三义",追求赋、比、兴"通力合作"达到"文已尽而意有余"的整体效果。兴,不再为甲句引起乙句并置诸篇首的模式所限,它已经是如盐入水,整体地"摇荡性情",这就是"兴"的滋味。张伯伟《钟嵘诗品研究》曾敏感地指出:

> 《诗品》说"文已尽而意有余,兴也",则"兴"的位置就不必在开头,从字面上看,"文已尽"是指诗句的文字已尽。那么,或者可以说"兴"的位置乃出现在句尾。②

由于讲究整体的"滋味",所以句尾往往有余兴,于是由齐梁至唐代,逐渐成为人们有意识的一种技巧。李嘉言《篇终接混茫》将这

---

① 朱自清《朱自清古典文学论文集》,第 223 页。
② 张伯伟《钟嵘诗品研究》,南京大学出版社 1993 年版,第 98 页。

种技巧叫做"以景结情",并认为:

> 《文赋》也说过:"诗缘情而绮靡,赋体物而浏亮。"赋本来不是专门描写景物的,但它为了铺陈,却堆砌了许多景物。从堆砌景物这一点来看,同南朝写景有共同之点。其不同之点在于南朝景中有情,而汉赋景中无情。南朝景中有情,用《文赋》的话来说,就是"体物"与"缘情"相结合。①

"有情"、"无情"是关键,笔者认为正是"兴"义的突破,以物动情成为新"兴"义,促成"情景交融"的审美意识,使之成为齐梁至唐代诗歌发展的一个重要趋势。"情景"说的灵魂也还是"兴"。盛唐殷璠对此曾有过明确的意见,他在《河岳英灵集》首倡"兴象"。从集中的具体评论,我们可以明了,所谓兴象,是指诗人的情趣与实景的遇合,是"对景即兴"的创作过程及其富有意味的效果。殷氏拈出"兴象"二字,既保留了"兴",又独立了"象",强调两者之间的对话关系。可以说《文心雕龙·比兴》所云"诗人比兴,触物圆览",《诗品·序》所云"文已尽而意有余,兴也",二家之说在"兴象"中圆融通贯焉。再由此跨前一步,便至"意境"说。或者说,意境说乃脱胎于比兴说(参看本册《释"神来、气来、情来"说》)。

兴,还有另一路走向。《文心雕龙·比兴》曰:"楚襄信谗,而三闾忠烈,依诗制骚,讽[风]兼比兴。"周振甫先生笺云:"《诗经》里的起兴,先说了兴,再说被兴起的事物。《离骚》中的兴,光说鸾皇、云霓,没有被兴起的事物,但它指什么,结合全篇来看是比较明确的。"②通过事物的整体性效果来达到讽喻与咏怀、寄托的目的,是《骚》对"美刺"的一种改造。无论如何,它还是"言志"一路,与"缘情"一路的区别,就在于所蕴含的对社会现实热切的关怀之情。《比

---

① 李嘉言《李嘉言古典文学论文集》,上海古籍出版社 1987 年版,第 133 页。
② 周振甫《文心雕龙注释》,人民文学出版社 1983 年版,第 402 页。

兴》篇云"日用乎比,月忘乎兴,习小而弃大",正是对"巧构形似之言"的不良倾向的批评。然而魏晋以来并非没有此类创作,阮籍《咏怀》便是突出的例子。《诗品》将阮籍列在上品,评云:

> 其源出于《小雅》,无雕虫之功。而《咏怀》之作,可以陶性灵,发幽思。言在耳目之内,情寄八荒之表。洋洋乎会于《风》、《雅》,使人忘其鄙近,自致远大,颇多感慨之词。厥旨渊放,归趣难求。颜延年注解,怯言其志。

何焯《读书记》云:"《咏怀》之作 …… 其源本诸《离骚》,而钟记室以为出于《小雅》。"这一批评是对的,阮作继承的是《骚》的比兴。不过钟氏是看出这种"兴"的,"言在耳目之内,情寄八荒之表",正符合其"文已尽而意有余,兴也"的标准。可惜这种"归趣难求"的兴作,不符合钟氏"三义"并作的审美理想。《诗品·序》有云:"若专用比兴,则患在意深,意深则词踬。"由于缘情与言志日见分离是六朝的总体趋势,所以经阮籍发展的《骚》一路的"言志"型比兴,要到唐代才被重新发现。陈子昂《与东方左史虬修竹篇序》云:

> 汉魏风骨,晋宋莫传,然而文献有可征者。仆尝暇时观齐梁间诗,彩丽竞繁,而兴寄都绝,每以永叹。

"兴"与"寄"连用,与"兴"与"象"连用一样,都是意在扩大兴的内涵。支持"兴寄"说的是其《感遇》三十八首。这组诗内容丰富,或写边塞,或写侠客,或思亲友,或讽祥瑞,或直陈时事以明志,或愤世浊而思归隐,从不同时空、不同视角整体地展示了诗人丰富的内心世界。而这个内心世界是对外部大千世界的感应,其核心是积极用世。也就是说,他将个人之情与关怀社会现实之志结合起来,其兴发是动情,也是言志。情志合一正是盛唐人的特征,所以韩愈《荐士》诗称:"国朝盛文章,子昂始高蹈。"张九龄《感遇》十二首,李白《古风》五十九首,便是接武的杰作。杜甫一些《遣兴》、《写怀》之作,甚至《秋兴八首》,也不无"兴寄"的影响。当然,李、杜诗中意象要比陈诗更丰富生动有血肉,兴象结合更亲切,但毕竟是从子昂诗中汲取了营养,所以对陈诗更能理解,自然评价也高。如杜甫《陈拾遗故宅》诗云:"有才继骚雅,哲匠不比肩。公生扬马后,名与日月悬…… 终古立忠义,感遇有遗篇。"知诗莫过杜甫,我们岂能无视这一评价? 后人或以"诗教"温柔敦厚为标准,或以"正统"为判断,或以缘情为指归而求之,则无论褒贬,都忽略乃至抹杀了陈子昂"兴寄"说及其创作实践的巨大创造性。"兴寄"说促进"诗言志"与"诗缘情"合流,"兴象"说与"兴寄"说互用,强化心物对话关系中主体的心理形象,应是兴义内涵的再次扩展,是对美刺说、起情说、情景说的一次重大整合。杜甫对兴义的理解及其实践可为参照。

　　杜甫《同元使君春陵行序》称元结《春陵行》、《贼退后示官吏作》二首为"比兴体制,微婉顿挫之词"。但我们看这两首诗,形象鲜明,直陈时事,感情激愤,正是王夫之《唐诗评选》卷三指责陈子昂《感遇》"如戟手语"的类型。综观杜甫以沉郁顿挫为特征的诗,其沉郁,当来自面对社会现实激起的深沉的感情;其顿挫,正是这份激情的起伏。白居易《与元九书》首称杜甫,但又说"索其风雅比兴,十无一焉",千余首中"亦不过三四十"而已。其失误当在死守兴的"美刺"旧义,而不能理解"兴寄"的新义所重在面对社会现实的那份感动。白居易的创作也因回到美刺的用诗立场去而逊色不少。当然,杜诗之"兴",还饱含了"文已尽而意有余"的审美效果。杜甫在兴义的整合上似无理论建构,但"兴"的多层面意义在其诗歌实践中却得到综合的体现,兴义具有的巨大潜在内容,有待进一步总结。

　　实际上不仅杜甫,还有许多优秀作家,在其创作实践中都按他们自己独特的理解突破兴义。如陶渊明,在《五柳先生传》中自称"常著文章自娱,颇示己志","酣觞赋诗,以乐其志",《感士不遇赋》

又称"导达意气,其唯文乎",将"诗可以兴"中"言志"与"动情"因素结合,转化为对人生诗意化追求的理念,从眼前平凡而美好的事物中触起,在感发中得到审美升华,创构另一虚幻的文学之境。农村平实无奇之景由是与桃源缥缈理想之境仅一纸之隔。试将《桃花源记并诗》与《归园田居五首》、《归去来兮辞》对读,可谓现实通常之景物中有理想之境,理想之境中有现实的通常面貌,其间的感发关系至显。斯又一新"兴"义矣! 兴义在创作实践中,真可谓炙之愈出。兴义演进大略如上所述,兹以简式示意如下:

非自觉的创作立场:重象征
↓
用诗的立场:重美刺
↓
审美的立场:重感发

本例说意在表明中国古代文论范畴具有一个开放的动态结构,只有在文学史运动中把握它,结合创作实践理解它,才会显得明晰而准确。或者说,每一个重要的古文论范畴,都是一部微缩的文学史,存在着丰富的潜在内容,有待开发。

(原载《文艺理论研究》2003 年第 3 期)

说"飘逸"

一

以气论文,讲究人格与风格之融通。曹丕《与吴质书》评刘桢云:"公幹有逸气,但未遒耳。"此属早期以"逸"衡文者。谢灵运《拟魏太子邺中集诗八首》诗序谓刘桢:"卓荦偏人,而文最有气。"乃知刘为人卓尔不群,而个性偏急,影响于文风,则"壮而不密"(《典论·论文》)。可惜有关资料不多,难作深论。

典型人物是阮籍(字嗣宗)。刘勰《文心雕龙·体性》篇云:"嗣宗俶傥,故响逸而调远。"俶傥,即倜傥,不羁也,此指阮之为人。响逸调远,即钟嵘《诗品》所谓"厥旨渊放,归趣难求",盖指其诗玄远的风格。《魏书·王粲传》称:"籍才藻艳逸,而倜傥放荡。"逸,放也,不羁也。阮籍之为人与为诗,融通的关捩点就在一个"逸"字上。

众所周知,阮籍的放逸有其时代的特征,这就是以"竹林七贤"为代表的魏晋之交那股"越名教而任自然"的思潮。这批人以放荡的行为来表示他们对现实的不满乃至深恶痛绝。阮籍独异处在于,他一面放言:"礼岂为我辈设邪?"放荡不羁;另一面又至慎,"发言玄远,口不臧否人物"。如其登广武,观楚汉战场,叹曰:"时无英雄,使竖子成名!"虽知其有宗国之哀,却无柄可捉。又如晋文帝为武帝求婚,籍以醉六十日免;而公卿劝进,使籍为辞,籍又大醉,而使者临取,籍则立书之,"无所改窜,辞甚清壮"①。醒复醉,醉还醒,虚虚实实。阮氏这种放而实敛不可捉摸的矛盾人格,影响于诗作,便是"微而显"的艺术风格。

陆时雍《诗镜》云:"嗣宗慎言,诗中语都与世远。"指出其人格与风格之融通。所谓"微而显",是说其情绪易感知却难坐实,是陈祚明《采菽堂古诗选》笺《咏怀》第二十首"杨朱泣歧路"所说的"辞愈曲而情愈明"。在当时极其险恶的政治环境下,阮籍形成一套特殊的行为模式,即寓沉痛于放纵,感慨而不涉及具体人事,是所谓"发言玄远"。于诗,则讲究比兴、象征,乃至只通过渲染氛围来传达心境。其逸,是理性控制下的逸。

阮诗之逸,犹有余义。钟嵘《诗品》评阮氏《咏怀》之作云:"言在耳目之内,情寄八荒之表。"刘熙载《艺概·诗概》称阮氏《咏怀》云:"其旨固为渊远,其属辞之妙,去来无端,不可踪迹。"则阮籍诗风穷极变化,兴寄无端,无羁无束。萧涤非先生在《读阮嗣宗诗札记》中曾引黄节先生的意见说:

> 凡为诗皆须合一理字。无论抒情、叙事、写景,莫不如此。唯嗣宗诗间有超越于常理之外者,此不可不知。又其诗之变化在于思想,不专在于字句。②

"超越于常理之外"正是"使气命诗"的阮诗之"逸"。《咏怀》第五十八首云:

> 危冠切浮云,长剑出天外。细故何足虑,高度跨一世。非子为我御,逍遥游荒裔。顾谢西王母,吾将从此逝。岂与蓬户士,弹琴诵言誓!

① 以上所引咸见《晋书·阮籍传》。
② 萧涤非《乐府诗词论数》,齐鲁书社 1985 年版,第 359 页。

诗深得《离骚》之趣，又出乎《庄子》逍遥之"理"，乃是其"大人先生"式的意象。然则，阮子之逸，乃屈原孤高与庄子逍遥之合璧，其神采全在脱越凡俗，作精神上之翱翔。这是阮籍为飘逸风格所下的基石。

二

其实阮籍的放逸非真无羁束，犹如蜜蜂之于玻璃窗，看似明净通透而无碍，到底还是出不去。至乎陶渊明，这才敛翮从玄言的高空中降下，徘徊在回家的路上。陶诗归鸟的意象，俯拾皆是：

> 翼翼归鸟，驯林徘徊。(《归鸟》)
>
> 厉厉气遂严，纷纷飞鸟还。(《岁暮和张常侍》)
>
> 日入群动息，归鸟趋林鸣。(《饮酒》)
>
> 山气日夕佳，飞鸟相与还。(《饮酒》)

暮色中的归鸟，给人以宁静祥和乃至温馨的感觉。这是一种顺应自然的自由。渊明化任诞为任真：

> 江州刺史王弘造渊明，无履，弘从人脱履以给之。(弘)语左右为彭泽作履，左右请履度，渊明于众坐伸脚，及履至，著不疑。(檀道鸾《续晋阳秋》)
>
> 贵贱造之者，有酒辄设。潜若先醉，便语客："我醉欲眠，卿可去。"其真率如此。郡将候潜，值其酒熟，取头上葛巾漉酒，毕，还复着之。(沈约《宋书·隐逸传》)

陶氏以平和的态度远离官场,萧然自适,不为物役,在平实的生活中品味生命,从而得到审美的超越。这就是陶渊明的飘逸。这种艺术风格的生命力来自对生活持审美的怡然态度,展卷可知,何必举例。

值得一提的是,从阮氏"超越于常理之外"的逸,到陶氏"傲然自足,抱朴含真"(《劝农》)的逸,虽然说是"软着陆",但傲骨仍在。海外有学者认为陶渊明只是个俗人,所谓的"真"只是任性,反社会规范,并美化自己的贫困,自己使自己陷入死胡同,必须将其诗文与其为人分割开来云云①。或许这是不同文化有不同的参照系所造成的分歧,但国内也不乏对陶氏的逃避现实持异议之人。究其原委,就在于缺乏陈寅恪氏所说的"其对于古人之学说,应具了解之同情"②。在中古危机四伏的政治环境中,要做到安贫乐道是何等的困难!亲经亲历毕竟与隔岸观火不同。只要不带成见地细读陶渊明《与子俨等疏》,便不难感知其内心痛苦及其"性刚才拙,与物多迕"的傲骨。陶氏将儒家的道德力量与道家的审美态度相结合,形成自己独特的"傲然自足,抱朴含真"的人格。在漫长而苦难深重的封建社会现实中,为逆境中的士子提供了一种保存个体尊严的行为模式。尤其是在平凡的现实生活中品味生命的艺术,使之更具弹性,好比充了气的球被捺到水下,一旦有机会便会挣出水面。当然,其代价也是巨大的,即放弃对社会的正面冲击。无论如何,陶氏之逸,蕴含着个体尊严的内力,在当时就是一种进步。

三

让归鸟化为大鹏一举冲天的,是李白。"大鹏一日同风起,扶摇直上九万里。假令风歇时下来,犹能簸却沧溟水!"(《上李邕》)归

---

① [日]冈村繁《陶渊明李白新论》,上海古籍出版社2002年版。
② 陈寅恪《金明馆丛稿二编》,上海古籍出版社1980年版,第247页。

鸟与大鹏意象之转换,正是魏晋风度与盛唐气象之转换。唐代由于改变了六朝以来"徒以凭借世资"的人才僵局,所以士子的性命情调更多地体现为建功立业。李白的飘逸,典型地体现了唐代士子这一性命的情调。日本学者松浦友久评论李白的游仙诗有云:"李白的诗歌中,也有相当数量描写具有这种意义的道教世界的作品,这是一个以对现实世界的强烈关心为基础的超俗世界。"①甚是,甚是!李白飘逸的基础正是对现实世界的强烈关心。方东美《中国形上学中之宇宙与个人》一文指出,中国本体论立论之特色有二:"一方面深植根于现实世界,另一方面又腾冲超拔,趋入崇高理想的胜境而点化现实。"②这就是中国特有的入世的超越精神。正是这种内在的精神使中国文学无论沉郁,无论飘逸,都以自己独特的方式表达"对现实世界的强烈关心",于中国文坛各擅胜场而成为美的两种极致。故李白的飘逸,对阮籍、陶潜是个重要的补充。李白不但上承阮籍的"使气命诗",以大鹏替代"大人先生"的意象,超然乎凡俗;他还直承陶潜之任真,以更具主观能动的"不屈己,不干人"(《代寿山答孟少府移文书》),替代陶潜的"质性自然"。由是个体尊严进一步强化,使飘逸从根本上趋向积极。龚自珍曾一语道出李白飘逸之源云:"庄、屈实二,不可以并;并之以为心,自白始。儒、仙、侠实三,不可以合;合之以为气,又自白始也。"(《最录李白集》)阮、陶也曾合庄、屈、儒、道为一,而"侠"一味,其渗入却是李白个人也是盛唐时代之特色。

　　自司马公《史记》为"布衣之侠"立传,侠便深著平民之色彩。不过李白之"侠",往往与先秦"游士"混一,掉臂同行。在李诗中,充斥着鲁仲连、范蠡、郭隗、朱亥、剧辛、张仪、韩信、剧孟一流人物,试读其《梁甫吟》:

---

① ［日］松浦友久《李白——诗歌及其内在心象》,张守惠译,陕西人民出版社1983年版,第157页。
② 该文收入刘小枫编《中国文化的特质》,生活·读书·新知三联书店1990年版。

长啸《梁甫吟》,何时见阳春?君不见朝歌屠叟辞棘津,八十西来钓渭滨。宁羞白发照清水,逢时壮气思经纶。广张三千六百钩,风期暗与文王亲。大贤虎变愚不测,当年颇似寻常人。君不见高阳酒徒起草中,长揖山东隆准公。入门不拜骋雄辩,两女辍洗来趋风。狂客落魄尚如此,何况壮士当群雄!我欲攀龙见明主,雷公砰訇震天鼓。帝旁投壶多玉女,三时大笑开电光,倏烁晦冥起风雨。阊阖九门不可通,以额叩关阍者怒。白日不照吾精诚,杞国无事忧天倾。猰貐磨牙竞人肉,驺虞不折生草茎。手接飞猱搏雕虎,侧足焦原未言苦。智者可卷愚者豪,世人见我轻鸿毛。力排南山三壮士,齐相杀之费二桃。吴楚弄兵无剧孟,亚夫咍尔为徒劳。《梁甫吟》,声正悲。张公两龙剑,神物合有时。风云感会起屠钓,大人峣屼当安之。

全新的历史意象改变了《骚》的主题。迎面陡然而来的是一位具有强烈济世心的"大布衣"形象。林庚《诗人李白》有这样一段话:

> 正如李白所夸耀的"不屈己,不干人",这就是布衣的骄傲。李白又说他自己:"怀经济之才,抗巢、由之节。文可以变风俗,学可以究天人。一命不沾,四海称屈。"一方面"不屈己,不干人",不向统治阶级卑躬屈节;另一方面又要用"四海称屈"的舆论,来迫使统治阶级不得不让他参与政治。李白的屡以巢、由自比,正因为巢、由乃是布衣,而帝尧却要把天下让给他。李白当然还不会要求唐玄宗把天下拱手让给他,那是太不现实了,然而他却毫不掩饰地要求唐玄宗真正让他过问国家大事。他说:"愿为辅弼,使寰区大定,海县清一。"又说:"因人耻成事,贵欲决良图。"这就是说要参与一些真正有关人民的国家决策。[①]

---

① 林庚《诗人李白》,上海古籍出版社 2000 年版,第 13—14 页。

李白的布衣参政要求，其实只是长期存在于士阶层内心深处以"道"的解释权为专利的潜意识的呈露。知识与人格，是其争取权力话语的资本，李白的飘逸也就典型地展示了这种资本的力量。然而李白所处的盛唐时代，却是中国封建社会颇为奇特的一个历史时期。可以说，这是一个既尊崇人才又不需要人才的时代。一方面，由于唐统治者改革用人制，打破"下品无高门，上品无贱族"的人才僵局，使一批庶族士子扬眉吐气，长期养成一种士子"恃才傲物"、人们崇尚奇才的社会风气，这真是李白生长最合适的气候与土壤；另一方面，盛唐是封建专制日趋透熟的时代，士大夫已由权力话语的中心位置挪向边缘，所以又是一个"不需要人才的时代"，想成为"帝王师"只能是场白日梦。李白这种飘逸，不能不显露出一点悲剧的精神①。李白，也许是士子为维护其权力话语地位的最后一位传奇斗士。李白的飘逸随着李白的时代一去不复返。封建社会后期更使飘逸走了味，或易旷达如苏轼，或变狂傲如徐渭，过淮橘枳，不可不知。

四

如果说阮、陶之飘逸，其偏在"逸"；则李之飘逸，其意在"飘"。杜甫《春日忆李白》云："白也诗无敌，飘然思不群。清新庾开府，俊逸鲍参军。"杜甫捕捉到李太白诗歌之风格特征，便是一个"飘"字，而以庾信之清新、鲍照之俊逸为注脚。证以夫子自道，李白《宣州谢朓楼饯别校书叔云》诗曰："蓬莱文章建安骨，中间小谢又清发。俱怀逸兴壮思飞，欲上青天揽明月。"其意亦在清新俊逸之间，是所谓的"清真"（详本册《大雅正声》），既有此清新俊逸之内美，又能以飘

---

① 林继中《李白歌诗的悲剧精神》，《文学遗产》1994 年第 6 期（收入本《文集》第六册）。

忽变幻、妙语天成的手段出之，便是赵翼《瓯北诗话》所称："（白）诗之不可及处，在乎神识超迈，飘然而来，忽然而去，不屑屑于雕章琢句，亦不劳劳于镂心刻骨，自有天马行空不可羁勒之势。"摆脱任何束缚，是李太白飘逸风格生命力之所在。这种旺盛的生命力使其主体性得以高扬，"真力弥满，万象在旁"（《诗品·豪放》），对万象可以颐指气使，招来挥去，表现出无与伦比的想象力。飘逸风格，至是已臻厥美。旧题司空图的《诗品·飘逸》云：

> 落落欲往，矫矫不群。缑山之鹤，华顶之云。高人惠中，令色氤氲。御风蓬叶，泛彼无垠。如不可执，如将有闻。识者期之，欲得愈分。

此品强调飘逸的艺术风格必须是清高绝俗之人格的自然流露，故曰："高人惠中，令色氤氲。"其魂在任真，不可矫情求之，故又曰："识者期之，欲得愈分。"而其艺术特征，则是无羁无束，来往无端，故曰："御风蓬叶，泛彼无垠。"结合上文对三位代表作家的分析，我们对飘逸的风格特征作如下表述：

（一）具有超拔腾冲抉破世俗之网的人格力量，其破俗的具体内容视时代而定。也就是说，这是一个开放的、动态的结构。

（二）这种超拔应是以关心现实为基础所采取的一种审美超越的态度，绝非远离现实而不顾的态度，所以其表达方式相应的是自由无羁而神采自然的形式。

从《飘逸》品，我们感受到中国文学传统对真、善、美三位一体的推崇。

（原载《古代文学理论研究》第 21 辑，2003 年）

文气说解读

神、气、韵,是一组最具中国特色却又飘忽不易把握的古文论范畴,它们好比活泼元素,能灵活组合为传统文论中常见的批评用语,如神气、神韵、神理、神采、神情、气韵、气象、气脉、气骨、意气、体气、气格、气势、韵味、情韵、风韵等等,经纬交织,似一张大网笼罩千年古文坛。有鉴于此,前辈学者如郭绍虞,今贤如詹福瑞、蒲震元诸先生,皆做过许多有益的辨析①。本文拟在此基础上,对这组古文论范畴的核心——"文气"说再作解读。

一

气,论者多认为是古人指称的宇宙生命本源,或万物之原质。如以今天的眼光看,也许是先人对大千世界林林总总的事物之间联系的一种感悟。西方人善抽象,而我们的先人却喜欢以具体事象作比拟,故将这种无形可感的联系拟诸同样无形可感的"气"。《老子》四十二章云:"道生一,一生二,二生三,三生万物。万物负阴而抱阳,冲气以为和。"帛书甲本《老子》"冲"作"中"。无论冲气还是

---

① 郭绍虞《中国文学批评史上之"神""气"说》,《中国古代文论研究论文集》,上海古籍出版社 1989 年版;詹福瑞《中古文学理论范畴》,河北大学出版社 1997 年版;蒲震元《中国艺术意境论》,北京大学出版社 1999 年版。均为本文主要参考书。

中气,都指阴、阳二气互相作用而成的"和气",调和之气。所以或阴或阳的万物,虽然矛盾,但都有联系,"冲气以为和"焉。由此或可推知:"道"是万物之本源,"气"是矛盾对立的万物之间的联系。因之"气"便有了第一个特质:对立统一。正是"负阴抱阳"的对立统一使"气"成为一种动力形式,董仲舒《春秋繁露·五行相生》乃云:"天地之气,合而为一,分为阴阳,判为四时,列为五行。"并由于"天人感应"的缘故,阴阳二气成为人喜怒哀乐的原因,进而又成为造成个体之间气质个性千差万别的根本原因①。由是曹丕《典论·论文》水到渠成地将"气"引入古文论,成就了"文气"说。而刘勰《文心雕龙》始化"气有阴阳"为"阴阳刚柔"之说以论文。《体性》篇云:"然才有庸俊,气有刚柔……是以笔区云谲,文苑波诡者矣。"至清代姚鼐则专主阴阳刚柔之说,蔚成大宗。值得重视的是,"气"的这种对立统一性质,深刻地影响了传统文论在思维方式上重视对立双方相依相待与相互转化的关系。如体现于古文论,则重视阳刚与阴柔、虚与实、动与静、形与神之间的辩证关系等。"气"的第二个特质是其超象性。由于气的无形可感,处于形神之间,是《庄子·知北游》所谓"不形之形,形之不形",具有虚而实、实而虚的特质。然而深究到底,气并非能自由出入于形神虚实之间的一种特殊物质,它只是事物或心物之间的一种联系,是物理学所谓的"场"②。郭象注《庄子·齐物论》有云:"夫天籁者,岂复别有一物哉!即众窍比竹之属,接乎有生之类,会而共成一天耳!"故文气也者,亦"岂复别有一物哉!"叶燮《原诗》有云:

　　曰理、曰事、曰情三语,大而乾坤以之定位,日月以之运行,以至一草、一木、一飞、一走,三者缺一,则不成物。文章者,所

① 詹福瑞《中古文学理论范畴》,河北大学出版社 1997 年版,第 166—167 页。
② 王元化《思辨随笔》亦称:"气不是物质性的,也不是精神性的,而是近似'场'。"(上海文艺出版社 1994 年版,第 226 页)

以表天地万物之情状也。然具是三者，又有总而持之，条而贯之者，曰气。事、理、情之所为用，气为之用也。譬之一木、一草，其能发生者，理也。其既发生，则事也。既发生之后，夭矫滋植，情状万千，咸有自得之趣，则情也。苟无气以行之，能若是乎？

叶氏认为文章的实体只是理、事、情，而它们的构成关系则为气。所以又说："草木气断则立萎，理、事、情俱随之而尽，固也。虽然，气断则气无矣，而理、事、情依然在也。"故尔此气，是上文所谓"接乎有生之类"，只能"以神遇而不以目视"了。气的超象性对古文论有深远的影响，一方面促成了创作自"比兴"到"象外之象"的符号化追求，另一方面则养成读者由实景悟入虚境的审美趣味。二者都有明显的虚化倾向。

"气"的第三个特质是创生性。《周易·系辞上》云："精气为物，游魂为变。"孔颖达疏："谓阴阳精灵之气，氤氲积聚，而为万物化。"《庄子·知北游》云："人之生，气之聚也。聚则为生，散则为死。"王夫之《庄子解·人间世》释曰："气者，生气也，即天之和气也。"文气说的特征便是讲究生气。谢赫《古画品录》绘画六法首推"气韵生动"，论文亦注重生气远出。董其昌《画禅室随笔·评文》则云："文要得神气，见试看死人活人，生花剪花，活鸡木鸡，若何形状，若何神气。"方东树《昭昧詹言》亦云："观于人身及万物动植，皆全是气所鼓荡。气才绝，即腐败臭恶不可近。诗文亦然。"问题还在于：这种"生气"是与人的情志相联系的，故《孟子·公孙丑》云："夫志，气之帅也。"陆机《文赋》更有具体的描绘：

> 若夫应感之会，通塞之纪，来不可遏，去不可止……思风发于胸臆，言泉流于唇齿。纷葳蕤以馺遝，唯毫素之所拟。文徽徽以溢目，音泠泠而盈耳。及其六情底滞，志往神留，兀若枯

木,豁若涧流。

在这里,情志的运行便是生气。日本学者铃木虎雄曾将"气"定义为"精神的活力",我看是准确的①。

"气"的第四个特质,是其"感应"的运作形式。《周易·咸卦·彖辞》云:"二气感应以相与……天地感而万物生。"孔颖达《周易正义》云:"感者,动也;应者,报也。"这种二气交感互动、相向建构的认识,决定了中国古代文论是以感应论而非反映论为基础。故尔《文心雕龙·明诗》云:"人禀七情,应物斯感,感物吟志,莫非自然。"《物色》又云:"山沓水匝,树杂云合。目既往还,心亦吐纳。春日迟迟,秋风飒飒。情往似赠,兴来如答。"由此发展出一套心物交感的情景论。而这种感应的运作形式与无形可感的特质又促成了独具特色的"悟"的审美。

有了以上对"气"的特质的认识,便可对文气说做进一步解读。

二

我们更感兴趣的是:哲学之"气"是如何转换为文中之"气"的。首倡文气说的曹丕在《典论·论文》中说:

> 文以气为主,气之清浊有体,不可力强而致。譬诸音乐,曲度虽均,节奏同检,至于引气不齐,巧拙有素,虽在父兄,不能以移子弟。

诚如詹福瑞《中古文学理论范畴》所论断:"文气论内容之核

---

① [日]铃木虎雄《中国诗论史》,许总译,广西人民出版社1989年版,第38页。

心,是文学主体论。即作为创作主体的作家之禀气,直接影响了文气。"①古文论的通病是缺少分析论证的中间环节。曹氏此论同样也没有作家禀气是如何影响于文气的阐述。不过细度其中音乐之譬,却是深意内蕴。盖吹奏所引之气,不过自然之气;一旦进入乐器,鼓荡其间,便发为声响节奏,此时之气,已贯穿乎旋律,是音乐之气了。故在曹氏看来,作家禀气与文气,实在是一而二,二而一的。他山之石,可以为错。皮亚杰发生认识论认为,在认识过程中,主体与客体是双向建构的关系,其间有个中间环节——认知结构。图式如下:

$$S \rightarrow (AT) \rightarrow R$$

S 是外来刺激,R 是反应,A 是同化刺激于结构 T。认知结构是通过个体不断学习得来的。客体产生刺激被整合进个体原有的认知结构中,这叫"同化";同时,主体要调整自身原有的结构以适应客体,这种适应叫"顺化"。同化与顺化双向运动,使主体的认知结构由简单趋复杂,由初级向高级发展②。从感应论的角度看,文学并非直接反映世界,而是反映人对世界的体验。也就是说,文学中的世界,是作者心目中的世界,是他从客观世界中体验出来的"世界"。《文心雕龙·物色》称:

> 是以诗人感物,联类不穷,流连万象之际,沉吟视听之区。写气图貌,既随物以宛转,属采附声,亦与心而徘徊。

心随物而宛转,物与心而徘徊,正是主体与客体之间一种双向

---

① 詹福瑞《中古文学理论范畴》,第 173 页。
② 参看［瑞士］皮亚杰《发生认识论原理》,王宪钿等译,商务印书馆 1995 年版。

建构的关系。故《物色》赞曰："目既往还,心亦吐纳……情往似赠,兴来如答。"而往来心物之间者,气也。《庄子·人间世》有云:

> 无听之以耳,而听之以心;无听之以心,而听之以气。耳止于听,心止于符。气也者,虚而待物者也。①

无听之以耳,是因为耳听只是感觉表象,还不是真知。无听之以心,《庄子集释》疏曰:"心有知觉,犹起攀缘。"用今天的说法,就是心有成见,主观性太强,主体原有的认知结构会左右你的判断,也未必是真知。故王夫之《庄子解》云:"心之有是非而争人以名,知所成也。而知所自生,视听导之耳。乃视者,由中之明以烛乎外,外虽入而不能夺其中之主。"这就是说,纯客观的认知是不可能的,而主观性反而会使外物来"符"你的成见,也非真知。所以,要"听之以气","气也者,虚而待物者也",它排开成见,能让主体与客体交往,强调的是主体要主动地调整原有的认知结构以顺应外来新的刺激。听之以气,就是让主体与客体在交往中同时进行同化与顺化。故王夫之又云:"气者,生气也,即皞天之和气也。"②所言正是我们上文提及的"气"的特质之一:负阴抱阳,冲气以和,对立统一。就创作而言,也就是作家以情性为主的"禀气"与创生万物的自然元气之和合。惜乎先民这一高明的感悟未能理论化、系统化,而往往被谈玄所淹没。发掘古文论的合理内核,正是研究者的任务。黄侃《文心雕龙札记》释"神与物游"有云:

> 此言内心与外境相接也。内心与外境,非能一往相符会,当其窒塞,则耳目之近,神有不周;及其怡怿,则八极之外,理无不浃。然则以心求境,境足以役心;取境赴心,心难于照境。必

---

① "耳止于听",旧作"听止于耳",今从俞樾改。见郭庆藩《庄子集释》卷二。
② 《庄子·天地》也说到"无声之中,独闻和焉",可见王夫之是讲到点子上了。

令心境相得,见相交融,斯则成连所以移情,庖丁所以满志也。
(《神思第二十六》)

黄氏指出心与境"非能一往相符会",必须有个调整的过程,才能"令心境相得"。《文心雕龙》也多次提到"情以物兴,物以情观","情以物迁",所言正是调整的过程。

那么这一调整又是如何进行的呢?《文心雕龙·神思》有一段非常重要的论述:

故思理为妙,神与物游,神居胸臆,而志气统其关键;物沿耳目,而辞令管其枢机。

刘氏用"神与物游"来表示心与物的调整过程。由于古人不明大脑的作用,故《白虎通义·论五性六情》云:"内有五脏六府(腑),此情性之所由出入也。"这就是刘氏所谓的"神居胸臆"。《明诗》篇又云:"人禀七情,应物斯感;感物吟志,莫非自然。"所谓七情,就是"喜怒哀惧爱恶欲",合上引之"志气"与"情性"而言之,可泛称"情志"。这是作家"缘心感物"的心理基础,相当于接受美学所谓的"期待视野"。我将作家这种创作状态中的认知结构称为"情感结构"。那么所谓"神思",就是外部刺激进入情感结构所引起的情感反应,从"元气"到"文气"的转换便在此进行。

三

上引《神思》一段话,有几个问题值得探讨。首先是:神与物游。一个"游"字表明神与物之关系是自由和合的平等关系。艾布拉姆斯《镜与灯》谓心与物之关系有两大类,一似镜,是物的反映者;

一似灯,是照明物的发光体,即西方文论所谓的反映论与表现论[①]。中国古文论以感应论为基础,既非镜,亦非灯,是水中月、镜中花,是电光石火,不是单向度的反应,而是心物相激的感应。艾布拉姆斯又将文艺四要素以作品为中心作如下辐射型图式:

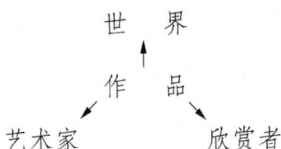

世　界

作　品

艺术家　　　　欣赏者

然而以感应论为基础的中国古代文论并不强调以作品为中心。作为中国古代文艺批评主流的"知人论世"模式,强调的是一种相互关联。不妨排出如下相依相待的环生双向图式:

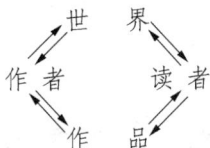

世　界

作　者　　读　者

作　品

作品反映的是作者对世界(包括对象化的情感)的体验,读者也以自身对世界的体验参与了作品的"再创作"。因此,古文论最重视的是感应的发生,即"起情"、"兴会"、"兴发"的环节。刘勰在"神与物游"前后有这样的描述:

> 古人云:"形在江海之上,心存魏阙之下。"神思之谓也。文之思也,其神远矣。故寂然凝虑,思接千载;悄焉动容,视通

① [美] M. H. 艾布拉姆斯《镜与灯》,北京大学出版社 1989 年版。请参看拙著《文学史新视野》第一章《中国文学史主流模式及其变异》,北京大学出版社 2000 年版(收入本《文集》第四册)。

万里;吟咏之间,吐纳珠玉之声;眉睫之前,卷舒风云之色：其思理之致乎? 故思理为妙,神与物游……夫神思方运,万涂竞萌,规矩虚位,刻镂无形,登山则情满于山,观海则意溢于海,我才之多少,将与风云而并驱矣。

"思接千载"可以是历史文化的积淀,"视通万里"可以是个人经验的联想,"登山"、"观海"可以是眼前事物(所谓"现量"),所重者在审美经验与现实世界之感应。故赞曰："神用象通,情变所孕。物以貌求,心以理应。"有强烈的感应才有创作激情。对这一重视感发的传统,叶嘉莹教授有精彩的论述,本文暂不作深论①。本文关心的是"感兴"与"文气"说之间的关系。据赵沛霖的研究,"兴"的源起是与原始巫术宗教观念相联系的,经过长期的历史积淀才成为以"他物"引起"所咏之词"的艺术形式②。《周礼·春官》就是将"兴"与"风雅颂赋比"列为"六义",并无具体的界说。将兴与感应联系起来加以界说的,当始自六朝：

> 兴者,有感之辞也。(挚虞《文章流别论》)

> 比者,附也;兴者,起也……起情,故兴体以立。(刘勰《文心雕龙·比兴》)

在以气论文渐成风气的时代,论者以气无形可感的特质来解释兴"全无巴鼻"的感应特征是不奇怪的。事实上正是文气说强化了兴的感应特征。唐人于此殊有解会,李德裕《文章论》有云：

> 文之为物,自然灵气,惚恍而来,不思而至。

① 请参看叶嘉莹《中国古典诗歌中形象与情意之关系例说》,《古代文学理论研究》第6辑,上海古籍出版社1982年版,第22页。

② 请参看赵沛霖《兴的源起》,中国社会科学出版社1987年版。

李氏这段话可视为陆机《文赋》"应感之会,通塞之纪,来不可遏,去不可止"的改写,却把兴感论与文气说一纸之隔戳通了。《文镜秘府论》南卷《论文意》有云:

> 诗本志也,在心为志,发言为诗,情动于中,而形于言,然后书之纸也。

这只是"诗言志"的传统说法而已,但随后又一则云:

> 夫文章兴作,先动气,气生乎心,心发乎言,闻于耳,见于目,录于纸。

这里将"情志"到"言"的中间环节补出,即"兴作"的过程便是"动气"。而这"气"虽"生乎心",却又与"闻于耳,见于目"有关。可见先贤已体悟到"气是主客体交往的产物"。如与《文心雕龙·体性》"才力居中,肇自血气,气以实志,志以定言"云云对读,则不难发现,刘勰所云之"气",尚处于"志以定言"之前,属文外之元气;而上引所云之"气",则已是"兴作"中之气,是创生状态之文气。故唐人刘禹锡《唐故相国李公集序》云:"天以正气付伟人,必饰之使光耀于世。粹和氤氲积于中,铿锵发越形乎文。"这"氤氲"二字,实在是对"元气"转化为"文气"的酝酿过程的一种体悟。综观唐人创作及其文论(如传王昌龄云"以境照之,思则便来,来则作文"[①],及殷璠《河岳英灵集》之倡"气来"与"兴象"云云),大致可将此酝酿过程归纳为下式:

$$兴 \rightarrow 象 \rightarrow 境$$

---

① [日]遍照金刚《文镜秘府论》南卷《论文意》。

四

张法《中西美学与文化精神》有段话颇引人深思：

> 宇宙整体之气，中国人本来没有把握，但他却以为把握了。西方人最初也以为自己把握了这个宇宙之道，但西人以重实体为核心的实践方式，依靠逻辑和实验，终于不断地否定了自己；而中国人以气为核心的实践方式始终无法察觉自己在宇宙之道认识上的迷误，只好在"天不变，道亦不变"的坚定信仰下徘徊了两千多年……面对宇宙整体，西人重的是理念演化的逻辑结构，中国人重的是气化万物的"不见其事而见其功"的功能运转……①

我想，正视"气"的非科学的一面，要比"既是精神的，又是物质的；既是道德的，又是生命的"之类愈说愈玄的解释更有利于"文气"说的发展完善。如果我们不把气视为"万物之原质，生命之本源"，而只是事物间的一种联系，凸显其"功能运转"的性质，以此反观文气说，那就会平实得多。古人于创作实践中，于此已有所悟。钱仲联《释"气"》已指出，杜牧《答庄充书》谓"文以意为主，以气为辅"，是对曹丕"文以气为主"的修正②。元人刘将孙《谭西村诗文序》于此别有会心：

> 文以气为主，非主于气也，乃其中有所主，则其气浩然，流动充满而无不达，遂若气为之主耳。

---

① 张法《中西美学与文化精神》，北京大学出版社 1994 年版，第 21 页。
② 钱仲联《梦苕庵清代文学论集》，齐鲁书社 1983 年版，第 219 页。

其中"有所主"的"主",应是情志,则上引刘勰所谓"志气统其关键"、"以情志为神明",也就是钱谦益所称"志之所之,盈于情,奋于气"云云。文气,是情志于文中"流动充满"的运作态势。故陆机《文赋》于形容"思风发于胸臆"是如何骏利之后,乃曰:"及其六情底滞,志往神留,兀若枯木,豁若涸流。"可见情志畅达则气盛,反之则气乏。唐人李翱《李文公集·答朱载言书》便直截了当地说:"理辩则气直,气直则辞盛。"而明人李梦阳《空同集·张生诗序》亦云:

> 夫诗言志,志有通塞则悲欢以之,二者小大之共由也。至其为声也,则刚柔异而抑扬殊,何也? 气使之也。

此节可谓深得曹丕之文心。"引气不齐"在这里具体化为"刚柔异而抑扬殊",已有些"功能运转"的意思了。清人沈德潜《说诗晬语》又进一步从作势来阐说文气:

> 文以养气为归,诗亦如之。七言古或杂以两言、三言、四言、五六言,皆七言之短句也。或杂以八九言、十余言,皆伸以长句,而故欲振荡其势,回旋其姿也。其间忽疾忽徐,忽翕忽张,忽浮潆,忽转掣,乍阴乍阳,屡迁光景,莫不有浩气鼓荡其机,如吹万之不穷,如江河之滔漭而奔放,斯长篇之能事极矣!

这里将因果倒置了,不是"浩气鼓荡"出如此盘旋振荡之势,恰恰是此诗中杂短句长言,且要情志"流动充满",一气盘旋,才能造成"浩气鼓荡"的效果。故何绍基《东洲草堂文抄·与汪菊士论诗》云:

> 凡学诗者,无不知要有真性情……然虽时刻流露,以之作诗作文,尚不能就算成家者,以此真性情虽偶然流露,而不能处

处发现,因作诗文自有多少法度,多少功夫,方能将真性情搬运到笔墨上。又性情是浑然之物,若到文与诗上头,便要有声情气韵,波澜推荡,方得真性情发见充满,使天下后世见其所作,如见其人,如见其性情。

何氏的看法是深刻的。"文气"来自"真性情",且要"处处发现",也就是情志的"流动充满",才能"搬运到笔墨上"去。"志气统其关键",循此进入"辞令管其枢机",形成"声情气韵,波澜推荡"的文气。

文气说对"辞令"的影响是深巨的。首先是催生了与"志气"相应的"气骨"、"风骨",即飞动的气势与刚健的语言风格。这方面的论述可谓"伙颐",值得补充的是唐人殷璠《河岳英灵集》提倡的"气来"说(详参本册《释"神来、气来、情来"说》)。

殷氏"气来"说似无接武,但将内容、形式到风格视为一个动态的整体,要求其氤氲浑成,已逐渐成为人们普遍的审美理想,故《二十四诗品》第一品便是"雄浑",而严沧浪亦以"气象浑厚"论唐诗。"神来、气来、情来"说再跨前一步,便离意境说、神韵说不远了,也许是"气"的超象性特质使然。这又是一个复杂的问题,当另文再议。

(原载《文艺理论研究》2001 年第 5 期)

道 德 文 章

视"道德文章"为一体，是中国传统文论一大特色。必欲摈"道德"于"文章"之外，无异乎抽中国古典文学之脊梁。别裁"道德文章"与"道德说教"，是继承与扬弃的关键。

一

人的基本属性有二，一为自然属性，一为社会属性，二者形影相随，互相依存。大体说来，道家偏重前者，是所谓"知天不知人"者；儒家偏重后者，是所谓"知人不知天"者。然而创建儒学的孔、孟，是以自然属性为其"人性论"的出发点，即以亲子之情为基础的"孝"，"推己及人"至"泛爱众"的"仁"，其高明处就在于以自然属性的心理情感，"酶"也似地将外在的社会规范、伦理道德要求内化为人性自觉的道德情感。儒学对中国文学深远的影响，莫过于此。

子曰："兴于诗，立于礼，成于乐。"（《论语·泰伯》）孔子认为育人者，当首先感发于诗，从习礼得到规范，最终完成于乐——这意味着外在的社会秩序与内在的情感形式（似音乐的样式）已经取得某种共同的逻辑，是所谓的"和"。文学，因其动情功能被视为内化过程的良性导体，从而为儒学创始者所重视。故《毛诗序》有云：

《关雎》，后妃之德也，风之始也，所以风天下而正夫妇也。故用之乡人焉，用之邦国焉。风，风也，教也；风以动之，教以化之。

诗者，志之所之也，在心为志，发言为诗。情动于中而形于言，言之不足故嗟叹之，嗟叹之不足故永歌之，永歌之不足，不知手之舞之，足之蹈之也。

情发于声，声成文谓之音。治世之音安以乐，其政和；乱世之音怨以怒，其政乖；亡国之音哀以思，其民困。故正得失，动天地，感鬼神，莫近于诗。先王以是经夫妇，成孝敬，厚人伦，美教化，移风俗。

这段权威论述将自然属性的"情"提升为社会属性的"志"（志与社会关怀之间的紧密联系已为许多论者所阐明）。早期儒学更多的是从"用诗"的接受角度去看待文学的目的，所以"诗言志"重点还不在乎作者，而在乎接受者。孟子乃曰：

一乡之善士，斯友一乡之善士；一国之善士，斯友一国之善士；天下之善士，斯友天下之善士。以友天下之善士为未足，又尚论古之人。颂其诗，读其书，不知其人，可乎？是以论其世也，是尚友也。（《孟子·万章下》）

又云：

故说诗者，不以文害辞，不以辞害志；以意逆志，是为得之。（《孟子·万章上》）

"以意逆志"与"诗言志"配套，讲的正是上引孔子"兴于诗，立于礼，成于乐"的道理，也是以诗为媒介的修身方法。所以汉儒从

《关雎》看出"后妃之德",也是符合儒学"以意逆志"的精神的。近年出土的战国楚竹书"孔子诗论"第十六简释文或云：

> 孔子曰：吾以《葛覃》得祇初之志，民性固然，见其美必欲反一本，夫葛之见歌也，则……

有学者认为：所谓"反一本"，即《葛覃》序所云"后妃之本"的"本"。这句的意思是：由《葛覃》可知其当初在母家之时躬俭节用的美德①。

如果上释无大误，则孔子的确是将道德修养与文学相沟通的。当汉儒从"用诗"的立场反转来要求于作者时，则将自然属性之"情"提升为社会属性的"志"，自觉地接受社会规范的约束，也就顺理成章地成为儒家的创作论了。所以《毛诗序》又云：

> 国史明乎得失之迹，伤人伦之废，哀刑政之苛，吟咏情性，以风其上，达于事变而怀其旧俗者也。故变风发乎情，止乎礼义。发乎情，民之性也；止乎礼义，先王之泽也。

如何"发乎情，止乎礼义"？接下来几句是关键：

> 是以一国之事，系一人之本，谓之风；言天下之事，形四方之风，谓之雅。雅者，正也，言王政之所由废兴也。

儒学于此并未要求诗人作乡愿式的亦步亦趋，只是要求关心国事、天下事，"言王政之所由废兴"耳。孔颖达《毛诗正义》释云：

---

① 详见《新出土文献〈战国楚竹书·孔子诗论〉与先秦诗学研讨（笔谈）》，《文艺研究》2002 年第 2 期。

> 一人者，作诗之人。其作诗者道己一人之心耳。要所言一人心乃是一国之心。诗人览一国之意以为己心，故一国之事系此一人使言之也……诗人总天下之心、四方风俗以为己意，而咏歌王政……必是言当举世之心，动合一国之意，然后得为风雅，载在乐章。

至是，"用诗"立场已转到"作诗"立场，即要求作者代表社会发言，"言当举世之心，动合一国之意"，而且这种"言"还必须发自内心，也就是发自上述人性自觉的道德情感，或谓之出自"性情"。这就让人联想起 T. S. 艾略特非个性化的观点：

> 诗人把此刻的他自己不断地交给某件更有价值的东西。一个艺术家的进步意味着继续不断的自我牺牲，继续不断的个性消灭。[1]

不过，艾略特的"个性消灭"只是强调个性才能必须与传统文学的整体建立有机的联系："他必须知道欧洲的思想、他本国的思想——总有一天他会发现这个思想比他自己的个人思想要重要得多。"（第4页）"诗人的任务并不是去寻找新的感情，而是去运用普通的感情，去把它综合加工成诗歌，并且去表达那些并不存在于实际感情中的感受。"（第10页）其非个性化是指向诗歌技巧和形式的创新，并非那"半伦理标准"。这就是艾略特与中国传统文论貌同心异之处。还是徐复观先生所论更贴近中国传统文论的"文心"：

> "要所言一人[之]心乃是一国之心"，这是说作诗者虽系诗人之一人，但此诗人之心乃是一国之心，即是说，诗人的个性

---

① ［英］托·斯·艾略特《艾略特文学论文集·传统与个人才能》，李赋宁译，百花洲文艺出版社1994年版，第5页。本文下引只注页码。

即是诗人的社会性。诗人的个性何以能即是诗人的社会性？因为诗人是"览一国之意以为己心"，"总天下之心、四方风俗以为己意"。即是诗人先经历了一个把"一国之意"、"天下之心"，内在化而形成自己的心，形成自己的个性的历程。①

个性与社会性在诗中是熔铸为一气的：

> 真正好的诗，它所涉及的客观对象，必定是先摄取在诗人的灵魂之中，经过诗人感情的熔铸、酝酿，而成他灵魂的一部分，然后再挟带着诗人的血肉（在过去，称之为"气"）以表达出来，于是诗的字句都是诗人的生命，字句的节律也是生命的节律。（第1页）

中国文论不是要"消灭个性"，而是要在个性中体现社会性。（广而言之，"存天理"也并非"灭人欲"，而是要在"人欲"中"存天理"，互相制约。）徐氏的论释摄取了中国传统文论之精神，也摄入西方文论如艾略特所论之重艺术形式的精神。

二

个性与社会性的一致，也就是人的自然属性与其社会属性取得某种程度的和谐。孔孟儒学独到之处便是在这种和谐性中突显个性，将道德情感化为个体的人格力量。《孟子·公孙丑上》乃云：

> 我善养吾浩然之气……其为气也，至大至刚，以直养而无

---

① 徐复观《中国文学精神》，上海书店出版社2004年版，第2页。本文下引只注页码。

害,则塞于天地之间。其为气也,配义与道;无是,馁也。是集义所生者,非义袭而取之也。行有不慊于心,则馁矣!

孟子所谓"浩然之气",是"集义所生",它不是外在的"义",而是内凝为道德情感所化生出的生命力量、人格力量:

> 子曰:"三军可夺帅也,匹夫不可夺志。"(《论语·子罕》)

> 富贵不能淫,贫贱不能移,威武不能屈。(《孟子·滕文公下》)

曹丕将这种"气"导入文论,创"文气"说,强调了创作风格与创作主体的个性之间的直接联系:"文以气为主,气之清浊有体,不可力强而致……虽在父兄,不能以移子弟。"(《典论·论文》)重要的是,曹丕文气说保留了"浩然之气"那股生命力。《典论·论文》称"孔融体气高妙",批评"徐幹时有齐气(齐俗舒缓)",而"应玚和而不壮"云云,由此可窥见该说重贞刚之气的倾向。后人讲究"气骨"、"风力",沿袭的就是这个路子。应当说,这才是儒学对文学最具价值的正面影响,造就了中国文学崇尚内在气质的品格。

将情志、性情、修养、文气等因素综合起来,创构系统文论的是刘勰。《文心雕龙·体性》云:

> 若夫八体屡迁,功以学成,才力居中,肇自血气;气以实志,志以定言,吐纳英华,莫非情性。是以贾生俊发,故文洁而体清;长卿傲诞,故理侈而辞溢;子云沉寂,故志隐而味深……触类以推,表里必符,岂非自然之恒资,才气之大略哉!

刘氏描画出"文体"(文章体貌风格)形成的"路线图"。这是一个表里相符的过程:"吐纳英华,莫非情性。"情性不但由先天禀赋的才性与气质构成,还深受后天的学识与习染的影响,"才自内发,学以外成"(《事类》),内外交应形成创作个性。结合对全文的理解,试作图示如下:

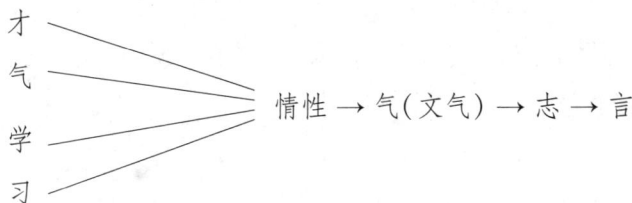

才
气
学   情性 → 气(文气) → 志 → 言
习

情性并不直达文体,它还要激发为气,这个"气"已不是原始的"血气",而是创作时产生的"文气"。这股气来自平日养成的才、气、学、习,所以平日要注重人格修养与文学修养。《体性》又云"故宜摹体以定习,因性以练才",根据个人的才性进行双修。值得注意的是,刘勰所重的修养,不仅是宗经、征圣,或练字、养气,且涉及社会实践。《时序》篇对"人人自谓握灵蛇之珠"而面目各异的建安群英,也指出其时代的共性:"观其时文,雅好慷慨,良由世积乱离,风衰俗怨,并志深而笔长,故梗概而多气也。"将创作个性的形成与社会生活实践联系起来,实在只有一步之遥呵!综览《文心雕龙》,刘氏所谓"气以实志,志以定言",其实质乃在以"情志"为核心。也就是说,熔铸才、气、学、习的情性,在创作发动时必须凝集为文气,将情性提升为情志,使个性与社会性取得某种协调,形成创作激情,这才能指挥文辞,形成创作体貌。所以上述引文评论贾谊,则云:"贾生俊发,故文洁而体清。"首先发露其创作个性(即由情性转化而来的情志)是意气风发,再进而形诸文字,则表达斩截干净,表现出"清"的风格体貌。至如司马相如,其创作个性属狂放,故文理虚夸,滔滔不绝;扬雄性格内向,情志隐晦,故辞意深沉有味云云。贾生情性不止是意气风发一个方面,但作为创作个性,则突显了这一特征,其他类此。总之，个性需由文气输入作品，也就是由情性转换为创作中的情志，由此指挥文辞，"志以定言"，形成作品的总体风格。我们的分析与表述可能太逻辑化了，在刘勰，这是一气浑成的过程。可惜刘氏并未就道德情感转换为创作风格一事作专门描述，但道德情感的转换作为情志的一个重要内容，当同此理。所幸刘氏在心与物双向交流方面，有颇详尽的描述。王元化《文心雕龙讲疏》对此有段精要的概括：

> 刘勰在文学起源论中把"心"作为文学的根本因素，但是他在创作论中却时常提到"心"和"物"的交互作用。他比较充分地研究了"心"、"物"这一对范畴在艺术创作活动中的关系问题。《神思篇》揭示了"思理为妙，神与物游"的纲领，《物色篇》进一步阐明"情以物迁，辞以情发"的主旨。他说："是以诗人感物，联类不穷，流连万象之际，沉吟视听之区；写气图貌，既随物以宛转；属采附声，亦与心而徘徊。"篇末赞曰："目既往还，心亦吐纳。""情往似赠，兴来如答。"在这里，刘勰阐明作为文学内容的情志，不是来自主观冥想，而是心与物接触的结果。①

"感物"，应包括对社会生活的感动。同时代的钟嵘《诗品·序》论"物之感人"，就举有"楚臣去境，汉妾辞宫"，"负戈外戍"，"扬蛾入宠"诸有关人事的例子。诚如王元化所指出，后来王国维《人间词话》发展了刘勰的心物交融说②：

> 诗人对宇宙（一作"自然"）人生，须入乎其内，又须出乎其外。入乎其内，故能写之。出乎其外，故能观之。入乎其内，故有生气。出乎其外，故有高致。

---

① 王元化《文心雕龙讲疏》，上海古籍出版社 1992 年版，第 65 页。着重号为引者所加。
② 同上，第 101 页。

一入一出,便是道德情感内化、提升、转换的过程。一个成功的作者,当从自然、社会的外部世界("宇宙人生")得到切实的感受,内化为情性,提升为情理融一的情志,因灵感而发兴为文气,直贯作品,"以志定言"形成整体风格,是为道德情感形成、转换之通衢也。经王国维发明的心物交融说,可以说是补出孔孟儒学关于道德修养与文学相沟通重要的中介环节。

三

中唐以后"新儒学"崛起,特别是宋人的理学,对"道德文章"又有新发明。

宋代科学技术有长足的进展,宋人重理性,是一大进步。论者以为,宋明理学与康德的伦理学颇有同异。其同者,咸主张以理性克抑感性,诚如陈来《宋明理学》所指出:

> 很明显,从孔子的"克己",孟子的"取义"到宋明理学的天理人欲之辨,与康德的基本立场是一致的。宋明儒者所说的"存天理、去人欲",在直接的意义上,"天理"指社会的普遍道德法则,而"人欲"并不是泛指一切感性欲望,是指与道德法则相冲突的感性欲望。[1]

就其不同者而言之,李泽厚《宋明理学片论》有云:

> 与康德由先验知性范畴主宰经验感性材料相比较,形式结构相仿,内容实质相反。宋明理学是由先验的"人欲"、"气质

---

[1]　陈来《宋明理学》,华东师范大学出版社 2004 年版,第 2 页。

之性"以完成伦理行为。前者(康德)是外向的认识论,要求尽可能提供感性经验,以形成普遍必然的科学知识;后者(宋明理学)是内向的伦理学,要求尽可能去掉感性欲求,以履行那"普遍必然"的行为。前者的先验范畴(因果等等)来自当时数学和自然科学(牛顿物理学);后者的先验规范(理、道等等)来自当时社会的秩序制度(封建法规);前者把认识论和伦理学截然两分,要求互不干涉,保持了各自的独立价值;后者却将二者混淆在一起,于是纠缠不清,实际上认识论在宋明理学中完全屈从于伦理性。①

要害就在于笼罩宇宙万象的"理",是先验的:"未有天地之先,毕竟是先有此理。"(《朱子语类》,卷一)而这个"天理",说到底就是"三纲五常"的封建伦理。虽然理学各家论"格物致知"有丰富的内容,但其终极目的都是为了明"善",其出发点还是为了自觉遵从"永恒"的封建伦理道德,建立一个内在的"寂然不动"的"道心",去观照外部世界的万象。朱熹说得明白:

> 只是这一个心,知觉从耳目之欲上去,便是人心;知觉从义理上去,便是道心。(《朱子语类》卷七八)

人的自然属性与社会属性被对立起来,个体欲求被无条件地压制到最低限度。正是以上同异,造成理学对文学的正、负两面的影响。

理学家论文,大都重道轻文,乃至以作文害道,将伦理道德作为文学的价值之首要标准,取消文学的独立性。关于这方面的论析,笔者尚无异议,只是想提请注意:理学造成的风气,对文学却有别

---

① 李泽厚《中国古代思想史论》,安徽文艺出版社1994年版,第226页。

样的积极影响。

宋代理学如前所述,主张以理性克抑感性,高扬个体的道德情感,即道德战胜私欲的崇高感,对宋代士大夫的确起着引领、提升的作用。王夫之《读通鉴论》卷二六,将唐宋两代士大夫的个体修养作了比较,对唐人竞为奢侈、传觞挟妓之习加以抨击,然后说:

> 延及有宋,嬗风已息,故虽有病国之臣,不但王介甫(安石)之清介自矜,务远金银之气;即如王钦若、丁谓、吕夷甫、章惇、邢恕之奸,亦终不若李林甫、元载、王涯之狼藉,且不若姚崇、张说、韦皋、李德裕之豪华;其或毒民而病国者,又但以名位争衡,而非宠赂官邪之害。此风气之一变也。

历数宋代范仲淹、石介、欧阳修、王安石、司马光、"二程"、"三苏"、黄庭坚、陈师道等一大批文士,无论政见如何不同,其于伦理道德的取向还是一致的。正是在此风气下,杜甫济国活民、民胞物与的道德情感才得到共鸣,其诗歌"言当举世之心,动合一国之意"的一面才被广泛接受,推至"诗圣"的地位;而陶渊明安贫乐道、淡然自适的精神境界也被再认识,欣赏其"质而实绮,癯而实腴"之诗美,陶诗的地位也因之骤升①。陶、杜的作品反过来又深刻、广泛地影响了宋人的创作,提升其审美趣味,宋诗于唐后而能别开生面,情理相得,正得益于此。

与唐人情景交融相比较,宋人的情理相得是一创获。固然,在理学家的文论中,"情"被边缘化了,即使是较为通达的朱熹,也主张以心统情:

> 仁义礼智,性也;恻隐羞恶辞让是非,情也;以仁爱,以义

---

① 参看拙著《文化建构文学史纲(中唐—北宋)》第四章,三秦出版社 1994 年版(收入本《文集》第四册)。

恶,以礼让,以智知者,心也。性者心之理也,情者心之用也,心者性情之主也。(《朱子文集》卷六七《元亨利贞说》)

这种统制表现在文学批评上,就是朱熹对杜甫、韩愈、苏轼诸人皆有严苛过情的责备。然而,在创作实践中,理学家又往往"情不自禁"地为文学自身规律所左右,写出一些情理相得的好作品来。朱熹本人的《武夷棹歌十首》,便是情理相得之作。至若北宋理学家程颢《偶成》:

闲来无事不从容,睡觉东窗日已红。万物静观皆自得,四时佳兴与人同。道通天地有形外,思入风云变态中。富贵不淫贫贱乐,男儿到此是豪雄。

通过各种自得自在的意象,造成与作者精神境界同构的诗之意境,故有文学意味。理学家之作尚能如此,则王安石、苏东坡、黄山谷、杨万里诸人理趣之作毋庸论矣!正是宋人诗歌创作中存在的这种现象,使后人论诗不能不注意到"理"的重要性。南宋理学家兼词人的陈亮,在《书作论法后》称:

意与理胜则文字自然超众……昔黄山谷云:好作奇语,自是文章一病,但当以理为主,理得而辞顺,文章自然出类拔萃。

意、理被引进文学批评范畴,可以说是对唐前情性论的一大补充。南宋严羽《沧浪诗话·诗评》总结道:"诗有词理意兴,南朝人尚词而病于理,本朝人尚理而病于意兴。"应当说,严氏之论是切中时弊的。至清人叶燮《原诗》,始理、事、情并举:"曰理、曰事、曰情,此之言足以穷尽万有之变态。"又云:"然具是三者,又有总而持之,条而贯之者,曰气。"至此,"理"已被融入文学自身规律之中。尤其是叶氏于"理"之外又补足了"事",强调理、事必须意象化,方能进

入文学,乃云:

> 子但知有是事之事,而抑知无是事之为凡事之所出乎? 可言之理,人人能言之,又安在诗人之言! 可征之事,人人能述之,又安在诗人之述! 必有不可言之理,不可述之事,遇之于默会意象之表,而理与事无不灿然于前者也。

叶氏所论,颇为周匝。如持叶氏此说与前述刘勰"体性"论合,再返观杜诗,对"文章道德"之理解,又可深进一层。

四

先从才、气、学、习来一窥杜甫的情性。才、气,可归结为"才性"。杜甫《进雕赋表》自称其家世是:"自先君恕、预以降,奉儒守官,未坠素业。"杜甫总是念念不忘他那"传之以仁义礼智信,列之以公侯伯子男"的光荣家世,杜预的文治武功,杜审言的文学成就,更使他自觉到负有"致君尧舜上"与家族中兴的双重使命。在性格方面,《唐才子传》称杜审言"恃高才傲世见疾",而《新唐书》则称杜甫"性褊躁傲诞",颇有乃祖遗风。史载,杜审言之曾祖杜叔毗事母至孝,曾为兄手刃仇人于京城。而杜审言之子杜并,又为父杀仇。甚至杜甫之姑母,也是个"义姑"①。刚烈的性格加上深厚的伦理情感,似乎已是杜氏家族的一种"血性"。

再看杜甫的学与习。杜甫《壮游》诗自称:"七龄思即壮,开口咏凤凰。"《奉赠韦左丞丈二十二韵》又云:"读书破万卷,下笔如有

---

① 《杜诗详注》载杜甫《唐故万年县京兆杜氏墓志》,"杜并"作"杜升"。该文称其姑母为"义姑",云:"甫昔卧病于我诸姑,姑之子又病,问巫,巫曰:'处楹之东南隅者吉。'姑遂易子之地以安我。我用是存,而姑之子卒,后乃知之于走使。"

神。"《江上值水如海势聊短述》又云:"为人性僻耽佳句,语不惊人死不休!"《戏为六绝句》则云:"别裁伪体亲风雅,转益多师是汝师。"起步早,视野宽,积累厚,后天的学习与先天的禀赋综合而成杜甫独特的情性。更要紧的是在这种情性中,情与志是合一的。浦起龙《读杜心解·发凡》称:

> 老杜天姿惇厚,伦理最笃,诗凡涉君臣父子兄弟夫妇朋友之间,都从一副血诚流出。

叶嘉莹《杜甫〈秋兴八首〉集说·代序》中,将这层意思表述得更明白:

> 昌黎(韩愈)载道之文与乐天(白居易)讽喻之诗,他们的作品中所有的道德,也往往仅只是出于一种理性的是非善恶之辨而已。而杜甫诗中所流露的道德感则不然,那不是出于理性的是非善恶之辨,而是出于感情的自然深厚之情。是非善恶之辨乃由于向外之寻求,故其所得者浅;深厚自然之情则由于天性之含蕴,故其所有者深。①

外在的"善恶之辨"的道德理性必须内化为深厚激越的道德情感,"从一副血诚流出",这才是"道德文章"的最高境界,才能如《毛诗序》所说"是以一国之事,系一人之本",即浦起龙《读杜心解·目谱》所称:"少陵之诗,一人之性情而三朝之事会寄焉者也。"

由刚烈执着的性格、深厚的伦理情感、广博的知识结构,凝为杜甫的性情,发为沉郁顿挫的创作风格。其中起推进作用的,是儒家传统价值观与其个人深刻的社会体验两大交互作用的要素。

---

① 叶嘉莹《杜甫〈秋兴八首〉集说·代序》,上海古籍出版社 1988 年版,第 6 页。

在儒家价值观中,忧患意识有其突出的地位。《孟子·告子》云:

> 故天将降大任于斯人也,必先苦其心志,劳其筋骨,饿其体肤,空乏其身,行拂乱其所为,所以动心忍性,曾益其所不能……入则无法家拂士,出则无敌国外患者,国恒亡。

孟子将个体忧患与群体忧患结合起来,提升到关系国家存亡的历史规律这一高度上来认识,由是将忧患意识化为个体人格内在的历史责任感。杜甫正是以此"理"接受天宝年间的"事"——社会现实。《奉赠韦左丞丈二十二韵》是一首"干谒诗",希望得到尚书左丞韦济的提携。诗中自许"读书破万卷,下笔如有神。赋料扬雄敌,诗看子建亲。李邕求识面,王翰愿卜邻。自谓颇挺出,立登要路津",发露其恃才傲物的个性。然而这种个性在儒家价值观的作用下已上升为济世的理想:"致君尧舜上,再使风俗淳!"但是现实却给了他当头一棒:"骑驴三十载①,旅食京华春。朝扣富儿门,暮随肥马尘。残杯与冷炙,到处潜悲辛!"正是现实的逻辑力量使杜甫与统治集团保持了距离,使其在"盛世"光环中保持清醒的认识,有着强烈的忧患意识,写下《兵车行》、《丽人行》等佳作。此期杜甫的情志已存在着一对矛盾:"穷年忧黎元"与"致君尧舜上"之矛盾,在感情上陷入苦闷忧郁。这两种感情对冲所形成的情感旋涡最易产生出"沉郁顿挫"的艺术风格。作于"安史之乱"前夕的《自京赴奉先县咏怀五百字》可视为这一风格成熟的标志。诗的前半诉说纡徐纠结的情感,"葵藿倾太阳"的本性使其与朝廷"不忍便永诀";后半部分则展示"彤庭所分帛,本自寒女出。鞭挞其夫家,聚敛贡城阙"的社会现实又使之不能不意识到向朝廷靠拢的错误,"独耻事干谒"。正是这两种情感的纠结,"以志定言",凭借杜甫深厚的文学修养与文字天

---

① 《杜诗阐》认为"三十载"当作"十三载"。

才,写出沉郁顿挫的杰作。在"安史之乱"中所作的"三吏"、"三别",其中对战乱中无助百姓之同情,与对朝廷之体谅、维护,对制造乱象的叛军之敌忾,多股复杂情感的纠结激荡,不但形成沉郁顿挫的文气,更促成杜甫"上感九庙焚,下悯万民疮"(《壮游》)的道德情感,是对原有"致君尧舜上,再使风俗淳"那"成心"的超越!

康德曾指出,在理性的道德律令与感性个体的利益相冲突的情况下,道德理性便会显示出其超越自己的一种人格力量而无比崇高①。后期杜甫的道德情感已在某种程度上超越了来自儒学的"济国活民"的理想,"情"、"理"仅仅围绕着"事",在与百姓共患难的实践中培养其更为深沉、更为宽阔的道德情感。试读这样的诗句:

入门闻号咷,幼子饿已卒! 吾宁舍一哀,里巷亦呜咽……生常免租税,名不隶征伐。抚迹犹酸辛,平人固骚屑。默思失业徒,因念远戍卒。忧端齐终南,澒洞不可掇!(《自京赴奉先县咏怀五百字》)

安得广厦千万间,大庇天下寒士俱欢颜,风雨不动安如山! 呜呼! 何时眼前突兀见此屋? 吾庐独破受冻死亦足!(《茅屋为秋风所破歌》)

这就是超越个体利益而形成的人格力量与崇高感,千载而下,犹生气凛然。至于杜诗如何将道德情感由"气"转化为意象,因篇幅关系,当另文再叙。总之,以创作实践中的成功经验来校正文论中的偏差,重新整合传统文论,是一项值得重视的工作。

(原载《文艺理论研究》2005 年第 1 期)

---

① 具体论述参看[德]康德《实践理性批判》,关文运译,商务印书馆 1960 年版,第 88—89 页。

大 雅 正 声

——"盛世文学"的支点

　　大时代需要有大手笔来画龙点睛。李白《古风》第一首力倡"大雅正声",便是盛唐之音的点睛之笔。很难想象,一个有数千年历史的民族只有否定与揭露,而没有正面的精神文明的积累与传承。汉唐煌煌的"盛世文学"就存在着大量"雅颂"之作,排除所有此类作品,诚难构成雄深的"汉唐气象"。这是一个值得关注却又往往容易被忽视的课题。

一、大雅的内涵空间

　　一直以来,风、雅、颂被视为《诗经》的分类法。《毛诗序》云:

　　　　……是以一国之事,系一人之本,谓之风;言天下之事,形四方之风,谓之雅。雅者,正也,言王政之所由废兴也。政有小大,故有小雅焉,有大雅焉。颂者,美盛德之形容,以其成功告于神明者也。

　　这是以政治版图分类。同样,也可以音乐的角度讲,如郑樵《通志·昆虫草木略》有云:

风土之音曰风,朝廷之音曰雅,宗庙之间曰颂。

由此还可延伸到作者的社会地位与身份。故郑樵《诗辨妄》又云:

> 风者出于风土,大概小夫贱隶妇人女子之言,其意虽远,而其言浅近重复,故谓之《风》;《雅》出朝廷士大夫,其言纯厚典则,其体抑扬顿挫,非复小夫贱隶妇人女子能道者,故曰《雅》……

从朝廷之间、王政得失的内容,一义孳生诸份的作者有其不同的语言风格等,一义孳生诸义,是传统文论的思维方式与西方重视界定的思维方式不同之处。所以宋儒朱熹乃综合言之。《诗集传》云:

> 《风》者,民俗歌谣之诗。
>
> 《雅》者,正也,正乐之歌也……以今考之,正《小雅》,燕飨之乐也;正《大雅》,会朝之乐,受釐陈戒之辞也。故或欢欣和说,以尽群下之情;或恭敬齐庄,以发先王之德。词气不同,音节亦异,多周公制作时所定也。

诚如赵沛霖《诗经研究反思》所指出:"它不是从某一个方面和角度去考察,而是从全面和总体上去把握,其中既包括诗歌的内容、性质、用途和作者的社会地位,也包括形式的因素,诸如诗歌的体制、音乐的特点等。"[1]

关于"大雅正声"之"正",同样也是多义的。历来或以时序分正变,或以美制分正变,都与时代的盛衰有关。钱穆《读诗经》则综

---

[1] 赵沛霖《诗经研究反思》,天津教育出版社1989年版,第213页。

合起来说：

> 窃谓诗之正变，若就诗体言，则美者其正而刺者其变，然就
> 诗之年代先后言，则凡诗之在前者皆正，而继起在后者皆变。
> 诗之先起，本为颂美先德，故美者诗之正也。及其后，时移世
> 易，诗之所为作者变，而刺多于颂，故曰诗之变，而虽其时颂美
> 之诗，亦列变中也。故所谓诗之正变者，乃指诗之产生及其编
> 制之年代先后言。凡西周成康以前之诗皆正，其时则有美无
> 刺；厉、宣以下继起之诗皆谓之变，其时则刺多于美云尔。①

《雅》、《颂》因"盛世"的需要应运而生，待到世衰，自然要"变风
变雅作"了。然而，"大雅正声"之"正"，值得提请注意的是其正统
义、法则义。郑玄注释《周礼》乃云：

> 雅，正也，言今之正者以为后世法……《论语》曰："吾自卫
> 反鲁，然后乐正，雅、颂各得其所。"时礼乐自诸侯出，颇有谬乱
> 不正，孔子正之。

后世"以雅正风"、"以雅正俗"的思想与之有源流关系。《文心
雕龙·通变》乃云：

> 故练青濯绛，必归蓝蒨，矫讹翻浅，还宗经诰。斯斟酌乎质
> 文之间，而櫽括乎雅俗之际，可与言通变矣。

所谓"讹"，就是失正，远离了传统。所以刘勰提出"还宗经
诰"，则以经诰为典范矫正之。他举例说：

---

① 钱穆《读诗经》，见《中国学术思想史论丛》（一），台湾东大图书公司 1976 年版，第
120 页。

则黄、唐淳而质,虞、夏质而辨,商、周丽而雅,楚、汉侈而艳,魏、晋浅而绮,宋初讹而新。从质及讹,弥近弥谈。何则?竞今疏古,风末气衰也。

无论"淳而质",还是"讹而新",都不是理想的文风,最高标准应是"丽而雅"的商、周文风,而作为商周代表作的正是《诗》中的雅、颂。因此,每当文风浮艳之时,总有人要来倡"大雅正声"。这时的"大雅",便是"还宗经诰"中的"经诰",只是作为参照的典范,以之"斟酌乎质文之间,而櫽括(正曲木之木)乎雅俗之际。"所以刘勰的结论是:

文律运周,日新其业。变则堪久,通则不乏。趋时必果,乘机无怯。望今制奇,参古定法。

参古不是效古。新变是矛盾积极的一方,刘氏强调的还是"趋时必果"。这就是文学史上"以复古为革新"的实质。

近来又有学者从中华民族精神文明积淀的角度正面发掘雅颂的典则义,发露周人借雅颂诱人向善,树理想以批判现实,倡德行礼教立国的深意云去①;是前人"虽颂皆刺"观点之深化,充实了"大雅正声"的内涵。的确,传统文论此种活体再生的特质,使我们在具体审视李白所倡"大雅正声"时,不能不在力求其源流的同时,尤其要注重其时代增进的内容。

二、大雅与大唐

袁行霈《李白〈古风〉(其一)再探讨》一文力挺俞平伯先生关于

---

① 参看赵敏俐《周代贵族的文化人格觉醒》,见《周汉诗歌综论》,学苑出版社 2002 年版。又,李春青《诗与意识形态》第二章,北京大学出版社 2005 年版。

"这诗的主题是借了文学的变迁来说出作者对政治批判的企图"的观点,并指出:"李白并不是笼统地推崇《诗经》及其文学传统,而是特别标举大雅,推崇那种体现统一帝国恢宏气象的'正声'。"①可谓一针见血。

我们先来审视一下帝王对"大雅正声"的认识。大雅正声源自周代朝廷廊庙之乐,为历代帝王所重视。然则隋唐文化乃是南北胡汉交融的新文化,故朝廷之乐也不得不变。也就是说,面对新形势,大一统之帝王对胡汉、雅俗的观念必需有所调整。《资治通鉴》贞观二十一年条载唐太宗自诩:"自下皆贵中华,贱夷狄,朕独爱之如一。"又,《旧唐书·音乐志》载唐太宗对"前代兴亡,实由于乐"的观点颇不以为然,曰:"夫音声能感人,自然之道也,故欢者闻之则悦,忧者听之同悲。悲欢之情,在于人心,非由乐也。"正因为有如此开阔通达的胸襟,所以唐初朝廷认可的"十部伎"中,有九部属朝乐、西凉乐;而一些"俗乐",也经雅化而进入雅乐的殿堂。以形同"国歌"的《秦王破阵乐》为例,《音乐志》载太宗云:"朕昔在藩,屡有征讨,也间遂有此乐,岂意今日登于雅乐!"《破阵乐》本是军队中的歌谣之类,当属"俗乐"②,因政治需要进入雅乐。当然,这要有所雅化,故"其后令魏徵、虞世南、褚亮、李百药改制歌辞,更名《七德》之舞,增舞者至百二十人,被甲执战,以象战阵之法焉。"经改制,气势更足而愈加堂而皇之。据说此曲制成不过十余年,已远传天竺诸国,以见国威③。这正是太宗追求的效果。其《帝京篇序》云:

予追踪百王之末,驰心千载之下,慷慨怀古,想彼哲人,庶

① 袁行霈《李白〈古风〉(其一)再探讨》,《文学评论》2004年第1期。俞平伯文见《李白研究论文集·李白〈古风〉第一首解析》,中华书局1964年版。
② 唐人刘𫗧《隋唐嘉话》云:"太宗之年刘武周,河东士庶歌舞于道,军人相与为《秦王破阵乐》之曲,后编乐府云。"
③ 参看沈冬《破阵乐考》,《唐代文学研究》第10辑,广西师范大学出版社2004年版,第89页。

以尧舜之风,荡秦汉之弊,用咸英之曲,变烂熳之音。求之人情,不为矣。故观文教于六经,阅武功于七德,台榭取其避燥湿,金石尚其谐神人,皆节之中和,不系之于淫放。故沟洫可悦,何必江海之滨乎？麟阁可玩,何必山陵之间乎？忠良可接,何必海上神仙乎？丰镐可游,何必瑶池之上乎？释实求华,以人从欲,乱于大道,君子耻之。故述《帝京篇》以明雅志云尔。

(《全唐诗》卷一)

太宗的"复古",其实恰恰是要人把握今日之现实,无论秦汉,何必神仙,细读可知。而所谓"用咸英之曲,变浪漫之音",也不是要人仿作古朴的《咸池》《五英》之乐,只是要恢复"言王政"的传统,力倡一种与统一盛世相称的当代壮丽的风格,从上述《破阵乐》的雅化与这十首歌颂"秦川帝王宅"的《帝京篇》可明了。此后无论高宗、武后、明皇,都极力提倡这种雅颂的风格,并躬与创作。兹举一隅以概其余。《旧唐书·音乐志》载玄宗御勤政楼宴乐场面云：

> 太常大鼓,藻绘如锦,乐工齐击,声震城阙。太常卿引雅乐,每色数十人,自南鱼贯而进,列于楼下。鼓笛鸡娄,充庭考击。太常乐立部伎、坐部伎依点鼓舞,间以胡夷之伎。日旰,即内闲厩引蹀马三十四,为《倾杯乐曲》,奋首鼓尾,纵横应节。又施三层板床,乘马而上,抃转如飞。又令宫女数百人自帷出击雷鼓,为《破阵乐》、《太平乐》、《上元乐》。

真是胡、汉杂阵,雅、俗并作,洋洋乎有大国之风。至是,我们不难明白：其时帝王所倡之"大雅正声",重点并不在继承传统的"雅乐",而在乎为朝廷的权威造势,追求的正是那种体现统一帝国恢宏气象的"大雅正声"。其中雅与俗之间的转换关系更具包容性,突破了儒家斤斤于华夷之辨与雅俗对峙的观念,这就为"大雅正声"内涵增进留下广阔的空间。

继而力倡雅颂之作的是女皇帝武则天。现存其名下的雅乐歌辞近五十首,《旧唐书·音乐志》载其亲制《神宫大乐》,舞用九百人,规模惊人。更重要的是,她出于巩固武氏政权的特殊需要,通过大开科学与制科大量进用士人,而且将雅颂文学与破格用人挂上钩。据《唐会要》卷七五,她曾下敕,自永隆二年起,"进士试杂文两首,识文律者,然后令试策"。武氏又召集大批文人学士修书,称"北六学士"、"珠英学士",修书之余还创作大量"雅颂文学"。无论如何,其破格用人政策极大地提高了文士参政的积极性,制造了"梦想成真"的现实感,提升士了个体对自身的期望值。从这一层意义上讲,武后时期的文坛是盛唐之音的"起飞跑道";而从另一层意义上讲,其时雅颂之作充其量只是述德颂圣,缺少真正的社会关怀,且"破格用人"的滥用又败坏士风,滋长士子奔竞浮躁的习气。

真正能将"雅颂文学"与文治结合,倡德行礼教立国,恢复雅颂"言王政之所由废兴"传统的,当是唐玄宗及其名相张说、张九龄。玄宗开元年间颇思奋发,好经术,崇风雅,兴学校,使长期被边缘化的儒学得以复更生,出现一批"动有礼乐之运,言有雅颂之声"的所谓"文儒"①。玄宗还以这批文儒的领袖人物二张先后为相,实施"礼治"。然而二人做法略有差别,张说偏重礼仪,如建封禅之议,修开元礼等;张九龄则更重视世道人心的收拾,由礼治进而德治,强调才干与道德并重,选用"贤良"。其《上封事书》云:

> 又古之选用贤良,取其称职,或遥闻而辟召,或一见而任之,是以士修素行,不图侥幸……只益文法烦琐,贤愚混杂,就中以一诗一叛,定其是非,使贤人君子从此遗逸,斯也明代之缺政,有识者之所叹息也!(《全唐文》卷二八八)

---

① 参看葛晓音《诗国高潮与盛唐文化·盛唐文儒的形成和复古思潮的滥觞》,北京大学出版社 1998 年版。

张九龄重进士科举出身,但同时主张士修素行,讲礼观能,不以一诗一判定是非,以此矫正破格用人与文词取士带来士风浮薄之弊。而张九龄为人正直,可谓以身作则。《唐书》本传载玄宗封泰山,张说多引两省录事主书及所亲登山,超阶至五品,九龄进言:"官爵者,天下之公器,先德望,后劳旧。"其道德文章对当时士风有着正面的深刻影响,如王维《献始兴公》诗云:

> 宁栖野树林,宁饮涧水流。不用食粱肉,崎岖见王侯……侧闻大君子,安问党与仇。所不卖公器,动为苍生谋。贱子跪自陈,可为帐下不? 感激有公议,曲私非所求!

以清高自许如王维、孟浩然、王昌龄、储光羲等一批文士之所以愿聚其周围,正因其有着"所不卖公器,动为苍生谋"的一份感动。甚至玄宗也为其风仪所动:"帝见张九龄风威秀整,异于众僚,谓左右曰:'朕每见九龄,使我精神顿生。'"(《开元天宝遗事》卷下)张九龄道德文章的风范无疑为盛唐文人的"意气"输入了道德情感的内涵,促进盛唐文人的"情志合一",即个体的才情意气与拯物济世的群体意识之结。李白正是在这样的文化情境之下,高唱"大雅正声"。

三、李白对"雅正"内涵的拓展

帝王将相倡雅颂,其偏重在颂,是将"盛世"当成既成事实,而不是理想,虽或有诱人向上的成分,却缺乏周雅那种树理想以批判现实("虽颂皆刺")的精神。殷璠《河岳英灵集序》称:

> 开元十五年后,声律风骨始备矣。实由主上,(指玄宗)恶

华好朴,去伪存真,使海内词人,翕然尊古,有周风雅,再阐
今日。

盛唐之音始备于开元十五年后,与玄宗、二张之倡导固然有关,
但"燕许大手笔"为代表的"文儒"雅颂之作(包括诗与文),于反映
统一帝国恢宏气象之同时却又粉饰了现实,掩盖了该社会内在的深
刻危机。真正能"去伪存真",以建安文学乃至有周风雅为楷模"翕
然尊古"的,应是前此的陈子昂与后此的李白为代表的另一批诗人。
尤其是天宝年间,危机渐露峥嵘,活跃其时的"布衣"李白,以一个不
同于二张的新视角看"盛世",合陈子昂之风骨与二张之雅颂,欲斥
伪存真,尽去雕饰,超越建安而远绍盛世之西周,再造大雅,挽狂澜
于既倒;这才真正赋予了"大雅正声"以新的生命力,是为盛唐之音
的点睛之笔。

或以为李白《古风》(其一)对历代制作之褒贬与平时言论多不
相合而疑为早期为"大言"①。诗云:

> 大雅久不作,吾衰竟谁陈? 王风委蔓草,战国多荆榛。龙
> 虎相啖食,兵戈逮狂秦。正声何微茫,哀怨起骚人。扬马激颓
> 波,开流荡无垠。废兴虽万变,宪章亦已沦。自从建安来,绮丽
> 不足珍。

所谓"不相合"处大概有二,一是"正声何微茫,哀怨起骚人";
一是"自从建安来,绮丽不足珍"。这是由于参照系不同,结论也就
不同。此诗以西周盛世之雅颂为参照系,则屈骚及建安以来之绮丽
哀怒皆属乱世变风变雅,自然要落第二义,这是对时代的整体评价,
并非具体人事之评价。其实还有第三个"不相合"之处:"扬马激颓

---

① 参看裴斐《李白与历史人物》,《文学遗产》1990 年第 3 期。

波。"历来注家以为贬语,盖上承《汉书·艺文志》"枚乘、司马相如,下及扬子云,竟为侈丽闳衍之词,没其风谕之义"的意思。然而盛唐人对司马相如与扬雄印象不错,尤其是李白对司马相如的仰慕,其创作颇得力于汉赋①。综观上下文,"扬马激颓波"句法,用意与孟浩然"文章推后辈,风雅激颓波"(《陪卢明府泛舟回作》)同,"激"是振起的意思。这里是从正面提出司马相如、扬雄为代表的汉赋具有雅颂的精神,能反映汉帝国盛世的恢宏气象,使文学从哀怨之音中振起。所以接下来说是:"废兴虽万变,宪章亦已沦。"骚之哀怨与汉赋之雅颂一废一兴,但论其大趋势,则东汉以下魏晋至隋,可谓盛世不再,雅颂沉沦。《中庸》:"仲尼祖述尧、舜,宪章文、武。"孔子要效法的是西周的体制,而李白要效法的是西周大雅"言王政之所由废兴",却没有注意到李白并没有将政治与文学打成两截子的意思:雅颂与盛世是一表一里,没有真盛世便没有真雅颂,倡雅颂必先呼唤盛世。所以这里的"宪章沉沦"首先是指王道衰,法制堕;而后大雅不作,诗失法度。与其说此诗是借文学变迁批判政治,毋宁说是对大雅"言王政之所由废兴"本质的感悟,而欲倡大雅正声以唤回盛世。所以诗接着写道:

> 圣代复元古,垂衣贵清真。群才属休明,乘运共跃鳞。文质相炳焕,众星罗秋景。

这段诗正是本节开头所引殷璠《河岳英灵集序》那段话的意思,既是对盛唐现实的肯定,也是周雅式的树理想以批判现实,虽颂皆刺,诱人向善②。其中尤可注意的是"清真"二字。袁行霈先生认为"垂衣"和"贵清真"都是指政治而言,即崇尚清静无为,李白是通

---

① 参看赵昌平《李白的"相如情结"》,《文学遗产》1999年第5期。而杜甫亦自比扬雄之沉郁顿挫,见《进雕赋表》)。
② 这只要取李白《古风》(其四六)"一百四十年,国容何赫然"一首细读,便可豁然明白。

过称赞表达一种期望（上引）。很对。不过与前述"宪章"一样，这里的"清真"固然有别于"清水出芙蓉，天然去雕饰"（《经乱离后天恩流夜郎……》）直指诗歌风格，却也不无联系，政治、文学二者关系仍是一里一表。罗宗强《隋唐五代文学思想史》指出："提倡'清真'，是李白的文学思想的核心。"①并举《古风》（其三五）为证：

> 丑女来效颦，还家惊四邻。寿陵失本步，笑杀邯郸人。一曲斐然子，雕虫丧天真。棘刺造沐猴，三年费精神。功成无所用，楚楚且华身。《大雅》思文王，颂声久崩沦。安得郢中质，一挥成风斤！

罗先生认为："这首诗说明，他对'大雅'、'颂声'的理解，就是'清真'、自然、浑然一体。这首诗的中心思想，就是反对模仿，反对雕饰，提倡质朴自然。"（引同上）王运熙、杨明《隋唐五代文学批评史》则认为，该诗体现了李白对西周前期雅颂那种淳朴自然诗风的追慕，所倡一种明朗刚健的诗风，"也包含着诗篇所表现的思想感情应当真率自然，而不是虚假造作"的主张②。正如第一节所论述，雅正具有多义性，应从总体上全面去把握，故综上三说，则李白所倡之"清真"，既是对盛世政治的要求，对人品、思想感情的要求，也是对文风的要求。三位一体，极大地拓展了"大雅正声"的内涵。

我们尤其要重视其中"盛世"与"清真"之间的关系。在上一节《大雅与大唐》中，我们已提及唐之盛世所具有的独特的亲和力与包容性。盛唐称得上是中国漫长的封建社会中罕见的思想宽松时期，正是它提供了李白力倡清真所必需的现实空间。反过来，李白倡大雅正声，倡清真，也是为了呼唤盛世，好比啄木鸟为楼身的大树去掉蛀虫。"清真"本是道家追求思想自由的产物，与虚伪造作相对立，

---

① 罗宗强《隋唐五代文学思想史》，上海古籍出版社1986年版，第116页。
② 王运熙、杨明《隋唐五代文学批评史》，上海古籍出版社1994年版，第222—226页。

加上李白以布衣自傲的个性，故能以批判之眼光看盛世，见人所不见。《古风》五十九首本身就是一组体观其"清真"主张的"大雅正声"。该组诗内容之丰富，对盛世内在危机之敏感，批判之深刻，已为学人充分发明，兹不赘①。这里想讨论的是"清真"的另一重要品格——个体的独立与自尊。

在强势君权面前，作"雅颂"者最容易自觉、不自觉地趋于讨好君权与时俗，丧失自我，落入粉饰现实、虚夸造作的陷阱。且就本质上讲，封建社会的"盛世"，其必然走向是君主的骄奢、阶级的分化、法制的瓦解、官僚的腐化。这也就使得依附于"盛世"的"雅颂"如"兔丝附蓬麻，引蔓故不长"。先来读几首属"颂"的名篇：

> 春豫灵池会，沧波帐殿开。舟凌石鲸度，槎拂斗牛回。节晦蓂全落，春迟柳暗催。象溟看浴景，烧劫辨沉灰。镐饮周文乐，汾歌汉武才。不愁明月尽，自有夜珠来。

据《唐诗纪事》称，这是上官昭容奉旨从"群臣应制百余篇"中选取唯一的"新翻御制曲"。其"象溟看浴景"一联，《瀛奎律髓》称："池象溟海而观浴日，既已壮丽，又引胡僧劫灰事为偶，则尤精切，可谓极天下之工矣！"尾联更是被诗家誉为"健举"、"佳句中佳句"、"诗家射雕手"云云。但与世隔绝宗时现实对照，孟庄评宋之问另一首《寒食还陆浑别业》有云："末二句辞则佳矣，时恐未然。"（《唐诗选脉会通评林》）辞虽佳而不符合事实，便属粉饰，非真雅颂。此语可移来评此诗。至如王维《和贾舍人早朝大明宫之作》云：

> 绛帻鸡人报晓筹，尚衣方进翠云裘。九天阊阖开宫殿，万国衣冠拜冕旒。日色才临仙掌动，香烟欲傍衮龙浮。朝罢须裁

---

① 如前人所指出，《古风》（其三四）"羽檄如流星"，是刺明皇征南之黩武，可与杜甫《兵车行》比美而更为直率。

五色诏,佩声归向凤池头。

果然是气格雄深、句意严整,有"盛唐气象"。当时唱和的还有岑参、杜甫诸人,风格林大体发此。《瀛奎律髓》乃曰:"四人早朝之作,俱伟丽可喜……然京师喋血之后,疮痍未复,四人虽夸美朝仪,不已泰乎!"在安史乱后还作这样的夸大描写,便是虚假。批评是中肯而深刻的。回过头再看李白《古风》(其四六):

　　一百四十年,国容何赫然!隐隐五凤楼,峨峨横三川。王侯象星月,宾客如云烟。斗鸡金宫里,蹴鞠瑶台边。举动摇白日,指挥回青天。当途何翕忽,失路长弃捐。独有扬执戟,闭关草太玄。

开局庄而丽,气象氤氲。然而在繁华中已露骄奢。"当途"以下四句,朱注:"狎昵者日以亲,疏贱者日以远。人人皆急者求进,唯有扬子云闭门草《玄》,淡然自守,不求于闻达也。白盖以雄自拟,而讥当时之富贵者,皆为幸进之徒。"①在盛世求仕而重操守,的确是李白一大原则,所谓"不屈己,不干人"(《代寿山答孟少府移文书》)者也。"松柏本孤直,难为桃李颜!"(《古风》其十一)"终然不受赏,羞与时人同。"(《东鲁行答汶上翁》)"安能摧眉折腰事权贵!"(《梦游天姥吟留别》)此类句在李白诗中俯拾皆是。李白在盛世面前,还是一个"大写"的人!他以布衣的骄傲突出个体的存在,其大雅之作从来就不是依附者的卑躬屈膝。"登高壮观天地间,大江茫茫去不还"(《庐山谣寄卢侍御虚舟》),他总是站在高处看盛世,歌颂与批判同时出手。"天生我材必有用,千金散尽还复来"(《将进酒》),我们从诗中感受到的,不止是盛世的物质富足,更感受到诗人

① 詹锳主编《李白全集校注汇释集评》,百花文艺出版社1996年版,第215页。

黄河怒涛般的才情与不可羁束的自由精神。李白的清真可谓得庄子积极的一面,正是这种人格上的独立率真,使之与建安"风骨"相通而去其"绮丽"。又因其文风上的自然清新,使之能融入周雅的古朴淳厚。然而李白的清真独特处还在凸显个体的存在,他爱盛世,却不避揭其短,更不肯以身殉,我还是我。这对儒家动辄要求个体为家族、国家而无条件牺牲一切欲求——包括个体精神上的自由与独立思考,无疑是一个重大的纠正。

"李白现象"在盛唐时代并不孤立。它在王瀚、孟浩然、王昌龄、高适、杜甫、岑参乃至所谓"诗佛"的王维等一批优秀诗人身上都有不同程度的体现。没有这批具有强烈独立精神的个体,岂有真正的盛唐之音?李白所倡的大雅正声,又岂止是"言王政之所废兴也";李白所倡的大雅正声,是时代的史诗精神与个体自由精神之结合。文学从来就不仅是美与善的问题,更是真与善的问题,是真、善、美的问题。虽然李白的大雅正声并没有留住盛世,"盛唐"终成幻灭。但它毕竟曾经支起一代的盛世文学,成为我民族正面意义上的精神文明的积累与传承。

(原载《文艺理论研究》2006 年第 5 期)

直寻、现量与诗性直觉

中国古代文论的缺乏"系统性",论者颇病之。然而中西方的思维方式与表达方式自有差别,如果尊重中国文论以实涵虚的特点,那么其"系统性"就应当于创作实践中求之。如钟嵘《诗品》提出的"直寻",只要追踪其文学史实践的来龙去脉,便会发现其内涵远比历代注家所诠释的意义要丰富得多,它是"情景论"体系发生、形成过程中重要的一环。

钟嵘《诗品·序》曰:

> 气之动物,物之感人,故摇荡性情,形诸舞咏……若乃春风春鸟,秋月秋蝉,夏云暑雨,冬月祁寒,斯四候之感诸诗者也。嘉会寄诗以亲,离群托诗以怨。至于楚臣去境,汉妾辞宫,或骨横朔野,或魂逐飞蓬;或负戈外戍,杀气雄边;塞客衣单,孀闺泪尽;又士有解佩出朝,一去忘返;女有扬蛾入宠,再盼倾国:凡斯种种,感荡心灵,非陈诗何以展其义,非长歌何以骋其情?……至乎吟咏情性,亦何贵于用事?"思君如流水",既是即目;"高台多悲风",亦唯所见;"清晨登陇首",羌无故实;"明月照积雪",讵出经史?观古今胜语,多非补假,皆由直寻。

不难看出,"直寻"是建立在感应论的基础之上。外物——从春花秋月到楚臣汉妾闺泪客衣,与心灵情性相激荡才能产生诗。所以创作不贵用事,而贵在"即目"、"直寻",也就是让事物与心灵直接碰撞,产生诗的火花,也就是后来禅宗所谓的"直接扪摸世界",王国维所谓的"不隔"①。

"直寻"的提出,既有纠偏的当代意义,又有其对"兴"全新理解与阐释的深远意义。《诗品·序》有云:

> 故大明(457—464)、泰始(465—471)中,文章殆同书抄。近任昉、王元长等,词不贵奇,竞须新事。尔来作者,寖以成俗。遂乃句无虚语,语无虚字,拘挛补纳,蠹文已甚。但自然英旨,罕值其人。词既失高,则宜加事义。虽谢天才,且表学问,亦一理乎!

钟嵘认定文学创作要有感悟力,即直觉把握的能力,此属"天才","但自然英旨,罕值其人",想充天才只好"竞须新事","宜加事义",搞"无一字无来历"。七百多年后严羽《沧浪诗话》几乎将这些话又重复了一遍,可见只要有充天才者在,就会有"补假",聊以学问为诗。反过来说,则中国诗与直觉思维有着不解之缘,从来就不想离开这感性世界而去。法国直觉论者雅克·马利坦曾评述现代抽象艺术之所以失败,就是因为当其有意识地抛弃事物的自然外形时,无意地丢掉了创造性直觉②。显然,创造性直觉与客观的具体事物同在。就钟嵘所处的时代而言,山水诗要走出玄风,文学之"象"要独立于哲学之"象",认识外在之"物"的自在性,是至关重要的。

"言意之辨"是把双刃刀。

一方面,它指出"尽意莫若象,尽象莫若言",明确了象与言的重要性。"目击道存"、"山水明道"的意识更是使山水成了道的载体,

---

① 王国维《人间词话》卷上。
② [法]雅克·马利坦《艺术与诗中的创造性直觉》中译本序,刘有元等译,生活·读书·新知三联书店1991年版,第6页。

腾冲超拔,从点缀、附庸的地位独立出来。嵇康、郭象诸人明确指出"心物为二","我既不能生物,物亦不能生我",万物自生自化,由是山水成为与心灵对应的自在之物,如宗白华所指出:"晋人向外发现了自然,向内发现了自己的深情。"①这正是情景论的出发点。

另一方面,"言意之辨"又强调"忘言忘象",使外物仅仅成为以譬喻为致知之具而已,从而又取消了象的独立意义。忘言忘象,无异取消文学。钱锺书《管锥编》有云:

> 诗也者,有象之言,依象以成言;舍象忘言,是无诗矣,变象易言,是别为一诗甚且非诗矣。故《易》之拟象不即,指示意义之符(sign)也;《诗》之比喻不离,体示意义之迹(icon)也……是故《易》之象,义理寄宿之蘧庐也,乐饵以止过客之旅亭也;《诗》之喻,文情归宿之菟裘也,哭斯歌斯、聚骨肉之家室也。②

可见认识物象之独立性,是"文学自觉"题中应有之义,唯有依象成言、哭斯歌斯,重视"象"的独立性,才能消解"言意之辨"对文学创作的负面作用。钟嵘"直寻"说正是在这一意义上强调了"形似"的重要性,如评张协云:

> 文体华净,少病累。又巧构形似之言。雄于潘岳,靡于太冲。风流调达,实旷代之高才。

曹旭《诗品集注》引车柱环云:"案,'形似之言',为齐、梁所重,故每见称道。沈约《宋书·谢灵运传论》'相如巧为形似之言',《颜氏家训·文章第九》'何逊诗,实为清巧,多形似之言',皆此类也。"引李徽教云:"仲伟谓鲍照诗出于二张,而评文有'善制形状写物之

---

① 宗白华《美学散步》,上海人民出版社 1981 年版,第 183 页。
② 钱锺书《管锥编》第 1 册,中华书局 1979 年版,第 12—14 页。

词'，'贵尚巧似'等语；又谓谢灵运诗杂有景阳之体，而评文有'故尚巧似'之言。形似，即写形浑似之简称也；巧似，即巧构形似之简称也。"①齐、梁人重形似之言，正是基于对物象自在性的认识。然而钟嵘所谓形似，并非"雕虫之巧"，而是"言在耳目之内，情寄八荒之表"（评阮籍诗）。他明确地将写物与比兴联系起来，《序》曰：

> 故诗有六义焉：一曰兴，二曰比，三曰赋。文已尽而意有余，兴也；因物喻志，比也；直书其事，寓言写物，赋也；弘斯三义，酌而用之，干之以风力，润之以丹彩，使咏之者无极，闻之者动心，是诗之至也。

钟嵘正是以此为标准，肯定了新兴五言诗的优势：

> 五言居文词之要，是众作之有滋味者也，故云会于流俗。岂不以指事造形，穷情写物，最为详切者邪！

由此看来，钟嵘的"直寻"，就是直面感性世界，以创造性直觉"指事造形，穷情写物"，由此发兴，达到"言在耳目之内，情寄八荒之表"，使众作"有滋味"的效果。不妨以居"上品"的谢灵运为例，作一番检验。评云：

> 其源出于陈思，杂有景阳之体。故尚巧似，而逸荡过之。颇以繁芜为累。嵘谓：若人学多才博，寓目辄书，内无乏思，外无遗物，其繁富，宜哉！然名章迥句，处处间起；丽曲新声，络绎奔发。譬犹青松之拔灌木，白玉之映尘沙，未足贬其高洁也。

---

① 曹旭《诗品集注》，上海古籍出版社 1994 年版，第 152 页。

钟嵘首先肯定其"尚巧似",继而对其"繁芜"作了分析,认为只要"寓目辄书,内无乏思,外无遗物",则繁富也"宜哉"。也就是说,只要心物能发生感应,则外物无不可入诗,而学多才博也不为累。关键就在心物是否相感发。试以谢灵运代表作《登池上楼》为例,略作分析①。原诗曰:

> 潜虬媚幽姿,飞鸿响远音。薄霄愧云浮,栖川怍渊沉。进德智所拙,退耕力不任。徇禄反穷海,卧疴对空林。衾枕昧节候,褰开暂窥临。倾耳聆波澜,举目眺岖嵚。初景革绪风,新阳改故阴。池塘生春草,园柳变鸣禽。祁祁伤豳歌,萋萋感楚吟。索居易永久,离群难处心。持操岂独古,无闷征在今。

全诗用了不少与通常语法不同的涩句,如"潜虬媚幽姿,飞鸿响远音",意思是说:潜龙以幽姿为美,而飞鸿以远音为响,句法颠倒。又如"薄霄愧云浮,栖川怍渊沉",是说我很惭愧,想靠近云霄(指出仕),却不能像云那样高高浮出;想栖于川谷(指归隐),又未能深深沉入渊底。这是谢灵运被朝廷排挤,外放永嘉太守,到任即病倒后所写的诗,全诗以错综复杂的句式表达一种进退维谷的矛盾心绪。诗中只有二句是"直寻"的感受:"池塘生春草,园柳变鸣禽。"这是大病初愈开窗所见,"初景革绪风,新阳改故阴",不觉中春风已革除残冬的阴冷,万物竟是如此清新充满生命力! 大自然的感召,使诗人有了超然的心态——"无闷征在今!"《易·乾卦·文言》:"遁世无闷。"当然,这也只是暂时的解脱而已。但无论如何,这两句清新的诗句在整首诗中是如此自然而不凡,它正是心与物碰撞的产物,即"直寻"所得。谢氏自称"此语有神助,非吾语也",其实是他从大自然中感悟到生命的真趣,不是凭空想象而来。谢灵运的一些佳

---

① 此段分析参考了叶嘉莹《汉魏六朝诗讲录》第八章第一、二节,河北教育出版社 2000 年版。

句,都来自对大自然传神的描写,如"云日相晖映,空水共澄鲜","春晚绿野秀,岩高白云屯","林壑敛暝色,云霞收夕霏","白云抱幽石,绿篠媚清涟"等,莫不自直寻中来。而这些"名章迥句"都埋在芜杂的理语玄言之中,钟嵘因此要抉发出"直寻"二字,将诗人引向自觉。

然而,"直寻"如果只停留在"寓目"、"即目"、"所见",就难免流于表象,不能揭示创作实践中已出现的创造性直觉。如陶潜之体物,虽然宋人施德操《北窗炙輠录》称"渊明随其所见,指点成诗,见花即道花,遇竹即说竹,更无一毫作为",其实渊明"随其所见"并不作反射式反映,而是将主观感受潜入客体,能化景物为情思。如《时运》诗云:

> 迈迈时运,穆穆良朝。袭我春服,薄言东郊。山涤余霭,宇暧微霄。有风自南,翼彼新苗。

南风款款吹来,禾苗如注家所云,"因风而舞,若羽翼之状"。不但"工于肖物",且一"翼"字表达了诗人春游舒畅的心情,可以说是凝聚了全诗的情感。对平凡的田园事物,陶潜总是能发现其清新之美,如"平畴交远风,良苗亦怀新","狗吠深巷中,鸡鸣桑树巅"等,都不是什么奇特的风光。在这里,同化要大于顺化。也就是说,诗人主观情感起主导作用。《庚戌岁九月中于西田获早稻》诗云:"田家岂不苦?弗获辞此难。四体诚乃疲,庶无异患干。"没有如此"安贫乐道"的心境,就不可能体悟田家平凡事物之美。陶诗所谓"质而实绮,癯而实腴"风格,其内核就是对生活深刻的体验。陶、谢为"直寻"提供了两种不同的表达模式。放在文学史演进的大背景下看,陶潜提升了玄言的文学品格,使"象"具有多重启发性;而谢灵运则以极貌写物、穷力追新的手段,使"象"更趋圆满自足。

理论每向前迈进一步,往往需要大量、长期的实践作基础。从谢朓的"天际识归舟,云中辨江树",到王湾的"海日生残夜,江春入旧年",其间极其丰厚的创作经验积累,才达成盛唐诗情景交融的总体特征。

作为盛唐罕有的理论形态,殷璠《河岳英灵集》提出"兴象说",首次将"兴"与"象"放在平等的地位上,紧密地结合在一起(参看本册《兴象发挥》)。它象征着陶、谢二种模式的合流。典型如王维,可以说是将"象"的多重启发性与自足性推向极致。名句如"松风吹解带,山月照弹琴"(《酬张少府》),既似陶之风神,又得谢之清新与画面化。事实上盛唐人的"直寻"已不再是简单的"寓目辄书":"见山是山,见水是水。"而是寻找心与物非逻辑的对应,即"铜山西崩,灵钟东应"式的感应,以此传递诗人的情感。如王维《渭川田家》云:

> 斜光照圩落,穷巷牛羊归。野老念牧童,倚杖候荆扉。雉雊麦苗秀,蚕眠桑叶稀。田夫荷锄至,相见语依依。即此羡闲逸,怅然吟《式微》。

这就是所谓"目前能转物"手段。放牧、养蚕、锄田,这些艰辛的劳动在此诗中只呈露其悠然自得的一面,在夕阳下浑茫一片,和谐地共构了田园情景。而组成此场景的众多事物所圈出的,正是诗人内心所向往的富足无争的世界。王夫之在《唐诗评选》卷三评王维《观猎》云:"右丞(指王维)之妙,在广摄四旁,环中自显。"按我的理解,"环中"便是诗中所要表达的情志,它由诸象将它圈出。这里就有一个如何将诸象调整为某种指向的问题。兹以谢灵运《石壁精舍还湖中作》为例:

> 昏旦变气候,山水含清晖。清晖能娱人,游子澹忘归。出谷日尚早,入舟阳已微。林壑敛暝色,云霞收夕霏。芰荷迭映

蔚,蒲稗相因依。披拂趋南径,愉悦偃东扉。虑淡物自轻,意惬理无违。寄言摄生客,试用此道推。

诗中主要篇幅写所历所见,色彩斑斓,气韵生动。然而景物与情感之对应、契合关系并不明显,所以还要写上一段议论来点明。再看王维《青溪》:

> 言入黄花川,每逐青溪水。随山将万转,趣途无百里。声喧乱石中,色静深松里。漾漾泛菱荇,澄澄映葭苇。我心素已闲,清川淡如此。请留盘石上,垂钓将已矣!

景物同样丰富,不同的是诸象都将其清且静的一面调向读者,与"我心素已闲"的求隐心态颇相对应、契合。这里不但是诗人在"转物",同时也是诗人之心"随物以宛转"。不是通过逻辑理性,而是通过体验与情感契合来取得物我对应,乃至同一,这正是创造性直觉产生之标志。我们不应低估古人把握此种直觉的自觉程度与理论深度。遍照金刚于中唐所著《文镜秘府论》南卷《论文意》引盛唐王昌龄论曰:

> 夫置意作诗,即须凝心,目击其物,便以心击之,深穿其境。如登高山绝顶,下临万象,如在掌中。以此见象,心中了见,当此即用。如无有不似,仍以律调之定,然后书之于纸。会其题目,山林、日月、风景为真,以歌咏之。犹如水中见日月,文章是景,物色是本,照之须了见其象也。

"以心击物"是为了形成情感意象,这是双向建构的关系,而不是逻辑推理的单向关系。心与物取得契合、同一,于是有"犹如水中见日月"的意境。境,借佛家语,指心灵空间,境生自心,是外物"内识"的结果——"犹如水中见日月"。唐代佛教禅宗非理性思维方法对文学创作的影响似不在玄学"言意之辨"之下。正是佛教禅宗对非理性、非逻辑性的倡导,使唐人在文学创作中特重创造性直觉,即重视心与物之间由感应到契合、同一的关系。宋人严羽将这种关系凸显了,《沧浪诗话·诗辨》如是说:

> 夫诗有别材,非关书也;诗有别趣,非关理也。然非多读书多穷理,则不能极其至。所谓不涉理路,不落言筌者,上也。诗者,吟咏情性也。盛唐诸人唯在兴趣,羚羊挂角,无迹可求。故其妙处透彻玲珑,不可凑泊,如空中之音,相中之色,水中之月,镜中之象,言有尽而意无穷。

这是在不同层次上重新审视钟嵘《诗品》提出的老问题。严羽更明确地强调了诗是吟咏情性的,而盛唐人"唯在兴趣",也就是注重从"象"中感发出意味。心物之关系,是"不涉理路"、"非关理"的,诗情认识应当是无逻辑推理之迹可求,是由感觉到感觉,其中情趣也好,理趣也罢,都应当是与事物一道展示。如王维《辛夷坞》绝句:

> 木末芙蓉花,山中发红萼。涧户寂无人,纷纷开且落。

生命之律动,人生寂灭之理,都在花开花落中展示,而无逻辑之迹可求。此种创造经验早已引起论者的重视,清人王夫之的"现量"说尤值得关注。试读王夫之几则评议:

> "池塘生春草"、"胡蝶飞南园"、"明月照积雪",皆心中目中与相融浃,一出语时,即得珠圆玉润,要亦各视其所怀来而与景相迎者也。(《薑斋诗话》卷二《夕堂永日绪论》内编)

"僧敲月下门",只是妄想揣摩,如说他人梦,纵令形容酷似,何尝毫发关心?知然者,以其沉吟"推"、"敲"二字,就他作想也。若即景会心,则或推或敲,必居其一,因景因情,自然灵妙,何劳拟议哉?"长河落日圆",初无定景;"隔水问樵夫",初非想得;则禅家所谓现量也。(《薑斋诗话》卷二《夕堂永日绪论》内编)

家辋川诗中有画,画中有诗,此二者同一风味,故得水乳调和,俱是造未造,化未化之前,因现量而出之。一觅巴鼻,鹞子即过新罗国去矣。(《薑斋诗集·夕堂戏墨》卷五《题芦雁绝句序》)

王夫之拈出佛家"现量"二字,对"直寻"现象重新作阐释。何谓"现量"? 他在《相宗络索》中解释道:"现者有观在义,有现成义,有显现真实义。现在不缘过去作影,现成一触即觉,不假思量计较;显现真实,彼之体性本自如此,显现无疑,不参虚妄。"说到底就是强调非理性、非逻辑推理,是体验性的"妙悟"。《五灯会元》百丈怀海禅师条,记百丈侍马祖:

见一群野鸭飞过。祖曰:"是什么?"师曰:"野鸭子。"祖曰:"甚处去也?"师曰:"飞过去也。"祖遂把师鼻扭,负痛失声。祖曰:"又道飞过去也。"师于言下有省。

野鸭飞空,是"即目"、"所见",但不得滞于此象,而应当由此及彼,这叫"现量"。百丈不解会,乃心在野鸭飞空的实相上,故马祖要扭转其方向。可见"现量"是伴随着认识的情感,它是一种特殊的认识过程,即在体验中展现物我交流,同时抉发出心与物之特质。所以王夫之《夕堂永日绪论》内编又云:

情、景名为二,而实不可离。神于诗者,妙合无垠。巧者则有情中景,景中情。景中情者,如"长安一片月",自然是孤栖忆远之情;"影静千官里",自然是喜达行在之情。情中景尤难曲写,如"诗成珠玉在挥毫",写出才人翰墨淋漓、自心欣赏之景。

情中景、景中情,王夫之揭示出意象中事物与人的心灵之间亲密无间的关系,"情景"论至是已经成熟,成为中国诗歌艺术的重要特征。

不必讳言,中国古代文论比较疏于论证,在例子与结论之间往往留下大片可开拓空间。就以上举杜诗"影静千官里"、"诗成珠玉在挥毫"为例,仍可总结出一些未经总结的经验。杜甫至德二载(757)从长安沦陷区冒死逃归当时唐政府所在地凤翔,写下《自京窜至凤翔喜达行在所》三首诗。其三云:

死去凭谁报?归来始自怜。犹瞻太白雪,喜遇武功天。影静千官里,心苏七校前。今朝汉社稷,新数中兴年。

《杜诗镜铨》引张云:"脱险回思,情景通真。只'影静'、'心苏'字,以前种种奔窜惊危之状,俱可想见。"只有经历过九死一生奔赴朝廷的人,眼中才有"影静千官里"之景。也就是说,这是"即目",却蕴含着体验,特殊的个体的人生体验。再如"诗成珠玉在挥毫",诚如王夫之所分析,是"才人翰墨淋漓、自心欣赏之景"。也就是说,"珠玉"不是简单的比喻,而是诗人得意之心象。二者都体现了杜甫创作的一大特色,以深刻的体验来反映客体。或者说,他表现的不是客观世界本身,而是主体对客体的经验。这一特色首先表现在杜甫自觉而执着地追求诗歌语言的感觉化、对个别事物的具体表达上。

杜甫用词下字,总是尽量将词语的指称功能隐去,凸显其表现功能,使之感觉化。如《王阆州筵奉酬十一舅惜别之作》云:"万壑树声满,千崖秋气高。"高,初非丈量得来,只是听秋声而有此感受耳。又如《曲江二首》云:"一片花飞减却春,风飘万点正愁人。"春色如何加减?减,写愁人感受耳。正如上文曾引陶诗"翼彼新苗",一"翼"字能凝聚全诗之情感,杜诗也善于以一字提升全诗之精神。《水会渡》诗云:

> 山行有常程,是夜尚未安。微月没已久,崖倾路何难。大江动我前,汹若溟渤宽。篙师暗理楫,歌笑轻波澜。霜浓木石滑,风急手足寒。入舟已千忧,涉趾仍万盘。回眺积水外,始知众星干。远游令人瘦,衰疾惭加餐!

此诗为杜甫乾元二年(759)拖家带口从同谷县入蜀的纪行诗,写夜渡之险。月黑风急,"大江动我前",其势汹汹,能不"入舟已千忧"?只有亲历如此夜渡之险,方能领会"回眺积水外,始知众星干"的奇特感受——当时以为一切都在波涛中,而今抵岸回眸,痛定思痛,乃嗔怪众星何以例外,没在急流轰浪中被打湿。"干"字表现的不是作为客体的"星"的实相,而是诗人独特的感受,同时也写出夜渡之险,使全诗惝恍之情如画。故《唐诗归》钟惺云:"险,想却真。"

杜甫让主体意识潜入客体之中,总是不动声色的。如《新安吏》有云:"白水暮东流,青山犹哭声。"《杜臆》云:"哭声众,宛若声从山水出,而山哭水亦哭矣!至暮,则哭别者已分手去矣,白水亦东流,独青山在,而犹带哭声,盖气青色惨,若有余哀也。""犹"字的确写出了当年抓丁惨况在诗人心中刻下的伤痕。又如《滕王亭子》:"古墙犹竹色,虚阁自松声。"著此"犹"、"自"二字,便是情景相因,诗人于"安史之乱"中面对盛世遗物,自然有"风景不殊,正自有山河之异"的慨叹见于言外。至如名句"国破山河在"面对"国破"这一惨痛的巨大事实,"在"字自有一字千钧之力,既是山河之"在",

更是诗人"胡命其能久,皇纲未宜绝"(《北征》)信心之"在"。值得注意的是,这些典型地体现杜诗直觉性的例证,历来为评论家所关注,对此他们自有见解。如果将此类创作实践与散见的评议结合起来,进行较为系统的研究,我想于探知乃至重建古文论中"语焉不详"的潜在"体系"当不无益处,而其价值或不在体大思精的专著之下。

(原载《文艺理论研究》2002 年第 4 期)

情志：心灵的通道

——中国诗学的思维方式研究

一

中西文化既相通又互殊,因之西方文论既可参照又必须有所改造,方能适应中国文学史之实际。总体而言,西方文学观是建立在反映论的基础上,故有镜子之喻;而中国传统文学观却建立在感应论基础上,虽有"镜花水月"之譬,重点却不在"镜",而在"镜中花",倒与当代西方符号论所谓"艺术幻象"相近。《易传》贲卦之彖传云:

> 观乎天文,以察时变;观乎人文,以化成天下。

刘若愚认为"天文"与"人文"的类比,分别指天体与人文制度,"而此一类比后来被应用于自然现象与文学,认为是'道'的两种平行的显示"①。故刘勰《文心雕龙·原道》云:

> 仰观吐曜,俯察含章。高卑定位,故两仪既生矣。唯人参之,性灵所钟,是谓三才,为五行之秀,实天地之心。心生而言

---

① ［美］刘若愚《中国文学理论》,杜国清译,台湾联经出版事业公司1981年版,第30页。

立，言立而文明，自然之道也。

这种"人心通天"的感应关系是中国传统审美方式的基础，由此影响一系列文学思想及其创作实践。刘氏将这种感应关系归纳为心物交融说。《文心雕龙·物色》称：

> 是以诗人感物，联类不穷，流连万象之际，沉吟视听之区。写气图貌，既随物以宛转；属采附声，亦与心而徘徊。

心物之间是融汇交流的关系。王元化指出："随物宛转"与慎到的"因势"学说有关，可将此句解释为"顺物推移而不以主观妄见去随意篡改自然"。也就是以作为客体的自然对象为主，作家思想活动服从于客体。接下来，王元化先生认为："相反的，'与心徘徊'却是以心为主，用心去驾驭物。换言之，亦即以作为主体的作家思想活动为主，而用主体去锻炼，去改造，去征服作为客体的自然对象。"①用心去驭物的解释是准确的，但未必有"征服"的意思。故刘勰于《物色篇》赞中又云"目既往还，心亦吐纳"，"情往似赠，兴来如答"。主客之物之间是往还、赠答的礼尚关系，追求的是"思与境偕"的境界——虽然这话要到晚唐司空图才说出来。所谓"与心徘徊"，物之声采皆著我之颜色是也，仍然是"人心通天"，而非"人定胜天"。至于"物"者，不但指自然界，亦应包括社会事物。钟嵘《诗品·序》说得更明白：

> 若乃春风春鸟，秋月秋蝉，夏云暑雨，冬月祁寒，斯四候之感诸诗者也。嘉会寄诗以亲，离群托诗以怨。至于楚臣去境，汉妾辞宫。或骨横朔野，魂逐飞蓬。或负戈外戍，杀气雄边。

---

① 王元化《文心雕龙讲疏》，上海古籍出版社1992年版，第91页。

寒客衣单,孀闺泪尽;或士有解佩出朝,一去忘返。女有扬蛾入宠,再盼倾国。凡斯种种,感荡心灵,非陈诗何以展其义？非长歌何以骋其情？

感荡心灵的"凡斯种种"中,就有大量社会生活事物。自然与社会浑成一体,正是中国古代以直觉体悟来整体把握世界的思维方式。这种思维方式使人们对心与物之关系不作割裂的分析,而是关注二者可转换的关系,即此即彼的浑融关系。可惜这种体悟方式缺少由分析到综合的过程,对心与物转换关系缺乏中介环节的研究。如果我们以皮亚杰发生认识论的方法反观中国的心物交融说,更易发现其合理的内核。皮亚杰有个著名的公式:

$$S \leftrightarrows R \text{ 或 } S \rightarrow (AT) \rightarrow R$$

S 是刺激,R 是反应。AT 是同化刺激 S 于结构 T。这就是说,主体与客体双向建构的途中,有个中介环节——认知结构。客体通过这一内部结构的中介作用才被认识的,而认知结构是通过个体不断学习得来的。客体产生刺激被整合进个体原有的认知结构中,就好比进入消化系统而被吸收,这叫"同化";同时,主体要调整自身原有的结构以适应客体。这种适应就是"顺化"。同化与顺化不断双向运动,使主体的认知结构由简单到复杂,由初级向高级发展。这也就是认识的建构过程,它同时既包含着主体,又包含着客体,即此即彼。同化能将经验的内容化作主体的思想形式,或者说逻辑是结构的形式化。但是同化不能使结构发生变化,只有自我调节才能促使原有结构变化与创新,以适应新环境。心物交融说合理之处就在于意识到心与物双向建构之关系。《文心雕龙·明诗》云:"人禀七情,应物斯感;感物吟志,莫非自然。"外部事物要通过"七情"的中介才能"感物吟志",情志是心物之间的中介,即"情感结构"。可以说情感结构是外部事物"诗化"的"车间"。同一外部环境通过不同的情感结构,便会有不同的"感物吟志"方式与不同的效果。如同是盛唐之音,天宝年间的李白、杜甫、王维,因其情感结构不同,便有不同的歌声①。

然而以情志为核心的情感结构是个开放的结构,其中情感既是个人的,又是与社会普遍情感相联系的。T. S. 艾略特在《传统与个人才能》一文中曾提出"非个性化"的著名论点,声称:

> 诗歌不是感情的放纵,而是感情的脱离;诗歌不是个性的表现,而是个性的脱离。②

那么,诗还要不要有个人情感? 回答是:

> 诗人的任务并不是去寻找新的感情,而是去运用普通的感情,去把它们综合加工成为诗歌,并且去表达那些并不存在于实际感情中的感受。(页10)

艾略特要求诗人"脱离"的是一己的私情,而去"寻找"人皆有之的"普通的感情"。苏珊·朗格对此有更明确的看法。她也认为"纯粹的自我表现不需要艺术形式"③,虽然她将艺术视为情感的符号。她还进一步认为,人类普遍的情感是一种关于情感的概念,个人情感只是把握普遍情感的中介,可以通过对自身情感的体验去感悟普遍情感,借用具体真实的情感进行情感概念的抽象,抽象出的形式即为情感符号。"用这一形式表达的感情既非诗人的,或诗中

---

① 参看拙作《王维情感结构论析》,《文史哲》1999 年第 1 期;《李白歌诗的悲剧精神》,《文学遗产》1994 年第 6 期;《杜甫早期干谒游宴诗试析》,《草堂》1986 年第 2 期(分别收入本《文集》第六册、第六册、第一册)。

② [英]艾略特《艾略特文学论文集》,李赋宁译,百花洲出版社 1994 年版,第 11 页。下引只注页码。

③ [美]苏珊·朗格《哲学新解》,1953 年英文第 3 版,第 216 页,转引自《情感与形式》译者前言。

主角的，又非我们的。它是符号的意义。"①

按西方的思维习惯，无论艾略特，无论朗格，都一刀将"个人情感"与"普遍情感"划开。然而个人情感与普遍情感好比血与肉的关系，要从活体上只割一磅肉却不许带血是做不到的。在一种话语中不易表白的东西，有时在另一种话语中却可以得到较圆满的表述。让我们回到"情志"上来。

情志是有交叉的两个概念，因其有交叉，故有云："情、志，一也。"②但儒者言志，是有其特定涵义的，一般是指与教化相关的思想，如《荀子·儒效》云："圣人也者，道之管也。天下之道管是矣，百王之道一是矣，故《诗》、《书》、《礼》、《乐》之道归是矣。《诗》言是其志也。"诗言志是指向政教目的。故尔晋人陆机又提出"诗缘情"说，以适应日益自觉的文坛的需要。而传统的"诗言志"的内涵也不断扩大，如陆游《曾裘父诗集序》云：

> 古之说诗曰"言志"。夫得志而形于言，如皋陶、周公、召公、吉甫，固所谓志也。若遭变遇谗，流离困悴，自道其不得志，是亦志也。

得志是"志"，不得志也是"志"。至若儿女情思、心灵感荡，则归乎"情"。以"情志"来概括"凡斯种种"的感情世界，要比泛泛的"感情"二字以更具体明确。事实上情感表现并非文艺的全部目的，孔子云"兴观群怨"，既表现人之感情，也表现人之意志、思想，"情志"不断互补，不断从政教指向中解放出来，正是其生命力之表现。问题的关键还在于："志"有其明显的关心社会时事的倾向，故尔"志"成为普遍情感与个人情感的连通器。宋人胡宗愈《成都草堂

① ［美］苏珊·朗格《情感与形式》，第240页。
② 《左传·昭公二十五年》孔颖达疏，《春秋左传正义》卷五一。

诗碑序》称杜甫诗云："凡出处、动息劳佚、悲欢忧乐、忠愤感激、好贤恶恶，一见于诗，读之可以知世。"杜甫个人情志与时代普遍情感会通，由此我们可以进而议情志之普遍性与独特性。

与西方文艺理论强调形象的塑造不同，我国古文论强调的是情志的抒发，所以评诗论文都讲究内在的气、韵、意，而不是典型形象。最早提出"文以气为主"的是曹丕《典论·论文》。后来刘勰、钟嵘也以之评诗衡文。正因为诗、文都讲究"气"，彼此沟通，所以相当多的议论文（如贾谊《过秦论》、苏洵《六国论》）都被视为正宗的文学作品，与西方所谓"纯文学"实在是格格不入。究其原因，未必是今人所不屑的"蒙昧"，而是衡文以"情志"，能以"气胜"者，便入文学耳。何者为文中之气？刘永济《十四朝文学要略》称：

> 文帝所谓气，即彦和所谓风。风者，文中所述之情思，有运行流畅之力者也，亦即文家所谓意。意者，志也。志亦兼情思为言，故在人则为情思，为气质，为意志；在文则为气，为风，为力。[1]

议论而饱含情志，且"运行流畅"，有感发力，便入文学。叶燮《原诗·外篇上》曾指出："作诗有性情，必有面目。"他还特别指出杜诗的面目：

> 如杜甫之诗，随举其一篇，篇举其一句，无处不可见其忧国爱君，悯时伤乱，遭颠沛而不苟，处穷约而不滥，崎岖兵戈盗贼之地，而以山川景物、友朋杯酒抒愤陶情，此杜甫之面目也。我一读之，甫之面目，跃然于前。

---

① 刘永济《十四朝文学要略》，黑龙江人民出版社 1984 年版，第 137 页。

所谓"甫之面目",便是个性化。可见诗人要表现"普遍情感"并不一定非得"继续不断的个性消灭"不可。将一己的哀乐升华为悲天悯人的情志,是个人情感通向普遍情感之坦途。如果无视情志的对象化是中国古典文学的一宗重要内容,而以西方"纯文学"尺度来排斥此类作品(如今人之不以陈子昂《感遇》为艺术作品者),那无疑是削足适履,不合乎中国文学史之实际。

<h1 style="text-align:center">二</h1>

有鉴于语言对表达情感的局限,人类总是在寻求一种超越语言的表达方式。现代西方符号论与中国文论颇有相通之处。西方符号论者将艺术定义为人类情感符号的创造,是把人类情感转变为直观的可听可见形式的手段。而这一过程是借用具体真实的情感来进行抽象的,其抽象物不是概念,而是体现情感结构的可感形式。由于艺术符号所要表达的不是纯粹个人的情感,而是普遍情感,所以艺术抽象创造的是一个既不脱离个别,又完全不同于经验中的个别,是具有普遍意义的有意味的形式。类似的意见在中国文论中并不罕见,只是用的是另一套自我体系的话语。《易·系辞》有云:

> 子曰:书不尽言,言不尽意。然则圣人之意,其不可见乎?
> 子曰:圣人立象以尽意……

寥寥数语,已将先人寻求超越语言的表达方式的过程道出。以象为桥梁,沟通心、物,利用认知结构同化、顺化的双向功能,让"象"具有即此即彼的丰富内涵,从而达到超越语言的目的。这的确是先人颇为高明的语言策略。然而这是一个发生、发展的认识过程。由哲学之"象"的暗示性到文学之"象"的韵味性,这一不断深化的认识、实践过程贯穿了整个中国古代文学史。

据研究，哲学之象与文学之象同源，即宗教观念。具体说，《诗经》中鸟类兴象与鸟图腾崇拜有关，鱼类兴象与生殖崇拜有关，等等。在口耳相传的漫长历史过程中，诗的内容不断被增删改动，而由观念内容和物象间的习惯性联想所外化的形式也不断被模仿、借鉴，宗教观念的内容则逐渐淡化。失去宗教观念内容的习惯性联想逐渐只剩下一般的抽象联想模式，即"以他物引起所咏之词"的兴的形式之滥觞①。兴的产生当然是中国诗歌史上一次意义重大的飞跃，因为"情志"终于找到物象化的出路。

"兴"从宗教观念中摆脱出来以后，便与文学另一要素"比"连用，称"比兴"。按汉儒的解释："比者，比方于物也；兴者，托事于物也。"②王逸正是以此注楚辞，如"《离骚》之文，依诗取兴，引类譬喻。故善鸟香草，以配忠贞；恶禽臭物，以比谗佞"云云③。汉人比兴具有与人事相对应的象征意义，故曰"托物言志"。

突破汉儒藩篱的是魏晋玄学。诚如宗白华所云："晋人向外发现了自然，向内发现了自己的深情。山水虚灵化了，也情致化了。"④与物对应的不只是善恶，而是"七情"。后来刘勰《文心雕龙·明诗》总结道："人禀七情，应物斯感，感物吟志，莫非自然。"由"托物言志"到"感物言志"是一大进步。情志与物之关系，不仅是一一对应的类比，而且是感应的关系，心与物之间关系虚灵化了，物象也因此获得独立自足的美学意义。"目既往还，心亦吐纳"，"情往似赠，兴来如答"⑤，心与物、人与自然，已发展为对话关系，是物我双向建构。

盛唐殷璠"兴象说"又是一大进步。殷氏在《河岳英灵集》中拈

---

① 看赵沛霖《兴的源起》第二章，中国社会科学出版社 1987 年版。
② 《周礼·春官·大师》郑玄注引郑众说。
③ 王逸《离骚经序》。
④ 宗白华《美学散步》，上海人民出版社 1981 年版，第 183 页。
⑤ 刘勰《文心雕龙·物色》。

出"兴象"二字论诗,既保留了"兴",又独立了"象",使兴与象不做寄居蟹般的组合,可免"附理"之弊,又存遇合之趣。其中包含着"天人合一"的思想,既不是由人向物单向"移情",又非物成为人的意念化象征,人与物互相感应,达到《文心雕龙》所称许的"诗人比兴,触物圆览"的境界。玄学孕育了山水,山水摆脱了玄学;山水用以起兴,山水又从比兴中独立出来。然而山水景物却又从"兴"与"目击道存"的双亲那里获得"遗传",而具有多重启发性与象外指向性的品格。这种自足性与指向性的品格在晚唐诗论家司空图的"三外"说("韵外之致"、"象外之象"、"味外之旨")中获得划时代的超升。

值得重视的是:司空图提出"象外之象"的同时,还提出"味外之旨"、"韵外之致",显然是为了破人们只泥于"象"而忽略情意韵味之"执"。他追求的不仅是"尽意莫若象"的信息传递,更是文学所特有的意味。克莱夫·贝尔认为:"一切审美方式的起点必定是对某种感情的亲身感受,唤起这种感情的物品,我们称之为艺术品。"[1]这是从鉴赏者的角度审视艺术品的,如从创作者角度说,则作者必须从大量无意味的东西中抽取出有意味的形式来激活读者的审美情感。也就是说,作者先要通过其创作准确地表现自己的感受,将其感受形成情感意象,准确地传递给读者,唤起类似的情感联想,即自身的感受,油然生发出审美感情。沟通作者与读者情感的关键是情感意象。

日僧遍照金刚于中唐所著《文镜秘府论》南卷"论文意"引唐诗人王昌龄论曰:

> 夫作文章但多立意。令左穿右穴,苦心竭智,必须忘身,不可拘束。思若不来,即须放情却宽之,令境生。然后以境照之,

---

[1]　[英]克莱夫·贝尔《艺术》,周金环等译,中国文联出版公司1984年版,第3页。

思则便来，来则作文。如其境思不来，不可作也。

夫置意作诗，即须凝心，目击其物，便以心击之，深穿其境。如登高山绝顶，下临万象，如在掌中。以此见象，心中了见，当此即用。如无有不似，仍以律调之定，然后书之于纸。会其题目，山林、日月、风景为真，以歌咏之。犹如水中见日月，文章是景，物色是本，照之须了见其象也。

王氏从作者角度立论，已接触到情感意象的问题。境，是借用佛家语，指心灵空间，境生自心，是外物"内识"的结果。然而王氏沿用的还是传统的心与物之关系，其间起转化作用的中介仍是情志，是所谓"目击其物，便以心击之"。这里的"境"，是指心境，也就是情感意象，是统摄创作过程的灵魂，所以要"以境照之"，"如其境思不来，不可作也"。如何才是"以境照之"？同卷有云：

诗贵销题目中意尽，然看当所见景物与意惬者相兼道。若一向言意，诗中不妙及无味；景语若多，与意相兼不紧，虽理道亦无味。

所谓"以境照之"，就是"意"与"景"结合，使"所见景物与意惬"。王氏高明之处在重视"以境照之"这一环节，体悟到外景要成为诗境，必须通过作者的情感结构，即情志，形成情感意象，以统摄创作过程。如外物未能使情志有所感动，就叫"境思不来"，只好"放情宽之"，直到有所会心。王氏《诗格》又云：

诗有三境：一曰物境，欲为山水诗，则张泉石云锋之境极丽绝秀者，神之于心，处身于境，视境于心，莹然掌中，然后用思，了然境象，故得形似。二曰情境，娱乐愁怨，皆张于意而处于身，然后驰思，深得其情。三曰意境，亦张之于意而思之于心,则得其真矣。

外物及诗人情志都可触物起兴成为心境,再外化为审美对象的诗境(物境、情境、意境)。这就使得王氏之论上与言志、缘情、比兴、意象的传统诗论接轨,下又开创了整体把握诗歌创作的新思路。中唐刘禹锡《董氏武陵集记》曾提出"境生于象外",便是注意到"境"与"象外之象"间的关系,惜未及深论。继而倡合"境"的整体性与"象外之象"的暗示性而言意味的诗论家,有宋人严羽。其《沧浪诗话·诗辨》云:

> 诗者,吟咏情性也。盛唐诸人唯在兴趣,羚羊挂角,无迹可求。故妙处透彻玲珑,不可凑泊,如空中之音,相中之色,水中之月,镜中之象,言有尽而意无穷。

叶维廉《严羽与宋人诗论》认为,严羽否认以储藏字词、语汇、典故为创作之途,而强调"诗可以企图超越语言并把语言转化为指向或呈示语言以外的物态物趣的符号"。"空中之音"云云,"那就是说,语言文字在诗中的运用或活跃到一种程度,使我们不觉语言文字的存在,而一种无言之境从语言中涌出"[1]。的确,严羽的"兴趣说"与司空图"象外之象"一脉相通,都有追求符号化的倾向,所谓"兴趣",也就是感发出意味,所以严羽同时又倡"妙悟"。《沧浪诗话·诗辨》云:

> 大抵禅道唯在妙悟,诗道亦在妙悟。且孟襄阳学力下韩退之远甚,而其诗独出退之之上者,一味妙悟而已。唯悟乃为当行,乃为本色。

---

[1]　叶维廉《从现象到表现》,台湾东大图书公司 1994 年版,第 195—196 页。

妙悟，就是审美直觉，是情感、想象、感知的同时感发，是集成电路也似的综合反应能力。由于感受、推导、判断几乎同时到达终点，所以"无迹可求"、"不可凑泊"，由形式整体焕发出意味，"如空中之音，相中之色"，浑融一体。王维《山居秋暝》云：

> 明月松间照，清泉石上流。

松月泉石并非什么"高洁的象征"，而是月、松、泉、石共构一片澄明之氛围，整个儿蕴含着意味。这不同于线式比兴，是用意象群共构一个意境，从整体到整体，即境示人，好比给你一个梨，圆满自足。正因其如此，故"境生象外"的"境"，还要靠读者去悟，才能最后完成，是司马光《温公续诗话》所云："古人为诗，贵于意在言外，使人思而得之。"事实上作者能做到的只能是创造意象及安排组合，能否形成意境，还须读者从容涵咏，有会于心。王夫之《薑斋诗话》卷二有云：

> "池塘生春草"、"胡蝶飞南园"、"明月照积雪"，皆心中目中与相融浃，一出语时，即得珠圆玉润，要亦各视其所怀来而与景相迎者也。

池塘春草诸意象是诗人"心中目中与相融浃"，经过自家情感结构过滤、着色，然后创造出来的诗歌意象，就作者方面而言，"一出语时，即珠圆玉润"，其表达已臻完美；但最后形成什么样的意境，还要"各视其所怀来而与景相迎者也"。戴鸿森笺曰：

> 就是说：你是抱着怎样的情怀来看取这个景象的呢？作者的情怀应该结合全篇乃至全人看，问题是何以许多读者对这几句特加称赏，其原因是句中所表现的鲜明活跃的景象，可以

就不同的情怀触发各种联想,引起共鸣。①

作者"所怀来"与读者"所怀来"是二重感应:作者感受于实景,读者感悟于诗之意象。作者以其情感结构迎之,读者以其期待视野迎之。作者之所以能以有限之象造无限之境,关键还在于能否留出"环中",与不同时代不同类型的无数读者共创新的意境。王夫之《夕堂永日绪论》内编又云:

> "亲朋无一字,老病有孤舟。"自然是登岳阳楼诗。尝试设身作杜陵,凭轩远望观,则心目中二语居然出现,此亦情中景也。

黄子云《野鸿诗的》亦云:

> 当于吟咏之时,先揣知作者当日所处之境遇,然后以我之心,求无象于窅冥惝恍之间,或得或丧,若存若亡,始也茫然无所遇,终焉元珠垂曜,灼然毕现我目中矣。

这就是读者与作者通过诗境而来的心灵感应,也是意境的最后完成。

三

能同时涵盖作者、读者两方面的感应关系,直观整体把握文学意味者,为近代学者王国维《人间词话》开宗明义拈出之"境界"

---

① 王夫之著、戴鸿森笺注《薑斋诗话笺注》,人民文学出版社 1981 年版,第 51 页。

二字。

叶嘉莹《对〈人间词话〉中境界一辞之义界的探讨》一文认为："《人间词话》中所标举的'境界'，其含义应该乃是说，凡作者能把自己所感知之'境界'，在作品中作鲜明真切的表现，使读者也可得到同样鲜明真切之感受者，如此才是'有境界'的作品。"[①]这里将二重感受及其整体性表述得很清晰，证之《人间词话》，反复强调"写真景物、真感情"，强调"隔与不隔之别"，强调"词忌用代字"，强调"其辞脱口而出，无矫揉装束之态"云云，无非要求作者要有真切之感受，并以鲜明之形象示人，使读者能直观把握耳。学者大都注意到王国维境界说与严羽"兴趣说"、王士禛"神韵说"之关系，却罕有提及与王夫之"情景说"之关系者。兹列数则供比较：

> 无论诗歌与长行文字，俱以意为主。意犹帅也；无帅之兵，谓之乌合。李杜所以称大家者，无意之诗十不得一二也。烟云泉石，花鸟苔林，金铺锦帐，寓意则灵。若齐梁绮语，宋人抟合成句之出处，役心向彼搜索，而不恤己情之所自发，此之谓小家数，总在圈缋中求活计也。（《夕堂永日绪论》内编）

> "僧敲月下门"，只是妄想揣摩，如说他人梦，纵令形容酷似，何尝毫发关心？知然者，以其沉吟"推"、"敲"二字，就他作想也。若即景会心，则或推或敲，必居其一，因景因情，自然灵妙，何劳拟议哉？"长河落日圆"，初无定景；"隔水问樵夫"，初非想得：则禅家所谓现量也。（《夕堂永日绪论》内编）

> 身之所历，目之所见，是铁门限。（《夕堂永日绪论》内编）

> 家辋川诗中有画，画中有诗，此二者同一风味，故得水乳调和，俱是造未造，化未化之前，因现量而出之。一觅巴鼻，

---

① 姚柯夫编《〈人间词话〉及评论汇编》，书目文献出版社 1983 年版，第 154 页。

鹄子即过新罗国去矣。(《薑斋诗集·夕堂戏墨》卷五《题芦雁绝句序》)

王夫之虽然未用"境界"的字眼,但主张真景真情、直观整体把握的方式与王国维并无二致。王国维的"隔"与"不隔",与王夫之"现量"的主张也是相通的,都是要求"即景会心"、"语语都在目前",只是王国维偏重读者的审美感受,而王夫之偏重作者的审美感受。实质上"境界说"核心还是"情景说"。王国维称:"境非独谓景物也,喜怒哀乐亦人心中之一境界。"又云:"昔人论诗词,有景语情语之别,不知一切景物皆情语也。"这些意见,似出自王夫之"情景说"。王夫之有云:

> 情景名为二,而实不可离。神于诗者,妙合无垠。巧者则有情中景,景中情。景中情者,如"长安一片月",自然是孤凄忆远之情;"影静千官里",自然是喜达行在之情。情中景尤难曲写,如"诗成珠玉在挥毫",写出才人翰墨淋漓、自心欣赏之景。(《夕堂永日绪论》内编)

> 不能作景语,又何能作情语耶? 古人绝唱多景语,如"高台多悲风"……以写景之心理言情,则身心中独喻之微,轻安拈出。谢太傅于《毛诗》取"讦谟定命,远猷辰告",以此八字如一串珠,将大臣经营国事之心曲写出次第,故与"昔我往矣,杨柳依依;今我来思,雨雪霏霏",同一达情之妙。(《夕堂永日绪论》内编)

"情中景"相当于王国维所云"喜怒哀乐亦人心中之一境界",但王夫之于情景之关系辨析更觉淋漓尽致:

> 谢诗有极易入目者……言情则于往来动止缥渺有无之中

得灵蠁，而执之有象；取景则于击目经心、丝分缕合之际貌固有；而言之不诬。而且情不虚情，情皆可景；景非滞景，景总含情。(《古诗评选》卷五评谢灵运《登上戍石鼓山诗》)

王夫之还意识到，这种情景关系之母，乃是比兴：

> 兴在有意无意之间，比亦不容雕刻。关情者景，自与情相为珀芥也。情景虽有在心在物之分，而景生情，情生景，哀乐之触，荣悴之迎，互藏其宅。

正是"比兴"的诗学思维方式使情景关系发展至"互藏其宅"的血肉关系，懂得这层意义再反照境界说，才能更深刻理解其直观、整体把握的意义。所以王国维的"境界说"乃是传统"比兴说"的发展结果。或云王国维受西方文学观之影响，故有"无我之境"、"有我之境"、"理想家"、"写实家"云云。然而作为"境界说"之核心，还是源于"比兴说"的"情景说"。《人间词话》又曰：

> 尼采谓"一切文学余爱以血书者"，后主之词真所谓以血书者也。宋道君皇帝《燕山亭》词亦略似之，然道君不过自道身世之戚，后主则俨有释迦、基督担荷人类罪恶之意，其大小固不同矣。(卷上)

> "君王枉把平陈业，换得雷塘数亩田。"政治家之言也。"长陵亦是闲邱陇，异日谁知与仲多。"诗人之言也。政治家之眼，域于一人一事，诗人之眼，则通古今而观之。(卷下)

> 自然中之物，互相关系，互相限制。然其写之于文学及美术中也，必遗其关系、限制之处。故虽写实家，亦理想家也。(卷上)

我们如果不以当代人的眼光深究其"释迦"、"基督"、"政治家"云云是否准确,则不难看出王国维受西方文学观之影响,主张文艺要超越个人利害关系,反对作品的个人情绪化。事实上这一观点与本土传统的儒家诗教也可以打通。王夫之有云:

> 诗言志,非言意也。诗达情,非达欲也。心之所期为者,志也;念之所觊得者,意也;发乎其不自已者,情也;动焉而不自待者,欲也。(《诗广传》卷一论《北门》)
>
> 经生之理不关诗理,犹浪子之情无当诗情。(《古诗评选》卷五评鲍照《登黄鹤矶》)

王夫之将诗理与经生之理、诗情与浪子之情严格分开,而与"诗言志"相关联。王夫之又回到"情志"这一立足点上来,比起王国维是更传统些,不如王国维将诗情理解得更为广泛。明代胡应麟《诗薮》内编卷一云:

> 诗至于唐而格备,至于绝而体穷。故宋人不得不变而之词,元人不得不变而之曲。词胜而诗亡矣,曲盛而词亡矣!

以此返观"比兴"说不断向"兴象"说、"意境"说、"情景"说、"境界"说发展的趋势,当可揣测古人之用心,是对"言外之意"、"象外之象"、"韵外之致"即诗歌语言对情感世界表现力的不断向上的追求。其中形式、表现手段是变量,"江流石不转"的是"情志"。盖心与物之交汇点在"情志"。"情志"是中国文学的出发点。为了表达情志,乃以"象"为桥梁,又以情志统摄之,从而达到超越语言的符号化目的,此为我国古典文学传统的语言策略。

(原载《文艺理论研究》1999 年第 6 期)

人 性 的 张 力

——以"情志"为中心

刘再复先生曾将人性深处的矛盾内容作为他研究人物性格的基点,认为人性的深度包括两层意思:(1)写出人性深处形而上和形而下双重欲求的矛盾内容;(2)写出人性世界中潜意识层次的情感内容①。这的确是一个值得探讨的课题。刘先生主要是着眼于现代文学与西方文论,由此推导出自己的结论。本文则力图从中国古代文学及相关古文论着眼,看看能否发现一些有用的东西。

一

人性,应包括人的自然属性与社会属性两个方面。而这两种属性间的矛盾,才是人性深处最基本的矛盾内容。我还相信:人的社会属性是最能体现人之为人的本质因素,它是历史地变化着的人性。从这一观点出发,我认为,"情志"正是中国古代文论中深刻地体现了人性深处矛盾内容的重要范畴。

关于"情志"内涵的历史发展,陈伯海《释"情志"》诸文释之甚

---

① 详见刘再复《文学的反思·两级心理对位效应和文学的人性深度》,人民文学出版社1986年版。

明①，本节在其整理的基础上说下去，说说我所理解的"情志"。

大体说来，情志是情与志的组合。"志"本是情的一种，都是心物交感过程中的情感活动，但"志"同时"还具有意向规范与引导的性能"②，强调的是人性中的社会属性，尤其是其中的道德理性。作为儒家诗教核心的"诗言志"，是其典型态。

"诗缘情"虽然是由陆机《文赋》正式标举，但其发端当追及屈原的《离骚》。胡晓明《从诗言志到骚言志》一文认为，战国时代的社会动乱使诗人更多地关注个人生存的痛感。他诠释屈原《九章·惜诵》"惜诵以致愍兮，发愤以抒情"云："前一句是《诗三百》自古以来的讽谏传统，后一句是屈子所新创的新诗学。"③这种"新诗学"便是所谓的"骚言志"，突出了诗歌植根于个体生命的心灵特性。我看这是一个重大的转向。这种转向在"文学的自觉"时代得到强化，"诗缘情"事实上是对《古诗十九首》与魏晋文学主流水到渠成的总结④。此际之"缘情"与"言志"虽非对立，但已显示出某种疏离的关系，与"骚言志"也渐行渐远了。或者说，此际情与志之间已显露出人性深处的矛盾内容，主要体现为作为社会化的个体对回归自然的追求与对现实社会规范的服从之间的矛盾。即"心"与"迹"、"出"与"处"之间的矛盾。该时期的社会思潮是源自《庄子》的玄学思想，无论嵇康、阮籍还是陶渊明，都深受其超越世情的自然观的影响，强调个体存在的价值与尊严，"向自己的真性情、真血性里掘发人生的真意义、真道理"⑤，极大地提升了"情"的内涵。而嵇、阮高倡"越名教而任自然"，其师心使气咏怀之作，初露人性中最具冲击力的感性力量，已然成为"文学自觉"之丰碑。作为总结这一文学现

① 参看陈伯海《中国诗学之现代观》中《释"诗言志"》、《释"缘情绮靡"》、《释"情志"》诸篇论文，上海古籍出版社 2006 年版。
② 陈伯海《中国诗学之现代观》，第 78 页。
③ 胡晓明《诗与文化心灵·从诗言志到骚言志》，中华书局 2006 年版，第 36 页。
④ 参看拙著《文化建构文学史纲（魏晋—北宋）》第二章第一节"情志的离合"，北京大学出版社 2005 年版，第 32 页（收入本《文集》第四册）。
⑤ 宗白华《美学散步》，上海人民出版社 1981 年版，第 189 页。

象的"诗缘情"于是乎获得了与"诗言志"并立的地位,刘勰正是在这样的背景下提出他的"情志"说。

《尹文子·大道下》"乐者,所以和情志"一语,也许是情与志最早的连用。后来如《后汉书·文苑列传赞》、张衡《思玄赋》等也出现"情志"一词。但只有刘勰《文心雕龙》才把"为情造文"和"述志为本"综合在一起,铸成"情志"这一概念。王元化《文心雕龙讲疏》认为:"照刘勰看来,属于感性范畴的'情'和属于理性范畴的'志'是互相补充、彼此渗透的。"(着重号为引者所加)"他所说的'情志'是颇接近于渗透了思想成分的感情这种意义的。"[①]所言甚精当。《尹文子》当初组词似多少已直觉到这层意思,当非偶然。其全句为:"乐者,所以和情志,亦所以生淫放。""情志"与"淫放"对举,则"情志"中的"情"已非一切感情。其上文有曰:"趋利之情,不肖特厚;廉耻之情,仁贤偏多。"(《尹文子·大道上》)可见"情"字单用是包含各种情感的,而"情志"复合则已排除了过于私人化而不合于社会道德理性的成分。到了刘勰,这层意思就更为明豁了。《文心雕龙·附会》称:"夫才量学文,宜正体制,必以情志为神明,事义为骨髓,辞采为肌肤,宫商为声气。"情志俨然处于文学创作的核心地位,且情、志互渗,互相制约,由此形成一种张力——不使"言志"趋于说教,也不让"缘情"坠向淫放。是有志之情,有情之志。这的确是一种"合理的情绪力量"。

情志复合的合理性还在于尊重二者血肉般不可截然分离的情性。人性中的自然属性,固然与动物性相关,但并不等同于动物性。子曰:"饮食男女,人之大欲存焉。"(《礼记·礼运》)人的这些最基本的欲望固然属动物性,但美食与爱情不也都饱含着文化这一社会性吗? 所以即使是作为个体欲望之情,也不易与倾向于社会道德理性之志切割。儒学创立者高明之处就在于承认情的先天性、本然

---

① 王元化《文心雕龙讲疏》,上海古籍出版社 1992 年版,第 186—187 页。

性,同时也看到它与仁、礼等道德理性及社会规范是可沟通的①。《论语·泰伯》:"子曰:'兴于诗,立于礼,成于乐。'"之所以认为育人当始于诗,是由于诗发乎情,来自人性的根本。"立于乱,成于乐",是因为看到情性是可以诱导、改变的。楚墓竹简《性自命出》篇云:"凡人虽有性,心无定志,待物而后作,待悦而后行,待习而后定。"②只要谆谆善诱,情性是可以通过"兴于诗,立于礼"最终"成于乐"的。即通过启迪,溶理入情,使外在的社会规范内化为个体的性情,是所谓的"乐所以成性"。由于孔子以"用诗"的立场看待诗,强调的是通过诗兴进行自我修养,所以对诗自身的内容似无苛求,故"郑声"也在"思无邪"之列。情,并未成为否定的对象。

　　然而随着社会的发展,"个体的自觉"带来文学的日益个体化、私人化,而"情"的先天性、本然性为其对抗、解构现行社会规范提供了某些合理性(如嵇、阮的"越名教而任自然",陶潜的"质性自然"),以此不能不使后儒侧目而视,将矛头转向"情"字。《荀子·性恶》早就认为:"夫好利而欲得者,此人之情性也。"《正名》篇又云:"性者,天之就也;情者,性之质也;欲者,情之应也。""情"不但与"性"相关,还与"欲"相连,是"性恶"的根源。这就为后儒持情灭欲提供了依据。至中唐李翱,便明确地将"情"与"性"对立起来。其《复性书》中篇乃云:

　　　　问曰:"凡人之性犹圣人之性欲?"答曰:"桀、纣之性犹尧、舜之性也。其所以不睹其性者,嗜欲好恶之所昏也,非性之罪也。"曰:"为不善者,非性邪?"曰:"非也,乃情所为也。情有善不善,而性无不善焉。"(《李文公集》卷三)

---

① 参看李泽厚《华夏美学》第二章第一节"人性的自觉",香港三联书店1988年版,第36页。
② 《郭店楚墓竹简》,文物出版社1998年版,第179页。

性善才是先天的、本然,情欲则是对其先天性、本然性的蒙蔽。于是乎"存天理,灭人欲"由此滥觞。宋代理学家程颐《颜子所好何学论》则制定了对付情的办法:

> 形既生矣,外物触其形而动于中矣,其中动而七情出焉,曰喜怒哀乐爱恶欲。情既炽而益荡,其性凿矣。是故觉者约其情使合于中,正其心,养其性,故曰性其情。(《二程全书》本《程氏文集》卷八)

陈伯海认为这表明"理学家把制导情感心理的机制由外在的规范转移到人的内心,将'发乎情,止乎礼义'的戒条改造为出发点上就得要正心养性,其节制情欲的自觉性空前高涨"[1]。从"以志节情"到"性其情"[2],人的自然属性从里到外被防了个严严实实。

问题是这种理论上的自我完善并不能制止现实中"情"的进展。从"情性"内涵的歧见及其反复可觉察其中的玄机,容下文再议。

二

虽然《毛诗序》与《汉书·翼奉传》都已提到吟咏"情性",但并未以之作为批评标准。要到钟嵘《诗品》才将情性、性灵作为一种主张,成为论诗之本。《诗品·序》称:"气之动物,特之感人,故摇荡性情,形诸舞咏。"又云:"若乃春风春鸟……女有扬蛾入宠,再盼倾国。凡斯种种,感荡心灵,非陈诗何以展其义,非长歌何以骋其情?"以

---

① 陈伯海《中国诗学之现代观》,第81—82页。
② 早在魏晋时代王弼已主张"性其情",但他是用自然之性去规范个体情感,与宋儒主张以"礼义"的戒条制约个体之情有着根本上的不同,反而与嵇、阮以后的"性情"接近。

"摇荡"、"感荡"言情值得注意。钟嵘认为只要有感动,则可成吟,不必与人伦兴废、行政得失等政教挂钩。其中所举"春风春鸟"、"扬蛾入宠"云云便是明证。与之相应的是在创作上诉诸直接经验,摈弃引经据典:

> 至乎吟咏情性,亦何贵于用事。"思君如流水",既是即目,"高台多悲风",亦唯所见;"清晨登陇首",羌无故实;"明月照积雪",讵出经史。观古今胜语,多非补假,皆由直寻。(《诗品·序》)

在创作上强调直寻,与经典作切割,让创作感觉化,无疑使创作更靠近生活,但也在一定程度上与传统的道德规范拉开距离。约略同时代的裴子野在其《雕虫论》中就曾抨击梁代文风说:

> 自是闾阎少年,贵游总角,罔不摈落六艺,吟咏情性。学者以博依为急务,谓章句为专鲁。淫文破典,斐尔为功。无被于管弦,非止乎礼义。深心主卉木,远致极风云。其兴浮,其志弱。巧而不要,隐而不深,讨其宗途,亦有宋之风也。(《全梁文》卷五三)

裴氏认定情性论主张远离经典正是造成"兴浮志弱"的主因。统观《诗品》,所倡"情性"的确要比"缘情"更为明确地指向自然兴发,任天性自然,摆脱束缚,激发出真性情来。而与"情志"相比,则去掉"志"的制约,任"情"自由发展,而不论是什么样的"情",自然使情性充满变数,鱼龙混杂,泥沙俱下。然而,无意之间也就更能显露人性深处的矛盾内容。萧纲的情性论于此为典型。

萧纲《诫当阳公大心书》云:"立身之道与文章异,立身先须谨重,文章且须放荡。"(《全梁文》卷十一)论者都注意到萧纲将立身与作文割裂开来,但少有人深究其何以要割裂开来。

首先我们要充分意识到人性问题的复杂性。如上文所论,即使是饮食男女这样的"纯属"个体欲望之情,也渗透着人的社会属性(如美食与爱情)。所以人的自然属性与社会属性很难切割,我们往往要降一个层次,探究群体与个体、理性与感性,尤其是其中群体的规范与个体的自由之间的复杂关系,由此切入人性的矛盾内容。

萧纲将立身与作文割裂开来,正是人性深处矛盾内容的一种显现。笔者拟从时代、家族、宗教、文学多种因素的联动关系入手,试作阐释。

整个魏晋南北朝的政治,可以说就是一场杀夺政治。在统治集团间频频发生的夺权震荡中,一切似乎都随之分裂为对抗的矛盾双方: 真与伪、心与迹、出与处、忠与孝、名教与自然、超越与妥协……反映到士大夫的人格,便是心迹不一,言行背离、情志两乖的双重人格。《世说新语》保留了许多相关事例,为人所熟知。至如潘岳作《闲居赋》,极写高蹈之情,与其轻躁趋利的行为不相符,故被元好问讥为:"心画心声总失真。"(《论诗》)然而这并非潘岳一人的问题,钱锺书就认为:"苟曰失真,《山居》过于《闲居》远矣。"[1]《山居赋》为谢灵运所作者,也是燥热人说淡泊话。其实,该时代士大夫心中大都有一个"相反的自我"[2]。谢灵运《斋中读书》诗云:"昔余游京华,未尝废丘壑。况乃归山川,心迹双寂寞。"《初去郡》诗又云:"庐园当栖岩,卑位代躬耕。顾已虽自许,心迹犹未并。"心迹归一的向往正表明心迹不一的无奈,而这正是该时代的现实与"常态"。

至于萧纲(梁简文帝)所谓"立身先须谨重",还有其家族的特殊内容。乃翁萧衍(梁武帝)是个老儒兼老僧式的人物,外示博学、勤勉、绝欲、乐施之迹,内存贪婪、猜忌、忮刻、残忍之心。他的佞佛

---

[1] 钱锺书《管锥编》第 4 册,中华书局 1979 年版,第 1289 页。

[2] 《朱子语录》称:"晋宋人物,虽曰尚清高,然个个要官职。这边一面清谈,那边一面招权纳货。"说的就是当时普遍情况。

也只不过是如沈约《舍身愿疏》所说的"借此轻因,庶证来果"(《广弘明集》卷二八)。即借宗教求解脱①,并无丝毫普济的慈悲心,谈不上什么社会关怀。萧纲兄弟几乎一生都在乃翁阴影下生存,也都继承了他的两重性格,尤其是衍晚年多猜忌,诸子"立身须谨重"更是座右铭。《南史·梁武帝诸子传》论曰:"甚矣,谗佞之为巧也!夫言附正直,迹在恭敬,悦目会心,无施不可。至乃离父子,间兄弟,废楚嫡,疏汉嗣;可为太息,良非一途。以昭明之亲之贤,梁武帝之爱之信,谤言一及,至死不能自明,况于下此者也。"由此不难推知诸子的"谨重"是多么不得已。或者说,这种谨重只不过是一付"社会面具",并非"真性情"。也就是说,"真性情"亟需另一个空间,这正是"文章且须放荡"的落脚点。

大凡人们在形而下的欲求得不到满足时,往往会在形而上的想象中寻求补偿。宗教(尤其是佛教的《维摩诘经》)、田园山水之游、文艺乃至学术等,都曾经是南朝士大夫形下欲求的"替代品"。这也许是知识阶层特有的"精神消费"方式。如南齐君臣之粗鄙,在现实中直接纵欲,所以不存在替代品的问题,而以正人君子自命的萧梁父子,则替代品万万不可或缺。萧纲在《与湘东王书》中自认:"吾辈亦无所游赏,止事披阅,性既好文,时复短咏。虽是庸音,不能阁笔,有惭伎痒,更同故态。"(《梁书》卷四九《文学传》)在《答新渝侯和诗书》中又认为新渝侯萧暎那些艳情诗"皆性情卓绝,新致英奇"(《全梁文》卷十一)。可见宫体正是其性情所托的替代品。问题是:何以宫体诗会超越山水田园乃至宗教、艺术,成为梁、陈最热门的替代品?这里面有个文化选择与个体情性所适的问题。

现有的研究成果已表明:宫体诗的兴盛与文学自身求"新变"、

---

① 王夫之《读通鉴论》卷十七认为梁武帝佞佛是因为篡位有恐惧心,想借皈依空门"则复载不容之大逆,一念而随皆消殒"。可供参考。

江南奢靡之风、佛典对"性"的大胆描写等因素有关①。而这三条线索都交汇在萧纲、萧绎兄弟及其文学集团身上。二萧咸具很高的文学才华,以其崇高的地位及其文学集团的影响力,自然成为上述"三驾马车"的御者。剩下的问题只是:御者将把车引向何方?二萧的"真性情"于是成为关键的因素。

二萧的真性情是什么?要回答这一问题,先要弄清"性情"从何而来。《文心雕龙·体性》举才、气、学、习四事,认为它们"并性情所铄,陶染所凝"。也就是说,性情来自天资,并经学习最后形成。对创作风格中的性情则曰:"才力居中,肇自血气;气以实志,志以定言,吐纳英华,莫非情性。"同样强调先天的禀赋与后天的学习。习,习染也。以此衡彼,则二萧皆天资聪慧有"利根",尤其在文艺方面有很高的悟性,所以在接受传统与时尚时,具有相当强的主体意识与整合能力。在后天学习方面也有着良好的教育,其"立身谨重"虽然有"性格面具"的性质,但"面具"戴久了就会有某种程度的内化,习染成性。所以史载萧纲绝笔自称"立身行道,终始如一"(《梁书·简文帝本纪》),也是实情。然而更重要的习染还在于受当代士风的影响。《颜氏家训·涉务》称:南朝"文义之士,多迂浮华,不涉世务"。又称:"梁世士大夫,皆褒衣博带,大冠高履,出则车舆,入则扶侍。"二萧生活圈子狭小,长期浸淫此风,自然是缺乏社会关怀的意识,故尔虽有问鼎之大欲,却无济世之大志(或云"大欲通乎志",笔者不敢苟同)②。所以二萧情性说不再具有嵇、阮那种师心使气的冲击力,最终将情性引向宫体贫弱一路,良有以也。

然而我们还必须将两晋至梁陈的"情性说"视为一个完整的流程。正是这一波澜渐阔的潮流,将文学推向前所未有的独立地位。

---

① 参看萧涤非《汉魏六朝乐府文学史》第一编第一章、唐长孺《魏晋南北朝史论丛续编·南朝寒人的兴起》第三节。

② 因情势不同,萧绎有机会将其"大欲"发挥到淋漓尽致:为夺皇位,不惜残害手足,引狼入室,其"立身谨重"的人格面具亦扫地以尽。

反观萧纲的"文章且须放荡",所谓"放荡"固然指放任不拘,但也是针对文学依附政教伦理而发。其《与湘东王书》又云:

> 比见京师文体,懦懦钝殊常,竞学浮疏,争为阐缓。玄冬修夜,思所不得。既殊比兴,正背风骚。若夫六典三礼,所施有地;吉凶嘉宾,用之则有所。未闻吟咏情性,反拟《内侧》之篇,操笔写志,更摹《酒诰》之作,迟迟春日,翻学《归藏》,湛湛江水,遂同《大传》。(《梁书》卷四九)

萧纲以比兴风骚作为文学正宗,并定义为吟咏情性,与六经、三礼作了区隔。萧氏文学集团另一人物萧子显也在《南齐书·文学传论》中将文章归为三类,以"文章者,盖情性之风标"为标准对三者进行了批评,并称:

> 三体之外,请试妄谈:若夫委自天机,参之史传,应思悱来,勿先构聚,言尚易了,文憎过意,吐石含金,滋润婉切,杂以风谣,轻唇利吻,不雅不俗,独中胸怀。(《南齐书》卷五二)

日本学者铃木虎雄认为萧子显主情却又主张参用史传,是"折衷之说"①。与其说是折衷,我看不如说是整合,即对上文所述宫体三个主要成因的整合。所谓"杂以风谣","不雅不俗",就是对江南市井民歌的吸收与同化;而"参以史传"并非摹拟经典,只是隶事用典。博闻隶事本是士族用以标志其身份的东西,同时也是上文所论与宫体同属寄托情性之具,所以与"杂以风谣"相辅而造成所谓的"不雅不俗,独中胸怀"的新体,这在宫体与咏物中都有体现。不过真正能从情性说出发,明晰定义文学之特质者,萧绎是也。其《金楼

① [日]铃木虎雄《中国诗论史》,许总译,广西人民出版社1989年版,第76—77页。

子·立言》云：

> 今之儒，博穷子史，但能识其事，不能通其理者，谓之
> "学"；至如不便为诗如闾纂，善为奏章如伯松，若此之流，泛谓
> 之"笔"；吟咏风谣，流连哀思者谓之"文"……至如文者，唯须
> 绮縠纷披，宫徵靡曼，唇吻遒会，情灵摇荡。（《金楼子》卷四）

无论吟咏风谣，无论词采声律，都是要造成"情灵摇荡"的效果。
钟嵘"摇荡性情"的物感说至是已转为"情灵摇荡"的情性说。《文
心雕龙·原道》称："性灵所钟，是谓三才。"可知性灵乃指人类特具
的智慧。《序志》篇又云："岁月飘忽，性灵不居。腾身飞实，制作而
已。"创作能使性灵永存。由此看来，对形而下的情欲而言，"情灵摇
荡"毕竟是一种理性的提升。事实上宫体诗虽然有一部分仍滞留于
色情，但另有一部分已"化腐朽为神奇"，提升为一种审美。如《诗
数》称："简文《乌栖曲》四首，奇丽精工，齐梁短古，当为绝唱。如
'郎今欲渡畏风波'，太白《横江词》全出此。至'北斗横天月将落'，
'朱唇玉面灯前出'，语特高妙。"萧涤非先生补充说："要之，乐府至
简文，实已开晚唐李义山、温飞卿一派风格。"[1]可见宫体诗自有其
美学价值在。总而言之，无论是嵇、阮"越名教而任自然"的"情性
说"，还是二萧"情灵摇荡"的"情性说"，都是对"情"的解放，有开疆
拓土之功，使其视野更广阔，内涵更丰富。须知唯有个体之"情"得
到充分发展，群体之"志"才能健康发展而更具包容性。盛唐"情志
合一"正是在六朝"情"的解放的基础上情志的又一次成功整合[2]。
明代"性灵"说的崛起，也是一场新的"情"的解放，预示着"情志说"
将有所突进。可惜历史的急转弯中止了这场"新变"。然而这毕竟

---

① 萧涤非《汉魏六朝乐府文学史》，人民文学出版社 1984 年版，第 248 页。
② 参看拙著《文化建构文学史纲（魏晋—北宋）》上卷第四章第一节"土的回归与情志合
　一"，北京大学出版社 2005 年版（收入本《文集》第四册）。

是一个可贵的提示:"情志"是一种张力,在人性深处矛盾内容的驱动下不断追求着新的更高层次的平衡。

三

　　刘再复在前引著述中曾举《秦绮思》等名著为例,阐说人性深层"灵与肉"搏击所产生的悲剧美。这的确是西方文艺的长项。中国古典文学则缺少此类人性内在矛盾剧烈的正面冲突,因为对撞往往在相碰前就被某种"理性"力量所缓冲乃至化解(如"大团圆")。然而仍有许多优秀作品将这种正面碰撞化为《离骚》式的挥之不去的沉郁,在缠绵悱恻中,矛盾依然存在,长时间断续地撕咬着心灵,而不是在一刹那间撞碎。这种痛,是那么持久而幽深,让读者由此产生另一种类型的心理对位效应,性情因之被陶冶。其润物之深,似"梅子黄时雨"。此乃屈赋、杜诗之所以能长期地唤起社会良心一代又一代地哺育着志士仁人的原因。"情志说"以其包容人性的矛盾内容,体现了这一美学特性。

　　叶嘉莹教授曾称杜甫是一位感性与知性兼长并美的诗人,一方面具有敏锐深厚的感性,一方面又具有清明周至的理性①。正因其人性健全,所以面对大苦难就有大担荷力,成就其沉郁顿挫的风格。可以说,杜甫健全的人性体现了该历史时期最为"合理的情绪力量",即理想的"情志"——情与志,知性与感性,在矛盾中互渗;二者合中有分,分中有合,相反相成,在张力中形成动态平衡。这种情志互渗典型地体现在杜甫忠君爱民思想的矛盾统一上,容笔者稍事分析。

　　忠君与爱民之间的矛盾是以儒学为核心价值观的士大夫解不

---

① 　详见叶嘉莹《杜甫〈秋兴八首〉集说·代序》,上海古籍出版社1988年版,第4—7页。

开的情结,杜甫是其典型。《自京赴奉先县咏怀五百字》云:

> 杜陵有布衣,老大意转拙。许身一何愚?窃比稷与契。居
> 然成濩落,白首甘契阔。盖棺事则已,此志常觊豁。穷年忧黎
> 元,叹息肠内热。取笑同学翁,浩歌弥激烈。非无江海志,潇洒
> 送日月。生逢尧舜君,不忍便永诀。当今廊庙具,构厦岂云缺?
> 葵霍倾太阳,物性固莫夺。(《杜诗详注》卷四)①

"生逢尧舜君,不忍便永诀"是情结之所在。在"安史之乱"将
爆发而国家大厦将倾之际,玄宗君臣犹在骊山上作乐,如此"尧舜
君"真该与之"永诀",由是产生与朝廷的离心力;然而"致君尧舜"
的承诺又使之"不忍",由此又产生对朝廷的向心力。就济世之
"志"而言,促使他对朝廷"忍",就个体人格尊严之"情"而言,又促
使他想离朝廷而去。这便是杜甫情志内在之张力。杜甫本人在后
来的《壮游》诗中表达了这种情志的张力:"上感九庙焚,下悯万民
疮。"(卷十六)在国家处于分裂的边缘,朝廷具有统一的号召力,
"忠君"于时有其特殊的意义。然而即使在这样的时刻,朝廷与百姓
的利益也并不总是一致的。君王有时仅仅为一己的"大欲",不惜让
百姓付出惨痛的代价。如至德年间唐肃宗急欲回长安坐龙廷,乃借
回纥兵,竟与之约:"克城之日,土地、土庶归唐,金帛、子女皆归回
纥。"(《资治通鉴》卷二二〇至德二载条)朝廷残忍地出卖了百姓。
既收二京,皇帝又猜忌诸将,乃以宦官统军,导致原本可以取胜的邺
城之役大溃败,军民跌入苦难的深渊。此时此刻的杜甫,情志内在
的张力已达到撕裂的临界点,于是写下震撼千古的"三吏"、"三
别"!那是鲁迅《野草·颓败线的颤动》所描写的人性深层的地震:
"一刹那间将一切并合,眷念与决绝,爱抚与复仇,养育与歼除,祝福

---

① 本节所引杜诗,咸用《杜诗详注》,下引只标卷数。

与咒诅。"面对"二男新战死"还要"急应河阳役"的老妇,"对君洗红妆"痛不欲生的新娘子,"子孙阵亡尽"、"老妻卧路啼"却还要投杖从军的老人,身处下吏的无可奈何的诗人,在理性的制约下,还得咽下即将奔迸而出的万斛血泪,劝勉他们为国征战:"送行勿泣血,仆射如父母!"(卷七)这是与《泰绮思》截然不同的美,但同样能"像堵塞的炉膛,把心灵烧成灰烬"!这是情志张力所产生的史诗式的悲剧美。在这里,人性深处的矛盾内容不仅是个体内在的"灵与肉"的搏斗,而且是个体油然而生的悲天悯人之"情"与自觉而至的代表社会总体利益之"志"二者间两难的选择所共构的情境。冯友兰曾将这种以恻隐之心行仁的精神称为"天地境界"①,杜诗此情境即彼境界之显现。情志,不仅仅是矛盾对抗,它还可以是一种"与天地参"的和谐。

　　我赞成研究文学所表现的人性深处的矛盾内容,但这种内容,我民族有自己的表现形式,与西方不尽相同。我们可以、也应当重视这种研究,使之成为构建中国现代文论体系所要踩踏的支撑点。

　　文未完稿,惊悉王元化先生仙逝。如果我没记错的话,正是王元化先生在《文心雕龙讲疏·释〈情采篇〉情志说》中,首先高唱"情志说",又在《思辨随笔》等著作中一再申述,并以之评论现当代作品②。斯人已逝,谠言永存。

(原载《文艺理论研究》2008 年第 4 期)

---

① 参看《冯友兰选集》,北京大学出版社 2000 年版,第 331—332 页。
② 王元化《文心雕龙讲疏》,上海古籍出版社 1992 年版;王元化《思辨随笔》,上海文艺出版社 1994 年版。

情志·兴象·境界

——传统文论之重组

一

大体上说,西方主流的传统文学观是建立在反映论的基础之上,故有"镜子"的比喻;而中国传统文学观则建立在感应论的基础上,虽有"镜花水月"之譬,重点却不在"镜",而在"镜中花",倒与当代西方符号论者所谓"艺术幻象"相近。《易传》贲卦之象传云:

> 观乎天文,以察时变;观乎人文,以化成天下。

刘若愚认为"天文"与"人文"的类比,分别指天体与人文制度,"而此一类比后来被应用于自然现象与文学,认为是'道'的两种平行的显示"①。故刘勰《文心雕龙·原道》云:

> 仰观吐曜,俯察含章。高卑定位,故两仪既生矣。唯人参之,性灵所钟,是谓三才。为五行之秀,实天地之心。心生而言立,言立而文明,自然之道也。

---

① ［美］刘若愚《中国文学理论》,杜国清译,台湾联经出版事业公司1981年版,第30页。

这种"人心通天"的感应关系是中国传统审美方式的基础,由此影响一系列文学思想及其创作实践。刘氏将这种感应关系归纳为心物交融说。《文心雕龙·物色》称:

> 是以诗人感物,联类不穷,流连万象之际,沉吟视听之区。写气图貌,既随物以宛转;属采附声,亦与心而徘徊。

心物之间是融会交流的关系。王元化指出:"随物宛转"与慎到的"因势"学说有关,可将此句解释为"顺物推移而不以主观妄见去随意篡改自然"。也就是以作为客体的自然对象为主,作家思想活动服从于客体。接下来,王元化先生认为:"相反的,'与心徘徊'却是以心为主,用心去驾驭物。换言之,亦即以作为主体的作家思想活动为主,而用主体去锻炼,去改造,去征服作为客体的自然对象。"①用心去驭物的解释是准确的,但未必有"征服"的意思。故刘勰于《物色》篇又云"目既往还,心亦吐纳","情往似赠,兴来如答"。主客之间是往还、赠答的礼尚关系,追求的是"思与境偕"的境界——虽然这话要到晚唐司空图才说出来。所谓"与心徘徊",物之声采皆著我之颜色是也,仍然是"人心通天",而非"人定胜天"。至于"物"者,不但指自然界,亦应包括社会事物。自然与社会浑成一体,正是中国古代以直觉体悟来整体把握世界的思维方式。这种思维方式使人们对心与物之关系不作割裂的分析,而是关注二者可转换的关系,即此即彼的浑融关系。可惜这种体悟方式缺少由分析到综合的过程,对心与物转换关系缺乏中介环节的研究。如果我们以皮亚杰发生认识论的方法反观中国的心物交融说,更易发现其合理的内核(详参本册《文气说解读》第二节)。

---

① 王元化《文心雕龙讲疏》,上海古籍出版社1992年版,第91页。

发生论认为,同化与顺化不断双向运动,使主体的认知结构由简单到复杂,由初级向高级发展。这也就是认识的建构过程,它同时既包含着主体,又包含着客体,即此即彼。同化能将经验的内容化作主体的思想形式,或者说逻辑是结构的形式化。但是同化不能使结构发生变化,只有自我调节才能促使原有结构变化与创新,以适应新环境。心物交融说的合理之处就在于意识到心与物双向建构之关系。《文心雕龙·明诗》云:"人禀七情,应物斯感;感物吟志,莫非自然。"感物的中介是"七情"。事实上中国传统文论更多的是强调"情志"。录几则文献材料如下:

> 诗言志,歌永言,声依永,律和声。八音克谐,无相夺伦,神人以和。(《尚书·虞书·舜典》)

> 诗,言其志也;歌,咏其声也;舞,动其容也:三者本于心,然后乐器从之。是故情深而文明,气盛而化神,和顺积中而英华发外,唯乐不可以为伪。(《礼记·乐记》)

> 诗者,志之所之也。在心为志,发言为诗。情动于中而形于言,言之不足故嗟叹之,嗟叹之不足故永歌之,永歌之不足,不知手之舞之,足之蹈之也。(《毛诗序》)

先人们认为诗是志的表现,志本于心,情与志是一回事。自陆机提出"诗缘情"以来,有些人始注意情、志之间的异同。如邵雍《伊川击壤集序》称:"怀其时则谓之志,感其物则谓之情。"大略言之,志偏重在对社会事件的反应,情则多个人情绪。

然而以情志为核心的情感结构是个开放的结构,其中情感既是个人的,又是与社会普遍情感相联系的。艾略特在《传统与个人才能》一文中曾提出"非个性化"的著名论点,声称:

　　　诗歌不是感情的放纵,而是感情的脱离;诗歌不是个性的
表现,而是个性的脱离。①

　那么,诗还要不要有个人情感? 回答是:

　　　诗人的任务并不是去寻找新的感情,而是去运用普通的感
情,去把它们综合加工成为诗歌,并且去表达那些并不存在于
实际感情中的感受。(页10)

　　艾略特要求诗人"脱离"的是一己的私情,而去"寻找"人皆有
之的"普通的感情"。苏珊·朗格对此有更明确的看法。朗格也认
为"纯粹的自我表现不需要艺术形式"②,虽然她将艺术视为情感的
符号。她还进一步认为,人类普遍的情感是一种关于情感的概念,
个人情感只是把握普遍情感的中介,可以通过对自身情感的体验去
感悟普遍情感,借用具体真实的情感进行情感概念的抽象,抽象出
的形式即为情感符号。"用这一形式表达的感情既非诗人的,或诗
中主角的,又非我们的。它是符号的意义。"③
　　按西方的思维习惯,无论艾略特,无论朗格,都一刀将"个人情
感"与"普遍情感"划开。然而个人情感与普遍情感好比血与肉的
关系,要从活体上只割一磅肉却不许带血是做不到的。在一种话语
中不易表白的东西,有时在另一种话语中却可以得到较圆满的表
述。让我们回到"情志"上来。
　　情志是有交叉的两个概念,因其有交叉,故有云"情、志,一

------

① [英]艾略特《艾略特文学论文集》,李赋宁译,百花洲出版社1994年版,第11页。本文
　　下引只注页码。
② [美]苏珊·朗格《哲学新解》,1953年英文第3版,第216页,转引自《情感与形式》译者
　　前言。
③ [美]苏珊·朗格《情感与形式》,刘大基等译,中国社会科学出版社1986年版,第
　　240页。本文下引只注页码。

也"①,但儒者言志,是有其特定涵义的,一般是指与教化相关的思想,如《荀子·儒教》云:"圣人也者,道之管也。天下之道管是矣,百王之道一是矣,故《诗》、《书》、《礼》、《乐》之道归是矣。《诗》言是其志也。"诗言志是指向政教目的。故而晋人陆机又提出"诗缘情"说,以适应日益自觉的文坛的需要。而传统的"诗言志"的内涵也不断扩大,如陆游《曾裘父诗集序》云:

> 古之说诗曰"言志"。夫得志而形于言,如皋陶、周公、召公、吉甫,固所谓志也。若遭变遇谗,流离困悴,自道其不得志,是亦志也。

得志是"志",不得志也是"志"。至若儿女情思、心灵感荡,则归乎"情"。以"情志"来概括"凡斯种种"的感情世界,要比泛泛的"感情"二字更具体明确。事实上情感表现并非文艺的全部目的,孔子云"兴观群怨",既表现人之感情,也表现人之意志、思想,"情志"不断互补,不断从政教指向中解放出来,正是其生命力之表现。问题的关键还在于:"志"有其明显的关心社会时事的倾向,故而"志"成为普遍情感与个人情感的连通器。宋人胡宗愈《成都草堂诗碑序》称杜甫诗云:"凡出处去就、动息劳佚、悲欢忧乐、忠愤感激、好贤恶恶,一见于诗,读之可以知世。"杜甫个人情志与时代普遍情感会通,由此我们可以进而议情志之普遍性与独特性。

与西方文艺理论强调形象的塑造不同,我国古文论强调的是情志的抒发,所以评诗论文都讲究内在的气、韵、意,而不是典型形象。最早提出"文以气为主"的是曹丕《典论·论文》。后来刘勰、钟嵘也以之评诗衡文。正因为诗、文都讲究"气",彼此沟通,所以相当多的议论文(如贾谊《过秦论》、苏洵《六国论》)都被视为正宗的文学

---

① 《左传·昭公二十五年》孔颖达疏,《春秋左传正义》卷五一。

作品,与西方所谓"纯文学"实在是格格不入。究其原因,未必是今人所不屑的"蒙昧",而是衡文以"情志",能以"气胜"者,便入文学耳。何者为文中之气? 刘永济《十四朝文学要略》称:

> 文帝所谓气,即彦和所谓风。风者,文中所述之情思,有运行流畅之力者也,亦即文家所谓意。意者,志也。志亦兼情思为言,故在人则为情思,为气质,为意志;在文则为气,为风,为力。①

议论而饱含情志,且"运行流畅",有感发力,便入文学。叶燮《原诗·外篇上》曾指出:"作诗有性情,必有面目。"他还特别指出杜诗的面目:

> 如杜甫之诗,随举其一篇,篇举其一句,无处不可见其忧国爱君,悯时伤乱,遭颠沛而不苟,处穷约而不滥,崎岖兵戈盗贼之地,而以山川景物、友朋杯酒抒愤陶情,此杜甫之面目也。我一读之,甫之面目,跃然于前。

所谓"杜甫之面目",便是个性化。可见诗人要表现"普遍情感"并不一定非得"继续不断的个性消灭"不可。将一己的哀乐升华为悲天悯人的情志(即"一人心乃一国之心",参看本册《道德文章》第一节),是个人情感通向普遍情感之坦途。如果无视情志的对象化是中国古典文学的一种重要内容,而以西方"纯文学"尺度来排斥此类作品(如今人之不以陈子昂《感遇》为艺术作品者)那无疑是削足适履,不合乎中国文学史之实际。情志,应是我们重组传统文论的基础。

---

① 刘永济《十四朝文学要略》,黑龙江人民出版社1984年版,第137页。

二

外部世界通过情志这一情感结构引起反应,还须用语言表达才能成为文学作品。然而先民对语言的局限性早有觉察,所以另立"象"以"尽意"。故《周易·系辞上》称:"圣人有以见天下之赜,而拟诸其形容,象其物宜,是故谓之象。"老子《道德经》亦云:"道之为物,唯恍唯惚。惚兮恍兮,其中有象;恍兮惚兮,其中有物。"以象尽意,事实上就是对意义整体的追求,企图以"象"涵盖在场者与隐蔽者。王弼《周易略例·明象》云:

> 夫象者,出意者也。言者,明象者也。尽意莫若象,尽象莫若言。言生于象,故可寻言以观象;象生于意,故可寻象以观意。意以象尽,象以言著。

言、意、象三者关系明确,象是言与意之间的中介。言是通过"明象"来表意的,让"象"的整体直观性来达到意会的目的。而以象形性为根基的汉字,又促成了这种整体直观的意会思维。有人将汉字比作集成电路,含有最大的信息量,其"孤立语"的一词一义性质可灵活地组合,又强化了汉字的直观形象性,使汉语思维呈现出"卡通"式的图景跳跃,在思维过程中超越了语词。关键在于:王弼所指的"象",是哲学之象,还不是文学之象。然而"言意之辨"一旦与"文学自觉"相结合,便开始将中国文论推上"情景论"为核心的诗学之路。

起于六朝的文笔之分是文学独立于经史的重要信号。六朝人开始要求文学要有文学独特的语言。萧统《文选序》述其去取标准,将经、子、史排除在外,又云:

至于记事之史，系年之书，所以褒贬是非，纪别异同，方之篇翰，亦已不同。若其"赞论"之综辑辞采，"序述"之错比文华，事出于沉思，义归乎翰藻。故与夫篇什，杂而集之。

对此有二解，或以为"沉思翰藻"应是昭明《文选》之总体标准；或以为"沉思"二句应指史传中的赞论、序述而言。但无论如何，两种说法都认为《文选》去取，颇重语言之文学性。更重要的还在于对文学语言与象之关系的认识。钟嵘《诗品》倡"巧构形似之言"，如果与他的"文已尽而意有余，兴也"，"观古今胜语，多非补假，皆由直寻"的主张合看，则所谓的"巧构形似之言"也就是能构建艺术之象的文学语言，不妨称之为"象言"。即以言明象，以象尽意，以艺术之象感发读者整体直观的意会思维，通过在场者（"直寻"出来的"象"）逗出隐蔽者（"意义整体"）。殷璠"兴象"说，王昌龄"意境"说，司空图"象外之象"说，王夫之"情景"说，无不循此以求。尽管诗论家极力强调言外之味，其实都看重"象言"本身，兴象并举。对此，钱锺书有点睛之笔焉。钱氏强调艺术之象与哲学之象的区别，在《管锥编》中称："诗也者，有象之言，依象以成言；舍象忘言，是无诗矣，变象易言，是别为一诗甚且非诗矣。"又云："是故《易》之象，义理寄宿之蘧庐也，乐饵以止过客之旅亭也；《诗》之喻，文情归宿之菟裘也，哭斯歌斯、聚骨肉之家室也。"所以无论诗人将话说得多么绝："不著一字，尽得风流。"但毕竟不是禅家棒喝，他们还要炼字、炼句，执着于"象言"本身。正是唐人对语言极其成功的诗化使用，催生了"兴象说"、"意境说"、"象外之象说"。

事实上，由哲学之象的暗示性到文学之象的韵味性，这一不断深化的认识、实践过程贯穿了整个中国古代文学史。《诗经》中早就有"兴"的手法。"兴"的产生是中国诗史上一次意义重大的飞跃，因为"情志"找到了一条物象化的出路。不过汉儒所谓比兴，只取物象与人事相对应的象征意义，至六朝人始取其感应的关系，如上引刘勰所称:"人禀七情,应物斯感;感物吟志,莫非自然。"物象由是取得了相对独立的美学意义。在六朝山水诗创作中,山水兴象不只是"引子"或"附着物",而是"道"的显现:"目击道存"、"以玄对山水"、"山水以形媚道"。玄学孕育了山水,山水摆脱了玄学。至唐人更是隐去象征与理念,让兴象独立自在。如孟浩然《宿建德江》:

> 移舟泊烟渚,日暮客愁新。野旷天低树,江清月近人。

诗中只孤立出几个画面,但"低"字、"近"字轻轻一点,空间距离因主观而缩小了,人与自然更亲近了,诗人隐逸之情志便在其中。孟诗主体借助感受("低"、"近"皆主观感受耳,非客观如此)潜入客体之中,即情即景,在唐诗中有典型性与普遍意义,是所谓"情景交融"的境界。殷璠"兴象说"便是对这一创作实践的总结。殷璠《河岳英灵集》拈出"兴象"二字以评诗,是有见于"象"的自在性。盖兴与象并列,是两端确定,其间关系则不确定,从而留下很大的空间,有很大的容量。与前此的陈子昂"兴寄说"相比,子昂本为倡兴体而斥齐梁之用"比",但"寄"字倾向太甚,易使人忽略形象独立的重要性,义理之宅遂误入"附理"之区。"兴象说"与后来的"神韵说"相比,则不致虚化太甚而魂不守舍。兴象并举,其中包含着"天人合一"的思想,既不是由人向物的"移情",也不是物成为人意念化的"象征",人与物是互相感应的关系,物象具有多重启发性与象外指向性的品格。这种自足性与指向性的品格在晚唐司空图"三外"说("韵外之致"、"象外之象"、"味外之旨")中获得突破性的超升。"三外"追求的不仅是"尽意莫若象"的信息传递,更是文学所特有的韵味,即情感联想。这一追求与西方符号论有其相通之处。苏珊·朗格在分析韦应物《赋得暮雨送李曹》诗时指出:

> 诗中的每一件事都有双重性格:既是全然可信的虚的事

件的一个细节,又是情感方面的一个因素。(《情感与形式》,页 246)

"象外之象"所表达的也是对诗歌意象双重性格的感悟。然而符号论者更强调的是"一切诗歌皆为虚构事件的创造",中国古文论却更强调据实构虚、虚实相生的韵味。《二十四诗品》所谓"超以象外,得其环中","返虚入浑,积健为雄",都强调创作时据实构虚而欣赏时则当虚而返诸"实",虚实是处于不即不离的关系。王夫之《唐诗评选》卷三称:"右丞(王维)之妙,在广摄四旁,环中自显。"诗人不说出的地方,正是要读者落入的"圈套"。与朗格"双重性格"的提法相比,中国文论似更重视欣赏者离而复返的参与。"象外之象",前象是诗人从客观世界"万取一收"而来的意象,后象则是欣赏者在前象启迪下通过情感联想而糅进自家经验与情感的诗人、读者共构之艺术幻象(参看本册《"象外之象"的现代阐释》第三节)。"象外之象"的追求也是一种符号化的追求,但其表述要比现代符号论者在某种程度上更空灵、更圆融。以苏珊·朗格《情感与形式》为例,她的符号论突出感情因素,却难以覆盖文学艺术的各种功能,如认识功能、教化功能等;而中国古文论总是"情志"并举,"情理"连用,覆盖面要大得多。用古文论的话语评析中国文学史现象,显然要贴近些、亲切些。

三

现在我们可以步入创作的中心环节:作者的构图。按一般规律,作者先要通过其创作准确表现自己的感受,并将此感受形成情感意象,才能唤起读者的情感联想而完成鉴赏过程。关键在"情感意象"之形成。用克莱夫·贝尔的说法,就是:"当一个艺术家的头脑被一个真实的情感意象所占有,又有能力把它保留在那里和把它'翻译'出来时,他就会创造出一个好的构图。"(《艺术》)创作的全过程可用下式示意:

感受 → 情感意象 → 构图 → 审美情感

由是,日僧遍照金刚《文镜秘府论》南卷《论文意》所引盛唐诗人王昌龄一段话引起我们的关注:

> 夫作文章,但多立意。令左穿右穴,苦心竭智,必须忘身,不可拘束。思若不来,即须放情却宽之,令境生。然后以境照之,思则便来,来即作文。如其境思不来,不可作也。

境,是借用佛家语,指心灵空间,境生自心,是外物"内识"的结果。不过王氏沿用了传统的心与物之感应关系,故下文又云:"夫置意作诗,即须凝心,目击其物,便以心击之,深穿其境。"综观之,感物与作文之间有个中介:境。这是由心击物所生,是所谓"兴发",相当于上文所谓"情感意象"。这是很重要的一环,它表明古文论已深入到创作的核心问题。王昌龄认为,境之生不生关系到诗思之来不来。境生,则创作有了灵魂,当"以境照之",统摄构图的过程。故上引文"深穿其境"后又紧接着说:

> 如登高山绝顶,下临万象,如在掌中。以此见象,心中了见。当此即用,如无有不似,乃以律调之定,然后书之于纸。

回顾上文我们对情志、兴象的论述,可否对上文作如是观:境是情感结构对外来刺激作出的反应,由此形成选择,即"所见景物与意惬者相兼道"。也就是"思与境偕"之意,是以心境"照"实景的结果。反之，"意"与"景"结合不紧，诗便"无味"。用图式表示，便是：

目击其物→心境生→以境照之→景与意惬

不难看出此程式与本节开头的程式平行不悖，而更贴近中国抒情诗的创作实际。事实上"境"的提出是"比兴"历史的发展，是前人对诗意的整体性认识的加深。如果说早期"比兴"注重心与外部世界的对应关系，那么"境"的提出则标示了人们开始关注心与外部世界的整体性的感应关系。容以律诗为例稍加说明。

"捉对儿"表现事物的"对偶化"，本来就是天人感应的思维方式在诗歌形式中的反映。然而在成熟的唐人律诗中，一联之间的意象不但是对应关系，更是两镜相摄互相映衬的关系。如王维《山居秋暝》名句：

明月松间照，清泉石上流。

其中景物不是孤立的，而是汇为"一片境"：月、松、泉、石之间形成张力，共构一片澄明的氛围，整个儿蕴含着意味，一联便是一个自足回环的整体。这个整体便是"境"。中唐刘禹锡《董氏武陵集记》曾提出"境生于象外"，可谓一语中的，将象与境的关系表述得颇为清楚，惜未及详论。宋人严羽《沧浪诗话·诗辨》云：

盛唐诸人唯在兴趣，羚羊挂角，无迹可求。故其妙处透彻玲珑，不可凑泊，如空中之音，相中之色，水中之月，镜中之象，言有尽而意无穷。

"空中之音"云云，显然已不是心与物一一对应的关系，所强调的已经是各种形象的整体融一的感应关系。能将这种关系及作者、读者的双重感应在同一时空中体现出来，则直到王国维《人间词话》

拈出"境界"二字。《人间词话》有云：

> 严沧浪《诗话》曰："盛唐诸公，唯在兴趣，羚羊挂角，无迹可求。故其妙处，透彻玲珑，不可凑泊。如空中之音、相中之色、水中之影、镜中之象，言有尽而意无穷。"余谓北宋以前之词亦复如是。但沧浪所谓"兴趣"，阮亭所谓"神韵"，犹不过道其面目，不若鄙人拈出"境界"二字为探其本也。（滕咸惠校注《人间词话新注》本，下同）

与严羽"兴趣说"、王士禛"神韵说"相比，"境界"的确更周密，更能提纲挈领地体现文学的特殊性。许多论者指出王国维与叔本华之渊源关系，这固然是事实，但更应看到王氏并不仅仅是撷取西方文论的枝枝节节来阐释中国的文学史现象，更重要的是他从西方学习了先进的方法论，与古文论家相比较，更善归纳，有分析。他不但能明分主体、客体，而且能注重二者之间的联系，追求本质性的东西并加以归纳，这才是王国维得力之处。所以他宣称："言气质，言神韵，不如言境界。有境界，本也。气质、神韵，末也。有境界而二者随之矣。"

"境界说"的直接来源应是传为王昌龄作的《诗格》及皎然《诗式》。《诗格》有云：

> 诗有三境：一曰物境，欲为山水诗，则张泉石云峰之境，极丽绝秀者，神之于心，处身于境，视境于心，莹然掌中，然后用思，了然境象，故得形似；二曰情境，娱乐愁怨，皆张于意而处于身，然后驰思，深得其情；三曰意境，亦张之于意而思之于心，则得其真矣。（乾隆敦本堂本《诗学指南》卷三）

这里的"境"不但指泉石云峰之类的客观世界，也指情与意，正是

《人间词话》所谓："境非独谓景物也,感情亦人心中之境界。"只是王昌龄将情、意分说,大略是传统的情志并举意思,而王国维的"情"则统称"感情"而已。皎然《诗式》则曰:

> 夫诗人之思初发,取境偏高,则一首举体便高;取境偏逸,则一首举体便逸。

在《秋日遥和卢使君游何山寺宿敫上人房论涅槃经义》诗中又云"诗情缘境发"。所云之"境",既是外部世界的,又是经过情感反应后的,故曰"取境偏高,则一首举体便高"云云。王国维仍袭其意,曰:"故能写真景物、真感情者,谓之有境界。否则谓无境界。""词以境界为最上。有境界则自成高格,自有名句。"然而王国维高明之处还在于能以西方的方法论观照"境界说",意识到境界已非纯客体之反映,而是诗人创构的艺术形象,故又曰:

> 一切境界无不为诗人设。世无诗人即无此种境界。夫境界之呈于吾心而见于外物者,皆须臾之物。唯诗人能以此须臾之物,镌诸不朽文字,使读者自得之。

这里相当精确而明晰地表述了诗人捕捉稍纵即逝的感受并形诸文字的过程,远迈古人。"使读者自得之",又表明王国维对境界之形成必有读者之参与是有所悟的。

境界说的生命力还来自情景说。王国维在《文学小言》中宣称:"文学中有二原质焉:曰景,曰情。"事实上境界说的核心还是情景说,但强调的是情与景相乘而不是相加,注重其整体效应。自唐以来,情景关系一直是诗家讨论的热点。特别是清人王夫之,其论情景,可谓全面透彻,已达圆融的境界。王夫之的情景论至少有三点值得注意:一是强调情意的主导作用;一是强调真景真情;一是

"现量"。前两者为学界所熟知,兹条例数则,读者与《人间词话》相参,自能别其源流:

> 烟云泉石,花鸟苔林,金铺锦帐,寓意则灵。若齐梁绮语,宋人捃合成句之出处,役心向彼掇索,而不恤己情之所自发,此之谓小家数,总在圈缋中求活计也。(《薑斋诗话》卷二《夕堂永日绪论》内编)

> 情、景名为二,而实不可离。神于诗者,妙合无垠。巧者则有情中景,景中情。(同上)

> 关情者景,自与情相为珀芥也。情景虽有在心在物之分,而景生情,情生景,哀乐之触,荣悴之迎,互藏其宅。(《薑斋诗话》卷一)

> 谢诗有极易入目者……言情则于往来动止缥渺有无之中,得灵蠁而执之有象;取景则于击目经心丝分缕合之际,貌固有而言之不欺。而且情不虚情,情皆可景;景非滞景,景总含情。(《古诗评选》卷五评谢灵运《登上戍石鼓山》)

后一节言意象之形成,与上引王国维"一切境界无不为诗人设"云云相较,尤觉圆机活转,不可替代。现在要说的是"现量"与王国维"不隔"之联系。王夫之《夕堂永日绪论》内编有云:

> "僧敲月下门",只是妄想揣摩,如说他人梦,纵令形容酷似,何尝毫发关心?知然者,以其沉吟"推"、"敲"二字,就他作想也。若即景会心,则或推或敲,必居其一,因景因情,自然灵妙,何劳拟议哉?"长河落日圆",初无定景;"隔水问樵夫",初非想得:则禅家所谓现量也。

现量，除了钟嵘《诗品·序》所谓"观古今胜语，多非补假，皆由直寻"的传统意义外，还借助这一佛家语强调审美心理的直觉性，是王夫之《相宗络索》所云"现成一触即觉，不假思量计较"。这种直截手段来自对真景真情的追求，故其《夕堂永日绪论》内编又云：

> 禅家有三量，唯现量发光，为依佛性；比量稍有不审，便入非量。况直从非量中施朱而赤，施粉而白，勺水洗之，无盐之色败露无余，明眼人岂为所欺邪？

可见现量便是真情真景相触而成的艺术境界，正是《人间词话》所云："能写真景物、真感情者谓之有境界，否则谓之无境界。"王国维比"直寻"、"现量"更进一步提出"不隔"，要求作者将由真景真情相触而成的境界表达得澄明无碍，使读者易入其境而共创艺术幻境。"不隔"成为《人间词话》品评作品的一条具体标准，与真情、真景合为境界说以衡古今作者：

> 大家之作，其言情也必沁人心脾，其写景也必豁人耳目。其辞脱口而出无一矫揉装束之态。以其所见者真，所知者深也。持此以衡古今之作者，百不失一。

境界说由是继承了传统的情景论却又更明晰、更具可操作性，弥补其易流于说玄的不足。王国维的努力成功地表明了以现代方法观照古文论，拓宽其内涵，弥补其不足，是一件大有可为的工作。

我们从古文论中选取了情志、兴象、境界这一组范畴进行重组，由此得出如是的程序：

情志→兴象→境界

这一程序显示创作的过程，即作者通过情志这一情感结构去感受外部事物,触发为情感意象,并以诗化的语言去创构一种富有启发性的兴象,结构的本质在于组合,由是通过作品中各种因素组合后的整体效应形成氛围感染读者,在读者参与下完成艺术幻象——境界。当然,与极其博大丰富的传统文论相比,这仅仅是造了一块"砖",远不足构成自成系统的文学批评话语。苟抛此砖可引群玉,则幸何如之!

（原载《文学评论》2001 年第 2 期）

境界说的悖论话语与透视焦点

　　大凡对传统之承接有两类,一曰顺接,一曰逆接。顺接自不待言,逆接者以扬弃乃至"颠覆"之态度对待传统,却有继承之效果。其中有成功,也有失败;有经验,也有教训。王氏之承接当属后者,而"境界"说之生命力即深蕴其中。

一

　　王国维对传统文化所持的批判乃至"颠覆"的态度,是二十世纪初时代风气使然。但是其时多数精英反传统是为了"强国",只有少数人能从个体生存出发。王国维心仪叔本华哲学为的是获得"意志自由",求个体生存痛苦之解脱,当属后者。这一取向使其以直观为内核的境界说从一开始便脱离当时"经世致用"的轨道,具有"颠覆"传统文化的意涵,自当另眼相看。

　　王国维诗学的起点就在于批判传统中文学的功利主义,力图建立文学的本体性。在《论哲学家与美术家之天职》一文中,王氏痛乎言之:

　　　披我中国之哲学史,凡哲学家无不欲兼为政治家者,斯可异已! ……岂独哲学家而已,诗人亦然。"自谓颇腾达[当作

挺出],立登要路津。致君尧舜上,再使风俗淳",非杜子美之抱
负乎? ……如此者,世谓之大诗人矣。至诗人之无此抱负者,
与夫小说、戏曲、图画、音乐诸家,皆以俳优、倡优自处,世亦以
俳优、倡优畜之。所谓"诗外尚有事在"、"一命为文人便无足
观",我国人之金科玉律也。呜呼,美术之无独立之价值也久矣!
此无怪历代诗人,多托于忠君爱国、劝善惩恶之意以自解免,而
纯粹美术之著述,往往受世之迫害而无人为之昭雪者也。[1]

王国维剑铓所指,固然在乎传统文化中根深蒂固之官本位,但
意之所归,则在乎文学本体性。所以在《叔本华之哲学及其教育学
说》一文中,他对作为传统诗教支柱之比兴,也重新做出诠释:

唯诗歌(并戏剧、小说言之)一道,虽借概念之助以唤起吾
人之直观,然其价值全存于其能直观与否。诗之所以多用比兴
者,其源全由于此也。(《王国维论学集》页338)

何谓直观? 该文又云:

至叔氏哲学全体之特质,亦有可言者。其最重要者,叔氏
之出发点在直观(即知觉)而不在概念是也。(上引书,页331)

直观即知觉。所以境界说最强调对事物感性的直接经验,
"隔"与"不隔",当以此为衡量[2]。那么比兴与此直观又有何联系?
赵沛霖对历来界说纷纭的比兴作详审的整理归纳,从中可看出比兴

---

[1] 傅杰编校《王国维论学集》,云南人民出版社,第356页。下引只标页码。
[2] 《人间词话》删稿有云:"'池塘春草谢家春,万古千秋五字新。传语闭门陈正字,可怜无
补费精神。'此遗山《论诗绝句》也。美成、白石、梦窗、玉田辈当不乐闻此语。"闭门觅句,
自然是隔断了扪摸世界的直接性与知觉性,所以有违于直观的精神,是最大的"隔",代
字与用典尚在其次。

与直观有可沟通处,但也有明显的差异①。大略言之,比兴有两种基本型,一主象征寄托,如儒家诗教将比兴作为美刺手段,倡诗泄导人情、补察时政之用;一主触物起情,情景交融,思与境偕。"在这类兴诗中,兴句常常用以写景,'所咏之词'则用以写情,情与物彼此渗透,达到有机的统一,共同组成真切动人的形象画面。"(页292)后一种倾向在山水诗兴起的南朝得以长足发展,文论家对比兴有了新的理解,由此日渐分蘖出情景论来。《文心雕龙·物色》云:"物色之动,心亦摇焉。"又曰:"是以诗人感物,联类不穷,流连万象之际,沉吟视听之区。"又曰:"情往似赠,兴来如答。"钟嵘《诗品·序》亦曰:"气之动物,物之感人,故摇荡性情,形诸舞咏。"又曰:"至于吟咏情性,亦何贵于用事?'思君如流水',既是即目;'高台多悲风',亦唯所见;'清晨登陇首',羌无故实;'明月照积雪',讵出经史?观古今胜语,多非补假,皆由直寻。"比兴中的心物关系被聚焦于情景关系,强调其"视听"、"即目"的直觉性。刘勰称之为"兴会",心物因"兴"而当下会通也。早逝的学者余虹曾精辟地指出:"兴会之神思强调当下经验性兴发应会的直接性……亦即它总要相关起情之物而运思,故而与当下体验之物有关。"②"当下"二字点明此类兴发与"引譬连类"、"托事于物",香草美人式的"依微以拟议"、"环譬以托讽"之类的比兴,在思路上有重大的差别,却与"直观即知觉"相近。王国维称比兴源于直观,不为无据。

然而"直观即知觉"只是"叔氏之出发点"(前引),它还有进一层的意义。王国维之境界说所谓直观,不是"常人"知觉的直观,而是"诗人"以"特别之眼"观物的"直观"。故王氏有云:

山谷云:"天下清景,不择贤愚而与之,然吾特疑端为我辈

---

① 赵沛霖《诗经研究反思》第五章,天津教育出版社1989年版,下引只标页码。
② 余虹《中国文论与西方诗学》,生活·读书·新知三联书店1999年版,第170页。着重号为引者所加。

设。"诚哉是言！抑岂独清景而已，一切境界，无不为诗人设。世无诗人，即无此种境界……境界有二：有诗人之境界，有常人之境界。诗人之境界，唯诗人能感之而能写之。①

此论源自叔本华《世界是意志和表象》所说："天才……不注意事物的联系的知识，他忽略了符合充足理由律的那种事物关系的知识，是为了要在事物中只看它们的理念。"又说："抛开个人利害关系，抛开主观成分，纯粹客观地观察事物，并且全神贯注在事物上……以前在意志之路上追求而往往失诸交臂的宁静心情便立刻不促而至，那就对我们好极了。""天才的本质就在于从事这种静观的卓越能力。"②所以《人间诗话》乃曰："自然中之物，互相关系，互相限制，故不能有完全之美。然其写之于文学中也，必遗其关系、限制之处。"而各种关系中，最要紧的是利害关系。王氏在《叔本华之哲学及其教育学说》一文中说得透彻：

夫吾人之本质既为意志矣，而意志之所以为意志，有一大特质焉，曰生活之欲。何则？生活者非他，不过自吾人之知识中所观之意志也。吾人之本质既为生活之欲矣，故保存生活之事，为人生之唯一大事业。且百年者寿之大齐，过此以往，吾人所不能暨也。于是向之图个人之生活者，更进而图种姓之生活，一切事业，皆起于此。吾人之意志，志此而已；吾人之知识，知此而已。既志此矣，既知此矣，于是满足之空乏，希望与恐怖，数者如环无端，而不知其所终。目之所观，耳之所闻，手足所触，心之所思，无往而不与吾人之利害相关，终生仆仆，而不知所税驾者，天下皆是也。然则此利害之念，竟无时或息欤？

① 此条系徐调孚录自《清真先生遗事·尚论三》，见滕咸惠校注《人间词话新注》附录，齐鲁书社1981年版，第110页。
② 缪灵珠未刊译稿，分别引自《人间词话新注》，齐鲁书社1981年版，第40、35页。

吾人于此桎梏之世界中,竟不获一时救济欤? 曰:有。唯美之为物,不与吾人之利害相关系;而吾人观美时,亦不知有一己之利害。(《王国维论学集》页328)。

其中尤可注意者:"生活之欲"包括"一切事业"。这就将直观与"经世致用"、"诗言志"对立起来了,王夫之就曾提出"大欲通乎志"的命题(《诗广传》卷一)。帝王将相乃至许多士大夫都举过这一旗帜而行其私,使其私欲"合理化"。孟泽博士曾极其尖锐地指出:"中国诗教以'无邪'、'持人性情',设定'言志','许自由于鞭策羁縻之下',如同一个让人难以觉悟的千年'阴谋'、万年'骗局'一样,预设了中国文学的命运。"[1]"言志"也罢,"比兴"也罢,中国诗学中的确存在着与文化专制相适应的一面,诚如鲁迅所说:"厥后文章,乃果辗转不出此界。其颂祝主人,悦媚豪右之作,无可侪言。即或心应虫鸟,情感林泉,发为韵语,亦多拘于无形之囹圄,不能舒两间之真美。"[2]集情景论之大成的王夫之也感觉到这一无奈,在《唐诗评选》卷二评曹邺《和谢豫章从宋公戏马台送孔令谢病》诗时,对外示温柔敦厚、内尽深文曲喻的曹邺写景诗深加赞赏,称"使古今无此体制,诗非佞府则畏途矣"[3]。随着封建文化专制日甚,"比兴"日见穷蹙。王国维借"直观"正是要排除其中之功利关系,将"两间之真美"释放出来,初无"驱逐"中国固有的诗学传统之心。不妨说,王氏以其词人之敏感,对传统诗学别有会心,又能以其对西学义谛深刻之理解反观之,两相嫁接,各有扬弃,终于培育出诗学新种子——"境界"。

---

① 孟泽《王国维鲁迅诗学互训》,九州出版社2007年版,第29页。
② 《鲁迅全集》第1卷,人民文学出版社1981年版,第68页。着重号为引者所加。
③ 评参戴鸿森《薑斋诗话笺注》,人民文学出版社1981年版,第129—130页。

二

《人间词》为《人间诗话》先行的实践,两相发明更易把握王国维的用心。

王氏于《人间词乙稿序》假樊志厚之口云:"静安之词,大抵意深于欧(欧阳修),而境次于秦(秦观)。至其合作,如《甲稿》《浣溪沙》之'天末同云',《蝶恋花》之'昨夜梦中',《乙稿》《蝶恋花》之'百尺朱楼'等阕,皆意境两浑,物我一体。高蹈乎八荒之表,而抗心乎千秋之间。"兹录其自许者《蝶恋花》一阕如下:

> 百尺朱楼临大道,楼外轻雷,不问昏和晓。独倚阑杆人窈窕,闲中数尽行人少。　　一霎车尘生树杪,陌上楼头,都向尘中老。薄晚西风吹雨到,明朝又是伤流潦。(《观堂外集》)

对此词,周策纵有妙解云:"'老'而称'都','明朝'下着一'又'字,便使风雨外有万不得已之感跃然纸上。《浣溪沙》中'试上高峰窥皓月,偶开天眼觑红尘。可怜身是眼中人。'碧落黄泉,皆无解脱处,是痛觉江山外有万不得已者在,真无可奈何矣!"①所谓"万不得已"、"无可奈何"、"无解脱处",即钱锺书所称许的"比兴以寄天人之玄感",亦即人生之悲剧感②。王氏主张直面人生的悲剧:"洞察宇宙人生之本质,始知生活与痛苦之不能相离,由是求绝其生活之欲,而得解脱之道。"(《王国维论学集》页429)这才是王国维"直观"之真谛!《屈子文学之精神》乃曰:

---

① 周策纵《弃园文粹》,上海文艺出版社1997年版,第296页,下引只注页码。
② 钱锺书《谈艺录》称王国维诗:"比兴以寄天人之玄感,申悲智之胜义。"中华书局1984年版,第24页。

> 诗歌者,描写人生者也……故古代之诗所描写者,特人生之主观的方面;而对人生之客观的方面,及纯处于客观之自然,断不能以全力注之也。(《王国维论学集》页378)

不必讳言,中国诗学缺乏对现实冲击的提倡,而小说、戏曲也往往以"大团圆"为自慰之道。故《文学小言》以"他者"为参照,痛乎言之:

> 至叙事的文学(谓叙事传、史诗、戏曲等,非谓散文也),则我国尚在幼稚之时代……以东方古文学之国,而最高之文学无一足以与西欧匹者,此则后此文学家之责矣。(《王国维论学集》页376)

明乎"后此文学家之责",是王国维"补天"的良苦用心,所以境界说之建构,首先是在"人生"意义上的建构,而非传统"言志"、"致用"意义上之建构。这自然颇得益于西方近代先进的文学观念,然而对"人生"的认识,却又是"中国式"的。《屈子文学之精神》有云:

> 诗之为道,既以描写人生为事,而人生者,非孤立之生活,而在家族、国家及社会中之生活也。(《王国维论学集》页379)

庞朴曾概括中西人论的差异,有云:"认为每个人都是他自己内在因素的创造物,他对自己的命运负责。这就是欧洲人文主义者乃至雅典学派的人论。""认为每个人都是他所属关系的派生物,他的命运同群体息息相关。这就是中国人文主义的人论。"[1]王氏显然属后者。正是基于这种认识,所以王国维虽然接受叔本华"纯粹客

---

① 庞朴《蓟门散思》,上海文艺出版社1996年版,第234页。

观的静观心境"的观点,却并未曾"把他观审的对象从世界历程的洪流中拔出来,这对象孤立在它面前"①,而是将"境"置诸人间,是"结庐在人境"(陶诗)的"境",是"非孤立之生活",是对家族、国家、社会之忧生、忧世的观审②。然而这种忧生、忧世并非"知人论世"简单的延伸,而是与叔本华"客观化"的直观说形成张力。也就是说,他要将"民胞物与"、"悲天悯人"的情怀建立在直面"人生悲剧"的基础上,同时又让"客观化"充满血肉,生气灌注。《人间词话》由是创立了"出入"说:

> 诗人对自然人生,须入乎其内,又须出乎其外。入乎其内,故能写之。出乎其外,故能观之。入乎其内,故有生气;出乎其外,故有高致。美成能入而不能出,白石以降,于此二事皆未梦见。

陈伯海先生曾明晰地将"出入"说分为先后两个阶段,"入"意味着诗人全身心地融入对象世界,"出"意味着诗人以超越的姿态对待所描写的事象,以此达到由生命体验向审美体验的飞跃③。其归纳有助于我们把握出入说的思维逻辑。尤可注意者,陈氏又提醒我们:"其间会有交叉互渗。"事实上王国维内在的中国式的思维方式往往使"交叉互渗"达到"即此即彼"的境界。佛雏氏曾指出:"王氏把'感'合于'观'中,不'出乎其外',则不能观。"④"入"而不能"观",沉溺于一己之利害关系之中,又如何能"融入对象世界"?所以"入"中自有"出"在。故又云:

---

① [德]叔本华《作为意志和表象的世界》,石冲白译,青海人民出版社,第 153 页。
② 《人间词话》有云:"'我瞻四方,蹙蹙靡所骋',诗人之忧生也。'昨夜西风凋碧树。独上高楼,望尽天涯路'似之。'终日驰车走,不见所问津',诗人之忧世也。'百草千花寒食路,香车系在谁家树'似之。"《人间词话》倡忧生、忧世不一而足。
③ 详见陈伯海《中国诗学之现代观》,上海古籍出版社 2006 年版,第 412、417 页。
④ 佛雏《王国维诗学研究》,北京大学出版社 1999 年版,第 180 页,下引同。

　　王氏所理想的诗词的最高胜境,则无论"入内"或"出外",均无任何迹象可寻。此与禅家的"不出不入"似颇接近。《景德传灯录》第六,"江西道一禅师"条:"有一讲僧来问云:'未审禅宗传持何法?'师(道一)却问云:'座主传持何法?'彼云:'忝讲得经论二十余本。'师云:'莫是师(狮)子儿否。'彼云:'不敢。'师作嘘嘘声,彼云:'此是法。'师云:'是什么法?'云:'师子出窟法。'师默然。彼云:'此亦是法。'师云:'是什么法?'云:'师子在窟法。'师云:'不出不入是什么法?'无对。"按,"不出不入"之境,凝然归一,泯却一切对待……王氏所标举的"无我之境"即含有某种形而上学的"不出不入"的意味。(同上引)

"不出不入"其实是"亦出亦入",古人用这种悖论式话语表达事物处于动力学的状态,及其错综复杂的共时性关系。禅宗更是善于用所谓"不离世间觉"、"即世间而出世间"、"既在红尘浪里,又在孤峰顶上"一类话语来消解出世与入世、此岸与彼岸之间的障碍。此类话语早为士大夫所熟练掌握,并成为他们常用的一种思维方式。我们不妨以此方式看待王国维的"有我之境"与"无我之境","诗人之境"与"常人之境",进而领悟王国维是如何借悖论式话语将叔本华的"直观"转换为中国式的以情为中心的"新直观",孕育中西"化合"的因子。

　　《人间词话》云:"无我之境,人惟静中得之。有我之境,于由动之静时得之。故一优美,一宏壮也。"此观念源自叔本华。《叔本华之哲学及其教育学说》有云:"今有一物,令人忘利害之关系,而玩之而不厌者,谓之曰优美之感情;若其物直接不利于吾人之意志,而意志为之破裂,唯由知识冥想其理念者,谓之曰壮美之感情。"(《王国维论学集》页329)物苟能令人忘利害之关系,静观之则可产生优美之情;物苟大不利于人,竟至使"意志为之破裂",使人放弃利害之思,"认了",正似本节前引王国维《蝶恋花》所引发的"万不得已"、

"无可奈何"、"无解脱处"之情,则此种悲剧感本身转而成为宁静观照的对象,于此生命之体验上升为审美的体验,由动之静的过程即化景物为情思的过程。

关键就在这里:叔本华"由知识冥想其理念"的追求已阑入"情思"的要素。王国维的直观并不满足于从一株树认出这树的"理念",他还要徜徉其间,沉浸于情思①;与其说是"纯知性的静观",毋宁说更多的情意的体验,是个性化与本质化同时进行的"形象思维"。其本质化并非抽象的过程,而是不离开感性的过程。李后主的词便是典型。《人间词话》有云:

> 词至李后主而眼界始大,感慨遂深,遂变伶工之词而为士大夫之词。周介存置诸温、韦之下,可谓颠倒黑白矣。"自是人生长恨水长东","流水落花春去也,天上人间",《金荃》、《浣花》能有此气象耶?

李后主虽"生于深宫之中,长于妇人之手",但不失赤子之心,灵心善感,情感丰富。尤其是经历人生由大富大贵跌入阶下囚的大苦大难,阅世亦不能曰浅②。"自是人生长恨水长东"、"流水落花春去也,天上人间"云云,虽然发自亲历的大屈辱大悲哀,却不拘于一人一事,具有"通古今而观之"的大气象,使之超越了时空因果,只将这种深挚真切的悲剧感写出,成为审美观照的对象,不但具有"类"的性质("一人之心,乃是一国之心"),同时又不离开个体感性经验而充满血肉,是从具体到具体的升华。故《叔本华之哲学及其教育学说》乃云:

---

① 参看《人间词》中《蝶恋花》"落落盘根真得地"一阕:"落落盘根真得地,涧畔双松,相背呈奇态。势欲拚飞终复坠,苍龙下饮东溪水。溪上平冈千迭翠,万树亭亭,争做拿云势。总为自家生意遂,人间爱道为渠媚。"
② 李后主"阅世浅",当指其不懂世故,于亡国后为阶下囚,仍唱亡国之词,终被祸。

　　夫空间、时间,既为吾人直观之形式;物之现于空间皆并立,现于时间皆相续,故现于空间、时间者,皆特别之物也。既视为特别之物矣,则此物与我利害之关系,欲其不生于心,不可得也。若不视此物为与我有利害之关系,而但观其物,则此物已非特别之物,而代表其物之全种,叔氏谓之曰"实念"。故美之知识,实念之知识也……若其物直接不利于吾人之意志,而意志为之破裂,唯由知识冥想其理念者,谓之曰壮美之感情。(《王国维论学集》页328—329,着重号为引者所加。)

　　前句曰"实念",后句曰"理念",论者虽曰实念即理念,但两者当有所区别。王国维似乎在强调"特别之物"经观照直接成为"代表其物之全种",由具体到具体,其中并无概念抽象的过程,故特标曰"实念"。从李后主词典型化、本质化的过程看,始终伴随着深挚的情思,是个别的,又是普遍的情感。对王氏而言,生命情意的体验与叔氏"纯知性的静观"并不构成对抗、冲突,反而因此矛盾而形成张力,是境界的内存空间。

　　"诗人之境"与"常人之境",亦当作如是观。《清真先生遗事·尚论三》有云:

　　　　境界有二:有诗人之境界,有常人之境界。诗人之境界,惟诗人能感之而能写之,故读其诗者,亦高举远慕,有遗世之意。而亦有得有不得,且得之者亦各有深浅焉。若夫悲欢离合、羁旅行役之感,常人皆能感之,而惟诗人能写之。故其入于人者至深,而行于世也尤广。①

---

① 转引自滕咸惠校注《人间词话新注》附录五,第110页。

从字面上看,似乎"诗人之境界"贤于"常人之境界"。然而"常人之境界"正因其常人皆能感之,所以一经诗人写出,更易为众人所共鸣,"故其入于人者至深,而行于世也尤广",具有前者所不及的现实意义。试读《〈红楼梦〉评论》,正是由于《红楼梦》之悲剧是"由普通之人物,普通之境遇,通之不得不如是",而"宝玉之痛苦,人人所有之痛也"①,所以更具有普遍性,被王氏视为可与写"天才之痛苦"的《浮士德》相颉颃的顶峰之作。关键还在于能否用"诗人之眼"观之并写之。"有我之境"、"无我之境","诗人之境"、"常人之境",乃至"造境"、"写境","客观之诗人"、"主观之诗人",它们只作为建构"境界"的"斗拱",其张力如雨伞般撑开了"境界"的空间。

三

无论"有我之境"、"无我之境","诗人之境"、"常人之境",乃至"造境"、"写境",都从不同的方向(甚至相反的方向)指向审美的心理情感。也就是说,所谓境界,并非现成真实的世界,而是通过"诗人之眼"直观后超越时空因果的艺术世界。故《〈红楼梦〉评论》云:"兹有一物焉,使吾人超然于利害之外,而忘物与我之关系……然物之能使吾人超然于利害之外者,必其物之于吾人无利害之关系而后可。易言以明之,必其物非实物而后可。然则非美术何足以当之乎?"(《王国维论学集》页423)《叔本华之哲学及其教育学说》则明确指出:"美术上之所表者,则非概念,又非个象,而以个象代表其物之一种之全体,即上所谓实念者是也。"(上引书页338)所谓"非概念,又非个象"者,颇近乎"典型",但它最终追寻的不是"共性与个性的统一",而是"类"的"实念"(即"理念"?)。然而纵观《人间词

---

① 详见《王国维论学集·〈红楼梦〉评论》,第433、431页。

话》，在批评实践中，王氏似乎并不满足于"以艺术家之眼审美地静观一株树，那么，认出的不是这株树，而是这树的理念"[①]，他更感兴趣的是"真景物、真感情"。《人间词话》有云：

> 境非独景物也。情感亦人心中之一境界。故能写真景物、真感情者，谓之有境界。否则谓之无境界。

其中又以真感情为首要，故《文学小言》云："故知感情真者，其观物亦真。"《人间词话》删稿亦云："一切景语皆情语也。"则"真感情"才是"境界"的透视焦点，所有力的斜线都集合在这一消失点上。也就是说，情感被诗人的直观从时空因果中提取出来，成为永恒（共时）的审美对象。上引李后主"人生长恨水长东"、"流水落花春去也"之类便是。而宋祁的"红杏枝头春意闹"，更是明显地指向审美的心理情感，而《人间词话》谓之："着一'闹'字而境界全出"，"闹"字既非景，亦非情，只是审美时的一种心理情感，则境界的透视焦点在心理情感本体明矣。

然而，真景物、真感情之交叉点还在于"真"。王国维的"真"又有什么样的特定内涵呢？我认为还是要在叔本华"直观"说的基本框架内求之，即上文所论直观的两个基本层面：一是直观即知觉；二是直观应排除物与我之利害关系，"认出"理念。就在这两个层面上，王氏力图中西"化合"，自铸新论。

先就第一个层面"直观即知觉"言之。在这一层面上，王氏主要是打通直观与中国传统诗学中的直寻、现量之类的认识。论者于直寻多有发明，而于王夫之的"现量"，则犹有未尽者。王夫之《薑斋诗话》卷二有云：

---

① ［德］叔本华《意志和表象的世界》英译本，转引自佛雏《王国维诗学研究》，第191页。

"僧敲月下门",只是妄想揣摩……若即景会心,则或推或敲,必居其一,因景因情,自然灵妙,何劳拟议哉?"长河落日圆",初无定景;"隔水问樵夫",初非想得:则禅家所谓现量也。

戴鸿森笺注引王夫之《相宗络索》"三量"条云:"现量,现者有现在义,有现成义,有显现真实义。现在不缘过去作影;现成一触则觉,不假思量计较;显现真实,乃彼之体性本自如此,显现无疑,不参虚妄。"①王夫之以禅家的现量比拟诗家的"即景会心",至少有两个契合点:一是现在义、现成义,即"一触即觉",与第一节所论"直寻"的"当下"体验相承接;一是真实义,即"显现真实,乃彼之体性本自如此,显现无疑"。在王夫之看来,自然便是真实,"体性本自如此"是也。故其《古诗评选》卷五评谢庄《北宅秘园》有云:"两间之固有者自然之华,因流动生变,而成其绮丽。心目之所及,文情赴之,貌其本荣,如所存而显之,即以华奕照耀,动人无际矣!"这就是讲,不必思量计较,只要"现量",一触之间,当下便能显现真景物、真感情。所以《薑斋诗话》卷一又云"情景虽有在心在物之分,而景生情,情生景,哀乐之触,荣悴之迎,互藏其宅";"'池塘生春草','蝴蝶飞南园','明月照积雪',皆心中目中与相融浃,一出语时,即得珠圆玉润,要亦各视其所怀来则与景相迎者也"。情与景在一瞬间集成电路也似的接触,便是"不隔",便是自然,便是真。故叶梦得《石林诗话》卷中云:"'池塘生春草,园柳变鸣禽。'世多不解此语为工,盖欲以奇求之耳。此语之工,正在无所用意,猝然与景相遇,藉以成章,不假绳削,故非常情所能到。"所以周策纵先生会说:"'当下'美,也就是'自然'美。"②

现在我们可以进而论王国维的"自然之眼",即直观的第二个

---

① 戴鸿森《薑斋诗话笺注》,人民文学出版社 1981 年版,第 53 页。
② 周策纵《弃园文粹》,第 202 页。以下关于直观与自然的论述,深受周文的启发。详参该书第五十二、五十三、五十六节。

层面。在这一层面上，王氏虽借用了叔氏的框架，却以中国传统观念实之。首先是对"自然"的看法。《人间词话》云：

> 自然中之物，互相关系，互相限制，故不能有完全之美。然其写之于文学中也，必遗其关系、限制之处，故虽写实家亦理想家也。又虽然如何虚构之境，其材料必求之于自然，而其构造亦必从自然之法则，故虽理想家亦写实家也。

滕咸惠注引叔氏《世界是意志和表象》云："实际的物象几乎总是它们所表现的理想之极不完全的摹仿，所以天才就需要想象力去洞察事物。那不是说大自然确已创造出来的事物，而是说大自然企图去创造，但因为事物间自然形式的冲突而未能创造出来的东西。"所以他认为"理想"只能是先验的"理念"，只有天才具有这种观审的能力，是"最完美的客观性"。由是，叔氏提出了"世界眼"：

> 天才的性能就是立于纯粹直观地位的本领，在直观中遗忘自己，而使原来服务于意志的认识现在摆脱这种劳役，即是说完全不在自己的兴趣、意欲和目的上着眼，从而一时完全撤销了自己的人格，以便〔在撤销人格后〕剩了为认识着的纯粹主体，明亮的世界眼。①

王氏正是借此"直观"，排除传统诗学（"诗言志"的主流系统）中的功利主义（包括"功业"），力图将"两间之美"释放出来。同时，他对"自然"的看法又有所保留，除上引"其材料必求之于自然，而其构造亦必从自然之法则"外，《人间词话》删稿还说："词人之忠实，不独对人对事宜然。即对一草一木，亦须有忠实之意，否则所谓

---

① 《作为意志和表象的世界》，石冲白译，第 154 页。

游词也。"他由是给"自然"以相对独立的意义："文学中有二原质焉：曰景，曰情。"(《文学小言》)并对西方诗歌即描写人生的定义做了修正："此定义未免太狭，今更广之曰描写自然及人生"，并指出"人类之兴味，实先人生而后自然"，对"纯粹之模山范水、流连光景之作"的历史地位给予肯定。(《屈子文学之精神》)与"世界眼"相应，他标举"自然之眼"：

> 纳兰容若以自然之眼观物，以自然之笔写情。此由初入中原，未染汉人风气，故能真切如此。同时朱、陈、王、顾诸家，便有文胜则史之弊。(《人间词话》)

"文胜则史"即《论语·雍也》之"文胜质则史"，夺一"质"字。然而通观上下文，此"质"字恰好是"自然之眼"、"自然之笔"的根柢。他认为纳兰氏由于"未染汉人风气"，所以能保持质直的性情，"故能真切如此"。质性便是自然，这是中国传统文化固有的观念。陶潜《归去来兮辞》在序中就自许是"质性自然"——性格真率之谓也。所谓"自然"，便是自然而然，本来怎样就是怎样。"道法自然"，自然成为自在的东西，并未消除事物的特殊性(个性)。郭象《庄子序》提出万物独立自足生生化化的"独化"论：

> 凡得之者，外不资于道，内不由于己，掘然自得而独化也。

这种观念延伸到文学上心与物的关系，便是讲究"本真"，只要按照自己的本性真性情去看、去写，不做矫饰，就是"自然"。所以南朝人称谢灵运诗"如初发芙蓉"(《南史·颜延之传》)，而唐人皎然则称谢诗"直于性情"(《诗式》)；陶潜自许"质性自然"(《归去来兮辞》)，而杜甫则以许人："直取性情真。"(《赠王二十四侍御契四十韵》)真性情便是自然。明白这一层，就不难理解王国维如是说：

> 词家多以景寓情。其专作情语而绝妙者，如牛峤之"甘作一生拼，尽君今日欢"。顾夐之"换我心，为你心，始知相忆深"。欧阳修之"衣带渐宽终不悔，为伊消得人憔悴"……此等词古今曾不多见。余《乙稿》中颇于此方面有开拓之功。

> "昔为倡家女，今为荡子妇。荡子行不归，空床难独守。""何不策高足，先据要路津。无为久贫贱，轗轲长苦辛。"可谓淫鄙之尤。然无视为淫词、鄙词者，以其真也。（以上二则见《人间词话》）

> 《水浒传》之写鲁智深，《桃花扇》之写柳敬亭、苏昆生，彼其所为，固毫无意义。然以其不顾一己之利害，故犹使吾人生无限之兴味，发无限之尊敬。（《文学小言》）

所举作品无不充满凡人俗子的情欲与"意志"，但因其"真性情"，乃至"不顾一己之利害"，虽或为叔氏"世界眼"所不取，仍能为王氏"自然之眼"所青睐者也。在从直观中"遗弃"利害到"不顾"利害，一转之间为"常人之境"、"有我之境"留下多少地步，将"直观"从"天才"手中解放出来，更具现实之意义，使境界说生气灌注。《文学小言》乃云："三代以下之诗人，无过于屈子、渊明、子美、子瞻者。此四子者苟无文学之天才，其人格亦自足千古，故无高尚伟大之人格，而有高尚伟大之文学者，殆未之有也。"王氏的新"直观"于是乎与中国传统文化之重伦理价值之评价体系接上轨，而与排除功利主义的"直观"形成张力，为继武者留下巨大的发展空间。

德国汉学家顾彬在评述中国山水诗时，有这么一段话："沉默不语使景物保留在这样的存在之中，即它们是什么就是什么，既不具象征的性质又没有作为客观关联的功能。同样，'我'也从现象世界及存在于其中的社会矛盾中解脱出来,它隐藏在景物之中,既不想越过景物也不想越过自身显露于外。"①这大概就是上文提及的"不出不入"的境界。中国人对"自然的人化"与"人的自然化"的双向建构似有直觉,并蕴藏在对文学陶冶性情功能的认识中,这是一个有待着力开发的宝藏。王国维境界说,其有意于此者乎?

(原载《文艺理论研究》2010 年第 4 期)

---

① [德] W·顾彬《中国文人的自然观》,上海人民出版社 1990 年版,第 221 页。

文化转型中的文学

——以南朝、晚唐历史变局为例

　　从各个不同角度切入文学史,无论是用社会学方法、文化人类学方法、接受美学方法,还是原型批评方法等等,都只能说是瞎子摸象而各得一端——当然所得有大小之辨。然而瞎子摸象虽不能认识其整体,毕竟是开始对其局部有所认识。要完整再现文学史是不可能的,我们只能采取从尽量多的角度去认识文学史的各方面,以期有朝一日对整体轮廓有个较为逼近的描述。这也许就是各种文学史研究方法并存的意义。笔者本着这点心愿,献芹于诸位学人。

　　本文暂不拟讨论"文学史有否规律可循"的问题。比较容易取得认同的是:文学史诸现象往往呈现出某种趋势。然而这种"趋势"是依赖于诸种条件而存在的,任一重要条件的变化都可能影响这一趋势的走向。因此,研究在怎样的条件下文学史呈现出怎样的趋势是文学史家艰巨而有意义的任务,"文学的历史背景"也就成为各路文学史家共同关注的问题。

　　然而并非所有文学史家都把"背景"当作文学史趋势的条件来研究,更常见的做法是将作品置诸特定的历史背景前,其实充其量只是将读者置诸一些经过剪裁的文献资料与作品文本之间,让读者自己去发生联想,因此往往无助于对趋势的认识。如果我们有可能真正做到将作品置诸特定的历史背景之中,那么平心而论,这种传统方法自有其合理性。因为作品是有着某些具体内容的一种形式,而内容与生活(也就是特定历史背景)是血与肉的关系,要解读作品自然必须了解背景。所以，《孟子·万章》曰："颂其诗，读其书，不知其人，可乎？是以论其世也。是尚友也。"孟子侧重的是"尚友古人"而非说诗，他颂诗是为了逆志。《万章》又说："故说诗者不以文害辞，不以辞害志，以意逆志，是为得之。"根据文本的提示去揣摩诗人本意，得其"志"之所在。可见知人论世包括"知人心"。"诗言志"表达了儒家对文学功用的认识：诗是表达内心情感世界的工作。这一看法直探文学的本质，有很强的生命力。可惜儒者往往明礼义而陋于知人心，对"志"的认识只局限在与政治相关的范围内，而不是人的整个情感世界。知人论世法的合理内核乃在于将作品与人及"世"视为息息相关的三要素，而三者存在着多种组合关系，其内涵有极大的可拓展性。刘勰《文心雕龙·时序》提出"歌谣文理，与世推移"、"文变染乎世情，兴废系乎时序"的观点，指出文学受社会现实制约这一重要事实，从而与文学史趋势发生关系，诗、史联姻成为传统的文学史观。王国维《玉谿生诗年谱会笺·序》称："及北海郑君出，乃专用孟子之法以治诗。其于诗也，有谱有笺。谱也者，所以论古人之世也，笺也者，所以逆古人之志也。"考证与义理辞章结合，文集与谱笺系年配套，是我国治文学史的一大特色。但以治史的方法治文学史，容易出现忽视作品的主体地位，使之淹没于历史流程中的偏颇。以史证诗模式流衍至今，好比中药的汤头歌诀，其中或有几味增减，总体基本不变。将背景与作品的关系视同镜与物之间的映照关系，在这种研究方法中也是不变的。这种方法是平面的、二维度的，忽略了深层文化心理这一维，未曾意识到背景要进入文学还有个中介环节。事实上，"背景主义"一来无法真正恢复已逝去的全部（甚至大半部）历史背景，二来也无法解释同一背景下何以有千差万别的文学作品出现这一事实。不难观察到：并非所有的背景因素都能对某一具体作家作品发生有效的影响，也不是相同的背景因素对不同的作家作品能产生相同的影响。同一背景之光照在个体那不同的棱镜上，会析出不同的光谱来。

现在我们尝试从文化与文学为系统与子系统的关系这一视角，来探索文学史的驱动力。

文化，是文学与客观世界或经济基础之间的中介，与文学互涵互动，形成系统与子系统的关系。文学于是具有系统的特性，受文化系统的制约，服从其总体规律，与其他各文化因素交互作用而产生整体效应。同时，文学作为子系统又是相对独立的，有自身的发展规律。从根本上说，也就是内容与形式由矛盾到统一的运动规律。文学表现的内容固然来自客观事物（包括人自身的情感世界），但客观事物要成为文学有意味的形式，还必须有一个米酿而为酒一般的诗化过程。只有内容与形式取得高度统一，才是文学有意味的形式。所以内容与形式的矛盾是文学"自律"的根本动因，而客观的外部世界注定要进入文学形式的内部世界。这一过程本身就决定了文学"自律"不可能是封闭式的。也就是说，只强调文学"自身"的主体性，排斥其他文化因素的介入，力图进行所谓的"纯文学"的研究，是不可能的。众所周知，中国诗歌形式由四言到五、七言的发展，与其面对的表现对象（社会、心理）的日益复杂化有直接关系，称得上是一个显而易见的例子。

不过，文化与文学的系统与子系统的关系，还更深刻地体现在文化以其自身的建构，制约、驱动着文学的建构，促成其自身的演进；而文学又以其自身的变革参与了文化的建构，形成双向的同构运动。

经过整合的文化大系统中诸种因素的综合整体，我们称之为文化构型。这是视文化为一个有机整体的概念。它是与社会结构相应的，聚某个时代某一社会人们的行为、经验、习俗、意志、价值等等集体"文化心理"现象于一体的文化结构。由于文化大系统中诸因素都是变量，所以任何一种文化构型都有其不可逾越的生命限度：当它失去对这些变化中的文化诸因子的统摄力时，它将为新的文化构型所取代。人类文化，正是由无数个在不同时空中展现的各不相同的文化构型之链纵横交织而成。文化人类学家本尼迪克特博士认为：

> 一种文化就如一个人，是一种或多或少一贯的思想和行动的模式。各种文化都形成了各自的特征性目的，它们并不必然为其他类型的社会所共有。各个民族的人民都遵照这些文化目的，一步步强化自己的经验，并根据这些文化内驱力的紧迫程度，各种异质的行为也相应地愈来愈取得了融贯统一的形态。一组最混乱地结合在一起的行动，由于被吸收到一种整合完好的文化中，常常会通过不可思议的形态转变，体现该文化独特目标的特征。我们只有首先理解了一个社会在情感上和理智上的主导潮流，才得以理解这些行动所取的形式。①

本尼迪克特指出：是文化目的形成的文化整合成为文化变迁的内驱力。"文化目的"造成了该时代的文化趋势，是"一个社会在情感和理智上的主导潮流"，而处于核心地位的是价值选择与追求。观念与价值取向是构成一种文化独特风格的要素，也是影响审美趣味与判断的要素。这是文化史与文学史同构运动最关键的契合点。丹纳曾用"精神气候"说解释文艺的演进，举中世纪欧洲风行四百年的哥德式建筑为例，认为当时战争和饥荒频仍，苦难使人厌世而耽于病态的幻想。哥德式建筑形式上的富丽、怪异，大胆、纤巧与庞大，正好投合了人们病态的审美趣味，成为苦闷的象征而发展为教堂、宫堡、衣着、桌椅、盔甲的共同风格特征②。这是静态的选择。本尼迪克特进一步动态地解释：哥德式建筑起初只不过是地方性的艺术和技巧中一种稍带倾向性的偏好——如对高度与光亮的偏好，而由于这一偏好投合了中世纪社会情感与理智上的主导潮流，所以被确定为一种鉴赏规范，愈来愈有力地表现出来，并剔除那些不融

---

① ［美］鲁思·本尼迪克特《文化模式》，张燕等译，浙江人民出版社1987年版，第45页。
② ［法］丹纳《艺术哲学》，傅雷译，人民文学出版社1983年版，第39页。

贯的元素,建造其他元素以合乎文化目的,最后整合为一种愈益确定的标准而形成哥德式艺术①。在文化目的的驱动下,文化选择与文化整合形成艺术史的选择、修正、适应的全过程。这就是文化与艺术的同构运动。作为文化系统的另一子系统的文学,同样也是在文化目的的驱动下,形成文化选择与文化整合的全过程。

作为文学史的特殊性,文化整合是通过文本被接受的过程而起作用的。也就是说,观念与价值取向不但影响作者的创作,也影响着读者的接受,由此形成张力,文坛的兴衰、流派的起伏,都因此而展开。

现在我们还要讨论的是文化整合与个体创造性的关系问题。作为社会网络中的个体,个人行为无疑受制于所处社会的制度与习俗;然而并非该社会中千千万万种个体行为都一一从属于那些制度与习俗,许多个体行为并不符合该社会秩序的规范要求。也可以这么说,文化目的代表了该时代社会在情感和理智上的主导潮流,但并不是囊括所有的个体的情感与理智上的倾向。合力只是矛盾斗争的结果。文学史表明,任何时期总有一些人不肯入俗,老要出轨,甚至成为“异端”。事实上他们都是些富有创造性的变异的种子。然而,个人行为必须成为影响某一群体的现象才是有意义的,纯粹的个人行为只是个人行为而已,与社会并无干涉。群体,可以是某个圈子,或社会某阶层,乃至民族。一旦个体行为被社会某阶层所接受,就有可能扩大其影响,为文化选择所吸收,融入新传统。反之,不为社会所接纳的个体行为,将很快为潮流、时尚所湮灭,虽然它或许仍将作为一种历史的价值而存留在历史材料之中。于是出现了这样一个图景:文学诸现象(包括形式、风格、流派),在文化诸因素所形成的合力——文化整合的作用下,以各自的社会功能、美学功能而接受其选择、淘汰、抑止、强化的种种考验,由此而或存或亡,或适应或变异,或萎缩或孳生,一种形态引出另一种形态,主干

---

① ［美］鲁思·本尼迪克特《文化模式》,第46—47页。

与分枝在并行中转换着,做着如下图所示的蔓状延伸:

　　蔓状生长给任何个体与偶然性以充分的机会,同时又给文化整合予无上的权威:那些与文化目的逆向的变异种子被抑制,不能适应文化变迁者难以继续生长;而那些与文化目的同方向的变异种子就会蓬蓬然萌发,成为建构新文化构型的最活跃因素,由分枝而转换为主干。而某种文化构型,一旦失去对本文化内部诸因子的统摄力量时,其内部必将产生新的文化倾向,新的价值追求,驱动文化史前进,同时挟裹着文化诸子系统——当然也包括文学史——前行。文化构型便是这奔流不息的文化流的一个个波峰浪谷。

　　在这一进程中,富有创造性的个体固然是潮流的领导者,但他必须为社会群体(无论大小)所接受。因此那些为批评家所轻视的"随大流"者,便成为潮流的主体。他们投向哪一边,哪一边就会成为时尚,成为潮流。潮流可以将天才捧上云天,也可以将他按入谷底。而"随大流"者并非无条件的盲从,而是上文所说的文化诸因子碰撞中所形成的合力,即文化目的在驱动着他们。

　　下面,我想以颇为相似的南朝与晚唐的文学史现象为例,对文化转型中的文学史运动作一观察。愿这种粗线条的表述庶几能将主线理出来。

一、六朝:王朝更迭中连贯的文学史动因

　　自魏至唐,其间王朝更迭频繁,但王朝的更迭似"抽刀断水水更

流"，从未造成文学史的间隔。如果将看似琐碎的宋、齐、梁、陈文坛现象放在这一宏观大视野中考察，便不难发现其间联系的一贯性与整体性。究其原因，就在于魏晋—盛唐的文化是一个相对完整的结合体，六朝开的花往往要到盛唐才结果，谢灵运、鲍照、沈约辈的得失，是要到唐代才会分明的。无怪乎闻一多要说："盛唐之音"乃是门阀贵族诗的最高成就①；而陈寅恪也认为："唐代之史可分前后两期，前期结束南北朝相承之旧局面，后期开启赵宋以降之新局面，关于社会经济者如此，关于文化学术者亦莫不如此。"②因之，笔者将这段文化史称为"士族文化构型"，拙著《文化建构文学史纲（中唐—北宋）》开篇第一节有云：

> 魏晋—盛唐士族文化的特征在于它改变汉代唯整个社会群体利益与秩序是问的价值观，开始把个体的存在推上重要的位置，是所谓"人的觉醒"时代。③

这是从价值取向上摄其神似，盖价值取向往往代表"一个社会在情感和理智上的主导潮流"，是文化史与文学史同构运动最关键之契合点。但同在"士族文化"这一构型中，重视个体存在之价值取向虽同，而随着士族盛衰，仍有季节般的区别。南朝正处在士族由盛转衰并趋瓦解的历史时期，所以士族的价值取向也由个体对精神超越的追求滑向个体对感官刺激的满足。在诗坛上则留下玄言诗→山水诗→宫体诗的滑落轨迹。不妨说，是南朝士族衰败瓦解过程所释放的能量有效地推转了诗史的嬗变。

门阀士族自其成为独立的利益集团起，就先天地带来两重性

---

① 郑临川《闻一多先生说唐诗（上）》，《社会科学辑刊》1979 年第 4 期。

② 陈寅恪《金明馆丛稿初编·论韩愈》，上海古籍出版社 1980 年版，第 296 页。

③ 林继中《文化建构文学史纲（中唐—北宋）》，三秦出版社 1994 年版，第 8 页（收入本《文集》第四册）。

格,盖其所代表的自给自足的地域宗法性庄园经济的利益,与皇室所代表的大一统中央集权的利益是不可能取得基本一致的。二者互相斗争又互相利用,由此引发历时久远的统治阶级内部尖锐的斗争,形成六朝的杀夺政治。士族与皇室之间必须保持某种若即若离的适当距离,否则随时会祸起萧墙。这就使士族中人在追求个体存在价值时,往往要处于两难的境地,即一面在精神上追求无限的超越,一面不得不顾及其现实利害关系。由此造成士族普遍存在的人格分裂,是所谓的"心迹不一"。这在《世说新语》中不乏例证。如倡"越名教而任自然"的阮籍,无论如何做"白眼",如何佯狂任诞,也不能不在维护封建纲常的"名教"的钳制下"至慎"①。事实上,"名教"一直是士族身上脱不下的一件湿衣服。于是晋人标一个"孝"字,在伦理上取代"忠";又标一个"情"字,企图在心理上从象征伦理政教的"志"当中挣扎出来。

情志分立应引起我们足够的重视。盖"志"固然在汉儒手中有强烈的伦理政教的意味,但它在长期的历史形成过程中,又与关心群体利益的忧患意识结下不解之缘,是诗文中的"风力"、"骨力"之所在。没有"志",就好比人缺了钙。远离"志"的"情",也要弱化与萎缩。文学史表明,六朝"情"与"志"日渐分离与士族的日见衰败同步。

自曹孟德倡"唯才是举",虽"不仁不孝"而能经邦治国用兵者往往举而用之。所以此期士大夫无论得志不得志,多"慷慨以任气,磊落以使才",在艺术上"造怀指事,不求纤密之巧"②。可以说,建安是"情志合一"的时代,个体的"情"总是溶在关心群体利益之"志"中。至晋代而门阀士族地位已确定,"九品中正制"用人"徒以

---

① 刘义庆《世说新语·德行》,上海古籍出版社1982年影印思贤讲舍刻本,本文所引《世说新语》咸用此本,不另注页数。
② 刘勰著、周振甫注《文心雕龙注释》,人民文学出版社1983年版,第49页。下引只标篇名,不另注页数。

凭借世资"，人才优劣的考核重点不再是在立功兴国堪为将守的才能上，而在乎风貌与才藻。《世说新语·文学》载：

> 支道林、许掾诸人共在会稽王斋头。支为法师，许为都讲。支通一义，四坐莫不厌心；许送一难，众人莫不抃舞。但共嗟咏二家之美，不辨其理之所在。

人们甚至不在乎"理之所在"而"共嗟咏二家之美"，这种"唯美"倾向，无疑鼓励了文人对辞采的追求。此时文坛如《文心雕龙·明诗》所称："晋世群才，稍入轻绮，张、潘、左、陆，比肩诗衢，采缛于正始，力柔于建安；或析文以为妙，或流靡以自妍。"力柔的原因主要在于"志"的弱化。陆机在这一历史转捩点上提出"诗缘情而绮靡"，就不是偶然的了。

晋代陆机《文赋》提出"诗缘情而绮靡"，后人对此有不同的阐释[①]。大体上可归为二类：一是认为与"诗言志"是继承关系，并不具有对立的意义；一是认为"缘情"说与"言志"说有重要区别，甚至有某种对立的意义。王运熙先生曾折衷其说，认为《文赋》李善注云："诗以言志，故曰缘情。"李周翰注："诗言志，故缘情。"都符合陆氏原意。但陆氏没有提出"止乎礼义"，而强调诗美感特征，所以清人纪昀看出"诗缘情而绮靡"与传统儒家诗教有所不同，只知"发乎情"而不知"止乎礼义"，故在《云林诗抄序》中，将宫体诗之形成归咎于陆机云："自陆平原'缘情'一语引入歧途。"[②]重要的并不在于陆氏是否有意识地将"缘情"与"言志"对立起来，重要的乃在于他的确代表了某种倾向，而这种倾向为南朝士族所接受，并形成文化选择，终于形成一般与"诗言志"对立的思潮。

[①] 张少康《文赋集释》，上海古籍出版社 1984 年版，第 71 页。本节所引《文赋》原文及其注文，咸见此本，下不另注。

[②] 详参王运熙等《魏晋南北朝文学批评史》，上海古籍出版社 1989 年版，第 101—105 页。

这种倾向就是"采缛于正始,力柔于建安;或析文以为妙,或流靡以自妍"(上引)。这里所谓"采缛"与"流靡",与陆机"缘情绮靡"有其深层的联系。虽然陆机所说的"绮靡",诚如注家所释,只是"细好"之意,是以织物喻文细而精耳;但历史地看,仍与浮艳、侈丽不无关联。除了上文所论,取人以才藻不以才能,鼓励了文士对辞采的追求这个原因外,就文学形式自身的演变而言,也是惯性使然。盖以"铺采摛文,体物写志"为特征的汉赋,其"巨丽"的形式在魏晋时已开始瓦解,而其穷变声貌、讲究辞采的精神在"文学的自觉时代"却得到发扬。人们更有意识地追求语言形式美及文学的表现力。所以,符合汉字、汉语特点的对偶、声律被推向极致,而"体物写志"也更加精细化,并因情志的分离而由"体物"偏向"咏物","缘情"则走向"寄情",从客体获取灵感转而为借客体以喻情怀;"兴"转向"比",因而"巧构形似"要比"神似"更普遍地成为作者的追求①。瞿兑之《中国骈文概论》曾以"用绵丽的色彩,写幽怨的情绪"来概括南朝抒情赋的特点,无意间点明了诗、赋的共同走向,也无意间点明了南朝人对陆机"诗缘情而绮靡"的理解。事实上赋的精神已扩散到各种文体中去,"凡是写景写情之文,用之于记序书启的无往不然"。鲍照就是"以作赋的气局来作书(书信)"的②。新兴的独特的"骈文"最典型地代表了"赋化"的潮流。可知追求"缛采"与"巧构形似"已成为一种文化心理,与情志的分离交织而形成文化选择。

下文简述玄言诗→山水诗→宫体诗的文化选择过程。为避免对文学史已有成果过多的复述,我们只把重点放在南朝士族衰败对诗史嬗变之影响上。

西晋诗坛虽以"结藻清英、流韵绮靡"为主潮,但仍然是多元化

---

① 王文进《咏怀的本质与形似之言》认为,"形似之言"的出现是六朝诗确立自家风貌的关键。我同意这种观点。详见《意象的流变》,生活·读书·新知三联书店1992年版,第117—151页。

② 刘麟生主编《中国文学八论》,中国书店1985年版,第18—19页。

的,情、志虽并举却相去不远,"缘情"未必"绮靡",如陆机的弟弟陆云,重缘情却又崇"清省"。当时重要诗人除倾心于"浮藻联翩"、"炳若缛绣"的陆机外,还有"情调悲苦"的潘岳、"巧构形似之言"的张协,以及不失建安梗概之气的左思、刘琨诸人。这是文学史的一个"十字街头"。东晋南渡的士族并未马上选中"诗缘情而绮靡"的路子,而是如刘彦和《文心雕龙·明诗》所指出:"江左篇制,溺乎玄风,嗤笑徇务之志,崇盛忘机之谈。"前两句是说东晋兴起玄言诗,后两句是点明其社会原因。

自士族南迁,元气大损,而政治上的"近亲繁殖"——用人只在"上品"中打转,又使其生命力日见衰退。《颜氏家训·涉务》云:

> 晋朝南渡,优借士族,故江南冠带有才干者,擢为令仆已下,尚书郎、中书舍人已上,典掌机要。其余文义之士,多迂诞浮华、不涉世务……所以处于清高,盖护其短也。[1]

《陈书·后主纪》史臣论曰:

> 自魏正始、晋中朝以来,贵臣虽有识治者,皆以文学相处,罕关庶务。[2]

这二则材料可为"嗤笑徇务之志"的注脚。士族自身的日见无能,使之不能在经邦治国的事务上与寒门庶族一争高低,便摆出一副"忘机"的神情,"与文学相处",以才藻代才能,"盖护其短也"。东晋之所以从西晋诗坛种种倾向中,独挑出张协诸人显露出的玄理倾向为首选,就因为借助玄言诗的翅膀,可以在精神领空上自得地翱翔,进入"忘机"的境界。这也是"嗤笑徇务之志"的反映。

---

[1]　颜之推《颜氏家训·涉务》,上海书店 1987 年影印《诸子集成》第 8 册,第 24—25 页。
[2]　姚思廉《陈书》卷六《后主纪》,中华书局 1972 年版,第 120 页。

　　学界近来多以入俗趋势解释诗歌由"玄言"一落而至"山水"，再落而至"永明体"、"宫体"的文学史现象。文学史由雅而俗，由俗而雅，可以说是一个循环不尽的外在规律。然而好比潮汐，只看到涨落循环的现象是不够的，更要紧的是要解释何以有潮来汐去这样的循环规律。南朝文学的入俗趋势背后，有个审美趣味转换的问题。

　　晋、宋间是士族发生深刻危机的转折点。士庶区分的确定，带来的并不是士族的繁荣。士族由于自身的无能而采取"嗤笑徇务"、"罕关庶务"的不现实态度，使非世族性地主(所谓"寒人")趁机钻进权力圈子，南朝实际政权逐渐落入寒人之手。如上文所提及，士族与皇室有着与生俱来的不可克服的利益矛盾，士族"罕关庶务"也与皇室有意抑制有关，所以寒人的介入成为皇室新的依靠力量，使士族对中央政权操纵力骤降。此时的士族不能不从精神上空的翱翔降回地面，做些心理调整：

　　一是严士庶之别，以壁垒鸿沟自保。这一外部因素是循着诗文讲究用典隶事之风的路径进入文学形式内部的。盖乱世教育不易，多由家学承传，士族利用其学问优势以博学相炫耀自别于庶族。愈是危机愈要严士庶之别，也就愈要逞博。故士族与寒人对抗尤甚的宋、齐时代，也正是钟嵘《诗品》所谓"文章殆同书抄"的时代①。而隶事一旦与对偶"采缛"、"巧构形似"相胶合，便凝定为中国古典诗歌形式的一个特色。

　　二是士族对个体存在价值之追求变得愈来愈"实用"，不再浪漫地追求什么精神上的超越，而是只想落实现世的享受，能引起感官愉快的东西愈来愈受欢迎②。在这种"新口味"面前，"淡乎寡味"

① 钟嵘《诗品·序》，人民文学出版社1961年版，第4页。
② 士族对个体存在价值认识的变迁是个历史过程。自魏晋以来，儒学长期受玄学与佛教的冲击，儒家"立德、立功、立言"的价值追求逐步被淡化了，道教纵欲任情则流为风尚，而佛教又教士人追求超脱而不必放弃享乐的"不二法门"，即维摩诘式"入诸淫舍，示欲之过。入诸酒肆，能立其志"(《维摩诘经·方便品》)。下文提及梁简文帝所谓"立身先须谨重，文章且须放荡"，也是这一观念的文论上的体现。

的玄言诗自然要一降为"山水",再降为"宫体",因为"竹不如丝,丝不如肉",后者的题材要比前者更具体,更带感官的刺激性。于是"诗缘情而绮靡"重新被认识、被接受,表现手段又回到"采缛"与"巧构形似"上来。然而经过心理调整以后的士族,与"志"的距离更拉大了,"情"也萎缩了,从"游仙"退到山水,又从山水退到闺阁,吟咏身边的琐事乃至杂物,甚至将女人也当成"物"来咏。梁朝人萧子显所著《南齐书·文学传论》有一段总结性的文字,道出时人对"缘情绮靡"的新认识:

> 今之文章,作者虽众,总而为论,略有三体:一则启心闲绎,托辞华旷,虽存巧绮,终致迂回。宜登公宴,本非准的。而疏慢阐缓,膏肓之病,典正可采,酷不入情。此体之源,出灵运而成也。次则缉事比类,非对不发……用申今情,崎岖牵引,直为偶说。唯睹事例,顿失清采。此则傅咸五经,应璩指事,虽不全似,可以类从。次则发唱惊挺,操调险急,雕藻淫艳,倾炫心魂。亦犹五色之有红紫,八音之有郑、卫。斯鲍照之遗烈也。①

山水诗大家谢灵运被认为是"酷不入情",而"缉事比类,非对不发"的讲究隶事、对偶的咏物倾向也被认为是"顿失清采",唯有犹"八音之有郑、卫"的"雕藻淫艳"一派最入时,也最合乎"缘情绮靡"了。然而具有讽刺意味的是,这一派的鼻祖被指定为鲍照。恰恰就是这位诗人,被大声疾呼"绮丽不足珍"的盛唐诗人奉为楷模。

我们有必要从"士族文化构型"的整体,"以大观小"来认识这一文化选择。盖自晋至盛唐,历史才走完"正、变、复"的全过程,情志之间的关系则由建安时代的"情志合一"经六朝"情志分离",终至盛唐的"情志复合"。而"齐梁"正是这一历程的中点,是文学史

① 萧子显《南齐书》卷五二《文学传论》,中华书局 1972 年版,第 908 页。

的又一个"十字路口"。其间不但涌现了一批像谢朓、沈约、何逊这样的优秀诗人,还出现《文心雕龙》《诗品》及《文选》这样几部文评史上的"重量级"著作。文学史表明,"文学的自觉时代"至是已提供了诗歌发展的多样选择。只是由于士族的衰落与腐败将诗坛拉向梁、陈颓靡的泥潭。萧纲《诫当阳公大心书》云:"立身之道与文章异,立身先须谨重,文章且须放荡。"①这位梁朝皇帝道出了士大夫的软弱性:他们已从晋人的"心迹不一"直落至只以文学为宣泄口,不再有晋人任诞佯狂以"越名教"的勇气与行动,他们只能谨守"立身"之道,在文章上"放荡"耳。"诗缘情而绮靡"经南朝而流为"文章且须放荡",实在是"颐情志于典坟"的陆机始料所未及。准确地讲,并非"陆平原'缘情'一语"将南朝诗"引入歧途",而是南朝士族的衰败将"陆平原'缘情'一语引入歧途"(上引)。至若齐、梁间诗坛如何完成从"永明体"向"宫体"的转换,及梁、陈诗与唐诗之间的联系等具体分析与评价,学界已有许多值得称道的成果,恕不转述。

二、中晚唐:为了向上的滑落

晚唐与梁、陈文坛都趋俗趋艳,但二者貌同而心异,兹举数端稍事议论。

(一)"入俗"

梁、陈宫体诗的"入俗",与晚唐整个文艺思潮的入俗走势性质不同。盖前者虽标榜"新变",但并非对整个士族文化的反动,"宫体诗"的形式究其本质,仍是晋、宋以来某些倾向,尤其是"永明体"的延伸,刘师培《中国中古文学史》有云:

---

① 严可均辑《全上古三代秦汉三国六朝文·全梁文》卷十一,中华书局 1958 年影印光绪刻本,总第 3010 页。

　　宫体之名,虽始于梁;然侧艳之词,起源自昔。晋、宋乐府,如《桃叶歌》、《碧玉歌》……均以淫艳哀音,被于江左。迄于萧齐,流风益盛。其以此体施于五言诗者,亦始晋、宋之间,后有鲍照,前则惠休。特至于梁代,其体尤昌。[①]

　　虽然梁、陈宫体与皇室的提倡有关,且萧梁皇族能文者之多,历代罕见,应属偶然性;但如上一节所述,南朝诗走向,与士族腐败有极大之关系,宫体承晋、宋“淫艳哀音”则属文学史进程的必然。究其底蕴,盖皇室、寒人虽与士族矛盾,但尚未自成一阶级。唐长孺于此有详明的论断。其《南朝寒人兴起》一文有云:

　　　　他们(指寒人)虽然按照当时婚宦标准业已符合于士族身分,但在门阀贵族面前还是寒人,而他们的最高愿望不是打破这种士庶等级区别,相反的是想挤入士族行列,乞求承认。[②]

　　正是这种自卑心理的驱使,出身军伍的皇族与出身土豪的寒人,都不自觉地向士族文化认同。永明体走向宫体,只是士族文化在内容上进一步向声色的堕落,并无本质上的变化。正因其如此,所以宫体在初唐以后才有“自赎”的可能,在“情志合一”的初、盛唐,经过整合而得以涅槃。

　　兴于中唐而普遍于晚唐声势浩大的入俗潮流就不同了。盖自唐推行均田制与进士科举以来,士族从经济到仕宦已失去绝对优势,成了无根之木,无源之水,士族文化也成了漂流的独木舟,随时可能翻覆。反之,非品级性的世俗地主迅速壮大,成为后期封建社会的主人。中、晚唐正处于士族文化构型向世俗地主文化构型过渡

---

① 刘师培《中国中古文学史》,人民文学出版社1984年版,第91页。
② 唐长孺《魏晋南北朝史论丛续编》,生活·读书·新知三联书店1959年版,第109页。

的重要时期①,其间起着杠杆作用的科举制度。

科举是对以血缘为基础的"九品中正"用人制的反拨,中、晚唐以后声价日高,它无疑会吸引大量世俗地主在内的知识分子。中唐人沈既济《词科论》称天宝年间文词科之盛云:

> 父教其子,兄教其弟,无所易业。大者登台阁,小者任郡县。资身奉家,各得其足。五尺童子,耻不言文墨焉。②

中唐以后科举之盛更远超盛唐,科举对文学风尚之影响可想而知。最值得注意的是,世俗地主与南朝寒人不同,它是个新兴的阶层,走向独立的阶级,是股强大的政治力量,对士族是要"取而代之",而不是仅仅"乞求承认"。因此,世俗地主涌入文坛,是带有相当强的主体意识,对士族文化传统有很强的反叛意味。就"入俗"而言,它决非南朝式的"猎奇",像宫体诗人那样将民歌扭曲为带有色情倾向的东西,或玩味其中女性的痛苦;而是很本色地将"俗气"带进文坛来,成为底色,这股俗气不是小摆设,而是大潮流,它从市井漫向宫廷,成为时尚,渗入各种文体。事实上它显示了社会审美趣味的改变:中、晚唐以后市井俗讲,里巷传奇,村陌竹枝,取代了盛唐三绝"李诗、张草、裴剑"。浅切与俗艳是由雅入俗的新浪潮。中、晚唐最具典型意义的不是"质而径"的"讽喻诗",也不是讲排比的"千字律",而是"小家数、驵侩气"的轻俗体诗,是"以秾致相夸"的骈文"三十六体"。元稹《白氏长庆集·序》称:白居易诗之流布"二十年间,禁省、观寺、邮堠墙壁之上无不书,王公妾妇、牛童马走之口无不道。至于缮写模勒,卖于市井,或持之以交酒茗者,处处皆

---

① 参看拙著《文化建构文学史纲(中唐—北宋)》第一章,第9—22页(收入本《文集》第四册)。
② 董诰等编《全唐文》,中华书局影印本,第4868页。

是。"①时人或以白居易《长恨歌》为"目莲变",或以卢仝《萧宅二三子赠答》似传奇小说《元无有》。甚至古文运动旗手韩愈,亦"多尚驳杂无实之说",如陈寅恪所指出:"韩集中颇多类似小说之作。"②许多学者已有共识:中唐古文运动不但继承先秦两汉的古文传统,还接受了当时流行的传奇小说的影响。但更可贵的是,士大夫不但在诗歌、古文中接受传奇的影响,而且直接操笔写传奇。如白行简登进士第以后,还写作传奇《李娃传》,而宋罗烨《醉翁谈录》与明人梅鼎祚《青泥莲花记》都认为李娃旧名一枝花,元和五年元稹与白居易也曾听过《一枝花》说书③。俗文学以其生动性首先从心态上征服了士大夫,进而成为乐于采用的形式,蔚成风气,从本质上改变了传统文学,是南朝贵族撷取乃至扭曲民歌所不能比拟的。

中、晚唐市井俗人通过"好尚"的心理渠道对雅文学发生内在的深刻影响,首先表现在创作手法重视叙事的笔调。中、晚唐俗文学主要品种有讲经、变文、话本、词文、俗赋等,之间虽有题材、形式之别,但重视故事性都颇一致。敦煌存留的唐代俗文学如《大目乾连冥间救母变文》、《韩擒虎话本》、《季布骂阵词文》等等,无论艺术性高下,都重视故事情节的安排。有些讲唱,配有画图,使听者易于理解故事情节,所以此类讲唱能吸引大量的听众。韩愈《华山女》诗写其盛况云:"街东街西讲佛经,撞钟吹螺闹宫廷。"④不但士庶男女尘杂于寺观听俗讲,连深宫贵人也来市井欣赏俗文艺。《资治通鉴》载唐敬宗宝历二年"幸兴福寺,观沙门文淑俗讲";宣宗大中二年,万寿公主"在慈恩寺观戏场"⑤。俗讲、傀儡、参军戏,俗文艺风靡一

---

① 董诰等编《全唐文》,中华书局影印本,第6644页。
② 陈寅恪撰、程会昌译《韩愈与唐代小说》,汕头大学中文系编《韩愈研究资料汇编》,广东澄海印刷厂1986年版,第176页。
③ 元稹《元氏长庆集》卷十《酬翰林白学士代书一百韵》诗:"翰墨题名尽,光阴听话移。"下注:"乐天每与予游……又尝于新昌宅(听)说《一枝花》话,自寅至巳犹未毕词也。"台湾中华书局1981年《四部备要》本,第4页下。
④ 钱仲联《韩昌黎诗系年集释》,上海古籍出版社1984年版,第1093页。
⑤ 司马光《资治通鉴》,中华书局排印本,第7850、8036页。

时,从市井漫向朱门,漫向宫廷,它已不是街头流浪者,而是新来的主人。在它的冲击下,传统文学偏离原来惯性的轨道,从"言志"的清空抒情笔调转向较为写实的叙事的笔调。李嘉言《词的起源与唐代政治》一文指出:"诗至中唐即由言志而入于写实。"①所谓"写实",未必皆写实似,更非"巧构形似之言",而是"叙事的笔调"。除了像《长恨歌》《秦妇吟》这样的叙事诗杰作,白居易《卖炭翁》《缚戎人》之章,元稹《连昌宫词》《会真诗》,乃至《梦游春七十韵》之类,也都是用叙事笔调言情的诗。至如王建《宫词》一百首、李昌符《婢仆诗》五十首,都以展现社会生活陌生一角而满足了人们的好奇心。人们的兴趣已悄悄地借自然景物兴讽抒情转移到对具体事件的描写上来,从内省的角度咀嚼自己的生活。而这正是世俗地主文化的新面目。

(二)"感官的彩绘笔触"

无论梁、陈或中、晚唐,都有这一倾向,二者之所以被相提并论,其神似处也就在于此。大凡王朝趋于末世,统治集团总是大开声色,追求享乐唯恐不及,所以倾炫心魄的红紫之文往往于斯时大走其红。故二者相似之处不必细论,而貌同心异处则应明察。梁、陈宫体诗的"感官笔触"集中表现在对女性细腻的观察与玩赏,在对女性无所不至的描绘中,满足一种对感官刺激的追求。所以女性贴身的事物、体态都成为宫体诗笔触所及的重点。而中晚唐"感官笔触"则主要来自诗人用感觉去感受世界的兴趣与能力。如李贺,对声、色、香、味的高度敏感,甚至其感应神经打通了,视觉、触觉、听觉、味觉在心灵中交汇,如"松柏愁香涩"、"玉炉炭火香冬冬"之类。且又用浓重的色彩表现之,如《雁门太守行》中的黑、金、紫、胭脂,同处一

---

① 《李嘉言古典文学论文集》,上海古籍出版社 1987 年版,第 432 页。

个画面①。论者所云李贺善用"通感"表现手法,也正是"感官的彩绘笔触"之典型体现。李商隐、温庭筠、段成式诸人更是大力发展了这种笔触,乃至在华丽辞藻下埋伏着某种病态。吉川幸次郎曾将李商隐诗的形象称为"有力的病态形象"②。"病态"而"有力",就在于作者并非心死,只是心哀,如李贺所谓"神血未凝"。这也是晚唐"感官的彩绘的笔触"与梁、陈"感官的彩绘的笔触"不尽相同之处。晚唐士子并非糜烂,而是对没落无可救药的唐帝国的失望:"夕阳无限好,只是近黄昏!"李氏那些迷宫似的无题诗最典型地反映了晚唐士子那种怅惘的情绪。然而对世俗地主而言,他们在重建一体化的历史潮流中毕竟是属于前进的阶级,所以他们并不像南朝情志分离乃至玩物丧志的士族那样任其沉沦;中、晚唐新儒学的兴起,使士大夫增强了忧患意识,晚唐诗文于追求形式美乃至追求声色之乐的同时,不乏剥非补失、指陈时病之作的事实,便是明证。如史称"士行尘杂,不修边幅,能逐弦吹之音,为恻艳之词"的温庭筠③,仍有《过五丈原》、《过陈琳墓》等沉郁悲壮之作;而以《香奁集》得名的韩偓,也有"谋身拙为安蛇足,报国危曾捋虎须"一类深沉的感慨④。晚唐咏史、感时之作数量之多,前代所无,可见士子对国事依然关心。也正因为如此,在晚唐一塌糊涂的烂泥潭中,才有放射光芒的小品文出现,其中如大写隐士诗、唱和诗的陆龟蒙、皮日休,也是写抨击朝政的小品文大家。正因为晚唐人并非"陈叔宝全无心肝",而是在绝望的灰烬下掩盖着一颗燃烧的心,所以中、晚唐诗的"俗"的一面在北宋新历史条件下被整合为宋诗底色;而"感官的彩绘的笔触"则蛹化蛾似地演变为词这一新形式。

---

①　《三家评注李长吉歌诗》卷三《雁门太守行》:"黑云压城城欲摧,甲光向月金麟开。角声满天秋色里,塞上燕脂凝夜紫。半卷红旗临易水,霜重鼓寒声不起。报君黄金台上意,提携玉龙为君死。"中华书局上海编辑所1958年版,第44—45页。

②　[日]吉川幸次郎《中国诗史》,章培恒等译,安徽文艺出版社1986年版,第262页。

③　刘昫《旧唐书·文苑传》,中华书局排印本,第5079页。

④　韩偓《安贫》,见《全唐诗》卷六八一,中华书局排印本,第7807页。

文人词的诞生,与中晚唐诗坛"入俗"与"感官的彩绘的笔触"有直接关系。明人汤显祖称:"自《三百篇》降而骚赋,骚赋不便入乐,降而古乐府;古乐府不入俗,降而以绝句为乐府;绝句不宛转,则又降而为词。"①词的形式因其介于文章、技艺之间,配舞配乐,要比诗、骈文更能直接满足时人对声色的追求。故词之滥觞虽可追踪至六朝《五更转》之类的民间曲子词,但为文人所选定,大力发展,则必在中、晚唐"重感官的彩绘的笔触"一派诗人出现之后。许学夷《诗源辩体》云:"李贺乐府七言,声调婉媚,亦诗余之渐。"又云:"商隐七言古,声调婉媚,太半入诗余矣。""庭筠七言古,声调婉媚,尽入诗余矣。"②只要一读温氏代表作《菩萨蛮》,便不难看到这一"蛹化蛾"的过程。

然而,自外部、心理的原因言之,词在文人中风行,与中、晚唐人"形式的自觉"有关。中、晚唐人有意识地对文学形式技巧进行研究,早已引起文学批评史家的重视③,我这里要提请注意的是:中、晚唐人还有意识地对各门类文学形式的功能性做了探索,并进行分工。最明显的是白居易将自家的诗分为"讽喻"、"闲适"、"感伤"等,并在《与元九书》中明确地说:"谓之'讽喻诗',兼济之志也。谓之'闲适诗',独善之义也。"④中唐以后的士大夫,基本上解决了"心迹不一"的矛盾,建立起"兼济"与"独善"互补的自我调节机制,形成士大夫生命进舒退卷之节奏。反映在形式功能的认识上,则当时士人往往以赋应付科举,及第后则不再顾及;又因为要投时尚所好,而以传奇小说行卷;至于小品文,则成为抨击时事的利器。诗也渐渐有功能之分,词从诗当中分离出来,便是士大夫宣泄"情"的需要。

① 李一氓校《花间集校》附录明万历汤评本汤显祖叙,人民文学出版社1981年版,第241页。
② 许学夷《诗源辩体》,人民文学出版社1987年版,第262、288、290页。
③ 如郭绍虞认为"当时论诗格、诗式、诗例一类的著作,特别发展",是与科举当敲门砖有关,《雅道诗格》《金针诗格》《二南密旨》之类皆是。另外一种情况则与将诗看作纯艺术有关。详见郭绍虞《中国文学批评史》,上海古籍出版社1979年版,第150—151页。
④ 顾学颉校点《白居易集》,中华书局1979年版,第964—965页。

词"缘情"这一功能日渐被强化,至北宋"诗言志,词缘情"几乎成为不言而喻的定律了。而士大夫将"儿女情长"从诗中赶向词里,则又与新儒学的兴起,"人欲"日渐"非法"这一世俗地主文化专制的强化有关。如果说,南朝士族衰败瓦解过程所释放的能量有效地推转了诗史的嬗变;那么,中、晚唐世俗地主的崛起则有力地推转了诗史的前行。"入俗"是世俗地主的价值取向,由此形成文化选择。

晚唐与梁、陈文坛都趋俗趋艳,有颇为相似之处。然而由于动因不同,其效果也不可能相同。梁、陈宫体所谓的"入俗"并未造成文学史的大波澜,也不为唐人所承接而成为文学史主流;中、晚唐"入俗"思潮则既广且深,直涌向北宋。由于这一价值取向的形成是与儒学重建同步的,而新儒学成为世俗地主的思想武器,必然要求世俗地主知识化,全面地继承历史文化遗产;特别是科举制成为北宋用人最主要的渠道以来,"由雅入俗"的潮流便很自然地转化为"化俗为雅"的潮流。这是一个提升的过程。也就是说,中、晚唐的"入俗"运动只是整个世俗地主文化建构弧形运动中的前半截,好比滑板,其向下的运动只是为了向上①!

在以上简略的考察中,笔者尝试从文化构型的视角来重新认识文学史,谨以此就正于读者诸君。

(原载衣若芬、刘苑如主编《世变与创化——汉唐、唐宋转换期之文艺现象》,台北中国文哲研究所 2000 年版)

---

① 对"由雅入俗"到"化俗为雅"的运动全过程之描述,以及新儒学在其间作用,请参阅拙著《文化建构文学史纲(中唐—北宋)》第二、三章(收入本《文集》第四册)。

文化选择及其从俗趋势

万历汤评本《花间集》汤显祖叙称:"自《三百篇》降而骚、赋,骚、赋不便入乐,降而古乐府;古乐府不入俗,降而以绝句为乐府;绝句少宛转,则又降而为词。"还可以接下说:词降而为元曲,为明传奇。中国韵文演进史一个"俗"字了得。然而,这是一个需要证明的规律。我们尤感兴趣的是:什么力量驱动了这一演进? 也就是汤因比所谓的"这个怎样从那个产生出来"?

一

丹纳曾用"精神气候"说解释文艺的演进,认为:"不管在复杂的还是简单的情形之下,总是环境,就是风俗习惯与时代精神,决定艺术品的种类;环境只接受同它一致的品种。"[1]以中世纪欧洲风行四百年的哥德式建筑为例,当时战争与饥荒不断,深重的苦难使人厌世,人们耽于病态的幻想。哥德式建筑形式上的富丽、怪异、大胆、纤巧、庞大,正好投合了人们病态的审美趣味,成为苦闷的象征,发展为教堂、宫堡、衣着、桌椅、盔甲的共同风格。

审美趣味的选择与导向作用,在中国文学史上同样可以找到例

---

① [法] 丹纳《艺术哲学》,傅雷译,人民文学出版社 1983 年版,第 39 页。

证。曹操的名篇《蒿里行》与《薤露》,原是挽歌的形式,崔豹《古今注》称:

> 《薤露》、《蒿里》,泣丧歌也……《薤露》送王公贵人,《蒿里》送士大夫庶人。

曹操正是利用这种挽歌的形式言志,请看二者之间的联系:
古辞《薤露》:

> 薤上露,何易晞。露晞明朝更复落,人死一去何时归?

古辞《蒿里》:

> 蒿里谁家地? 聚敛魂魄无贤愚。鬼伯一何相催促,人命不得少踟蹰。

曹操《薤露行》:

> 惟汉二十世,所任诚不良。沐猴而冠带,知小而谋强。犹豫不敢断,因狩执君王。白虹为贯日,己亦先受殃。贼臣持国柄,杀主灭宇京。荡覆帝基业,宗庙以燔丧。播越西迁移,号泣而且行。瞻彼洛城郭,微子为哀伤。

曹操《蒿里行》:

> 关东有义士,兴兵讨群凶。初期会盟津,乃心在咸阳。军合力不齐,踌躇而雁行。势利使人争,嗣还自相戕。淮南弟称号,刻玺于北方。铠甲生虮虱,万姓以死亡。白骨露于野,千里

无鸡鸣。生民百遗一，念之断人肠。

余冠英《三曹诗选》指出："《古今注》说古《薤露》是王公贵人出殡时用的，《蒿里》是士大夫庶人出殡时用的。曹操这两篇，《薤露行》是以哀君为主，《蒿里行》则是哀臣民，似乎也有次第。"甚是。曹操之所以采用哀歌言志，是有其时代的心理依据的。《后汉书·周举传》载大将军梁商大会宾客，"酣饮极欢，及酒阑倡罢，续以《薤露》之歌，座中闻者皆为掩涕"。又，应劭《风俗通》称："时京师殡、婚、嘉会，皆作魁儡，酒酣之后，续以挽歌。"难怪曹丕《与朝歌令吴质书》会说："高谈娱心，哀筝顺耳。"在那"世积乱离，风衰俗怨"的时代，所谓"乱世之音怨以怒"，挽歌以其哀怨的情调投合乱离人特有的审美趣味，成为时人喜闻乐见的形式。如果再考虑到曹操同时将古辞杂言改为时兴的整齐的五言，则可推见曹氏是充分考虑到世俗的爱好而有意识地选择了以哀歌言壮志的形式。这是作家个人爱好与世俗同步而形成选择之一例。

二

然而，不同时代下的不同精神气候又是如何完成其对前代文艺形式的选择，并以此促使文学之演进呢？接受美学重要的理论家姚斯在评议克莱辛《波西瓦尔》这部作品时认为，读者是"带着对克莱辛早期作品的记忆阅读他最后这本书，并在将之与作者的前期作品及他们所知道的其他作者的作品的比较中，认识到了这部作品的独创性，并因之获得了评价未来作品的新的标准"①。不同时代有不同的文化背景，后代文化无法影响前代作者，却通过读者对前代作

---

① ［德］姚斯、［美］霍拉勃《接受美学与接受理论》，周宁等译，辽宁人民出版社1987年版，第27页。着重号为引者所加。

品作出适应后代精神气候的阐释与评价,并因之形成评价的新标准,促使文学的演进。这在中国文学史上尤为常见。

如果说,曹操利用《蒿里》原有的悲歌情调与时兴的五言形式言志,是作者在当代精神气候作用下对形式的选择;那么,陶渊明"悠然见南山"的改定,则是读者在后代精神气候作用下对形式的选择。六臣注、李善注《文选》,《艺文类聚》,此句咸作"悠然望南山"。唐代诗人韦应物《答长安丞裴说》诗作"举头见秋山",白居易《效陶潜体诗》作"坐望东南山";乃知唐时"见"、"望"尚并存。至宋《复斋漫录》才引苏轼的意见,认为是"无识者"以"见"为"望"。又《苕溪渔隐丛话前集》引《鸡肋集》云:"记在广陵日,见东坡云:陶渊明意不在诗,诗以寄其意耳……'采菊东篱下,悠然见南山',则本自采菊,无意望山,适举首而见之,故悠然忘情,趣闲而景远。"自此而后,"见南山"方大行。今人王孟白《陶渊明诗文校笺》定"见,唐代作望,改望为见,当在宋代",不为无据。苏轼之所以认为"见"比"望"佳,其实是以自己的审美趣味为准,要凸显"无意为诗"而已。就陶集看,现存诗中用"见"字凡十八处,用"望"字凡九处。除去"不见"、"唯见"、"相见"等词组和作为助词以及"出现"义(读 xiàn)的"见"字,尚存以下数句:"既见其生,实欲其可。""虽不怀游,见林情依。""荒途无归人,时时见废墟。""一欣侍温颜,再喜见友于。""凝霜殄异类,卓然见高枝。"

而"望"字句亦录于下,以便比较:"遥遥望白云"、"望云渐高鸟"、"计日望旧居"、"远望时复为"、"分明望四方"、"三年望当采"、"西南望昆墟"、"杳然望扶林"。

对比之下不难看出,陶氏远处、虚处多用"望",近处、实处多用"见"。依此,则"悠然望南山"在陶诗也是顺理成章的事。后人以"见南山"为佳,是后人的审美意识使然,即"见"要比"望"更显得悠然忘情,更能体现诗人的萧散的人生态度。事实上这是后人在其所处的时代精神气候作用下的一种评价与选择。对此审美趣味的历史转换问题,几经当代学者的阐释,学术界在相当范围内已取得某种程度的共识,即:自中、晚唐以来,审美趣味趋向对韵味的追求,对人生态度的追求。这就是苏轼所处的时代的文化大背景。因此,一旦"苏轼发现了陶诗在极平淡朴质的形象意境中,所表达出来的美,把它看作是人生的真谛,艺术的顶峰。千年以来,陶诗就一直以这种苏化的面目流传着"(《美的历程》页163)。这也就是上引姚斯所谓"并因之获得了评价未来作品的新的标准"。后人将"逸品"置诸"神品"之上,将平淡自然置诸华丽雕琢之上,将韵外之致置诸神似逼真之上,无一不体现了这一"新标准"的权威。

三

那么,作者与读者、同代与异代之间又是如何互相作用形成文化选择的呢?这是一个不断调整的过程。

中国文学史从某种意义上说,是楷模式人物的更换史。因为对典范的尊崇是中国文学的重要特色,中国提倡某种文学主张往往不是靠某种文学理论的提倡,而是靠创作本身的示范,如《文选》,如陈子昂《感遇》,都起着"领导新潮流"的作用。故而某一楷模式人物的树立,就意味着某种评价体系之得势,或某一审美理想之实现,某一审美趣味之流行。说到底,就是某种文化心理定势之形成。

先看一例文坛公案。王运熙、杨明著《隋唐五代文学批评史》第三章第二节,曾揭示《中兴间气集》对刘长卿评价"不公"的现象:

> 晚唐郑谷《读前集》诗云:"殷璠裁鉴《英灵集》,颇觉同才得旨深。何事后来高仲武,品题《间气》未公心。"郑谷没有说

明《间气集》品题不公的具体事例,但此书品评确有不公允处,较突出的例子是对刘长卿的评价……《间气集》于刘氏贬语较多,有"诗体虽不新奇"、"思锐才窄"、"裁长补短,盖丝之颣"等语,评价在钱起、郎士元、皇甫冉之下,选篇数量也少于上述三家。《间气集》于刘长卿人品亦表不满,评云:"刚而犯上,两遭迁谪,皆自取之。"……清王士禛《戏仿元遗山论诗绝句》评《间气集》云:"中兴高步属钱郎,拈得维摩一瓣香。不解雌黄高仲武,长城何意贬文房。"刘长卿字文房,曾自诩其诗为"五言长城"……《四库提要》卷一八六评《间气集》有云:"其谓刘长卿十首以后,语意略同,落句尤甚,鉴别特精。"这说明《间气集》评刘长卿有中肯处,但从总体看,它对刘长卿评价偏低,则是显然的。明许学夷《诗源辩体》卷三六亦云:"且中唐虽称钱刘,而钱实逊刘。郎士元、皇甫诸君,抑又次之。仲武进钱、郎、皇甫而独抑刘,背戾滋甚。"可见对刘长卿的贬抑,实是《间气集》评价失误方面最为突出的一个例子。①

笔者认为,这里面还是有一个文化选择的问题。诚如王、杨二先生在同节所指出:"高仲武重视诗歌对帝皇的忠心和礼貌。"他评钱起有云:"又'穷达恋明主,耕桑亦在郊'(见所选《东皋早春寄郎四校书》诗),则礼义克全,忠孝兼著,足可弘长名流,为后楷式。"此处已明示高仲武以钱起为"楷式"的主要原因就在"尊王"二字。事实上,"安史之乱"的本质就在于中央政权与地方(含民族)政权之间激烈的矛盾。这一矛盾是唐亡的致命因素之一,中唐以后统治阶级内部的政治斗争,其主流是"尊王"与"割据"的斗争。因此,高仲武"重视诗歌对帝皇的忠心和礼貌"就不是一般意义上的封建意识,而是当时现实斗争的参与,与后来古文运动、新乐府运动是一致的,

---

① 　王运熙、杨明《隋唐五代文学批评史》,上海古籍出版社1994年版,第325页。

都应看成现时代的文化目的。将高仲武对于良史、皇甫冉、郑丹、李嘉祐那些歌颂皇帝的诗的赞扬,与对刘长卿"刚而犯上"的厌恶对读,就不难理解当时极乱思治的人们的文化心理,甚至可以说高仲武正是出于"尊王"的"公心"而抑刘扬钱。再者,如一些研究者所指出,大历诗风是以"清空闲雅"为审美理想,以追求清新为时尚,而作为楷模的是王维。就此而言,则钱起比刘长卿更接近王维的艺术风格也是显而易见的,这又与中唐初与盛唐毕竟"声气犹未相隔"(《艺圃撷余》)有关。同时,刘长卿"诗体虽不新奇","十首以后,语意略同,落句尤甚"的缺点也是有违于追求新奇的时尚。这便是高仲武对刘氏评价偏低的文化心理依据。郑谷、许学夷、王士禛辈与之所处时代不同,可以超脱地看问题,自然也就较易发现刘长卿某些艺术特长了。不过,无论钱、刘,都不尽符合后人的审美理想,都未能成为楷模式的人物。钱、刘与高仲武、郑谷、王士禛之间作者与读者、同代与异代所形成的种种差异,在其调整过程中,便寓有文化选择的机制。

四

　　文化选择固然是一个无意识的整合过程,但冥冥中仍有一无形的力量在驱动这一进程,这一内驱力就是"文化目的",也就是一个社会在情感上与理智上的主导潮流。文化选择就是要选择那些能为文化目的所利用的特质,而舍弃那些不可用的特质,同时改造一些物质使之合乎文化目的。仍以哥德式建筑为例,它起初只不过是地方性的艺术形式和技巧中一种稍带倾向性的偏好——如对高度与光亮的偏好,但由于这一偏好投合了中世纪欧洲社会情感与理智上的主导潮流,所以被确立为一种鉴赏规范,愈来愈有力地表现出来,并剔除那些不融贯的元素,改造其他元素以合乎文化目的,最后整合为一种愈益确定的标准而形成哥德式艺术①。我国文学史仍以陶诗艺术为例。陶渊明的作品在他那个时代并未引人注目,钟嵘《诗品》仅列诸"中品",刘勰《文心雕龙》则不涉及。至梁昭明太子为之编集作序,这才有了一定的地位。但此后也未见显赫,连学习他的盛唐田园山水诗派,也不见得特别推崇。不过陶弃官归隐一事还是引人注目的,所以《晋书》、《宋书》、《南史》都有陶传。一传入三史,足见时人对这位"隐逸诗人之宗"的兴趣。后人正是在这一基本点上进行选择、剔除、改造、规范工作的。据现存陶集看,陶渊明并不一味只写田园诗,他还有《述酒》一类说当时政治的诗,有"刑天舞干戚,猛志固常在"之类"金刚怒目"式诗句,甚至还有《闲情赋》"愿在丝而为履,附素足以周旋"这样的"艳情"之作。然而,一旦后人以之为"隐逸诗人之宗",则此类作品便被各种选本所剔除,或为议论所抨击、改造。如王维从佛家"空"的哲学出发,在《与魏居士书》中批评陶潜:"不肯把板屈腰见督邮,解印绶弃官去。后贫,《乞食》诗云'叩门拙言辞',是屡乞而多惭也。尝一见督邮,安食公田数顷,一惭之不忍,而终身惭乎?"他认为要"知名空而返不避其名","苟身心相离,理事俱如,则何往而不适"②? 也就是说,要调整的是自己的内心,而不是改造外部环境,或对抗社会。这也就是白居易《赠杓直》诗中所云:"外顺世间法,内脱区中缘。"

随着宋代中央集权之巩固,文化专制之日甚,文字狱之出现,士大夫早已失去先唐那种不同程度的游离的自由,更贴近地附着于皇权之上。苏轼以"漠然自定"的"社会退避"取代"竹林七贤"式的"政治退避",便是时代的产物③。所以宋人便不约而同地要"改造"陶渊明。韩子苍云:"世人但以不屈于州县吏为高,故以因督邮而去。此士(指陶)识时委命,其意同有在矣,岂一督邮能为之去就哉?

---

① ［美］本尼迪克特《文化模式》,张燕等译,浙江人民出版社1987年版,第46—47页。

② 赵殿成《王右丞集笺注》卷一八。

③ 以上所引,咸见《苕溪渔隐丛话前集》卷三。

躬耕乞食,且犹不耻,而耻屈于督邮?必不然矣。"苏轼则云:"陶渊明欲仕则仕,不以求之为嫌;欲隐则隐,不以去之为高。"这就抹去杜甫"陶潜避俗翁,未必能达道。观其著诗集,颇亦恨枯槁"(《遣兴》)的遗憾,而糅进王摩诘的"无可无不可",特别是糅进白居易的"知足常乐",以"漠然自定"的"苏化面目"成为后人眼中最为完美的"隐逸诗人之宗"。同时,其诗也得到相应的阐释,强化其古淡与闲放的一面,这已是尽人皆知的文史常识了。陶诗与杜诗互补而成为后期封建社会诗坛极则,正是封建社会后期士大夫"独善"与"兼济"互补的自我调节机制完成之象征。

这就是为文化目的所驱动的文化选择的力量。

五

不过,我们显然不应忽略:文本并非只是被动地进入文化选择过程,它在与后来读者的对话中,一是以其多向功能性适应不同时代与社会读者的期待视野而进入文化选择;二是以其变异性影响读者而参与读者期待视野之形成。也就是说,具有文化优势的文学作品容易被选择为新范式而促成文学史的演进。

作为文学史上有较强生命力的作品,应当具有超前性与多向性,从而具有较强的适应性,在文化变迁中造成某种选择优势。以"安史之乱"为例,这是一次造成巨大文化落差的事变,士族文化构型由是急剧向世俗地主文化构型转换①。面对这一巨变,以浪漫情调获取大众的盛唐诗人李白、岑参、高适、王昌龄诸人的声音喑哑了,苦难中的人们此际浪漫不起来。于是,在"安史之乱"前已用写

---

① 关于士族文化构型向世俗地主文化构型之转换,请参看拙著《文化建构文学史纲(中唐—北宋)》第一章《嬗变中的文化构型》,海峡文艺出版社1993年版(收入本《文集》第四册)。

实笔法创作出名篇《丽人行》、《兵车行》的诗人杜甫,以及力倡讽喻的元结,顺利地进入转换,没被"时代列车"的急转弯摔下来。他们以"超前性"适应了文化变迁,为时代所选择。另一大诗人王维,则以其避世心态获得一批不想面对苦难现实的诗人——如"大历十才子"——的拥护,在他们中间成为"一代文宗"。然而,文化变迁在继续,离盛唐时代愈来愈远,想变革现实的思潮成为主流。"古文运动"、"新乐府运动"便是这一思潮的浪峰。于是以王维一派为楷模的大历诗风被淘汰,杜甫、元结得到再认识而扩大其影响。

时代的跨度继续增大。北宋是世俗地主文化完成其转型的时代,是中央集权与新儒学价值观"定于一"的时代。此时已取得统治地位的世俗地主,一方面将"俗"带进文坛,另一方面又以新主人的姿态接管文学遗产,开始提出雅化的要求,将自立精神寓于文化选择之中。故元结虽倡风雅而创作单一,白居易俗而欠雅,李商隐之雅不入俗,韩愈奇崛而流于险怪,且好名言利,都不尽合乎宋人的期待视野。此际杜诗则以其能俗能雅,亦巧亦拙,海涵地负般的多向性——"集大成"——满足了宋人对俗而雅、质而腴、拙而巧的多方面要求。更重要的是:经王安石、黄山谷诸人的发露,其忠君、爱国、病民、省身、致用且能务本的品格,得到宋人的认同,进而扩大了宋人的期待视野,成为衡文的"新标准",不愧为影响百代的"诗圣"。杜诗主动地进入了文化选择。

六

关于宋人"新标准"的形成,朱自清《论雅俗共赏》中有一段精彩的论述:

原来唐朝的"安史之乱"可以说是我们社会变迁的一条分

水岭。在这之后,门第迅速的垮了台,社会的等级不象先前那样固定了……王侯将相早就没有种了,读书人到了这时候也没有种了;只要家里能够勉强供给一些,自己有些天分,又肯用功,就是个"读书种子"……到宋朝又加上印刷术的发达,学校多起来了,士人也多起来了,士人的地位加强,责任也加重了。这些士人多数是来自民间的新的分子,他们多少保留着民间的生活方式和生活态度。他们一面学习和享受那些雅的,一面却还不能摆脱或蜕变那些俗的。人既然很多,大家是这样,也就不觉其寒尘;不但不觉其寒尘,还要重新估定价值,至少也得调整那旧来的标准与尺度。"雅俗共赏"似乎就是新提出的尺度或标准,这里并非打倒旧标准,只是要求那些雅士理会到或迁就那些俗士的趣味,好让大家打成一片。当然,所谓"提出"和"要求",都只是不自觉的看来是自然而然的趋势。①

自孔子办私学"有教无类"以来,"知识产权"就已经不是极少数贵族的专利了。知识是不断地由少数人流向多数人,由士族转向庶族,由贵族走向平民。宋朝以后这一步子更加快了。文学史在这一层意义上可以说是"雅人多少得理会到甚至迁就着俗人"的历程。"俗"有复杂的内涵,但它总是站在"多数"这一边。"从俗",就是文学流向多数人这一边。如前所论,曹操以挽歌形式言志,为的是与世俗同步,使其"志"能最大限度地取得人心,以达到"周公吐哺,天下归心"之目的;苏轼"改望为见",使"悠然见南山"得到新的阐释,也合乎比士族范围要广泛得多的庶族中人的期待视野,所以终成"定论";杜甫之所以能超越元结、大历诸人、李商隐,乃至白居易、韩愈诸人,成为"诗圣",也是因为他的"集大成"具有超前性、多向性,能最大限量地满足后人从艺术到人格的多方面需求。这一过程不

---

① 朱自清《论雅俗共赏》,生活·读书·新知三联书店 1983 年版,第 1—2 页。着重号为引者所加。

是一种风格或文学样式取代另一种风格或样式,而是"大家打成一片",雅与俗不断调整,不断融合。然而,这种"打成一片"并非"扯平",而是滑雪球也似,边融合边滚动,向俗的方向降——问题于是回到开篇汤显祖的意见上来。

七

向俗的方向降的实质是向多数人一边靠拢,这又有什么深层的意义呢? 文化进化论的一些观点对我们很有启迪。

如果我们能接受"文化是人类为生存而利用资源的有效方法"这一观点,那么下列意见就不再是难于理解的了:

> 进化是朝使总能量最大化地流通过[有生命]系统的发展过程。
>
> 文化像生物那样向能源开发量的最大限度运动。
>
> 达尔文的"趋异原则"(即结构变异越大,生命总量也就愈大),亦可相应地应用于文化。
>
> 文化通过适应而变异成多种文化使得人类有可能利用地球上的各种资源。①

无论是"最大化流通",还是"变异成多种文化",文化进化的总原则是为了人类更好地生存与发展。文学作为文化的敏感部位,也必然具有文化的这种品格。反映于文学演进史,便是不断向俗处降,朝多样化发展。也就是说,不管从作者方面讲,还是从读者方面

---

① 上引文咸见[美]托马斯·哈定等《文化与进化》,韩建军等译,浙江人民出版社1987年版,第6、7、41页。

讲;不管从适应环境方面讲,还是从文本自身积极参与方面讲,文化选择总体上必须是有利于文化不断地朝最广泛传播这一方向演进。从这样的宏观视野看文学史的演进,则无论审美趣味的异向、新评价体系的确立、文化心理定势的形成、文化整合的运作、文本多向功能性的适应等等,都可以最终归纳为雅与俗这对矛盾的不断互相转化。"雅"是文学样式的专化与相对稳定,"俗"是使之变异而适应新环境的绝对运动。原来的"俗"在适应过程中得到雅化,上升为新的范式;在新的文化环境下,旧文化环境下的"雅"不再适应,通过文化选择,一些具有文化优势的变异便是"俗",打破了"雅"的一统天下,综合成新的特点,形成新的评价体系,成为新的文化心理定势,驱动文学的演进。"俗"的定型便是"雅",而"雅"的变异便成"俗"。如上古民歌原是俗,定型为"诗经"便是雅;五言古诗原是相对于四言诗的"俗体",建安以后经过整合便是"雅"体。词是诗的变异,"诗余"是"俗",经文人创作终于成为"雅"。志怪小说本是俗,经文人参与写成"传奇",便归雅化,到如今小说已是文学史上坐交椅的正统形式了。总之,雅与俗不断转化,"俗"总处于动态,是车头。莱斯利·怀特认为:"文化是朝着更为蓬勃的功利方向发展。"①人类要生存,要发展,就得讲功利。文学是文化的一部分,就其总方向而言,虽不必是直线,也必然朝更为蓬勃的功利方向发展。只要文化仍在扩大其传播,文学就还会继续向"俗"的方面滑落,不管你喜欢与否,它总是夺路而前,不可遏止。

(原载《文艺理论研究》1995 年第 6 期)

---

① [美]托马斯·哈定等《文化与进化》,第 5 页。着重号为引者所加。

文学何以沦为道德之婢?

——世俗地主文化构型研究之一

一

隋末名儒王通(文中子)似乎是第一个以"君子"、"小人"论文的。其《中说·事君》篇云:

> 文士之行可见:谢灵运小人哉,其文傲,君子则谨;沈休文小人哉,其文冶,君子则典;鲍照、江淹古之狷者也,其文急以怨;吴筠、孔珪古之狂者也,其文怪以怒……

这种偏激的批评法在盛唐并无继响。也许是初、盛唐的统治者采取"三教并用"的政策,致使儒学未能一统天下;也许是胡姬、胡帽、胡马、胡床、胡乐所象征的强有力的西域文明曾使这个黄土高原上的农业国一度沉浸在向外部寻找世界奥秘的兴奋之中,以致将儒家个人规范的教条暂时抛在脑后。总之,盛唐文学尚未沦为道德之婢。杜甫天宝末所作《进雕赋表》自称其作品"不能鼓吹六经",但又以其"随时敏捷,扬雄、枚皋之徒,庶可企及"而自豪:"有臣如此,陛下其舍诸?"(见《杜诗详注》卷二四)颇典型地体现了盛唐人将文学独立于儒家伦理学之外的观点。

然而"安史之乱"迅速地将士大夫从梦中拉回,士大夫在反省中意识到重建儒学、"尊王攘夷"的必要性。于是乎将文学依附于儒家伦理之学的论调又得以抬头。由盛唐入于中唐的文人李华在《杨骑曹集序》中批评了盛唐人，说："开元、天宝间，海内和平，君子得从容于学，以是词人材硕者众。然将相屡非其人，化流于苟进成俗，故体道者寡矣。"批评焦点在"政教分离"，即"君子"所致力在文学，而不是"体道"，所以"将相屡非其人"。于是李华从正面提出："文章本乎作者……本乎作者，六经之志也。"（同上引）文章、作者、六经，三点一线，这就是所谓"文章务本"之论。嗣后独孤及、梁肃、柳冕诸人便沸沸扬扬地说开了："必先道德而后文学"；"文之作，上以发扬道德，正性命之纪，次所以财（裁）成典礼，厚人伦之义"，"圣人养才而文章生焉。"他们将屈原、宋玉视为"哀而伤，靡而不返"的典型，进行指责。于是我们又看到以"君子"、"小人"论文的王通的面影。

　　使"文章务本"论有眉目可辨的，是韩愈。他首先阐明了文与道的关系，学古文主要是为了学古道。"道"被置于古文辞之上，仁义道德被视为文章之根本。在著名的《答李翊书》中，他明确提出"仁义之人，其言蔼如"，要"立言"，就要以仁义为"根"，"根之茂者其实遂"。这就与白居易在《与元九书》中提出的"诗者：根情，苗言，华声，实义"的主张不同。白氏"实义"的提法仍属以文为教化的工具的"致用"论范围，"情"被视为根本；而韩氏的提法则以仁义为根本，是由"致用"转向"务本"的关键一步。"致用"论不妨以情动人，"务本"论则将情纳入仁义的规范，"行之乎仁义之途，游之乎诗书之源"（《答李翊书》），重点由"情"移至"仁义"。如果说"根情"说与生活有必然之联系，那么"务本"说则强调个人的内修养，难免成为与生活的隔热板。韩氏认为作文关键在"养气"，"气盛则言之短长与声之高下者皆宜"（同上）。他用孟子的"养气"的内修养功夫将文与道一气贯通。所以清人刘熙载《艺概》说："昌黎（指韩愈）接孟子知言养气之传，观《答李翊书》，学、养并言可见。"

　　韩愈虽说"仁义之人，其言蔼如"，并未将仁义等同于文，也并未排斥仁义之人无言、无文的可能性。至其高足李翱则不然,他不但继承韩氏的观点,称:"义深则意远,意远则理辩,理辩则气直,气直则辞盛,辞盛则文工"(《答朱载言书》),而且进一步认为:"夫性于仁义者,未见其无文也;有文而能到者,吾未见其不力于仁义也。"(《寄从弟正辞书》)两个"未见"几乎在"仁义"与"文"之间划上了等号。李翱还将"务本"论推向极端。在《复性书》中,他明白指斥"情者性之邪"。这就与白居易的"根情实义"说大相径庭,也与韩愈的"根之茂者其实遂"、"养其根而竢其实",即养气行仁义是为了作好文章的思维方向相反。仁义,成为目的。养气不是为了作文,而是为了"性于仁义"。故《复性书》又说:圣人与天地合德,"此非自外得者也,能尽其性而已"。这导致宋理学家"道至则文自工",甚至以文为妨道的"闲言语",彻底取消文学独立性,以文学为道德之婢的观念。

二

推动"文章务本"论演进的内驱力是什么?是中唐"两税法"实行后崛起的世俗地主重建一体化绝对皇权的要求。

诚如陈寅恪《唐代政治史述论稿》中篇所指出,汉、唐学术不同,主要在汉以通经义,励名行为仕宦之途径,"学术与政治之关锁则为经学",是政教合一;而唐高宗、武则天后专尚进士科,"以文词为清流仕进之唯一途径",是政教分离。唐帝国的创业者并未意识到"政教合一"对超稳定结构的必要性,却意识到"三教并用"对当前的统治有利。道教在李姓王朝是"国教",李渊与李耳攀了亲。佛教则在武则天时很是荣耀了一番。儒学在唐虽不能独尊,但仍然是统治者所倚重的国家学说。值得注意的是,在释、道二教甚嚣尘上的初盛唐,儒生们默默地搞了一些基本建设。首先是儒学教义的规范化。

自东汉以来，儒学宗派纷纭，各是其是，如今、古文之争，郑学、王学之争，纠缠于自身的繁琐的训诂名物之中，与释、道的竞争力更削弱了。唐初孔颖达撰《五经正义》，颜师古定《五经定本》，由朝廷正式颁行，废弃东汉以来诸儒异说，使儒学经典从文字到义理得到统一。这就为中唐以后内部统一的儒学加强了与释、道的竞争力。当然，儒学由训诂名物的汉学系统转向穷理尽性的宋学系统，关键在中唐。

中唐儒学的转向固然是由于外在的政治局势急剧变化将儒学推上第一线，要求儒学尽快从记诵之学中解脱出来，开创针对现实以己意说经的新学风；更由于内在的儒学融入佛老思想，特别是呵祖骂佛的禅宗的融入，使儒学迅速转向唯心主义。前者以韩愈为突出，后者至李翱始显明。

"安史之乱"使士大夫面对现实，追溯历史，进行了较深刻的反思。贾至《议杨绾条奏贡举疏》抓住了政教未能合一这个要害，批评"以帖字为精通，而不穷旨义"的科举制度，将唐王朝的崩溃归罪于"儒道不举"，是"取士之失"：

> 夫先王之道消，则小人之道长；小人之道长，则乱臣贼子由是生焉。臣杀其君、子弑其父，非一朝一夕之故，其所由来者渐矣！渐者何？谓忠信之陵颓，耻尚之失所，末学之驰骋，儒道之不举。四者皆由取士之失也！

末学驰骋，儒道不举，整个统治阶级都在寻找新的凝聚力。唐肃宗时刘峣也曾提出类似问题，其《取士先德行而后才艺疏》就主张取士当以德行为先，实行政教合一。此类意见在中唐并不少见。李华、元结、独孤及、梁肃、柳冕诸人便树起儒学之大旗，掀起新儒学运动。作为中坚人物，力图建立儒学新体系，并触及封建一体化结构图式的，是韩愈。

　　韩愈极力要建构起一个完整的儒学的理论体系,来对抗当时已相当完整的,为儒道所无法匹敌的释教的哲学体系。韩愈反对而又摹仿的对象是佛教,他正是在以释教为对手的斗争中建立起他的儒学理论体系的。这就是韩愈排佛的实质。

　　韩愈的理论体系的框架是"五原":《原道》《原性》《原人》、《原鬼》《原毁》。其中《原道》是总纲,尤可注意的是"道统"的建立与君权社会结构的描述。韩愈首先通过对"道"的辨析,树起儒家"道"的大纛。他认为,释、老之"道"是"道其所道,非吾所谓道"。他认为儒家之道就是仁义的实践:

　　　　博爱之谓仁,行而宜之之谓义,由是而之焉之谓道……古之欲明明德于天下者,先治其国;欲治其国者,先齐其家;欲齐其家者,先修其身;欲修其身者,先正其心;欲正其心者,先诚其意。然则古之所谓正心而诚意者,将以有为也。今也欲治其心,而外天下国家,灭其天常,子焉而不父其父,臣焉而不君其君,民焉而不事其事。(《全唐文》卷五五八)

韩愈一方面指出儒家之道首先是"将以有为",痛斥释、老的"外天下国家"的"出世"主义,这在中唐有振起士气以图"中兴"之功,是"古文运动"得人心之所在;另一方面,又在批判中将儒家心性之学与佛教心性之学相沟通,使彼为我所用,仍归于"君君臣臣"之礼教。在此基础上,建立了儒教之"道统"。儒家本来就重视师承渊源,但尚未以此为宗教派别的组织形式。盛唐以来佛教(特别是禅宗)特重"祖统",以之为组织形式,具有很强的排他力。韩愈摹仿"祖统"形式建立了"道统"。《原道》云:

　　　　斯吾所谓道也,非向所谓老与佛之道也。尧以是传之舜,舜以是传之禹,禹以是传之汤,汤以是传之文武周公,文武周公传之孔子，孔子传之孟轲，轲之死，不得其传焉。

言外之意是孟轲传之韩愈了。这只要看看他的《师说》，就知道不是"厚诬古人"了。这一手果然厉害，从此后"正统"思想成为中国人认方向、辨是非的参照。谁是"正统"，谁就有号召力。反之，就会失去人心，宋代"古文运动"与中唐"古文运动"的联系，首先就在这一点上。

《原道》的另一独创之处是将孟子"劳心者治人，劳力者治于人"的言论结构化，使之成为绝对君权的封建等级社会模式：

> 是故君者，出令者也；臣者，行君之令而致之民者也；民者，出粟米麻丝，作器皿，通财货，以事其上者也。君不出令，则失其所以为君；臣不行君之令而致之民，则失其所以为臣；民不出粟米麻丝、作器皿、通财货以事其上，则诛！

孟子的思想被明确地法律化，成为稳定的封建社会结构。于是韩愈进一步将"道"与社会结构结合起来，解决了贾至、刘峣诸人提出的"政教合一"的问题：

> 夫所谓先王之教者，何也？博爱之谓仁，行而宜之之谓义，由是而之焉之谓道，足乎己无待于外之谓德。其文《诗》、《书》、《易》、《春秋》；其法礼、乐、刑、政；其民士、农、工、贾；其位君臣、父子、师友、宾主、昆弟、夫妇；其服麻丝；其居宫室；其食粟米、蔬果、鱼肉；其为道易明，其为教易行也。是故以之为己，则顺而祥；以之为人，则爱而公；以之为心，则和而平；以之为天下国家，无所处而不当。

在这里，韩氏将儒家伦理学与社会结构典章制度结合起来了。所谓

"先王之教",无非就是将儒家仁义道德的教条化作君、臣、民各安其位的现实社会的秩序,使之成为由国家到个人的规范。"新儒教"正从这里出发。然而韩愈将路标仍指向中唐人梦寐以求的盛唐世界,并非历史老人将缓步前往稍事憩息的下一站——北宋。将路标的指向掉转回头的,是他的学生李翱。

三

如果说韩氏排佛偏重外在形式,甚至只是"算经济账"(见《送灵师》和《原道》),主张佛教徒要还俗,"人其人,火其书,庐其居"了事。韩氏并未触及佛家哲学。至李翱始能入室操戈,摄取佛教禅宗中有利于建立封建极权政治的成分,整合入"新儒学"之中。从韩之排佛到李之援佛,其精神仍是一致的,即在于实现一体化,建立绝对皇权,完成"礼"的最终形式。问题的关键仅在于:李翱将韩愈外向的"道",拨转为内向的"道"。李氏于此颇得力于禅宗。

禅宗是中国化的佛教宗派,它的宗教气氛较淡,而人生意味颇浓。它有一套颇为独特的自我调节机制:禅悦。通过自我观照取得内心的平衡,正是对唐帝国既存中兴梦、又面对江河日下现实的中唐士大夫的一服清凉可口的退烧药。新儒学先驱如独孤及、梁肃都与禅宗有颇深的关系。连韩愈也在《送高闲上人序》中称:"是其为心,必泊然无所起;其于世,必淡然无所嗜。""淡泊"的心态正是中唐士大夫"兼济"与"独善"之间必需的有效的自调机制。柳宗元、白居易转向佛教便是明证。"新儒学"的建立不能无视这一现实。这也就是李翱将韩愈"将以有为也"的"正心诚意"之道拨转向日趋空谈的"心性"之学的社会依据。

李翱与西堂智藏、鹅湖大义、药山惟俨诸禅师相往还,其《复性书》颇受禅学影响。本文只就"外向"转"内向"的问题略作分析。

《复性书》首先是将"情"与"性"对立起来。《复性书》中篇云：

> 问曰："凡人之性犹圣人之性欤？"曰："桀纣之性犹尧、舜之性也，其所以不睹其性者，嗜欲好恶之所昏也，非性之罪也。"曰："为不善者，非性邪？"曰："非也，乃情所为也。情有善不善，而性无不善焉。"

于是"情"成为万恶之源，非灭不可。于是孟子的"性本善"加上释家的"灭欲"，"存天理，灭人欲"的极端文化专制的理论由此滥觞。要使"情不作，性斯充"，就要"复性"，而"复性"又"非自外得者也"。于是他在《复性书》中篇说：

> 格者，来也，至也。物至之时，其心昭昭然明辨焉，而不应于物者，是致知也，是知之至也。知至故意诚，意诚故心正；心正故身修，身修而家齐；家齐而国理，国理而天下平。

这段话与韩愈"欲治其国者，先齐其家……欲正其心者，先诚其意"从句法到内容，有极明显的继承关系。但韩氏是认为要治国平天下则需正心诚意，李氏则认为正心诚意自然能治国平天下。似乎是一个"可逆反应"，却把韩的外向思维与李的内向思维比出来了。由于李翱将思维方向轻轻加以拨转，便使出世主义的释家斋戒化为入世主义的儒家心性之学。向前儒把焦点聚于规讽君主，李翱的僧侣主义则把焦点聚于"臣民"，要他们自动"忘嗜欲而归性命之道"，也就是主动放弃生存权利，从根本上保证韩愈那已经法律化的等级社会图式的超稳定性。

　　宋人以伦理道德为文学价值选取标准，只不过是上述这一深层文化动机的外在现象。在韩、李所描绘的君君臣臣各正其位的社会结构蓝图与伦理等级之网中，个体充其量只是一个微不足道的零件,只有维护这一秩序的义务。于是,自觉地修身养性,以完成人的最高价值——伦理道德的自我完善,献身于社会秩序的稳定,便成为个体唯一合法的追求了。这也就是由一度在盛唐闪现过的个体自由的追求,转为中唐后日渐自觉,至北宋终成裹挟所有人不容分说地前行的个体规范化追求的历史之潮。可怜的文学,正是在这一潮流中沦为道德之婢的。

（原载《江汉论坛》1989 年第 8 期）

文学的文化建构初论

文化是外部世界对文学发生影响最丰富的中介系统。这个中介不是外在的，它同时体现着主体与客体的性质，内在地参与了文学的建构活动。文化建构制约、驱动着文学的建构。文学只能在文化中建构其体式，并不断发生演进，是为文学的文化建构，谨作如下阐述。

一

用唯物史观为指南去寻找文学发展的规律，至今仍是我们应有的选择。然而，指南不能代替具体分析，更不是"构造体系"的现成公式。即使是唯物史观的基本原则与概念，也不能以之剪裁历史事实，用以构造自己的"体系"。比如经济基础决定上层建筑，这是唯物史观的一项根本原则，但经济因素在历史事件中往往只是"原始起因"与"最终决定作用"的因素，它包办不了事物本身发展的全过程，而历史恰恰就是一种过程。马克思认为："物质生活的生产方式制约着整个社会生活、政治生活和精神生活的过程。"①"制约"二字准确地表述了经济基础对整个社会生活，对上层建筑的带有间接性

---

① 《马克思恩格斯选集》第2卷，人民出版社1972年版，第82页。

的"最终决定作用"。这种制约是宏观的,诚如恩格斯所说:

> 我们所研究的领域愈是远离经济领域,愈是接近于纯粹抽象的思想领域,我们在它的发展中看到的偶然性就愈多,它的曲线就愈是曲折。如果您划出曲线的中轴线,您就会发觉,研究的时期愈长,研究的范围愈广,这个轴线就愈接近经济发展的轴线,就愈是跟后者平行而进。①

这里强调"时期愈长"、"范围愈广",经济基础与上层建筑发展的轴线便愈近于平行。过去一些文学史用经济原因解说文学现象之所以未获成功,其中一个重要原因就在于宏观意识不够,近距离观察难免"一叶障目,不见泰山"。宏观考察不是可有可无的方法。

那么,"制约"又是以什么样的形式形成的呢? 恩格斯有一段著名的"合力"论,说:

> 历史是这样创造的:最终的结果总是从许多单个的意志的互相冲突中产生出来的,而其中每一个意志,又是由于许多特殊的生活条件,才成为它所成为的那样。这样就有无数互相交错的力量,有无数个力的四边形,而由此就产生出一个总的结果,即历史事变,这个结果又可以看作一个作为整体的、不自觉地和不自主地起着作用的力量的产物。②

这里揭示了认识论的一个真理: 在历史因与果之间有一个不容忽视的中介环节,这就是交互冲突产生合力的诸多因素。而这些因素"又是由于许多特殊的生活条件,才成为它所成为的那样"。固然,历史是人创造的,但并不是随心所欲地创造,每个人的意志都受

---

① 《马克思恩格斯选集》第 4 卷,人民出版社 1972 年版,第 507 页。
② 同上,第 478 页。

制于所处的特殊的生活条件，即政治地位、经济地位、社会环境、文明程度，乃至婚姻、家族、交游、学养、性格、病情，甚至地理环境等等。而这些因素大部分可用"大文化"的概念概括之。文化，是历史因与果之间一个不可忽视的中介环节。诸多因素在文化的大"容器"中发生反应，影响着历史的进程，同样也影响着文学发展的规律。因此，我们仍然坚持以"经济基础决定上层建筑"为出发点，但要强调经济因素起决定性作用并非直接作用于文学，首先应是决定整个社会生活方式，而文学恰恰离不开它的母亲——社会生活。由此又可见以文化为中介来研究文学发展之规律，也是贯彻唯物史观不可或缺的手段。

经济基础通过文化影响于文学，有些属比较浅显、表层的，有些则属深层的文化心理。前者如我国历史上南北文风差异的现象，就与人口迁移引起经济巨变有明显的关系。日本学者桑原骘藏有篇论文《历史上所见的南北中国》①，轮廓分明地描画出中国文化逐渐南迁的历程。桑原氏用统计法论证南方开发之端绪始于秦汉，因晋室南渡而加速其进程，唐、宋、元、明继之，南方遂于户口、物力、文化诸方面赶上，甚或凌诸北方之上。桑原氏的研究为我们提供了一条由外族入侵引起汉族南迁，南方经济由是开发，进而引起文化变迁之线索。循此以求，我们发现，文学在南方的兴盛（特别是江左诗人群、江西诗社、闽中十子等的出现），与汉族南迁（特别是永嘉之乱、"安史之乱"与宋室南渡、元人入主等几次大迁移）促成南方经济之开发，二者的轴线是接近于平行的。可见经济是通过文化迁移的中介对南北文风发生影响。而文化迁移本身也未能直接影响于南北文风之差异，它还必须通过这一运动过程中所引起的文化心理的变化这一深层的中介，才能进入文学本体。

文化心理，是"因"转化为"果"最关键的中介联系。一切外部

---

① 此文收入刘俊文主编《日本学者研究中国史论著选译》第 1 卷，中华书局 1992 年版。

影响,都必须通过文化心理这一中介过渡至文学本体,从而发生反应。我们不妨借用皮亚杰的公式来显示这一过程:

$$S \rightarrow (AT) \rightarrow R$$

　　图示:刺激(S)被个体同化(A)于认知结构(T)之中,引发反应(R)。这就是瑞士心理学家皮亚杰"发生认识论"著名的公式。与旧式 S→R 的反映论不同,这是一个双向联系的公式,在 S 与 R 之间有一个重要环节:AT。这个中介系统又称中介结构,是一个变量。也就是说,中介不只是一个静止的环节,它还是主体与客体在动态中互相作用而取得同一的过程本身。主体是通过中介建立认知结构去认识客体的。不妨说,有怎样的认知结构,就有怎样的对象世界。科学史家库恩为我们提供了生动的事例,他在《科学革命的结构》一书中说:"规范改变确实使科学家们用不同的方式去看待他们的研究工作约定的世界……在一次革命以后,科学家们是对一个不同的世界在作出回答。"①当化学家拉瓦锡发现氧之后,他获得了新视角,在同代人只看到原始土的地方看到了化合物矿石,"在发现了氧之后,拉瓦锡是在一个不同的世界工作"②。与此相类,不同的文化心理使诗人们建构起不同的意象世界。就以自然界的山山水水为例,在《诗经》时代,先民将自然界视为生活环境与劳动对象,因此它只能是人的生活的一部分或陪衬。如《国风·葛覃》:

　　　　葛之覃兮,施于中古,维叶萋萋。黄鸟于飞,集于灌木,其鸣喈喈。

---

① ［美］库恩《科学革命的结构》,上海科技出版社 1980 年版,第 91 页。着重号为引者所加。
② 同上,第 97 页。

这种亲和关系使诗人往往以自然为"引子",表达相应的情感世界:

> 伐木丁丁,鸟鸣嘤嘤。出自幽谷,迁于乔木。嘤其鸣矣,求其友声。相彼鸟矣,犹求友声。矧伊人矣,不求友生?(《小雅·伐木》)

幽谷音响引发求友之思,是为"兴"。至如《国风·东山》"我徂东山,慆慆不归。我来自东,零雨其濛",《国风·黍离》"彼黍离离,彼稷之苗。行迈靡靡,中心摇摇"等,更是进一层使自然界与心灵世界形成对应关系。不过,其中自然物仍是较原始的客观形态,并未离生活环境与劳动对象这一认识太远。

时至六朝,玄风大炽,士大夫以欣赏山水自然之美为解脱,"万虑一时顿滁,情累豁焉都忘"(湛方生《秋夜诗》),山水已不只是"引子"或"陪衬",而是"道"的显现,"以玄对山水,山水以形媚道",在山水诗中的山水,是独立的处于中心位置的主体。"庄老告退,而山水方滋"(《文心雕龙·明诗》),玄学孕育了山水,山水摆脱了玄学。谢灵运《初去郡》有云:

> 负心二十载,于今废将迎。理棹遄还期,遵渚骛修坰。溯溪终水涉,登岭始山行。野旷沙岸净,天高秋月明。憩石挹飞泉,攀林搴落英。战胜臞者肥,止监流归停。即是羲唐化,获我击壤声。

诗中景色不是"引子",也非象征,是退职还乡途中实景,但在诗人眼中又与忘情无累之"道"合拍。"目既往返,心亦吐纳","情往似赠,兴来如答"(《文心雕龙·物色》)。人与自然发展为礼尚往来的"对话"关系,是"物我"的双向建构。

"情志合一"的唐人则改造了晋人以"目击道存"的方法看待山

水,他们发现独立自足的山水不但存道,还含情。唐人着力开拓自家精神世界,并投射在山水之中,造成一个情景交融的艺术世界,真正达到"通天人,合内外"的境界。孟浩然绝句《宿建德江》云:

移舟泊烟渚,日暮客愁新。野旷天低树,江清月近人。

虽然"野旷"一联与谢灵运上引诗"野旷沙岸净,天高秋月明"所描写舟行岸景极相近,但孟诗已无自己心绪的叙说,而"低"、"近"二字轻轻一点,使空间距离缩小了,自然似乎变得更可亲了,而诗人之情便在其中。谢诗主体与客体是对话关系,各自分明;孟诗则主体借助感受,"低"、"近"皆非客观如此,而是主观感受如此潜入客体中,即情即景。这就是唐诗情景交融的境界。

以上三种由不同文化心理建构起来的意象世界表明:不同层次的认知结构产生不同层次的对象世界,而不同的文化心理又使诗人建构起不同的意象世界,形成山水诗发展的层次。文化,内在地参与了文学的建构活动。

二

文化不仅是文学与客观世界或经济基础之间的中介,它与文学还是互涵互动的系统与子系统的关系。于是文学便具有系统的特性,即既受文化大系统的制约,服从文化的总体规律,与其他各文化因素交互作用而产生整体效应,同时又相对地独立,有自身的发展规律。这就是文学同时具备的开放性与封闭性。如果不看到这一特性,只强调文化对文学的影响,就会将文学视同其他文化因素,只看到一般而忽视特殊,不可能发现文学自身真正的发展规律;反之,只强调文学"自身"的主体性,甚至排斥其他文化因素的介入,力图进行"纯文学"的研究,也同样要犯片面性的错误而不可能发现文学真正的自身规律。兹以五言律诗之建构为例说明文学这一既开放又封闭的两面性。

五言律大致经历了这样的历程:《诗经》、楚辞中已有五言句,至汉出现五言古诗,六朝始逐渐讲究声律对仗,至唐则定型为五言八句的讲究粘对的格律形式。这一进程是按文学形式内部规律进行的,并不因王朝治乱而进止,可视为封闭系统。但它同时又是开放的,受制于文化大系统,诸多文化因子交互作用介入五律的建构过程。如对偶,由于中国语言的特点、字词与音节的同步关系,两句诗之间要整齐对称是容易的。《诗经》中就有这样的句子:

> 溱与洧,浏其清矣。士与女,殷其盈矣。(《郑风·溱洧》)
>
> 鳣鲔发发,葭菼揭揭。(《卫风·硕人》)

也许这只是一些对语言特别敏感的诗人"妙手偶得",可是一旦这种趣味与华夏"和而不同"的美学原则结合,就会成为一种倾向。这种倾向要求捉对儿表现事物或心像,要求相似或相反的对称美。在对称中求变化,同中有异,异中有同,得和谐之美。汉赋将这种倾向推向极致,整齐、对称形成一种建筑般堆砌之美。不过,堆砌毕竟板滞少变化,远未达到"和而不同"的境界。东汉末逐渐流行五言古诗,为这种倾向提供了新形式。五言隔行押韵,两句一联,成为相对独立的对称的整体,这是很重要的变化。第一,五言诗"二/三"节奏比四言诗"二/二"节奏富有变化,而两句对称又使之同步而整齐;第二,两句并列容易造成时空对应,使十字的容量最大化。这又为诗人在整齐、对称中提供了腾挪跳掷的可能。也就是说,五言诗对联形式是与和而不同美学原则相适应的——只要诗人能正确使用它。至如声律,则与佛教传播有关,正是随着佛教东渐,在中印文化交流中,印度语言学启发了中国诗学家对声律之研究,才有"四声八

病"说①。声调与对偶是五律两大经纬,唐人以此交织出锦绣般完整的美的形式。兹举一式为例:

仄仄平平仄,平平仄仄平。平平平仄仄,仄仄仄平平。仄仄平平仄,平平仄仄平。平平平仄仄,仄仄仄平平。

不难看出规律是: 一句内平仄交替;一联间对应字平仄相反;两联间互"粘",不至于雷同;全篇则由两组相"粘"的四联诗句组成,后四句的平仄格式与上四句的平仄格式是重复的。这正暗合了中国文化"和而不同"的美学精神,平仄的交替、对立、回旋,形成对抗过程间的复杂平衡,造成一种中国文化特有的整体的和谐。陈伯海先生曾用"起承转合"的模式讲解五律的美学功能与效果,如王勃《送杜少府之任蜀川》:

城阙辅三秦,风烟望五津。(起)与君离别意,同是宦游人。(承)海内存知己,天涯若比邻。(转)无为在歧路,儿女共沾巾。(合)

首联点明送别,颔联写别情,腹联拓开一步,转入知交之间的深相期许和自我宽慰,尾联归结到无须临歧泣别的劝勉。这种模式颇有利于拉开前后各联之距离,给诗人以盘马弯弓的空间。律诗定型于四联八句,恐与此体制能在最经济的限度内实现"起承转合"的需求有关②。我还认为,这也暗合于中国美学中"往而复返"的审美情趣。中国人是讲究"情往似赠,兴来如答"的,"中国人于有限中见到无

---

① 陈寅恪认为"四声"实依据及摹拟中国当日转读佛经之三声创造的。详见《金明馆丛稿初编·四声三问》,上海古籍出版社 1980 年版,第 328—341 页。
② 陈伯海《唐诗学引论》,知识出版社 1988 年版,第 156—157 页。

限,又于无限中回归有限。他的意趣不是一往不返,而是回旋往复的"①。五律通篇结构与此精神意趣相合,不但"起承转合",每联也都重复着"二／三"节奏,"鲜明地显示出一联诗就是一个单位。从而这两行诗读起来就像带有领唱与和唱的赞美诗的两个部分。作为一个完整的乐句,它的展现与应和构成了一个独立自足的回环体"。而一联中的对仗,"犹如镜中的影像两两相对……如果你能用彩色将这些格式的安排画出来,一种视觉上的平衡感随即就能显现。这种封闭的样式,每一部分都被它的对立物所平衡,创造出一个完整、自足的象征"②。由此可见,五律形式之构建有文化因素的介入。其过程固然由声韵音节等规律当家,但其所处时代的文化心理也要当家,五言八句声律的安排并非随意,而必须是符合于中国人当时的文化心理,这就是封闭与开放并存的两面性。

文学作为子系统而从属于文化大系统,还体现在文学与其他文化因子的整体效应上。"非加和性"是系统的一个重要本质,即整体大于各部分之和,其整体功能、特性并非各组成部分的功能、特性的简单叠加。因此,要理解作为子系统的文学现象并探寻其规律,就必须"以大观小",对文化大系统的现象及其规律做研究,在文化中理解文学。"盛唐气象"颇为典型地显示了这一关系。

我们以"盛唐气象"指称盛唐文化精神,同时又以"盛唐气象"指称盛唐诗的特征,正因为后者是前者最典型的体现。自文学自身言之,则诗至盛唐而各体大备,乐府、五七言古诗、五律、绝句及七律已日趋成熟,但远未熟透,为盛唐人留下足够的创造的余地。自文化整体言之,盛唐文化正处于封建社会由中古进入近古的转折点上,是中国封建社会的青壮年时期。二者都处于富有包孕的关捩点上。而盛唐诗的总体风格是严羽所说的:"盛唐诸公诗如颜鲁公书,

① 宗白华《艺境》,北京大学出版社 1987 年版,第 213 页。
② [美]高友工《律诗的美学》,收入《美国学者论唐代文学》,上海古籍出版社 1994 年版,第 28、45 页。

既笔力雄壮,又气象浑厚。"(《答出继叔临安吴景仙书》)也就是传为司空图所作《二十四诗品》的第一品"雄浑"。这也是盛唐文化的总体风貌。唐文化的绚烂多姿、生动活泼、大气磅礴已广为人知,此处毋庸赘述。笔者只想指出,盛唐文化的雄浑博大与唐王朝兼收并蓄的文化政策有关。总的说来,唐代思想界较自由,"三教并用"之外,景教、祆教、摩尼教等都得各行其道。同时,初盛唐诸帝都颇重视本土文化的整理,如太宗移史馆于禁中,专修国史,修成《晋书》、《梁书》、《陈书》、《北齐书》、《周书》、《隋书》和《南史》、《北史》等。盛唐时则有《贞观政要》、《唐六典》、《史通》等重要的著作。孔颖达、颜师古等撰成《五经正义》,集儒学之大成,将汉以来歧见纷出的儒家学说集中并统一起来,为后来新儒学振起做准备。对南北文风,也力倡融而为一。魏徵《隋书·文学传序》所倡导的"掇彼清音,简兹累句,各去所短,合其两长,则文质斌斌,尽善尽美",化为唐人的实践,六朝的形式美被改造为壮大中的华丽雍容。尤其值得重视的是唐统治者对外来文化兼容的态度。《资治通鉴》卷一九八载唐太宗云:"自古皆贵中华,贱夷狄,朕独爱之如一,故其种落皆依朕如父母。"从当时北方诸民族尊太宗为"天可汗"的事实看,这话是有一定的根据的。唐朝任用大量少数民族及外国人为文武大臣是众所周知的,而定居京都及来往国内的外商之多,胡饼、胡帽、胡床之盛行,外来音乐与舞蹈之普遍为人所好,又证明唐代统治者对外来文化是兼收并蓄的,心态是健康的。甚至对待敌对面,唐王朝统治者也是充满自信的,如《唐音癸签》卷二七所云:"更可异者,骆宾王、上官婉儿,身既见法,仍诏撰其集传后,命大臣作序,不泯其名。"这就为唐人提供了一个在封建时代极罕见的宽松的人才环境,故唐文人精神面貌之振奋、开朗、活跃、入世,也是后期封建社会所罕见的。唐文人的精神面貌是充满自信的文化心理之反映,而这种心理正来自个体的情志与民族、国家利益之一致,与唐代长期稳定、经济繁荣昌盛、国力强大有直接的关系,人们对此已有共识。盛唐诗的风格是绚丽多彩、博大雄浑、意气风发的唐文化精神通过诗人主体内化的结果。诗歌的"盛唐气象"与文化的"盛唐气象"乃是同心圆,前者为后者所涵盖包容,其互涵关系可以下图表示:

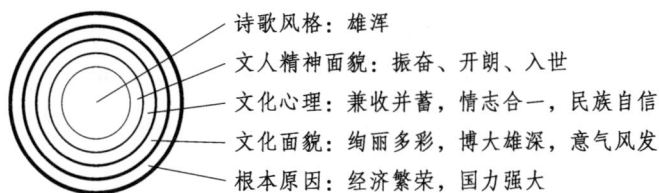

诗歌风格：雄浑
文人精神面貌：振奋、开朗、入世
文化心理：兼收并蓄，情志合一，民族自信
文化面貌：绚丽多彩，博大雄深，意气风发
根本原因：经济繁荣，国力强大

三

文化的中介作用及其与文学的系统、子系统关系,更深刻地体现为文化自身的建构制约、驱动着文学的建构,促成其演进;而文学又以其自身的变革参与文化建构,二者形成双向同构的运动。由于文化构型是随着经济基础和社会生活方式的变迁而变迁,不断处于转型的运动之中,作为文化有机组成部分的文学势必随之运动。在整个运动过程中,文化整合作用是关键。

所谓构型,就是各种因素的综合整体。文化构型指文化的内在整体结构。文化构型内部诸多因素是变量,它们交互作用,产生合力,驱动文化构型的嬗变。本尼迪克特认为:

> 一组最混乱地结合在一起的行动,由于被吸收到一种整合完好的文化中,常常会通过不可思议的形态转变,体现该文化独特目标的特征。[1]

---

[1] ［美］本尼迪克特《文化模式》,张燕等译,浙江人民出版社 1987 年版,第 45 页。

这就是说,每种文化构型内部产生的合力,具有整合的作用,选择或强化某些行为因素,排除或抑制其他因素,从而给予"最混乱"的文化行为以某种秩序。对文艺来说,也就是确立某种鉴赏规范。而纷呈杂陈的诸多文艺形态则在新鉴赏规范的制导下接受文化整合的选择、淘汰,并因之或适应或消灭,或强化或蜕变,不是长江一浪叠一浪式的线式发展,而是这里停滞了那边却孳生着,一种形态引出另一种形态,一种现象衍生出另一种现象,多元并进,呈蔓状延伸。中唐至北宋新鉴赏规范的确立及其制导作用是个范例。中唐是我国文学史上少有的繁荣期,风格之多样,形式之繁富,恰似一片茂密的热带雨林。其间有元、白"新乐府",有韩、柳"古文运动",有"叙事婉转"的唐代传奇,有崛起的新形式词,林林总总,美不胜收。但众多的形式与风格辗转至北宋,则"文宗"归乎韩愈,"诗圣"独属杜甫,其间生生灭灭断断续续,似有一只"看不见的手"在冥冥中操纵。这只手,就是文化整合。

闻一多先生曾将汉建安至唐天宝这五百五十年间文学划为"门阀贵族文学",而将唐天宝十四载至一九一九年五四运动计一千一百多年之文学,划为"士人文学"①。这是两种不同文化构型中的文学,而中唐是两种文化构型交替的关捩点。笔者曾以此为出发点,撰写《文化建构文学史纲(中唐—北宋)》,描述了在文化构型嬗变中的这段文学史②。因篇幅关系,本文拟用杜甫诗为例,来演示这一文化构型嬗变中新鉴赏规范的确立及其对文学史的制导作用,从而一窥文化整合的驱动力量。

中唐前后的文化嬗变,是门阀地主文化向世俗地主文化的滑落。史学家韩国磐先生曾在《隋唐五代史论集》页183明确指出:

---

① 郑临川《闻一多先生说唐诗》(上),《社会科学辑刊》1979年第4期。
② 林继中《文化建构文学史纲(中唐—北宋)》,海峡文艺出版社1993年版(收入本《文集》第四册)。

两税法可说是分界点,以前系属力役地租形态,此后为实物地租形态。等级的划分也由此而发生变化,由自耕农分化出来的庶族地主,由于九品中正制的废除和科举制度的建立和发展,跻身于封建统治的上层。

科举制是前一种文化构型向后一种文化构型滑落的杠杆。诚如王亚南所论:"唐代施行的不彻底的狭隘的科举规制,仍不够适应当时已经活跃而发达起来了的政治和文化的场面。"①

科举制成为世俗地主参政的康庄大道是在北宋建立之后。世俗地主通过科举涌入政坛势必引起两种效应:其一是世俗地主虽以文晋升,但毕竟要将自身的"俗"气带进文坛,引起"由雅入俗"的文学运动(中晚唐文坛正呈现这样的大趋势);同时,世俗地主通过进士科举以文求进,自身又必然要自觉地向贵族文化学习,又形成北宋以来"化俗为雅"的回旋运动。其二是世俗地主以中唐以后兴起的"新儒学"为思想武器,因此新儒学的价值观念日渐主宰了文坛,这就是中唐至北宋文坛中"致用论"向"务本论"演化的趋势。所谓"务本论",其核心就是"有德者必有言",以仁义道德为文章之根本,即儒家伦理道德规范日渐成为宋人文艺价值选取的标准。典型言论如欧阳修《世人作肥字说》云:

> 使颜公(真卿)书虽不佳,后世见者必宝也。杨凝式以直言谏其父,其节见于艰危;李建中清慎温雅,爱其书者,兼取其为人也。②

中唐以来的文学形式正是在"由雅入俗"再"化俗为雅"的回旋运动,及"致用"走向"务本"的演化过程这两股交叉火力下接受整

---

① 王亚南《中国官僚政治研究》,中国社会科学出版社 1981 年版,第 106—107 页。
② 《欧阳文忠公集》卷一二九。

合。杜甫成为"诗圣"的过程,正是杜甫及其诗歌创作通过文化选择而成为新鉴赏规范之楷模的过程。其大略如下:

"安史之乱"造成巨大的文化落差,士族文化加速向世俗地主文化滑落。面对这一巨变,以浪漫情调获取大众的盛唐诗人李白、王昌龄、高适、岑参诸人的声音喑哑了,苦难中的人们实在浪漫不起来。于是在此前已用写实手法反映现实的元结、杜甫,以其"超前性"适应了环境,为时代所选择。另一大诗人王维,则以其避世心态获得另一批不想直面苦难的士大夫的拥戴而成为"一代文宗"(高仲武《中兴间气集》的意见可为代表)。然而,文化变迁的趋势离盛唐愈来愈远,想变革现实的思潮成为主流,"古文运动"、"新乐府运动"便是浪峰。于是,以王维为楷模的大历诗风被淘汰,而元结、杜甫得到再认识而被倡扬。

中唐最有力的两大文学潮流,即元、白为中心的"新乐府运动",与韩、柳为中心的"古文运动",体现了当时重视文学社会功能,试图以文学重建封建秩序的主潮,属"致用"之学。所以元结的力倡讽喻与杜甫"以时事入诗"的一面为当代人所接受。白居易就是继承元结的"讽喻说",并极力发挥杜诗"以时事入诗"、"以口语入诗"的特点而创造出自家浅切的叙事风格的。中、晚唐至五代,杜甫的影响是广泛的,却未有模式化之倾向,更无推为宗主之迹象,如韩愈得其雄奇壮大,杜牧学其夹叙夹议,李商隐则似杜之沉郁顿挫,张籍、李贺、皮日休、韦庄辈无不从杜诗中得其一枝一节。杜诗以其"集大成"、多向性的文化优势进入北宋文化选择过程。

经晚唐五代长期动乱,士族门阀残余势力终被扫荡,世俗地主重建起大一统的中央集权的封建帝国——北宋。刚升为帝国主人的世俗地主,首先看重的是文学的社会功能及其通俗性。浅切而讲究讽喻的白居易诗于是乎风行宋初,并积淀为宋人除不去的审美趣味。然而世俗地主终究要雅化,尤其是作为宋学精神内核的新儒学,是以尽心知性的内省功夫为基础的,所以要求文艺不但要能俗,还要"化俗为雅";不但能"致用",还要"务本"。于是伦理学日渐入主文学,宋人往往批评唐人"工于诗而陋于闻道",正是出于这一价值取向。这一期待视野下的唐人,则元结虽倡风雅而创作单调不够丰富,白居易俗而欠雅,李商隐雅不入俗,韩愈奇崛却流于险怪,且好名言利,都不尽合乎宋人的鉴赏规范。唯有杜诗风格能俗能雅,亦巧亦拙,致用又务本,满足了宋人对俗而雅、质而腴、拙而巧的多方面需求。更重要的是经王安石、黄庭坚诸人的发露,杜甫忠君、爱国、病民、省身、致用、务本的综合品格得到宋人认同,终成"百代诗圣"。下面两条材料颇见梗概:

> 本朝王元之学白公,杨大年矫之,专尚李义山;欧阳公又矫杨而归韩门,而梅圣俞则法韦苏州者也。(晁说之《成州同谷县杜工部祠堂记》,《嵩山文集》卷一六)

> 景祐、庆历后,天下知尚古文,于是李太白、韦苏州诸人,始杂见于世。杜子美最晚出,三十年来,学者非子美不道,虽武夫女子皆知尊异之。李太白而下,殆莫与抗。(《苕溪渔隐丛话》前集卷二引蔡宽夫《诗话》)

还应补充说明的是,这一典范的确立,不仅是个选择与淘汰的过程,也是个强化与改造的过程。以"务本"而论,宋人不但发掘了杜诗中"民胞物与"的"仁"的情感因素,还强化了杜诗中忠君的一面。毋庸讳言,杜诗文本自有《哀王孙》、《杜鹃》、《槐叶冷陶》诸诗所流露出的忠君情感,但还有其对包括皇帝在内的统治者所犯罪行无情鞭挞的一面①。正史《旧唐书》本传就称杜甫"性褊躁,无器度"。对杜甫"有失中庸"的地方,宋人要"略去",甚至"矫正"之。崇拜杜甫的黄庭坚在《书王知载朐山杂咏后》就提出:"诗者,人之

---

① 萧涤非《杜甫研究》,齐鲁书社 1980 年版,第 45—46 页。

性情也,非强争于廷,怨忿诟于道,怒邻骂坐之为也。"其外甥洪炎在《豫章黄先生文集后序》中更明白地指出:"若察察言如老杜《新安》《潼关》《石壕》《花门》之什……则几于骂矣!"所以黄庭坚最推崇的杜诗不是"三吏"、"三别",而是"夔州以后诗"。因为这些诗比前者少"火气"。黄氏在《跋高子勉诗》中称:

> 高子勉作诗,以杜子美为标准,用一事如军中之命,置一字如关门之键,而充之以博学,行之以温恭,天下士也。

他将杜诗的"标准"归结为:用事、置字、博学,而统摄者为"温恭"。这不是对杜的"矫正"吗? 与其说是"以杜子美为标准",毋宁说是要杜子美合乎宋人之标准! 事实上,杜诗是经宋人文化整合后,才被推上"诗圣"地位的。

综上所述,将文化视为外部世界对文学发生影响的中介系统,并阐明它们之间互涵互动的系统与子系统的关系,在整个文化建构的运动过程中去发现文化整合对文学史发展的作用,这就是我称之为"文学的文化建构"的内涵。

（原载《东南学术》1994 年第 4 期）

蔓状生长的文学史模式

一

文学传统、外来文化与社会时尚是一组对文学史演进趋势有举足轻重影响的相关因素，它们之间的互动驱动了文学史的通变。我国先民很早就具有"通变"的史观，《周易·系辞》有云："变通者，趋时者也。"又云："《易》穷则变，变则通，通则久。"由是产生"正变"的文学史观。《毛诗序》云：

> 治世之音安以乐，其政和；乱世之音怨以怒，其政乖；亡国之音哀以思，其民困……上以风化下，下以风刺上。主文而谲谏，言之者无罪，闻之者足以戒，故曰风。至于王道衰，礼义废，政教失，国异政，家殊俗，而变风变雅作矣。

汉儒虽承认变的合理性，却又认为变还要归乎正，所以又说：

> 国史明乎得失之迹，伤人伦之废，哀刑政之苛，吟咏情性，以风其上，达于事变，而怀其旧俗者也。故变风发乎情，止乎礼义。发乎情，民之性也；止乎礼义，先王之泽也。

这就是所谓的"风雅正变"。汉儒将诗歌正变与国家治乱的时序联系起来,从外部原因解释文学史演变,是中国文学史观之滥觞。这同时也触及了文学的最根本要素:"发乎情,民之性也。"变,是因为民情变;民情之变,是因为民感受到世之变。外部原因通过"情"的渠道进入文学内部,促成文学史之嬗变,是其合理内核,为后人留下广阔的可拓性空间。然而汉儒是在"变归乎正",即"止乎礼义"的前提下承认变的合理性的,主张"伸正黜变",不同程度地压抑新风气而有明显的复古倾向。

六朝人在不断变化出新的创作实践中,提出相应的"新变"论。萧子显《南齐书·文学传论》称:"若无新变,不能代雄。"明确指出只有新变才能推动文学史前进。然而由于六朝文风趋于浮华,流而忘返,造成与传统断裂,故未能达到"变则通,通则久"的目的。能总结前人得失,较辩证地看待正与变这对矛盾,并将"通变"作为文学史理论提出的,是刘勰的《文心雕龙》,其《通变》篇云:

> 夫设文之体有常,变文之数无方,何以明其然耶? 凡诗赋书记,名理相因,此有常之体也;文辞气力,通变则久,此无方之数也。名理有常,体必资于故实;通变无方,数必酌于新声。故能骋无穷之路,饮不竭之源。

刘氏指出,文章体制如诗赋书记,属代代相因的不变因素,而行文修辞等形式则属变的因素。后者是在前者基础上变化的,不变则衰,变而忘返则讹。故赞曰:"望今制奇,参古定法。"今与古、传统与新风互相制约,流而复返,"斟酌乎质文之间,而櫽括乎雅俗之际",由是产生"质文代变"的文学史观。《时序》篇云:"时运交移,质文代变。"刘氏高明处就在于不但继承《易》关于通变的观念,从文学内部寻找变的依据;同时又接受汉儒关于变风变雅与民情变、世情变有关的观点,明确提出"文变染乎世情,兴废系乎时序",并在该篇赞中总结道：

> 蔚映十代，辞采九变。枢中所动，环流无倦。质文沿时，崇替在选。终古虽远，旷焉如面。

刘勰自信已摸到文学史规律，所以远古亦如在目前，了然可知。文学史的主要矛盾可以说是内容与形式的矛盾。"质"与重内容有关，"文"与重形式有关，故质文代变虽不能说便是明确认识到内容与形式的矛盾促进文学史演进，但可以说是已接触到这一问题。"子曰：质胜文则野，文胜质则史。文质彬彬，然后君子。"（《论语·雍也》）"文质彬彬"一直是中国人的审美理想，而文学史在这一追求中呈现钟摆式运动，是符合中国古代文学演进的实际的。周作人曾经将中国文学史概括为"言志派"与"载道派"两种潮流的起伏，并制成如下图式：

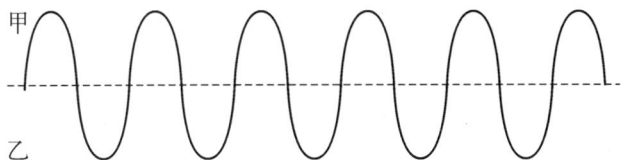

他将晚周、魏晋南北朝、五代、元、明末、民国定为"言志派"为主潮的时代，而两汉、唐、两宋、明、清为"载道派"为主潮的时代。中国文学史就这样"从甲处流到乙处，又从乙处流到甲处"，"图中的虚线是表示文学上的一直方向的，但这只是可以空想得出来，而实际上并没有的"①。如果去掉周氏的具体内容，这一图式倒是适用于"文质代变"的轨迹。文学史就在"斟酌乎质文之间，而櫽括乎雅俗之际"运动着，不断矫正近来或当前的缺失，追求"文质彬彬"的理

---

① 周作人《中国新文学的源流》，华东师范大学出版社 1995 年版，第 18 页。

想（即"图中的虚线"），永不休止。从这一直观的图式中，我们不难领悟何以文学批评史总是呈现出对相邻时代否定而对隔代或古代复归的"复古"倾向。这正是"矫正"之功，也就是通变中变与不变两种因素相互作用的结果。故《物色》篇云："古来辞人，异代接武，莫不参伍以相变，因革以为功。"以复古为通变由是成为中国文学史演进的通则，不无合理之处。成功者如唐人，以恢复传统来整合新风，是盛唐人殷璠《河岳英灵集·集论》所云："既闲新声，复晓古调；文质半取，风骚两挟；言气骨则建安为传，论宫商则太康不逮。"唐人于恢复建安诗歌言气骨之传统的同时，也整合了六朝讲究声律辞藻的新变，这是否定之否定。元稹《唐故工部员外郎杜君墓系铭并序》称赞杜甫有云："上薄风、骚，下该沈、宋，言夺苏、李，气吞曹、刘，掩颜、谢之孤高，杂徐、庾之流丽，尽得古今之体势，而兼人人之所独专矣。"事实上唐人在复古的旗帜下，总是兼收并蓄，将"新变"纳入传统，造就新传统。即使是批判六朝不遗余力的陈子昂、李太白，也莫不如此。以今人的眼光看，唐人的"正、变、复"之"复"，已有整合义，在相当大的程度上超越了汉儒言正变的循环论路数。可惜唐人的实践与理论有时并不相称，以复古为通变的路线在理论上尚未明确，传统与新变关系之探究也止于此。应当承认，这是中国文论往往只是点到辄止的弊病。

对正变的关系，还是钱锺书说得圆活：

　　一时期的风气经过长时期而能持续，没有根本的变动，那就是传统。传统有惰性，不肯变，而事物的演化又迫使它以变应变，于是产生了一个相反相成的现象。传统不肯变，因此惰性形成习惯，习惯升为规律，把常然作为当然和必然。传统不得不变，因此规律、习惯不断地相机破例，实际上作出种种妥协，来迁就演变的事物。它一方面把规律定得严，抑遏新风气的发生；而另一方面把规律解释得宽，可以收容新风气，免于因对抗而地位摇动。①

以上云云,可视为正变论的现代阐释。"正"(传统)与"变"(新风气)不是一前一后的关系,而是同时并进、双向建构的互动关系。由于传统具有"收容新风气"的弹性,所以能"通",通则久。但这种"收容"并非主动式,而是"不得已而为之"的被动式。所以新变固然来自文学内部的活力,而这内力却往往需要通过外部契机来激活。特别是中国长期的封建社会形成了超稳定的结构,愈到后期就愈要依靠外来因素的大力撞击,才能使之"出轨"。如中国文化中的"伦理本位",就具有超常的统摄功能,几次外来文化的冲撞,只能使其稍作移位,不久又黄河复故道般地依然故我,直至"五四"新文化运动借助"德先生"与"赛先生"之大力,才有了改变的希望②。作为文化子系统的文学,自然也受文化模式的统摄,其新变往往出现在文化转型与外来文化涌入期,也就不奇怪了。对此乐黛云教授有一段言简意赅的论述:

> "离异"则表现为批判的扬弃,即在一定时期内,对主流文化否定和怀疑,打乱既成规范和界限,对被排斥的加以兼容,把被压抑的能量释放出来,因而形成对主流文化的批判,乃至颠覆。这种"离异"作用占主导地位的阶段就是文化转型时期。在这种时期,人们要求"变古乱常",在一定程度上中断纵向的聚合,而以横向开拓为特征。横向开拓也就是一种文化外求,外求的方向大致有三:第一是外求于他种文化,如文艺复兴时期西欧文化对希腊文化的借助,汉唐之际中国对印度、西域文化的吸收;第二是外求于同一文化地区的边缘文化(俗文化、亚文化、反文化),如中国文学发展史中,词、曲、白话小说的成长都是包容了俗语文化的结果;第三是外求于他种学科,如弗洛

---

① 钱锺书《七缀集·中国诗与中国画》,上海古籍出版社 1985 年版,第 2 页。
② 王宏维《社会价值:统摄与驱动》,人民出版社 1995 年版,第 218 页。

伊德学说与达尔文进化论对文学观念的刷新。[①]

第三种外求姑置勿论，第一种外求如汉唐之际，第二种外求如词、曲、白话小说，的确是中国文学史之显例，为文学史家所普遍认同。然而值得一议的是：无论外来文化或俗文化，往往都要通过时尚，才能迫使"不肯变"的传统"以变应变"，作出妥协。须知"时尚"如风，横扫一时社会心理，可谓所向披靡；另一方面，外来文化、俗文化等则通过时尚大规模打入旧传统，改造旧传统。容我以小说变迁为例，稍事说明。小说缘起，无论脱胎神话传说、出自巫者方士，抑街谈巷语、稗官寓言、俳优戏谑，总之是与诗教相平行的另一支，先天与主流相乖，其谐谑性、娱乐性、叙事性，正与抒情的、表现的、严肃的诗文相辅而行。更要紧的是它与社会下层有天然的联系，其服务对象总是倾向大众，所以通俗性一直是它内在的生命。

六朝时出现大量志怪小说，一开始就表现出"不经"的特点，"子不语怪、力、乱、神"，它却偏偏要专门来"志怪"！《神异经》、《搜神记》、《列仙传》等等，都是要"发明神道之不诬"，与当时道教、佛教之兴盛有直接关系。这是"发乎情，止乎礼义"的儒家诗教以外的另一传统。这一传统至唐而为"传奇"，传奇小说继承六朝传统，也是讲些奇人异事，仍是驳杂无实之说，但重点已从海外仙窟转向人间巷陌，尤其是通俗性一面非常突出。正是这一特征促成唐传奇摆脱史传杂说，独立出来，成为真正意义上的小说体裁。

中唐至北宋是士族文化向世俗地主文化转型的关键时期，由雅入俗是整个文化系统的总体倾向。对文学史而言，世俗地主取道科举跻身封建统治的上层，其重要性首先就在于：处于较下层的世俗地主将"俗气"带进文坛，使文学也染上"俗气"。当时的俗文学如讲经、变文、话本、词文、俗赋等等，十分流行。韩愈《华山女》诗形容

---

① 　叶舒宪主编《文化与文本》序二，中央编译出版社1998年版。

讲经之盛云："街东街西讲佛经,撞钟吹螺闹宫廷。"不但士庶男女尘杂于寺观听俗讲,甚至深宫中的统治者也来到市井赏此俗文艺。《资治通鉴》卷二四三载唐敬宗于宝历二年"幸兴福寺,观沙门文淑俗讲",卷二四八载万寿公主于大中二年在慈恩寺观戏场。俗讲加上傀儡戏、参军戏,俗文艺风靡一时,从市井漫向朱门,乃至漫向宫廷。俗文艺已不是什么街头流浪汉,它是时尚,是能将传统文学撞出轨道的新浪潮! 而白居易写《长恨歌》,韩愈著《毛颖传》,乃至王建《宫词一百首》,李昌符《婢仆诗》五十首等等,无不深受俗文艺之影响,其中外来文化及时尚的作用是十分显而易见的。外来文化主要是佛经故事、变文及其说唱形式,轮回思想也有深刻的影响。

　时至两宋,传奇一脉虽对散文如《岳阳楼记》、《醉翁亭记》等犹有内在的影响,但自身则已衰竭,而"说话"一脉经五代至南宋则蔚成大宗。"说话"的底本——"话本",其创作主体与传奇不一样,不是文人士大夫,而往往是"说话人"即兴发挥,众手而成,经文人润色编定。创作者因职业关系,其重点放在引起"看官"的兴趣之上,也就是说,我们要从读者群所从属的文化系统去把握创作动向。不是"以意逆志",而是"从俗"。事实上自此以后,这一路线成为小说的新传统。元代外族入主中原,对中原传统文化又是一次大冲击。元代统治者喜欢戏曲,戏曲形式在元代发展迅猛。儒家诗教对当时文坛失去控制力,"离经叛道"的思想及非传统手法得以解放。尤其是文人沦为社会下层,乃至剧作家粉墨登场,与艺人相处无间,其审美趣味更接近听众了。这段文学史对后来包括小说在内的文学创作有深刻的内在影响。就形式而言,章回小说的出现便是说书人的职业需要:是为"看官"做出的时间安排。章回的结构反过来使内容庞大化,诸多头绪、众多人物情节,可以从容地穿插进行。《三国演义》、《水浒传》的章回结构所容纳的复杂内容与情节变化、人物头绪,实在是西方小说所难能者。这股思潮运行至晚明,已成燎原之势。明后期俗文艺之繁荣,可谓空前。民歌、评弹、戏曲、小说咸有大师。《今古奇观》、"三言"、"二拍"、《西游记》《三国演义》,特别是《金瓶梅》的出现,标志着小说与"雅文艺"已能分庭抗礼。其时士大夫文人普遍喜欢俗文学,徐渭、李贽、汤显祖、公安"三袁",无不与俗文学有缘。至如冯梦龙、凌濛初,更是以整理俗文学为事业。这里接触到文学史的一个总趋势。在万历汤评本《花间集》叙中说:

> 自《三百》降而骚、赋,骚、赋不便入乐,降而古乐府;古乐府不入俗,降而以绝句乐府;绝句少宛转,则又降而为词。

事实上词还要降为曲,降为明传奇,降为小说演义,降为电影电视。通俗化与"文化传播最大化"通过文化选择之手,驱动了从俗的总趋势(参看本册《文化选择及其从俗趋势》)。而这一趋势并非直线而下,而是与雅文学的干预、提升夹缠而行。朱自清《论雅俗共赏》中有一段关于宋人"新标准"形成的论述:

> 原来唐朝的"安史之乱"可以说是我们社会变迁的一条分水岭。在这之后,门第迅速的垮了台,社会的等级不像先前那样固定了……王侯将相早就没有种了,读书人到了这时候也没有种了;只要家里能够勉强供给一些,自己有些天分,又肯用功,就是个"读书种子"……到宋朝又加上印刷术的发达,学校多起来了,士人也多起来了,士人的地位加强,责任也加重了。这些士人多数是来自民间的新的分子,他们多少保留着民间的生活方式和生活态度。他们一面学习和享受那些雅的,一面却还不能摆脱或蜕变那些俗的。人既然很多,大家是这样,也就不觉其寒尘;不但不觉其寒尘,还要重新估定价值,至少也得调整那旧来的标准与尺度。"雅俗共赏"似乎就是新提出的尺度或标准,这里并非打倒旧标准,只是要求那些雅士理会到或迁就那些俗士的趣味,好让大家打成一片。当然,所谓"提出"和

"要求",都只是不自觉的看来是自然而然的趋势。①

知识是不断地由少数人流向多数人,由士族转向庶族,由贵族走向平民。宋朝以后这一步子更加快了。文学史在这一层意义上可以说是雅人多少得理会到甚至迁就着俗人的历程。"俗"有复杂的内涵,但它总是站在"多数"这一边。"从俗"也就是文学流向多数人这一边。

不过我们仍要提请注意者,一是在这一过程中,雅化是不可或缺的。没有"雅化要求"的不断提升,"俗"的品格就会落至"庸俗"的线下,流而忘返,如南朝一些宫体诗,晚唐一些打油诗;二是这一过程并非一种风格或文学样式取代另一种风格或样式,而是"大家打成一片",雅与俗不断调整、不断融合。所以,这里面也仍然有个"斟酌乎质文之间,而櫽括乎雅俗之际"的"正、变、复"问题。

二

顾颉刚曾提出"层累地造成的中国史"一说,从某种意义上说,中国文学史也是"层累"地造成的。也就是说,当前的"正"是由历来的"变"所层累而成的。为了说清这层意思,我想先引用艾略特《传统与个人才能》中的一段话:

> 传统是一个具有广阔意义的东西。传统并不能继承。假若你需要它,你必须通过艰苦劳动来获得它。首先,它包括历史意识……这种历史意识包括一种感觉,即不仅感觉到过去的过去性,而且也感觉到它的现在性。这种历史意识迫使一个人写作时不仅对他自己一代了若指掌,而且感觉到从荷马开始的

---

① 朱自清《论雅俗共赏》,生活·读书·新知三联书店1983年版,第1页。

全部欧洲文学,以及在这个大范围中他自己国家的全部文学,
构成一个同时存在的整体,组成一个同时存在的体系……当一
件新的艺术品被创作出来时,一切早于它的艺术品都同时受到
了某种影响。现存的不朽作品联合起来形成一个完善的体系。
由于新的(真正新的)艺术品加入到它们的行列中,整个完美的
体系就会发生一些修改。在新作品来临之前;现有的体系是完
整的。但当新鲜事物介入之后,体系若还要存在下去,那么整个
的现有体系必须有所修改,尽管修改是微乎其微的。于是每件
艺术品和整个体系之间的关系、比例、价值便得到了重新的调
整;这就意味着旧事物和新事物之间取得了一致。①

好作品应当具备这样的品格:一是历时性,好作品往往能体现
"从荷马开始的全部欧洲文学,以及在这个大范围中他自己国家的
全部文学";二是共时性,历史存在的与现存的不朽作品构成一个同
时存在的整体。一部好作品就是一部"层累造成的"文学史。典型
如《红楼梦》,可以说就是中国古典诗歌、戏曲、小说"层累造成的",
是文学史的当代体现。然而,当《红楼梦》出现后,加入现存的体系
时,"这个完美体系就会发生修改",《红楼梦》创造了新传统。这也
就是好作品的第三种品格:变异性。传统虽说是相对稳定的因素,
但它毕竟是个变量。所谓"继承",其实是"获取"。你必须用"现
在"去溶解它,才能吸收到作品中去。"层累"这个词的"物理"倾向
不足以显示文学史动态。海外学者喜用"创化"、"化成"来表达这
类动态,颇有意味。但我认为文学传统更像是生命的遗传。生命基
因本身包含有变异与保守两种因子,保守使之不绝如缕,变异使之
能适应新环境。二者使生命得以遗传。"正"与"变"同体共命,相
反相成。"过去决定现在,现在也会修改过去",二者的互动也是作

① ［英］艾略特《艾略特文学论文集》,李赋宁译,百花洲文艺出版社1994年版,第2—3页。

品内部与部外的互动。钱锺书选宋诗时曾有过这样一条规矩:"当时传诵而现在看不出好处的也不选,这类作品就仿佛走了电的电池,读者的心灵电线也似的跟它们接触,却不能使它们发出旧日的光焰来……假如僻冷的东西已经僵冷,一丝儿活气也不透,那么顶好让它安安静静的长眠永息。"①这段妙语再生动不过地道出历时性的生命力来自共时性,不被"现时"所接受者无异死去。然而文本与读者的关系并非电池与电线也似的单向直接沟通的关系。接受美学的研究表明,读者并非随心所欲地接受文本,"现在修正过去"正是借读者之手完成的;文本也有其被动中的主动,那就是它由其多层面的未完成的图式结构所决定的多义性及其"召唤功能",对读者产生不同程度的影响,调整其"期待视野",这就是"过去决定现在"的途径。我们观察文学史不能不引进新的主体:读者。历时性与共时性的转化关键乃在读者的期待视野。

所谓期待视野,可以说就是一种"成见",即读者由全部经验所形成的感知文本的主观性。它包括读者的观念、教养、直觉、趣味等等。这是一个开放的体系,传统、时尚、外来文化等外部因素循此渠道而影响读者的审美判断。对一般读者而言,这种影响还往往是"二手货"。也就是说,他们在许多情况下是从评选家那里感受到传统、时尚、外来文化的影响的。批评家、选家,往往通过评价、阐释、选本、树典范等手段来培养读者的趣味,塑造其期待视野。而作者则通过其文本的"召唤功能"、"意义空白"等策略,磁石般吸引读者,不让他们离文本太远,从而传递作者的情感信息,打破"成见",形成新的期待视野。然而一个个读者、一部部作品,都有其自身的个别性,在文学交往中势必呈现出各各不尽相同的倾向。面对不可克服的差异性,这些如恒河沙数的作品与读者,其交往将是一场混乱的无序的运动,又如何形成合力,表现出某种有序的总体倾向呢?

---

① 钱锺书《宋诗选注·序》,人民文学出版社 1982 年版,第 25 页。

恰恰是后者,才是对文学史有意义的运动。恩格斯有一段著名的
"合力论",可以帮助我们理解个人情志是如何汇入文学史进程的:

> 历史是这样创造的:最终的结果总是从许多单个的意志
> 的相互冲突中产生出来的,而其中每一个意志,又是由于许多
> 特殊的生活条件,才成为它所成为的那样。这样就有无数互相
> 交错的力量,有无数个力的平行四边形,而由此就产生出一个
> 总的结果,即历史事变,这个结果又可以看作一个作为整体的、
> 不自觉地和不自主地起着作用的力量的产物。①

这里提示了认识论的一个真理:在历史因与果之间有一个不
容忽视的中介环节,这就是交互冲突产生合力的诸多因素。而这些
因素"又是由于许多特殊的生活条件,才成为它所成为的那样"。固
然,历史是人创造的,但并不是随心所欲地创造,每一个的意志都受
制约于所处的"特殊的生活条件",即政治地位、经济地位、社会环
境、文明程度,乃至婚姻、家族、交游、学养、性格、病情,甚至地理环
境等等。而这些因素大部分可用"大文化"的概念概括。诸多因素
在文化大容器中碰撞,产生合力。这就是文化趋势,也就是一个社
会在情感和理智上的主导潮流。处于潮流核心地位的是价值取向。
观念与价值取向是构成一种文化独特风格的要素,也是影响审美趣
味与判断的要素。这是文化史与文学史同构运动最关键的契合点。
丹纳曾用"精神气候"说解释文艺的演进,举中世纪欧洲风行四百年
的哥德式建筑为例,认为当时战争和饥荒频仍,苦难使人厌世而耽
于病态的幻想。哥德式建筑形式上的富丽、怪异、大胆、纤巧与庞
大,正好投合了人们病态的审美趣味,成为苦闷的象征而发展为教
堂、宫堡、衣着、桌椅、盔甲的共同风格特征②。这是静态的选择。本

---

① 《马克思恩格斯选集》第4卷,人民出版社1972年版,第478页。
② [法]丹纳《艺术哲学》,傅雷译,人民文学出版社1983年版,第39页。

尼迪克特进一步动态地解释：哥德式建筑起初只不过是地方性的艺术和技巧中一种稍带倾向性的偏好——一如对高度与光亮的偏好,而由于这一偏好投合了中世纪社会情感与理智上的主导潮流,所以被确定为一种鉴赏规范,愈来愈有力地表现出来,并剔除那些不融贯的元素,改造其他元素以合乎文化目的,最后整合为一种愈益确定的标准而形成哥德式艺术①。在文化目的的驱动下,文化选择与文化整合形成艺术史的选择、修正、适应的全过程。这就是文化与文艺的同构运动。

这种同构运动有着胎儿与母体般的亲密关系。也就是说,文化不仅是文学与客观世界或经济基础之间的中介,它与文学还是互涵互动的系统与子系统的关系。于是文学便具有系统的特性,即既受文化大系统的制约,服从文化的总体规律,与其他各文化因素交互作用而产生整体效应,同时又相对地独立,有自身的发展规律。这就是文学同时具备的开放性与封闭性。如果不看到这一特性,只强调文化对文学的影响,就会将文学视同其他文化因素,只看到一般而忽视特殊,不可能发现文学自身真正的发展规律;反之,只强调文学"自身"的主体性,甚至排斥其他文化因素的介入,力图进行"纯文学"的研究,也同样要犯片面性的错误而不可能发现文学真正的自身规律(参看本册《文学的文化建构初论》第二节)。

文化的中介作用及其与文学的系统、子系统关系,最深刻地体现为文化自身的建构,制约、驱动着文学的建构,促成其演进;而文学又以其自身的变革参与文化建构,二者形成双向同构的运动。由于文化构型是随着经济基础和社会生活方式的变迁而变迁的,不断处于转型的运动之中,作为文化有机组成部分的文学势必随之运动。在整个运动过程中,文化整合作用是关键。

所谓构型,就是各种因素的综合整体。文化构型指文化的内在

---

① ［美］本尼迪克特《文化模式》,张燕译,浙江人民出版社1987年版,第46—47页。

整体结构。文化构型内部诸多因素是变量,它们交互作用,产生合力,驱动文化构型的嬗变。或者说,每种文化构型内部产生的合力,具有整合的作用,选择或强化某些行为因素,排除或抑制其他因素,从而给予"最混乱"的文化行为以某种秩序。对文艺来说,也就是确立某种鉴赏规范。而纷呈的诸多文艺形态则在新鉴赏规范的制导下接受文化整合的选择、淘汰,并因之或适应或消灭,或强化或蜕变,而个体的创造性亦将借文化整合之力而融入主流。

作为社会网络中的个体,个人行为无疑受制于所处社会的制度与习俗,然而并非该社会中千千万万种个体行为都一一从属于那些制度与习俗,许多个体行为并不符合该社会秩序的规范要求。也可以这么说,文化目的代表了该时代社会在情感和理智上的主导潮流,但并不囊括所有的个体的情感与理智上的倾向。合力只是矛盾斗争的结果。文学史表明,任何时期总有一些人不肯入俗,老要出轨,甚至成为"异端"。事实上,这些人都是些富有创造性的变异的种子。然而,个人行为必须成为影响某一群体的现象才是有意义的,纯粹的个人行为只是个人行为而已,与社会并无干涉。群体,可以是某个圈子,或社会某阶层,乃至民族。一旦个体行为被社会某阶层所接受,就有可能扩大其影响,为文化选择所吸收,融入新传统。反之,不为社会所接纳的个体行为,将很快为潮流、时尚所湮灭,虽然它或许仍将作为一种历史价值而存留在历史材料之中。

必须强调的是,个体在接受文化整合的过程中仍有其主动性。优秀作家好比多面体的水晶,具有丰富性与多向性,能以其不同的面为不同时代读者所接受,如杜甫、韩愈。一旦他们被文化选择确立为典范,则反过来成为一种整合力——学杜诗者势必多少仿佛杜之面目,学韩文者势必多少仿佛韩之面目,包括那些不尽合乎文化目的的诸多方面。个体于融入文化总趋势之际,对文化总趋势同样发生影响,其影响大小则视个体生命力而定。这也就是个体以其丰富性、多向性影响于文学史的主动性的一面。

三

如上所论,在以价值观为核心的文化目的驱动下,文化整合使个别的作品与读者退居次要地位,而整体大于部分之和的原则,使文化选择、整合制导下的具有时代普遍意义的文学鉴赏规范上升到主导地位,使纷至沓来的文学现象呈现出一种有序的总体趋势。其图式是:由经济基础所决定的文化目的通过传统、时尚及外来文化之影响,形成文化心理,同时作用于作者的情感结构与读者的期待视野,二者交汇于文本而共构作品,并因二者的交往而使期待视野发生演变,反过来又对文学进行文化选择与整合,形成以形式嬗变为标志的文学史运动。其间不同时代的文化构型又有其不同的文化目的追求,于是形成落差,增大文化选择与整合的力度。对以抒情为主的中国古代文学而言,作家的情感结构是以"情志"为核心,而文本与读者的交往,则体现为意象、意境的共构,由此形成符号化追求。于是我们便有了如下图式:

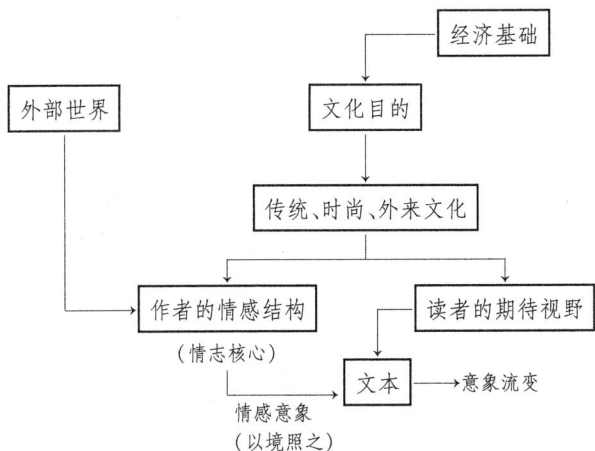

　　有人将形式比作河床,作者的心理形式便是河水;河水冲刷出河床,河床使河水长流。我们也不妨套用一下:文学史是河床,文学作品是河水;文学作品"冲刷"出文学史,文学史使作品永存。河水趋下,文学史则趋俗(通俗化、最大化传播)。然而经过沙地的河水会渗漏,走红一时的作品也会湮没。可它并非消灭,也许只是成了伏流,在某个历史空间会突然冒出来。如赋这一形式,从两汉直走红到六朝,至盛唐却只是科举考试的"练习题",至晚唐又一度走红。甚至汉代的"巨赋",也并非在赋"小品化"以后就成为绝响,在历千百年之沉寂后,于明代又趵突泉也似地涌现出来。又如贾岛诗,诚如前引闻一多所说:"几乎每个朝代的末叶都有回向贾岛的趋势。"这种间歇性的发作令直线上升的"进化论"头痛。某些"精神气候"的相似性与社会需求的重复性使文学史路线更趋复杂。文学史似乎更像藤蔓,其延伸带有很大的随机性。它有许多芽骨朵,都可能生长为分支,每个分支也都可能发展为主干。主干呢,则由于内部病变或外部干扰而生命衰竭,由主干萎缩为无足轻重的分支,甚至死亡。类此,文学史上的各种形式、风格、流派,都可能发展成为文学史上某种分支,其自身的生命在文化整合作用下,选择、淘汰、适应、强化、变异,一种形态引出另一种形态,或存或亡,或停滞或猛长,或异化或孪生,各领风骚若干年,做着如下图所示的蔓状延伸:

让我们具体地演示一下宋以前的文学主流形式生长的轨迹:

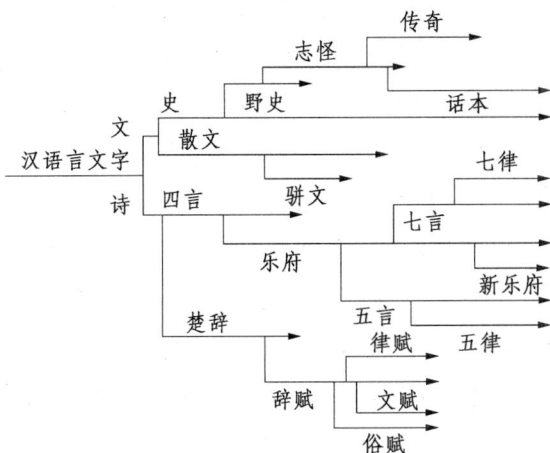

如果我们单独抽出其中诗形式嬗变的轨迹，以蔓状图式表示，则如下图：

这就是我所理解的文学史生态。

当然，任何现象总是要比理论生动得多、丰富得多、复杂得多。就说随机性与必然性的关系吧，它好比优良品种的培育，某颗变异的种子有着某些优势，被发现了——这纯属偶然，接着被专家所培育，不断强化其变异的部分，直至满意，然后推广，于是成为主流。这培养过程就是"必然"了。《诗经》沉寂三百年后，"自铸伟辞"的屈赋如平地一声雷，突然出现了，它是传统比兴手法与楚文化奇异的结合，对中原诗教无疑是变异，是偶然性。这种神奇瑰丽的风格随着汉帝国的建立而风靡一代。如果建立汉帝国的不是酷爱楚辞的楚人，那么屈赋能否风靡一代是很可怀疑的。然而时尚又改造了屈赋，橘过淮则为枳，汉帝国时空中的楚辞终于衍生为汉赋。这一过程则由文化整合所制约,属必然性了。值得注意的是,屈原所创生的"香草美人"的比兴手法与意象,以及极富想象力的意境,则成为一种文学"基因",流传下来。不但李白、李贺乃至鲁迅、毛泽东诗词中有这种"基因",诸如散文、戏曲、小说等门类的文学作品中,也有这种"基因"。这种"基因"是文学史中流衍不息的生命之所在。这些包孕着文学生命的种子,随风飘落,在某种"精神气候"下它萌发了,在某种"气候"下,它又"冬眠"了。这就是文学史上何以有间歇现象的根本原因。再如陶渊明诗,其特有的旷逸风格在当时并不引人注目,如果不是被《文选》主编萧统的慧眼相中了,陶诗要穿越茫茫时空,至宋代经苏轼之手广为流传,恐怕也无从谈起了。许多作家、作品未能如此幸运,他们被湮没了,在文学史上没留下痕迹。可是他们所创造的意象、意境却与屈、陶的作品所创造的意象、意境一样,化入他人的作品之中,成为意象流变中的一分子而永存。这也是"作家、作品加背景"的文学史模式无法代替意象流变研究的一条重要理由。

　　然而,文学与文化诸因子间的关系远非描述中那么清晰明了而且确定。不断变幻着的文学外部条件与幽微玄妙的文学内部条件错综复杂、即此即彼的关系,远远超过一棵大树发达的根系。而且从现代的观点看,事物性质的显现,是由参照系决定的。不同的参照系可以使事物显示不同的性质;参照系的不断引入,能使事物不断显现新的性质,使我们对事物的认识不断深入。从这一层意义上看,任何文学史模式都注定要死亡。但总会有新模式出现。文学史研究的视野永无边界。

（原载《文学评论》2004 年第 3 期）

唯物史观与文学史编写

文学史问题,首先是个历史观的问题。用科学史观指导文学史编写无疑是成功的前提条件。用唯物史观指导文学史研究至今仍是我们应有的选择。然而,选择代替不了应用。

唯物史观是指南而不是公式

应当说,在建国以来的老一辈文学史家中,以唯物史观指导文学史研究的不乏其人。在具体的作家、作品的分析中也不乏成功或比较成功的例证。然而,就规模较大、跨度较长的文学史(无论通史、断代史、专题史)而言,其以唯物史观揭示文学发展规律的意愿尚未达到。正如我们所看到的,虽然社会生活、宗教哲学、政治经济等众多因素被引入文学史,但这些因素往往只作为静态背景被编入作家、作品之编年,充其量只是各因素之和,而非各因素之间相互作用的有机整体,在相当程度上是作家、作品与正史、逸闻的拼盘。用唯物史观指导文学史编写的初心在总体效果上往往适得其反,成为"英雄创造历史"这一唯心史观的反映。有些研究者已有所觉察,试图以经济发展史来解说文学史,或将民间文学作为主流来重撰文学史。由于这种简单甚至近于粗暴的做法与马克思、恩格斯创立的唯物史观相距甚远,其教条主义的恶果是使人错以为唯物史观便是这样一些浅薄的东西而加以否定。至今,这一心理定势犹在干扰着一代学人。

另有一些学人,则走往相反的方向——认为寻找文学发展规律毫无意义(或者毫无可能),文学史本无所谓规律。它不禁令人记起干斯博士为黑格尔《历史哲学》所作序言,说当时一些人认为历史是捉摸不定的。"以致意图从那里边去发现各种规律、观念、神圣的东西和永恒的东西的任何尝试,都可以被义正辞严地斥责为故意卖弄,或者先天的胡吹,或者空虚的想象。"①遗憾的是,事隔多年而不可知论依旧逍遥。二者都否定以唯物史观指导文学史的研究与编写。

然而,在这条路上跌倒并不能证明此路不通,首先要检点的应该是:走得得法不得法。寻找规律本身没错,错在你是先有了"规律"再去套历史这匹黑马,而不是从历史事实中抽绎出规律来。恩格斯指出:"我们的历史观首先是进行研究工作的指南,而不是按照黑格尔学派的方式构造体系的方法。"②请注意,这里说的是"指南",指南不能代替具体分析,更不是"构造体系"的现成公式。即使是唯物史观的基本原则与概念,也不能以之剪裁历史事实,用来构造自己的"体系"。比如经济基础决定上层建筑,这是唯物史观的一条根本原则,但经济因素在历史事件中往往只是"原始起因"与"最终决定作用"的因素,它包办不了事物本身发展的全过程,而历史恰恰就是一种过程。用马克思的原话,就是:"物质生活的生产方式制约着整个社会生活、政治生活和精神生活的过程。"③"制约"二字准确地表述了经济基础对整个社会生活,对上层建筑的带有间接性的"最终决定作用"。按照我的理解,这种制约是宏观的,决不能寸寸衡之,节节为之。它允许社会生活与上层建筑各因素都发挥积

---

① 见〔德〕黑格尔《历史哲学》,王造时译,生活·读书·新知三联书店1956年版。
② 《马克思恩格斯选集》第4卷,第475页。
③ 《马克思恩格斯选集》第2卷,第82页。

极的作用,与经济基础相互影响,但归根到底经济因素起决定作用。二者的相互影响并非并列、同等关系。之所以说这种制约是宏观的,正如恩格斯所指出:"我们在这里所研究的领域愈是远离经济,愈是接近于纯粹抽象的意识形态,我们就愈是发现它在自己的发展中表现为偶然现象,它的曲线就愈是曲折。如果您划出曲线的平均轴线,您就会发觉,被考察的时期愈长,被考察的范围愈广,这个轴线就愈同经济发展的轴线接近于平行。"①这里强调"时期愈长"、"范围愈广",经济基础与上层建筑发展的轴线便近于平行。过去一些文学史用经济原因来解说文学现象之所以未获成功,其中一个重要原因就在于宏观意识不够,不是宏观地把握经济基础对上层建筑缓慢、长期、潜在、间接、综合的影响,而是停留于同步的、短期的、表面的、直接的因果关系的寻索上。近距离观察难免"一叶障目不见泰山",宏观考察不是可有可无的方法。

我们说唯物史观是指南而不是公式,还由于历史发展的复杂性。历史并非某个单个因素作用的结果,而是各种意志和力量交互作用的合力的结果。关于"合力",恩格斯有一段著名的论说:"历史是这样创造的:最终的结果总是从许多单个的意志的互相冲突中产生出来的,而其中每一个意志,又是由于许多特殊的生活条件,才成为它所成为的那样。这样就有无数互相交错的力量,有无数个力的四边形,而由此就产生出一个总的结果,即历史事变,这个结果又可以看作一个作为整体的、不自觉地和不自主地起着作用的力量的产物。"②每个因素都可与另一因素相互作用,形成合力,而与其他因素再形成相互作用的新的合力,以此类推构成无数平行四边形的群,由此产生总的合力。然而,合力决不只是消极的平均数,也不只是各种力量之和,而是有机结合后整体所释放出来的新的能量,它可以超越原有各种力量之和而产生飞跃。当然,也可能相反。譬

① 《马克思恩格斯选集》第4卷,第507页。
② 《马克思恩格斯选集》第4卷,第478页。

如盛唐,它便是南北交流、均田制瓦解、西域与长江流域的开发、民族大融合、科举用人等各种因素有机结合后释放出巨大能量所推进的历史飞跃。明末的情况则与之相反,未能达到可能达到的高度。显然,在历史的因与果之间,有一个不容忽视的中介环节,这就是恩格斯所指出的"特殊的生活条件"。固然,历史是人创造的,但并不是随心所欲地创造,每个人的意志都受制约于所处的特殊的生活条件,即其政治地位、经济地位、社会环境,乃至婚姻、家族、交游、学养、性格、病情等等。而这些因素大部分可用"大文化"的概念概括之。文化,是历史因果之间一个不可忽视的中介环节,诸多因素在这一大"容器"中发生反应。基于以上认识,笔者认为文学与任何历史因素一样,不可能孤立影响历史或构成历史的进程。它只能与诸因素相互作用,交互制约,作为合力出现,推进历史,同时也推进文学史的发展。因此,我们仍坚持以"经济基础决定上层建筑"为出发点,但我们同时还注意到,经济因素起决定作用并非直接作用于文学,首先是决定整个社会生活方式,而文学恰恰离不开他的母亲——社会生活。由此又可见以文化为中介来研究文学史也是唯物史观不可或缺的手段之一。

我们说唯物史观是指南,还指它有这样一种能力:能将被颠倒了的东西还原。马克思、恩格斯曾经将黑格尔的辩证法倒转回来,使之重新用脚立地。现在我们也应以唯物史观为指南,将现代西方一些机智而倒立的历史观倒转回来,从中吸取有价值的东西,不断丰富我们的研究手段。这在当前改革开放、西方思潮涌动的现实中,具有重要意义。

唯物史观在新科技条件下的自身发展

恩格斯在《路德维希·费尔巴哈和德国古典哲学的终结》一文

中,对科技的进步与唯物主义的发展之间的关系,有过重要的论述。他认为,当时三个决定性的发现——细胞、能量转化和以达尔文命名的进化论的发现,为唯物论的进一步发展提供了可能性,可惜当时的费尔巴哈正被斥逐在穷乡僻壤中过着农民式的孤陋寡闻的生活,而未能做这项工作。恩格斯还认为,十八世纪自然科学主要是"搜集材料的科学",十九世纪的自然科学本质上是"整理材料的科学",三大发现使我们对自然过程的相互联系的认识大踏步地前进了。从恩格斯身后至今,人类又经历了一个科学技术发生突进的时代。单就自然科学的理论而言,就有"旧三论"(信息论、控制论、系统论)与"新三论"(耗散结构论、协同论、突变论)先后产生,照耀着今日的世界。显然,科技的巨大进步为唯物论发展开拓了巨大的可能性空间。唯物史观在新科技条件下,也同样有其自身必然的发展。我认为,当前社会科学工作者将自然科学的成果引进社科研究领域是无可非议的,不能"以成败论英雄",甚或因噎废食。就唯物史观而言,我们要相信它有巨大的兼容性与消化能力。

时下,有不少学人将系统论引入社科研究,取得不同程度的成功,或者失败。只要是认真的,而不是故弄玄虚的尝试,我认为无论成功与失败,都应得到鼓励。就以系统论为例,系统论与历史唯物主义完全可以成为互涵的关系而非对立的关系。系统论强调整体,特别是强调整体和部分之间的相互联系与相互作用。这种思维方式与我国民族传统的思维方式相当接近。中国哲学讲究"天人合一"、"万物与我为一",将人与整个世界视为一个整体;中国美学讲究"和谐"、"和而不同";中国医学讲究人体的整体性与协调等等。诚如普利高津所说:"中国文化具有一种远非消极的整体和谐。这种整体和谐是由各种对抗过程间的复杂平衡造成的。"①应当说,它与注重从相互联系与相互作用中去把握整体的系统论的思维方式

---

① [比利时]尼科里斯、普利高津《探索复杂性》中文版序言。

方向是一致的。恩格斯对把握系统整体有过论述,他说:"我们所面对着的整个自然界形成一个体系,即各种物体相互联系的总体……这些物体是互相联系的,这就是说,它们是相互作用着的,并且正是这种相互作用构成了运动。"①他甚至将十九世纪的自然科学概括为"本质上是整理材料的科学,是关于过程、关于这些事物的发生和发展以及关于联系——把这些自然过程结合为一个大的整体——的科学"。科学的进步要求研究者注重"一个大的整体"中各因素之间、与整体之间的相互作用与联系。我们目前所处的时代更是如此,各种概念与方法在长期隔离之后突然遭遇在一起,相互冲击,相互融合,发生了巨大的进展。在历史研究领域中,将东西方文明,甚至全人类文明作为"一个大的整体"来研究,已成为时尚。如《历史研究》的作者汤因比,就将人类文明划分为二十多个"分充发展的文明",并宣称只有在整个文明的水平上,民族历史事件才真正成为可理解的。其著作正是从事世界各种文明的广泛的比较研究。而《历史的起源与目标》的作者雅斯贝斯则提出著名的"轴心期理论",他将公元前 800—200 年的人类历史称为"轴心期",众多哲学家在中国、印度、西方三个地区几乎同时出现,如中国的孔子、老子、庄子、墨子,印度的佛陀,伊朗的祆教,巴勒斯坦的先知,希腊的荷马、赫拉克利特、柏拉图等。他是在人类的一致性中研究多样性与不平衡,追踪历史的统一。而《新教伦理和资本主义精神》的作者韦伯,则以其独特的历史比较的方法,对东西方主要国家的几千年文明史进行了较全面的比较,特别是将资本主义作为历史的产物,研究了它在人类历史舞台上不同区域不同时期的运动轨迹,从而预测资本主义文明将向何处去。这些不同学派的共同之处,就在于将人类作为"一个大的整体",来研究其间的各种联系与相互的作用,应当说,这是二十世纪以来科技发展对历史学的有力影响的反映。只要我们

① 《马克思恩格斯选集》第 3 卷,第 492 页。

坚持历史唯物主义,不放弃经济基础对上层建筑有着"原始起因"与"最终决定作用"的影响这一基本原则,我们就有可能改造这些属于唯心史观却是很机智的研究方法,使之倒转回来,以脚立地。马克思、恩格斯对黑格尔巨大的唯心主义体系的成功改造仍然是我们的典范。马克思有一段话颇值得回味,他在《关于费尔巴哈的提纲》中说:"从前的一切唯物主义——包括费尔巴哈的唯物主义——的主要缺点是:对事物、现实、感性,只是从客体的或者直观的形式去理解,而不是把它们当作人的感性活动,当作实践去理解,不是从主观方面去理解。所以,结果竟是这样,和唯物主义相反,唯心主义却发展了能动的方面,但只是抽象地发展了,因为唯心主义当然是不知道现实的、感性的活动本身的。"①我想,这段话至少有两层意思值得细细品味:一是唯心主义并非一堆垃圾,在"发展了能动的方面"它有长处,比如文化人类学各流派,对人与社会文化之间的关系,就作了不少"发展了能动的方面"的有益的探索,成果颇丰。无视这些成果,一切从零开始,我们就很难发展唯物史观的理论;再一层意思是,可见唯心主义的东西并不像烂苹果,剜去烂的就剩下好的,即使是"发展了能动的方面"的东西,也"只是抽象地发展了",我们还要对它进行改造,这才能为我所用。对文学史研究来说,人的实践活动同样是研究的主要对象。弗洛伊德的东西,结构主义的东西,马斯洛的东西,统统要改造为对人的感性活动的理解,其中"发展了能动的方面"的东西才能为我所用,让这些"花"结出"果"来,这也是唯物史观的"指南"作用。

有这一指南与没这一指南,情况是大不一样的。比如同样用系统论、控制论的观点看社会结构,却不坚持经济因素是"原始的起因"与"最终的决定作用",乃至将政治、经济、文化视为三个平起平坐的因子,将政治、文化与经济之间的相互影响视为"含混不清"甚

① 《马克思恩格斯选集》第1卷,第16页。

至是"随心所欲"的关系,那么,这种"发展"只能是"另起炉灶",不再是马克思主义的唯物史观。

唯物史观对传统治学方法的整合

　　世界上还没有哪个民族像我中华民族拥有这么长的完整而连续的文字历史。黑格尔对这笔文化遗产嗤之以鼻,认为"这部历史,在大部分上还是非历史的,因为只是重复着那终古相同的庄严的毁灭……因为在一切不息的变化中,还没有任何的进展"①。这恐怕不仅仅是对中国历史研究不深的黑格尔个人的意见,即使是今日,当我们提起中国封建社会的"超稳定结构"时,许多人也不是将它理解为在重复中隐藏着某种新的适应与弹性,是新与旧之间的妥协,是走两步退一步;而是将它理解为"鬼打墙"式的原地转悠,是不断地复原,走一步退一步。孟子早就说过:"天之生民久矣,一治一乱。"王朝的迭起,合久必分,分久必合,又加强了这一印象。梁启超概括传统治史方法时曾说:"大抵自宋以后所谓史家,——除司马光、郑樵、袁枢有别裁特识外,率归于三派。其一派则如胡安国、欧阳修之徒,务为简单奥隐之文词,行其溪刻隘激之'褒贬'。其一派则苏洵、苏轼父子之徒,效纵横家言,任意雌黄史迹,以为帖括之用。又其一派则如罗泌之徒之述古,李焘之徒之说今,唯侈浩博,不复审择事实。"②将注意力集中于褒贬,搞影射,罗列史实逞博,的确是传统治史令人厌烦的手段,但并不尽如此。司马迁讲"通古今之变",管仲讲"仓廪实则知礼义,衣食足则知荣辱",王夫之讲"理势合一",都接触到历史发展规律的问题。各种"正史"之注重沿革,写下许多综合性质的《志》,清人则有许多有关典章制度沿革的专考及

---

① ［德］黑格尔《历史哲学》,王造时译,生活·读书·新知三联书店1956年版。
② 《梁启超论清学史二种》,复旦大学出版社1985年版,第408页。

史论,这些都留下先人探索历史规律的足迹。而宋人司马光的《资治通鉴》,从书名到内容以及编年体形式,更是表明了先人要理出一条历史前行的经验轨迹的大决心。尤可宝贵的是,传统治史已形成一种要求"直笔"的规范,讲究经世致用。发展至清代,诚如梁启超所指出的:"总而论之,清儒所高唱之'实事求是'主义,比较的尚能应用于史学界,虽其所谓'实事'者,或毛举细故,无足重轻,此则视乎各人才识何如。"①

古人之"实事求是",重在考证(乾嘉学风尤其如此),于规律之"是"尚未倾其全力,不等于今日所倡之"实事求是",但二者求实精神则有某种相通之处颇为明显。

如潘次耕序潘力田《国史考异》云:"去取出入,皆有明征,不徇单辞,不造臆见;信以传信,疑以传疑。"梁启超曾概括清代正统派之学风的特色,其一云:"凡立一义,必凭证据;无证据而以臆度者,在所必摈。"其三云:"孤证不为定说。其无反证者姑存之,得有续证则渐信之,遇有力之反证则弃之。"其五云:"最喜罗列事项之同类者,为比较的研究,而求得其公则。"②这种求实的学风,至今仍应提倡。顺便提一下,目前不少人主张引例证要少而又少,或将要引的原文用自己的话说出就行,我认为尚可商榷。堆积、罗列材料固然不必要,但多些不同角度的例证,对论证是很有必要的。综上所述,我认为这笔遗产对文史工作者来说,至少有两点值得注意:

其一,现存史料文献有大量可信的资料,不容忽视。与之相应的是传统治学的校勘考订的手段,订正文献史料所载事实之讹舛矛盾错误,这一手段尤应继承,须知用虚假不实的材料是构筑不了历史唯物主义之大厦的。固然,历史是一个过程,但"必须先研究事物,而后才能研究过程"。整理材料发现规律,搜集材料去伪存真是先决条件。

---

① 《梁启超论清学史二种》,第409页。
② 《梁启超论清学史二种》,第39页。

其二,古人的"实事"尚停留于"唯侈浩博"、"毛举细故",而清人的"考据癖"更是以手段为目的,于"求是"尚未会心。唯物史观将赋予"求是"以新的生命力。如果说传统治学尚在"一治一乱"中兜圈,那么唯物史观可使之跳出圈外。如前二节所述,用唯物史观为指南,则可融合传统的治史方法,使其中合理成分消融在以唯物史观为指南的新方法中,以全新的眼光重新审视那古老的文献,跳出王朝更迭、周而复始的圈子,在"超稳定"的表象下揭示其不稳定的律动。

史观问题解决了,文学史观才有可能得以解决。当然,史观仍代替不了文学史观,更不等于编写文学史的实践。本文云云,充其量只能算作重新编写中国文学史前的一点准备而已。

(原载《江海学刊》1994 年第 3 期)

中西文化对撞中的林语堂

　　中国近、现代史，从某种角度看可以说是中西文化对撞史。在对撞中的中国知识分子因其对两者的不同态度而产生裂变，或主张中体西用，或主张全盘西化，或主张马列主义，但都不能无视西方文化强有力之存在，以及中国文化传统之潜势。在二者对撞的激流轰浪中，林语堂先生是个"亦耶亦孔，半东半西"（林氏《四十自叙》题注）的奇人，代表了"五四"新生代知识分子的一种类型。唐弢《林语堂论》（万平近编《林语堂选集》代序）对林氏的"半东半西"有个批评意见，认为"他从自我出发，根据主观爱好评论一切，他的笔端带着一点情感，一点人道主义的精神和色彩。但这不是十八世纪法国资产阶级革命时期的人道主义，也不是中国传统的仁爱思想。他嘴边挂着的似乎是一种悲天悯人似的说教。他谈儒家，谈道家，谈中国文化，我总觉得隔着一点什么"。隔着什么？唐先生接着指出："原来林语堂先生也和胡适一样，是用西方的眼睛来看中国人、看中国文化、看中国的儒家和道家的，但他有的不是一般西洋人的眼睛，而是西洋传教士的眼睛。这就使他和现代资产阶级区分开来，多少带点封建的气味，纵然怀有同情，却仍十分隔膜。"这一观察无疑是深刻独到的，但也不无可议之处。让我们的讨论就从这里切入。

一

　　林语堂的笔端,的确是常常带着"一种悲天悯人似的说教",看中国人、看中国文化也确实有时是"仍十分隔膜"。如《吾国与吾民》认为即便是在大饥荒省份的陕西农民"也还有能莞尔而笑的",而"北平的洋车夫"也能"一路开着玩笑",这些都是"知足精神",是"中国传统思想的渗透结果",是中国人"常热心于幸福问题,胜于物质进步问题"的明证。我想,这也许就是唐弢先生之所以会认为林氏是用"西洋传教士的眼睛"看中国的原因。然而,在林氏大量文本中,还有与之相反的一面,即对中国文化(尤其是属士大夫情趣的东西)有相当精微独到的认识,乃至有着融入式的体味与感悟。譬如他对"国民性"中"忍耐"的分析,认为"这样忍耐的态度,我想是由大家庭生活学来的……中国人家庭生活,子忍其父,弟忍其兄,妹忍其姐,侄忍其叔,媳忍其姑,妯娌忍其妯娌,自然成为五代同堂团圆的局面"(《中国的国民性》)。进而指出:"只要家庭制度存生,只要社会建立于这样的基础上,即人不是一个独立的个体,但以一个分子的身份生活于和谐的社会关系中。"(《吾国与吾民》第二章第二节)这里固然用了西方社会学的眼光,但如果没有对中国大家庭耳闻、目睹、身受的切肤之痛,岂能写得如此深切! 再如其论"狂士",说:"中国人太乏进取精神,然中国人谁容得下狂简进取者? 一二仗义勇为,好管闲事之徒,在家则驱逐之于市井,在国则逼迫之入江湖。此江湖豪侠所以多气义之人。气义人入江湖入绿林,是气义人为社会所不容之明证。及中国人气义人皆入绿林,皆上梁山,社会的余剩者为昏庸庸奄奄无气息之德贼君子,然后欣羡之,景慕之,编为戏剧而扮演之,著为小说而形容之,于是武侠小说大盛行于德贼之社会,人人在武侠小说中重求顺民社会中所不易见之仗义之豪杰,于想象中觅现实生活所看不到之豪情慷慨。"(《狂论》)从林氏对盛行武侠小说的社会文化心理依据推求之深,可见其中国文化浸润之透,又岂是"洋教士眼睛"所能到？至如在国外依据一堆故纸写成的《苏东坡传》,一个士大夫味十足的文人形象是那么有血有肉活灵活现,更表现了林语堂是如何熟悉中国文化,其中对中国文艺感悟式的描述有时简直达到"精微穿溟涬"的地步。他极力称赞苏轼"捕捉诗意的片刻,化为永恒"的艺术天才,并举出《赤壁赋》与《记承天寺夜游》二文为例,说：

> 这两篇文章流传千古,因为短短几百个字就道出了人在宇宙中的渺小,同时又说明人在此生可以享受大自然无尽的盛宴,没有人写得比他更传神……我们只看到一点点风景的细节,隐在空白的水天内,两个小人影在月夜闪亮的河上泛舟。从此,读者就迷失在那片气氛里。 (《苏东坡传》第十六章)

回头再读苏文,那"桂棹兮兰桨,击空明兮溯流光"的情景便会带上大江的雾气,湿润地让你感触到它的存在。这不是一个技巧问题,而是一个体味与感悟的问题。这样的"闪光",在《生活的艺术》中俯拾皆是。

林语堂的问题并不出在"西洋传教士的眼睛"。

二

林语堂的问题我看是出在"士大夫的眼睛"。唐弢在上引文中已提到,林语堂与"现代资产阶级"有区别,"多少带点封建的气味"。这是从鲁迅《与斯诺谈话》中生发开来的。鲁迅说：

即便是林语堂,也不能划归为资产阶级作家,他更多地属于旧式经院派的文学传统,而不是现代资产阶级的观念,前者产生于封建主义的背景之下,而后者实际上是他冷嘲热讽的对象。

封建主义可以是东方的,还可以是西方的。林氏的"封建气味"则是英国维多利亚时代的,加上中国道教式的,后者是其根柢。无论是提倡"幽他一默",还是"玩笑主义",还是"性灵",或"生活的艺术",其内在的情趣就是中国士大夫的情趣。中国士大夫的人格结构可归结为"兼济"与"独善",支持这一人格结构的便是"儒道互补"。顺利时大讲"修齐治平",逆境时则"下一转语",倏忽之间便心平气和地讲究起明哲保身。这才是《吾国与吾民》辟专章大讲特讲的"知足精神"。"常热心于幸福问题,胜于物质进步问题"的不是"北平的洋车夫",更不是"大饥荒省份的陕西农民",而是士大夫中庸庸碌碌的大多数。这种"知足精神"长期积淀,便整合为封建社会后期士大夫一整套颇具魅力的生活方式与情趣。林语堂《生活的艺术》中赞叹不已的沈复《浮生六记·闲情记趣》、袁中郎《瓶史》、张潮《幽梦影》,以及《吾国与吾民》中举为"中国人生活艺术的指南"的李笠翁《闲情偶寄》,其中所云插花、赏石、衣饰、午睡、玩月、饮酒,无一不是典型的中国士大夫情调。所以林语堂虽自称"对外国人讲中国文化,而对中国人讲外国文化"(《林语堂自传》),但他真正感兴趣的,其实更在于"对外讲中"。他翻译许多难度很大的中国古典文学,却很少翻译外国优秀的(尤其是当代的)作品,远不如胡适、朱光潜介绍西方文化的执着。而他所喜谈的"中国文化精神"又是什么呢?在《中国文化之精神》一文中,他将中国民族特征概括为"在于执中,不在于偏倚,在于近人之常情,不在于玄虚理想"。中国文化精神就是一种"人文主义"精神,即"对于人生的目的与真义有公正的认识",中国人纯然以此目的为指归,而"达此目的之方法,在于明理,即所谓事理通达,心气和平、即儒家中庸之道,又可称为'庸见的崇拜'"。通过中西比较,他也发现这种中庸之道的弊端乃在于不求上进,"不信一切机械式的法律制度",因而中国难有法治的成功。但林语堂并不因此而弃绝中庸之道,而是"创造"出一种新的"中庸"——"我们把道家的现世主义和儒家的积极观念调合起来,而成为中庸的哲学。"他认为这是最优越的哲学,因为这是最合于人情的哲学(《生活的艺术》第五章第四节)。他是透过这副"新中庸"的眼镜看世界的。在这种眼光下,陶渊明、苏东坡都难免带点"玩世主义",而袁中郎的《瓶史》、张潮的《幽梦影》、沈复的《浮生六记》这些第二流的东西也就放大为中国艺术的代表作。用这种眼光扫瞄国外,在讽刺大师萧伯纳身上也能发现"浑身庸见"(《读〈萧伯纳传〉偶识》)而现代艺术之父的毕加索也要遭受挖苦(《杂谈奥国》)。欧洲各国,"德人长于理论,法人长于审美"(《说通感》),但德人"一切都要循规蹈矩",甚至桌上放案宗要用界尺划分筑起。"一切太规矩,人生就乏风韵了。"瑞士人太讲究清洁了,"人生何必自寻苦恼,整齐清洁到那样程度? 还是自由自在,规矩中带点随便吧"(《瑞士风光》)。他最合意的是英国,盖"英人长于通感也就是长于实际。英国人在学理上,每每前后矛盾,以糊涂著名,似乎是一种缺憾,但是在实际上英人应付环境,却正因其不顾学理,而能只凭通感,糊涂渡过难关"(《说通感》)。这是林氏"新中庸"中的道家思想在起作用。他认为"中英民族相同之处甚多",尤其赞叹英人讲礼义,讲忠信,"恐孔子见之,亦将浮居九夷之念,退之(韩愈)见之,亦将叹为三代之风"(《中国人与英国人》)。这又是用儒家眼光取舍。用这种"中庸"的眼光取舍,难怪会有样的"中西结合":"我深信中国人若能从英人学点制度的信仰与组织能力,而英人若从华人学点及时行乐的决心与赏玩山水的雅趣,两方都可获益不浅。"(《中国文化之精神》)这就是林语堂的"半耶半孔",作为"中西结合"的"中方代表",其实还是在庄不在孔。因此,即便是他所喜爱的西方哲人"尼溪", 也"尚难樊笼我"。(《四十自叙》, 自注: "尼溪即尼采, 我少时所好。")他摒弃了尼采哲学中的"悲剧精神", 只取其"崇尚生命狂欢"的"酒神精神"。其小说《奇岛》便是"桃花源"的海外版, "不知有汉, 无论魏晋"的高士们都换上了古希腊祭神者的长袍, 但所祭祀的"酒神"其实仍是东方的庄子。

三

林语堂的"新中庸"并非"折中", 而是用极端的方法"去其两端", 是所谓的"庸见崇拜"。他"脚踏东西文化", 却不是踏在二者最先进的两端。西方现、当代思潮未曾引起他强烈的反响, 而中国文化精神他所理解的也并非最有生命力的部分, 或最深层的东西。对此, 林氏自己也是有所悟的。在批评辜鸿铭时, 他曾说: "孙中山则深得中国博大气质, 辜只是狂生, 而能深谈儒道。"(《辜鸿铭》)这是知言, 也是自知。试将一部《吾国与吾民》与鲁迅的《看镜有感》、《中国人失掉自信力了吗》对读, 便不难发现, 林氏不及处, 正在"博大"二字。正因其如此, 故所倡性灵, 所介绍的中国文化, 都难免显得小家子气。

林语堂的失误, 还在于对中国文化的深层缺乏深刻的理解。林氏生长于中国农村, 对中国社会底层有一定的了解, 但毕竟处在一个崇拜西洋文化的牧师家庭, 且又就读于教会学校, 生活于上层知识分子圈子里, 并多年侨居国外, 所以未能深入社会的底层, 对中国文化中深层的东西缺乏透彻的理解。上文所引《吾国与吾民》将"北平洋车夫"、"大饥荒省份的陕西农民"纳入"知足精神"一例, 便是明证。再如他将鲁迅"想做奴隶而不得的时代"与"暂时做稳了奴隶的时代"误记成"一为做奴才而不得时期, 一为做上奴才时期", 并阐释曰: "治者, 大家有奴才可做, 有油水可揩; 乱者, 奴才饭碗打碎,油水揩不着也。"(《中国何以没有民治》)"奴隶"与"奴才",一字之差,却将沉痛化为厌恶,将双向批判化为单向嘲弄,更是表明了与中国文化深层的隔膜。

总之,林语堂是一个对乡土、民族、祖国有深厚感情的人,但又是一个对中国文化缺乏全面理解的人。他偏好的是中国文化具有士大夫情调的那一部分。在这个领域,林语堂对中国文化的局部有相当深入的体悟,这个领域的研究是不可或缺的,他的研究成果也是应当充分肯定的。但不用讳言,这种研究如果不是在中国文化博大精神的观照之下,就难免露出小家子气,而对中国非士大夫的那一面的理解就时或流于浅薄。林语堂先生又是一位有多方面成绩的学者、作家、翻译家,洋洋大观,但好比九十九度的水毕竟没有开,其多方面的成绩都尚未能进入经典之列。原因之一,我想就在于他去掉了中西文化中最深沉与最先进这"两端"而行"中庸"。这对新一轮中西文化对撞中有志于"脚踏东西文化"者,是一个不容忽视的借鉴。

由此,我想到了两件事。其一是中国知识分子身上的士大夫气味不可不涤荡。盖中国士大夫原有一个相当完善的自我调节机制,即:"达则兼济天下,穷则独善其身。"它固然以儒家孟子所首倡,但在长期历史积淀过程中,已整合进道家的"无为",释家的"委顺",在逆境时为士大夫留下了一条堂而皇之的退路——"独善"。因此,士大夫无论在什么样的困境中,只要他想要,便能找到使自己心理平衡的退避理由——哪怕是亡国遗民,也可以退处山林书院而心安理得,不必"杀身成仁"。与"独善"相应,发展了一整套颇具魅力的"生活的艺术",从起居、衣着、饮食、直至交往、写作,都有其独特的情趣,能沁人心肺,销人骨鲠,也是一种"安乐死"。鲁迅曾教人"不读中国书",其用意是提醒人们注意这种不知不觉中使人消沉的东西。因此,在钻研、欣赏、提倡中国传统文化时,切莫不经意中将此类东西当成至宝,乃至选为立足点以创建全人类的新文化——那是建不成的。许多文化伟人，正因其保留这条"尾巴"——士大夫情调，终于"返祖"而走了回头路，为原先自己所反对的旧文化所吞噬，这也已经是不争的事实了。

　　其二是做东西文化比较时，切莫急于"东方化"（其实往往只是"中国化"），急于为东方文化"争口气"，而是应当先不存成见地、原原本本地认识西方文化，注重介绍其完整的原有蕴涵，原汤原汁，不予取舍。我曾看到一本日本人讲中国人的思维模式的小册子，作者认为中国人往往有"中体西用"的潜在意识，所以西方任何事物总是不能原原本本为中国人所接受，总是要按中国人的理解来"意译"之。比如 CocaCola，日人译音为"口咖口拉"，中国人则按饮料的美味效果译为"可口可乐"，真是信、达、雅，音义俱佳，但已非"原原本本"，翻译时已"中国化"了。鲁迅当年反对译外国人姓氏硬要套上中国的百家姓，女性还要加草头、女旁、丝旁之类，正是要防失真。又如 realism，我国译为"现实主义"；日人译为"离阿里子母"，要明白原意，就得翻字典，麻烦却近真。中国译法固然易懂，但也易"望文"而"生义"，未必合乎原意。事实上，几十年来我们对"现实主义"的理解早已偏离原意，并造成危害，这也是不争的事实。林语堂用中国士大夫的眼睛看西方文化，所以英语水平虽高，却往往看不到其最先进、最优秀、最具生命力的部分，这也已经不止是他一个人的经验教训了。

（原载《上海文化》1996 年第 1 期）

林语堂"对外讲中"思想方法初论

一

　　1934 年,林语堂在《四十自叙》的序言中,自称是"两脚踏东西文化"的人。这的确是林先生的长处,也是其毕生从事的事业。就其创作实践而言,也就是"对外国人讲中国文化,而对中国人讲外国文化"。其中又以"对外讲中"成绩最著。《吾国与吾民》(1935)、《生活的艺术》(1937)、《苏东坡传》(1947)可以说是最具代表性的三部书。它们既是林语堂在美国"红透半边天"的基石,又是我们扫描林语堂思想方法的最近距离。

　　"对外讲中"的首要问题是:讲些什么?《四十自叙》有云:"卸下洋装留革履,洋宅窗前梅二株。"在诗序中林语堂解释道:"即去其所当去,留其所当留意义,不外自叙对联中'两脚踏东西文化,一心评宇宙文章'的意思。"这显然就是林氏"对外说中,对中说外"的总纲了。"去其所当去,留其所当留",无疑是正确的。但什么才是当去,什么才是当留? 这就要看去取者的眼光是否高明了。卸洋装而留革履,住洋房而植梅花;只要渗透其中三昧,也就能明白林语堂的取舍标准了。

　　林语堂对"西装之不合人道"是耿耿于怀的,所以曾在《论语》上发表过《论西装》进行攻击,后收入《我的话·行素集》,在《生活的艺术》中又以专节抄入。他对笔挺的西装之不满,集中在它的紧绷"加害人类常情",而林语堂是主张质性自然的。所以不但是西装,凡是他认为的"不近人情"的事物,他都要反对。甚至如瑞士人的洁癖,"洁净得可怕",所以"不近人情","一切太规矩,人生就乏风韵了。"他认为最好是"规矩中带点随便"(《瑞士风光》)。他比较了中西思想方法之不同,认为"中国人思想法重直感,西洋人的思想法重逻辑"。他虽然也明白逻辑这种利器行之于自然科学无往不利,但又认为"用之于人类社会安身立命之道,就是'行不得也么哥'。"①颇有点"中学为体,西学为用"的味道。在《吾国与吾民》中便说是:西洋人断事之是非,以理为足,中国人必加上情字,而言情理,入情入理,始为妥当。"倘只在逻辑上合格,还是不够的,它必须'符合于人类的天性',这是极为重要的概念。"也就是说,讲情理才是合天性自然。可是怎么是讲情理呢? 在《中国文化之精神》一文中,林语堂下了个定义:"情理二字与理论不同,情理是容忍的、执中的、凭常识的、论实际的。"说到底,"讲情理者,其归结就是中庸之道。"我们回过头来读《吾国与吾民》《生活的艺术》《苏东坡传》,便会历历然发现其对外讲中的核心就是这个"中庸之道"。

二

据上文所引"情理是容忍的、执中的、凭常识的、论实际的"定义,《吾国与吾民》将"中国人之德性"概括为: 圆熟、忍耐、无可无不可、老猾俏皮、和平、知足、幽默、保守等八方面。其中除了"圆熟"与"保守"属于"果",其他诸"因"则都在"情理"所笼罩的范围之内。而这些"讲情理"的品性,认真看去,其实都归根于"忍耐"。如"无可无不可",其表现形式为"少管闲事",是懦弱者谋自身保障的一

---

① 林语堂《无所不谈合集·论东西思想法之不同》。

种无可奈何的态度而已。所以说到底也还是"忍耐"。再如"老猾俏皮",虽然被冠以"中国最高的智慧",实质上仍然是"忍耐",是一种用忍耐达到目的——即所谓"低飞"的艺术,"能容忍的冷酷"。由此再进一步,从"能容忍"到"乐于容忍",于是产生和平、知足、幽默的品性,"快快活活的过此一生"云。这一转很关键,"三种恶劣的德性"转而成为"不辞辛苦的勤勉与责任心,慎重的理性,愉快的精神,宽宏的气度,和平的性情",乃至"于艰难的环境中寻求幸福"的知足,还有那"对卑鄙罪恶常取容忍的态度"之幽默。

这种由无可奈何的忍耐发展而来的"中和"——"不过分而和谐",它就是"中庸之道"。它是林语堂用以矫正西方过激思想的利器,"中庸之道"不但被视为与"西方学理"分庭抗礼的哲学,而且已大有用之拯救在"过度膨胀的机械工业制度下""太易于被种种主义所奴役"的西方人之意。在过两年后出版的《生活的艺术》一书中,林先生果然以"中庸之道"为"美国赶忙人对症下药"(给陶元德的信中语),其"中庸之道"的认识至是又一转。在《生活的艺术》第五章第四节,林语堂是这样描述中庸之道的:

> 这种学说,就是指一种介于两个极端之间的那种有条不紊的生活——酌乎其中学说。这种中庸精神,在动作和静止之间找到了一种完全的均衡,所以理想人物,应属一半有名,一半无名,懒惰中带用功,在用功中偷懒;穷不至于穷到付不出房租,富也不至于富到可以完全不做工……总而言之,我相信这种中等阶级生活,是中国人所发现最健全的理想生活。

林语堂在这里提倡的"中庸之道",其实是"学者专家所失,庸人每得之"的"庸人之道"(《中国文化之精神》),准确一些应叫"半半主义",就是"把道家的现世主义和儒家的积极观念配合起来,便成中庸的哲学。"林语堂似乎已经接触到"儒道互补"的问题,但他并不在意二者之间的消长，他只是把"这两种不同观念相混合后，和谐的人格也随之产生。"也就是说，"半半主义"只是儒、道的"混合"，矛盾并存而非统一，也是《四十自叙》云"半似狂儒半腐儒"的好注脚。书中录了李密庵的《半半歌》，品味此歌，不难觉察其中混世、玩世的人生态度，事实上它才是林语堂看重的"半半主义"的内核，而与中国文化中博大的儒、道有一定之距离。统观全书，向道家（尤其是庄子）的倾斜是明显的，而儒家"中庸之道"已被改造过了。所以尽管书中对"中等阶级"（即士大夫阶层）的生活情趣有精微生动且丰富的描述，但我们依然不能同意这就是"表现中国人民的观点"（第一章第一句）。如果本书申明是反映中国士大夫的生活之艺术，恐怕更为确切。书中所举"爱好人生者：陶渊明"，诚如万平近《林语堂评传》所批评，这节只是简略介绍了这位诗人的生平，并把其名作《归去来兮辞》译成英文，而未能说出陶潜如何玩世的事实来。作为"达观"、"悟性"乃至"玩世"的"半半主义"，陶潜不是个典型。要待到1947年《苏东坡传》出版，林语堂"中庸之道"、"闲适哲学"的典型这才塑造成功。

《苏东坡传》是一部写得相当有特色的传记（不知为什么，林太乙《林语堂传》对这本书只是轻轻一笔带过）。这部传记使林语堂那儒道混合的"半半主义"有了一个颇具个性的载体。在他的笔下，苏东坡是个"不可救药的乐天派"，"他一生嬉游歌唱，自得其乐，悲哀和不幸降临，他总是微笑接受"，"他对朋友和敌人都乱开玩笑"，"眼前见天下无一个不好人"，"他始终卷在政治旋涡中，都始终超脱于政治之上"，"他的思想有印度风味，脾气却完全是中国人。由佛家绝灭生命的信仰，儒家生活的哲学和道家简化生命的信念，他心灵和感觉的坩埚融出了一种新的合金"①。传主性格发展基本上按照作者的设计进行，历史上的确具有多重性格矛盾的诗人苏轼，

① 上引皆见宋碧云译本《苏东坡传·原序》。

终于通过选择、强化、想象的手段,被塑成林语堂理想中"混合型"的"中庸之道"的体现者。

<h1 style="text-align:center">三</h1>

　　通过扫描,我们要寻找的是林语堂思想演变的支点。我认为这个支点,就是第一节所引林语堂强调的"必须符合于人类的天性"。"无论哪一种人生哲学,它必须以我们天赋本能的和谐为基础"(《生活的艺术》第六章第五节)。只有这样才叫"近人情",不管有多少思想观点混合,都必须以此为前提,并因此而互相转化。如上节所引"中国人之德性"是忍耐、无可无不可、老猾俏皮、和平、知足云云,都归根在"忍耐"。而"忍耐"又是"谋适合环境"求生存的结果,具"适生价值",当然也就是"符合于人类的天性"了。既然如此,忍耐、无可无不可、老猾俏皮诸德性尽管有这样那样的消极性(林氏对此做过尖锐的批评),毕竟因其"符合于人类的天性",仍有其存在之价值。由此一转,又成为和平、知足、幽默诸种高出西洋人之品性。以"和平"为例,林语堂虽然将"忍耐、无可无不可、老猾俏皮"列为"三种恶劣的德性",是"中国人的消极力量",甚至能"捶碎了一切革新的愿望",但又认为"这样的人生观,很明显不是没有它的美德价值",因为它"适合于艰难的环境中寻求幸福",使人"只想安宁这个现世的生命","抱定一种宗旨,在一个人的命运所赋予的范围以内必须快快活活的过此一生"。这就是从"三种恶劣的德性"孵化出的和平、知足、幽默的美德。如果说这只是林语堂认识的现实世界,那么在他的脑海中还有一个由此出发的理想世界。他认为:"'容忍'是中国文化的最大品性,也将成为现代世界文化的最大品性。"在林语堂的胸中,已萌发了以此"中国文化精神"去改造世界的念头,事实上也正是他后来一系列"对外讲中"的基本构想。

《生活的艺术》尤为自觉地体现了这一构想。该书专设了第二章《关于人类的观念》，开章明义地将"中庸"的人生观放在"全人类"的大背景下考察，认为："中国人对于人类本身所抱的一般态度，可以归纳到'让我们做合理近情的人'这句话里。这是一种中庸之道，不希望太多，也不太少。"林语堂坚信人性是共通的，所以他相信中西文明可以沟通起来，他的构想相当明确：以中国古代的物质文明与西方现代机械的文明相结合，建构一种"普遍可行的人生哲学"。也可以说是要以"中国文化精神"去补救西方"过激"的"学理"。而"中国文化精神"中主要又是些什么东西可贡献于全人类呢？从上一节可察见，其中有"容忍"的品性，有"知足"的精神，也就是"半半主义"。这种"半半主义"有异于现代资本主义的享乐，它"是在异于现代时代里的闲适生活中所产生的"，其中"从来没有怀着过度的奢望"，只是"乐天知命地过生活"（第一章第一节）。它"绝不是我们一般想象中的那些有产阶级者的享受"，"这种消闲的浪漫崇尚，我以为根本是平民化的"（第七章第三节）。而这种"平民化"，究其实质，不过是先认命而后乐天。所以《生活的艺术》中大谈特谈的消闲生活无非是饮茶吸烟，读书闲聊，乃至安卧眠床、烹调菜肴之类。而被推崇为"中国文学中所记的女子中最为可爱的"芸女士，其理想不过是："他年当与君卜筑于此（一片王府的废基地），买绕屋菜园十亩，课仆妪，植瓜蔬，以供薪水。君画我绣，以为诗酒之需。布衣菜饭，可乐终身，不必作远游计也。"（第十章第三节）而在现实世界中，芸及其夫（即《浮生六记》作者沈复）的生活还要潦倒些。《吾国与吾民》中，林语堂还介绍了这位穷书生是如何"想法布置一个美丽的居宅"，苦中作乐，"反映出中国文化的主要精神"。其中一节写夫妇于扫墓山中拾得些石子，制成盆景，描述了一个读之令人心酸的追求美的小故事。林语堂虽然尚未能如今天的美学家那样提出中国文化当属"乐感文化"，但他无疑已经在关切研究这一问题。他也意识到"芸追求美，是和现实世界有冲突"，但他"总希望能采取个合理、和谐而一贯的态度",我认为这个态度就是"乐天知命地过生活"。单方面去泯灭矛盾而不是用任何斗争手段来争取幸福。据他女儿作的《林语堂传》说,林语堂曾到苏州福寿山去寻找《浮生六记》作者及其妻芸的坟墓,"假使找到,他要预备香花鲜果,供奉跪拜,祷祝于这两位清魂之前"。可见林语堂是如何真心诚意推崇"知足常乐"这一原则的。

同样,在《苏东坡传》中,我们看到作者用最充分的笔墨来描写这位诗人是如何在连续遭受迫害时的"知足常乐",无论贬黄州,或谪岭南,甚至流放海南岛,他总能找到生活的乐趣,依然是"眼前见天下无一个不好人"。为了突出"知足"这一品性,在贬黄州期间,林语堂详尽地介绍了此期表现其当"居士"乐趣的有关诗文,却略去使苏轼立足于中国文学史上更为重要的一面:表现其雄豪旷达性情的作品,如名作《念奴娇·赤壁怀古》。事实上,书中总有意避开此类豪放的作品。可以设想,一个对中国文学不熟悉的外国人,读了《苏东坡传》后,其心目中的苏轼该不会是个"豪放派"的首领吧?再推开去,读了林语堂《吾国与吾民》等三部"对外讲中"的代表作,对中国文化不熟悉的外国人,读后恐怕也很难感受到中国文化博大浑雄的一面,更难"遥想汉唐多少宏放"了。

四

综观林语堂的中西比较,应当说是不乏独到见解的。如《论东西思想方法之不同》认为:"中国重实践,西方重推理。中国重近情,西人重逻辑。中国哲学重立身安命,西人重客观的了解与剖析。西人重分析,中国重直感。"二十几年后的今天,许多中西比较的文章,仍未跳出此圈缋。而有些看法还显示出一定的超前性。譬如他写《生活的艺术》,是想为"美国赶忙人对症下药",因为在美国他"居然也看到人权、个人自由,甚至个人的信仰自由权(这自由权在中国过去和现在都享有着)都可以被蹂躏,看到西洋人不再视立宪政府为最高的政府,看见尤里披第型的奴隶在中欧比在封建时代的中国还要多。"他甚至看到劳动的异化,人的异化:"世间只有人类辛苦地工作着,驯服地关在笼子里,为了食物,被这个文明和复杂的社会强迫着去工作;为了自己的供养而烦虑。"看到城市摩天大楼下千篇一律的笼中鸽子一般的生活。他由此想到东西文化的互补:"如将来交通更进步,现代的文明更能远布时,它们间的关系将更加密切。现在至少我们可以这样说,机械的文明中国不反对,目前的问题是怎样把这二种文化加以融合——即中国古代的物质文明——使它们成为一种普遍可行的人生哲学。"(第七章第二节)他还预言:"科学进步倘再过一世纪,世界愈趋接近,欧洲人将想到学取对于人生和人与人相互间比较容忍的态度,俾不致同归于尽……欧美方面或许会减弱其固执之自信心,而增高其容忍。因为世界既已紧密地联系起来,就罢不了相互的容忍,故西方人营营不息的进取欲将为之稍减,而了解人生之企望将渐增。"(《吾国与吾民》第二章第五节)他的这些想法,当今已成为热门课题,如何处理东西方文化融合,无论是经验还是教训,都应引起重视。

林语堂中西互补的想法未始不是个好出发点,可是由于他认定西方讲逻辑、推理"行之于自然科学可谓无孔不入,无往不利;用之于人类社会安身立命之道,就是'行不得也么哥'",因此他要用中国的"直觉"、"体悟"的思想方法来独下论断(《论东西思想法之不同》)。他将这种方法称为"实践主义的思想",或"现实的理想主义"。他的这种偏见使他对事实不做细致的分析与推理,使他反对用科学的理论指导这种分析与推理。于是他往往从颇为敏锐的观察"一转"而得出不正确的结论来。就以上述劳动异化现象而言,他看到西方发达资本主义国家人们为物质所奴役,则掉头来从中国旧武库中找解决的武器,于是乎那些原本为自己所批判的臭铜烂铁竟一转成为灵丹妙药,形同儿戏。如《生活的艺术》以"讲求效率"为"心为形役"的"三大恶习"之首,他用中国人"恶劣的德性"去取代西方人的"恶习"。上文列举的"半半主义"、"混合"人格等,无不是林语堂站在西方返顾东方的种种"体悟"的结果。这种"体悟"有时竟达到荒唐的地步,如《吾国与吾民》第二章第六节于批评"忍耐"的"恶劣而重要的德性"之后,"一转"而歌颂"知足"的"合情合理"。他举出"就像在大饥荒的省份,如陕西此种知足精神,普遍地广播遐迩,除了极少数的例外;而且陕西的农民也还有能莞尔而笑的"等例子,由此悟出"西方人的心灵常被次一等的权利观念所支配着,他们注意于国家预算的表决权,宣战投票权,和被逮捕时应受审讯的权利,而一意关心着快乐的幸福,这快乐不是贫穷也不是屈辱所能剥夺他们的"。它不禁让我们记起林语堂在《中国何以没有民治》一文中的一处误记。他将鲁迅名言"想做奴隶而不得的时代"与"暂时做稳了奴隶的时代"误记为"一为做奴才而不得时期,一为做上奴才时期","奴隶"与"奴才"一字之差,却活现出鲁迅与林语堂对中国现实的理解多么不同!林语堂将"恶劣德性"当成救治"恶习"的药方,不能不说是庸医式的谬误。再如他在《生活的艺术》第五章第三节提倡老子"玩世"哲学,认为:"凡尔赛会议如果请老子去做主席,我想今日一定不会有这么一个希特勒。"可是在《中国的国民性》一文中,林语堂却又很清醒地意识到:"在中国,逆来顺受已成为至理名言;弱肉强食,也几乎等于天理……假如中国百姓不肯这样的安排吃苦,也就没有这么许多苦吃。"每当林语堂"对中讲中"时,头脑就比较地清醒;一旦要"对外讲中"时,便会有些昏话。原因就在林先生的人性论使他在中西融合问题上往往看法太"平面化"。

所谓"平面化"就是看问题不讲历史的发展阶段性,不讲社会的阶级性。他将陕西饥民、洋车夫与士大夫放在同一个平面上,也将高度工业化的西方社会的劳动异化与中国封闭落后的自然经济放在同一平面上。他认为无论是洋车夫还是苏东坡,无论是东方人还是西方人，统统叫"人类"，他的"中等阶级"只是个混沌的概念。他甚至将动物性当作人的共性来讨论人类社会问题。在他的思想深处，在他力倡的"中庸之道"的后面，实际上有个主宰，那就是庄子的"齐物论"。当然，这个"齐物论"已"现代化"，打上了"人性论"的印记。正因此，"中庸之道"才与儒家原面目不同，呈现出道家"玩世"的色彩。《生活的艺术》第五章第四节作者有明确的表述："我以为半玩世者是最优越的玩世者。生活的最高典型终究应属子思所倡导的中庸生活。"这种"半半主义"磨去了林语堂个性中的棱角。在林语堂身上，原本有一股侠气，敢说真话，爱打抱不平，倡独立思考；但在理性上他追求"中庸"，所以虽然反对乡愿，推崇狂生，却又回过头来反对过激。他有一篇《辜鸿铭》，可谓知言之作。他指出辜鸿铭与孙中山之差别在于："孙中山则深得博大气质。辜只是狂生，而能深谈儒道精义。"这也可以看作是"夫子自道"，但由于他从辜氏的过激中得了教训，所以追求"中庸"，而又以庄为中庸，结果其个性与眼光都扭曲了。从林语堂曾附和"费厄泼赖"，后经鲁迅纠正而力主"打落水狗"一事看，可知林语堂的气质原本是可以通过引导而走向斗士一路的。然而当他身居海外与中国现实隔离时，他想以东补西的用心反而促使他走回头路，迷失在他曾批判过的旧文化之中。他拒绝逻辑，拒绝社会科学，乃至拒绝历史唯物主义辩证法，对马克思主义怀有很深的偏见，这更是他的致命伤。由于反对马克思的革命理论与阶级分析，所以他只能苦苦地从现成的旧文化中去寻求解决办法，或以东补西，或以西补东，只在量变上而不是在质变上下功夫，害怕用改造乃至革命的手段来解决问题。这就是他改造世界的方案："我深信中国人若能从英人学点制度的信仰与组织的能力，而英人若从华人学点及时行乐的决心与赏玩山水的雅趣，两方都可获益不浅。"（《中国文化之精神》）东西文化交融是个很现实也很长远的课题，林语堂是研究这项课题很合适的人选，他对东西方文化的了解有他人不易企及的长处，他的才华，他的文笔，都使他有可能在东西文化融合方面做出更杰出的贡献,然而,由于他拒绝历史唯物主义,使他陷于旧文化而不能自拔,只能在东西方文化比较上兜圈子,如评论者所指出:用力大而收获少。这对当前从事此项工作者未始不是一个很值得重视的经验教训。

(原载《福建论坛》1997 年第 6 期)

评陈子谦著《钱学论》

鲁迅晚年最提防"捧杀",因为文坛总有那么一些"啃招牌边"的人,嗡嗡地围定一个或几个名人,礼赞拜谒。动机嘛,无非如钱锺书所示:"或出于尊敬,例如俗物尊敬艺术,就收集骨董,附庸风雅。或出于利用,例如坏蛋有所企图,就利用宗教道德,假充正人君子。"(《写在人生边上·说笑》)其实,"附庸"说到底还是为了"利用"。给热气球充气,还不是为了让它将自己也带上天?"显学"的下一步,便是"俗学"。难怪钱锺书听说要办专门研究他的杂志就心悸(详《钱学论》,四川文艺出版社1992年版,第4页,以下引该书只注页码)。子谦则异于是,字字从"苦吟"中来①。笔者与子谦同窗三载,后来虽天各一方,知他带病研究钱学,一直奋不顾身。今翻阅四十五万言的《钱学论》,能不为之一弹男儿泪!

"欲言钱学,必先学钱"

《钱学论》论钱学有一特点:用极大气力倡"钱学品格"。其用意在清除附着于钱学上的锈斑霉垢,使之免遭庸俗化之厄。他将钱学品格归为"才、学、识、德",外加一"疑"字。所谓"才",禀性才情

---

① 子谦写此书后,一直与病魔搏斗,2008年8月卒于肺癌。余以"千古文章未尽才"吊之。

是也,与学力并举。二者联系关键在"化"——学问化为学识,方是真才实学。这就是钱锺书所说:"今日之性灵,适昔日学问之化而相忘,习惯以成自然者也。"何谓"相忘"?就是"使异物与我同体",已无所谓尔我。这便是子谦拈出的"读书消纳说"(页19)。它不但是读书之法,也是近百余年来争论不休的如何对待中西文化"体"、"用"问题的看法。中西体用之争,是中国人面对外来文化时特有的两难心态:学习西方先进技术,似乎便意味着传统道德的沦丧。钱先生"求同"、"消纳"的态度妥善地解决了这一问题。他所说的"化",正是要"化书卷见闻作吾性灵,与古今中外为无町畦"。古与今,中与西,都应当"化"到"相忘"的境界,有我无我,同条共贯,这才是一个欲自立于世界民族之林的健康民族应有的心态。如果不能"相忘",心中耿耿于谁为主体谁为用,就不会有博大的胸怀,不能得"异量之美",岂利乎更高层次文化之诞生?钱先生这一旧解,诚如子谦所称:"不亚于任何自然科学之发明。"(页122)《钱学论》就是这样从大处着眼,让人对钱锺书的治学原则有个基本认识。

然而,子谦并不停留于原则的标举,而是重视其学问与整个性情的陶融,从每一个琐细的事实中看到其心血的沉浸与滋养。他说:"一部《管锥编》可以看天下,正人心。""学术在他那里,已是德行的修养,人格的升华。"(页128)从"背师"、"文如其人"之评,到"后儒以理杀人"、"有新事物而无新理致"之说,事无巨细,经子谦阐明,则无不剖腹见心,透出钱学不容任何假、丑、恶的批判精神——而"德"也就在其中了。此"真理之勇",便是钱学品格骨鲠之所在,也正是子谦有会于心之所在。

钱学是"实学",非"比较文学"

子谦一向力主钱学非比较文学,在此书中又期期辩明之。"比较"是认识事物的一种方法,并非文学研究之专利。"用比较"岂便是"比较文学"?子谦认为,钱锺书确实出色地用了比较的方法,但目的不在"比",而在"求同"(详页693)。第十九章是很精彩的一章。现在言钱学者无不言"打通",事实上"比较"也正是为了"打通",而"打通"还有它更深的追求:"化古今中外为无町畦。"因此,子谦认为:"与其说各学科'打通',毋宁说各学派'打通',各学科之可通,乃因各学派之能通。"(页695)而"首先要'打通'的是自家门墙,欲使门户相通,不使'兄弟阋墙',即各宗各派'诗眼'相通,'文心'默契。"(页696—697)真真是一针见血之论!只有胸中"无町畦",才能"化古今中外为无町畦"。没有了偏见,才能有真知灼见。也许,这就是钱学那"超越的入世"?子谦进一步指出:钱锺书数十年如一日(他不取"天天都有新发展"的模式),追求的"终极目的"是求天下"共同的诗心、文心",因为他认定"文心、诗心之能同,是因为客观事物决定的'理'之可同,反映客观事物的情感心理之可同"。只有"物同理同",才能有"物通、理通、情通、思路通"(页696)。这才能"推一本以贯万殊,明异流出之同源"(页39),寻得人类文化的共同规律。因之,所谓"打通",也只是凿井及泉,是发现也,非发明也。由"比"而"通","通"则能"化","化"而求"同",于是乎"忘"。"凡是以应我需、牵我情、供我用者,亦莫非我有"(《谈艺录》,中华书局1984年版,页206),"己"便在其中。钱锺书正是站在这样的文化视角,胸无蒂芥孜孜以求中华文化与人类文化之大同。这种大气魄,是中华民族走向世界的先知先觉者才具有的气魄!

　　然而,也正因钱学具有超前性,而为时人所不易理解,不但将钱学视为仅仅是文学批评圈中的一种比较方法,甚或将《管锥编》视同类书。对此,子谦由于胸中洞然钱学之终极目的,故于钱学广征博引的撰述方法有独到的见解:

钱锺书每拈出一个概念或每论述一个问题,总是"触类旁通"、"连类举似"以至"充类至尽":从古至今,从中至西,犹颜师古所说"四出而行"……在大量的例证里,结论自明。(页696)

子谦认为钱锺书"打通"而能"圆通",正在于他能"方览圆闻",能"集思综断",所以无偏枯、固陋之弊。如果我们将这种具体而微的撰述方法与其大而深远的终极目的相联系,就不难看到钱锺书是如何在行动。其"方览圆闻"是鸟瞰式的"以大观小"。如《管锥编》,小至一字之训,亦不因"木屑竹头"而稍放松,在认真严肃的辨析中,滤出有用的东西。《管锥编》如子谦所说,"只选择十部典籍,按照历史本来的和应有的面貌进行辨析,从传统文化和文化传统中去发掘文化心理"(页127)。于是,我们看到,一片规模庞大的新文化工程正在施工。这便是《钱学论》揭幕的景象。

是的,这种"例证多于论证"的撰述方式在时下"比基尼"式的作手眼中无疑是"笨办法",而子谦却处处在力倡这种"最聪明的人偏要下最笨的功夫"的治学方法。他干脆给钱学下了这样的"定义":

"钱学"是这样一门学问:它面对整个中国传统文化,用"真"、用"心"、用"诚"、用"神"去感知,去分析、去批判评说的"实学"。(《引论》页7)

我曾思索过,何以"钱学"一经学界数贤标识,无异陈涉之揭竿,不几时便海内外风行,竟至溢出文化圈? 读了子谦这一定义,似有所悟。固然,"学问之事不是大喊大叫的东西",但作为一个时期乃至一个时代学术的旗帜,它必定与大众的总体利益、总体精神有沟通的地方,它迟早会由"少数人才能理解和接受"渐变为多数人所能理解与接受的——鲁迅精神便是一例。"钱学"之所以成为新时期学界之标识，就在于它是"实学"。钱锺书曾引康德驳"本体论证"文云："一百元之概念，终不如一百元之实币能增财富也。"（序页2，另参"不尽信书"一节）它不禁令人联想起"猫论"。是的，这是一个"求实"的时代，是教条主义、形式主义猖獗后的反拨。这就是钱学与时代精神相沟通的地方。子谦从"钱学品格"入手，不惮其繁地以许多实例示范，力证了郑朝宗先生所归纳的"以实涵虚"的批评方法，令人信服地揭示了"钱学是实学"的本质。这一论证本身，不啻在倡导与求实时代相称之学风，而这一学风应当成为求实时代的主流！

钱学"得子谦而发挥透彻"

常听一些爱钱学或与人一道爱钱学的人叹惋道："钱学好是好，就是不成体系，没几多理论。"这固然出于对钱学治学方法及其终极目的的无知，也还由于钱学自身的量大而散出，一些见解又往往点到辄止，并未展开，造成读者理解上的困难。《钱学论》就此做了大量的整理与铺平道路的工作。

首先是钱学辩证法的阐明。"钱学"，如果说"品格"为其骨，"实学"为其肉；那么，"辩证法"则为其神——灵魂之所在。记得毕业之际，笔者曾建议子谦写一部《文心辩证》，以发钱锺书治学之秘。可惜，子谦去四川后，这部书的详细写作提纲不翼而飞，他曾为此痛惜不已，不得不另起炉灶。现在令人欣喜的是，《钱学论》包举了这层意思。钱学辩证法无处不在，《钱学论》阐明其法也近乎无处不在。书中例证几乎都是钱学辩证法的示范，子谦时时处处在提醒读者注意这些成功的辩证，他所做的大量工作，是在理清这些辩证关系，并补充了不少相应的哲学知识，为读者铺平道路，使之脉络分明,度人以金针。如此者,触处皆是,读《钱学论》者切勿轻轻放过。

《钱学论》不但力破世人对钱学的不解、误解与曲解,还极力阐明钱学蕴含的理论性,其中中编好比是那聚光镜,将钱学中四处闪烁的光芒收集成几束强光。郑朝宗先生曾以"但开风气不为师"品目钱学,我深以为得钱学之心。鲁迅曾赞颂过甘当土壤的人,这样的人,钱锺书应当算一位。他用他学贯中西的博学与敏锐的眼光,面对浩如烟海的文化遗产,坚持不懈地从事那艰辛的采矿式的劳作。他不奢望在有生之年亲手完成人类文化大同的工程,他只是勤勤恳恳地为这一工程的奠基付出全部心血。这,也是"钱学品格"!黄河,可蒸馏出几多杯清水? 钱学,又可整理出几多条至理? 子谦在学习、证悟之中,从钱学之海舀取数瓢醇酒以飨读者,其甘如怡。

最见子谦阐说钱学使之蔚成体系功夫的,当推"钱学比喻论"一篇。子谦从全部的钱学出发,经细密的针法组织了从各个角度对"比喻是文学语言的根本"这一带规律性的重大命题的论证。经子谦的发挥,人们不得不对钱锺书关于比喻的见解刮目相看,而"类书"之说已不攻自破矣。这项工作必将引起爱"钱学"者的注意,导致好学者在钱学提供的无比丰富的现象及其规律之中沉思、反省,从而得到启发,理出思路,获得新的灵感。

是的,子谦是成功的,因为他的《钱学论》是以钱说钱,富有启示性,这比任何抽象、归纳更能体现钱学精神。郑朝宗先生曾经有一个建议:"我建议今后我们对钱著(包括《管锥编》以外的其他专书和论文)的研究,不再作一般的评述,而以专题的形式出现,即一篇文章只谈一个问题,力求深透和符合作者的本意。这样做自然难度更大,但毕竟有助于使自己及读者更进一步地了解钱著。"(《钱学二题》)子谦知难而进,《钱学论》虽然不能说无可挑剔,但他毕竟作了富有成效的实践,应该充分肯定的。

(原载《文学评论》1993 年第 4 期)

从历史文化的视角看
杨少衡的小说

一

我喜爱杨少衡的小说,首先在于他能感受到当代人心灵里历史文化的脉动,让现实蕴含着过去,指向未来,使所写的人物具有某种时空的立体感。须知中国传统文化对"现实"有其独到的看法。

历史寻求真相,这大概是人类的共识。不过中国人还有进一层的认识:历史在追寻真相中总结经验教训,植入现实,提供借鉴。司马光将他的编年史命名为《资治通鉴》便是明证。中国文化特重历史,或称"史官文化",与中国人有强烈的忧患意识相关。中国古人意识中的"现实"往往是包含着站在现在、回顾过去、忧患未来三位一体的意涵,也因此现代人称为"现实主义诗人"的杜甫,古人却称之为"诗史"。"诗史"不是"史诗",重点不在乎以诗写史,而在乎从具有历史连续性的现实生活中抉发出人性的诗意。在他们看来,"真性情"要比"真相"更要紧,因为"真"是从生命本源透出的美,是与"善"紧密关联的,是文学艺术所不可或缺的要素。我翻阅雷蒙·威廉斯《关健词》Realism(实在论、唯实论、现实主义)条发现①,这个词其实有着相当复杂甚至相互矛盾的内涵,是个不断演进的"变

---

① [英]雷蒙·威廉斯《关键词》,刘建基译,生活·读书·新知三联书店 2005 年版,第 391 页。

量"，不可望文生义。条目最后用了一个颇具包容性的定义："就广义的物质主义而言，Realism 的历史意涵即在于它具有一个目标：使社会的、物质的现实（reality）变成文学、艺术与思想的基础。"注意！"现实主义"不停留在"现实"，更重要在于"使社会的、物质的现实（reality）变成文学、艺术与思想"，这也就是中国古人所说的"据实构虚"，是"有"生"无"，而不是"无中生有"。所谓的"典型"也只能是建立在现实内在的可能性当中，这才能构成"真性情"而不是"高大全"。就此而言，我认为传统文论对"诗史"独特的认知完全可以进入此条目而丰富之。

回到杨少衡的创作，我认为他正是用据实构虚的方法逼真地"再现"了包括内在情感与潜在历史文化动向的现实。以《蓝名单》为例①，故事写了原市政协副主席简增国因行贿入狱的过程。一开始作者就抛出一个"包袱"：简某涉案是因为向蓝副书记行贿十万元。办案人员已点醒他：作为行贿一方，只要坦白交代，就会从宽处理。可是号称"师长"（闽南语称有招数、善于处理难题的师傅）的简某明知"退一步天地宽"，却异乎寻常地死不认账，令人困惑。由此带出他与现任乡长的儿子简哲之间的矛盾与亲情。老简有的是办法，但不择手段，总认为"首先是办成事情，办成了就合适"，因此留下不少后遗症。小简偏不买父亲的账，厌恶官场潜规则，力主依法治国。父子俩扯不到一块，一路磕磕碰碰。然而中国人最过不去的坎就是父子亲情，尤其是那些巴望着儿子能传宗接代的父亲。老简不能不用自己的方式一路关照着儿子，为了保住儿子的仕途，乃至不惜付出以身试法的沉重代价。故事是这么收尾的：

如果简增国承认下来，当年的"周转金"将被视为为简哲铺路买官，这将成为简哲一大污点，会给他的未来蒙上难以消

---

① 本文所引杨少衡小说，除另行注明者外，咸见于拙编《杨少衡新现实主义小说点评》，中国华侨出版社 2018 年版（收入本《文集》第八册）。下引只标页码。

除的阴影,甚至毁掉他的前途,这是简增国无法承受的。简增国认为简哲是个好孩子,作为年轻干部他也很优秀,未来他应当会强于自己的老爸,不该被早早毁坏。因此简增国死活不进"蓝名单",宁可自己承担后果,这是他应该承担的。他的出事短期内对儿子上进会有影响,长远看可能反会让儿子在当地收获或明或暗的同情,有利于发展。(页55)

"包袱"至此解开。简增国不愧是老谋深算的"师长",不但以亲情最后赢得儿子理解的泪花,他那"长远看可能反会让儿子在当地收获或明或暗的同情,有利于发展"的预想也符合今日的现实。无论是简副主席还是简副乡长,作者都是从他们个人的"性情"的根本由里到外地说开来。杨少衡未必于古文论有兴趣,但无疑深于历史文化的感悟。我在点评中发了一通这样的议论:

　　这篇以反腐为题材的小故事,带出了一个千百年来让哲人们纠结不已的古老命题——情与理(法)的关系。人际之间的和谐需要情来加固,社会必要的秩序又需理(法)来维系,二者经常会出现矛盾,是所谓的"忠孝不能两全"……时至今日,它仍然令人头痛。与各种企图以"绝对理性"来压跨人间情感的主张(如原罪、灭人欲等)不同,原始儒教将"理"置乎"情"的基础之上,融化在感性中:"道由情出"、"道始于情"(郭店竹简)。儒家以亲子之情为根本,建立了"孝—仁"为体系的中国特色的伦理社会模式("国/家"),让理渗入情,情理交融,"合情合理"并举。至今,一曲"常回家看看"仍能打动国人的心。在不同的情境中,"舐犊之情"与"大义灭亲"并存,情与理交互为体、用,形成伦常节奏,也出现了许多"挥泪斩马谡"式的悲剧。情理交融在现实社会中如何成为可能,依然使人困惑。许多论者都指责中国的"人情世界"妨碍了"法治精神",固然大体不错,但这是中国的历史与现实。是否还应考虑西来"法"与东土"情"也应当兼容,让情、理、法各司其用,让人人都能像了解交通规则一样了解三者之间的界限?这是一个不易解决却又必需解决的难题。当然,文学家要敏锐地发现并提出问题,却未必要、也未必能给出解决问题的办法。然而问题提出来了,就会引人思索,解决问题兴许有了希望。这就叫——意味深长。(页 55—56)

对文学创作,西方人或以镜喻之,取其摹仿、反映义;或以灯喻之,取其表现义。但引人思索、发人想象更是文学创作的一大功能("诗可以兴"),似乎没有提起。好作品有时并没有给你具体的指示或答案,只提出某个问题,却成为引发你思考与想象的支点,这还不够吗?

二

现代人无论如何现代,历史文化总是会盘踞在你的心理结构的深处不时地探出头来。在《我不认识你》一篇中,作者另塑一个处于矛盾纠结中心的人物:安再厚。他是出身"草根"的私企老板,敢说敢闯,无疑是市场经济大潮中的弄潮儿,有其历史的作用。然而此类人身上有洗不掉的游民习气,不按规矩出牌,总想用金钱铺路,填平自身的"先天不足",进而取得竞争优势;而安再厚身上那种天不怕地不怕、知恩"讲义气"、有仇必报的性格,又使人想起古代那些江湖汉子,叫人爱不得、弃不得、认不得。作者吸取悬疑小说一些手法,让安再厚与有"官二代"背景的林东华,以及变态人物郑涵之间互相撕咬,三股线索或明或暗绞在一起推进情节发展,颇有看头。"我不认识你"是夹缠在安、林之间的副市长孟奇的口头禅,暗示这位力求办事"公平"的官员面对这场斗争及安再厚这种复杂人物所产生的困惑。安再厚总是有自己的一套"道理"：欠人工钱,他说："不怪我。"孟奇："难道怪我?""区长说得对。"新鲜! 仔细一想,孟奇代表区政府,而区政府让安某垫资搞建设,欠下巨债至今未还,他将欠工钱的责任推给区政府的确也有他的理;招标时他又与林东华较上劲,明知后者有后台却不听"协调",指控林东华使用不正当手段诱逼竞争对手,凭借权势压人,强烈要求区长主持公道,这也不能说他没理。然而安再厚"有恩必报",为了感谢孟奇主持公道就行贿为之买官,为了保住安家"风水"不惜鼓动村民上访,等等;这些"奥步"真让孟奇犯难。

然而还有远比这些"暴发户"更难"剃头"的难题。"拔起萝卜带出泥",无论是"官二代"还是"草根",暴发户们身后往往有个"家",如林东华"父亲是本省老领导,退休前为省人大主任。林家兄弟姐妹个个能干,出了一个市长,一个厅长,还有一个大学书记";安再厚身后则有"山间几个老坟头"为象征的安氏村世代的亲族。"国家"的"家",中国古代指的是"家族",既是王朝的支柱,也是割据的一方。氏族血缘在中国有其连绵不断的现实社会渊源,一直死而不僵,尤其是以此为基础扩而大之的"江湖义气",战友、同学、哥们、兄弟,在"关公"麾下重新集结,借新时期经济大潮化身为形形色色利益集团的内核,不容小觑。作者的慧眼就在于能从这些"新问题"里洞见老病根,探针已深入到历史文化的深处,触及贪腐的穴位。在中国古老的大地上,不管戏法怎么变,总可以找到它的"底本"。

三

当然,历史文化也不尽是负面。"真性情"的另一种相近的表述是"情志"。最能体现人之为人的特性应该不是吃饭睡觉之类的自然属性,而是人的社会属性。情志不是人性的全部,却是人性中社会性的浓缩表现。刘勰《文心雕龙·附会篇》曰:"必以情志为神明。"情志应是思想(在中国古代主要指道德理性)与情感互相渗透后的一种感性形态。将情志视为文艺创作的爆发点与灵魂,正是中国古人高明之处。

当代文学创作就不讲情志了吗?"一心想当官"如今不是一句好话,但"一心想当教授"、"一心想当老板"就是好话? 子曰:"亦各言其志也。"(《论语·先进》)从"情志"的视角我们也许比较容易看清个中原委。

连加峰,是另一篇小说《珠穆朗玛营地》的主人公。他"长在红旗下",甚至闹不清楚"困难时期"、"文革"为何物,从未有心灵与肉体的创伤,工作、生活平顺,更具当代青年干部"被幸福"的"一般性"。他独特之处还不在于自嘲在市府办是个"太监",一口一个"喳",只会"对对对,是是是";而在于他高中时就在心中"安装"了一座山——珠穆朗玛峰,因为高中老师告诉他"人的心里应当有一座高山"。这山当时只是模糊的象征,待到参加工作后在庸庸碌碌的生活中泡久了,这才又记起这座高大的山——须知当代青年要的不仅是"活着",还要"存在"。这山已经成了连加峰的一种向往,用唐人的话叫"兴象"。兴者,起也。珠峰巍峨的"象"唤起他向上的"兴",他要改变当前平庸的环境。古时候说"不到长城非好汉",如今是"不到珠峰非好汉"! 于是他"开后门"到西藏工作,当了个县委副书记,从此一心扑到艰苦的工作中去。"仁者乐山,智者乐水。"为百姓谋福利的责任心与厚重高大的珠峰叠合了。是的,兴象不是象征,是感应,是心性与自然的沟通——异质同构,是具有感性的"神用象通"。在小说连加峰与陈戈"私奔"珠峰一节里,兴象化入境界,珠峰已不再是俩人心中缥缈的影像,而是身在其间的实景了。人在山中走,情在境中生。真,化而为美。

美可以启真,崇高的景物可以洗涤许多人的心灵,前提是那人也得有真性情。狂奔三千里,来回三昼夜,就为了看一眼"那座山"?没止于至善的情怀,谁玩这种极限运动? 一边是:在海拔四五千米缺氧的高原上狂奔,陈戈因闹肚子昏过去,连加峰也体力透支,但他一改向来的"对对对,是是是",将昏睡的陈戈扛上越野车继续走!另一边是:"天蓝水净,五彩经幡猎猎翻飞于山巅,色彩鲜活","景色极好,喜马拉雅山坡起伏,蓝天贴着山尖,伸指可触,白云飘飞,山风强劲。公路缠绕山坡,漫长的上坡路上,只他们一辆车在行进,左盘右旋有如山鹰","夜幕四合,星空低垂,寒冷的原野极其空旷"。作者用散文的笔调紧拉慢唱地将喜马拉雅山美景穿插其间,颠簸的越野车使连加峰与陈戈靠得更紧了。当陈戈被抬进旅馆后有一段描写:

> 凌晨时分她醒过一次,发现自己和衣躺在床上,身上盖着厚厚的被子,还压着她的羽绒大衣。屋里静悄悄的,灯亮着,照着床边的连加峰。他把原摆墙角的沙发推到床边,斜靠在沙发上,身上裹着件军大衣。他没敢躺下,半坐半靠,守护放在陈戈床头的一支氧气钢瓶,一边打瞌睡。她看到他缩成一团,像是很冷。
>
> 然后她又昏睡,那一瞥有如梦境。(页97)

情真意洁。这是有别于爱情的人性中的诗意,同样是美。次日,珠峰兀然现于眼前:

> 连加峰在路旁石砾上坐下,静静看着冰峰,极力回想。
> ……
> 他使尽气力,大喊了一句:"是它!"
> 然后仰翻,后脑勺着地,连加峰猝然昏倒于珠穆朗玛营

地。(页107)

我的评点是:文学史表明,只要能将一个民族的历史文化的某种深刻的理念具体化为一个有意味的形象,便是佳作。中国人将人生的最高境界称为"天地境界",将审美的最高境界称为"天人合一";这种东西有点"不可知之,但可思之",作者在这篇小说中竟然水灵灵地将它体现出来了。关键在作者成功地捕获了一个鲜明的意象——珠穆朗玛峰,并让它成为普通人心中的那座山!"那座山"不是别的,就是对人民负责的社会责任心。它是清流与浊流的分水岭。传统的"比德"至此已不是什么僵硬的教条。我不能不佩服作者巧妙的构思:他让主人公心中的那座山一路向珠穆朗玛峰靠拢。那条路、那棵树,那番苦心,那些折腾,让心中那座山愈来愈清晰,终于与晶莹透亮的珠峰叠合,涤尽官场一切庸人俗气,在那一瞬间实现了"天地境界"与"天人合一"。

这一旅程是连加峰心的历程。小说中没有大段独白,或意识流之类的心理描写,只用传统小说常见的白描手法,以事以物以情写心,同样实现了作者对连加峰的精神透视。

陈戈值得一提。据我所知,杨少衡编写的故事,其细节与人物多少都有可考的事实为依凭,唯独少校小姐陈戈是作者完全的虚构。她体现了作者忠厚的用心,相信"那座山"的感染力,相信新一代有自我完善的能力。这也许不是曾经的"现实主义"所能规范的了。

四

杨少衡小说中许多正面人物不幸都"一心想当官",但"一心想"是各有其所想,"当官"也各有各的当法。《大畅岭》其实是从长篇小说《底层官员》中裁下的[1]，欲知主人公刘克服为什么"一心想当官"，还得追踪到前文。原来刘克服的命是用母亲的命换来的：在洪水中，父亲为了救儿子，放弃了孩子他妈。所以刘克服发誓："要让母亲值得！"如何才"值得"？在现实中他痛感人与人并不平等，他"一心想当官"就为求个公道求个平等。有如此想头的人决不止刘克服一个。刘的爱人、后来的妻子苏心慧也是因为"出身"问题四处碰壁，但她"一心想当官"百折不挠，终于走出困境。正是在她的鼓励与帮助下，刘克服弄到副乡长的位子。但同情弱者的性情使他不能不管"闲事"，也因此老是惹麻烦。何谓"性情"？简单说就是某种内化了的思想感情，它甚至能影响一个人的情绪与行为模式。当他看到被挂炮炸掉双手的小阿福"两只小臂光秃秃如两支小棍，在高高挽起的袖圈里晃荡"时，自己的伤臂就会发抖，"自行车在他手下嗦嗦晃动"。同情弱者就是刘克服的真性情，使他老是爱打抱不平。苏心慧劝导过他："别招惹你管不了的"，你"必须能把握住自己，包括性情"。但性情还是把握了他。

性情能说改就改吗？当了副乡长他还是要不自量力地为移民村的百姓抱不平，也因此吃尽苦头受尽委屈，却赢得了移民村百姓的信任。但副乡长毕竟只是个不入流小到不能再小的村官，许多不平事他虽然看在眼里挂在心上，却无能为力。小说有一段心理描写：

> 他觉得自己很没用。现在他最盼望的就是手中能有权力。当年他在中学里当教员，有人说他到头来怕是老婆都找不到。那时满心盼望能有贵人相助，改变命运。那种处境的感觉很深刻。忽然有一天有人喊他"贵人"了，让他感慨不已。他帮得了他们吗？号称一官半职，其实就是小小副乡长，成什么事？他觉得自己非常低微非常无力。（页143）

---

[1]　杨少衡《底层官员》，作家出版社2010年版。

"一心想当官"就够要命了,还"最盼望的就是手中能有权力",真是冒天下之大不韪!但是当他把当官掌权与自己的情志结合起来,这就使事情有了质的变化。在一次移民村与乡政府强烈的冲突中,刘克服"先斩后奏"提出移民村整体搬迁彻底解决历史遗留问题的主张。其实这一主张已是历任基层干部的共识,只是难办所以一直没人要办。县委方书记是个"功劳归自己,责任付他人"的狠角色,他一面大发雷霆要把刘克服"毙了",一面又知道这一历史欠债终究得还,便将责任甩给刘克服,要小小副职村官的他提方案。在巨大的压力下刘克服的智慧发生了"井喷",他不顾一切地奔走呼号,甚至不怕丢乌纱帽铤而走险直取港商吕金华,晓之以利害,动之以商情,让他为筹建移民新村出资。"不可能完成的任务"完成了!权力在这样的人手中就可能造福一方,维护这一方百姓的利益。这样的人"一心想当官"岂不是百姓的大幸?作者将最美的人性诗意赋予卑微的底层官员,这不能不引人深思。我在点评中这样写道:

> 这一次是直面权力问题。我们面对的不止是贪污受贿之类的腐败,还有另类的腐败——缺乏社会责任心与正义感,不讲科学决策的一言堂,滥用权力……我们无权责备处于权力边缘的基层干部刘克服,他已经身心交瘁为百姓的利益尽力了。这种人在现实中已经是很难得了!再好的政策与法制也得有人去执行,所以我们常说人的因素第一。人,什么样的人?小平同志说得最精确:"人的因素重要,不是指普通的人,而是指认识到人民自己的利益并为之奋斗的有坚定信念的人。"[①]这个信念也就是连加峰"心中那座山"!在沧海横流的大变革时代,这种人才是中流砥柱。我们站在第一线的基层干部,最缺

---

① 《邓小平文选》第3卷,人民出版社1993年版,第190页。

乏的还不是高学历高智商,而是有坚定信念与强烈的社会责任心。刘克服这个形象之所以成功,就在于他有血有肉有情有义有欲望有纠结有顾忌,真实可信。(页165)

作者站在"有坚定信念与强烈社会责任心的人"一边,但是在杨少衡的"现实主义"里没有人为的"大团圆"。该来的还是要来。为了顾及方书记的"形象工程",在没有彻底闹清地质状况之前,刘克服只在自己权力范围内悄悄调整了一下设计,让新村离南坡远一点。终于在一次大暴雨中,不给面子的泥石流毁了"幸福村"。为了自保,县委方书记不讲自己决策错误,只讲救灾事迹,将无视灾情的原乡党委书记林渠撤职查办,把救灾中周身是伤的刘克服提为村委书记,转移了视线也堵住刘克服的嘴。方某无恙。而"幸福村"却从此成了刘克服难以克服的心病。这就是现实。

五

现实,是发展着的时空连续的现实,一项似乎是"孤立"的"当下"事件,需要经过人们理性的反思,在一定长度的历史时空中俯瞰,才能弄明白。杨少衡正是一位深于反思、俯瞰的作家,综观其作品就能明白这一点。

即以杨少衡笔下一系列的"暴发户"形象为例,作品形象与作家的思考都有个由粗趋细的深化过程,与形势的发展同步。在发表于1998年的《红布狮子》中①,万源鞋业老板常东升是个地道的"痞子",对工人极尽其压榨之能事,满脑子低俗的封建迷信思想,无一是处,这是改革开放初期一批处于原始积累阶段的暴发户的真实状

---

① 杨少衡《红布狮子》,作家出版社2002年版。

况,也是作者对这些人的初步认识。然而随着形势发展,这些人也在蜕变。在发表于 2005 年的《林老板的枪》中[①],牛气哄哄的奉成集团董事长林老板已经在扩大生产,想并购县机械厂了。他不但懂得用"糖衣炮弹",也懂得捐款扩大影响,甚至企图"帮"县长升官,以利将来,只是吃喝嫖赌的痞子属性没改。时至 2013 年,《我不认识你》中的私企老板安再厚,可以说是林奉成的 2.0 版,但其德性要比前者"厚"了许多。虽然还是吃喝嫖赌,依然有一个无耻的"小蜜",同样以钱开路,但他有时也讲理,在经营时基本上守法,懂得要求"公平竞争",知道这才是长远之计。对副市长孟奇的情感,除了难免的"功利主义",更多的是对孟某主张"公正"的认同与感恩——虽然用的还是"江湖义气"。这是我们要面对的新情况。正是这一新情况促成了一批新型官员。

难能可贵的是,杨少衡把"暴发户"与"官员"捉对儿来思考。历史辩证法表明,"恶"推动了其对立面的发展,用《老子》的话叫:"反者道之动。"《林老板的枪》中,县长徐启维对付林老板是:一方面用"忍",投其所好,给足面子;一方面瞅准时机捉住他私藏武器的要害,逼他就范在职工安置协议上签字。"妈的,扒得只剩一条裤衩!"林老板说。原县机械厂职工的权益于是得到保障。徐县长对付林老板的办法尚属战术性的小谋略,而在《我不认识你》中身处新历史时期的副市长孟奇,则不但善于解高等数学题,还善于对社会现象作理性的思考,注重长远、系统的策略,而不是眼下零碎的得失。面对新型的"暴发户",他依仗的则是政策与法制,讲究的已经是大道理了。这个大道理就是公正、公道,对民营企业该扶持的扶持,该监督的监督,该承担的承担,使之走上公平竞争的路。行之以大道,处之以情理,还之以公道。在市政协换届时,他对安某有个基本看法,颇能体现他的"公道":

---

① 杨少衡《林老板的枪》,百花文艺出版社 2006 年版。

孟奇告诉来人，安再厚对挨打迁坟至今耿耿于怀，在许多场合公开表示不满，迁怒市领导，怪罪孟奇偏袒对方，表现狭隘。但是也应看到安的企业具有相当规模，是纳税大户，经营尚能守法，在本市民营企业家中有一定代表性和影响。村民闹事要记安再厚一笔账，但也应念及情有可原，关键时刻安再厚虽极不情愿，还能听从劝告，抱伤含泪打电话，帮助平息了风波。安再厚嫖娼是既往问题，应当监督他改正错误。可以警告他，类似行为有损形象，日后一旦再出问题，除了受法律惩处，还将被公开罢免政协委员身份，让他颜面扫地。这或会促成他加强自我约束，更有积极效果。（页212）

孟奇的视角颇能体现中国文化中实用理性的特征。有人说，能从泥洼中发现倒映的星星者，定是诗人。我说，能在贪腐甚嚣尘上的岁月里发现并写出心定气闲地考虑治国之道的官员者，必是优秀作家。是的，面对新情况要有新思维，我们不能老是以"老子是大老粗"自居，老是以"大跃进"的心态治国。时代需要一大批有理性、讲科学的新式官员。以2008年发表的《大畅岭》为标志，杨少衡开始陆续塑造了一批有血性、有理性的基层官员的形象，这正是他的小说与"谴责小说"截然不同的地方。《大畅岭》中的刘克服当过物理教师，他知道学过地质学的应局长说话的分量，所以颇挂心于"幸福村"新址的地质状况。可惜我们当前"官大一级压死人"的体制很不利于科学决策。他们的话就是圣旨，如何纠偏？而在考核干部时又侧重看表面"政绩"，促成"形象工程"的泛滥，火借风势，官官心急火燎要"快上"，"科学决策"便成了一句空话。这层意思在2017年出版的长篇小说《风口浪尖》中有集中的体现。

六

《风口浪尖》这篇小说的结构颇奇特①。全书可分为"海王"台风预警引起一场虚惊，以及"丝丽"台风真正袭来两部分。书中出场人物众多，各级官员与三教九流各色人等叠罗汉也似地各安其位，"安定团结"有惊无险。然而一阵大风，罗汉阵立即轰然倒塌，在危难面前人人本色尽显。其实呢，这阵风是风中有风：有台风也有反腐暴风，一经一纬将林林总总处在不同平面上的人、事、物卷入风眼相互碰撞，形成一个互为因果的整体结构。先说前半部大略：

市长李龙章原为东城区副区长，因抢建东城迎宾路，以及江滨路、江滨公园，形象亮丽，进"快车道"骤升为市长，但也因操之过急，下水系统原始，排水不畅，伏下东城内涝的危机。

副市长张子清胆大心细，高傲有决断，有理性，看不惯李龙章不负责任的行为，常嘲讽之。事出偶然，他发现小警察肖瑞溪的才能，遂一路提携为岭边县纪委书记。肖在办李梅案时觉察背后阴谋，由此又引出岭边县委书记陈凯的贪腐案，伏下后来杀身之祸。

副市长唐亚泰性格粗放，外刚内柔，但正直有余而认识不周，错误地认为"立足现实状况，出于做事需要"，只要自己不贪污，公家不妨多花钱。在处理工程项目时迎合"上头"李远航，挪用七姑堤拨款以保证"官二代"林寅的利益，伏下日后溃堤的灾难。又因七姑堤引来市水利局总工办主任童健"告大状"，唐欣赏童"有学历有能力"与不屈不挠的责任心，荐为市水利局副局长，后虽因省里不当决定免去其职务，但唐仍看重其品格，又伏下重新起用她的机缘。

北岭县级市市长陈竞明，有官瘾，敢说敢干，勾结港商戴鹏飞，

① 杨少衡《风口浪尖》，湖南文艺出版社2016年版。

以工程项目收贿,并向市委副书记刘贤平行贿谋官,居然进入副市长人选考核程序,同时也招来举报,喜忧参半。

以上线多事繁,人情物理交错,危机四伏,悬念迭出,杂而有序,为高潮到来做了充分的铺垫。

以下讲丝丽台风真正袭来矛盾总爆发时的大略情状:

市长李龙章对自己在东城区排水系统建设中欠下的债心知肚明,急调张子清坐镇东区,意图让张背责任。当内涝告急时,又不顾一切调离张,命令梅岭三水库蓄水以减轻东城区负荷。他总是先考虑自己的利害关系。而张子清抗命放水保住梅3水库解除总崩溃的危机,反而使他侥幸躲过一劫。

副市长张子清以百姓的生命财产为重,明知有陷阱也往里跳。他死守梅岭三水库,理性地分析三水库险情,坚决拒绝蓄水,在梅1、梅2水库相继崩塌后,终于保住梅3水库,避免了一场更大的灾难。

副市长唐亚泰在紧要关头起用被免职的童健,合力死守七姑堤,成功地转移了村民,其间还劝阻张子清不要离开梅3水库,体现了同志间的生死情,最后堤塌而壮烈牺牲。童健在越野车沉没时被唐亚泰蹬出车门获救。

岭边县纪委书记肖瑞溪被县委书记陈凯构陷受贿十万,不得已在将聋哑女儿安顿后潜逃,与证人丁其兴合力诱出陈凯派来的杀手县刑警副大队长石秋生,肖被杀后丁报案,陈凯贪腐败露跳楼自杀。

北岭县级市市长陈竞明贪腐败露,企图导演一出"民众自愿欢送"的闹剧,临阵怯场匆匆出逃被通缉。

后半部分错综其事,层层进逼,环环相扣,一时间天崩地塌写出太平世界的一场无硝烟的战争。这部书的结构一似暴风中海上起伏的巨浪,背上叠着小浪,小浪溅着水花,水花喷成雨雾,在风中化为一阵阵烟。而浪中鱼龙混杂,或抗争,或潜逃,或随波,有些则被抛入空中,终于天晴雨霁波晏,一碧万顷,煞是好看。

决定性的还在于如何写。据我所知,杨少衡虽然青少年时代读了一些旧小说,但后来他更着迷的是外国小说,尤其是法国小说,所以其小说结构与一些叙事方式以及幽默感,颇受西方小说的影响。话虽然这么说,他用的语言却是地道的平民语言,绝少当下流行的欧式语或"网络语"。你要知道,他就生长在闽南,闽南人好讲本地话,即便是本地官员们在闲聊时也是满口市井俚语,他不能不浸泡在闽南的"草根"语境中。而闽南话与中古时代的中原话语相近,尤其是至今仍在市井乡间流传的"讲古",与宋以来的"平话"相通。这条"时间隧道"让他得益良多,潜移默化地在书写上采用了中国传统的"白描"。所谓"白描",无非就是纯用笔墨勾画出人、事、物最具本质特征的外部形貌与动态,寥寥几笔就达到传神的效果。试看唐亚泰准备起用被免职的童健共抗洪水时与她的一段对话:

> 唐亚泰告诉她,上溪七姑堤遇险,此刻吃紧,他正在赶往溪童。他考虑那里木桩子不够,需要增加,因此给童健打这个电话。
>
> 她问:"我有资格吗?"
>
> "你可以不去。"
>
> 唐亚泰把电话挂断。
>
> 他在清晨时分赶到七姑堤,半小时后童健赶来报到。

(页 164)

所谓"木桩子",其实骨子里指的是他对张子清说的"堤决了口,只剩下连人带车填进去一招了",人当木桩子死守堤岸!他认定童健跟他一条心,"挂断"正是唐亚泰的作风。而童的回答则表现她对免职心底里还有怨气,符合她执拗的性格。但她仍然心悬七姑堤,赶来报到。两人的心气相通、作派相反不必著一字。再看一例:

> 张子清跟唐亚泰讲了近十分钟,通完电话后即下令:"停

会车。"

司机把越野车停在路边。

张子清没有说话,他把手机丢在座位边,自己看着窗外,窗外山岭上风呼呼叫,满山树木摇晃,雨还在下个不停。

他们等了近十分钟时间,张子清看了一眼座位边的手机。

"走吧。"他说。

司机发动车子。

"倒车。"张子清下令。

"倒?"

"咱们回梅三。"张子清说。(页191)

唐是在七姑堤告急的情况下与张通话的,他力劝张以民为重,返梅三水库坚守上游。张被李市长逼下梅岭,客观上是免去他沉重的责任,是个解脱。然而唐提醒他要以民命为重又使他不能不沉思,尤其是他得知唐自己准备与七姑堤共存亡,不会不受到激励("看了一眼座位边的手机"并非闲笔)。他陷入了两难:重反梅岭坚持放水保水库,则抗命罪加一等,只有蓄水而水库崩塌,才能证明自己是对的,却加大下游灾情,又何必当初? 也许还有更多悖论。但我们只看到他停车十分钟,看着窗外风啸树摇。"倒车"两字重九鼎——他终于选择了对自己最不利的一项决定。这寂寂的十分钟写尽张子清内心的搏斗,无声胜有声。

看过杨少衡小说的人对他亦庄亦谐充满调侃自嘲的语言无不印象深刻,不必我来多嘴。这种密集的调侃固然有时让人"审美疲劳",但总体上却收到反讽之功,使他的西式幽默带上东方朔式的诙谐。总之,杨少衡的小说既得力于西方,也得力于传统。

杨少衡是一位有十几部小说集至今仍活跃在一线的作家,其丰富性与当代性不是历史文化一个视角所能尽窥。然而尝海一勺已经使我品尝到杨少衡小说中本土文化之至味。我很清楚一个优秀作家、一部好小说,可以从许多角度去观照。不过我敢说,杨少衡作品的某些"落角",需要用本土历史文化的"夜视镜"才能看清。当然,"镜"本身还得拂拭甚至打磨。真正能用现代观念重新审视、阐释"国故",借他山之石攻玉,激活我们的传统,让传统文论以新面目融入当代现实重新获取话语权,尚有俟来哲。

(未被采用稿)